막과 베일

미국 흑인 연극의 전략
Strategies in Black Drama

HELENE KEYSSAR 저

손 홍 일 역

여회

나는 우회적으로 이 연구를 하기에 이르렀다. 처음에 나는 내가 감독하는 흑인 대학생들에게 유익하고 "관련성 있는" 연극을 찾는 과정에서 발견한 여러 편의 미국 흑인 극작가들의 작품에 관심을 갖게 되었고 감명을 받았다. (대체로 미국 연극에 관한 대학 강좌들의 필독서 목록에서 흑인 연극이 배제된다는 것은 언급할 필요도 없다.) 흑인 극작가들의 작품을 가지고 일하면서 나는 이들 중 많은 작품들의 가치에 놀랐고, 이것이 가리키는 흑인 연극에 대한 진지한 연구의 필요성을 절감하였다.

흑인 연극에 관심을 갖게 된 직후 나는 다윈 터너(Darwin T. Turner)의 논문과 저서가 흑인 연극 전반에 대한 시각을 제공해주고 있어 도움이 될 뿐만 아니라 몇몇 작품들에 대한 구체적인 평들은 내가 나아갈 길을 밝혀 주고 있다는 것을 발견하였다. 결국 나는 다윈 터너 아래서 연구할 행운을 얻게 되었고, 그의 지도는 나의 관심이 초점을 찾는데 그리고 흑인 연극 비평에 독특한 문제들과 씨름하는데 도움을 주었다.

동시에 나는 현존하고 있는 대부분의 연극 비평이 제한된 유용성을 지니고 있다는 것을 깨닫게 되었다. 문학 비평, 즉 주제적, 텍스트적, 심리학적, 구조적 고찰을 토대로 하는 극 비평과 공연에 대한 짤막한 소감을 나타내는 극평론은 쉽게 찾을 수 있었다. 그러나 나는 동료들이 케네쓰 버크(Kenneth Burke), J. L. 스타이언(J. L. Styan) 그리고 스탠리 케이블(Stanley Cavell)과 같은 매우 다른 세 학자의 저서를 알려주기 전에는 내가 감독으로서 읽는 작품 또는 한 독자로서 개인의 즐거움을 위해 읽는 작품에 대해서 유용하거나 관심을 가질만한 평론, 나의 흑인 연극에의 접근에 본보기를 제공할 수 있는 비평을 찾지 못하였다. 이 저서들의 중요성은 본서에 첨부된 부록에서 상세히 언급되고 있다. 이 저서들은 흑인 연극을 연구하겠다는 나의 결의를 실천에 옮기도록 도와 준 매우 중요한 것이었다. 나는 버크, 스타이언, 케이블의 글을 통하여 나에게는 개인적으로 보람 있고, 다른 사람들에게는 의미 있고 유익하면서, 동시에 백인으로서 내가 물려받은 유산이 지니는 한계 속에서 가능한 방법으로 흑인 연극을 탐구할 수 있도록 해주는 비평 방법을 알게 되었다.

반드시 제기되어야만 하는 그리고 내가 앞으로 나아가기 위해 반드시 답하여야만 하는 가장 명백한 질문들 중에는 우리가 "흑인 연극"이라고 할 때 그것이 어떤 극들을 지칭하는 것이냐는 것이 있다. 본서에서는 이 용어가 출생이나 장기 거주에 의해 미국에 속하는 아프리카 혈통의 남녀에 의해 쓰여진 연극용 대본을 가리킨다. 나는 미국에서 살기는 했으나 미국에서 태어나지 않았거나 미국과는 문화적으로 구별되는 상태로 머물러 있었던 흑인 극작가들의 작품은 제외하였다. 즉 아프리카나 라틴 아메리카 출신의 흑인 작가들을 제외하였다. 백인 작가들의 작품은 흑인 인물, 인종 문제 또는 흑인 환경에 초점을 맞추고 있는 것이라 할지라도 제외하였다. 나는 미국 흑인을 가리키는 형용사로서 "Afro-American"이나 "Negro"대신 "black"을 사용하였는데, 그 이유는 "black"이 함축적으로 의미하는 것이 비교적 덜 제한적이기 때문이다. 내게 있어서 "Afro-American"은 어떤 학문적 또는 과학적 시각을 의미하고, "Negro"는 나의 연구 제재와 나의 목소리에 제한적인 시대나 태도를 함축하고 있다.

미국 흑인과 백인이 생산한 연극이 비슷한 주제, 역사적 전개, 영향 등과 같은 것들을 다루는 것을 비교함으로써 큰 수확을 거둘 수 있기 때문에 내가 백인 극작가들이 쓴 극에 대한 깊이 있는 연구를 하지 않기로 결정한 사실이 후회할 만한 것이라고 할 수도 있다. 본서에서 흑인 연극에 초점을 맞추기로 한 나의 결정은 그저 흑인 연극을 분리해 다룸으로써 내가 흑인 연극에 더욱 적절하고도 강렬하게 주목할 수 있기 때문에 내린 것이었다.

내가 백인 여성이라는 사실은 해명을 필요로 하지는 않지만 나 자신과 본서의 독자 모두가 인식해야만 하는 것이다. 백인으로서의 나의 정체성이 너무나 제한적일 것이기 때문에 내가 시도하려 들지 않는 흑인 예술에 대한 비평 형식들이 있다. 또한 내가 알지 못하는 미묘한 차이를 흑인 비평가는 인식하는 그런 부분들이 분명히 있다. 본서에서 논의되는 흑인 연극에 대한 나의 접근, 내가 전략적 접근이라 부르는 방법의 전제는 주의를 기울이는 경우 대본 그 자체가 그 의도를 관객을 향해 들어낸다는 것이다. 만약 내가 훌륭한 극에서는 이것이 사실이어야만 한다고 믿는 것처럼 이것이 사실이라면 나의 피부색과 불가피하게 그것에 동반되는 나의 의식이 흑인 연극에 관한 나의 결론 또는 반응 그리고 평가를 무효화하는 일은 없을 것이다.

　　지금까지 미국 흑인 연극과 관련된 네 권의 저서를 번역하거나 직접 쓰면서 절실하게 느낀 것은 미국 흑인 연극 작품에 대한 철저한 읽기를 앞세우는 저서가 부족하다는 것이었다. 이것이 『막과 베일』을 번역하게 된 주요 동기였다. 원저자 헬린 키서는 "전략적 접근"이라는 독특한 방법으로 흑인 연극 텍스트를 읽었다. 본서의 부록에 상세히 설명되어 있기도 한 전략적 접근 방법은 텍스트에 숨겨진 의도 또는 텍스트가 관객이나 독자에게 보내는 몸짓을 읽어 내려는 시도이다. 이 같은 시도는 필연적으로 정밀한 텍스트 읽기를 동반한다. 이런 이유로 『막과 베일』은, 시대별 개관을 위주로 하는 다른 저서들과 달리, 선택된 흑인 연극 텍스트에 대한 정밀한 내적 탐구를 가장 큰 목표로 하였다. 이 같은 방법이야말로 현재 미국 흑인 연극을 연구하는데 있어 가장 필요한 것으로 판단된다.

　　『막과 베일』을 번역하게 된 또 다른 동기는 원저자의 인종적, 국가적 정체성이 독특하다는 것이다. 미국 흑인 연극에 대한 연구는 주로 미국 흑인 학자에 의해서 (간혹 미국 백인 학자에 의해서) 이루어져 왔다. "이방인"에 의한 미국 흑인 연극의 연구가 의심의 눈초리를 받아 온 것도 사실이다. 스티픈 헨더슨(Stephen Henderson)이 "텍스트적 포화"(textual saturation)라는 개념으로 설명한 문제, 즉 미국 흑인의 독특한 역사와 경험과 문화를 공유하지 않는 사람이 그것으로부터 생산된 연극 텍스트를 미국 흑인처럼 이해하고 존중할 수 있겠는가 하는 문제 때문이었다. 『막과 베일』의 원저자 키서는 유럽 출신의 백인 여성 학자였다. 그녀가 흑인도 아니고 미국인도 아니라는 "이중의 장애물"을 넘어 미국 흑인 연극의 텍스트를 정밀하게 읽고 새로운 의미를 파악할 수 있었다는 사실이 나와 같은 사람들에게 큰 자극이 된다.

영어가 모국어가 아닌 원저자의 독특한 영어 표현과 나의 능력 부족이 합해져 부족함이 많은 번역을 낳았다. 어쨌든 이 번역서가 미국 흑인 연극에 관심이 있는 학자들과 학생들에게 도움이 될 수 있기를 바란다. 저작권 사용 승인을 너그러운 조건으로 허락해준 트레이시 스트롱 교수(Tracy B. Strong, 키서가 2001년 암으로 사망할 당시 남편이었으며 현재 키서의 유품을 관리하고 있음)에게 감사드린다. 미국 유학 생활의 긴장과 고통 속에서도 묵묵히 내 작업을 도와준 청민에게도 고마움을 표하고 싶다. 끝으로 이 번역서의 출판을 지원해 준 대구대학교 인문과학연구소에게 깊은 감사를 드린다.

2005년 2월
문천지가 보이는 곳에서
손 홍 일

흑인은 이집트인과 인도인, 그리스인과 로마인, 튜튼인과 몽골인 다음으로 일종의 일곱 번째 자식, 이 미국 세계, 흑인에게 진정한 자아 의식을 허락하지 않고 오로지 다른 집단이 보여주는 것에 의해서만 자신을 볼 수 있도록 허락하는 세계에서 베일을 쓰고 태어나 투시의 재능을 갖게된 자식이라 할 수 있다. 이것, 이 이중 의식, 이 항상 다른 사람들의 눈을 통하여 자신을 바라보는 느낌, 재미있어 하는 경멸과 동정의 눈길로 바라다보는 세계의 잣대로 자신의 영혼을 재는 느낌은 독특한 느낌이다. 흑인은 그의 끈질긴 정신력만이 두 개로 갈라지는 것을 막고 있는, 하나의 검은 육체 안에 자리잡고 있는, 미국인이면서 흑인이어야 하는 이중성, 두 개의 영혼, 두 개의 사고, 두 개의 조화될 수 없는 갈망, 두 개의 양립하기 어려운 이상을 항상 느끼면서 살아야 한다.

드보이스

『흑인 민중의 영혼』에서

차 례 ....

저자서문 • 3
옮긴이의 글 • 6

1. 흑인 연극과 관객
발전과 변화 ·· 11

2. 두 세계를 향한 흑인 극작가
윌리스 리처드슨의 『부서진 밴조』와 『넝마 줍는 여인의 행운』 ·········· 35

3. 멀리서 관찰한 내적인 삶
랭스턴 휴즈의 『아이티 황제』 ··· 81

4. 흑인 경험 연극을 향한 변증법
씨어도어 워드의 『짙은 안개』 ··· 119

5. 연기된 꿈이 내는 불만의 소리
로레인 핸즈베리의 『태양 아래 건포도』 ······································ 171

6. 잃어버린 환상, 새로운 비전
이마무 아미리 바라카의 『유령선』 ·· 221

7. 팔월의 밤
에드 클린스의 『포도주 마시는 시기』 ··· 267

8. 무지개를 찾아서
연극과 정치의 몸짓 ·· 311

부록 | 연극과 전략적 접근 ··· 329
주석 ··· 339
연구자료 ··· 357
찾아보기 ··· 395

흑인 연극과 관객

발전과 변화

> 책은 나즈막이 중얼거릴 수 있지만
> 연극과 코메디는 크게 소리쳐야만 한다.
> — 장 폴 사르트르

미국 연극은 전통이랄 것이 거의 없으며, 관습으로부터 벗어나려는 시도는 더욱이 없었다. 18세기부터 현재에 이르는 미국 연극 역사를 더듬어 봄에 있어 우리는 뚜렷하게 미국적인 것으로 구분할 수 있는 예술적 정서 또는 형태를 발견할 수 없다. 겉모습과는 달리, 미국 연극계가 최근까지 끈질기게 매달려 온 사실주의조차도 의미 있는 정체성의 주장이라기보다는 그로부터의 도피였다. 2백여 년 동안 미국 연극의 가정과 응접실은 구경꾼들이 진정한 관객이 되지 못하도록 하면서 미국 연극계가 점차 노망을 닮아 가는 유아 상태에 머물러 있도록 만들었다. 오닐(O'Neill), 윌리엄즈(Williams), 밀러(Miller), 올비(Albee) 같은 미국 극작의 "스타"들에 대하여 이야기할 때조차도 우리는 유럽의 부모들에 대한 언급을 통하여 이 작가들의 성숙도를 입증한다. 1960년대와 70년대에 일부 미국 극작가들이 기울인 중산층 세계와 사실주의적 양식으로부터 벗어나려는 노력에 박수를 보낼 때도 우리는 우리가 드디어 브레히트(Brecht), 베케트

(Beckett), 핀터(Pinter)의 발자취를 따르는 법을 배웠구나 하는 안도감에서 그렇게 한다.

따라서 50여년 이상 미국 연극이 자신의 것으로 인식할 수 없었던 일단의 독특하면서도 활기 넘치는 연극이 미국 연극 한 가운데에 존재해 왔다는 사실이 미국 연극의 특이 사항 중의 하나이다. 그 연극 즉 흑인 연극은 19세기 중반부터 존재해 왔으며, 1920년대 이후로 상업적으로는 아닐지라도 예술적으로 만큼은 번창해 왔다. 미국 흑인이 낳은 예술 형태가 미국 문화 속에서 두드러지지 못했다는 것, 즉 미국 사회가 그 사회의 최고의 작품 중의 일부를 무시함으로써 어린 아이 같은 무지를 드러냈다는 것을 아는 것은 그리 놀라운 일이 아니지만, 새로운 에너지를 항상 필요로 하는 연극계가 그토록 뚜렷한 그리고 열렬한 (새로운 에너지) 공급원을 소홀히 다루었다는 것은 시사하는 바가 많다.

이상하게 들릴 수도 있지만, 흑인 연극이란 이름을 붙이고 그에 대해 연구하는 것이 미국 문화를 이해하려는 그 어떤 노력에도 적절할 뿐만 아니라 필요한 것이다. 흑인 연극을 독특한 형태로 구분하는 것에 대한 실제적이면서도 본질적인 이유가 있다. 미국 흑인 극작가들에 의해 생산된 극들은 일반적으로 오랫동안 연극 애호가들에게 알려지지 않았고 비평가들에 의해 연구되지 않았다. 20세기에 들어서서도 흑인 연극은 (보통『~ 명작극』이란 제목을 취하는) "대표적" 출판물로부터 지속적으로 제외되었으며, 아주 최근까지도 미국 연극의 주요 무대에서 공연되지 못하였다. 최초로 미국 흑인 극을 광범위하게 모아 실은 선집 출판에 자문 역할을 한 테드 샤인(Ted Shine)이 언급하였듯이, "유명한"이나 "최고의" 미국 희곡이란 제목을 단 모음집들이 미국 흑인 극작가의 작품을 단 한편이라도 포함하고 있는 경우가 드물다.1)

흑인 연극의 무시에 대한 가장 확실한 설명은 물론 미국 사회에 광범위하게 퍼져 있는 인종 차별이다. 미국 흑인의 법적, 경제적, 사회적 인정에 대한 미국 백인의 저항이 모든 분야에서 흑인 예술가에 대한 공적인 인정을 방해하였다. 흑인 남녀에 의해 창조되어 연주된 음악이 20세기에 이르러 다른 흑인 예술 형태에 가해진 제약들의 일부를 피할 수 있었다는 것은 의외의 예외라기보다는 문제의 징후 그 자체였다. 미국 음악에 활력을 불어넣은 블루스와 재즈는 미국 흑인들의 특별한 기쁨과 고뇌의 표현인 반면에, 음악이란 언어의 추상적 본질이 시나 소설이나 회화에서는 찾아보기 어려운 사회적인 것과 예술적인 것의 분리를 가능케 하였다.

그러한 분리는 특히 연극에 반대된다. 왜냐하면 연극은 그 존재가 관객의 존재 여부에 달려 있다는 의미에서 예술 중 가장 공적인 것일 뿐만 아니라, 그 것이 제시하는 세계에 대한 공적인 인지를 요구하기 때문이다. 우리는 흑인 소작농에 대한 이야기를 고통스럽게 또는 무관심하게 읽을 수 있지만, 읽는 행위와 특정한 작품의 경험은 둘 다 개인적인 것으로 남아 있을 수 있다. 그러나 연극을 대하기 위해서는 우리는 세계로 즉 공공의 장소로 나아 가야할 뿐만 아니라, 구경꾼으로서 자신을 숨기고 있을 수 있는 만큼이나 관객의 구성원이 될 수도 있다. 일단 극의 세계가 우리 앞에 펼쳐지면 그 세계에 대한 우리의 인지는 그 즉각성, 그 세계와 우리의 현재와의 밀접한 연결 때문에 매우 강력한 것이 된다. 소설과 시, 회화와 영화는 그들의 언어적 또는 시각적 문법이 무엇이든 간에 과거 시제로 존재한다. 연극은 음악처럼 오로지 끊임없이 떠오르는 현재 시제로서만 존재한다. 그리고 연극은 음악과는 달리 근본적으로 상징적인 표의를 통해서가 아니라 살아 있는 인간들, 그들의 몸짓이 사회에서 우리의 현재를 구성하는 인간들의 행위를 통해서 현존한다.

미국 연극의 모순은 미국 연극이 지나칠 정도로 공적인 역할을 지속적으로 인식하면서 동시에 그 역할을 떠맡는 것에 대해 무신경할 정도로 소심하였다는 것이다. 아이러니컬하게도 미국 연극은 몇 안 되는 관습 중의 하나로서 관객에 대해 양면적인 의도를 드러내는 전통을 확립하였다.

이러한 양면성은 관객의 정서를 고양시키고 그들을 교육시키려는 욕망과 그들을 즐겁게 하고 마음 편하게 해주려는 욕망 사이의 갈등 속에서 가장 뚜렷하게 그 모습을 들어낸다. 이러한 갈등에 대한 특유의 해결책은 교육을 오락에 종속시키는 것이라 할 수 있지만, 그 보다 더 미국 연극을 부진하게 만드는 효과는 양면성 그 자체를 부정함에 있어 미국 연극이 오락을 달래는 것으로 생각하고 고양시키려는 욕망에 함축되어 있는 경이로움을 포기하였다는 점이다.

관객을 향한 양면적 의도의 전통은 미국 사회의 문화와 상업 모두에 뿌리와 반향을 가지고 있다. 연극이 점차 비용이 많이 드는 사업이 되면서 입장권 판매만으로는 스스로를 유지할 수 없게 되었기 때문에 지속적인 재정적 지원을 찾는데 힘을 소비해야만 했다. 적절한 재정적 지원을 확보하는 일의 어려움은 오늘날 미국 연극에 대한 논의에서 흔한 일이 되었다. 문제는 물론 충분한 자금원을 찾는 문제일 뿐만 아니라 또한 돈을 기부하는 사람들과 공연되는 극의 선택과 원상태 사이의 관계를 결정하고 판단하는 문제이기도 하다. 이 문제는 미국에서 지속되고 있는 연극을 금전적 이득을 거둘 수 있는 잠재적 재원으로 보는 시각에 의해 복잡해졌다. 대부분의 연극 공연이 이익을 얻지 못한다는 많은 증거가 있는데도 불구하고 여전히 연극에의 투자가 큰 금전적 이득을 가져올 수 있다 또는 가져와야만 한다는 기대가 팽배해 있다. 이와 같은 상황은 복권과 흡사하다. 그러나 복권을 사는 사람들은 당첨될 확률을 조작하려는 그 어떤 시도도 고려하지 않는 반면에, 연극에서 공연권을 사들인 사람들은 그들의 잠재적 이득을 최대한으로 하기 위해 관리할 권리가 있다고 생각한다.

따라서 문화와 상업의 문제들이 복잡하게 얽혀 있다. 연극의 금전적 결과를 관리하려고 하는 자들은 분명히 한 연극의 성공에 대한 예측을 시도하면서 곧바로 관객에 대한 걱정에 이르게 된다. 여기서 흔히 일어나는 일이 돈을 벌기 위하여 "안전하게 공연해야만 한다"는 것이다. 소재를 가지고 모험하는 것은 금전적 이득을 가지고 원치 않는 모험을 하는 것이다. 그러나 이와 같은 금언 안에 감추어져 있는 것은 즉각적으로 눈에 띄는 것보다 훨씬 더 복잡한 문제이다. 우선 어떻게 한 극이 위험하다는 것을 결정하는가, 위험한 소재라는 것은 어떤 것인가, 왜 그 관심사가 "안전하지 못한" 극이 반드시 입장료 수입에 나쁘다고 간주되는가와 같은 일련의 의문들이 있다. 이러한 의문들을 제시하는 것조차 어느 예술이건 간에 그에 대한 암담한 상황을 말해주지만, 더 위험한 영역이 아직 숨겨진 채로 있다. 왜냐하면 미국 연극이 논쟁거리가 될 수 있는 문제들 또는 "충격적인" 소재를 억압하지 않는 것처럼 보이는 반면에, 미국 사회의 구조에 대해 진정으로 의문을 제기하는 극적 세계를 수용할 공간은 거의 허락해오지 않았기 때문이다.

대부분의 미국 연극에 등장하는 응접실 배경과 핵가족은 연극을 상업적 사업으로 파악하는 자들의 가치와 의식을 정확하게 확인하는 그런 낯익은 그리고 조화로운 세계를 관객들에게 반사해준다. 바로 그러한 응접실이 등장하는 것 그리고 자유로운 개인들로 생각되는 등장 인물들의 행동과 그들 사이의 심리적 관계에 초점을 맞추는 것이 다른 가치들과 다른 삶의 양식을 배제할 뿐만 아니라 사실 다른 가능성은 없다고 보는 중산층 의식을 주장하는 것이다. 미국의 사실주의적 연극의 세계를 채우고 있는 인물들은 다소 부유하고, 학식이 있으며, 그들의 개인적 삶에 만족하고 있으며, 그들에게 가해지는 구속들은 완고한 사회 구조가 가하는 압박으로부터가 아니라 그들의 내적 한계로부터 파생된다. 미국 연극을 미국 사회의 반영으로 보는 것은 팽배해 있는 그리고 열려 있는 중산층 세계, 그 가치 체계에 있어 일관성 있고 조화로운 세계, 안정과 안락을 위하여 기꺼이 투쟁하겠다는 사람들 모두에게 평등한 기회를 준다는 어메리컨 드림을 제시하는 세계를 보는 것이다. 『세일즈맨의 죽음』(*Death of a Salesman*)이나 『누가 버지니아 울프를 두려워하랴?』(*Who's Afraid of Virginia Woolf?*)

와 같은 미국 극중에서 가장 복잡하고 흥미로운 극조차 어메리컨 드림을 대신할 가능성이 있는 대안을 제시하지 않는다. 어쩌면 불가피하게 어쨌든 완강하게 잘못은 중심 인물들 자신들에게 돌아간다. 따라서 미국에서 대부분의 연극 관람표를 구입하는 중산층 백인들에게는 연극 공연이 재확인의 행위이다. 그들이 보는, 그들 앞에 놓여진 세계들은 고통과 즐거움을 포함하고 있지만, 그 세계들의 모습은 관객이 이미 알고 있는 세계를 깨뜨리지 않는다.

연극이 그 관객의 가치를 확인하고 긍정하는 것 그 자체가 개탄스럽거나 특이한 것은 아니다. 기원전 5세기 그리스에서처럼 가장 활발한 연극 활동이 이루어진 시기들의 특징은 사실 극이 제시하는 가치들과 그 극이 존재하고 있던 사회의 가치들 사이의 일관성이었다. 그러나 고대 그리스와 엘리자베스 여왕 시대의 영국 극작가들은 그들의 관객들이 하나의 공동체를 구성하며, 그 공동체는 더 넓은 사회로 확대 연장된다고 정당하게 가정할 수 있었던 반면에, 미국 사회에서는 그러한 판단이 적절하게 이루어 질 수가 없다. 미국에는 관객의 공동체와 일치할 수도 있는 공동체의 존재를 부정하는 사회 계급적 그리고 인종적 분열이 존재할 뿐만 아니라, 미국에 존재하는 진정한 의미의 공동체들은 미국 연극의 주류의 대상이 되거나 그 관객이 되지도 못하였다. 미국 연극이 그와 같은 일관성을 가지고 행동해 왔기 때문에 그리고 그 일관성이 미국 문화의 다른 측면들까지도 강화해 왔기 때문에 미국 연극의 허세와 비효율성에 대한 이의 제기가 이루어진 적이 드물었다.

흑인 연극은 다름 아닌 미국 사회의 토대 자체에 이의를 제기하고 있기 때문에 골치 아픈 존재인 것이다. 미국 연극의 그 어느 곳에도 흑인 연극에서보다 더 강하게 또는 충분히 양면적인 의도를 느낄 수 있는 곳은 없다. 미국 연극계의 주류에 속하는 극작가들과는 대조적으로 흑인 극작가들은 관객과의 관계에서 발생하는 딜레마에 대해 그와 같은 양면성을 억누르기보다 다루는 극 양식을 발견하기 위한 격렬한 시도로 반응하였다. 흑인 연극인들이 미국 중산층에게 영향을 주기 위하여 백인 연극인들이 택한 길을 따라 사실주의 울타리 안에서 교육과 오락을 혼합해 제시한 경우도 있었다. 그러나 흑인 극작가들은 그들의 소재를 완전히 왜곡시키려하지 않거나 할 수 없었기 때문에 그들이 생산한 극은 미국 연극의 사실주의가 지니고 있는 한계를 확실하게 드러내 보이는데 성공하였다.

흑인 연극인들의 양면성은 백인 연극인들의 양면성보다 더 심각하고 복잡하다. 미국의 흑인 극작가들에게 있어서 자금원은 매우 한정되었고, 상업적 성공은 곧 때로는 적대적이고 일반적으로 무관심한 백인 사회에서 인정받는 것을 의미하였다. 흑인 극작가가 처한 특별한 함정은 인종적 정체성을 토대로 하여 관객을 선택하고서, 그 관객에게 맞도록 전략과 소재를 구성하려는 유혹이다. 뒤집어 말하자면 만약 한 흑인 극작가가 흑인 경험에 대해 진솔하게 쓰기로 결정하는 경우 그 작가는 오로지 흑인 관객으로부터만 진실하고 두려움 없는 반응을 기대할 수 있다. 흑인 극작가가 백인 관객을 소외시키지 않기 위하여 미국의 흑백 관계에 대해 쓰기로 결정하는 경우 (그의 극이 제시하는) 세계가 믿을만하지 못한 것으로 생각하는 일부 흑인 관객들로부터 거부당할 것을 기대하여야만 한다. 나아가 흑인 극작가가 (많은 다른 흑인 극작가들이 그러했듯이) 관객을 교육시키고 그들의 의식 수준을 향상시키려 하는 경우, 그 극작가는 흑인 관객들에게는 중요한 문제가 될 수 있는 것들이 백인 관객들에 의해 왜곡되거나 백인 관객들에게는 관련이 없는 것이 될 수도 있다는 것, 백인 관객에게는 교육적으로 중요한 의미가 있는 것이 흑인 관객에게는 전혀 흥미 없는 것이 될 수 있다는 사실에 대비하여야만 한다.

이러한 흑인 극작가의 딜레마는 1920년대에 흑인 연극이 번성하기 시작한 이래로 인식되어 왔다. 50여년 전에 이미 W. E. B. 드보이스(W. E. B DuBois)는 이와 같은 갈등들의 늪 속에 자리 잡고 있는 대단히 강

력한 극 생산의 잠재력과 덫으로 작용할 잠재력 둘 다를 예견하였다. 1924
년에 잡지 『크라이시스』(*The Crisis*)에 기고한 글에서 드보이스는 놀라울
만큼 정확하게 흑인 극작가들과 관객 모두에게 관련된 곤경 그리고 가능
성을 예측하였다:

> 미국 역사상 가장 극적인 집단이 미국 흑인이다. 위대한 예술가에게 있어서 작
> 품 구성이 전적으로 흑인에 의해 결정되도록 미국의 역사를 해석하는 것은 쉬
> 운 일이다. 따라서 두 부류의 대단히 중요한 극적 상황이 발생한다. 그것은 흑
> 인 집단의 내적인 삶과 흑백의 접촉이다. 이런 사실들은 표피로 싸여 있기 때문
> 에 (여러 개의 동심원적인 표피들이라고 해야 하나?) 연극이 그 사실들을 파악
> 하고 진실하면서도 예술적으로 다루기 어려울 것이다.[2]

　여기서 드보이스가 흑인 극작가에게 부여한 과제는 — 즉 중요한 사
건들을 투명하게 밝혀내기 위하여 동심원적인 표피들을 벗겨내는 일은 —
비평가에게도 해당되는 어려운 일이다. 드보이스가 언급한 표피들은 인종
차별주의와 본 모습을 감춘 미국 사회의 구조이다. 이 표피들은 또한 관
객과 독자를 부지불식간에 혼란시킬 수도 있는 예술적 행위들을 구현하기
도 한다. 두 부류의 극적 상황에 대한 설명에서 드보이스는 양면적인 의
도를 식별하고 흑인 연극 자체의 전통의 발전을 더듬어 보는데 도움을 주
는 도구 하나를 우리에게 주고 있다. 내적 삶에 대한 극이나 흑백의 접촉
에 관한 극의 상황에서 우리는 텍스트 그 자체로부터 그 텍스트들이 관객
과 맺고 있는 관계를 파악할 수 있다. "내적 삶"을 다루는 대부분의 극은
흑인 관객을 향하고 있는 반면에, "흑백의 접촉"을 다루는 대부분의 극은
흑백 관객 모두 또는 백인 관객을 위해 의도된 것이다. 본서에 포함된 극
들 중의 두 극, 윌리스 리처드슨(Willis Richardson)의 『부서진 밴조』(*The
Broken Banjo*)와 에드 블린스(Ed Bullins)의 『포도주 마시는 시기』(*In the
Wine Time*)는 본질적으로 흑인 관객을 겨냥한 내적 삶을 다루는 극임이

확연하게 들어 난다. 또 다른 두 극, 이마무 아미리 바라카(Imamu Amiri Baraka)의 『유령선』(*Dutchman*)과 로레인 핸즈베리(Lorraine Hansberry)의 『태양 아래 건포도』(*A Raisin in the Sun*)는 흑인 관객과 백인 관객 모두를 가정하고 있는 흑백의 접촉에 관한 극이다. 윌리스 리처드슨의 『넝마 줍는 여인의 행운』(*The Chip Woman's Fortune*)은 내적 삶을 다루는 극으로서 백인 관객을 겨냥했지만 실패한 극이다. 본서에서 논의될 나머지 두 극, 랭스턴 휴즈(Langston Hughes)의 『아이티 황제』(*Emperor of Haiti*)와 씨어도어 워드(Theodore Ward)의 『짙은 안개』(*Big White Fog*)는 내적 삶과 흑백 접촉의 두 부류를 합하고 있어서 관객에 대한 생각이 모호하지만, 바로 그런 모호함과 혼합 속에서 양면성의 전통과 관련된 많은 양상들에 직면하고 있다.

본서 연구의 중심을 이룰 이 극들은 어떤 형태의 판단에 의거하든 간에 반드시 미국 흑인에 의해 쓰여진 최고의 극은 아니다. 즉 내가 연구할 극들이 다른 모든 흑인 연극의 질과 매우 다른 질을 지닌 극들이 아니라는 것이다. 그리고 이 극들이 흑백 관계를 다룸에 있어 보여주는 투명도가 독특한 것도 아니다. 내가 강조해 온 양면성은 사실 하나의 유형 또는 전통, 19세기에 시작된 전통이기 때문이다. 1821년에 이미 뉴욕에 있던 아프리칸 극단(African Company)은 흑인들의 참여와 지원을 받았으며, 이 극단의 공연의 관객은 대부분 교육을 받은 중산층이었다.3) 19세기 후반에 이르러 상당히 많은 수의 흑인들이 『언클 톰의 오두막집』(*Uncle Tom's Cabin*)의 공연을 지켜보았고, 민스트렐 쇼(minstrel show)가 번창하기 시작하였다. 그러나 이것들은 분명히 흑인 관객을 형성하기 위한 것이 아니라 백인 관객의 관념이나 환상을 만족시키기 위하여 의도된 흑인의 무대 이미지의 예들이었다.

20세기 초에 흑인 관객을 위한 연극을 확립하기 위한 새로운 그리고 더욱 성공적인 시도가 이루어졌다. 이러한 시도 중에서 가장 전망이 밝은

것은 할렘에 위치하고 있던 라피에트 연극관과 링컨 연극관의 노력이었
다. 이 연극관들에서 의해 공연된 극들은 백인 극작가들에 의해 쓰여진
것들이었지만, 이 연극관들이 흑인 관객을 형성하였고 흑인 관객의 수는
1910년부터 1917년과 일차 세계 대전 기간동안 꾸준히 증가하였다.4)

1920년대 이전에 흑인 극작가에 의해 흑인 관객을 위해 쓰여진 극이
많이 있다는 확실한 증거는 없다. 그러나 흑인 남녀 극작가들은 흑인 연
극 공연에 심혈을 기울인 시카고의 에티오피아 연극관(Ethiopian Theater),
뉴욕에 있던 드보이스의 크리그와 흑인 소연극관(Krigwa Little Negro
Theater), 클리브랜드의 길핀 극단(Gilpin Players), 워싱턴의 크리그와
극단과 같은 흑인 지역 공동체 연극 단체들에 의해 격려를 받았다. 뿐만
아니라 흑인 극작가들은 1920년대에 흑인 연극에 상을 주기 시작한『크라
이시스』(*The Crisis*)와『어퍼튜니티』(*Opportunity*) 같은 잡지로부터도 도
움을 받았다.

1920년대 흑인 지역 공동체 연극 단체의 형성과 더불어 흑인 극작가
에게 주어진 한 가지 가능성은 일부 극들은 흑인 관객을 위하여 그리고
다른 극들은 도심의 백인 관객을 위하여 생산하는 것이었다. 1920년대 초
기에 윌리스 리처드슨 그리고 1920년대 후기에 랭스턴 휴즈가 각각의 관
객을 위하여 구별되는 극을 쓴 극작가들의 예이다. 조지아 더글러스 존슨
(Georgia Douglas Johnson), 존 매쑤스(John Matheus), 진 투머(Jean
Toomer), 갈랜드 앤더슨(Garland Anderson), 그리고 윌러스 써먼(Wallace
Thurman)이 쓴 극들도 백인 관객을 위해 쓰거나 아니면 흑인 관객을 위
해 쓰는 일에 대한 분명한 텍스트적 증거를 제공하고 있다.

1930년대 동안 흑인 지역 사회를 위해 흑인 지역 사회에 의해 설립
된 연극 단체들이 극작가이며 연극 교수였던 랜돌프 에드몬즈(Randolph
Edmonds)가 "소극단 운동"이라 부른 형태로 번창하였다.5) 이와 같은 민
중적인 연극 단체에 더하여, 그와는 다르게 다른 흑인 관객을 위한 흑인

연극을 형성하려는 노력이 연방 정부 연극 사업(Federal Theater Project)
이 한 일의 일부였다. 이 연방 정부에 의한 연극 사업은 미국 공사 기획성
(Works Progress Administration)의 다른 여러 가지 사업들처럼 지방 공
동체를 향하였다. 연방 정부의 연극 사업은 실업자들 중에서 특별한 집단
즉 연극과 관련된 사람들에게 일할 기회를 제공하기 위해 노력하였다. 지
역 연극 단체를 확립하려는 이 사업의 초창기 노력의 파생물이 (후에 불려
지게 된 대로 표현하자면) "흑인단" 즉 주로 대도시의 빈민가 특히 시카
고나 뉴욕 출신이거나 그 곳에서 살던 흑인 남녀로 구성된 연극단이었다.

　　연방 정부 연극 사업의 흑인단은 아이러니컬한 형태의 관객과의 관
계를 지속하였다. 연방 정부 사업에 의하여 쓰여진 많은 극들이 흑인 지
역 사회에서 먼저 공연되었지만, 미국의 일반적 대중과의 "성공"은 여전
히 근본적으로 백인 평론가들에 의한 승인 그리고 극의 흑인 지역 사회
밖으로의 이동에 의해 결정된 듯하다.6) 더욱이 연방 연극 사업의 지원을
받아 쓰여진 극들 중 갈채를 받은 것들은 오손 웰레스(Orson Welles)의
『맥베쓰』(*Macbeth*)처럼 단지 흑인 연기자들이 주역을 맡았다는 이유로
"흑인" 연극이라고 불리거나 아니면 헐 존슨(Hall Johnson)의『달려라 애
들아』(*Run, Little Chillun*)처럼 사용하는 음악이나 부두교(voodoo)같은
소재가 또 다른 종류의 이국적인 호소력을 가진 작품들이었다. 이와는 대
조적으로 연방 정부 연극 사업의 시카고 지부의 흑인단에 의해 처음 공연
되었고 1940년대 초에 다시 흑인 극작가 극단(Negro Playwright Company)
에 의해 공연된 씨어도어 워드의『짙은 안개』에 대하여 흑인 평론가들은
그 정열적인 항의와 솔직함에 갈채를 보냈지만, 백인 평론가들로부터는
혼합된 반응이나 아예 아무런 반응도 받지 못하였고, 브로드웨이에서 공
연되지 못하였으며, 1974년에 이르러서야 극 전체가 출판되었을 정도였
다. 따라서 1930년대 흑인 극작가는 재정적 지원을 받을 수 있었고 관객
에 대한 희망을 가질 수도 있었지만, 그가 처한 어려움은 그의 첫 번째 관

객이 흑인일 수도 있지만 그가 백인 관객을 겨냥 할 때만 금전적 성공을 거둘 수 있고 갈채를 받을 수 있다는 암묵적인 지식 속에 놓여 있었다.

관객과의 관계에 있어 흑인 극작가의 이러한 딜레마를 흑인 연극 예술인들이 파악하지 못한 것은 아니었다. 1940년대에 흑인 연극인들은 두 흑인 극단 즉 흑인 극작가 극단과 미국 흑인 극단(the American Negro Company)을 창립함으로써 의식적으로 그리고 의도적으로 이 딜레마를 해결하려고 하였다. 이 두 극단 모두 백인 관객에 대한 적대감을 표출하지 않았고 일반 대중 관객을 완전히 거부한 적도 없지만, 두 극단 모두 흑인에 대한 백인 관객의 기대, 욕망, 환상으로부터 자유로워지고 싶은 소원을 강하게 표출하였다. 이것의 효과(적어도 이것에 대한 추가)는 그들의 목표가 그들로 하여금 흑인 관객을 창조할 필요성을 깨닫도록 하였다는 것이다.

불행히도 두 극단의 흑인만으로 구성된 극단을 구성하려는 노력은 오래가지 못하였다. 흑인 극작가 극단은 1940년에 시작하여 단 한번의 공연(『짙은 안개』의 공연)을 가진 다음 같은 해에 끝난 반면에, 역시 1940년에 공연을 시작한 미국 흑인 극단은 이차 세계 대전 동안 상당히 성공적인 활동을 펼쳤지만, 계속하려는 산발적인 노력에도 불구하고 1947년에 공연을 중단하였다. 이 두 극단이 지속할 수 없었던 원인은 분명하지 않다. 도리스 에이브럼슨(Doris Abramson)은 흑인 극작가 극단과 그와 비슷한 다른 할렘의 연극 단체들의 실패는 "지역 사회 지원 결여, 상존하는 브로드웨이의 영향, 그리고 질 높은 토착극의 부재"에 기인한다는 로프튼 미첼(Loften Mitchell)의 설명을 인용하였다.7) 에이브럼슨 자신의 설명은 "지역 사회의 사람들이 성공한, 문화적으로 동화된, 중산층 미국인이 되려고 노력하는 한 흑인 연극에 대한 진정한 지원은 없을 것이다"라는 것이었다.8)

에이브럼슨의 경고적인 어조는 백인 비평가로부터 나오는 것으로는 부적절하게 들릴 수도 있지만 (나는 "내가 가짜 중산층 백인이라면 그렇게 살도록 내버려둬"라고 절규하는 바라카의 『유령선』에 등장하는 클레이(Clay)의 소리를 듣는다), 그녀의 주장은 흑인 연극 내부의 갈등에 대한 중요한 이해를 나타내고 있다. 에이브럼슨은 흑인 연극의 형태 그리고 존재 그 자체가 문화적으로 동화된 중산층 미국인이 되려고 애쓰는 미국 흑인에게는 문제가 된다는 것을, 다시 말해 많은 사람들이 어떤 장벽도 존재하지 않아야 하며 그 동안 심각한 장애는 존재하지 않았다고 주장하고 있을 때 흑백 미국인들에게 흑인들이 가지고 있는 독특한 환경, 관습, 가치들을 상기시키는 것은 장벽이 있음을 강조하는 것이라는 것을 주장하고 있는 것이다.

흑인 연극의 독립적인 존재가 미국 사회의 기본 원칙, 문화적 동화가 가능하다는 원칙에 이의를 제기할 수도 있다는 가능성을 지적하는 에이브럼슨이 틀린 것이 아니다. 그러나 에이브럼슨처럼 이 문제를 지적하는 것에서 그치는 것은 이 문제를 지나치게 단순하게 처리하는 것이다. 문화적 동화의 문제는 흑인 연극과 미국 중산층 사이의 갈등의 일부에 지나지 않는다.[9] 20세기에 걸쳐 사실주의의 내벽에 저항해온 흑인 연극은 미국 중산층에게 있어 정치적, 예술적 도전이다. 그저 흑인 연극이 미국 중산층 백인들과 사회적 지위 향상을 꾀하는 흑인들을 불편하게 만들 수 있다는 문제가 아니다. 흑인 연극은 미국이 사회 계급이 존재하지 않는, 하나의 일관된 연극적 비전을 가지고 있는 사회가 아니라는 점을 위험할 정도로 투명하게 보여주는 것이다.

사회적, 정치적, 예술적 기준 사이의 근본적인 상호 관련성을 직시하지 못하는 것이 또한 1940년대 흑인 연극의 문제를 분석하려한 헤럴드 크루즈(Harold Cruse)의 시도에 나타나는 특징이기도하다. 에이브럼슨의 주장과 그 요지에 있어 비슷한 크루즈의 주요 주장은 당시 새로이 받아들인 인종 통합이란 용어와 개념을 가지고 1940년대 흑인 연극이 지니고 있던 문제들을 설명하였다.10) 그러나 에이브럼슨이 미국 사회의 가치 체계와 계급 구조가 흑인 연극과 갖는 사회적, 정치적 연관성을 너무 단순하게 다루는 반면에, 크루즈는 극 자체의 표면만을 대충 훑어봄으로써 자신의 논의의 힘을 제한해버렸다. 나아가 크루즈는 1940년대 흑인 극단 내에서 일어나는 갈등 즉 한편으로는 극작가의 소재에 대한 실험과 모험을 해볼 필요성 다른 한편으로는 장기간 공연되면서 금전적 성공을 거두는 공연에 대한 연기자들의 바램 사이의 갈등에 대해서 언급하였다. 크루즈는 극단의 사고 방식을 지배한 것이 연기자들이었다고 주장하였지만, 그렇다면 왜 이들 흑인 극단들이 상업적인 성공을 거두지 못하였는가를 설명하지 못하였다. 크루즈는 그저 이와 같은 흑인 극단 내부 갈등과 인종 통합의 극 자체 내로의 도입 사이의 관계를 분석했다. 그러나 크루즈가 한 것처럼 연기자들은 상업적인 이유로 인종 통합을 수용한 반면에 극작가들은 인종 통합에 경계의 눈초리를 보냈다고 주장하는 것만으로는 충분치 않다.

1940년대 흑인 연극이 직면하고 있던 사회적, 정치적, 예술적 문제들은 그 시대의 역사적 상황에 의해 더욱 복잡해졌다. 이 시대에 두드러진 것은 미국 대중에게 심각한 영향을 주면서 동시에 물리적으로는 떨어져 있던 전쟁이 있었다는 것이다. 이 전쟁은 대략 백만 명의 흑인 남녀가 군인으로 참가한 전쟁이었다. 전쟁에 참가한 이 흑인 남녀들은 일차 세계 대전동안 흑인이 처해 있던 인종적 상황보다는 약간 개선된 상황에 처해 있었다. 이들에게는 군대의 새로운 부서에 참가할 기회가 열렸고, 상당수의 흑인 남녀들이 장교 훈련을 받았으며, 전쟁이 끝날 무렵에는 일부 흑인 부대가 백인 부대와 통합되기도 하였다. 그러나 대부분의 흑인 군인들은 백인 군인들로부터 분리된 채로 군인 생활을 시작해 끝냈다. 흑인 군인들은 오로지 말로만 그리고 영화에서만 국내 흑백 대변인들이 부르짖던 평등한 대우를 받았고 통합을 경험하였다. 그러나 의외로 이 전쟁은 중요한 도덕적 질문들이 인종적이거나 민족적인 것이었고, 이에 대한 미국의 자세 ─ 우리는 민족적, 인종적 우월성과 지배를 신봉하는 세력과 국가들에 대항해 싸우는 것이며, 모든 인간의 자유와 평등을 위하여 싸우는 것이다 ─ 가 분명한 듯 보이는 전쟁이었다.

이러한 역사적 상황을 미국 연극계의 양면적 의도의 전통과 나란히 놓고 보면 1940년대 관객에 대해 흑인 연극이 취한 자세의 복잡함이 분명하게 들어 난다. 흑백이 분리된 군대 그리고 국내 산업 현장에서 흑인에게 가해진 불의가 보여주는 거칠지만 확실한 인종에 대한 명세서는 흑인 극작가들로부터 항의를 불러왔지만, 이들의 관객, 연극의 오락성에서 전쟁의 두려움과 긴장으로부터의 해방을 찾던 관객은 고뇌와 억압감을 제시하려고 하는 진지한 극을 거의 원하지 않았다. 실제로 이 기간에는 어떤 주목할 만한 가치든 지니고 있는 진지한 극이 거의 없어 퓰리처상 위원회와 뉴욕 극비평가 협회 모두 1941-42 또는 1943-44 시즌에 상을 수여하지 않았을 정도였다.11)

이차 세계 대전에 의해 분명해진 인종적 문제들을 무시할 수 없게되었다고 느낀 백인 극작가들에게 있어 (그 문제들에 대한) 사탕발림 같은 취급이 한가지 대답이었다. 당장 생각 나는 것이 『남태평양』(*South Pacific*)이다. 1940년대에 흑인 극작가들에 의해 쓰여진 『남태평양』같은 작품은 등장하지 않았지만, 이 시기에 최고이며 가장 성공한 흑인 극중의 하나인 씨어도어 워드의 『우리 땅』(*Our Lan'*)이 새로운 자유를 갈구하는 흑인들이 종전 후 경험한 좌절을 다루었다는 사실이 주목할만하다. 『우리 땅』은 오래 전인 듯 느껴지면서도 1940년대 후반과 많은 유사점들을 지닌 시기와 장소인 미국 남북 전쟁 후 조지아주 해안의 섬을 배경으로 함으로써 자제감과 거리감을 불러일으킨다.

이차 세계 대전이 끝난 후 인종 통합의 문제는 과거처럼 쉽게 피해 갈 수 없는 문제가 되었다. 이제 미국은 자유의 수호 국가로서의 이미지를 유지해야만 했다. 전쟁 동안 그 종류와 발행 부수에 있어 증가한 흑인 신문과 잡지들은 새롭게 국내외에서 흑인들이 이룩한 업적에로 주의를 끌었다.12) 인종적 불의와의 대항할 수 있는 법적인 방법들이 전범들에 대한 국제 재판에 의해 대중적인 주목을 받게 되었다. 이차 세계 대전 동안 그리고 그 후 미국의 경제적 번영은 흑인 중산층의 수와 그들의 경제적 성공을 증가 시켰고, 이 흑인들에게 있어 다음 단계는 완전한 인종 통합에 대한 요구였다.13)

흑인 극작가들은 1920년대이래 불의에 대하여 항의해왔다. 1950년대의 사건들과 이에 대한 언론의 주목이 항의뿐만 아니라 인종 통합에 대한 요구가 더 광범위하게 그리고 분명하게 들릴 수 있도록 해주었다. 다른 것보다 더 두드러졌던 이차 세계 대전 후 군대에서의 흑백 통합, 1950년대 초반 연방 대법원에 의한 인종 분리 중단 결정, 1956년 앨라배마주 몽고메리에서 일어난 버스 거부 운동 등이 흑인 연극과 관련하여 새로운 상황과 잠정적으로 다른 관객을 만들어내는데 도움을 주었다. 1950년대의 흑인 극작가들은 (비록 북부에서는 1950년대 말까지 실현되지 않았으며 남부에서는 1960년대에 이르러서야 점차적으로 이루어졌지만) 그들의 관객이 통합된 관객으로 생각할 수 있게 되었다. 이들은 또한 적어도 그들의 작품에 대한 증가된 지원의 가능성을 상상할 수 있게 되었다.

인종 통합은 흑인 극작가가 그들의 관객이 인종적으로 혼합되었다고 생각할 수 있게 되었음을 의미하였을 뿐만 아니라 흑인 극작가가 그의 관객에게 인종적 불의와 분리의 현실을 들이대고도 인정받을 수 있게 되는 일을 생각할 수 있게 되었음을 의미하였다. 흑인 극작가의 항의의 목소리는 새로운 것이 아니었지만, 극 속에서 관객의 행위에 대해 도전하는 것과 그런 도전의 빈도와 상세함이 급격히 증가하게 된 것이다. 이 시대의 정치적 전략은 법적 평등의 가능성, 흑인과 백인의 동질성, 평화로운 사회에 대한 희망을 역설하는 것이었다. 흑인 작가들이 연극에서 사용한 전략에서 평등의 가능성이 제한되고 평화로운 사회 건설이 방해를 받는 특정 방법들에 대하여 항의를 하면서 모든 인간의 근본적 동질성을 보여주려는 시도가 분명하게 드러났다. 이와 같은 내적인 의도를 가지고 전략을 세운 극들은 미국 연극의 두드러진 유형을 구성하게 되었다. 아마도 로레인 핸즈베리의 『태양 아래 건포도』가 이 시대를 대표하는 전형적인 극으로 기억될 것이지만, 루이스 피터슨(Louis Peterson)의 『큰 걸음』(*Take a Giant Step*, 1953)과 앨리스 차일드리스(Alice Childress)의 『근심』(*Trouble in Mind*, 1954)도 『태양 아래 건포도』가 쓰여지기 오래 전, 1950년대 초반에 그와 비슷한 목적으로 그리고 비슷한 이해 아래서 쓰여진 것이다. 바라카의 『화장실』(*The Toilet*), 제임스 볼드윈(James Baldwin)의 『백인을 위한 블루스』(*Blues for Mr. Charlie*), 찰스 고든(Charles Gordone)의 『인간답게 살 수 있는 곳이 없어』(*No Place to Be Somebody*)와 오씨 데이비스(Ossie Davis)의 『펄리 빅터리어스』(*Purlie Victorius*)를 포함하는 1960년대의 많은 작품들이, 표면상으로 때로는 완전히 격조와 내용과 전략에 있어 서로 다르고 1950년대의 작품들과 달랐음에도 불구하고, 관객으로 하여금 인종 통합을 받아들이거나 이해하거나 승인하도록 하는 그 시도에 의해 구분되는 한 장르에 기본적으로 포함될 수 있다.

비록 "인종 통합" 극들이 흑백 사이의 관계에 대한 긍정적인 해결책을 일반적으로 늘 포함하고 있는 것은 아니지만, 이 극들은 불의의 행위에 대한 분노와 혐오를 불러일으키는 방법을 통하여 상호 존중과 수용에 이를 수 있는 태도를 제시한다. 이와 같은 전략은 분명히 흑인 관객보다는 백인 관객을 겨냥하고 있는 것으로서, 적어도 인종 통합주의적 극에는 관객이 통합되었거나 또는 대부분 백인이라는 극작가의 생각이 암시되어 있는 것이다.

이 시기에 나온 극의 수와 그것들 중 많은 극들이 거둔 흥행적 성공이 1960년대 초에 이르러 흑인 극작가들의 관객과의 문제가 완전히 제거

되었다는 오해를 불러일으킬 수도 있지만 사실은 그렇지 않았다. 흑인 극
작가는 브로드웨이를 위해 극을 쓰기로 선택하는 경우 여전히 그의 관객
을 구성하고 있는 백인과 흑인들의 다른 욕구와 가정을 인정(또는 부정)
해야하는 문제에 직면해 있었다. 그리고 주로 관객을 구성하였던 흑인과
백인 중산층의 가치 체계가 점차 비슷해지고 있었지만, 이 두 집단의 전
통이나 역사가 다르듯이 아주 중요한 점에서 이들의 욕구 그리고 그 욕구
를 충족시키는 수단이 달랐다. 예를 들자면 관객 속의 흑인과 백인 모두
가 인종 통합을 원하는 경우라도 이 두 집단에게 인종 통합이 의미하는
것이 다를 수밖에 없었다.

　뿐만 아니라 흑인 극작가에게는 언어를 포함한 소재의 인식과 해석
의 문제가 여전히 남아 있었다. 백인 관객은 일반적으로 흑인 사회 내에
서의 또는 그에 대한 제한된 경험을 갖고 있기 때문에 그 사회에 대한 그
들의 인식은 쉽사리 스테레오타입이나 환상의 투사가 될 수 있다. 따라서
백인 관객에게 캐딜락을 타고 다니는 흑인을 제시하는 것은 흑인들의 (금
전에 대한 확인된 무심함에 대한 일종의 숨은 질투심을 포함한) 흑인들의
무책임에 대한 백인 관객의 관념을 확인시켜주는 위험을 무릅쓰게 되는
것이다. 반대로 일부 흑인에게 있어 캐딜락이 갖는 상징적, 사회적 기능을
설명하는 것은 흑인 관객들을 깔보는 짓이 되며, 무대가 갖고 있는 교육
적 잠재력을 남용하는 꼴이 되는 것이다. 이와 비슷한 그러나 더 심각한
문제가 되는 것은 대사에 흑인 영어를 사용하는 것이 백인 관객이 무대에
등장한 인물들을 진정으로 파악할 수 있는 능력을 위협한다는 것이다. 많
은 백인 관객들이 일부 어법을 이해하지 못해 소외될 것이며, 그 결과 자
동적으로 무대 인물들이 "표준" 영어를 쓰지 않고 있음으로 무식하거나
멍청하다는 결론을 내리게 될 것이다. 그러나 모든 흑인 인물들이 표준
영어를 사용하도록 만드는 것은 흑인 관객들에게 당혹스러운 일일뿐만
아니라 연극으로부터 흑인 삶의 본질을 이루는 필수 요소를 배제하는 일

이 된다. 무대에서의 구어의 특별한 중요성에 비추어 볼 때 그와 같은 언어적 타협은 자기 파괴적이며 부조리한 것이 될 수 있다. 따라서 다른 흑인 예술 형태에서와 같이 인종 통합주의 극에서 흑인 작가는 자주 실제를 밝히는 것과 백인 관객이 (물론 일부 흑인 관객도) 원하는 환상을 지속시키는 것 사이의 갈등에 직면하게 된다. 한 흑인 여배우가 그녀가 연기하는 역의 허위를 지적하고 나서는 차일드리스의 『근심』에서처럼 일부 흑인 연극인들은 이 문제를 그들의 작품 속에서 직접 다루었다. 다른 흑인 연극인들은 유머나 풍자를 사용하여 백인 관객에게 호소하면서 진실성을 유지하였다. 그러나 이러한 딜레마가 주는 지속적인 긴장을 무시하는 것은 심각한 자기 기만인 것이다.

사실 인종 통합주의적 연극의 어려움과 계속되는 양면성은 무시되지 않았다. 흑인 연극의 주요 문제와의 대결은 1960년대에 스스로를 순수 흑인 예술 연극(Black Arts Theater)으로 부른 형태로 등장하였다. 흑인 혁명극(Black Revolutionary Theater)의 특별한 의도와 대본들이 순수 흑인 예술 연극의 총체적 틀 안에 포함되었다. 이러한 서로 관련된 운동들이 예술적, 정치적 세력으로 인식되거나 주장을 펴기 전에 이미 일부 흑인 작가들의 관객들에 대한 관계에 변화의 조짐이 나타났다. 가장 확실한 조짐이 점차 의식적으로 소위 중산층 응접실 사실주의로부터 멀어지려는 경향이었다. 이를 달성하기 위하여 흑인 극작가들은 백인 미국 연극과 다른 그리고 흑인적인 것으로 증명 가능한 언어, 상황, 형태로 돌아갔다.14)

1960년대 중반 이후 흑인 연극의 새로운 형태와 깊이의 추구는 너무도 다양한 전략들을 불러와서 방금 제시한 개괄을 제외하고는 그 어떤 간단한 개괄로도 흑인 연극 대본과 그 관객 사이의 관계를 정확하게 설명할 수 없다. 이미 대충 인종 통합주의 극에 포함시킨 바라카의 『유령선』과 고든의 『인간답게 살 수 있는 곳이 없어』 같은 극에서 우리는 흑인 극작가가 여전히 흑인과 백인이 섞인 관객을 향하면서 그러한 전략에 대한 자신의 갈등을 전달하고 있음을 볼 수 있다. 볼드윈의『설교단 옆자리』(*The Amen Corner*)와 론 엘더(Lonne Elder)의『흑인 영감들의 의식 행사』(*Ceremonies in Dark Old Men*)에서는 극작가의 시각의 초점이 흑인 세계에 맞추어져 있지만, 추구되는 이해는 백인 관객으로부터 감추어져 있지도 않고, 백인 관객과 관련 없는 것도 아니다.

볼드윈과 엘더의 극과 같은 극들에 대조되는 것으로는 에드 블린스의 초기 극에서처럼 상황과 인물들이 흑인적인 환경으로부터 올뿐만 아니라 새로운 흑인 미학, 흑인적이며 흑인 관객을 위해 의도된 가치를 강조하고 형태를 사용하려는 시도를 하는 것이었다. 바라카, 론 밀너(Ron Milner), 마빈 엑스(Marvin X) 같은 흑인 극작가들은 흑인 혁명 연극에서 그들의 의도가 그저 흑인 관객에 집중하는 것이 아니라 의식적으로 백인 관객을 배제하였다는 점에서 한 걸음 더 나아갔다. 흑인 혁명 연극에는 또한 분명한 도덕적 그리고 정치적 전략, 즉 행동할 것을 선동하고, 선(흑)과 악(백)의 분명한 구별을 보여주고 흑인 분리를 통한 힘을 과시하려는 뚜렷하게 표현된 의도가 있었다.[15) 따라서 둘 다 행동의 변화를 요구한다는 점과 둘 다 선전극이라고 불릴 수 있다는 점에서 흑인 인종 통합주의 극과 흑인 혁명 연극 사이에는 아이러니컬한 유사성이 존재하지만, 변화의 종류와 행동 변화의 목표가 된 사람들이 확실히 달랐고, 때로는 정반대였다.

순수 흑인 예술 연극과 흑인 혁명 연극의 신조를 구분하는 것이 가능하지만 지난 15년 동안 등장한 다수의 극들과 극작가들이 이 두 개의 범주 중 그 어느 하나에 깔끔하게 맞아 드는 것이 아니다. 바라카와 블린스는 상당히 많은 극을 썼는데, 각자의 극 목록 속에는 순수 흑인 예술 연극에 잘 맞지만 혁명적인 것은 아닌 극, 흑인 혁명 연극에 대단한 기여를 한 극, 그리고 전통적 또는 양면적인 극이 들어 있다. 흑인 연극 대본과 관객 사이의 관계에 대한 그 어떤 조사에 있어서도 주의가 필요하지만, 1960년대와 70년대의 극을 접함에 있어서, 극작가가 다른 곳에서 말한 미학이나 목적이 대본의 특정 요소들과 현대 흑인 연극의 전체 모습에 대한 이해를 증진시킨다하더라도 그런 것들에 의해 엉뚱한 곳으로 끌려가지 않는 것이 특히 중요하다.

비평가의 목표가 묘사된 극적 상황뿐만 아니라 극과 관객 사이에 발생하는 극적 상황을 밝히는 것이어야만 하기 때문에 나는 흑인 관객, 흑백 관객, 또는 백인 관객을 위해 작품을 쓰는 흑인 극작가들이 직면하고 있는 인종적 문제를 강조하였다. 하나의 극이 의미하는 것의 핵심에는 단순히 그 극이 무엇에 관한 것이냐 또는 그 극이 무엇을 말하느냐는 것만이 있는 것이 아니라 그 극이 무엇을 하느냐는 것도 있는 것이다. 스타이언(J. L. Styan)이 『연극의 요소』(*The Elements of Drama*)에 붙인 서론에서 이러한 관심을 잘 설명해 주고 있다: "우리는 텍스트를 평가하는 것이 아니라 텍스트가 연기자로 하여금 하도록 하는 것이 관객에게 하도록 하는 것을 평가하는 것이다."[16] 본서 그리고 다른 나의 글에서 나는 텍스트가 하는 일을 그 텍스트의 전략이라고 부르고 있다. 케네쓰 버크(Kenneth Burke)로부터 빌려 온 "전략"이란 용어는 텍스트 내에서 우리가 발견할 수 있는 관객에 대한 의도나 관객을 향한 몸짓을 의미하는 것으로 사용되고 있다.[17] 연극적 전략의 발견이란 관객이 흑인이냐 백인이냐에 따라 달라 질 수 있는 반응으로만이 아니라 또한 극이 어느 사람에게서든 불러일으킬 수 있는 반응을 통하여 관객을 관찰함으로써 이루어진다. 따라서 예를 들면 한 아버지의 죽음에 대한 묘사는 흑인 가정이냐 백인 가정이냐는 특수성에 비추어 고려되어야 할 뿐만 아니라 다른 사회적 그리고 역사적 사건 그리고 모든 사람들이 경험할 수 있는 감정적 반응의 정황 속에서도 고려되어야만 하는 것이다.

내가 논의하는 극에 대한 관객을 말할 때 나는 단순히 극장의 좌석을 차지하고 있는 사람들을 생각하는 것이 아니라, 그 극에 대한 진정한 관객, 스탠리 케이블(Stanley Cavell)의 표현을 빌리자면, 무대 위 인물들의 "현재성"(존재가 아님)에 자신들을 몰입시키는 사람들을 생각하는 것이다. 진정한 관객은 무대 위의 인물들이 그들과 분리되어 있음과 동시에 관객으로서의 자신들 속에 존재하고 있음을 인정하지만 대칭적으로 그 인물들의 존재 속에 있는 것은 아니다.[18] "인정한다"는 것은 무대 위에 펼쳐지는 세계 속의 인물들에 대하여 무엇인가를 안다는 것뿐만 아니라 (즉 그들의 존재 또는 그들의 특징 중의 일부를 인지할 수 있는 것뿐만 아니라) 우리가 그 극과 관련하여 "무엇인가를 행하여야만 하고 우리 자신에 대하여 무엇인가를 노출하여야만 하는" 방식으로 그 극에 반응하는 것까지도 의미한다.[19] 이것이 우리가 반드시 극장 밖에서 명백한 사회적 행동을 해야 한다는 것을 의미하는 것은 아니다. 일단의 관객들이 흑인 연극 공연의 막이 내린 후에 시청으로 행진해 가거나 분노에 차 유리창을 부수거나 길모퉁이에서 조용히 울며 서있는 모습을 생각할 수 있다. 그러나 이러한 행동이 비록 극에 대한 인정을 일부 포함하고 있을 수 있지만 그 어느 것도 반드시 인정의 행동이 되는 것은 아니다. 우리 앞에 펼쳐지는 극이 요구하는 것은 관객의 일원이 그 연극 작품을 경험한 후 적어도 의식적인 거부 행위 없이는 전과 동일하게 남아 있을 수 없게 되는 것이다. 적어도 스스로에게 일어난 그와 같은 변화에 대한 인식이 인정의 행위인 것이다. 흑인 연극이 이것을 성취할 때 흑인 연극은 우리를 연극의 가장 오래된 기능으로 돌아가게 한다.[20] 잠재적 관객으로서 우리는 극작가 그리고 다른 연극 예술인들과 함께 한 극이 그러한 성취를 이루는데 실패하는가 또는 성공하는가에 대한 책임을 나누어 지게되는 것이다.

이것은 내가 연극에서 "우리 자신을 잃어버리는 것"을 의미하는 것으로 간주하는 것이 아니다. 오히려 이것은 우리 자신을 기억하는 것, 그것으로서 우리가 무대 위의 인물들과 분리되어 있다는 것을 아는 것, 또한 그 인물들은 거기에 있다는 것을 아는 것을 의미한다. 만약 내가 극이 공연되는 동안 극이 끝난 후 해야할 잡다한 일들에 대하여 생각하고 있다면 나는 진정한 관객의 일원이 아닌 것이다. 또한 내가 내 앞에 있는 인물들이 그들 세계 속에 속한 자들로서가 아니라 내 자신과 내 세계의 연장으로만 보는 경우 나는 진정한 관객의 일부가 아닌 것이다. 등장 인물과 "동일시"한다는 것은 오도의 염려가 있는 개념이다. 우리가 무대의 인물과 하나가 되는 것이 아니라 우리가 이 우리와 떨어져 있는 이 인물을 우리가 알 수 있는 인물로 인정하는 것이다.

내가 설명한 대로의 관객이 되는 것이 쉬운 일은 아니다. 특히 그 일이 요구하는 그런 종류의 주목을 보내는데 익숙하지 않은 그런 세계에서는 더더욱 쉬운 일이 아니다. 잡지를 읽으면서, 식사를 하면서, 다른 사람에게 이야기를 하면서 텔레비전을 보는 사람은 관객이 되는 습관이 거의 없는 것이다. 한 극작가가 전략을 만들어 내는 것은 분명히 진정한 관객을 마음에 두고 하는 것이며, 우리가 관객으로 남아 있도록 전략을 세우는 것은 예술가의 책임이다. 그러나 처음에 관객이 되는 것은 우리의 책임인 것이다.

다수의 대중이 진정으로 흑인 연극을 인정하고 스스로를 관객으로 인식하도록 만드는 가장 강력한 방법은 본서에서 논의될 일곱 편의 극 각각의 "완벽한" 무대 공연을 감독해 그 공연을 각 도시와 마을의 관객에게 보여주는 것일 것이다. 그러나 그 일은 실행키 어려울 뿐만 아니라 오늘날의 관객들은 연극 공연장으로 인도되어야 한다는 사실, 진정한 관객이 되도록 도움을 주어야만 한다는 사실을 무시하는 것이다. 그러한 시도는 또한 이들 극에 대한 접근이 일어 날수 있는 기회를 제한하게 될 것이다. 뿐만 아니라 그러한 시도는 비평 행위를 단지 숨길 뿐 없애지는 못할 것이다. 시나 소설과 달리 연극은 중간 역할을 필요로 한다. 소설과 시는 그들의 행위를 종이와 독자 사이에서 이룩할 수 있다. 하나의 극이 텍스트로부터 공연으로 가는 것은 (이런 움직임 없이 극은 극이 아니다) 연기자, 그리고 때로는 감독과 디자이너의 중간 역할을 필요로 한다. 어떤 극의 공연에서든 이들 연기자, 감독, 디자이너의 일에 필수적인 것이 가장 활기찬 종류의 비평 행위이다. 연기자가 대본의 대사를 소리내어 읽는 순간 그는 그 텍스트에 대하여 평을 하는 것이며 그 텍스트를 드러내 보이는 것이다. 그렇다면 극을 텍스트로 접근하는 진정한 비평가는 많은 사전 비평 행위가 이루어진 뒤에 (이루어지는) 공연에 대하여 평을 하는 극 평론가와는 달리 다른 독자들로 하여금 대본을 텍스트로부터 공연으로 가게하는 그 도약들을 상상할 수 있도록 도움을 주어야하는 것이다.

내가 논의할 극들을 흑인 연극이 무엇인지를 궁극적으로 밝혀주는 수수께끼의 조각들로서보다는 독특한 연극적 사건으로 접근하는 것이 독자나 관객이 작품에 대한 그의 책임을 다하는데 도움이 될 것이다. 이 극들은 하나의 "흑인 경험"도 흑인 연극인들이 관객에게 일으키고 싶은 한 무리의 반응도 존재하지 않는다는 것을 우리에게 상기시켜준다. 그러나 역설적으로 이 극들은 또한 우리에게 복잡하지만 공유된 공동체를 제시할 수 있다. 무대 위에서나 밖에서 연극은 공동체를 형성하지 않는다. 연극은 공동체에 대한 공격이면서 동시에 가면이 될 수도 있는 사회 계급을 무너뜨리지도 않는다. 그러나 공연의 막이 오르면 연극은 특이하리만큼 완전한 세계를 제시하며, 그러한 제시에 대한 우리의 공유된 인식이 우리 각자 구경꾼을 하나의 관객으로 만드는 것이다. 흑인 연극에 있어 막이 오르는 것은 또한 베일 즉 드보이스가 "흑인 민중의 영혼"을 뒤덮고 있는 것으로 본 그 투명한 장애물이 걷히는 것이 될 수도 있다. 이 극들을 감상하는 것은 그러한 막과 베일 모두를 인정하는 것이며, 그러한 인정은 우리가 진정한 관객의 일원이 되는 경험이 가능하도록 할 수 있을지도 모르며, 우리가 하나의 공동체에 사는 사람들이 되는 방법을 상상하는데 도움을 줄 수 있을지도 모른다.

두 세계를 향한 흑인 극작가

윌리스 리처드슨의 『부서진 밴조』와 『넝마 줍는 여인의 행운』

드보이스가 1924년에 미국 흑인의 "내적인 삶"과 "흑백의 접촉"이 흑인 극작가에게 위대한 극의 근원이 될 수 있는 동시에 딜레마의 근원이 될 수 있다고 기술하였을 때 그는 다수의 동시대인들의 경력을 기술하고 있었다. 꼭 7년 전인 1917년에 윌리스 리처드슨(Willis Richardson)이란 이름의 젊은이가 흑인의 "내적인 삶"에 대한 극을 쓰기 시작하였다. 드보이스가 감지하였듯이, 흑인의 일상적인 삶에 대한 리처드슨의 관심은 대단히 생산적이며 동시에 끊임없는 문젯거리임을 보여주었다. 리처드슨의 극은 흑인 사회의 밖에 있는 관객을 위하여 극을 쓰려고 했을 때 나타나는 "내적인 삶"에 대한 연극이 가지고 있는 힘 그리고 그러한 작품 속에 내재되어 있는 좌절감을 아주 확실하게 보여주고 있다.

비록 리처드슨이 첫 번째 흑인 극작가는 아니지만 그는 흑인의 삶을 위한 그리고 그에 관한 연극에 진지하게 전념한 최초의 흑인 작가라는 역사적 그리고 예술적 중요성을 지니는 작가이다. 1889년 11월 5일에 노쓰 캐롤라이나 주의 월밍턴에서 태어난 리처드슨은 흑인 문학사에서 니그로 또는 할렘 르네상스(Harlem Renaissance)로 알려진 1920년대에 "성년"이 되었다. 그의 흑인 연극에의 헌신에 대한 증거는 그가 쓴 20편 이상의 단막극들, 수가 정확하게 알려져 있지 않은 좀 더 긴 극들,『어퍼튜니티』(*Opportunity*)지와『크라이시스』(*The Crisis*)지에 실린 그의 흑인 연극에 관한 논문들,1) 그리고 그가 1930년과 1935년에 편집한 두 권의 "흑인 삶에 대한 극" 선집들에서 찾을 수 있다.2) 이 두 선집 중에서 뒤에 출판된『열세편의 극으로 본 미국 흑인 역사』(*Negro History in Thirteen Plays*)라는 제목의 선집은 처음으로 오로지 미국 흑인 극작가들이 쓴 극들만 실은 선집으로 널리 알려져 있다.

리처드슨은 또한 브로드웨이 무대에 작품을 올린 최초의 흑인 극작가로서도 널리 알려져 있다. 브로드웨이에서 공연된 작품인『넝마 줍는 여인의 행운』(*The Chip Woman's Fortune*)은 1923년 오스카 와일드(Oscar Wilde)의 작품『살로메』(*Salomé*)의 재공연과 함께 공연되었다. 에티오피아 극단(Ethiopian Players)에 의해 무대에 올려진『넝마 줍는 여인의 행운』은 할렘의 라파예트 극장에서 처음 공연된 다음 브로드웨이로 옮겨갔다. 이 극은 겨우 이 주일간 공연되었으며, 공연 당시뿐만 아니라 그 이후에도 비평적 주목을 거의 받지 못하였다.3) 비평가들이 뉴욕 연극계에 최초로 등장한 이 극을 알리지 않은 것은 그 당시 뉴욕에서 몇 편의 흑인 뮤지컬이 선을 보였다는 사실로 일부 설명이 된다.4)

그리고 여러 리처드슨의 극이 지역 극장에서 공연되었다.『집사의 깨달음』(*The Deacon's Awakening*)이 1921년 세인트 폴에서 공연되었고,『부서진 밴조』(*The Broken Banjo*)가 1925년에 크리그와 극단(Krigwa Players)에 의해 할렘에서 공연되었다. 이 장에서 논의될 또 다른 극인『부서진 밴조』는 공연되는 성과를 이루었을 뿐만 아니라 드보이스가 지원한 크리그와 극단의 1925년 경연 대회에서 일등상 그리고『크라이시스』지가 수여한 에이미 스핑건상 중에서 일등상을 수상하였다.

리처드슨의 극작가로서의 경력이 다른 흑인 연극인들에게 선례가 되었지만, 그의 극의 형태나 관심사 모두 1920년대로서는 독특한 것이 아니었다. 그의 극들 중 다수가 자연주의적 단막극이라고 해도 무리가 없을 듯하다. 사실주의와 대조되는 자연주의가 미국에서는 성공적이거나 잘 발달된 유형이 아니었지만, 이 시대의 다른 작가들은 (흑인 작가나 백인 작가 모두) 자연주의적이라고 부를 수 있는 양식으로 비교적 짧은 극을 썼다.5) 리처드슨의 주제였던 "흑인의 삶에 대한 연극"은 적어도 표면상으로는 흑인 삶에 대한 많은 극에서 다루어진 주제들과 비슷하였다. 이 시기에 백인 극작가들에 의해 쓰여진 "흑인의 삶에 관한 극들"은 지금도 종종 다시 무대에 올려지고 있는 리즐리 토런스(Ridgely Torrence)의 『꿈꾸는 사람』(*The Rider of Dreams*, 1917), 유진 오닐의 『존스 황제』(*The Emperor Jones*, 1920)와 『신의 아이들 모두 날개를 달았다』(*All God's Chillun Got Wings*, 1924), 폴 그린(Paul Green)의 『천국에 잠들어』(*In Abraham's Bosom*, 1924) 그리고 마크 코넬리(Marc Connelly)의 『푸른 목장』(*The Green Pasture*, 1930)을 포함하였다.

또한 리처드슨의 극들이 흑인 예술 세계의 유일한 업적을 이룬 것도 아니었다. 『부서진 밴조』가 공연된 해인 1925년에 흑인 극작가에 의해 쓰여진 최초의 진지한 장막극인 갈랜드 앤더슨(Garland Anderson)의 『겉모습』(*Appearances*)이 브로드웨이에서 공연되었다. 사 년 뒤에 월러스 써먼(Wallace Thurman)의 『할렘』(*Harlem*)도 브로드웨이 무대에 등장하였다. 그리고 이 공연들은 빙산의 일각에 불과했다. 흑인 연극은 1920년대에 이르러 여러 지역에서 발전하고 있었다. 리처드슨 자신도 대부분 워싱턴에서 살면서 활동하였고, 그의 고향에서 활동하는 하워드 극단(Howard Players)와 접촉하면서, 뉴욕과 시카고에 있는 작가들이나 극단과 함께 일하기도 하였다.6) 따라서 리처드슨이 흑인 극작가로서 독특한 존재는 아니었지만, 진정한 그리고 진지한 흑인 연극을 창조하기 위하여 다른 예술가들보다 더 폭넓게 활동하였다. 그는 흑인 지역 극단과 흑인 대학 극단 설립, 드보이스나 알레인 로크(Alain Locke)와 같이 저명 인사들이 쓴 새로운 흑인 연극에 대한 선언문, 진 투머(Jean Toomer), 조지아 더글러스 존슨(Georgia Douglas Johnson) 그리고 그의 극과 형태나 소재와 비슷한 존 매쑤스(John Matheus) 같은 작가들이 쓴 극들로 구성되는 점차 커져 가는 풍경에서 거대한 모습으로 자리잡고 있었다.[7]

역사적으로 리처드슨은 예술계의 뛰어난 인물이었을 뿐만 아니라 미국 흑인에게 대단히 어려웠던 시대를 산 흑인이기도 하였다. 일차 세계 대전 이후의 시기는 심각한 인종적 긴장의 시기였다. 전쟁 동안 솟아난, 흑인의 해외 전쟁 참여가 흑인에게 새로운 평등을 가져오리라는 희망에도 불구하고 돌아 온 흑인 병사들은 전쟁 전과 비교하여 나을게 없는 사회적 또는 직업적 위치에 처해졌다. 1917년 이후 10년은 북부에서의 인종 폭동, 북부와 남부에서의 백인 우월주의 집단(Ku Klux Klan)의 활동 증가, 그리고 전국적인 일, 거주지, 교육과 관련된 긴장을 포함하였다. 종종 긴장은 광란으로 해소되거나 감추어졌다. 이 시기는 이마무 아미리 바라카(Imamu Amiri Baraka, LeRoi Jones에서 개명)이 『블루스족』(*Blues People*)에서 지적한 것과 같이 부기우기(boogie-woogie)의 시대, 흑인들이 (때로는 백인들도) 블루스의 "리듬적 대조"와 일부 서부 컨튜리 가수들의 소리를 합한 부기 피아노에 맞추어 춤을 추며 밤을 지새우는 때로는 일주일 내내 계속하는 파티의 시대였다.[8] 이 시기는 또한 미국 흑인에게는 유럽에서 귀향 미국으로, 남부에서 북부로, 주최자의 집세를 위한 파티에서 다른 파티로의 이동의 시대이기도 하였다. 그러나 이 이동은 대다수의 흑인에게 진보를 가져오지 못한 이동이었다.

리처드슨은 이와 같은 광란과 좌절의 세계 속에서 극을 썼고, 다른 사람들에게 흑인 민속극의 중요성에 대해 역설하였다. 이 시기에 쓰여진 그의 극은 흑인의 사회적, 문화적 역사에 있어 매우 중요한 시기에 대한 역사적 기록으로서 뿐만 아니라 미국 연극계에 팽배해 있던 사실주의와 표현주의에 대한 도전을 이끈 개인적 예술품으로서도 중요하다. 리처드슨이 그의 극 중 다수를 "민속극"으로 생각했다는 것은 부정확한 것도 아니고, 종종 그 우화적인 구성과 선과 악을 대표하는 인물들에 있어서 중세 도덕극과 놀랄 만큼 닮은 그의 작품을 과소 평가하는 것도 아니다.『부서진 밴조』에서 그는 도덕적 우화로 이어지는 소재를 사용하였지만, 옳고 그름에 대한 손쉬운 대표가 없다는 것을 보여 주기 위하여 인물과 상황을 비틀었다. 언어, 성격 창조, 배경, 구성에 대한 그의 선택은 그 이국적인 것보다는 평범함 때문에 뛰어나다. 다수의 그의 극에는 또한 숨김없이 제시된 교육적 전략이 들어 있다. 리처드슨의 연극의 이와 같은 일반적인 특징들이 그의 예술을 일부 현대 흑인 혁명 연극에서 나타나는 우화적 경향과 현대 "흑인 경험" 연극에서 발견되는 "천한" 사람들의 삶에 대한 관심과 연결시킨다. 리처드슨은 특정 극에서 달리 사용한 전략들을 통하여 그의 관객의 인종적 분리 문제에 직면해야만 하는 흑인 극작가의 딜레마를 잘 나타냄에 있어 모범적인 인물이기도 하다. 금전적 그리고 교육적 목적 때문에 그는 흑인과 백인 모두에게 영향을 주기를 원하지만, 또한 흑인들이 그들의 세계에서 투쟁하고, 생존하고, 실패하는 모습을 진실되게 재창조하기를 원하기도 한다. 이와 같은 의도들을 통합하는 전략을 만들어 냄에 있어서 리처드슨이 경험한 어려움은 내가 연구하기 위해 택한 두 극에 반영되어 있다.『부서진 밴조』는 효과적인 전략을 보여주고 있는 반면에 다른 극『넝마 줍는 여인의 행운』은 내가 생각하기에 전략적으로 혼란스럽고 따라서 약한 것 같다. 텍스트 상의 그리고 역사적 증거에 의하면『부서진 밴조』는 흑인 관객을 겨냥한 극이었고, 반면에『넝마 줍는 여인의 행운』은 백인 관객이나 인종적으로 혼합된 관객을 겨냥한 극이었다. 이와 같은 대조는 흑인 연극의 전략과 관객의 인종적 구성 사이의 특수한 관계에 대한 의문을 제기하게 된다.

II

『부서진 밴조: 민속 비극』(*The Broken Banjo: A Folk Tragedy*)은 드보이스가 진정한 흑인 연극을 장려하기 위하여 창단한 할렘의 크리그와 극단에 의해 1925년에 공연되었다. 『부서진 밴조』는 가족의 갈등을 다루는 극이다. 가족의 한 사람이 가족의 다른 사람이 살인을 범했다고 털어놓으면서 긴장이 고조된다. 주요 등장 인물인 매트(Matt)와 엠마(Emma) 부부, 엠마의 남자 형제와 사촌인 샘(Sam)과 아담(Adam)이 음식, 돈, 상호 책임에 대하여 다툰다. 다투는 도중 샘과 아담이 매트가 소중히 여기는 밴조를 부순다. 매트는 그의 밴조가 부서진 것을 알고 분노한다. 샘은 전에 일어나 해결되지 않은 살인 사건에 매트가 책임이 있음을 경찰에 알리겠다고 협박하면서 자신을 방어한다. 매트가 샘과 아담으로부터 입다물고 있겠다는 약속을 받아내지만 결국 그들이 경찰에 알리고 매트는 체포된다.

『부서진 밴조』의 전략에서 우리는 왜 이 극이 공연될 수 있었고 상을 받을 수 있었는지를 알 수 있게 된다. 상황 설정과 성격 창조의 표면상의 단순함에 현혹 당하기 쉽다. 극의 줄거리 요약은 어떻게 이 극이 이 가족 구성원 모두에 대한 관심과 이해를 불러 일으키기 위한 리처드슨의 노력에 의해 복잡해지고 있는지를 보여주지 못한다. 많은 "가정극"(family drama)과 대조적으로 『부서진 밴조』는 제시하고 있는 가족에 분명한 주요 인물이나 적대적 인물을 설정하지 않고 있다. 이 극의 등장 인물 모두가 분명하게 문제가 있고 결함이 있으며, 모두가 관객으로부터 특별한 동정심을 유발시킬 수 있다. 많은 비극과는 달리 사건 전개 양식이 하나의 절정을 향한 지속적인 압박이 아니고, 사건과 그 사건에 대한 반응, 긴장과 긴장의 해소가 이루어내는 파도 같은 움직임의 양식이다. 평범한 서민, 사회 계급이나 역할에 의해 고상해지지 않은 사람들에게 초점을 맞춤으로써 그리고 절박한 상황과 훈계조의 어조를 택함으로써 이 극은 일부 중세 도덕극의 특징들을 떠올리게 한다. 짤막한 계시와 관객으로부터 정보에 대한 양면적인 태도를 갖도록 하는 것에서 『부서진 밴조』는 소포클레스 극의 전략의 일부를 상기시킨다.9)

　근본적으로 『부서진 밴조』가 하는 일은 관객으로 하여금 등장 인물들의 주장의 신뢰성에 대한 일련의 신뢰와 불신의 순간들을 거쳐가도록 하는 것이다. 리처드슨은 관객으로서의 우리의 관심이 이곳 저곳으로 옮겨 다니게 한다. 그는 우리의 동정심이 한 인물로부터 그 인물의 분명한 적으로 향하도록 만든다. 리처드슨은 하나의 결정적인 순간이나 절정으로부터라기보다는 극 전체에서 얻은 느낌, 멀리하고 나무래야 할 특별한 악과 인간적 약점이 있지만 완전히 선하거나 완전히 악한 상황이나 인간은 없다는 느낌을 관객이 갖도록 한다. 이러한 전략은 관객이 보는 무대에서 일어나는 일에 대한 판단에서 양면적이 되도록 의도된 것이지만, 그 양면성은 루이기 피란델로(Luigi Pirandello)의 『헨리 4세』(*Henry IV*)와 같은 리처드슨의 극과 동시대에 등장한 일부 극에서처럼 현실과 환상에 대해 의문을 갖도록 의도된 것이 아니다. 리처드슨의 관심은 확실히 도덕적인 것이다. (물론 도덕적인 것과 예술적인 것이 다른 영역이 아니라는 주장을 펼 수도 있다. 여기에서 중요한 것은 리처드슨이 진실과 허위, 아름다움과 추악함이 아니라 주로 선한 행위와 악한 행위에 관심을 갖고 있다는 것이다.)

　리처드슨의 전략에 대한 첫 번째 징조는 무대 지시에서 나타난다. 극이 전개되는 전셋집 식당이 "음울하고 어두운 곳"으로 제시되면서, 첫 장면의 우울하고 성마른 분위기를 암시해준다.10) 식당에 단 두 개의 의자만 있다는 사실이 가족의 경제적 어려움을 암시할 뿐만 아니라 심리적 의미에서 이 공간에서는 두 사람만이 편안하게 살 수 있다는 것을 암시해준다.

극이 시작하면 남편 매트가 두 의자 중 한 의자에 앉자 밴조를 연주하고 있다. 그는 "키가 작고 단단하게" 보이며, 이국적인 음악인이 아니라 노동자의 모습을 하고 있다. 무대 지시에서 리처드슨은 "[매트]가 결코 훌륭한 연주자가 아니지만 훌륭하게 연주하려는 그의 욕망이 그의 종교이다"라고 설명하고 있다(300). 매트의 음악에의 심취는 우리의 관심을 끌며 어쩌면 우리가 예술적인 일에 확실하게 열중하고 있는 사람에게 보내는 경의를 표하게 만들지만, 대사가 시작되기 전에 잠시 들리는 그의 서툰 연주 솜씨는 관객을 짜증나게 하거나 재미있어 하게 할 수 있다.

따라서 매트의 아내 엠마가 들어서자마자 매트에게 "그 소음" 내는 것을 그만두라고 말할 때 우리는 서툰 연주 솜씨에 대한 우리의 느낌이 확인되기에 웃거나 안도감을 느끼게 될 수도 있지만, 남편의 노력에 대한 엠마의 냉정함 때문에 그녀에 대해 적대감을 느끼기도 한다. 엠마가 매트에게 밖으로 나가 장작을 패라고 소리지르면서 그의 이기주의를 비난하는 것을 보면서 우리는 이런 장면이 매일 연출되고 있다는 것을 알게 된다. 그들 관계에 존재하는 긴장이 즉각 분명해진다. 매트는 엠마의 가족과 어울리지 못하는 "외톨박이"이고, 최근까지도 하는 일 없이 지냈다. 리처드슨이 이처럼 빠르게 진행되는 도입 단계를 결혼 생활의 습관적인 싸움과 같은 어조와 상황으로 제시하기 때문에 도입 단계가 인위적인 것처럼 보이지 않는다. 그러나 우리는 동정심을 정확히 어디로 보내야 할 지를 모른다. 엠마의 고생에 대한 넋두리가 진실되게 들리긴 하지만 현재로선 엠마가 아니라 매트가 일을 하고 있다. 그녀의 불평은 현재의 지친 생활로부터가 생긴 것이 아니라 새삼스럽게 과거로부터 끄집어 낸 것이다. 관객은 이웃집의 싸움을 어쩔 수 없이 듣고는 있지만 벽을 통하여 들리는 토막들의 진실을 알 수 없는 사람의 위치에 놓인다. 결과적으로 엠마가 그녀의 가족과 매트 사의의 불화에 대하여 언급할 때 누가 잘못한 것인지 분명치 않게 된다.

열여섯 개의 짧막한 대사에서 이 극의 경향과 상황이 결정된다. 우리는 젊지만 고생하면서 빨리 늙어 가는, 그들의 세상과 서로에게 불만족스러운 부부를 본다. 가난이 그들이 겪는 고생의 근본적인 원인이지만 샘과 아담에 대한 매트의 적대감이 매트와 엠마 사이에 부차적인 갈등을 일으킨다. 이 적대감은 매트가 엠마의 남자 형제와 사촌을 "깜둥이"이라고 부르면서 새로운 양상을 띠게 된다. 백인 관객은 이 용어가 그저 묘사하는 것에 불과하다고 간과할 수도 있지만, 엠마와 리처드슨의 흑인 관객의 대부분은 이 용어가 경멸적인 것임을 안다. 즉각 "그녀의 가족을 방어하면서" 엠마는 "당신은 누굴 깜둥이라 부를 만한 처지가 아니니 아무도 깜둥이라 부르지마. 샘과 아담도 당신만큼이나 하얘"(304). 엠마와 매트 둘 다 하얀 피부색을 미덕으로 생각하고 있다는 사실이 매트가 엠마의 친척들이 범죄인이라고 비난하면서 되받아 칠 때 강화된다. 엠마가 "샘과 아담도 당신만큼이나 하얘"라고 말할 때 매트가 비교적 쉽사리 엠마의 의견에 동의를 하기 때문에 여기서 리처드슨의 요점은 피부색이 미덕과 관련이 없다는 것인 듯하다. 피부색에 대한 언급은 백인 관객에게 흑인과 백인이 동일하게 고결하다는 것을 주장하기 위하여 의도된 장치가 아니라 흑인 관객에게 피부색의 하얀 정도에 따라 인격 판단하는 것을 중단하라는 충고인 듯하다. 나는 피부색의 검은 정도에 대한 짧막한 대화에 주목하였다. 그 이유는 이 대사가 나 그리고 내가 생각하기에 1970년대 그 어떤 백인 관객도 불편하게 만들기 때문이다. 이 것이 이 극의 교훈 중의 하나이지만 리처드슨은 이 것에 대해 더 다루지 않는다.

마치 "검은 피부의 하얀 정도"가 중요하지 않다는 점을 강조하기 위한 것처럼 대사는 극의 핵심 문제 즉 범죄, 가족에 대한 책임, 감옥으로 향한다. 엠마가 말하듯 매트는 그가 감옥에 간 적이 없다고 떠벌린다. 되돌아보게되면 매트의 주장이 아이러니컬하게 들릴 것이다. 왜냐하면 매트는 실제 살인범이지만 엠마나 관객인 우리만 현재 매트의 범죄와 다가올 처벌에 대해 알지 못하고 있어 그의 떠벌림이 궁극적인 인식을 암시하고 있기 때문이다.

매트는 단순히 모욕하기 위해서가 아니라 자신의 실제 걱정을 알리기 위하여 샘과 아담이 감옥에 간 일들을 들춰낸다. 그는 샘과 아담이 계속해서 그와 엠마에게 음식을 달라고 하기 때문에 화가 나있다. 여기서 역시 리처드슨은 관객이 쉽게 판단하기 어려운 문제를 제시한다. 가족에게 음식을 주지 않는다는 것은 인색한 것이고 가족의 유대 관계를 파괴한다는 엠마의 말이 옳기는 하지만 엠마와 매트는 분명히 다른 사람들을 계속해서 접대할 처지에 있지 않다. 극에서 이 시점까지 우리는 샘과 아담을 만나지 못한다. 우리는 그들이 친절한 대우를 받을만한 사람들로 상상하게 된다. 그러나 매트의 주장은 지적 그리고 정서적으로 이치에 맞다. 그가 아주 이기적인 것이 아니라, 그저 그는 그의 친구가 아닌 자들, 그의 뒤에서 그를 헐뜯는 자들을 너그럽게 대할 필요를 느끼지 못하는 것이다. "당신 친구가 한 명이라도 있어?"라는 엠마의 가시 돋친 질문에 매트는 아주 솔직하게 "아니, 나 친구라곤 없어. 당신말고는 아무도 나를 좋아하지 않아. 그리고 당신도 나를 무지 좋아하는 것은 아니지"라고 말한다(305).

이와 같은 말이 오고 갈 때 우리의 동정심은 흔들리게 되어 있다. 이것은 부당하게 재산을 모으는 야비한 수전노 같은 진부한 상황이 아니다. 만약 이 극이 백인 중산층 관객을 위하여 공연되었다면 그와 같이 잘못된, 경솔한 반응을 불러일으킬 위험이 있지만, 이 도입 장면에서 리처드슨이 상투적인 것과 편견의 복잡한 파괴 같은 것에 관심이 있다는 증거는 찾아 볼 수 없다. 매트를 스테레오타입화된 흑인 역할로 보지 않고 그들과 같은 하나의 인간으로 볼 지역 연극 공연장에서의 흑인 관객에게는 매트의 자신에 대한 그리고 다른 사람들과의 관계에 대한 솔직함이 호소력을 지닐 것이다. 생존을 위해 기본적으로 필요한 것들과 혈연 관계에 있는 사람들에 대한 적선 사이의 갈등은 흑인 관객에게 또는 그러한 시련이 사소하거나 멀리 있는 것이 아닌 관객에게는 실제적이고 중요한 것이다.

리처드슨이 붙인 극의 부제목 "민속 비극"(A Folk Tragedy)의 의미 심장함이 드러나기 시작한다. 이 극이 제시하는 상황은 완벽한 사람들이 가난에 시달려 불행한 가슴 아픈 상황이 아니다. 우리는 정이 가는, 불완전한 민초들의 생존을 위한 투쟁을 목격하고 있는 것이다. 매트와 엠마는 살아 남기를 그리고 약간의 존엄성을 유지할 수 있기를 바란다. 개막 장면에서 분명히 들어 나는 것은 매트와 엠마 둘 다 그들의 자존심을 지키기 위해 계속 분투한다는 것이다. 극의 시작을 알리는 첫 대사에서 그들의 싸움이 시작되기 때문에 그리고 우리는 그들을 판단할 수 있는 근거로 그들 자신의 시각밖에 가진 것이 없으므로 우리는 어쩔 수 없이 둘 중 한 사람 그런 다음 다른 사람에게 공감을 표할 수밖에 없게 된다. 그들의 존엄성을 지키려는 욕망에 대한 우리의 느낌은 그들의 말다툼에 의해 방해 받게 되는 것이다. 리처드슨은 전략적인 조치로 이 긴장을 잠시 해소한다. 또 다른 암시가 되는 부분에서 엠마는 매트에 대한 그녀의 헌신을 강조하면서 그가 "큰 어려움"을 겪고 나서야 그에 대한 그녀의 걱정을 알게 될 것이라는 결론을 내린다(306). 매트는 이에 대한 응답으로 갑자기 태도를 바꾸면서 엠마에게 그들이 너무 자주 싸운다고 말한다. 엠마가 이에 동의하면서 소강 상태가 뒤따르는데, 이 때 집안은 이들의 마음 속에 있는 서로에 대한 애정과 매트가 다시 켜는 밴조 소리로 채워진다. 이 순간이 이 극의 나머지에 아주 중요하다. 왜냐하면 이 순간이 매트와 엠마 사이의 근본적인 결속 관계를 분명하게 보여주고, 뒤에 보이는 서로에 대한 사랑의 몸짓을 가능하게 하기 때문이다.

엠마는 잠시도 입을 다물고 있지 못하지만, 애정을 되찾은 탓에 돈에 대한 새로운 집착이 전보다 강렬하지 않다. 이제 그녀와 매트는 진정으로

서로가 필요로 하는 것에 대해 귀를 기울이는 것 같다. 이러한 감정적 재결합으로부터 현실적인 해결책이 나온다. 매트는 엠마가 절실히 필요로 하는 중고 구두를 사줄 것이다. 그 대가로 엠마는 샘과 아담에게 음식 달라고 애걸하는 일을 중단하라고 말할 것이다. 이 부분은 조그만 사건으로 끝난다. 매트가 떠난 뒤 엠마는 매트가 탁자 위에 놓고 간 밴조를 조용히 더듬어 본다. 이 조용한 순간에 샘과 아담이 들어 와 무대 위의 평화로움과 관객의 평온함을 깨뜨린다. 우리 그리고 엠마에게 이 험상궂고 "성질 더러운" 남자 형제 샘과 "활기 있고 농담 잘하는" 사촌 아담의 등장은 복잡한 반응을 불러 올 것이다. 엠마는 이 휴식의 순간이 지속되기를 바라지만 이제 샘과 아담을 꾸짖는 원치 않는 일을 할 수 있게 되었다. 우리 역시 말다툼의 일시적 중단을 즐기면서도 샘과 아담이 어떤 자들인지를 알고 싶어하게 된다.

샘과 아담이 등장하기 전에 매트를 무대로부터 제거하는 리처드슨의 전략은 분명하다. 엠마와 그녀의 남자 형제와 사촌의 관계를 알기 위해서는 그녀 혼자 그들과 있는 것을 보아야만 하는 것이다. 그러나 엠마가 이제 그들을 쫓아 버려야 하기 때문에 우리는 분명히 엠마가 보통 그들과 지내는 모습을 보지 못할 것이다. 샘과 아담은 즉시 그들에 대한 매트의 묘사가 옳다는 것을 보여준다. 그들이 집에 온지 얼마 되지도 않아 샘이 음식을 달라고 한다. 그러나 엠마는 남자 형제의 기대를 충족시켜 주지 않고 그의 요구를 거절한다. 이 거절을 샘은 엠마와 매트가 싸우고 있었던 증거로 해석하지만, 아담은 명랑하게 "매트가 그녀를 구슬려 우리로부터 돌아서게 한거여"라고 주장한다(308). 우리가 알고 있듯이 어떤 의미에서는 이 두 해석 모두가 사실이라서 여기서 샘과 아담은 영리하게 보인다. 그러나 그들은 필요한 정보를 갖고 있지 않아 취약한 상황에 있다.

샘과 아담의 비난에 엠마가 화를 내며 부엌으로 간 후 두 사람이 잠시 언쟁을 벌인다. 이 장면이 폭력이 일어날 분위기와 잠재력을 설정하며 샘과 아담을 차별화하는 두 가지 기능을 행한다. 분명히 두 사람 중에서 아담이 더 온순한 기질이라 폭력을 경계하고, 그의 주변 세상에 반응하는 데 있어 대범하다. 샘은 거칠고 급한 성질이다. 그의 문제를 일으킬 수 있는 잠재력은 이 장면에서 위협적으로 휘두르는 그의 칼이 상징적으로 보여 준다. 아담이 샘의 칼을 뺏으려 하면서 샘에게 "그리 비열해서 무엇에 쓸거여"라고 안이하게 묻는다(309). 샘이 칼을 되돌려 받으려는 격렬한 노력 그리고 매트가 예전에 그들을 때린 것에 대한 아담의 회고에 대한 반응은 무섭다: "그가 우리를 다시는 때리지 못할거야. 그는 내 손아귀에 있거든"(310). 이 말이 쓸데없는 허풍처럼 들리지만, 이 것이 샘이 매트의 거부에 맞설 수 있는 무기, 주먹이나 칼이 아닌 다른 무기를 갖고 있을 수도 있다는 첫 번째 암시이다.

샘이 계속 암시를 주는 동안 관객은 이 극의 핵심적인 심리적 "덫"으로 인도된다. 즉 리처드슨은 우리의 태도와 감정이 극으로부터 독립된 확실한 해결책을 갖지 않도록 하게 하는 방법으로 관객이 극을 대하도록 만들어 온 것이다. 매트에게 품은 샘의 앙심 그리고 현재 환영받지 못한다는 그의 생각이 허풍을 치거나 거짓말을 하기에 충분한 동기가 되지만, 이제까지 우리는 샘이 남을 속이는 사람이라는 증거를 발견하지 못하고 있다. 극에서 최초로 그가 미해결 사건으로 남아 있는 노인 살인 사건에 대해 언급할 때 우리는 아담처럼 관심을 갖게 된다. 그러나 우리는 동정이 가지 않는 인물로부터의 악의적인 암시를 믿고 싶어하지 않는다. 따라서 아담이 더 많은 정보를 캐묻고, 샘이 "때가 오면 말하지"라고 할 때 우리는 적어도 그런 때가 샘의 상상 속에서나 존재하기를 바라게 된다.

그 때가 우리가 기대한 것 보다 더 빨리 다가 온다. 샘과 아담이 집에 들려 "모든 음식을 먹어치우는" 것을 매트가 더 이상 원치 않는다는 것을 엠마가 털어놓자 이에 격분한 샘이 매트가 노인 셸턴(Shelton)을 살해하는 것을 자신이 실제 보았다고 말한다. 샘의 고발이 너무나 꾸밈없는

단도직입적 것이라 처음 우리의 반응이 엠마의 반응처럼 "그것 거짓말이
야"일 수도 있다. 우리는 매트의 급한 성질을 보았다. 그러나 그의 품행
어디에도 그가 살인의 기억을 간직해 왔다는 것을 보여주는 것이 없다.

　　이 시점으로부터 등장 인물들과 관객들 모두에게 믿음과 불신이 빠
르게 교차된다. 샘의 고발에 대한 엠마의 첫 부정은 구원이라기보다는 저
주에 가깝다; "셸턴 노인을 죽인 놈이 도망가 아직도 잡히지 않고 있다는
건 다 알고 있는거 아냐?"(311). 샘이 퉁명스럽게 매트가 바로 그 잡히지
않은 자라고 대답한다. 이성을 되찾은 엠마가 샘의 입장을 약화시킨다:
"네가 매트에 대해 그걸 알았으면 네가 그를 미워하는 만큼 오래 전에 말
했어야지"(311). 이 말이 샘에 대한 관객의 판단에 도움을 주지만, 샘이
이전에는 그의 여자 형제의 남편을 보호하였지만 이제 엠마가 매트의 편
을 드니 그녀를 보호할 생각이 없다고 주장할 때 샘이 다시 토론의 주도
권을 찾으면서 상황을 애매하게 만든다. 샘의 동기는 진실인 것 같다. 남
편의 결정을 알림으로써 엠마는 남편과 연합하였다. 마지못해서일망정 그
녀는 충성의 방향을 정하였다. 샘은 엠마와 매트의 이전 말다툼을 목격하
지 못하였기 때문에 그녀가 샘에게 등을 돌린 것이 아니라는 약한 주장은
그를 설득하지 못하며, 관객에게는 단지 일부만이 믿을 만한 것이다.

　　여기서 전략상의 문제는 매트가 노인을 살해하였다는 것을 신뢰하거
나 불신하거나의 문제일 뿐만이 아니라 또한 각 인물 특히 샘을 신뢰할
수 있느냐하는 문제이기도 하다. 따라서 이 장면은 "진실"을 알리는 인물
이 확실하게 관객의 신뢰를 확보하는 그리스 연극의 전통적인 계시 장면
보다 더욱 복잡한 것이다. 여기에서의 복잡함, 그 누구의 소리도 믿을만한
것이 못되는 그런 복잡함은 입센 이후의 현대 연극에 전형적으로 나타나
는 것이다. 우리는 한편으로는 샘이 입을 다물고 있기를 바라면서 다른
한편으로는 샘의 고발을 믿을 수도 있다. 그런 경우 우리는 또한 그가 그
렇게 오랫동안 알고 있는 것을 밝히지 않고 있었다는 것을 존중하여야만

하고, 왜 이제 밝히는 것인지를 이해하여야만 한다. 샘의 힘의 과시는 그가 위협을 받고 있다고 느끼는 상황에서는 자연스런 반응인 것이다.

이 시점에서 관객은 살인에 관련된 불확실한 것을 확실히 밝혀주기를 바라게 되고, 리처드슨은 그런 바램을 만족시켜준다. 샘이 이제 제시하는 살인에 대한 세세한 묘사는 그의 이야기의 진실성에 대한 모든 의구심을 없애주며, 우리는 엠마처럼 매트에 대한 믿음 때문에만 그 이야기를 믿지 않을 수 있다. 그러나 아담이 샘에게 왜 자신에게 이야기하지 않았냐고 물을 때 의구심이 다시 솟는다. 아담의 질문은 적어도 두 가지 대답을 암시한다. 한편으로는 어쩌면 샘이 우리나 아담이 생각한 것보다도 더 신중한 것이다. 다른 한편으로 샘이 그가 알고 있는 것을 아담에게 말하지 않았다는 사실이 샘이 현재 살인 이야기를 꾸며내고 있는 것일 수 있다. 샘의 고발의 구체성은 그가 허위적이라는 인상을 의심케 한다. 그럼에도 불구하고, 만약 그가 진실을 말하고 있는 것이라면 단지 매트가 살인죄를 지은 것이 아니라 우리는 샘에 대하여 너무도 가볍게 판단을 한 죄를 짓게 되는 것이다. 샘이 만약 매트를 보호하기 위하여 지금까지 입을 다물고 있었다면 그는 관객이 추측한 것만큼 이기적이고 비도덕적일 수가 없다.

일련의 짧막하면서도 점차 강렬해지는 장면들을 통하여 리처드슨은 관객을 위한 덫, 우리로 하여금 결국 무대 위의 등장 인물들 모두가 장점과 단점을 공유하고 있다는 것, 선과 악, 옳고 그름에 대한 성급한 판단은 종종 정의롭지 못하고 위험하다는 것을 인정하게 하는 덫을 놓는다. 샘이 살인 사건을 설명하는 장면이 아주 사소해 보이는 위기에 처해서라도 사람들은 최악의 또는 최선의 행동을 한다는 것을 보여주는 일련의 장면 중의 첫 번째 것이다. 뒤 따라 오는 장면에서 밴조가 망가지는데, 이 장면이 이러한 전략에서의 또 다른 진전이다. 샘이 살인에 대해 알고 있으면서 그에게 말해 주지 않았다는 사실에 화가 난 아담이 매트의 밴조를 가지고

그의 우월성을 보여주려고 한다. 샘이 아담으로부터 밴조를 뺏으려 하면
서 그 와중에 밴조가 부서진다. 이 장면 자체는 지나치게 폭력적이거나
강렬한 것은 아니지만, 무대 위에 있는 사람들이나 관객 속에 있는 사람
들 모두가 강렬한 예감을 갖게 된다. 샘과 아담과 엠마와 관객이 매트의
귀가를 기다리고 있는 동안의 적막함이 주는 긴장감은 매우 강렬하다. 부
서진 밴조와 샘이 (사실이든 허위든) 살인에 대에 알고 있는 것을 이용한
것에 대한 매트의 반응이 우리는 그저 걱정스러울 따름이다.

매트가 엠마에게 줄 구두를 가지고 집에 돌아오자마자 그의 밴조가
없어진 것을 알아 차린다. 뒤따르는 장면은 혼란스러워 확실히 알기 위해
서는 조심스럽게 접근하여야 한다. 엠마는 처음 주의를 밴조로부터 다른
곳으로 돌리기 위하여 구두에 집중하는 듯하다. 매트가 부서진 밴조를 발
견하고 엠마가 밴조를 부순 범인을 밝히지 않으면 구두를 돌려주겠다고
위협할 때, 구두를 갖지 못하게 되는 것에 대한 엠마의 두려움이 샘과 아
담이 밴조를 망가뜨렸다고 털어놓는 동기가 되기에 충분하다고 믿을만한
것인 듯하다. 만약 엠마의 성깔과 종종 보이는 이기적이고 비이성적인 행
동이 이전에 강조가 되지 않았더라면, 그녀가 단지 구두를 갖기 위해 샘
과 아담의 잘못을 밝혀 의식적으로 충돌을 일으키는 것이 터무니없어 보
일 것이다. 그녀가 샘과 아담을 고발하는 것은 즉흥적인 행동, 무엇인가
그녀를 심각한 위협하는 것에 대한 대응으로 나온 무분별한 행동임에 틀
림이 없는 것 같다. 이 장면은 이전에 샘이 셸턴 노인의 살해를 묘사를
하는 장면, 자신이 원하는 것을 잃지 않으려는 샘의 욕심에 의하여 형성
된 장면과 비슷한 것이라고 보아야 한다.

매트는 샘과 아담이 실제로 밴조를 부수었다는 것을 알게 되자 주체
하기 어려울 정도의 화를 낸다. 그는 샘을 "개 같은 깜둥이 놈"이라는 이
전에 엠마의 친척의 피부색에 대한 면박을 상기시키는 모욕적인 말을 내
뱉으며 의자를 집어들어 샘에게 던지려 한다. 그러나 샘은 우리가 알고

있듯이 육체적 폭력이외의 무기를 가지고 있다. 만약 그가 살인에 대해 알고 있는 것을 제시함으로써 자신을 방어할 수 있다면, 그리고 그 정보가 정확한 것이라면 매트는 육체적 싸움이 가져올 수 있는 것보다 더 영구적인 패배를 맛보게 될 것이다. 샘이 이 무기를 사용한다. 그리고 그 무기는 실제로 매트에게 겁을 주지만 매트의 반응은 그가 바로 상황을 장악할 수 있음을 보여 준다는 면에서 약간 의외이다. 매트는 분노의 강렬한 폭발로서가 아니라 갑자기 조용하게, 조심스럽게 조치를 취하면서 그의 죄를 드러낸다. 그는 바깥 문을 잠그고서 심각한 육체적 해를 가하겠다는 위협으로 샘과 아담이 비밀을 지킬 것을 맹세하도록 만든다.

매트는 이 새로운 싸움이 사소한 것이 아니라는 것을 알지만, 중대한 고비에 있는 각각의 인물들처럼 그는 단지 외면상으로만 지배하고 있는 것이다. 어쩌면 단순해서 그리고 분명히 필요해서 매트는 샘과 아담으로부터 비밀을 지키겠다는 맹세를 받아 낸다. 그와 같은 맹세가 거짓이라는 아담의 눈짓은 샘과 관객을 위하여 의도된 것이지만, 이 장면은 도대체 무엇을 신뢰하고 무엇을 불신할 것인지를 구분하는 것이 어려운 장면으로 연출될 수도 있다. 샘과 아담은 그들이 자유롭게 되자마자 맹세를 깨뜨릴 것이라는 것을 알면서 그저 어려운 고비를 넘기기 위해 맹세를 하는 척하는 것인가? 샘이 말한 살인에 대한 이야기의 밝혀진 진실은 그의 다른 여러 결점에도 불구하고 샘이 거짓말쟁이는 아니지만 우리가 신뢰할 만한 자는 아니라는 것을 말해준다. 이러한 상황은 확실히 예측하기 어려운 상황이고, 이 상황은 샘과 아담이 떠나면서 긴장된 상태로 남아 있게 된다.

뒤따라 일어나는 매트와 엠마의 충돌도 똑같이 예측하기 어려운 것이다. 매트와 단 둘이 남겨지자 엠마는 놀라지도, 화를 내지도, 크게 흥분하지도 않는다. 이와 같은 그녀의 반응은 범죄, 심지어 살인조차도 그녀의 세상의 일상적인 일부라는 것을 암시해준다. 그녀의 반응은 또한 엠마가 매트의 더러운 성질이 주는 영향에 심리적으로 준비가 되어 있고, 그와 같은 상황에 필요한 자신의 내적인 힘을 알고 있다는 이전의 암시를 상기 시켜준다. 갑작스럽게 엠마는 최상의 상태에 있게 된다. 그녀는 단호하게 매트가 도망가야 한다고 말한다. 그녀는 아담의 눈짓에 담겨 있는 속임수를 간파하였다. 그녀는 샘이 화가 나거나 술에 취하거나 또는 둘 다인 경우에 맹세를 지키지 않을 것이라고 논리적인 말을 한다. 그녀는 또한 어려운 경우를 대비하여 조심스럽게 모으고 있던 돈을 내놓는다. 이 숨겨두었던 돈이 관객에게는 인위적이고 진부한 것일 수도 있지만, 차후 사건에 커다란 영향을 주는 것도 아니고 엠마의 자신을 보호하려는 성향과 일치되지 않는 것도 아니다. 그녀의 상황 장악의 기운은 그녀가 매트를 궁지에서 구해내 줄 것이라는 것을 우리와 매트가 믿을 만큼 강력하다. 그녀는 주의 깊고 단호한 생각으로 행동하고 있어 이것이 택해야 하는 유일한 길이며, 그녀가 매트와 그녀를 위해 계획하는 도피의 도덕적 또는 법적 정당성에 대한 의구심은 부적절하다. 그녀와 우리는 모두 그들이 자유롭게 되기를 진정으로 바라며, 그들이 그렇게 될 것이라고 믿게 된다.

　　리처드슨은 마지막 덫을 놓는다. 그는 신뢰로부터 환멸로 이어지는 마지막 순간으로 우리를 이끌어 간다. 매트가 떠나기 전에 남편으로서의 그의 잘못을 인정하고 엠마의 선함을 인정하면서 그리고 두 사람을 위한 더 좋은 세상이 올 것임을 이야기하면서 잠시 머무는데, 그 잠시가 너무 길어진다. 샘과 아담이 급히 매트를 체포하러 온 경찰관과 함께 집 안으로 들어선다. 그의 도망을 바랬던 우리는 그것이 어떤 결과를 불러오더라도 이루어지기를 바라는 양면적인 감정을 갖게되는 순간을 맞는다. 그러나 엠마의 소리가 매트와 관객이 일종의 이성을 되찾게 만든다. 그가 경찰을 해치우고 지금 도망간다면 만약 잡히는 경우 교수형에 처해질 것이다. 매트가 순순히 체포에 응한다면, 노인을 살해한 것이 고의가 아니라 사고였기 때문에 사형은 면하고 그저 10년에서 15년 형을 살면 될 것이다. 막이 내리면서 매트는 울음을 참기 위해 애쓰는 엠마를 뒤로 남기고 경찰과 함께 떠난다.

이 마지막 장면에서 의도된 충격은 분명히 도덕적인 것이지만, 정의와 미덕에 대한 시각은 진부하지도 단순하지도 않다. 이 극의 전략은 관객으로 하여금 상대방에 대한 헌신이 즉각적으로 분명하게 나타나지 않는 관계에 있어서의 사랑을 목격하고 높이 사도록 유도하는 것이다. 우리는 음주와 격한 성격이 그 자체가 악이 아니라 그로 인한 성급한 행동 때문에 악이라는 것을 받아들이게 된다. 음주와 격한 성격으로 인해 저질러지는 살인 같은 심각한 범죄들이 밝혀지는 경우 묵인되어서는 아니 되며 처벌해야만 하지만, 그것들은 배신이나 가족의 유대 관계의 부정보다는 덜 위험하거나 덜 중요할 수도 있다. 우리가 이 가족을 위해 희망하도록 유도된 것은 간단하다. 그것은 바로 생존이다. 하지만 우리는 엠마, 매트, 샘, 그리고 아담이 살아가는 가난에 찌든 세계에서는 생존한다는 것 자체가 간단하지 않은 문제라는 것을 이해해야만 한다.

관객이 『부서진 밴조』의 사건과 교훈을 이해하기 위해서는 이 극이 제시하는 세계의 현실을 받아들일 수 있어야만 한다. 매트의 범죄, 매트의 죄를 안 후에 보이는 엠마의 자신과 상황의 침착한 관리, 그리고 샘과 아담의 배신을 단순하게 칭찬하거나 비난하기보다는 그들 세계의 복잡성이란 상황 아래서 이해하여야만 한다. 리처드슨이 변함없이 믿을만하고 흥미로운 인물들을 창조한 것과 항상 우리들을 놀라게 하도록 사건들을 조정한 것이 관객이 그 세계를 인정하고 그에 영향을 받도록 하는데 도움을 준다.

그러나 만약 우리가 서로를 판단하는 방법에 대해 이 극이 던지는 질문들, 그리고 이 극이 인간적 덕성의 본질에 대하여 역설하는 교훈들에 완전하게 직면하려면, 관객은 이 극의 세계가 실제이라고 받아들이는 것 이상의 노력을 해야만 한다. 우리는 이들의 세계가 우리들의 세계와 관련되어 있다는 것을 알아야만 하는 것이다. 그저 매트, 엠마, 샘과 아담을 불쌍하게 여기는 것은 이 극의 전략에 대한 반응으로 충분하지 않다. 우리는 그들에게서 우리와 같은 점을 발견하도록 자극 받고 있는 것이다. 그와 같은 발견은 흑인 노동자 계급에 속하는 관객보다는 백인 중산층 관객에게 더 큰 자아 확장과 상상력 확대를 필요로 한다.

리처드슨의 전략은 백인 중산층 관객과 무대 위의 "민중"을 일치시키려 하는 것이 아니다. 그는 얼마나 무대 위의 민중이 백인 중산층과 비슷한가를 보여주려는 노력을 전혀 하지 않는다. 따라서 리처드슨이 인물들을 생생하게 창조해냈음에도 불구하고 백인 중산층 관객 그리고 (경제적 장벽은 남아 있는 반면에 인종적 장벽은 없어졌기 때문에) 좀 더 덜한 정도이지만 흑인 중산층 관객이 리처드슨의 인물들을 정확히 인식하고 인정하기 어려울 수도 있다.

예를 들면 『부서진 밴조』의 공연을 보러 오는 관객이 흑인 노동자 계급에 대해서 신문의 폭동에 대한 보도와 술이나 마약에 취해 사는 "불량배"로 스테레오타입화된 흑인상 이외에 다른 어떤 지식도 갖고 있지 않은 경우, 이 관객은 이 극이 제시하는 폭력에서 그의 편견에 대한 확증을 확인하게 될 것이다. 이것은 분명 리처드슨이 원하는 것이 아니다. 그러나 그가 그런 반응을 방지하기 위한 노력을 하지 않기 때문에 나는 그의 관심이 이런 식으로 반응할 수도 있는 사람들에게는 관심이 없다는 결론을 내린다. "외부인"이 흑인 민중에 대하여 가지고 있을 수도 있는 이미지를 고치려 하였다면 리처드슨은 처음에 매트를 두드러지게 훌륭한 사람으로 제시하고 나서 그가 살인을 저지른 사실을 밝혔을 것이다. 그러한 시도를 하지 않았다는 것이 리처드슨이 그들 앞에 놓인 무대 위의 세계에 열중하여 그 세계의 문제와 행위들이 개인적으로 중요하다는 것을 쉽게 발견할 수 있는 사람들을 위하여 극을 썼다는 것을 보여주는 것이다.

그렇다면 『부서진 밴조』는 흑인 또는 백인 중산층 관람객에게 적대적인 것이 아니라 근본적으로 그러한 전통적인 관람객들을 위해 의도된 것이 아닌 것이다. 『부서진 밴조』는 백인 세계와 중산층 세계 밖에 존재할 뿐만 아니라 중산층 세계의 가치 체계와 행동 양식에 대한 대안을 암암리에 제시하고 있는 것이다. 이 극의 대본은 매트의 음주에 대해 설명하려는 시도를 하지 않지만 음주한 사람이 살인을 범할 수 있고 "살인이 발생할 것이다"라는 것을 보여 준다. 음주가 흉하기 때문에 나쁜 것이 아니다. 음주는 사람이 비이성적으로 행동하도록 만들어 사회를 어지럽히기 때문에 위험한 것이다. 이 극은 음주와 극의 끝에 등장하는 경찰에 대한 이 극의 태도를 고집하려 들지 않는다. 리처드슨은 그의 관객이 "내적 세계"의 도덕적 규범이 법원이나 경찰의 도덕적 규범과는 다르다는 것을 알 것이라고 가정한다. 이것이 연극을 위한 새로운 관객을 창조하려한 리처드슨의 노력을 나타낸다.

노동자 계급에 속하는 흑인들이 접근할 수 있는 인물들이 등장하는 대본을 씀으로써 리처드슨은 진지한 연극을 종종 브로드웨이의 표현이 아무런 관련이 없거나 거짓으로 느껴질 뿐만 아니라 사회적, 금전적으로 다가갈 수 없는 사람들에게 귀중한 경험으로 만들 수 있는 가능성을 제시하였다. 그와 같은 시도는 1960년대의 순수 흑인 예술 연극(Black Arts Theater)이 기울인 노력과 유사하다. 실제로 『부서진 밴조』에서 들을 수 있는 음과 음조는 뒤에 있는 에드 블린스(Ed Bullins)의 『포도주 마시는 시기』(*In the Wine Time*)에 대한 나의 분석에서 메아리칠 것이다.

Ⅲ

『부서진 밴조』에서 찾을 수 있는 음조를 『넝마 줍는 여인의 행운』(*The Chip Woman's Fortune*)에서는 찾아보기 어렵다. 이미 언급하였듯이『넝마 줍는 여인의 행운』은 흑인에 의하여 쓰여진 뮤지컬이 아닌 극으로서 브로드웨이에서 공연된 최초의 극이었다.『부서진 밴조』와 같이『넝마 줍는 여인의 행운』도 관객으로 하여금 흑인 민중의 평범한 가정에 갑자기 다가온 위기에 참여하게 한다. 그러나『부서진 밴조』와는 달리『넝마 줍는 여인의 행운』이 관계하는 위기나 인물들은 충분히 흥미롭거나 불안하거나 재미있지 않다.

『넝마 줍는 여인의 행운』의 구성은 때때로 지엽적인 이야기로 인하여 혼란스럽게 되지만 근본적으로 간단하다. 유일한 수입원이 연료 넝마(거리에서 주은 나무 조각이나 석탄 부스러기)인 나이먹은 여성 낸시 아주머니(Aunt Nancy)는 오랫동안 돈을 뒤뜰에 몰래 숨겨 모아 왔다. 그녀는 그녀의 아들이 감옥에서 풀려날 때를 대비하여 조심스럽게 돈을 모아 온 것이다. 그 때가 다가왔지만 그 때가 아들이 감옥에 있는 동안 지내온 가정의 재정적 위기와 같이 온다. 낸시 아주머니의 아들에 대해 그리고 낸시 아주머니가 모아 놓은 돈에 대해 전혀 모르는 그 가정은 빅트롤라 축음기 할부금을 낼 돈이 필요하다. 이 필요는 심각한 것이다. 왜냐하면 그 가정의 아버지, 사일러스(Silas)가 할부금을 내지 못하면 직장을 잃게 될 것이라는 위협을 받았기 때문이다. 이 상황이 이 가정에 빚을 지고 있다는 생각과 아들에 대해 헌신하려는 생각 둘 다를 하고 있는 낸시 아주머니에게 외면상의 갈등을 안겨 준다. 이 상황은 낸시 아주머니의 아들이 도착하면서 해결된다. 아들은 어머니가 모아 놓은 돈을 받자마자 사일러스에게 연체된 할부금을 내는데 필요한 것보다 더 많은 돈을 건네준다.

리처드슨의 두 극 사이의 차이는 단순히『부서진 밴조』의 결론부에서 가족이 불행하게도 해체되는 반면에『넝마 줍는 여인의 행운』에서의 위기는 "행복한" 결론을 맺는다는 문제가 아니다. 이 두 극의 힘을 차별화하는 것은 희극과 비극의 상대적 중요성이 아니다. 그 차이는『부서진 밴조』에서는 무엇인가 실제로 일어나고 있다는 느낌, "다음에 어떤 일이든 일어 날 수 있다"는 느낌이 관객을 사로잡고 휘젓는 반면에,『넝마 줍는 여인의 행운』에서는 상황이 활동을 불러일으키기는 하지만, 그 사건이나 인물들이 단 한 방향이나 가능성을 제외하고는 어떤 방향이나 가능성을 제시하는 의문들을 불러일으키지 못한다는 차이이다.『부서진 밴조』는 꿈과 악몽으로 구성되어 있는 반면에『넝마 줍는 여인의 행운』은 비현실적인 동화 같은 이야기를 하면서 꿈과 연극 모두에 매우 중요한 두려움이나 기대를 불러일으키지 못하고 있다.

『넝마 줍는 여인의 행운』에 대한 나의 무자비한 비판은 사실 이 극의 시작 부분에서는 정당화 될 수 없는 듯하다. 무대 장치와 대사의 첫 몇 줄에 대한 리처드슨의 지시의 어조와 내용은 그 단순함과 인물 묘사에 대한 느낌에 있어 자연스럽고 매력적이다. 다윈 터너(Darwin T. Turner)는 "『넝마 줍는 여인의 행운』이 1920년대 브로드웨이 관객에게 매력적이었던 흑인 삶의 이국적이라고 여겨지는 일부 특징을 명시하고 있지만, 이 극은 인물 창조와 언어에 있어 사실적인 듯 보인다"라고 주장하였다.11) 이 극에 대해 존 코빈(John Corbin)이 1923년에 쓴 평론은 이 극이 "일상 생활에서 볼 수 있는 인물에 대한 가식 없는 그리고 전체적인 표현이다. 어떤 인물도 미화되거나 즐거움을 주기 위해 꾸며지지 않았다. 아무도 '극적' 대조를 위하여 더 검게 만들어지지도 않았다. 물론 나는 그 다갈색 흔적(백인의 피가 섞여 흑인 피부색이 덜 검어진 상태)의 문제에 대해서가 아니라 근본적인 성격의 특질들에 대하여 언급하고 있는 것이다"라고 주장하였다.12) 코빈이 관심있는 것이 "다갈색 흔적"인지 "근본적 성격"인지는 아이러니컬하게도 중요치 않다. 터너와 코빈의 평과 같은 것에서 관련이 있는 것은 그들이『넝마 줍는 여인의 행운』의 심각한 전략적 문제들을 무시하였지만 이 극이 우리에게 주는 첫 인상을 정확하게 묘사하였다는 것이다.

『넝마 줍는 여인의 행운』은 리처드슨이 배경을 "가난한 흑인 가정의 매우 평범한 부엌"이라고 묘사하는 무대 지시로부터 시작한다.13) 이 부엌은 가구도 거의 없고 장식도 거의 되어 있지 않다. 벽난로, 축음기, 시계 그리고 벽난로 옆에 웅크리고 앉아 있는 여인이 우리의 눈길을 끈다. 긴 침묵이 이어지는 동안 우리는 이 장소의 조용함을 느끼고, 불을 응시하고 있는 여인에 대해 궁금해하게 된다. 이 극의 첫 소리는 이 웅크리고 있는 여인이 그녀의 딸 엠마(Emma)를 부르는 소리이다. 구부정한 노파가 들어오면서 재빨리 엠마가 아님을 밝힌다. 이 노파가 낸시 아주머니이다. 리처드슨의 무대 지시는 낸시 아주머니가 즉각 알아볼 수 있는 유형의 인물이 되도록 적절하게 옷을 차려 입고 자세를 취하여야 한다고 지시하고 있다. 만약 "우리 모두가 그녀와 같은 유형의 사람을 본 적이 있다면," 낸시 아주머니의 외모는 리처드슨이 추구하는 진짜이라는 느낌을 갖는데 도움이 될 것이다(29).

　　몇 줄의 대사를 주고받으면서 낸시 아주머니와 웅크리고 앉아 있는 여인 리자(Liza)가 서로의 건강에 대해 묻는다. 이들의 대화가 둘 중 젊은 여인인 리자가 병을 앓아 왔다는 것 그리고 낸시 아주머니가 간호를 해왔다는 것을 알려준다. 리자의 건강은 회복이 되고 있는 듯하지만, 나이가 많은 여인이 젊은 여인보다 훨씬 더 건강하고 단단하게 등장하는 이 상황이 좀 절망적인 아이러니의 느낌을 준다. 단조로운 대화가 오고가는 가운데 낸시 아주머니가 "뭔가를 기다리고 있슈"라고 밝힌다. 그 무언가가 무엇인지 그녀는 말해주려 하지 않고 그저 리자가 하루가 가기 전에 알게 될 것이라고만 말해준다.

　　낸시 아주머니가 그런 발설을 한 의도는 그 인물과 극작가의 계책으로서 너무나 뻔한 것이다. 그 계책은 리자에게 호기심을 갖게 하고 관객으로 하여금 극이 계속되기를 원하게 만드는 것이다. 그러나 그것은 너무나 뻔한 전략이라 관객이 극 자체에 몰입하도록 하기보다는 관심을 분산시켜 극작가의 기교를 의식하도록 만든다. 그것은 마치 리처드슨이 이 방과 이 극에서 무엇인가가 일어날 것이라고 선언하는 것이나 다름없으며, 그런 큰 소리로의 주장은 이 조용하고 자연스리운 무대 배경에는 적절치 않아 보인다. 그런 가능성을 예견한 듯 대본은 관심의 초점을 다시 리자에게로 돌린다. 그녀는 이제 자기 연민의 자세를 취하면서 좋은 일이 그녀에게 일어난 적이 없다고 투덜댄다. 낸시 아주머니가 리자의 몸매에 대해 칭찬을 하면서 이 순간을 완화시키려고 애쓰며, 동시에 친밀감의 표시로 리자의 귀에 그녀 얼굴이 빨개지도록 만드는 무엇인가를 속삭인다. 낸시 아주머니가 정확히 무엇을 말했는가는 상상에 맡겨지고 있지만, 그 상황이 짓궂은 성적인 것임을 말해주며 관객으로 하여금 낸시 아주머니가 웃고 있는 동안 따라 미소를 짓도록 만든다.

장면이 다시 낸시 아주머니의 비밀로 바뀌고, 리자와 관객 모두 감추는 이유에 대한 낸시 아주머니의 설명에 만족하게 된다: "네가 생각하고 있는 것을 사람들이 알면 모든게 뒤죽박죽이 되는거여"(31). 이 말은 평범한 생활과 이 극 둘 다와 관련하여 호기심을 불러 일으키지만, 그 의미가 울려 퍼질 수 있는 휴식이 우리에게 허용되지 않는다. 너무도 노골적으로 그리고 갑작스럽게 리처드슨은 장면을 바꾼다. 리자가 갑자기 그녀의 딸을 보려하였다는 것을 기억해내고, 낸시 아주머니에게 그것을 상기시키는 순간 엠마가 등장한다.

엠마와 리자 사이에 일어나는 장면 역시 일상사에 관한 대화와 노골적으로 극의 사건을 진행시키고 앞으로 일어날 사건들을 암시하는 말들이 뒤섞여 있다. 대화의 대부분이 모녀 사의의 평범하면서도 믿을 만한 관계를 보여준다. 리자는 엠마가 머리를 빗고 화장을 하고 있었음을 알아차리고서는, 그러한 행동이 새로운 것일 뿐만 아니라 화장의 경우 적절치 않다고 말한다. 엠마의 변명은 가능한 적게 그리고 간결하게 대답하는 것이다. 이 자체는 매우 흥미로운 것이 아니라 할지라도 알아 볼 수 있는 모녀 관계, 관객이 받아들이긴 하겠지만 강한 정서적 반응을 전혀 일으키

지 못하는 모녀 관계를 보여 준다. 리자와 엠마 사이의 갈등 제시에 덧붙
여지는 것이 리자가 사실 정상적이라고 보지 않는 그녀의 딸의 행동을 낸
시 아주머니의 비밀과 연결시키려는 리자의 시도이다. 이 장면의 마지막
부분에 리자가 갑작스레 축음기로 관심을 돌린다. 이 두 관심사 모두 동
기가 충분치 않으며, 이 도입 장면들의 전체 구조적 형태가 미묘함을 지
니지도 않았고 꼭 필요한 것도 아니다. 관객은 쉽사리 이런 장면들이 앞
으로 일어날 사건들에 대한 단서를 도입함으로써 잠시 변경된 평범한 대
화로 구성되어 있다는 것을 알아차리게 된다. 또한 관객은 극의 구성이
한 인물의 퇴장과 다른 인물의 등장에 의해 진전된다는 것을 분명히 알게
된다. 이와 같은 명백함 때문에 극의 도입 부분에서 사용된 그와 같은 기
교들이 일부 관객을 짜증나게 하겠지만 대부분의 관객들은 아마도 그와
같이 쉽게 알아 볼 수 있는 도입 부분을 낯익은 연극적 장치로 받아들이
게 될 것이다.

　　리자와 엠마 사이에 벌어지는 장면은 인물에 대해 밝히기보다는 흐
리기 때문에 아마도 더욱 심각한 짜증을 불러 올 것이다. 리자가 처음 등
장하였을 때 우리의 자연스런 본능은 그녀의 병약함 때문에 그녀를 가엽
게 여기려 한다. 그러나 그녀의 자기 연민과 그녀의 딸에 대한 지속적인,
비명을 지르는 듯한 잔소리는 우리의 동정심을 약화시킨다. 리자가 낸시
아주머니의 기쁨에 대한 반응으로 "누군가에게 좋은 일이 일어나니 좋
군"이라고 말할 때 리자 자신의 진심을 말하는 것인가, 아니면 이 마지못
해 하는 말이 리자 자신이 처한 상황을 가리키기 위한 것인가?(30) 뒤에
낸시 아주머니에 대한 감사의 표시로 그녀가 던지는 "잘해주는 사람은 어
쩔 수 없이 사랑하게 되지요" 같은 말은 리자가 진심어린 선의를 지니고
있다고 주장할 수 있게 하지만, 이 말이 엠마에 대한 여러 불평과 꾸짖음
다음에 온다(32). 리자의 신경질을 집안에만 머물러 있도록 하는 병으로
부터 오는 좌절감의 결과로 보아야 하는가 아니면 십대 딸을 둔 어머니의

자연스런, 과보호적인 행동의 결과로 보아야 하는가? 이 점이 명확히 제시되지 않고 있어, 우리의 반응이 경우마다 다를 수 있고, 우리가 어떻게 반응을 해야할 지에 관련하여 보충할만한 증거가 없다. 『부서진 밴조』에 등장하는 인물들과는 달리 리자는 인간적 어리석음과 약점이 뒤섞여 있는 믿을만한 그리고 의미있는 인물이 아니다. 문제는 그녀의 행동이 시종일관 변덕스럽기 때문에 우리는 그녀의 특별한 덕성이나 결점에 대해 안다는 느낌을 갖지 못하게 된다. 그녀는 아이들이 조각들을 가지고 멋대로 만들어낸 못난이 인형같이 여러 성질들의 집합체이다. 따라서 우리는 그녀를 좋아하거나 적어도 그녀를 동정하기 위하여 그녀의 행동과 말의 일부를 무시해버리거나 아니면 그녀의 성격의 다른 면들을 부정하면서 그녀가 고약하다고 생각하지 않으면 성가시다고 보게 된다. 극이 진행되면서 우리는 어떤 반응을 보여야 할 지에 대해 이유가 구성이나 성격상의 필요성에 의해 제시되는 이유를 찾지 못한다. 리자에 대한 우리의 반응은 복잡한 것이 아니라 혼란스러운 것이다.

엠마의 성격은 좀 덜 애매한 의미에서 우리를 어리둥절하게 한다. 예쁜 십대로서 낭만적인 남녀 관계에 대한 환상 때문에 화장을 짙게 하고 외모에 지나치게 많은 시간을 소비하는 그녀는 분명히 스테레오타입이다. 그녀의 어머니에 대한 퉁명스러움, 약초 캐는 것에 대한 낸시 아주머니가 일러준 것을 기억하지 못하는 것, 그리고 새로운 음반을 갖고 싶다는 비현실적인 소망을 모두 청소년의 미성숙함 탓으로 돌릴 수도 있다. 그러나 엠마는 18세이다. 그녀는 머리 빗으라는 이야기를 들을 나이는 많이 지난 것이고 소년들에 대해 생각하기에는 나이를 많이 먹은 것이다. 그럼에도 불구하고 18세의 엠마는 첫 사랑에 허둥대고 있는 듯 보인다. 그와 같은 순진함에 대해 관객이 어떻게 반응하길 기대하는 것일까? 그녀는 분명히 우리가 마땅히 좋아해야 할 선량한 소녀이다. 그녀의 어머니에게 하는 것을 가리키며 첫 번째로 낸시 아주머니에 대해 고마움을 표시하는 사람이 바로 엠마이다. 우리는 그저 관객이 엠마의 처녀 같은 순수성을 높이 사고, 그녀의 어머니의 보호를 적절하고 고결한 것으로 받아들이도록 되어 있다고 생각할 수밖에 없다. 이런 식으로 반응하는 관객은 그와 같은 성격 묘사들의 적절성을 받아들여야만 한다. 이 장면은 분명히 희극적인 것으로 의도된 것이 아니다. 따라서 나는 리처드슨이 그의 관객을 백인으로 생각했다는 상황에서만 그것들을 이해할 수 있다. 그렇다면 그의 의도는 백인들에게 흑인 여성의 순수함을 제시하면서 백인 가정과 흑인 가정의 부모들의 걱정이 근본적으로 비슷하다는 것을 암시하려 하였던 것이다.

리처드슨의 그 같은 의도의 증거가 분명히 이 첫 장면들에서는 빈약하다. 그 증거뿐만 아니라 극의 구성도 남편인 사일러스의 등장 뒤에 따라 오는 긴 장면에서 더 단단해진다. 사일러스가 상점의 짐꾼 복장을 하고 나타난다. 그의 복장은 그가 계속 직장을 갖고 있었다는 것을 말해줄 뿐만 아니라 그가 하는 일의 비천한 성격, 그가 직장에서 남의 지시를 받는 다는 것을 나타내준다. 그는 즉시 그리고 직접적으로 그의 아내에게 축음기 할부 값 연체한 것 때문에 며칠 동안의 "무급 휴가"를 받았다고 말해준다. 축음기를 구입한 상점의 주인이 사일러스의 직장 상사의 친구이다. 사일러스는 그저 빚을 진 사람으로서의 그릇된 행실에 대해 처벌받는 것만이 아니다. 그는 함정에 빠졌다. 순진하게도 리자는 그런 상황의 우스꽝스러움을 지적한다: "그게 당신이 휴가를 받게 된거라는거야? 그들이 축음기를 가져갈거기 때문에?"(34) 여기서 인과 관계의 비약이 관객에게 희극적인 것일 수도 있지만, 이상한 것은 리자가 연결 지은 것이 아니라 사회가 행동하는 방식이다. 리자는 그것이 사람들이 행동하는 방식이라는 사실을 받아들인다. 관객은 그런 행동에서 진실을 인식할 수도 있지만 그런 진실이 리지가 받아들이는 것보다 더 놀라운 진실임을 발견하게 될 것이다. 또한 상황이 리자의 말이 가리키는 것만 큼 간단한 것이 아니다. 사일러스는 할부금을 내지 못하면 해고 당할 것이라는 것을 믿고 있고, 그의 판단을 의심할 이유가 우리에게는 주어지지 않고 있다. 사일러스는 부조리한 상황에 처해 있다. 그가 자신에 대한 처벌을 끝낼 수 있고 더 심한 경제적 재앙을 막을 수 있는 유일한 방법은 할부금을 내는 것이지만, 그의 유일한 소득원이 그의 직장이기 때문에 바로 그에 대한 처벌의 성격 자체가 그의 구제를 막는다. 따라서 그는 미래의 소득을 위하여 돈이 가장 필요할 때 그의 임금을 잃을 곤경에 처해 있는 것이다.

사일러스의 입장이 부조리한 것이기 하지만 믿을 수 없는 것은 아니다. 백인 고용주들은 흑인들이 일자리를 유지하기 위해서 도덕성을 보여주기를 기대해왔다. 백인 고용주들이 흑인이 빚을 지는 이유나 해고가 흑인에게 끼치는 영향을 무시해 온 것은 널리 알려져 있다. 따라서, 특히 리처드슨의 시대에, 사일러스가 처해 있는 입장이 해결책을 찾기 어렵기 때문에 흑인과 백인 관객 모두를 당혹스럽게 만들지만, 관객을 놀라게 하거나 현실 감각을 어지럽히지는 않는다.

사일러스 가족이 축음기를 강조하는 것이 믿기 어려운 것도 아니다. 여기서 축음기는 필수품이 되어 가고 있는 사치품의 상징으로 볼 수 있다. 그것은 1950년대의 자동차와 같은 역할을 하고 있다. 자동차처럼 축음기는 다른 사치품들을 구입할 수 없는 노동자 계급 흑인 가정이 살 수 있다. 대부분의 사람들이 자긍심을 맛보기 위해, 삶이 살아 볼만한 가치가 있다는 느낌을 갖기 위해 약간의 사치품을 필요로 하기 때문에 그들이 구입할 수 있는 사치품은 그게 무엇이든 간에 구입할 것이다. 축음기에 부여된 중요성에 있어서 문제가 되는 것은 관객이 그 물건에 대한 사일러스 가족의 관심에 대해 의구심을 갖게 될 것이라는 것이 아니라 리처드슨이 축음기의 상징적 필요성에 대해 분명하게 밝히려는 노력을 하고 있지 않다는 것이다. 그러한 노력이 리처드슨과 동시대를 산 흑인들에게는 필요하지 않았을 수도 있지만, 백인 관객들은 쉽사리 측음기의 상징적 가능성을 무시해버리고 그것을 잘못 강조된 가치로 인식할 가능성이 있는 것이다.

축음기에 대한 백인 관객 반응의 불확실성이 리처드슨의 전략에 있어서의 더 큰 문제를 가리킨다. 관객이, 흑인이든 백인이든 간에, 사일러스의 상황을 믿을만한 것으로 받아들이 것이라고 말하는 것으로는 충분하지 않다. 연극 또는 어떤 예술이든 우리로 하여금 그것이 제시하는 세계를 인정하도록 유도하는데 그치는 것이 아니라 그 세계를 새로운 각도에서 보도록, 특별한 그리고 특수한 양식으로 반응하도록 유도해야만 한다. 그러나 사일러스와 리자가 사일러스의 곤경에 대해 논의하는 장면을 자세히 보면 흑인 관객이나 백인 관객이 어떻게 반응하여야 하는지를 제시해주는 유형이 들어나지가 않는다. 축음기 할부금을 내지 못한 사일러스에 대해 우리가 어떻게 생각하여야 하는 것인가? 그가 "내겠다는 약속은 많이 했지만 실제 내지는 못했어"라고 말할 때(33), 우리는 그의 절약정신의 결여와 책임감 결여를 비난해야 하는 것인가, 그의 거짓말을 비난해야 하는가, 아니면 그가 열심히 일하고 양심적인 생각을 하고 있음에도 불구하고 빚을 갚지 못하는 것을 동정해야 하는 것인가? 우리는 "일자리를 잃지 않기 위해 무엇이든 하겠다"는 사일러스의 단언에 대해 걱정을 해야하는 것인가(34) 아니면 우리 속에 있다고 여겨지는 청교도적 윤리로 그의 일에 대한 헌신을 칭찬해야 하는 것인가? 사일러스가 당장 필요한 것이 50달러인 이제 와서 낸시 아주머니에게 숙박비를 내라고 하는 것이 무슨 소용이 있는 것일까? 사일러스는 낸시 아주머니가 숙박비를 내지 않으면 생계 유지하기 어렵다고 말하지만, 이 말은 그가 일자리를 잃게 될지도 모르고 그렇게 되면 어쨌든 생계 유지를 할 수 없게 된다는 위협을 잊었거나 받아들이지 않고 있다는 것을 보여준다. 낸시 아주머니의 도움이 가족 전체를 먹여 살릴 수 없다는 것은 분명하다.

이와 같은 상황에서 사일러스의 말 중 많은 부분이 이치에 맞지 않는다. 그의 말은 낸시 아주머니가 뜰에 돈을 숨겨 왔고, 그 숨겨진 돈에 대해 사일러스가 알고 있다는 것에 대한 단서로서만 의미가 있다. 전략은 극 구성의 필요성이 성격과 상황의 필요성과 일치하거나 의도적으로 반대되지 않아야 효과적으로 기능을 발휘할 수 있는데, 이 두 가지 모두가 『넝마 줍는 여인의 행운』에서는 일어나지 않고 있다. 낸시 아주머니가 돈을 숨겨 온 경우, 진정한 해결책은 이 장면의 마지막 부분에 사일러스가 불쑥 내뱉는 희망, "아주머니가 관대해 50 달러 정도를 줄지도 몰라"라는 희망에 있다면, 왜 이 장면에 낸시 아주머니에게 숙박비를 내라고 하는 것의 타당성에 대한 여러 쪽에 걸쳐 길게 진행되는 리자와 사일러스 사이의 논의가 포함되어 있는 것인가?

　　그와 같이 동기가 부족한 완곡한 표현에 대한 유일한 설명은 그것이 리처드슨으로 하여금 그가 창조해낸 인물 모두의 근본적 선량함을 유지하도록 혜준다는 것이다. 만약 사일러스가 즉각 낸시 아주머니에게 돈을 부탁하거나 요구하려는 생각을 하였다면 그는 약하거나, 의존적이거나, 불공정하게 보였을 수도 있다. 그 대신 숙박비를 요구하는 것이 유일한 공정한 일처리인 것처럼 보인다. 낸시 아주머니가 병간호와 나무 조각과 석탄 조각을 모으는 일로 가족에 기여를 했다며 내세우는 리자의 반대는 사일러스의 태도의 정당함을 부분적으로만 반박할 따름이며, 리자 자신의 감사함, 성실함, 공평함을 보여줄 뿐이다. 다음 대사가 보여 주듯이, 사일러스와 리자 모두 선량한 듯 보이지만, 자세히 검토해 보면 그들의 동기의 순수함이 편안한 마음으로 받아들이기에는 너무도 큰 것 같다:

> 리자: 당신이 그녀의 돈을 취할려고 할만큼 비열하지 않기를 바래요. 그녀가 돈을 가지고 있다면 말이예요.
> 사일러스: 아냐. 그러려는게 아냐. 난 그저 그녀가 무엇을 숨겨 놓았는지를 알고 싶은거야. (35)

리자의 말은 미사여구에 불과하다. 이 장면 어디에도 사일러스가 비열하다거나 도둑질한다는 증거는 없다. 그리고 사일러스의 반응은 그 순진함에 있어 어린애 같아 보인다.

관객이 사일러스의 행동에 관하여 주어진 순수한 모습을 받아들이기 어렵다. 여기 심각한 금전적 문제에 부닥쳐 자신의 뜰을 염탐하고 다니는 성인이 있다. 그는 그의 집에 머물고 있는 사람이 소중한 것을 감추고 있는 것을 몰래 지켜본다. 그리고 우리는 호기심이 그가 그렇게 하는 동기일 뿐이라는 말을 듣는다. 관객은 이 설명을 심각하게 받아들이라는 요청을 받는 것이지만, 그렇게 하는 것은 우리의 상식을 부정하는 것을 필요로 한다.

이 장면의 끝 부분에 이르러 관객과 관련된 리처드슨의 의도가 더욱 혼란스러워진다. "내가 일하러 갈 때 이 옷이 깨끗하도록 옷을 갈아입어야겠군"이라고 말하며 사일러스가 떠난다(36). 이 대사로 사일러스를 무대에서 퇴장하도록 하는 것은 서툰 방법이다. 이 대사는 사일러스가 모든 일이 잘될 것이라고 생각하고 있는 것으로 암시함으로써 진정한 위기감을 약화시킨다. 리처드슨의 대본이 흑인이나 백인 관객이 사일러스의 역경에 대한 걱정을 유지하는 것을 어렵게 만들고 있는 것이다. 사일러스에 대한 고용주의 가혹하고 생각 부족한 대우가 흑인 관객에게 사실적으로 들릴지 모르지만, 백인 관객이 사일러스가 일자리와 돈과 관련하여 겪고 있는 곤경의 진지함을 수긍할 수 있도록 하는 것이 거의 없다. 분명히 리처드슨의 의도가 혼란스럽게 하는 것은 아니었다. 십중팔구 그는 이 장면의 모순된 것들이 사일러스의 역경과 낸시 아주머니의 돈에 에 관한 일들이 밝혀지는 것에 대한 관객의 관심에 의해 극복될 것이고, 이러한 사건들이 극의 이 부분을 전개할 수 있기에 충분한 놀라움을 지니고 있다고 생각하였던 것 같다.

사실 이 장면은 극의 긴장의 주요 근원, 달리 말하자면 사일러스의 금전적 필요와 그에 대한 잠재적 해결책 즉 낸시 아주머니의 감춰둔 돈 모두를 우리에게 제시하고 있다. 문제와 그 문제에 대한 해답 그 자체는 관객을 끌어들이지 못한다. 리처드슨은 관객이 금전적 압박에 대한 근심을 인지한 다음, 낸시 아주머니의 이국적인 면에 의해 유혹되어 관심을 집중시킬 것이라고 바랐을지도 모른다. 일단 그러한 관심을 받게 되면 리처드슨은 관객으로 하여금 그의 인물들의 덕성에 대해 수긍하도록 만들 수 있었을 것이다. 일단 인물들이 관객의 존경을 받게 되면 그들이 말하는 갖가지 경구들도 존중될 것이다. "많은 사람들이 잘못을 저지르면서 지내지"와 같은 리자의 대사는 이 장면의 줄거리에 대한 결론이 아니라 누가 이야기하든 자명한 이치이다(36). 만약 이 말이 인식된다면 그것은 그것을 말한 사람이 관객의 관심을 받고 있는 선량한 여인이기 때문이다.

이와 같은 전략이 낸시 아주머니에 대해 아는 것을 전달하기 위해 엠마가 돌아오는 다음 장면에서도 반복되고 있다. 그녀의 아버지가 "휴가"를 받게 되었다는 소식에 압박을 받은 엠마가 낸시 아주머니에게 돈을 요구하는 것의 부당함에 대한 리자와 사일러스의 언쟁을 되풀이한다. 이전 장면에서의 리자와 같이 엠마는 관대하고, 공평하고, 친절하고, 감사할 줄 아는 것 같다. 이기주의라는 비난으로부터 낸시 아주머니를 보호하기 위해 엠마가 낸시 아주머니의 비밀 중 나머지 부분 즉 낸시 아주머니가 교도소에 있는 아들을 위하여 돈을 모으고 있었다는 것을 털어놓는다. 이 소식이 흥미롭기는 하지만, 멜로드라마와 감상주의적 냄새를 풍긴다. 그녀가 그녀의 친구의 비밀을 그렇게 쉽사리 털어놓는다는 것은 또한 낸시 아주머니에 대한 엠마의 충실함에도 어울리지 않는다. 망설임, 낸시 아주머니의 덕성을 보호하려는 생각과 비밀을 지키려는 노력 사이의 내적 갈등의 흔적들이 분명히 필요하다. 극의 구성에 대한 마지막 단서를 이렇게 아무렇지도 않게 털어놓는 것은 관객에게 그 사건의 중요성을 떨어뜨리는 것이다. 다시 한번 리처드슨의 전략이 불분명해진 것이다.

엠마가 낸시 아주머니의 "감방에 있는" 아들에 대해 부모에게 이야기 한 다음부터 이 극은 하나는 극 구성의 전개를 위한 추진으로 다른 하나는 관객에 대한 도덕적 가르침을 위한 추진으로 갈라진다. 엠마가 낸시 아주머니 아들의 범죄가 "여자와 관련된 뭐 그런 것"으로 말한다(39). 리자와 사일러스는 이 상황에 대해 걱정과 불쾌함을 표현한다. 만약 관객이 전과자의 예정된 도착을 두려움, 적대감, 또는 호기심을 가지고 반응하도록 기대되었다면 그러한 반응은 빠르게 손상된다. 사일러스와 리자는 낸시 아주머니 아들의 도래를 그들이 안고 있는 많은 문제들에 하나가 더해지는 정도로 생각한다. 리자는 앞으로 일어 날 일이 낸시 아주머니가 떠나는 것을 의미한다면 그녀의 건강에 위협적인 것으로 본다. 사일러스는 낸시 아주머니의 아들이 오는 것이 낸시 아주머니로부터 돈을 얻어내는 것을 방해하지만 않는다면 마다하지 않겠다고 생각한다. 두 반응 그 어느 것도 관객으로 하여금 이 극의 결론을 기다릴 수 있는 특별한 위치를 부여하지 않는다.

낸시 아주머니의 아들 소식에 대한 사일러스와 리자의 반응을 결합시킨 것은 갈등이 없는 모호함, 어느 곳으로도 이끌어 가지 않는 막연함을 불러온다. 뒤 따라 오는 일련의 단조로운 것들, 겉으로만 즉각적인 경험에 대한 표현인 것 같은 것들에 의해서도 확실함이 성취되지 않는다:

> 사일러스: … 그녀가 우리를 도와준다고 해도 난 이런 생활에 지쳤어. 하루 벌어 하루 먹고사는 생활이 지겨워.
>
> 리자: 우리가 안고 있는 문제들을 볼 때 어떤 식으로든 살고 있다는 것에 감사해야한다고 생각해요. 어떤 사람들은 우리보다 잘 살아가고 있지만, 다른 많은 사람들이 우리만큼 만치도 살지 못해요. 하느님을 믿는 것 외에 한 가지 결론을 얻었지요.
>
> 사일러스: 그게 뭔데?
>
> 리자: 모든 것이 늘 이렇지는 않았고, 늘 이렇지도 않을 것이라는 것이죠. (39)

이와 같은 대화는 흑인 관객에게 분명 사소한 것이다. 이 대화는 백인 관객을 교육하고 그들로부터 동정을 유도해 내기 위해, 백인들로 하여금 흑인들의 좌절 그리고 강인함을 인지하도록, 그리고 상황이 늘 이렇지만은 아닐 것이라는 희망이 이루어지는데 도움을 주도록 자극하기 위해 의도된 것으로만 해석될 수 있는 것이다. 이러한 의도들은, 많은 사람들이 그것들을 지지하는 정치적 자세와 현실 감각에 의구심을 가진다 하더라도, 사회적으로 중요하고 잠재적으로 의미 있는 것이다. 그러나 그와 같은 말들, 수사학적 발언으로 표현된, 사건에 대한 구체적이고 특별한 반응이라기보다는 그에 대한 느낌의 일반화된 요약들은 환영하지 않는 귀에 아무런 효과도 없다.

그 다음 장면은 이 극에서 가장 흥미로우면서도 문제 있는 장면으로 잠시나마 극이 무대에서 진행되고 있다는 느낌을 되살리면서 관객을 극으로 끌어들인다. 마치 배심원 앞에 있는 피고처럼 낸시 아주머니가 사일러스 가족에게 증언하기 위하여 그들 앞에 앉아 있다. 사일러스는 즉각 문제의 핵심으로 간다. 그는 낸시 아주머니에게 축음기 할부금과 관련된 그들의 문제에 대하여 이야기하면서 돈을 달라고 청한다. 숙박료나 차용 그 어느 것도 충분치 않을 것이라는 말도 한다. 낸시 아주머니는 처음에 돈 가지고 있는 것을 부정하지만, 사일러스가 알고 있다는 사실에 직면하자 즉시 그녀의 "아이"를 위하여 모아 온 돈이 좀 있다고 인정한다. "아이"라는 말 한마디가 이야기가 돈이란 주제로부터 엉뚱한 곳으로 길게 흐르게 한다. 사일러스는 낸시 아주머니의 아들이 죄인이라고 공격하고, 낸시 아주머니는 다양한 방법으로 그녀의 아들을 변호한다. 가장 중요한 것은 어떤 범죄도 약화시키거나 끊을 수 없는 모자의 인연이라고 낸시 아주머니가 강조한다. 그런 다음 낸시 아주머니는 사회가 변해 이제 늙은이들이 젊은이들을 돌봐야 한다고 말한다. 이 관점은 더 상세한 설명을 필요로 하지만 사일러스의 곤경이 그 사실에 대한 일종의 미세한 증거라고 할 수 있다. 그런 다음 낸시 아주머니는 감옥에 가는 것 그 자체는 심각한 것도 수치스러운 것도 아니고, 범죄의 성격이 문제가 되는 것이라고 주장한다. 낸시 아주머니는 그녀의 아들이 "깨끗하다"고 생각한 여자와 함께 살다가 그녀를 거칠게 다루는 다른 남자를 발견하고는 "그 남자를 두들겨 팼다"고 설명한다(41). 그 다음 그녀의 아들은 그의 여자가 그를 기만했다는 것을 알고 그녀에게도 폭행을 가하였다. 낸시 아주머니가 원하는 것은 그의 행동이 좋은 것이 아니었음에도 불구하고 최초에 그에게 가해진 상처를 고려한다면 이해할 수도 용서할 수도 있는 것이라고 주장하면서 그의 아들의 결백을 보여 주는 것이다. 우리는 그렇게 사소한 범죄가 긴 수감으로 이어질리 없다고 의심하는 사일러스처럼 관객이 반응할 것이라고 생각할 수 있다. 사일러스의 의심은 즉각 풀어진다. 낸시 아주머니의 아들 짐(Jim)은 사실 실제 범죄 때문이 아니라 그가 두들겨 팬 사람이 만들어 낸 함정에 빠져 더 큰 죄를 범하게 된 것 때문에 감옥에 간 것이었다. 짐이 폭행한 대상은 낮에는 교회에 가고 비싼 옷을 입고 다니지만 밤에는 "시궁창을 쓸고 다니는" 자였다(41). 불행히도 이 사람이 적절한 곳에 영향력을 행사할 수 있었던 것이었다.

범죄에 대한 상세한 설명, 함정, 그리고 낸시 아주머니의 변호가 합해져 문제를 복잡하게 만들어, 진정한 문제와 관객에 대한 의도를 찾아내기가 점차 어려워진다. 이 장면의 한 요소 즉 금고형의 의미 자체를 축소하는 것과 분노와 좌절에 기인하는 범죄에 대한 동정의 요구가 『부서진 밴조』를 연상시킨다. 한 인간을 함정에 빠뜨리는데 포함되어 있는 남을 조종하려는 악의에 대한 혐오가 표현되고 있다. 암묵적으로 관객은 단지 형을 살았다는 이유만으로 흑인을 비난하는 것을 삼갈 것과 전과자들을 포함하고 있다고 흑인 사회를 비난하는 것을 중단할 것을 요구받는다.

짐의 과거에 대한 이야기 전체를 통하여 낸시 아주머니는 그녀의 아들을 변호하기 위하여 여러 가지 주장을 펴지만 그 어느 것도 설득력이 있지 않다. 낸시 아주머니가 "주님도 투옥 되었었다구"라고 말하며 암암리에 제시하는 짐과 예수 사이의 유사성은 자멸적이다 (41). 주님에 대한 그녀의 언급은 무대 위와 무대 아래서 그녀의 말을 듣고 있는 사람들에게 투옥되었다는 사실이 아니라 무엇 때문에 투옥되었는가가 중요한 것이라는 점을 상기시켜 준다. 그러한 언급이 이루어진 바로 다음에 리자와 사일러스와 낸시 아주머니는 짐이 여자를 폭행한 것은 그 원인이 무엇이든 간에 나쁜 일이라는 것에 의견을 같이 한다. 그녀의 주장의 약점을 깨달은 낸시 아주머니는 모성애에 대한 강조로 되돌아간다. 그녀는 어머니의 용서는 신의 용서만큼 큰 것이 아니라고 주장하면서 그녀의 주장을 강화한다.

리처드슨은 그의 전략 중 잠재적 효과를 지닌 요소를 피했거나 포기했다. 그는 백인 관객으로부터 흑인 범죄에 대한 중요한, 감상적이 아닌 반응을 불러일으킬 수 있었다. 즉 그는 적어도 흑인 또는 백인에게 있어서의 금고형의 의미의 복잡성에 대한 이해의 씨앗 또는 완전히 이해하지 못하겠다는 느낌을 심어 줄 수 있었다. 그 대신 우리는 이해하거나 조사해보는 것이 아니라 용서하고 모성애를 높이 평가하라는 요구를 받는다. 다시 한번 리처드슨의 극의 외면적 의도는 이 장면에서 잘못된 것을 인지하고 비난할 수 있을 뿐만 아니라 용서하고 변함 없이 사랑할 수 있기 때문에 모두가 칭송 받을 만한 자들로 나타나는 그의 인물들의 미덕을 확립하는 것처럼 보인다. 짐이 이와 같이 모두에게서 발견되는 미덕의 확립에 대한 예외인 것처럼 보이지만, 그가 그런 유형에 들어맞지 않는 것은 단지 잠시 뿐이다. 이 극은 결론 장면이 짐의 행동을 나머지 다른 인물들의 행동과 대비시킴으로써 가능한 복잡한 인간성 제시를 부정하려 하고 있다.

『넝마 줍는 여인의 행운』의 나머지 부분에 있어서의 전략은 비교적 단순하다. 우리는 짐이 축음기 상점에서 온 사람들에 의해 상징되는 사악한 세력을 물리치는 회개한 영웅, 구원자로 등장하는 위치로 인도된다. 이 전략은 간단한 기교로부터 시작한다. 가족이 짐의 도착을 기다리고 있을 때 (낸시 아주머니는 아들을 초조히 기다리고 있고, 사일러스는 그가 돈을 나누어주기를 바란다) 문을 세게 두드리는 소리가 들린다. 그러나 막 도착한 사람들은 짐이 아니라, 축음기를 판 상점에서 온 사람들이다. 이것이 관객에게 다가오고 있는 문제에 대해 알아차리고 두려움을 갖도록 하게 되어 있다. 그러나 두려움은 사일러스의 일자리와 축음기 사이의 연결이 분명하게 그리고 우리가 공감할 수 있도록 설명되었어야만 일어날 수 있는 것이다. 사일러스가 낸시 아주머니에게 돈을 달라고 접근할 때 그 연결이 다시 한번 제기된다. 그러나 그 중요성이 다른 사소한 일들이 얽히고 설키는 과정에서 상실되고 말았다.

짐이 도착하면서 그가 주는 인상은 겉모습으로 가치와 인격을 형성하려는 초기 시도와 일치한다. 그는 크고 당당한 몸집이며, 점잖게 푸른색 양복과 셔츠를 입고 있다. 그는 두드러지게 공손하고, 즉시 그의 어머니에 대한 사일러스 가족의 친절함에 감사를 표한다. 또한 즉시 그가 예민하고 관대하다는 것이 밝혀진다. 그는 밖에 있는 사람들을 한번 보고서 그리고 별 뜻 없는 사일러스의 말을 듣고서 즉각 사일러스 가족이 돈이 필요하다는 것을 알아차리고 그가 가지고 있는 돈의 전부인 15 달러를 준다. 사일러스가 그 돈을 받으려 할 때 축음기 상점에서 온 사람들이 들이 닥쳐 거칠게 축음기를 내놓으라고 한다. 15 달러로는 이 궁지에서 벗어 날 수 없기 때문에 (그리고 축음기를 지킬 수 없기에) 사일러스는 낸시 아주머니가 모아 놓은 돈으로 관심을 돌리고, 짐은 어머니에게 그 돈을 가져오라고 한다. 그런 다음 짐은 문을 지키면서 상점에서 온 사람들이 축음기를 내가는 것을 육체적으로 막아냄으로써 그의 힘을 보여 준다. 낸시 아주머니가 돈을 건네 주자 곧바로 그 돈의 절반을 사일러스에게 준다. 상점에서 온 사람들은 돈을 받아 나가고, 모두가 모두에게 고마움을 표시한다. 이 결론 부분의 만족스런 분위기 속에서 사일러스가 작업복을 가지고 일하러 갈 것이라고 선언한다.

인물과 사건의 신뢰성에 대해 이전에 관객이 갖고 있던 의구심이 무엇이든 간에 이전 사건이나 태도 그 어떤 것도 이 마지막 장면에서 보여지는 짐의 고결함만큼 믿기 어려운 것이 없다. 우리는 교도소에서 갓 풀려나 가진 것이라고는 입고 있는 옷과 15 달러 밖에 없는 사람이 잘 알지도 못하는 사람을 위하여 가지고 있는 돈을 다 털어 줄 것이라는 것을 믿으라는 요구를 받는다. 왜 직업도 없고 알려진 소득원도 없는 짐이 낯선 사람을 위하여 무일푼 신세가 되려는 것일까? 짐에게 그의 어머니가 모은 돈의 반이 주어진 후에 그 절반, 사일러스가 필요한 것보다도 많은 액수를 주는 것에 대한 적절한 이유가 주어지고 있지 않다. 우리가 짐에 대해서 들은 것 그리고 우리가 다른 평범한 인물들에 대해서 알고 있는 것 중 그 어느 것도 우리로 하여금 그와 같은 관대함을 쉽게 받아들이도록 하지 못한다. 이곳에서의 짐의 역할은 옛날 이야기에서 주인공을 도와 주는 요정의 역할이지만, 우리가 그 역할을 받아들이기 위해서는 그가 활동하는 세계를 현실이 아니라 환상의 세계로 인식해야만 하는 것이다.

그러나 『넝마 줍는 여인의 행운』의 결론은 아이러니컬하게도 대본에 의해 앞에서 형성된 한계점들과 일치한다. 짐과 상점에서 온 사람들이 집에 도착하리라는 것은 뻔하며, 사일러스가 이미 우리에게 짐이 돈을 주길 바란다고 말했다. 진정한 악은 이 가족 밖에 존재하며, 이 가족이 짐을 그의 어머니만큼이나 배려해야 한다는 점이 이미 확립된 것이다. 짐이 사일러스에게 돈을 주기를 거부하는 경우 그는 리처드슨이 간신히 확보한 그 최소한의 확실함조차 무너뜨리게 된다. 다른 결말은 가능치가 않다. 그러면서도, 패니 히클린(Fannie Hicklin)이 주장하였듯이, 『넝마 줍는 여인의 행운』의 결론은 "부자연스럽고 감상적이다."14) 사일러스의 곤경과 낸시 아주머니의 갈등에 대한 좀더 믿을만한 다른 해결책을 상상할 수 있지만, 리처드슨이 제시한 상황과 전략은 간편한 그리고 감상적인 결론 이외의 다른 결론을 허용치 못하는 것이다.

극 구성상의 분명한 필요성과 그의 인물들의 미덕으로 관객을 감동시키려는 리처드슨의 이미 명백해진 의도를 고려한다 할지라도 짐에 대한 마지막 묘사는 믿기 어려울 정도로 선량해 웃음거리가 될 정도이다. 짐은 사일러스 가족을 육체적 힘의 과시뿐만 아니라 지능과 사회의 악한 방법들에 대한 지식으로 가족을 보호한다. 그는 즉시 자신과 어머니를 위한 거처를 마련할 것이며 일자리를 찾을 것이라고 말한다. 그렇게 그는 또 다른 미국의 이상을 실현하는 것이다. 만약 관객이 계속 짐을 다른 남자와 여자를 폭행한 사람으로 기억한다면 그것은 분명히 이 극작가의 의도가 아니다. 짐은 극 속의 선량하고 진실된 다른 인물들의 대열에 서도록 의도된 인물, 그에게 만약 흠이 있다면 그 흠이 곧 그리고 부드럽게 사라질 인물인 것이다.

『넝마 줍는 여인의 행운』은 그들의 미덕에 보상을 받는 선량한 사람들에 대한 극이다. 이 극의 의도는 관객으로 하여금 그들을 칭찬하고 그들의 문제들이 행복하게 해결되는 것에 기쁨을 느끼도록 하는 것이다. 또 다른 의도는 아마도 백인 관객에게 흑인이 칭찬과 존경을 받을 가치가 있으니 관객 속의 백인은 극에서 제시된 고난을 방지하고 다른 사람들의 악의 때문에 고동을 받는 사람들을 도와야 한다고 말해 주는 것일 것이다. 그러나 그러한 의도는 인물들과 상황이 있을 법하고 진지하게 생각할 가치가 있다는 것을 관객에게 설득할 수 있는 경우에만 성공할 수 있는 것이다. 그와는 반대로 리처드슨의 혼란스런 전략은 불신과 사소하다는 느낌으로 이어질 뿐이다.

『넝마 줍는 여인의 행운』에 대한 논의에서 보인 나의 불신은 『부서진 밴조』를 관람하는 관객이 느낀 불신과 완전히 다르게 작용한다는 것을 강조하는 것이 중요하다. 후자에서 관객은 묘사되고 있는 인물들의 정직함과 예측 가능함에 대해 의구심을 갖도록 유도된다. 반면에 『넝마 줍는 여인의 행운』에서는 극작가의 성격 묘사에 의구심을 갖게 된다. 우리는 인물들이 거짓말을 하는지에 대해서가 아니라 극작가가 인물들에 대해 진실을 말할 수 있는지를 의심하게 된다.

리처드슨이 『부서진 밴조』에서 사용하는 사건에 대한 대조점은 관객으로 하여금 극이 제시하는 세계의 내적 필요성과 슬픔에 대한 느낌이 점점 투명해지도록 조종한다. 각각의 사건이 다른 사건에 연결되어 있고, 우리는 이와 같은 연결들을 감지하게 되면, 관객으로서 사건을 변화시킬 수 없기 때문에 진정한 긴장과 좌절을 맛보게 된다. 이와는 매우 대조적으로 『넝마 줍는 여인의 행운』에서는 많은 말들과 사건들이 관객의 관심의 집중을 흩뜨리며 그런 말들과 사건들이 주의를 사일러스의 금전적 문제에 대한 해결책 찾기로부터 다른 곳으로 돌리는 것으로 느껴진다. 『넝마 줍는 여인의 행운』의 가장 흥미로운 요소들 중 많은 것들, 예를 들면 리자의 병, 사일러스가 받는 처벌의 부당성, 짐에 대한 엠마의 환상, 짐의 유죄 판결로 이어지는 날조된 고소, 짐을 함정에 빠뜨린 중산층 사람의 위선 등이 불필요한 것이 되는 반면에 개구리에서 왕자로 변한 사람의 손에 쥐어진 비밀스런 재산에 대한 감상적인 이야기가 중심이 되고 있다.

『넝마 줍는 여인의 행운』의 전략적 약점을 바라보는 또 다른 방법은 극에서의 "관심의 균형"이라는 토마스 셰프(Thomas Scheff)의 개념을 사용하는 것이다.15) 셰프는 극이 관객에 대한 의도를 성공적으로 실행에 옮기기 위해서는 극이 관객이 자신을 관객으로 인식하는 것과 무대 위의 인물들과 자신을 일치시키는 것 사이의 균형을 이루어야 한다고 주장한다. 셰프의 분석에 있어서 "일치화"는 훌륭한 극의 직선적인 사건 진행이나 겉으로 들어 나는 속성이 아니다. 관객이 자신을 극 속의 인물과 일치시키는 정도에는 세 가지 요소가 관련된다. 그 세 가지 요소는 관객이 무대 위의 인물들의 감정적 경험을 함께 하는 정도, 이 인물들의 고난의 강도, 그리고 인물들과 관객 사이의 "어긋나는 인식"의 종류와 정도이다. 버트랜드 에반스(Bertrand Evans)의 글을 이용하면서 셰프는 "어긋나는 인식"을 인물이 아는 것, 아는 체 하는 것, 또는 의심하는 것과 관객이 아는 것 사이의 관계로 설명한다. 셰프의 주장에 따르면 우리가 우리의 자신을 무대 위의 인물들과 일치시키는 것은 감정적 경험이 완전히 공유되었을 때, 인물의 고난이 강할 때, 그리고 무대 위의 세계에 대한 우리의 인식과 인물들의 인식 사이에 어긋나는 것이 없을 때 가장 완벽해진다. 그러나 그와 같은 완벽한 일치화는 카타르시스 즉 희극과 비극 모두에 매우 중요한 감정의 정화를 방해한다. 따라서 극이 제 기능을 발휘하기 위해서는 작가가 일치화와 자의식 사이의 균형이 이루어지도록 해야하는 것이다.

셰프의 주장에 비추어 볼 때 『넝마 줍는 여인의 행운』을 관람하는 사람이 느낄 것이라고 내가 주장한 혼란스러움이 더욱 분명해진다. 흑인 관객은 (비웃으며 받아들이지 않을 경험도 일부 있을 수 있지만) 많은 감정적 경험을 공유하기 때문에 자신을 지나치게 사일러스와 일치시키면서 그의 고난에 대해 공감하고 낸시 아주머니의 운명에 대해 사일러스와 거의 비슷하게 의식할 것이다. 중요한 것은 관객과 사일러스가 비슷하게 낸시 아주머니의 아들의 관대함에 대해 알지 못한다는 것이다. 다른 인물에 대한 흑인 관객의 관심의 균형도 이루어지지 않는다. 낸시 아주머니는 일치화를 일으킬 만큼 곤경에 빠져 있는 것도 아니고 관객의 의식에 일관성 있게 가까운 것도 아니다. 리자는 너무 심각한 곤경에 빠져 있어 관객의 의식이 관심의 균형을 이루기에 충분한 거리를 허용할 수 없다. 나아가 흑인 관객이 짐이나 엠마의 감정적 경험을 일치화가 가능할 정도로 공유할 것이라는 것은 상상하기 어렵다.

백인 관객에게는 관심의 균형이 더욱 기울어진다. 고난의 정도가 공유된 의식의 정도와 너무 밀접하게 연결되어 있어 변화된 일치화가 일어날 수가 없다는 문제가 있다. 뿐만 아니라 극이 제시하는 감정적 경험 그 어느 것도 중산층 백인 관객에 의해 공유될 것이라고 생각하기 어렵다. 이 점이 셰프가 조사하지 않은 또 다른 어긋남을 암시하고 있다. 중산층 백인 관객은 극 속의 인물들이 그들의 감정에 의해 완전히 사로잡혀 있어 무분별하기 때문에 그들의 감정에 대해 의식할 수는 있지만 그런 감정으로부터 멀리 떨어져 있다. 바로 이 것이 쉽사리 그리고 위험하게 우월감으로 이어지는 어긋남을 생산해 내는 것이다.

IV

　『부서진 밴조』의 성공과 대조되는『넝마 줍는 여인의 행운』의 실패에 대해 설명하려는 모든 시도는 어느 정도의 추측을 포함할 수밖에 없다. 전기적 정보조차도 한 예술가의 작품에서 흔히 발견되는 일관성 없는 질에 대한 우리의 호기심을 만족시키지 못한다. 그러나 이 두 극은 같은 지점 즉 가난한 흑인 가정의 내적인 삶으로부터 시작하기 때문에 그들이 지니고 있는 상대적 효과 정도 에 대한 긴요한 질문을 하게 만든다.『부서진 밴조』는 흑인의 내적 삶이 미국 연극의 활력소이라는 드보이스의 믿음을 확인해주고 있다. 어떤 생각들이 리처드슨으로 하여금 그러한 에너지를『넝마 줍는 여인의 행운』에서 유지하지 못하도록 한 것일까?

　이에 대한 답으로서 두 극의 대본에서 찾을 수 있는 내적 증거와 공연 역사에 의해 제시되는 답은 미국에서 흑인의 내적인 삶에 대한 극들은 관객에 대한 관계에서 특수한 어려움을 내포하고 있다는 것이다. 리처드슨의 두 극이 우리에게 극은 내적 갈등을 포함하여야 할 뿐만 아니라 관객을 위한 갈등도 마련해야 한다는 것을 상기시킨다. 관객이 무엇인가를 느끼게 하기 위해서는, 특히 교육의 무게를 느끼게 하기 위해서는 관객으로 하여금 인물들, 가치들, 행동들 사이에서 결정하고 선택하는 일에 참여하도록 만들어야 한다.『넝마 줍는 여인의 행운』은 그러한 선택을 관객이 하도록 하는 일에 조심하고 있음을 보여 준다. 그런 조심은 자신이 소재를 끌어오는 실세계에 대한 리처드슨의 보호 노력임을 말해준다. 그와는 대조적으로 『부서진 밴조』는 흑인의 내적인 삶을 밝히는 일에 충실함에 있어 타협하지 않는다. 이와 같은 충실함이 소재로서의 흑인뿐만 아니라 관객으로서의 흑인에 대한 배려의 증거이다. 그렇다면 『넝마 줍는 여인의 행운』에서의 망설임은 잠재적 관객의 인종적 구성에 대한 혼란스런 또는 이중적 생각의 문제일 수 있다. 리처드슨은 흑인의 내적인 삶은 오로지 동화 같은 이야기로 가장해서만 백인 관객에게 보여 줄 수 있는 것으로 생각했을지도 모른다.

이와 같은 추측은 리처드슨의 입장에서든 나의 입장에서든 피해 망상적 현상은 아닐 것이다. 연극이 공연되는 장소 밖에서는 신비에 싸인 세계가 막이 오름과 동시에 갑작스럽게 제시될 때 백인 관객이 그 세계를 직면하는 것은 위험한 것이 아니라면 어려운 일일 것이다. 따라서 리처드슨은 심각한 역설적 상황에 직면하게 되었던 것이다. "내적인 삶"의 진실은 그 삶이 흑인과 백인 사이의 접촉을 포함치 않고 있었다는 것이다. 연극이 그런 접촉을 시작해야만 했던 것이다. 그리 하자면 내적인 삶에의 접근이 가능토록 해야 했다. 심각한 아이러니는 백인 관객과의 접촉을 위하여 그 세계를 온전하게 그리고 고의적인 조작 없이 제시하였을 때 그 날카로움과 힘이 관객을 감동시키지 않을 수 없다. 반면에 접촉을 이루려는 시도 속에서 그 세계가 왜곡되는 경우 인식하기가 불가능해지는 것이다.

리처드슨의 어려움이 그의 세계를 그려내는 충실도에만 한정된 것이 아니었다. 그의 어려움은 연극이 관객에 대한 교육의 수단이라고 보는 그의 인식에 의해 더욱 복잡해졌다. 그의 작품의 다른 면에서처럼 여기서도 그는 "모든 예술은 선전"이라는 드보이스의 주장에 동의하였던 것 같다.16) 이러한 태도에 대한 증거는 두 극 모두에 분명하게 나타나고 있다. 가장 분명하게 나타나는 경우 『부서진 밴조』는 음주에 대해 경고하고 친족간의 충성을 촉구한다. 반면에 『넝마 줍는 여인의 행운』은 빚지는 사람에 대해 훈계하며 가정에서 시작되는 관용을 칭찬하고 있다. 중요한 것은 리처드슨이 교육하려는 의도를 숨기려 하지 않는다는 것이다. 그와 같은 솔직함이 이 두 극이 민속극이라는 그의 주장의 신뢰도를 높여 준다. 관객에게 한두 가지 도덕적 교훈을 주는 것이 민속극 전통의 핵심이다. 그러나 대부분의 민속극은 관객이 속하는 응집된 사회를 상정할 뿐만 아니라 그 관객의 가치 체계에 대해 합리적인 가정을 할 수가 있다. 이와 같은 사회가 『부서진 밴조』가 공연될 때의 관객으로서 가정되었을 것이다. 그러나 리처드슨이 백인 관객 또는 흑백이 혼한된 관객을 위한 극을 쓰려는 시도를 하였을 때는 그러한 사회를 당연시할 수가 없었던 것이다. 그런 경우의 어려운 상황이 분명해진다. 단순히 흑인의 내적 삶을 드러내 보이는 것은 흑인 관객에게 한정된 경험을 제공할 것이다. 그러나 흑인 관객에게 적절한 그리고 아마도 극에 대한 흑인 관객의 인지에 필요한 종류의 교육은 백인 관객에게는 분명히 적절치 못할 것이다.

　이와 같은 장애들이 리처드슨의 작품에만 특수하게 나타나는 것이라면 개념적으로 흥미로울지는 몰라도 전반적으로 흑인 연극을 이해하는데 있어 중요한 것은 아닐 것이다. 그러나 20세기 모든 흑인 극작가들에게 리처드슨의 문제들이 핵심적인 것들이 되었기 때문에 그의 작품은 부차적인 중요성을 갖게 된다. 리처드슨의 시대로부터 현재에 이르기까지 계속하여 흑인 극작가는 교육하려는 욕망에 대한 정치적, 예술적으로 적대적인 비평에 대항하여야만 했다. 그리고 각각의 흑인 극작가는 누구를 교육하려는 것인지 또는 무시해버리려는 것인지 그리고 그의 연극이 생존할 수 있도록 하기 위해 어떤 위험을 기꺼이 감내하려는 것인지를 생각해 보아야만 했던 것이다.

3 　멀리서 관찰한 내적인 삶

랭스턴 휴즈의 『아이티 황제』

　　흑인 연극의 두 가지 양식에 대한 드보이스의 예언이 나온 후 10년 뒤에 한 미국 흑인 극작가가 흑인 서민의 "내적인 삶"에 대한 것도 아니고 흑백간의 "접촉"에 대한 것도 아닌 것처럼 보이는 중요한 극을 썼다. 이것은 드보이스와 같이 선견지명이 있는 사람조차도 『아이티 황제』(*Emperor of Haiti*)가 그 두 가지 분류를 벗어난 독창력을 예견할 것으로 기대될 수가 없었기 때문에 드보이스의 명성에 흠집을 내는 것이 아니다. 더불어 그 누구도 『아이티 황제』의 저자인 랭스턴 휴즈(Langston Hughes)의 놀라운 경력을 예측하기 어려웠다.

　　할렘 르네상스(Harlem Renaissance)로 알려져 있는 미국 흑인 예술의 개화기가 시작된 1920년에 랭스턴 휴즈는 겨우 18세였다. 그럼에도 불구하고 그는 그 시기의 모범적인 인물이 되어 그 위치를 지켰다. 존 호프 프랭클린(John Hope Franklin)은 휴즈를 가리켜 할렘 르네상스의 "가장 시야가 넓은 작가일 뿐만 아니라 가장 다산적인 작가," "할렘의 셰익스피어"로 부릴만한 자격을 갖춘 사람이라 하였다.[1] 이처럼 휴즈를 진정한 "르네상스인"으로 묘사하는 것이 과장이 아니다. 휴즈는 시인으로 가장 잘 알려져 있지만 또한 소설가로서, 역사와 흑인 문화에 대한 논문 저자로서, 선집 편집인으로서, 그리고 극작가와 연출가로서 미국 문학에 큰 기여를 하였다. 랭스턴 휴즈의 업적은 작품의 풍부함과 다양함뿐만 아니라 그가 1967년 사망할 때까지 끝나지 않은 노력의 계속으로 특징지워 진다.

그와 같이 다양한 예술적 흥미를 보인 상황에서 휴즈의 극작가로서의 다산력은 놀라운 것이다. 그의 첫 극인 아동들을 위한 극『금 조각』(*Gold Piece*)이 1921년 나왔고, 그 이후 그가 죽을 때까지 그는 8편의 장막극, 3편의 단막극, 그리고 20편 이상의 오페라, 라디오 연속극, 영화 대본을 썼다. 더욱이 1930년대와 40년대에 휴즈는 할렘의 수트케이스 씨에터(Suitcase Theatre), 로스 엔젤레스의 니그로 아트 씨에터(Negro Art Theatre) 그리고 시카고의 스카이로프트 플레이어즈(Skyloft Players)와 같은 세 극단/극장 창립에 관여하였다.[2]

휴즈의 8편의 장막극 중 5편은 1930년대에 쓰여졌고 모두가 무대에 올려졌다. 클리브랜드이 길핀 극단(Gilpin Players)이『아이티 황제』,『현관』(*Front Porch*),『영혼의 기쁨』(*Joy to My Soul*), 그리고『리틀 햄』(*Little Ham*)을 공연하였다. 1935년에 쓰여진『흑백 혼혈아』(*Mulatto*)는 브로드웨이에서 일년 동안 공연되어, 1958년 로레인 핸즈베리(Lorraine Hansberry)의『태양 아래 건포도』(*A Raisin in the Sun*) 공연 전까지 미국 흑인 극작가에 의해서 쓰여진 극 중 최장기 브로드웨이 공연을 한 극이 되었다. 1930년대에 쓰여진 극 중 또 다른 극,『자유로워지고 싶지 않은가?』(*Don't You Want to be Free?*)라는 제목의 단막극은 1938년에 시작하여 2년 동안 매주 주말마다 할렘의 수트케이스 씨에터에서 공연되었다.

예술적 생산성과 관객에게의 호소력이란 면에서 랭스턴 휴즈는 극작가로서 성공했다는 주장을 할 수 있다. 그러나 윌리스 리처드슨에 적용되는 것처럼 미국 연극에 있어서의 휴즈의 중요성은 미국의 비평가들과 레퍼토리 극장 제작자들의 무관심 탓에 약해졌다.3) 도리스 에이브럼슨(Doris Abramson)이 『흑백 혼혈아』와 『자유로워지고 싶지 않은가?』에 대한 자세한 설경과 주제 분석을 제시하였다. 패니 히클린(Fannie Hicklin)은 휴즈의 극들의 줄거리에 대해 개관에 상당한 심혈을 기울이면서 간략한 비평을 가했지만, 오직 다윈 터너(Darwin T. Turner)만이 그의 1968년 발표된 논문 「극작가로서의 랭스턴 휴즈」("Langston Hughes as Playwright")에서 휴즈의 극의 장단점을 밝히기 위한 사려 깊고도 의식적인 비평적 시도를 하였다.4)

휴즈의 극에 대한 깊이 있는 비평의 결여에도 불구하고 평론가들은 휴즈의 극들이 보여 주는 대단한 형태와 상황의 다양성을 알고 있었다. 휴즈의 시야는 희극적인 것에서부터 비극적 그리고 역사적인 것에 걸쳐 있다. 그리고 그가 묘사하는 배경은 아이티와 남부 깊숙한 곳뿐만 아니라 할렘까지도 포함하고 있다. 휴즈의 극중에는 1936년에 쓰여진 극으로 역사적 장면들의 콜라주인 『자유로워지고 싶지 않은가?』와 1963년 쓰여진 극으로 음악을 동반하는 희극인 『주님 찬양』(*Tambourine to Glory*) 같이 매우 다르게 구성된 극들이 있다.

휴즈의 극작품에서의 이와 같은 다양성 때문에 어느 한 작품이 그의 극작술 전체를 대표하는 작품으로 대두되지 않는다. 나는 두 가지 이유로 『아이티 황제』를 분석하기로 하였다. 이 극은 연극적 효과의 적절함과 더불어 정서적 격렬함과 지적 복잡성을 포착, 유지, 종합하고 있다. 그리고 이 극은 역사적 사건을 상황과 은유로 사용함에 있어 나의 글에서 논의되지 않은 흑인 연극 유형을 보여 주고 있다. 특수한 역사적인 지리적 위치 그리고 아이티의 서로 다투는 집단들의 내적인 투쟁에 대한 관심 때문에 이 극은 미국 흑인의 내적인 삶이나 미국 백인과 흑인의 접촉과는 다른

곳에서 활력을 얻고 있는 것처럼 보인다. 나는 『아이티 황제』가 드보이스
가 제시한 두 유형에서 벗어나기보다는 그 두 유형을 합하고 있다는 논지
를 펼 것이지만, 이 극의 외면적 독특성은 조심스런 분석을 필요로 한다.
『아이티 황제』는 랭스턴 휴즈가 심혈을 기울인 작품이다. 이 극은 1935년
에 『아이티의 북소리』(*Drums of Haiti*)라는 제목으로 공연되었으나 1938
년에 개정되어 『아이티 황제』란 제목이 주어졌고, 1949년에는 『분쟁의
섬』(*Troubled Island*)이란 제목의 오페라로 재창조되었으며, 마지막으로
1963년에 극으로 개정되었다.5) 나의 논의는 이 마지막 대본을 토대로 한
다. 그러나 이 극이 처음 구상된 시기가 1930년대이기에 이 극을 1930년
대 극으로 간주하는 것이 적절한 것 같다.

II

　　『아이티 황제』는 아이티가 프랑스로부터의 자유를 위하여 투쟁을 벌
이고있는 와중에 시작된다. 휴즈가 이 극의 시간적 배경으로 지정하는 것
은 1791년이지만 제시된 역사적 사건들의 종류가 그 뒤인 1803년 무렵이
더 정확한 것임을 암시하고 있다.6) 이 극은 1803년 아이티 흑인들에 의한
나폴레옹 군대 격퇴와 1806년 자칭 황제가 된 장 자크 데살린(Jean Jacques
Dessalines)의 암살 같은 중요한 실제 사건으로 뼈대로 하여 구성되었다.
1막은 노예 출신의 지도자 데살린과 그를 따른 아이티 반군이 결정적인
승리를 거둔 중요한 전투로 제시되는 일이 일어나기 전날 밤을 배경으로
전개된다.
　　그들의 자유를 위하여 전투를 벌이려 하는 흑인 노예들 사이에 퍼져
있는 기대감과 준비를 확실히 느낄 수는 있지만, 그 전에 아이티에서 일
어난 전투에 대한 설명은 주어지지 않는다. 즉각 극의 초점이 데살린에

맞추어지면서 극의 첫 번째 절정의 순간이 데살린이 아이티 군대의 지도자로 선출되었다는 선언과 함께 일어난다.

『아이티 황제』의 첫 막은 흥분과 혼란의 분위기 속에서 그들이 자유를 획득하려는 아이티 노예들의 헌신을 보여주고 데살린이 권력의 자리에 오르는 모습을 보여준다. 그는 숲 속의 집결지를 그의 상징이 된 사자처럼 거닌다. 그는 그를 사랑하는 여인 아젤리아(Azelia), 그에게 조언을 하는 지혜로운 노인 마르텔(Martel), 그를 칭송하고 존경하는 일군의 노예들, 그를 묵인하는 흑백 혼혈들과 같은 지지자들로 둘러 싸여 있다. 나라와 개인 모두에게 있어서의 승리에 대한 예감이 극의 시작 부분에서 제시된다. 1막의 마지막 부분에서 데살린의 연설과 임박한 전투가 프랑스인들에 대한 승리가 절박하게 필요하다는 느낌을 조성한다.

2막은 1막에서 예견된 중대한 승리가 이루어진 후 몇 년 뒤에 일어난다. 2막은 이제 황제가 된 권력의 최고 자리에서 추락하기 직전에 있는 데살린을 묘사한다. 이 극의 중심 부분은 계속해서 외면과 내면을 대조해 보여준다. 데살린의 개인적인 업적은 놀라운 것이었다. 그는 그의 나라를 위한 자유를 쟁취하였다. 이제 그는 아름답고 세련된 혼혈 여인과 결혼하였다. 그는 황제의 권력을 누리고 있다. 그러나 이와 같은 외면 아래에는 사기와 불신과 불만이 뒤엉켜 있다. 나라는 심각한 경제적 그리고 교육적 문제에 눌려 간신히 지탱하고 있다. 소작농들은 넘치는 노동력에 대한 불평으로 나라를 뒤덮으며, 그들은 그들의 노력에 대한 아무런 보상을 받지 못한다. 흑백 혼혈들은 데살린의 권력을 시기하고, 결국 그를 몰아낼 음모를 꾸민다. 그의 아내는 그를 멸시한다. 우리는 그가 나라의 안정과 번영을 위한 길을 찾기 위해 애를 쓰는 모습 그리고 그의 교육을 받지 못한 것에 대한 낙심을 지켜보게 되지만, 우리는 그의 문맹의 결과가 그를 둘러싸고 있는 기만과 불만의 깊이에 대한 인식 결여임을 보게 된다. 데살린이 성대한 그러나 의미 없는 연회를 준비하고 즐기는 동안 그를 지지한 자들 중 다수가 그날 밤 그들의 지도자를 죽이고 아이티를 접수할 준비를 하고 있다. 1막처럼 2막도 데살린이 전투에 나가려 하는 장면으로 끝을 맺지만, 여기서는 데살린 혼자만이 승리를 기대한다.

3막은 데살린이 전투를 치른 다음 날 일어나는데, 아이티의 작은 어촌 마을의 시장을 배경으로 하고 있다. 2막의 데살린의 궁전에서 보고되거나 상상된 것들이 이제 밝혀진다. 시장의 여인들이 그들의 이전에 가지고 있던 자유의 의미에 대한 환상과 대조되는 현재 생활에 있어서의 불평등과 어려움에 대한 불만을 토로한다. 데살린의 아내를 포함한 흑백 혼혈들이 시장에 등장한다. 데살린을 패배시킨 그들은 이제 프랑스로 항해하려 하고 있다. 데살린은 칼을 들고 반군 지도자들에게 맞서다 총에 맞아 죽는다. 처음에 데살린을 지지했고 지금도 그를 사랑하고 있는 아젤리아가 추락한 주인공의 시체를 뒤지고 있는 부랑아들을 목격한다. 데살린은 죽음으로써 패배하였을 뿐만 아니라 명성마저도 잃은 것이다.

이와 같은 간략한 줄거리 요약은 우선 전통적인 극적 전략을 보여 준다. 관객은 즉각적으로 데살린을 칭송하고 동정하도록 유도된 다음 위험에 직면한 그가 느끼기도 전에 두려움과 근심을 느끼게 되며, 마지막으로 그의 죽음에 대한 연민과 슬픔 나아가 그 불가피성을 느끼게 된다. 이러한 전략은 데살린이 억압받는 사람이면서 동시에 왕이라는 점에서 현대적이면서 동시에 고전적이다. 그의 이중적 역할로 인하여 데살린은 존경심을 자아내는 동시에 공감을 불러일으킨다.

적어도 한 가지 의미에서 휴즈는 현대 관객에게 그 결점을 보여 주기 위하여 고전적 전략을 사용하고 있다. 고전 비극에서는 주인공에 대한 우리의 칭송이, 그 결과 생기는 우리의 마지막 상실감이 그 인물의 정치적 위치 때문에 처음에 요구된다. 『아이티 황제』에서 데살린이 노예로 있을 때 최고의 칭송과 동정심을 자극하고 황제일 때 최소의 칭송과 동정심을 자극한다. 이 극에서 휴즈는 "비극적 주인공의 지위, 즉 소위 인물의 고상함에 대한 고집은 비극의 외면적 형태에 집착하는 것에 불과하다"라는 아써 밀러(Arthur Miller)의 이론을 예상케 한다.7) 휴즈는 외면적 형태를 사용하지만 그것에 집착하지는 않고 있다. 내 생각에『아이티 황제』의 전략의 토대는 밀러의 다른 믿음과 밀접하게 관련되는 것 같다. 휴즈는 관객에게 "단 한 가지 즉 그의 개인적 존엄성을 확보하기 위하여 기꺼이 목숨을 바칠 준비가 되어 있는 인물"을 보여 줌으로써 비극적 느낌을 불러일으키고 있다. 밀러는 계속해서 "오레스테스로부터 햄릿에 이르기까지, 메데아에서 맥베스에 이르기까지 근원적인 투쟁은 그가 속한 사회에서 그의 정당한 위치를 확보하려는 개인의 투쟁이다"라고 주장하였다.8) 휴즈는 우리에게 데살린을 제시하면서 그의 인간적 존엄성을 위한 투쟁을 생생하게 그려낸다. 그러나 이것이 그의 유일한 의도도 아니고 그의 전략상의 핵심적 장치도 아니다. 그는 일단 관객으로 하여금 투쟁에 몰입하도록 한 다음, 2막에서 우리의 위치를 발견할 수 있는 곳으로 우리를 몰고 간다. "사회에서 정당한 위치"를 찾은 데살린은 개인적 존엄성을 상실하게 된다. 관객은 이제 형편없고 비참하게 되어 버린 한 인간을 신뢰하도록 유도되어 온 것이다. 2막과 3막에서 우리는 "황제"가 아닌 갈 곳 없는 평범한 인간에 대해 두려움과 슬픔을 느끼도록 유도된다.

  2막 시작 부분에서의 데살린의 변화와 그가 세운 제국의 외면적 성공에 대한 폭로는 이 극의 충격, 갑작스럽게 관객을 잡는 덫이다. 관객으로 하여금 그들 앞에 펼쳐지는 세계가 얼마나 예측 불가능한지를 인식하도록 이끌어 감으로써 휴즈는 관객의 주목을 그 세계에 더욱 가까이 끌어당긴다. 데살린 자체에 대해 만족하지 못하기 때문에 관객은 그를 둘러싸고 있는 세계에 눈을 돌리게 되며, 여기서 관객은 다시 덫에 걸리게 된다. 극의 시작 부분부터 휴즈는 얽혀 있는 두 가지 사건을 진행시킨다. 데살린은 자신과 국민을 속박으로부터 구출해 냄으로써 정당한 위치로 움직여 간다. 동시에 노예들은 백인 외국 통치자들에 대항하여 결국 패퇴시킴으로써 노예 신분으로부터 자유를 향해 움직여 가는 것 같다. 그러나 데살린과 그의 업적에 대한 우리의 초기 인식이 올바르지 않은 것처럼 이 사회가 처해 있는 어려움에 대한 우리의 초기 이해도 피상적인 것으로, 결국은 잘못된 것으로 밝혀지게 된다.

휴즈의 전략에 있어서 중요한 요소는 백인과 흑인 사이의 반목, 노예 소유주들과 노예들 사이의 반목을 최초의 반목으로 제시한 것이다. 이 갈등에서 노예들의 고난에 대한 상세한 설명이 아이티 흑인들에 대한 우리의 동정과 이들로부터 부당하게 이득을 챙기는 자들에 대한 우리의 분노를 자극한다. 따라서 백인 관객조차도 백인들의 패배로부터 맛볼 수 있는 만족감에 대한 등장 인물들의 기대를 함께 할 수 있을 것이다. 그러나 휴즈는 2막에서 명목상으로만 해방되었을 뿐 이제 힘든 육체 노동에 시달리고 어떻게 해야 되는 것인지를 모르는 역할에 구속되어 있는 흑인들을 제시하면서 관객으로 하여금 동정과 분노에 대한 두 번째 비슷한 경험을 하도록 만들고 있다. 여기서 백인과 흑인 사이의 차이뿐만 아니라 흑인과 흑인 사이의 차이. 흑백 혼혈과 흑인 사이의 차이가 제시된다. 새로운 억압은 비교적 겉으로 덜 드러나지만 못지 않게 만연해 있고 교활하다. 3막의 끝 부분에서 우리가 소작농들을 가엾게 여기는 것은 숭고한 노력의 실패 또는 질서와 정의를 확보에 따르는 손실 때문이 아니라 우리가 공감할 수 있는 공허감, 과거의 희망들이 환상에 불과했고 그 최종 효과가 파괴적이었다는 깨달음으로부터 오는 것이다.

『아이티 황제』의 2막과 3막에서 보게 되는 사건의 전환과 행동의 변화에 대한 관객의 관심을 유지하면서 관객을 놀라게 하기 위해서 휴즈는 1막에서 관객으로 하여금 그가 제시하는 인물들과 그들의 곤경에 완전히 집중하도록 해야만 한다. 이것을 성취하기 위해서 그는 극을 그 평온함과 잠재적 위험으로 관객을 압도하는 배경으로 시작한다. 막이 오르면 별이 총총하고 보름달이 휘영청한 밤을 배경으로 폐허가 된 설탕 공장이 모습을 드러낸다. 처음에 우리의 관심은 공장 앞에서 사탕수수 수확에 쓰이는 휘어진 칼을 살펴보고 있는 젊은 흑인 조세프(Josef)의 정지된 모습에게 쏠린다. 잡목 사이에서 소리가 나자 조세프가 긴장한다. 이와 같은 조세프의 시각적 인상 그리고 데살린의 애인 아젤리아와 주고받는 암호가 관객에게 불안감을 안겨 준다. 분명히 우리는 무엇인가 중요한, 비밀스런 사건을 보고 있는 것이다. 관객은 곧 일어날 사건에 대한 호기심 때문에 무대 위의 인물들로부터 분리되지만, 이 인물들이 창조해 내고 무대 장치가 표현해 내는 긴장을 통해 인물들과 하나가 된다. 이 개막 순간이 관객이 극의 중심 인물들보다 적게 알고 이해하는 몇몇 장면 중의 하나이다. 휴즈는 앞장에서 언급한 "관심의 균형"을 확립하면서 극을 시작한 것이다. 조세프와 아젤리아의 심각한 걱정이 우리로 하여금 즉각적으로 그들과 공감하도록 만들지만, 우리와 그 인물들 사이의 "의식의 불일치"로 인하여 우리는 지나치게 자의식을 상실하지는 않게 된다.9)

　이어지는 조세프와 아젤리아의 대화가 우리의 호기심을 해소해주면서 간접적으로 데살린을 소개하고, 노예들의 역경에 대한 우리의 동정심을 자극한다. 아젤리아는 무기를 들고 등장하는데, 이 것이 우리가 곧 바로 알게 되는 그 날 밤에 일어날 노예 반란에 그녀가 적극적으로 참여하고 있음을 암시하고 있다. 그녀는 데살린이 허락 받지 않고 농장을 떠났다는 이유로 매 맞은 날에 대해 말함으로써 반란의 동기를 제시한다. 이 매질의 끔찍함이 노예 소유주들이 노예 주제에 "너무 큰 이름"을 갖고 있다고 데살린을 조롱했다는 아젤리아의 폭로에 의해 강조된다. 매질에 대한 설명이 노예들의 고통을 확실하게 전달하며, 관객으로부터 그 희생자에 대한 동정심과 노예 소유주에 대한 분노를 자아낸다.

　그 다음 철학자 같은 나이 많은 노예 마르텔이 소개된다. 마르텔의 언어는 독특하다. 그의 언어는 고상하며 은유적이고, 기이하며 고풍스럽다; "바로 지금 저기 저 달이 은빛 바다를 너머 바라보고 있지. 노예선들이 저주받은 짐을 싣고 서부 세계로 항해하고 있는 것을 지켜보면서 말이야. 밤에 울려 퍼지는 흑인 남녀들의 비명 소리 그리고 쇠사슬 소리가 달의 얼굴을 향해 날아가고 있어."10) 마르텔의 언어는 통사와 단어에 있어 사투리의 흔적이 없는 평범한 20세기 미국 영어를 사용하는 아젤리아와 조세프의 언어와 너무나 달라 마르텔의 말 자체가 관심을 끌게 되며, 관객이 그 상황의 긴장감으로부터 다른 곳에 관심을 갖도록 만들 수도 있다. 그러나 마르텔의 특이한 단어 사용이 이 장면을 멜로드라마적 감상주의의 수렁이 될 가능성으로부터 벗어나 숙고적인 거리를 갖도록 한다. 자연, 모든 흑인과 노예들과 아프리카에 내려진 재앙에 대한 마르텔의 언급이 역사에 있어서의 이 순간이 육체적이나 심리적으로 노예화된 모든 사람들에게 심각한 의미를 함축하고 있음을 암시한다. 마르텔은 우리로 하여금 이 순간이 지니는 반향에 대해 숙고하도록 함으로써 우리에게 우리가 극장에 안에 있어 일시적으로 극이 제시하는 현재의 고난으로부터 멀리 있다는 것을 상기 시켜 준다. 그의 언어는 또한 그를 다른 노예들로부터 두드러지게 한다. 그의 시적 표현들의 사용은 그가 노예뿐만 아니라 관객도 존경해야만 하는 인물임을 말해준다.

마르텔의 등장은 또한 상황에 대한 설명을 더 할 수 있게 해주고 극의 핵심 도티브들을 소개할 수 있도록 해준다. 우리는 북소리가 반란의 시작을 알릴 것이며 데살린이 지도자로 선출되었다는 이야기를 듣게 된다. 마르텔은 반란을 일으킨 자들이 그들 가운데 있는 배신자들을 조심해야한다고 경고한다. 배신자들에 대한 주목은 이루어지지 않고 있다. 그러나 북소리에 대한 기대 그리고 데살린의 선출에 대한 만족이 관객으로 하여금 다음 인물의 등장 즉 데살린 자신의 등장에 대비하게 한다.

데살린을 제시함에 있어 휴즈는 1막의 주요 기법을 사용한다. 그는 2막과 3막에서의 반전에서 싹을 내는 씨앗을 뿌리지만 곧바로 거의 보이지 않도록 흙으로 덮는다. 데살린의 두 번째 대사가 "내가 그대들의 지도자

조세프다"이다(58). 데살린이 그 날 밤 계획에 바로 몰두하지 않았다면 관객은 이와 같은 대사가 풍기는 거만함에 당황할 수도 있는 것이다. 이 새 지도자는 곧바로 전략에 대한 질문과 노예 소유자들에 대한 웅변적이면서도 차분한 규탄을 통하여 그에게 주어진 역할을 잘 해내고 있으며 그에게 주어진 과업에 헌신하고 있음을 보여 준다. 이 부분에서 과거의 끔찍한 일들이 묘사되고, 데살린이 그러한 잔인한 일들이 존재해 온 세상을 크게 변화시키기 위해 헌신하겠다고 말한다. 이것이 노예들의 승리에 대한 관객의 희망을 부추기고 데살린에 대한 찬양을 끌어낸다. 1막 그리고 극 전체에 백인은 등장하지 않는다. 백인들은 특히 극의 초반부에서 외부의 적으로 남아 있다. 노예들에게 백인들은 인간적 존재가 아니라 채찍을 쥔 손이다. 그러나 관객에게는 백인들이 무대 위에 등장한, 자유를 원하는 사람들을 학대하는 사람들로 제시된다. 이것이 추상적인 적에 대한 혐오와 관련한 관객과 노예 인물들과의 동맹을 만들어 낸다. 그와 같은 추상성은 또한 관객 속의 백인들로 하여금 자기 혐오라는 혼란스러움 없이 백인 노예 소유주들의 몰락을 바라도록 하는 것이다. 그렇다면 흑인과 백인의 접촉이 이 극의 핵심 주제가 아니라 이 극이 제시하고 있는 사회가 없애려는 생각인 것처럼 보인다.

이 첫 막에서 휴즈가 사용한 전략의 한 가지 요소는 반란의 이상과 사회적 상황에 대한 전달과 사건들이 특정 인물들에게 영향을 주는 상태에 대한 설명을 번갈아 하는 것이다. 대의명분에 대한 헌신의 선언이 개별 인물들에게 공포와 희망을 불러일으킨다. 그 다음 그들의 걱정은 이상적인 것에 대한 상기에 의하여 약화된다. 이와 같은 진행에 있어서의 필수적인 수단이 친구이며, 연인이며, 지도자로서 그의 추종자들의 특수한 근심을 최소화하려고 애를 쓰는 데살린인 것이다. 그러나 그도 어쩔 수 없이 주기적으로 추종자들의 걱정을 함께 하게 된다.

아젤리아가 데살린에게 그들의 사랑에 그리고 그들의 삶과 개인적 헌신에 대한 두려움에 관심을 갖도록 요구하자 데살린은 그런 대화를 피하고 싶어하지만 어쩔 수 없이 반응을 보인다. 짤막하지만 아주 중요한 장면에서 아젤리아가 과거에 그들의 사랑이 준 즐거움에 대해 회상한다. 데살린은 아젤리아에게 자유가 없는 사랑의 한계에 대해 일러준다. 그는 성적인 추억에 빠져 있을 생각이 없다. 그의 생각은 미래와 국민의 대의 명분을 향해 있다. 그러나 이 장면에서 아젤리아의 데살린에 대한 사랑과 정절의 거듭된 맹세가 결국 그녀가 원하는 반응을 얻어내는 것 같다. 그는 노예들이 승리한 후 "백인들처럼" 그녀와 결혼할 것이다. 그러나 그들이 키스를 하는 순간 그는 몰려오고 있는 전사들에 대한 기대로 집중하지 못한다.

이 거의 낭만적이라 할 수 있는 사건이 데살린의 묘사와 같이 휴즈의 배양되지 않은 또 하나의 씨앗이다. 관객은 아젤리아의 사적인 애정의 확인과 자신이 일으키려 하는 거대한 변화에 대한 생각에의 몰두 사이의 대조에 대해 어쩔 수 없이 이중적인 감정을 느낄 수밖에 없다. 우리는 아젤리아의 자기 사람에 대한 사랑과 그 사랑이 주는 걱정에 공감할 수 있다. 그리고 우리는 신념에 대한 사랑과 전체 국민에 대한 사랑이 매우 중요한 시기에 개인적인 욕구와 감정을 버리는 것에 대해 데살린을 칭찬한다. 이 두 가지 반응은 관객이 자신의 관심사를 데살린에게 강요하는 아젤리아를 참을 수 없게 만든다. 관객은 또한 진정한 애정이 결여된 데살린에 대해 불쾌하게 느낄 수도 있다. 휴즈는 이와 같은 긴장 상태를 완화시키기 위하여 데살린의 결혼 약속을 이용하고 있다. 우리는 이 장면의 중요성을 나중에 깨닫기 위해 여기서는 놓치도록 되어 있다.

다음 장면은 노예인 콩고(Congo)를 소개하는데, 그는 소중한 무기를 지키기 위하여 무기 상자 안에 숨어 지내 오고 있다. 이 장면은 아젤리아와 데살린에 의해 형성된 긴장을 완화시키기 위한 희극적 삽화 역할 그리고 데살린에 대한 우리의 칭송의 강화 역할을 수행한다. 콩고는 광대이다.

그가 무가 상자 안에서 나오는 장면은 웃음을 자아내기 위해 뚜껑을 열면 괴물 인형이 튀어나오는 장난감 상자를 연상시키는 틀에 박힌 연기를 통하여 쉽사리 연기 될 수 있는 것이다. 콩고의 재치와 웃음은 데살린의 대단한 진지함으로부터 기분 전환을 할 수 있는 즐거움을 주는 역할을 하지만, 콩고는 너무 지나치게 광대로 보이도록 되어 있지는 않다. 그는 노예 소유주들이 사실 노예들이 반란을 계획하고 있을 때 그들이 부두(voodoo) 춤을 추고 있는 것으로 간주했다고 말하면서 백인들의 어리석음을 조롱한다. 그 날 자신이 당한 채찍질에 대한 데살린의 언급에 대한 응답으로 콩고가 "그건 아무것도 아니야. 내 주인은 내 머리에 나뭇가지를 쓰는데"라고 빈정댄다(63). 그러나 이런 재치 있는 말대답 속에서 콩고는 노예들 사이에 퍼져 있는 데살린에 대한 존경을 분명하게 밝히고, 그에 대한 답으로 데살린은 자랑스럽게 지도자로서의 그의 새로운 권위를 과시한다. 콩고는 또한 그가 아프리카 출신임을 언급하는데, 그와 같은 유산에 대한 자부심이 역력하게 보인다. 이 장면은 백인 압제자들에 대한 흑인들의 태도와 데살린과 그의 추종자들 모두의 자부심을 확립하는데 있어 중요하다. 관객은 콩고를 스테레오타입화된 바보 흑인, 자신에 대하여 농담하는 멍청이와 혼동하지 말아야 한다. 콩고는 엘리자베스 여왕 시대의 궁정 광대 또는 리어왕의 광대의 사촌일 뿐만 아니라 휴즈가 창조해낸 인물 제시 비 심플(Jesse B. Simple)의 사촌이기도 하다. 제시 비 심플이 전하는 할렘에서의 일상 생활에 대한 이야기들은 "울지 않기 위해 웃는" 사람에 관한 이야기들이다.11)

콩고와 데살린의 대화가 다른 사람들이 다가 오는 소리에 의해 중단된다. 새로 도착하는 자들에 대한 기대가 데살린과 아젤리아와 콩고가 긴장하는 또 다른 부분이 드러나도록 한다. 들려 오는 소리는 말울음 소리이다. "흑백 혼혈들인 모양이군 … 흑인은 타고 다닐 말이 없어"라는 콩고의 추측이 관객으로 하여금 새로 도착하는 자들의 신원에 대해 추정하도록 만들고 흑백 혼혈들에 대한 흑인 노예들의 분노를 나타내준다(64). 무대 위의 인물들이 말 탄 사람을 기다리고 있는 동안 콩고가 흑백 혼혈들에 대한 불신을 토로한다. 아젤리아가 흑백 혼혈들이 노예들이 피부색이 더 검다는 이유로 노예들을 멸시한다고 말하며 동감을 표한다. 데살린이 이런 불신을 흑백 혼혈도 백인을 증오하며 흑인 반란군은 흑백 혼혈들이 반란에 기여할 지능과 교육을 필요로 한다는 두 가지 주장을 내세우며 반박한다.

흑백 혼혈들의 신뢰성에 대한 의견 일치가 이루어지지 않지만, 이 논쟁은 말을 탄 사람이 도착하면서 아이러니컬하게 변한다. 나타난 사람은 사실 흑백 혼혈이 아니라 흑인 노예이다. 콩고의 예측이 틀렸기 때문에 우리는 이제 흑백 혼혈들에 대한 그의 판단에 의문을 품을 수 있게 되었다. 그러나 콩고의 태도가 지니는 가치에 대한 이 같은 의문은 말을 타고 온 사람이 전하는 말에 의해 즉시 사라진다. 자비어(Xavier)란 이름의 노예인 이 말을 타고 온 사람은 한 흑백 혼혈이 반란의 대의를 배신하여 백인들에게 경고를 했다는 말을 전하러 온 것이다. 데살린은 분노하여 즉시 도중에 마주치는 백인들과 "가짜" 흑백 혼혈들 모두를 죽이라는 명령을 내린다(65). 잠시나마 흑백 혼혈들에 대한 데살린의 옹호가 부정되는 듯하지만, 콩고가 사실상 "내가 말했잖아"라고 할 때 데살린의 응답은 자제되어 있다: "콩고, 그들 모두가 같은 것은 아니야. 일부는 믿을 수 있어. 뷔발(Vuval)이 그중 하나지. 스테니오(Stenio)가 또 다른 사람이야"(65). 우리는 데살린의 판단을 신뢰하지 않을 이유가 없다. 실제로 여기서 그는 자신을 이상적인 지도자, 필요할 땐 신속하게 그리고 확실하게 행동할 수 있지만 근본적인 생각이 순간의 사건이나 기분에 좌우되지 않는 사람으로 제시하고 있다. 휴즈의 전략은 관객의 마음 속에 흑백 혼혈들에 대한 불신을 심어 주는 동시에 우리가 그의 견해를 쉽사리 받아들일 수 있는 합리적인 사람으로 데살린을 내세우는 것이다. 점차 관객이 데살린을 칭송하고 그의 주변 세계에 대한 인식을 받아들이도록 조종함으로써 휴즈는 2막에서 데살린의 인식의 잘못이 드러났을 때 우리가 경험하게 될 놀라움과 실망을 강렬한 것으로 만든다.

1막의 나머지 부분은 관객을 더욱더 데살린과 그의 대의 명분에 대한 주장을 존경하도록 만든다. 여인들, 아이들, 노예들 그리고 자유 흑백 혼혈들이 긴장된 흥분과 승리에 대한 열망이 팽배한 분위기를 형성하며 모여든다. 그러나 모두가 걱정하고 있다는 느낌에도 불구하고 노예들과 흑백 혼혈들은 떨어져 있다. 서로에 대한 의심이 정글 속의 집합 장소에 팽배해 있다. 흑인 노예들은 흑백 혼혈들의 참여 정도에 대해 의문을 품는다. 반면에 흑백 혼혈들은 (그들 생각에 의하면) 노예들의 무식을 경계한다. 이 장면이 진행되는 동안 흑백 혼혈들과 흑인들 모두가 무대에 머무르지만, 휴즈는 각 집단이 하는 행위의 종류와 양 그리고 각 집단이 내는 소리의 크기를 다양하게 변화시킴으로써 관객의 관심을 한 집단에서 다른 집단으로 옮겨 다니도록 하고 있다. 어떤 때는 우리는 부두 의식을 행하고 있는 흑인 노예들에 관심을 갖도록 유도된다. 부두교의 최고 사제 파파로이(Papaloi)와 여사제 마마로이(Mamaloi)의 화려한 의상 그리고 방울과 북과 영창의 크고도 독특한 소리가 잠시동안 관객을 완전히 사로잡는다. 우리의 시선은 생생한 움직임, 색깔, 그리고 부두 의식의 율동성에 고정된다.

잠시 후 데살린이 부두 의식에 참가하고 있는 사람들에게 다른 반란 지도자들과 이야기를 나눌 수 있게 좀 조용히 하라고 요청함으로써 초점을 부두 의식으로부터 벗어나게 한다. 부두 사제들과 신도들로부터의 소리가 작아지면서 우리는 데살린을 지도자로 선택한 것과 반란의 목적에 대한 흑백 혼혈들의 지적이고 분석적인 대화를 들을 수 있게 된다. 이 두 집단의 병치와 그들의 행위가 즉흥과 자제, 무감각한 열정과 냉철한 계획 사이의 대조를 보여준다. 휴즈는 분명하게 이 두 집단을 관객으로부터 떨어뜨려 놓지만, 그가 관객의 두 그룹 중 어느 한 그룹에 동정심을 갖기를 원하는 것인지는 분명하지 않다. 부두 의식의 실연은 흑인 삶의 이국적인 면에 대한 관객의 관념을 확인해 주는 것일 수도 있다.

부두 의식의 중요성에 대해 설명하려는 시도가 이루어지지 않고 있다. 따라서 인종적 그리고 문화적 배경의 조합에 따라 반응은 상당히 달라질 것이다. 백인 관객은 그 의식이 재미있기는 하지만 어리석은 짓으로 볼 수도 있다. 이것이 그들로 하여금 흑인 노예들에 대하여 우월감을 느끼게 할 것이다. 흑인 관객은 부두 의식의 실연을 그들이 자랑스러워하는 한 문화의 표현으로서 즐길 수도 있다.12) 부두 의식을 즐기는 경우 그들은 데살린과 흑백 혼혈들이 관심을 부두 의식으로부터 다른 곳으로 돌릴 때 화가 날 수도 있다. 일부 미국 흑인 기독교인들은 물론 그들 종교보다 훨씬 원시적이라고 생각하는 종교를 믿는 다른 흑인 남녀들의 제시에 당황할 수도 있다. 그러한 관객은 부두교를 백인 관객의 환상에 호소하는 불편한 것으로 볼 수도 있다. 또한 부두 의식에 대한 언급은 단순하게 흑인 사회와 백인 사회의 문화적 차이에 대한 관객의 인식을 날카롭게 해주기 위해 의도된 것일 수도 있다.

흑백 혼혈에 대한 묘사도 마찬가지로 모호하다. 부두 의식에 대한 언급 바로 뒤따라 언급되는 흑백 혼혈들의 교육에 부여하는 가치는 흑인 노예들이 지적인 결정을 할 수 있는 능력이 있는지를 의심케 하지만, 데살린이 그 "무식하다"고 분류된 사람들에 속하기 때문에 흑백 혼혈들의 교육의 강조는 엘리트주의적이며 잘난 척하는 것으로 보일 수도 있다.

소재와 효과의 이와 같은 모호함은 해소되지 않는다. 무대 위의 긴장의 논리적이라기보다는 감정적인 해소책이 흑인과 흑백 혼혈 모두에게 공통적인 것 즉 백인에 대한 증오를 상기시킴으로써 마련된다. 데살린이 기회를 잡는다. 그는 추종자들의 감정에 불을 당길 수 있는 다양한 수사학적 기법을 동원하여 행한 연설을 통하여 그들을 단합케 한다. 그는 무대 위와 아래의 관객 모두를 조정하기 위하여 관객과의 일치화, 향수, 그리고 차분한 통제에서 격한 분노로의 갑작스런 전환을 이용한다. 데살린은 과거의 고통과 전투의 날을 생생하게 상기한다. 그는 프랑스인들을 "공포의 괴물들"이라고 선언하며 프랑스인들의 흑인들에 대한 잔악함의 구체적인 예들을 열거한다. 데살린은 무대 위의 관객에게 "자유," "피," "살해"를 외치고, 무대 위의 관객은 이를 받아 "자유, 자유, 자유를 위해 죽이자"를 외친다(75).

데살린의 앞에 있는 관객은 그의 훈계가 끝날 무렵 모든 망설임을 버리게 된다. 그들은 오로지 증오와 자유의 필요성만 생각하고 있다. 1막을 통하여 무대 아래의 관객은 그러한 증오를 정당화하고 자유의 필요성의 현실을 수용하도록 유도되었기 때문에, 이제 관객은 무대 위에 있는 관객과 강한 일치감을 느끼게 된다. 극과 관객 사이에 여전히 선이 그어져 있지만 우리는 무대 위 인물들의 성공과 승리를 바라도록 유도되는 것이다.

나는 『아이티 황제』의 관객이 1막이 끝나면서 안도의 숨을 내쉬는 장면을 연상할 수 있다. 고조된 감정으로부터 벗어나기 위한 몇몇 장면이 필요하다. 다가오는 전투를 알리기 직전에 극장을 가득 채우던 북소리가 그치면서 우리의 감각은 2막의 시작을 향한다. 우리는 2막에서 그토록 원하는 승리가 이루어지길 바라게 된다. 2막의 첫 이미지들이 우리의 희망을 충족시킨다. 데살린이 무대 위의 "높은 등받이가 달리고 금박의 호화스런 황제다운" 의자에 앉아 있다. 그의 뒤로 붉은 벨벳 천의 커튼과 갑옷이 보인다. 이 장면은 1막에서의 데살린의 등장과 무대 장치와 두드러지게 대조된다. 그러나 그에 대한 놀라움은 데살린과 그의 군대가 임무를 성공적으로 수행했다는 것을 알게 되는 즐거움에 의해 수정된다. 데살린은 국정에 매달린다. 그는 1막에서 잠깐 등장했고 이제 데살린에게 자문을 하고 있는 흑백 혼혈 시인인 뷔발과 이야기를 하고 있다.

우리가 처음 맛보는 만족감은 곧 데살린이 뷔발과 나누는 이야기에 의하여 혼란스러워진다. 이 흑백 혼혈은 문맹인 데살린을 위하여 통신을 담당하고 있다. 이들이 나누는 대화는 새롭게 탄생한 아이티의 사회 계급적, 경제적 구조가 커다란 문제가 되고 있다는 사실을 보여준다. 도로 건설, 교육, 정부와 군대 운영에 돈이 필요하다. 돈이 나올 곳은 오로지 두 곳, 노예였던 소작농들과 대부분 흑백 혼혈들인 지주들이다. 소작농들은 먹고 살기에 급급해 부과된 일에 저항하고 있다. 자신들의 재산 증식에만 관심이 있는 "귀족들"은 황제로부터의 편의와 관직 제공을 기대하고 있다. 다수의 가난한 소작농 계급과 소수의 엘리트 상류 계급 사이에 커다란 격차가 생긴다. 소작농들을 훈련시키고 사회 계급 구조의 점차적인 개선의 가능성을 보여줄 수 있는 교육받고 국정에 관심을 갖는 중산층이 존재하지 않는다.

황제 데살린의 사치스런 생활이 아이티의 정치적, 경제적 어려움을 악화시킨다. 데살린을 둘러 싼 사치와 그의 추종자들 대다수의 가난이 이루는 대조가 웅변적이며 극적으로 제시되고 있다. 데살린이 무심히 "아이티의 모든 사람들이 나처럼 옷을 입고 싶어 해. 내가 황제인데"라고 말한다(76). 그러나 이와 같은 대조는 경제적 문제에 대한 논의와 곧 치러질 궁정 연회에 대한 언급의 병치에 의해 더 효과적으로 전달된다. 이 대조는 거의 풍자에 가깝게 된다. 데살린이 화를 내며 "아이티를 사랑하는 사람들이 국가를 위해 대가를 치르지 않는다는 말인가?"라고 소리를 지르자 노예였던 포포(Popo)가 들어오면서 만찬을 위한 의복을 꺼내 놓았다고 전한다(77). 포포가 계속해서 "루비 왕관도 꺼내 놓았고, (황제를 상징하는) 홀도 다듬어 놓았죠"라고 말한다(77-78). 관객은 이제 아이티의 흑인들이 승리해 데살린을 황제로 추대하였지만, 그가 황제로서 그리고 한 인간으로서 잘못되어 가고 있다는 것을 알게 된다.

관객은 짧은 시간 동안만 기쁨과 안도를 맛본다. 이제 실망과 혼란스러움이 새로운 제국 아이티와 그 황제에 대한 적절한 반응이 되었다. 우리의 기대가 피상적으로만 충족된 것이다. 우리는 전투에서의 승리도 압제적인 적의 퇴치도 인간의 불행이나 타락을 완화시키기에 충분하지 않다는 사실을 알게 된다. 여기서 휴즈의 극작술 상의 단점이 드러난다. 그는 새로운 아이티를 너무 갑작스럽게 제시하였다. 우리가 스스로 발견할 수 있는 방식으로 데살린과 그의 궁정의 타락이 제시되었더라면 우리는 더욱더 그와 그의 궁정의 불평등과 위선에 당혹감을 느꼈을 것이다. 휴즈는 충격 요법을 사용하였지만, 이 전략은 극적으로는 인상적이지만 관객의 관심을 유지시키지는 못한다. 우리는 충격을 받은 다음 대단원에 대해 궁금해 하기보다는 거리를 두고 대단원을 지켜보게 된다. 우리가 아이티 제국에 대하여 제공받는 새로운 정보는 그저 우리가 이미 알고 있는 것을 확인해 주는데 그칠 것이다. 우리는 심지어 1막의 감정적 호소에 쉽게 넘어 간 우리 자신에 대해 곰곰이 생각해보기도 할 것이다. 이와 같은 자성은 극이 끝난 다음에 일어나는 것이 좋을 것이다.

휴즈는 2막의 첫 도입 부분 이후 관객의 관심을 잃을 수 있는 위험을 범한다. 하지만 그의 전략이 이로운 점도 있다. 그 시점에서 관객이 감정적 호소의 힘에 압도되어 이성을 버리는 잘못을 범한 것을 알게 된다면 관객은 2막의 나머지 부분에서 확실해지는 성격과 상황의 복잡성에 대해 더욱더 주목하게 될 것이다. 개인적 권력에 대한 욕망과 정치적 이상 사이에서 방황하는 한 인간의 투쟁 그리고 인종적 갈등과 경제적 갈등 사이에서 방황하는 한 국가의 투쟁이 이제 막 드러나기 시작하는 것이다.

이와 같은 제시는 마르텔이 등장하면서 계속된다. 그와 데살린은 아이티에 대한 그들의 꿈을 이야기한다. 그들이 꿈은 같지가 않다. 그리고 그 어느 미래상도 이 나라를 위해 올바른 것이 아닌 듯 보인다. 곤잘로(Gonzalo) 같은 마르텔은 모든 사람이 자유로운 나라, 백인들에 대한 증오가 사라진 나라, "자유인으로서 복수보다 더 큰 꿈을 꿀 수 있는" 나라를 만들어야 한다고 주장한다(79). 그러나 데살린은 아직도 그의 등에 가해진 매질을 기억하고 있다. 그는 마르텔이 너무 큰 꿈을 지니고 있다 그리고 흑인들이 평화롭게 살 수 있는 나라를 건설해야 한다는 실용적인 주장을 편다.

이처럼 대조적인 꿈을 제시하는데 있어서의 휴즈의 전략이 분명치가 않다. 그는 마르텔의 견해가 더 큰 영향을 지녀야 한다는 식으로 논쟁을 제시한다. 이전에 마르텔은 현명하고, 말 잘하며, 인정 있는 사람으로 제시되었다. 반면에 데살린은 위선과 문맹을 드러내었을 뿐만 아니라, 마르텔과의 대화에서 "내가 해방자야. 소작농들 그걸 알지. 나 혼자 백인들을 몰아 낸 것을 그들이 알고 있어"라고 강조하면서 그가 거둔 성공을 과시하고 그가 행한 역할을 왜곡한다(79). 마르텔의 지혜와 데살린의 오만함에 대한 증거에도 불구하고 이 시점에서 우리는 둘 중 누구를 신뢰할 것인지를 정할 수 있을 만큼 이들에 대해 잘 알지 못한다. 논쟁의 내용이 데살린이 무식하거나 잘못이라는 확신을 우리에게 주지 못한다. 데살린은 댐과 공장과 교육의 구체적인 필요성을 인지하고 있다. 열심히 일하는 것만이 이러한 목적을 달성할 수 있는 길인 것처럼 보인다. 그는 자신이 누구보다도 더 열심히 일했다는 설득력 있는 주장을 펼친다. 그리고 흑인들이 열심히 일하는 것이 흑인들을 위한 첫 결실을 맺을 것이라는 그의 현실적인 생각이 정당한 것처럼 보인다.

여기서 드러나는 전략적 문제는 두 사람 중 그 누구도, 그 누구의 주장도 충분한 적확성을 가지고 제시되고 있지 않다는 것, 다시 말해 극을 보기 전에 지니고 있던 견해 이외의 그 어떤 견해에 대해서 치밀하게 관객을 설득시키지 못하고 있다는 것이다. 백인 관객이든 흑인 관객이든 인종적 동화를 믿고 있던 관객은 데살린이 경험이 부족하고 거만한 사람이라는 것을 보았기 때문에 그의 주장을 무시할 수 있게 된다. 십중팔구 흑인일 관객, 극이 시작하기 전에 이미 독립된 흑인 국가 확립을 생각한 관객은 쉽사리 데살린의 주장에 공감할 수 있을 것이며 따라서 마르텔이 관객의 동정심을 살만한 방법으로 행동하지 않았기 때문에 그의 관점에 귀를 기울이지 않을 수 있는 것이다. 극이 아직도 어느 관객을 겨냥한 것인지를 확실히 하지 낳고 있기 때문에 우리는 그저 휴즈가 이 장면을 통해 두 견해 모두에 이의를 제기하기를 원했다고 생각할 수밖에 없다. 그러나 그는 그와 같은 이의 제기를 불가피한 것으로 만들지 못하였다.

우리가 이 문제에 머물러 있도록 하지 않는다. 우리가 아직 데살린의 생활 양식과 가치 체계의 변화에 의해 충격을 받지 않았다면 황제의 아내가 등장하는 다음 장면에서는 받게 된다. 데살린의 왕비는 우리가 1막부터 그의 아내로 간주해 온 여인 아젤리아가 아니다. 왕비는 클레르 외뢰즈(Claire Heureuse)라는 이름의 아름다운 혼혈 여성이다. 그녀의 첫말과 몸짓이 우리가 알아야 할 모든 것을 말해준다. 그녀는 데살린이 너무 열심히 일한다고 책망하고, 신하에게 멍청하다고 말하며, 남편의 등을 마치 어린애 다루듯이 두드려 준다. 데살린은 아내의 아름다움과 혈통이 그의 높은 안목과 높은 지위를 말해주는 것으로 생각하고 있지만, 관객에게는 충실하고 용기 있는 아젤리아를 경솔하고 안하무인인 클레르로 바꾼 것이 데살린의 품위를 더욱 떨어뜨린다. 이와 같은 인상을 더욱 강하게 하고 관객의 아젤리아의 고난에 대한 호기심을 만족시키기 위하여 휴즈는 클레르가 마르텔에게 그가 아젤리아에 대한 소식을 가지고 있다는 것을 상기시키기 위해 잠시 등장하는 장면을 이용한다. 아젤리아가 제공된 연금을 거부하고, "실제 나이보다 더 늙어 보인다"는 말을 들었다고 마르텔이 보고한다(80). 데살린이 즉시 화제를 바꾼다. 그가 아젤리아에 대한 이야기를 피하려는 것이다. 그는 그가 한 때 아젤리아를 사랑했었다는 것을 기억하고 있지만 여성의 인간적 존엄성에 대한 감각이 없다. 그는 아젤리아가 궁전 신하의 직위를 받아들이지 않는다는 것에 대해 의아해 하기까지 한다. 리어왕의 몰락처럼 데살린의 몰락도 타인을 충분히 그리고 진정으로 이해하지 못하기 때문에 일어나는 것이다.

2막의 첫 충격처럼 두 번째 충격 즉 데살린이 아젤리아를 버리고 클레르 외뢰즈와 결혼한 것이 우리에게 지나치게 강조된 것으로 다가온다. 그러나 이곳에서의 휴즈의 전략은 분명히 우리의 존경심보다는 실망감을 자아내는 것이다. 2막 1장이 끝날 무렵 데살린이 겸손하라는 마르텔의 조용한 경고를 무시하면서 "내가 왕이야! 내가 최고라고. 내가 아이티의 영광이야"라고 외친다(81). 최선의 경우 우리는 이런 큰소리를 치는 사람을 측은하게 여길 수 있다. 그러나 그가 성인이기에 그의 우월감 표현은 관객에게 불쾌한 오만함으로 다가 올 뿐이다.

1막에서의 영웅에 대한 칭송으로부터 2막에서의 자화자찬하는 독재자에 대한 경멸로의 빠른 유도는 관객에게 이상한 꿈을 꾸는 것과 같은 효과를 가져온다. 지나친 자만심 또는 불합리성, 사랑에 대한 냉담함, 인종적 갈등의 씨앗들이 이제 2막의 괴상하고도 파괴적인 환상의 소재가 된다. 휴즈의 과제는 극의 나머지 사건들을 믿을만한 그리고 의미 있는 것으로 만들면서 동시에 이 악몽 같은 분위기를 유지하는 것이다. 그의 전략은 우리의 관심을 영웅 데살린의 내면적 붕괴로부터 파벌간의 갈등과 국가의 내적 붕괴로 돌리는 것이다. 2막 1장의 마지막 부분은 이러한 변화를 확실하게 해낸다. 우리는 두 혼혈 지도자, 시인인 뷔발과 스테니오(Stenio)가 나누는 대화를 통해 우리가 의심하던 것보다 더 심각한 아이티의 상황을 알게 된다. 이 장면은 뷔발과 스테니오가 황제의 무식함과 쉽게 속는 것을 조롱하면서 시작된다. 그들의 우월감이 섞인 적대감은 말로 그치는 것이 아니다. 그들은 황제를 몰아내어 흑인들의 지배를 끝내고, 자신들과 클레르가 섬에서 떠날 음모를 실행에 옮기기 직전에 있다. 이들이 자기 보호를 위해 잠시 떠나려는 것인지 아니면 아주 떠나려는 것인지는 분명치 않다. 그들이 외국에 머물 예정이라면 데살린을 제거하려는 그들의 음모를 복수 행위로 이해하는 것이 최선일 것이다.

    흑백 혼혈들의 음모에 대한 폭로가 관객에게 충성과 욕심에 대한 혼란스런 생각을 갖게 한다. 1막으로부터 오는 우리의 기대 중의 또 다른 하나가 무너졌다. 백인들에게의 승리가 아이티에서의 인종 화합으로 이어지지 않은 것이다. 뒤돌아보면 이 두 번째 반란의 동기가 극의 초반부에 주어졌음을 알 수 있다. 아젤리아를 버리는 것 즉 데살린의 영광에 대한 욕망이 예견될 수 있었던 것처럼 이런 반란이 예견될 수 있었던 것이다. 흑백 혼혈들의 반란은 이전에 제시된 사건과 동기의 결과일 뿐만 아니라 데살린이 무시하기로 결심한 한 가지 가능성인 것이다. 그와 같은 "불량 씨앗"의 결실에 직면하게된 관객은 이제 무대 위에서 진행되는 사건에 관련하여 새로운 태도를 취하게 된다. 이 극에서 처음으로 휴즈는 극적 아이러니 기법을 적용한다. 아이티의 상황에 대해 우리가 데살린이나 그의 추종자들보다 더 많은 것을 알게 되는 것이다. 극의 초반부에서 이루어졌다 무너진 "관심의 균형"이 다시 회복되었지만 역전되었다. 이전에는 무대 위의 심각한 고난이 상황에 대한 인물들의 더 깊은 이해에 의해 균형을 이루었던 반면에, 이제 우리의 더 큰 이해가 고난과 관련된 균형을 이루기 위해 필요한 불일치를 형성한다. (이 극에서 우리는 보통 무대에 제시되는 사회에 고난이 없을 때에만 등장 인물들과 비슷하게 알고 있게 된다.) 뷔발과 스테니오의 대화 직전에 일어나는 자신이 아이티의 자유이며 궁정의 영광이라는 데살린의 선언이 우리에게 지는 것과는 다른 의미를 그에게 지닌다. 데살린에게 있어 그것은 자신과 국가의 권력에 대한 선언이지만, 우리에게 있어서는 그와 국가의 약점과 임박한 몰락을 의미한다.

    데살린에게 전달되지 않은 중대하고도 위험한 정보를 관객에게 전하는 것이 데살린과 흑인들에 대한 우리의 태도를 복잡하게 만든다. 데살린의 판단과 행동의 잘못 그리고 그의 지나친 행동이 불러올 위험에 대한 인식 부족은 처벌을 받을 만하며 현재의 흑백 혼혈들에 의한 반란의 상황을 마련해준다. 그러나 처벌자가 데살린 만큼이나 타락하고 자기 위주적이다. 『아이티 황제』의 1막 또는 『외디프스왕』, 『햄릿』, 『맥베스』의 대단원에서의 상황과는 달리 아이티를 위한, 더 정확히 말해 아이티의 흑인들을 위한 질서와 번영의 확립이 데살린이나 흑백 혼혈들의 극복과 연결되는 것으로 생각할 수 없다.13) 극적 아이러니의 전통적 사용에서는 관객이 중심 인물에게 "조심해, 알겠어? 주위를 살피라고"라고 외치고 싶어진다. 관객이 무대 위의 사회에서 일어나는 사건들을 변경할 수 없다는 무력감을 느끼게 되는 것이다. 이 극에서는 우리가 무대 위의 사회를 중단시키고 데살린에게 그를 해치려는 음모를 말해줄 수 있다하더라도 이 황제가 그 지식을 현명하게 사용하리라는 증거가 없기 때문에 우리의 무력감이 더욱 커지게 된다. 무대 위의 세계의 현재는 나쁘다. 다가오고 있는 것도 비슷하게 끔찍하다. 그렇지만 희망적이거나 즐거운, 실행 가능한 대안을 예측할 수가 없다. 자유롭고, 인종적 화합을 이룬 평화로운 아이티에 대한 마르텔의 환상은 즐겁기는 하지만 극이 제시하고 있는 실제 아이티로부터 너무 동떨어진 것이라 진지하게 받아들이기 어려운 것이다.

아이티의 정치적 혼란에 대한 무대 위 인물들의 반응은 샴페인과 향연으로 향한다. 흑백 혼혈들에게 2막의 향연이 정신을 다른 곳으로 쏠리게 하는, 그들의 배신 음모와 그들이 궁전에서 하나 둘씩 빠져나가는 것을 숨기는 기능을 하는 반면에, 데살린과 궁정의 흑인들에게는 그것이 아이티의 문제로부터 그들이 만들어낸 환상으로 도피하는 기능을 한다. 관객에게는 이 향연이 주의 분산책도 아니고 도피도 아니다. 기름진 음식, 보석, 음악, 호화 복장에 대한 자세한 그리고 감각적인 설명에 있어서 그 향연은 잠시 즐거운 것일 수도 있다. 그러나 우리가 목격하는 방종스러움은 우리가 알고 있는 것에 대한 공포를 부각시킬 뿐이다. 향연은 꿈과 그 꿈의 현실화 사이, 지배자와 피지배자 사이, 순간의 쾌락적 즐거움과 미래에 대한 통찰력 결여 사이의 흉물스런 거리를 대조적으로 제시하는 악몽이다. 이것은 더 이상 우리의 꿈이 아니다. 1막에서 형성된 관객의 공감대가 상실되었다. 우리는 다른 사람의 무의식적인 상상을 그저 보고 있는 자들에 불과하게 되었다. 우리는 삶을 변화시킬 수 있다는 꿈을 고통스런 꿈을 꾸고 있는 친구를 깨움으로써 바꾸거나 중단시킬 수 없는 것이다.

2막 두 번째 장면의 효과 유형은 첫번째 장면과 흡사해서 우리의 공포와 좌절을 강화하는 역할을 한다. 우리는 이제 왕의 생활 양식이 극 속의 아이티와 무관하게 되고 있다는 것을 알기 때문에 그러한 생활에 대해 걱정도 하고 재미있어 하기도 한다. 이와 비슷하게 클레르가 재등장해 즉각 "귀부인" 셀레스트(Celeste)를 가장 천한 노예처럼 대하며 괴롭히기 시작할 때 우리의 황제 부인과 그녀의 우월적인 태도에 대한 혐오가 되살아난다. 그러나 이제 우리의 반감은 위험에 대한 불길한 예감과 분리되지 않는다. 우리는 클레르가 자기 중심적이고 오만불손한 여인일 뿐만 아니라 황제의 부인으로 있는 동안 줄곧 남편을 전복시키고 자신의 위치와 권력을 확장시키려는 음모를 꾸미는데 열중한 엄청나게 위선적인 협잡꾼이라는 것을 알게 된다. 우리의 감정은 더 이상 그녀가 충성스럽고 덕망 있는 아젤리아 자리를 차지하고 있다는 사실에 대한 불편함과 감상적 분노에 머물지 않는다. 클레르는 관객의 마음에 증오를 일으킨다. 그녀의 행위가 우리로 하여금 그녀의 파멸을 원하게 만든다.

희극적인 여성 하인들과 악의에 찬 클레르의 제시 초기부터 2장은 데살린 궁정의 여러 인물들의 다양한 태도가 병치되어 보여지는 짤막한 사건들의 합성이다. 마르텔이 북소리가 "슬프고 가슴을 에이며" 아이티는 더 이상 행복한 나라가 아니라고 절망적으로 말한다 (59). 포포는 황제에 대한 변함 없는 충성을 맹세한다. 노예에서 귀족으로 변한 사람들은 그들의 새로운 복장에 대해 만족해한다. 늙은 여자 하인들은 험담에 열중하고 있다. 향연 자체는 그에 완곡한 풍자적 냄새를 풍기는 의식화된 입장 행렬로 시작된다. 초대된 손님들 모두가 그들의 복장과 이 사치스런 환경에 편치 않다. 향연은 관객도 불편하게 만들도록 의도된 것이다. 우리는 무대 위의 인물들이 인정하지 않으려 하는 것 즉 1막에서 우리가 과거 노예였던 사람들과 함께 했던 막연하고 동화 같은 이야기가 경솔한 것일 뿐만 아니라 어리석은 것이었음을 보고 느끼게 된다. 휴즈는 관객이 환상을 충족시키려 하기 전에 환상에 대해 조심스럽게 생각해보아야 한다는 것을 이해하길 원하고 있는 것이다.

휴즈는 우리가 오랫동안 이 특별한 당혹감을 참고 있도록 하지는 않는다. 향연의 형태가 처음에 가벼운 여흥으로 의도된 춤이 점차 이상하고 강력해지면서 변한다. 이 춤은 금은 보화로 치장한 12명의 무용수들이 당김음으로 된 선율에 맞추어 춤을 추며 아래에 있는 테라스를 휘도는 춤이다. 춤이 계속되면서 "괴상한 북소리"가 들려 오고, 점차 오케스트라가 연주하는 음악을 압도해버린다. 오로지 북소리만 들리는 가운데 "부두교 신처럼 깃털 장식을 하고 몸에 칠을 한 남자 무용수가 등장한다. 이 키가 크고 신처럼 생긴 자가 맹렬하게, 도전적으로 그리고 끔찍하게 정글의 춤을 추자 여자 무용수들이 바닥에 쓰러진다"(95).

전략적인 면에서 이 춤은 중요하다. 이 춤은 우리가 경험해 온 감정적 혼란에 대한 구심점을 제공한다. 이 춤은 적어도 관객에게 시각적으로 우리의 관심을 다른 곳으로 돌리는 생생한 광경이다. 그처럼 인위적인 것이 팽배해 있는 가운데 이 춤은 생명으로 가득 찬 진정한 것으로 비쳐진다. 이것은 무대 위의 인물들과 관객 모두에게 데살린의 궁정이 모방하고 있는 유럽 문화와 아주 다른 아프리카 유산을 상기시키는 존재이다. 황제로서의 데살린의 역할의 무력함에 대한 우리의 우려와 대조적으로 신 같은 남성 무용수의 등장은 지배할 수 있는 흑인의 힘을 말해준다. 춤은 또한 관객에게 우리가 무대 위의 세계에서 무엇이 일어나고 있는지 그리고 무엇이 일어나려는 지에 대해 알고 있다고 생각하지만 이 세계에 많은 것이 예측 불가능하고 신비스럽다는 것을 상기시켜 준다. 춤에 따르는 음악 즉 북소리는 냉혹한 힘의 인상을 부각시키며 1막에서의 전투를 알리는 북소리를 상기시켜 준다.

클레르가 춤의 최면적인 효과를 통해 무너진다. 그녀가 고개를 돌리고 귀를 각으면서 장 자크를 외쳐 부른다. 그녀의 행동은 공포를 나타낸다. 그녀가 느끼는 공포의 원인을 말하지는 않지만 우리는 그 춤에 의해 암시되는 흑인의 힘 그리고 그녀의 현재 위치에 선행하는 그녀의 유산과 역사를 상기시켜주는 것에 놀란 것이라고 추측할 수 있다. 데살린이 춤을 중단하라는 아내의 암묵적인 요구에 응한다. 그러나 흥을 돋구는 북소리는 즉각 멀리서 들려 오는 다른 북소리로 대치된다. 이 춤의 광적인 몸짓과 특질은 과거와 현재를 합치며 우리를 미래로 이끌어 간다. 우리는 이제 반란의 음모를 생각해 내게 된다. 춤이 진행되는 동안 우리가 어떤 식의 이중적 동정심을 갖게 되었든 간에 그것은 해소되자 않고 그저 시작되고 있는 미지의 혼란에 대한 두려움과 걱정으로 대치된다.

데살린도 궁전 밖에서 들려 오는 북소리에 놀란다. 우리의 두려움은 좋아하지 않지만 중단하거나 변경할 수 없는 사건에 대한 예측 능력에 뿌리를 두고 있다. 데살린의 두려움은 자신과 자신을 둘러싸고 있는 세계에 대한 무지에 뿌리를 내리고 있다. 우리의 두려움은 긴장 그리고 무대 위의 사건에 대한 집중을 야기 시킨다. 데살린의 두려움은 병적인 흥분을 낳는다. 멀리서 들려 오는 북소리가 커지면서 데살린이 자제력을 상실한다. 그는 향연의 손님들에게 그들이 일하도록 만들겠다 그리고 그가 과거에 사자였고 이제 다시 사자가 되겠노라고 소리 지른다. 술잔을 치켜들면서 데살린이 참석자들에게 "황제를 위하여 건배해. 마셔"라고 소리를 지른다(97). 놀란 참석자들은 떨리는 손으로 명령에 따른다. 우리는 아이러니컬하게도 우리 앞에서 힘있는 사자라고 떠벌리면서 결국 무너지고 마는 이 사람을 측은하게 여기게 된다.

2막의 마지막 부분은 데살린에 대한 우리의 동정심을 증폭시키고 이 사람에 대한 우리의 칭송의 일부를 다시 확립하는 기능을 수행한다. 향연에서 화를 낸 다음 자신이 현명하지 않을 수도 있지만 여전히 위대한 투사라고 아내에게 말할 때 데살린의 겸손함에 대한 일부 증거들이 보인다. 마치 참석자들에게 소리지른 것이 그의 머리 속에 있는 잘못된 생각을 없애 버렸거나 또는 참석자들의 놀란 얼굴에 반영되어 있는 자신의 모습을 발견하도록 만든 것처럼 데살린은 이제 "클레르 내가 투사에 불과하다는 것을 알아. 그러나 싸움이 일을 해내는 유일한 방법이라면 내 그렇게 할 것이야"이라고 말할 수 있게 된다(97). 데살린의 새롭게 보여지는 자기 인식은 외디프스에게 일어나는 이전에 부정되었던 신분의 놀라운 발견이 아니다. 데살린의 자기 인식은 아써 밀러의 『외판원의 죽음』(*Death of a Salesman*)에 등장하는 윌리 로만(Willy Loman)의 제한된 자아 인식과 더 비슷하다. 밀러의 환상에 사로잡힌 인물처럼 데살린은 그가 가지고 있던 자신의 이미지가 자기 기만이었다는 것을 인정해야한다. 그러나 그는 그런 인정이 패배를 인정하도록 하지 않는다. 윌리는 그의 세일즈 기술에 대한 추억에 매달린다. 반면에 데살린은 칼을 단단히 움켜쥐고 다시 싸우러 나간다. 윌리 로만이나 데살린 모두가 그들의 주위에 있는 세계를 이해하지 못한다. 싸우러 나가는 데살린은 클레르에게 속고 있으며, 소작농들이 항상 그들의 삶을 지배할 지휘자를 필요로 하는 것은 아니라고 말하는 마르텔의 경고를 듣지 않는다. 데살린의 불굴의 의지와 그가 아는 유일한 방법으로 그와 나라의 목숨을 위하여 헌신하는 것이 관객으로부터 다시 칭송을 이끌어 낸다.

이와 같이 재점화된 활력을 가지고 휴즈는 3막에서 관객을 농부 좌판상들이 모이는 시장이며 아이티 황제 친위대의 본거지인 작은 어촌으로 안내한다. 이 어촌의 배경과 분위기에 있어서 황제 궁전의 웅대함과의 대조는 앞에서 이루어진 정글과 궁전 사이의 대조만큼이나 크다. 이 시장 장면은 귀향의 느낌, 불편한 동화 속의 나라에서 실제 인간들이 어렵지만 진정한 삶을 살고 있는 장소로 나온다는 느낌을 준다.

휴즈는 3막을 평범한 사람들의 삶이 일상처럼 진행되도록 하면서 서서히 시작한다. 좌판상들과 어부들이 피곤한 삶, 그들의 계속되는 돈과의 싸움에 대해 불평을 늘어놓는다. 여자들은 남편에 대해 불평과 자랑을 한다. 불평은 대체로 가벼운 것들이며 분위기는 재치 있고, 장난기 어려있으며, 약간 짓궂다. 이 장면이 2막의 악몽과 같은 분위기로부터의 전환을 제공하지만, 우리에게 우리가 주목한 개인들이 더 큰 공동체에 책임감을 느끼고 있다는 것을 상기시켜주기도 한다. 우리가 아젤리아로 알아 볼 수 있는 여인의 등장이 3막의 분위기를 변화시킨다. 시간의 흐름과 데살린에게 버림받은 것이 아젤리아에게 흔적을 남겼음이 분명해 보인다. 그녀가 바구니에 바나나 대신 무기를 가지고 있다고 상상하고 한 때 데살린의 아내였다고 말하고 다니기 때문에 시장 사람들은 그녀가 미쳤다고 생각한다. 좌판상들은 아젤리아를 측은하게 여기거나 비웃는다. 관객에게 그녀가 지니는 호소력은 감상적인 것이다. 우리 또한 그녀를 측은하게 여기라는 주문을 받는다.

부랑아들이 등장한다. 이들의 등장이 더 심각한 대화를 이끌어 내며, 좌판상들로 하여금 관객에게 진정한 의문이 되는 의문을 갖게 한다. 이 "악당들"이 배고파하니 이들을 동정해야 하는 것인가 아니면 이들이 게으르니 경멸해야 하는가? 범죄와 나태를 낳는 너무 많은 자유라는 것이 있는 것일까? 이자들이 사용하는 방언 때문에 이들을 조롱해야하는 것인가? 이러한 의문들에 대한 답이 주어지지 않고 수평선에 이상한 배가 등장함과 함께 지나가 버린다. 관객이 흑백 혼혈들이 해외로 도피하려는 계획을 알고 있기 때문에 이 배가 관객에게 불안감을 다시 안겨주는 신호탄이 된다. 이 배는 또한 농부 좌판상들로 하여금 군대와 흑백 혼혈들과 데살린에 대하여 이야기하도록 만든다. 데살린에 대한 좌판상들의 태도는 혼합된 것으로 그에 대한 우리의 양면적인 감정을 말해준다. 한 사람이 "황제가 아는 것이라고는 싸움 뿐이야"라고 말한다. 다른 사람이 "하지만 용감하잖아. 그렇지 않다고 할 수는 없지. 그리고 그 사람 덕분에 내가 자유로운거야"라고 대꾸한다. 우리는 두 견해 모두를 지지할 수 있다.

병사들과 데살린에 대한 대화가 스테니오, 뷔발과 한 무리의 병사들이 등장하는 계기를 마련한다. 어촌 사람들이 경계하고, 우리도 경계하게 된다. 우리는 뷔발과 스테니오로부터 실제로 경계할 이유가 있음을 알게 된다. 이들이 "자신을 감히 전하라고 부르는 주제넘은 깜둥이를 끝내기 위하여" 데살린이 나타나길 기다리고 있다(109). 관객이 데살린에 대한 이런 묘사에 동의할 수도 있지만, 그의 죽음 특히 비열한 자들의 손에 의한 그의 죽음을 바랄 이유가 없다. 따라서 우리는 두려움과 일어날 폭력에 대한 혐오를 갖고 데살린의 등장을 기다리게 된다. 그러나 휴즈가 이전에 우리의 기대를 무너뜨리는데 주저하지 않았기 때문에 우리는 예측치 못한 일에 대한 약간의 기대를 유지하게 된다.

우리에게 걱정하며 기다릴 시간이 아주 짧게 주어진다. 마침내 데살린이 나타나 스테니오의 병사들에게 잡힌다. 황제가 쉽사리 패배를 인정하려 들지 않는다. 그가 병사들을 뿌리치고 칼을 뽑아 들고서는 스테니오를 공격하려든다. 데살린의 뒤에서 뷔발이 권총을 발사하여 그를 죽인다. 뷔발이 멍하게 서 있는 상태에서 스테니오가 웃으며 살해된 황제의 시체를 걷어찬다. 데살린의 죽음은 숭고하지도 비극적이지도 않다. 그의 죽음은 추하고 천하며 비참하다. 데살린은 흑백 혼혈들의 탐욕과 질투의 희생자가 되었다. 우리는 그를 희생자로 동정할 수 있지만, 그의 이전 행동이 우리가 간절한 또는 강렬한 상실감을 느끼는 것을 방해한다.

데살린은 죽어서 벌레의 밥이 되고 부랑아들의 쓰레기가 된다. 부랑아들이 다시 등장해 시체를 뒤진다. 데살린이 엎어져 있고, 그의 옷이 인간 독수리들에 의해 찢겨져 나가면서 아젤리아가 다시 등장한다. 이 "병든" 사람을 위해 그녀가 부랑아들을 쫓아 버린다. 알지 못하는 희생자에 대한 그녀의 관심이 그녀의 정신 이상에 대한 소문에도 불구하고 그녀가 친절하고 인정 있는 사람으로 남아 있다는 것을 확인해준다. 부랑아들이 떠나고 쓰러져 있는 사람을 돕기 위해 그녀가 무릎을 꿇고 나서야 아젤리아는 시체가 데살린임을 알게 된다. 그녀는 눈물과 추억 속에서 무너지면서 데살린에 대한 사랑이 여전함을 주장한다.

아젤리아가 데살린의 시체를 발견하는 것과 그 시체를 보고 그녀가 보이는 강렬한 감정적 반응이 휴즈가 용의주도하게 마련한 또 하나의 반전을 통해 전통적인 인식의 장면과 같은 자격을 갖추게 된다. 인식의 장면의 한 유형에서는 두 사람이 (적어도 이 두 사람 중에서 한 사람은 가면을 쓰고 지냈다) 서로의 정체를 알아보게 된다. 그 같은 인식으로부터 그들은 그들 자신의 정체성에 대해 더 잘 알게 된다. 인식의 장면을 보는 관객이 경험하는 것은 무대 인물들의 진실한 정체에 대해 놀라거나 또는 더 흔히 우리가 그들이 자신들에 대해 알게 되었고 우리도 그들에 대해 되었다는 안도감을 느끼는 것이다. 인식의 장면은 한 관객을 자기 현시 행위에 필요한 상호성에 대한 이해로 이끌어 갈 수 있다. 한 사람이 다른 사람에게 자신을 드러낼 때, 그것이 무대 위의 세계 안에서 일어나든 무대의 세계에서 관객을 향해 일어나든 상관없이, 그 사람은 그 다른 사람에 대한 이해를 갖게 된다. 그 이해는 자신을 드러낸 사람에 대한 인식뿐만 아니라 그 순간의 자신의 정체성에 대한 인식도 포함한다. 따라서 다른 사람이 자신을 드러내는 곳에 있는 것이 자신의 변화에 필요한 것이다. 왜냐하면 목격자가 (자신을 드러낸) 상대방을 거부하는 경우조차도 인식과 자기 현시의 행위는 일어나기 때문이다.

극의 본질은 조심스럽게 또는 노골적으로 관객에게 깨달음의 장면을 제공하는 것이다. 우리의 평범한 삶에 있어서 우리가 쓴 가면의 무게 그리고 인식에 대한 두려움은 너무나 커서 상호 현시의 순간을 드물고 어려운 것으로 만든다. 더욱 드문 것은 한 사람이 다른 사람을 모르는 상태에서 자신을 드러내는 위험을 감수하는 것이다. 연극은 독립된 세계와 허구적 인물들의 창조를 통하여 무대 위의 인물들이 관객의 거부 가능성에 직면하지 않고도 자신들을 관객에게 드러낼 수 있게 한다. (관객에 의한 한 배우의 거부는 다른 문제를 제기한다.) 연극은 그런 다음 관객이 자신의 프라이버시를 유지하면서 현시를 인지하도록 만든다.14) 『아이티 황제』의 마지막 부분에서 휴즈가 제공하는 인식의 장면은 의도적으로 미완성인 채로 남아 있다. 아젤리아가 데살린을 알아본다. 그러나 데살린은 죽었다. 그는 목격할 수도 없고 아젤리아의 등장 또는 아젤리아가 자신을 알아보는 것에 반응을 보일 수도 없는 것이다.

아젤리아의 재등장과 그녀의 데살린 시체 발견으로 공허함과 인식의 불완전성이 일어났다. 이 장면은 아젤리아에 대한 관객의 동정을 겨냥한 감정적 호소로 해석할 수 있다. 사실 아젤리아가 데살린을 부둥켜안고 흔드는 것과 그의 시체를 놓고 통곡하는 것은 감상적인 것에 가깝고 극을 애절감과 함께 끝낼 수 있다. 그러나 그러한 효과는 결국 아젤리아의 눈물과 함께 끝나기 때문에 이 극에 필요하거나 이 극이 의도한 결론이 아니다. 아젤리아가 고뇌를 표현하는 장면보다 더 큰 영향을 주는 장면에서 클레르가 외국으로 가는 배를 타러 가는 도중에 남편의 시체를 지나치게 된다. 그녀가 데살린을 내려다보며 몸을 떨더니 "저 상처들"하고 나지막이 소리낸다. 데살린의 시체를 지나치면서 "저 사람 등을 보니 한 때 노예였었구먼" 하고 말하는 어부가 이 순간을 우리의 기억에 영원히 자리잡도록 한다(114).

클레르는 데살린을 알아 볼 수 있다. 그러나 그녀의 인식은 피상적이다. 클레르는 보기는 하지만 그녀의 통찰에는 극의 마지막 대사 "한 때 노예였고 그 다음 왕이었지"에 나타나는 아젤리아의 이해에 견줄만한 것이 없다. 이 말은 단순한 사건의 묘사가 아니다. 이 말은 인간의 잘못된 환상에 대한 경고인 것이다. 극 전체에 나타나는 휴즈의 전략은 왕이 되거나 왕이 되고 싶은 소원은 노예가 되는 것과 같은 것일 수 있다는 것을 우리에게 보여주는 것이었다. 아젤리아만이 데살린 궁정의 노예화 밖에 머물렀기 때문에 그녀가 이런 인식을 표현한다는 것은 적절하다.

극의 마지막 부분에서 휴즈는 관객으로 하여금 통찰력상의 선택을 하도록 만든다. 클레르와 함께 우리는 노예화와 죽음의 추악함에 진저리를 치면서 짓밟힌 사람의 모습에 혐오감을 나타내면서도 여전히 우리의 권력과 부에 대한 꿈을 쫓아 떠날 수 있다. 또는 아젤리아와 함께 속박과 엘리트 의식 두 가지 모두가 불러오는 노예화를 거부하고 세상을 새롭게 볼 수도 있는 것이다.

마지막으로 휴즈가 요구하는 선택은 『아이티 황제』의 경험을 받아들일 것인가 아니면 거부할 것인가에 대한 선택이다. 1막과 2막이 보여주는 두 아이티 사회가 동일하게 끔직한 것으로 보는 경우 우리는 권력과 영광에 대한 사적인 꿈에서 해답을 찾을 수가 없게 된다. 또한 우리는 피부색의 차이 대문에 발생하는 인간 갈등의 파괴성을 부정할 수 도 없다. 데살린의 파멸은 그가 자만심으로 가득 차서 그이 지나친 행동과 약점을 깨닫지 못한 결과로 발생한 것일 뿐만 아니라 그를 둘러 싸고 있는 사회가 우선 흑백간의 갈등 그 다음 흑백 혼혈들과 흑인들 사이의 갈등에 찌든 사회였기 때문에 발생한 것이기도 하다. 『아이티 황제』에서 휴즈는 개인적 권력과 영광의 추구가 데살린과 아이티 흑인들에게 특히 파괴적이었다고 주장하고 있지만, 흑인이 아니라고 이와 같은 자기 파괴로부터 안전하다고 주장하는 것은 아니다.

이와 같이 휴즈는 1920년대 윌리스 리처드슨의 극 또는 1960년대와 70년대 일부 흑인 극의 생각과는 달리 동시에 흑백 관객 둘 다를 겨냥한 전략을 창조해 낸 것이다. 이와 같은 동시적 의도의 일부 요소들이 잠재적 문제점들을 암시하고 있다. 예를 들면 휴즈는 흑백 혼혈들의 흑인들에 대한 경멸이 사회적, 경제적, 교육적 격차의 문제인지 아니면 문화 차이와 경제적 지위 차이와 합해진 피부색의 차이에 대한 반응인지를 명확히 하지 않고 있다. 휴즈가 흑인 관객은 그런 갈등의 진실을 알아 그 동기에 대해 의구심을 품지 않을 것이라고 생각하였을 수도 있다. 그러나 그러한 이해가 백인 관객에게 반드시 나타나는 것은 아니다. 이 극은 인종적 분쟁의 본질 문제를 제시는 하지만 정면으로 직시하지는 않고 있다. 1막과 2막의 유사한 구조를 통하여 휴즈는 흑인과 백인 사이의 갈등이 흑인과 흑백 혼혈 사이의 갈등과 유사하다는 점을 암시하고 있다. 그러나 유사한 것이 결과만 인지 아니면 동기도 그런 것인지를 명확하게 말하지 않고 있다.

서양 세계에서 살고 있는 흑인들의 문제와 관련된 다른 문제들 또한 흐려져 있다. 2막의 매우 중요한 아프리카 춤 장면에서 휴즈는 적어도 흑인은 귀중하고도 진정한 문화적 유산을 받아 들여야 한다고 촉구하고 있는 듯하다. 그러나 우리가 그 춤을 건설적인 힘으로 파악하는 경우 우리는 이 춤의 강렬한 자극 없이는 발생하지 않았을 데살린의 폭발에 대해서 어떻게 반응하여야 하는 것인가? 휴즈는 극의 상황에서 볼 때 서양 문명과 연관되는 교육과 이성 그리고 아프리카 부족 문화를 상징하는 춤을 동시에 권한다. 분명 이 두 세력이 정반대의 것은 아니다. 아프리카 춤의 가치를 높이 사는 것이 읽기 학습을 거부하는 것을 의미하지는 않는다. 그러나 휴즈는 하나의 문화와 가치 체계가 다른 문화나 가치 체계를 대체하는 것인지 아니면 다른 문화나 가치 체계와 합해지는 것인지를 확실히 하지 않고 있으며, 이 장면에서의 두 문화의 병치는 의문을 품게 만든다.

뿐만 아니라 극의 언어가 한결 같지 않으며 일관성이 없어 전개 방향의 양면성을 나타내고 있다. 동일한 한 인물이 어떤 때는 우아하고 올바른 영어로 말하고, 다른 때는 사투리로 더듬거리며, 또 다른 경우에는 휴즈가 할렘에 관한 작품에서 창조해낸 인물처럼 말하기도 한다. 예를 들면, 아젤리아는 표준 영어에서 벗어나 "And Jean Jacques ha taken is last beating"라고 말하는 대신 "And Jean Jacques [has] took his last beating"⁷⁾라고 말하는가 하면, 다른 경우에서는 "They said Jean Jacques Dessalines was too much name for a slave to have. Let slaves have just one name, that's what they said"라고 간단하면서도 올바른 영어로 된 훌륭한 화술을 보이기도 한다(56). 앞에서 언급하였듯이 마르텔의 많은 은유 사용과 탁월한 어휘 선택은 다른 인물들의 평범한 언어와 잘 맞지 않는다. 이 모든 것이 관객으로 하여금 자신들이 외국에 있다고 상상하는 것, 아이티의 사회를 받아들이는 것을 가능치 않게 할 수 있다. 우리는 아이티인들이 어떻게 말하는 것일까를 생각해보게 될 수도 있으며, 이것이 부랑아들이 사용하는 방언에 대한 의문의 경우만 제외하고는 휴즈의 극이 의도하는 것은 아닌 것 같다.

『아이티 황제』의 일관성 없는 언어와 관객과 관련된 모호한 의도 둘 다 휴즈가 소재를 완전히 파악하는데 실패한 것으로 해석할 수 있다. 우리는 성격 창조, 극 구성, 시각적 연극성과 관련된 휴즈의 기술이 이 극에 두드러진 힘을 불어넣고 있지만, 그 언어의 한계와 극의 기본 전략과 일치하지 않는 장면 삽입에 의해『아이티 황제』의 뛰어남이 퇴색되었다고 결론 내릴 지도 모른다. 그와 같은 결론에 도달하는 것은 이 극작가가 훌륭했지만 아주 훌륭한 것은 아니었다는 것을 말하는 것이다. 그와 같은 단점을 설명하려 하는 것이 반드시 비평의 기능인 것은 아니다.

그러나 리처드슨의 경우와 마찬가지로 휴즈에게 있어서도 단점으로 보이는 것이 극작가의 한계를 나타내는 것인 만큼이나 형태가 지니는 극복키 어려운 문제일 수 있다는 것을 소재 자체가 보여 준다. 데살린과 아이티의 혁명에 관한 극을 쓴 휴즈의 이유가 많고 다양할 수 있는 반면에 그런 결정의 (원인이 아니라면) 결과는 그렇게 함으로서 그가 미국 흑인의 내적인 삶이나 흑인과 백인의 접촉에 대해서 작품을 쓰는 한계를 벗어날 수 있었다는 것이다. 민족적으로 그리고 역사적으로 모든 20세기 미국 흑인들로부터 떨어져 있는 흑인과 흑백 혼혈 둘 다를 묘사함으로써 그는 여러 사회학적 함정을 피하였다. 그는 미국 흑인의 내적 삶을 왜곡하지 않아도 되었고, 흑인에게는 호소력을 지닐 수 있으나 백인을 소외시킬 수 있는 진실한 미국 흑인의 삶에 집착함으로써 백인 관객을 포기하지 않아도 되었다. 또한 그는 소재를 미국 백인과 미국 흑인이 만나는 좁은 공간으로 한정하지 않아도 되었다. 이 공간은 인물과 사건에 대한 가능성을 한정할 뿐만 아니라 확실한 항의를 제외한 다른 태도를 취하는 것을 어렵게 만든다.

　　그러나 『아이티 황제』는 부정할 여지없이 분명하게 휴즈의 배경 선택이 문젯거리가 되지 않을 영역으로의 도피도 아니었고 사실 미국 흑인의 내적 삶이나 흑백의 접촉에 대한 관심의 배제도 아니었다는 것을 보여준다. 내가 주장하고 싶은 것은 휴즈의 위험이 그것보다는 내적인 삶과 흑백의 외면적 접촉 모두를 직면하려 했다는 데에 있다는 것이다. 연극의 오래된 기법 중의 하나인 역사적 거리를 두는 기법을 이용함으로써 휴즈는 『아이티 황제』에서 당대의 미국 배경을 가지고는 어려운 복잡한 문제들을 다룰 수 있었던 것이다. 그는 흑백 관객 모두가 달리 제시되는 경우 끔찍하거나 믿을 수 없다고 무시해버릴 인물들을 인식하도록 유도할 수 있었던 것이다.

　　이와 같은 맥락에서 볼 때 언어의 일관성 결여와 몇몇 장면의 애매한 역할은 한 극작가의 전반적인 무능으로서가 아니라 흔히 대립되는 전략적 행위들을 합하려고 애쓰는 극작가의 특정한 혼란으로서 이해될 수 있는 것이다. 『아이티 황제』가 보여주는 극작술은 창의적인 것이 거의 없다. 휴즈는 아주 분명한 작품들 특히 셰익스피어의 극들로부터 가장 전통적인 기법들을 빌려 왔다. 그러나 이 기법들의 이용이 아이티 배경과 합해져 휴즈로 하여금 관객을 위하여 진정으로 독창적인 그리고 의미 있는 경험을 창조할 수 있게 하였다. 진심으로 『아이티 황제』를 대하는 사람이라면 그 누구도 지나친 부의 파괴적 타락, 깊숙이 갈라진 사회 계급 사이에 발생하는 분노와 질투, 인종적 편견의 끈질김과 부조리성, 그리고 자기기만에 빠지기 쉬운 우리의 연약함의 정도에 대한 이해를 피할 수 없게된다. 『아이티 황제』에서 우리가 이해하는 것이 데살린이든 부두 춤의 선정적 특징이든 간에 우리가 이 극을 경험하고 나서 어떤 식으로든 변하지 않는다면 그것은 우리 자신의 잘못인 것이다.

흑인 경험 연극을 향한 변증법

씨어도어 워드의 『짙은 안개』

다른 학문과 마찬가지로 역사학에도 나름대로의 틀에 박힌 생각들이 있다. 역사학의 일부 틀에 박힌 생각들이 사소한 연구를 양산해 내는 반면에, 다른 평범한 생각들은 우리 자신에 대한 중요한 이해를 가져올 수도 있는 연구를 피하게 만들기도 한다. 미국의 지식사에 있어서 그와 같이 틀에 박힌 생각들 중의 하나가 1930년대 미국에 있어서의 정치와 예술 사이의 친밀한 관계를 새롭게 주장하고 나선다. 전체 미국 연극에 있어서 이 틀에 박힌 생각은 희망과 동시에 경계의 근원이 되면서 많은 논쟁을 불러 일으켰다. 미국 흑인 연극에 있어서는 1930년대의 정치와 예술의 합류는 경제적 그리고 예술적 구원의 가능성을 제시하였다. 연방 정부 사업 촉진국의 연극 지원 사업의 16개 흑인 지원단은 정부 구호 대상 흑인들에게 많은 일자리를 제공하였을 뿐만 아니라 흑인 사회에서의 연극 공연에 대한 재정적, 예술적 지원도 제공하였다. 흑인 지원단은 또한 흑인 작가가 쓴 새로운 극을 무대에 올리는 일에 관심이 있었던 것으로 보인다.1) (클리포드 오데츠(Clifford Odets)와 같은 다수의 백인 극작가들도 의심의 여지없이 정치적인, 주로 특정한 민족적 상황으로부터 온 그리고 특정 정치 성향에 있어 급진적이 아니라면 적어도 진보적인 극에 대한 연방 정부 연극 지원 사업의 지원을 받았다.) 경제 대공황의 굶주림이 그의 사회에 그 세계의 복잡성을 보여주려는 흑인 극작가 또는 흑백 미국인들 사이의 접촉 행태에 대한 항의의 목소리를 높이려는 흑인 극작가에게 기꺼이 연회를 열어 준 것 같다.

소설이 그와 같은 상황으로부터 등장하는 전형적인 흑인 작가를 그려내었다면, 그것은 씨어도어 워드(Theodore Ward)를 그 모범으로 삼는 것 정도였을 것이다. 그럼에도 불구하고 1930년대와 40년대 연극을 위한 워드의 의식적으로 예언적이지도 않고 혁신적이지도 않은 작품은 그 당시로서는 새로운 것이었고 지금은 1960년대 흑인 경험극(the theater of black experience)의 진기한 전례가 되고 있는 것 같다. 1960년대 순수 흑인 예술 연극에 참여한 많은 작가들처럼 씨어도어 워드도 가난의 직접 경험을 바탕으로 글을 썼으며 흑인 빈민촌에 사는 사람들을 위해 글을 쓰기로 결심하였다. 그의 1930년대 작품 중 주요 작품인 『짙은 안개』(*Big White Fog*)는 흑인 사회와 그를 둘러 싼 백인 사회 사이의 관계에 강력한 항의를 하면서 흑인의 내적인 삶을 제시하고 있다. 워드는 배경과 시대 선택에 있어 역사적 사건들을 이용하면서 관객들이 그들 앞에 제시된 정치적 문제들에 직면할 능력이 있다고 믿은 것 같다. 따라서 그는 동시대 작가 랭스턴 휴즈와 비슷하였지만 때로는 휴즈보다 더 대담한 행보를 보였다.

이런 면에서 볼 때 씨어도어 워드와 그의 작품이 잘 알려지지 않았다는 것은 미국 연극의 당황스러운 일 중의 하나이다. 워드 자신이 기꺼이 자신의 삶과 작품에 대해 이야기했음에도 불구하고 현존하는 아주 작은 양의 정보는 대체로 도리스 에이브럼슨이 1960년대 초반에 행한 인터뷰로부터 온다.2) 이 인터뷰로부터 우리는 워드가 1908년 루이지애나주에서 태어났다는 것을 알게 된다. 그는 13세에 집을 떠나 구두닦이 등 여러 잡다한 일을 하면서 세인트 루이스를 포함한 대도시를 전전하며 북부로 향해 결국 시카고에 도착하였다. 1920년대 후반 랭스턴 휴즈가 이미 할렘 르네상스에 참여하고 있을 때 씨어도어 워드는 조나 게일 창작 장학금을 받아 위스콘신 대학교에서 2년 간 학생으로 지냈다. 워드는 WIBA 메디슨 지부에서 예술 담당 직원으로 일하다가,3) 시카고로 옮겨 좌익 계열의 존 리드 클럽(John Leed Club)에 가입하였고,4) 에이브라함 링컨 센터의 오락 강사가 되었다. 1937년에 워드의 단막극 『병들고 지쳐』(*Sick and Tiahd*)가 링컨 센터와 드세이블 고등학교에서 공연되었다. 이 극이 공연될 무렵에 워드는 연방 정부 연극 지원 사업 시카고지부에 연극 강사로 합류하였다. 바로 이 연극 지원 사업 지부가 1938년에 처음으로『짙은 안개』를 무대에 올렸다.

『짙은 안개』는 공연되기도 전에 반대에 부딪쳤다.5) 이 극이 미국에서의 흑인의 경제적, 정치적, 사회적 억압에 대한 대항으로 혁명이 필요하다고 주창하고 있다고 생각한 연방 정부 연극 지원 사업에 속한 많은 사람들이 불안해 이 극의 공연에 반대하였다. 이 같은 반대에도 불구하고 그리고 "연방 정부 연극 지원 사업단이 적절히 선전하지 않았다"는 워드의 생각에도 불구하고『짙은 안개』는 시카고에서 금전적으로 성공을 거둔 공연을 갖게 되었다.6) 공연은 10주간 계속되면서 솔직함과 진지함과 힘을 지니고 있다는 찬사를 시카고 데일리 뉴스와 미드웨스트 데일리의 평론가로부터 받았다.7) 그러나 이 극은 1974년에 이르러서야 비로소 완전한 상태로 출판되었다.8)

연방 정부 연극 지원 사업 시카고 지부가 문을 닫은 후 씨어도어 워드는 뉴욕으로 옮겨 가 1940년 흑인 극작가회(Negro Playwrights Company) 창단에 일익을 담당하였다. 여기서 워드의 연극 경력이 랭스턴 휴즈의 연극적 노력과 교차하게 되었다. 1940년에 이르러 이미 폭력, 혁명, 가난, 인종간의 또는 인종 내의 갈등에 관한 극을 써낸 워드와 휴즈는 조지 노포드(George Norford), 파웰 린드세이(Powell Lindsay), 오웬 도드슨(Owen Dodson) 그리고 씨어도어 브라운(Theodore Browne)과 함께 흑인 극작가가 쓴 진정한 흑인에 관한 극의 공연에 전념하는 새 연극단을 창립하였다. 흑인 극작가회는 그 목적을 「의향서」("Perspective")에서 밝혔다.9) 이 단체는 브로드웨이 공연에서 흔히 찾아 볼 수 있는 흑인 삶에 대한 상업적 착취와 왜곡을 피하려 하였고, 그럼으로써 연극을 위한 새로운 역동적 흑인 관객을 형성하려고 노력하였다. 그러나 이 극단의 흑인 관객 장려는 인종적 배타주의를 주장하는 것이 아니었다. 「의향서」는 또한 "두 인종간의 단결의 정신을 함양한다"는 희망도 담고 있었다.10) 흑인 극작가회의 창단은 흑인 연극의 독특한 필요성과 특질에 대한 중요한 주장이었다. 1960년대에 이와 비슷한 관심이 순수 흑인 예술 연극과 흑인 혁명극에 관련된 다양한 극단의 설립으로 이어졌다. 그러나 흑인 극작가회는 서술적 그리고 규범적 조건으로서 인종 통합을 받아들였다는 점에서 1960년대 극단들과 달랐다.

그와 같은 목표를 갖고 흑인 극작가회가 처음이자 마지막으로 공연한 것이『짙은 안개』에 대한 두 번째 공연 시도였다. 이 극은 뉴욕에서 엇갈린 평을 받으면서 46회 공연되었다. 극작술과 언어상의 약점은 흑백 비평가 모두에 의해 지적되었지만, 많은 부정적 평들은 이 극이 취하고 있다고 생각되는 혁명적 자세를 부각시켰다.11) 아마도 이처럼 엇갈린 비평가들의 평보다 중요한 것은 이 극이 상당수의 흑인 관객을 형성해 내거나 다가가지 못하였다는 사실일 것이다. 24,000명의 백인들에 비해 겨우 1,500명의 흑인들이『짙은 안개』의 뉴욕 공연을 본 것으로 추산되고 있다.12)

『짙은 안개』의 부분적 실패에 대한 워드 자신의 반응은 흑인 사회의 당면 문제들에 대한 묘사를 피하고 그 대신 흑인 역사에서『짙은 안개』에서 촉구한 것과 같은 극적인 계기를 찾아내는 것이었다. 그가 그의 동료들의 예를 의식적으로 따라가지 않았을 수도 있지만, 워드가 택한 길은 랭스턴 휴즈가 『아이티 황제』에서 택했던 길과 놀라울 정도로 비슷하였다. 남북 전쟁이 끝난 직후, 즉 특히 남부에서 흑백 모두에게 있어 문제가 된 노예 제도에서 자유롭게 된 흑인들이 그들의 자유를 가지고 무엇을 할 것인가라는 것에 대해 훌륭한 반응과 비극적인 반응이 모두 있었던 시기에 일어 난 사건들에서 워드는 소재를 찾았다. 워드는 1941년에 『우리 땅』(*Our Lan'*)이라는 극의 초안을 썼는데, 이 극은 조지아주 해변에 위치한 한 섬에서 노예에서 자유롭게 된 흑인들이 일으킨 투쟁을 바탕으로 하였다. 그런 워드는 1946년까지 『우리 땅』을 무대에 올릴 수가 없었다. 그해에 이 극은 오프 브로드웨이에서 잠깐 동안 공연되어 비평적 성공을 거둔 다음 브로드웨이로 옮겨져 5주간 공연되었다. 비평가들은 대체로 과잉 공연에 가까웠던 브로드웨이 공연 형태로서의 『우리 땅』이 오프 브로드웨이 공연 형태의 『우리 땅』보다 덜 효과적인 것으로 판단하였다.

　　『우리 땅』은 『짙은 안개』가 가져다 주지 못한 진지하고 대단한 극작가라는 인정을 씨어도어 워드에게 가져다 주었다. 1947년에 워드는 뉴욕 시립 도서관 샴버그 센터 선발 위원회에 의해 "올해의 흑인"으로 선정되었다. 극비평가 케네쓰 쏘프 로우(Kenneth Thorpe Rowe)는 1960년에 출판된 그의 저서 『그대 머리 속에 있는 연극』(*A Theater in Your Head*)에서 『우리 땅』이 분석해 볼만한 가치를 지니고 있다고 보았고,13) 도리스 에이브럼슨은 다음과 같이 높이 샀다: "『우리 땅』을 읽는 것은 여기 하나의 완벽한 극이 있다는 것을 깨닫게 되는 것이다. 이 극은 아마도 미국 흑인에 의해 쓰여진 극중에서 가장 훌륭한 극일 것이다."14)

　　『우리 땅』은 관객으로 하여금 자신들의 자유를 지키기 위해 용감하게 싸우는 흑인들을 칭찬하고 동정하도록 요구한다. 이 극은 백인 관객을 교육시키고, 그들의 정서적 동정을 일으키며, 흑인 관객에게는 흑인 인물들이 지닐 수 있는 장점과 단점을 보여 주려 하고 있다. 흑인과 백인 관객 모두를 향한 의도 면에서 이 극은 휴즈의 『아티티 황제』와 흡사하다. 『우리 땅』은 또한 장르와 논제 측면에서도 『아이티 황제』와 비슷하다. 두 극 모두 유사점을 제시하기 위하여 역사를 이용하지만, 당면 문제와는 거리를 유지한다. 두 극 모두 흑인들의 자산 소유 욕구, 교육의 필요성, 권력과의 문제, 흑백 혼혈과 흑인 사이의 갈등을 다루고 있다.

　『짙은 안개』가 『우리 땅』이나 『아티티 황제』 그리고 다른 많은 흑인과 백인 작가들이 쓴 극들과 다른 것은 주제적 관심사도 아니고 형태도 아니다. 『짙은 안개』는 가난, 편협, 권력, 교육 등과 같은 동일한 문제들에 대한 극이라고 말할 수 있다. 이 극은 또한 미국 연극 사실주의의 번지르르한 흐름에 그 표면이 녹아 내리는 극이다. 『짙은 안개』는, 이런 설명이 절대 충분한 것이 아니지만, 사실 가정 불화에 관한 극이라고 볼 수도 있다. 한 가족 내의 불화와 그 가족 구성원 각자에게 외부 사회에 의해서 부과된 갈등을 다루고 있다는 점에서 『짙은 안개』는 다수의 평범한 사람들의 악과 실수에 대한 축소된 모습을 보여 주기 위해 몇몇 사람들의 사적인 세계로 침투해 보여주는 많은 극들을 닮고 있다. 그러나 이 사적인 세계가 노출되는 정도 그리고 『짙은 안개』가 보여 주는 특질과 전념은 독특하다. 아마도 이보다 더 중요한 것은 워드의 접근 방법의 낯익음이 그 자체의 제한을 보여준다는 것이다.

Ⅱ

　『짙은 안개』의 배경은 시카고 디어본가에 위치한 이층 벽돌집 거실이다. 이 극의 1막 1장 무대 지시에서 워드는 이 집이 "대이주와 세계 대전 시기에 흑인이 이 지역으로의 침투해 들어오자 부유한 백인들이" 비우고 떠난 많은 집들 중의 하나로 볼 것을 지시하고 있다. 빛과 색의 사용을 통해서 뿐만 아니라 거실의 세련되고 튀지 않는 사물들을 통하여 수수하게 안락한 생활 환경을 설정하기 위해 워드는 거실의 장식과 가구에 세세한 설명을 많이 하고 있다. 눈에 띠는 착색 유리창이 상세한 묘사의 정확성과 워드가 형성하려는 분위기에 있어 핵심이다. 착색 유리창은 20세기 초 중서부 지역 주택의 특징이다. 착색 유리창은 색과 빛을 변화하는 수단, 따라서 극이 진행되면서 톤과 분위기를 변화시키는 수단을 제공한다. 착색 유리창은 또한 이 거실이 은신처, 외부 세계의 침투적 시선으로부터 보호받을 수 있는 예배당이라는 것을 나타낸다.

『짙은 안개』를 대본으로 읽든 무대 공연으로 보든 워드의 무대 장치의 세부 사항에 대한 신중한 주의는 확실하게 이 극을 사실주의 전통 속에 위치시킨다. 그러나 무대 위의 세계를 정확하고 자연스러운 것으로 만들려 한 시도 속에서도 그는 그 물리적 공간의 상징적 이용을 피하지 않는다.『짙은 안개』에 등장하는 가족의 화목과 경제적 안정이 악화되는 주요 과정이 거실의 변하는 모습에 반영된다. 2막에서 요란한 타자기 소리와 병들어 담요를 뒤집어쓰고 있는 아이가 이 핵심 공간의 유쾌한 질서와 안정을 깨뜨린다. 3막에 이르러서는 거실의 인물들을 특징짓는 가난의 너덜하고 지친 모습의 그림자가 가구에 드리워져 있다. 그리고 이 극의 마지막 부분에 이르러서는 이 가족의 강제 퇴거를 맞이해 거실이 완전히 무질서한 상태로 보여진다.

사실적 세부 사항의 변화를 통하여 상징적 의미를 암시하는 것이 워드의 인물과 배경 묘사의 핵심이다. 우리가 처음 대하는『짙은 안개』의 가족은 그들이 생활하는 거실만큼이나 평범하고 평온하다. 어머니 엘라(Ella)는 명랑하고 사랑스런 가정 주부로 가족의 행복을 걱정한다. 아버지 빅(Vic)은 열심히 일하는 벽돌공이다. 이들의 건강하고 활달한 4명의 자녀, 레스터(Lester), 완다(Wanda), 캐롤린(Carolin), 그리고 필립(Philip)

은 건강한 가정을 보여준다. 디어본가에 있는 이 집에는 또한 엘라의 어머니인 브룩스 부인(Mrs. Brooks)과 빅의 제멋대로 사는 동생인 퍼시 아저씨(Uncle Percy)도 살고 있다. 엘라의 여동생 주아니타(Juanita)와 그녀의 남편 댄(Dan)이 이 집에 자주 드나든다. 『짙은 안개』에 등장하는 다른 인물들은 모두가 이 가족에게는 스쳐 지나가는 정도의 존재들로서 외부 세계의 여러 측면을 대표하는 자들이다.

나아가 메이슨 가족의 핵심 구성원 각자는 특정 욕구에 의해 구별될 수 있다. 엘라는 가족의 화합과 행복을, 빅은 자신과 자식들을 위해 가치 있는 삶을 영위할 자유를, 브룩스 부인은 자신과 가족을 위한 존경받는 중산층 지위를, 완다는 젊음을 만끽할 자유를, 주아니타는 안락과 안정을, 댄은 금전적 성공과 자신의 사업을 운영하는 만족감을, 퍼시 아저씨는 술과 여자가 주는 쾌락을 원한다. 이와 같이 다양한 욕구들이 친밀한 일체로 움직여야 할 가족 내에 갈등을 일으키고, 그와 같이 형성된 갈등은 매우 낯익은 것이라 재미있지만 반드시 진지한 또는 중요한 극이 창작될 소재가 되지는 못한다.

『짙은 안개』의 등장 인물들과 배경에 대한 설명에서 내가 빠뜨린 것이 바로 이 가족을 다른 가족들과 차별화하는 것이다. 메이슨 가족은 어느 시대나 볼 수 있는 여느 가족이 아니다. 그들은 백인 중심의 미국이란 안개 속에서 1922년부터 1932년 사이를 살아가면서 고군분투하는 흑인 가족이다. 백인 중심의 미국 속에서 흑인으로 살아가는 상황 속에서 메이슨 가족이 필요로 하는 것과 원하는 것의 평범함이 바로 『짙은 안개』가 진행되는 동안 느끼게 되는 특별한 무력감과 좌절감을 형성하는 것이다. 극의 초반부에 일어나는 사소한 다툼은 두드러지지만 중요하지는 않다. 이 가족은 이들을 외부 세계로부터 분리하면서 보루 역할을 하는 성실감과 상호 관심을 갖고 있는 가족이다. 그러나 보루로서 강하지만 외부의 압력을 견디어 낼 수 없다. 이 가족이 지니고 있는 문제들의 모든 것들이 그들이 생존하기 위하여 거실 밖으로 나가야 하기 때문에 부닥칠 수밖에 없는 문제들에 의하여 시작되는 것들이다. 메이슨 가족은 그들의 기본적 가치 체계와 상호 신뢰에 금이 가지 않는 방법으로 그들의 욕구를 만족시킬 수 없는 상황 때문에 분열되어 있다. 그리고 그 욕구를 만족시킬 수 없는 상황의 대부분이 그들을 둘러싸고 있는 사회의 인종 차별에 뿌리를 두고 있다.

이 가족의 각 구성원에게 가하는 인종 차별의 충격은 『짙은 안개』의 초반부부터 분명히 나타난다. 1막 1장이 각 인물이 좋아하는 것을 보여주면서 곧이어 관객으로 하여금 메이슨 가족이 "짙은 안개"에 둘러싸여 있는 흑인 가족임을 인식하게 만든다. 막이 오르면 엘라가 우편함으로부터 편지 하나를 꺼낸다. 그녀는 동생 주아니타가 찾아 올 때 깊은 생각에 잠겨 있다. 주아니타가 편지에 대해 묻는다. 엘라의 대답이 우리 그리고 주아니타의 호기심의 일부만 만족시킨다. 이 편지는 맏아들 레스에게 온 것으로 그의 대학 장학금 신청에 관련된 것으로 보인다. 이 여인들의 대화가 다른 화제로 옮겨가지만, 이들이 대화를 나누는 동안 관객에게는 긴장감의 분위기가 유지된다. 즉 우리는 편지의 내용을 알고 싶어하게 된다.

엘라가 이 두 여인이 이전에 비슷한 대화를 나눈 적이 있다는 사실을 확실하게 밝히지 않았다면 너무 갑작스럽고 너무 진지하게 보일 수 있는 이 대화 속에서 이 가족의 대부분의 갈등이 밝혀진다. 주아니타와 말을 나누면서 엘라는 조용히 콩깍지를 깐다. 이와 같은 집안 일의 안정적인 리듬이 이들이 나누는 대화의 거친 성격을 누그러뜨린다. 이처럼 한 가정의 의식과 같은 행동과 이 특정 가정에 관련된 문제들이 우리에게 소개가 된다. 그리고 이 의식적인 행동과 특정 걱정들 중의 하나가 낯익음이 주는 편안한 분위기를 조성한다. 입센 유형의 극의 시작 부분에서처럼 50마디도 채 안 되는 대화 속에 많은 정보가 주어진다. 엘라는 그녀의 여동생보다 가난하게 살고 있지만 그다지 물질적 성공에 관심이 없다. 이들의 어머니인 브룩스 부인은 이들에게 여전히 두려운 존재이지만 좋은 할머니이기도 하다. 브룩스 부인은 자신의 드프리(DuPree) 전통을 자랑스러워하며 엘라의 "검은 기인" 남편을 비웃는다. 엘라의 남편 빅은 엘라의 도움을 받아 "아프리카로 돌아가기" 운동에 정열적으로 참여하고 있다. 주아니타와 그녀의 남편 댄과 브룩스 부인은 이 운동을 못마땅해 한다. 댄은 돈을 벌기 위해 아파트를 작은 방으로 나눈 다음 임대하는 사업을 시작한다. 주아니타는 빅이 관여하고 있는 가비(Garvey) 운동과 그 운동에 참여하여 받은 작위를 경멸하지만, 비웃으며 언니와 형부를 버린 것은 아니다. 사실 주아니타가 원하는 것은 그녀의 남편과 형부가 함께 일하는 것이다. 빅의 흑인 인종 문제에 대한 관심에 대해 엘라가 언급하자 주아니타가 거만함 없이 말한다: "그래. 그렇다면 그걸 위해 여기서 무엇인가를 해야지—(소파에 앉아 있는 엘라에게 다가가면서)—댄과 함께 아파트를 작은 방으로 나누어 임대하는 일 같은 것말이야. 어디를 둘러보아도 사람들이 거처할 곳을 찾기 위해 난리야, 그리고 그 임대 돈벌이 된다구"(1막 1장 4). 결국 주아니타는 여전히 돈에 집착하고 있지만 상상하고 있는 금전적 성공을 함께 나누어 가지려고도 하는 것이다.

이 시작 장면에서 워드는 관객이 주아니타를 이기적, 물질 만능주의적 출세 지향주의자로 스테레오타입화 하지 않도록 하고 있다. 워드는 주아니타의 허세뿐만이 아니라 애정도 함께 보여준다. 이와 비슷하게 브룩스 부인이 자신의 드프리 이름과 흰색에 가까운 피부색을 토대로 잘난 체하지만, 그녀가 등장할 때 우리가 제일 먼저 발견하는 것은 그녀가 밖에서 손자들과 공놀이를 하고 있었다는 사실이다. 브룩스 부인의 편견은 역겨운 것이다. 그러나 그녀가 지루함으로부터 "흑인 기인" 사위에 이르기까지 모든 것에 대해 불평을 늘어놓는 사람임에도 불구하고 손자들은 그녀가 해야할 일 이상으로 하고 있으며 이 집에서 사는 것을 좋아하고 있다는 것을 확인해준다.

  이 세 여인들 사이의 갈등이 레스의 등장을 반가운 것으로 만든다. 우리는 레스의 장학금에 대한 편지가 그를 기다리고 있음을 기억한다. 무대 위의 인물들과 관객이 안도할 수 있도록 편지는 좋은 소식을 담고 있다. 레스의 신청을 호의적으로 처리할 것을 장학 재단의 장이 확신한다는 것이다. 레스와 함께 온 가족이 상기되지만, 바로 그가 여동생 완다에게 "모든게 끝난 것이 아니야"라는 말을 할 때 약간의 불안 한 것이 남아있다는 단서를 제공한다. 여기에서 워드의 기교의 한 단면이 그 모습을 드러낸다. 걱정거리가 해결 된 듯이 보이면서, 그 해결책이 완전한 것이 아니라는 단서가 주어진다. 어느 정도까지 이 같은 단서들이 단서로서 이해되는가 하는 것은 관객의 과거 태도와 경험에 달린 문제이다. 예를 들면, 주아니타가 빅의 반응을 상상하면서 혼자만 옳다는 식으로 "이게 그로 하여금 이 나라를 좀더 환하게 보도록 하겠지"라고 말한다. 인종적 불의를 경험한 적이 없거나 무시해 온 백인 관객은 주아니타의 태도에 공감할 것이다. 그러나 흑인 관객은 이러한 낙관론에 회의적인 반응을 보이며 레스의 장학금 수여에 대해 걱정할 수도 있다. 흑인 학생이 장학금을 받는 것이 1940년대보다는 1970년대에 덜 놀라운 일이 되었기 때문에 반응의 차이는 또한 공연 시기나 극을 읽는 시기에 따라 나타날 수 있다.

  극의 이 시점까지 변증법의 요소들이 언급되거나, 잠정적인 대결 상태가 되거나, 아니면 암시만 되었다. 완다의 등장과 함께 그리고 레스의 일시적인 승리 후에 변증법적 전략이 점차 강해진다. 두 개 이상의 가능성들이 반복적으로 충돌하며, 그러한 충돌에서 일시적인 해결책이 얻어지고, 그 해결책은 다른 충돌 상황에서 다시 반대하게 될 태도가 된다. 이와 같은 전략은 본질적으로 유동적이라는 이점을 갖고 있다. 따라서, 완다가 레스의 장학금 소식에 기뻐하지만, 자신이 받고 있는 교육을 즉각 중단하겠다는 그녀의 선언이 지금까지의 상황에 동의해온 우리의 가정 즉 교육은 가치 있는 일이라는 생각에 정면 도전한다. 레스가 신문 배달하러 나가자 완다가 그의 장학금에 대해 냉소적인 태도를 드러낸다; "어쨌든 좋은 기회야. 대단하지. 그가 학교를 졸업하면 아마 기차 식당 칸의 수프 한 그릇이 어느 정도의 칼로리를 지니고 있는지를 알아내는 일자리를 마련해 줄거야"(1막 1장 10). 워드는 관객이 완다의 열변에 대해 이중적인 감정을 갖게 되 우리의 반응이 지니고 있는 문제를 직면하게 되리라고 생각한다. 엘라와 주아니타 둘 다 놀라움을 표하고, 이에 대해 완다가 "이모 놀란 척 하실 필요 없어요. 엄마두요"라고 대꾸한다. 워드는 완다의 예견의 진실로 관객의 귀를 거슬리게 하려 하지만 이 시점에서 관객이 처할 어려움을 인지하고 있다. 완다와 엘라와 주아니타가 나누는 대화가 흑인 관객이 완다의 말에 대해 놀랄 수도 있음에 대해 의문을 제기한다. 이 곳에서 백인 관객의 반응은 예측하기 어렵다. 백인 관객은 진실을 이해하고 그에 의해 감동을 받거나 아니면 완다의 견해를 냉소적이고 어리석은 것으로 간주해버릴 수도 있다. 어떤 관객이 되었든 첫 반응이 완다가 묘사하는 "어처구니" 없는 일자리에 대해 던지는 동정적인 웃음일 수도 있다.

교육에 대한 완다의 매도가 모든 관객에게 간단한 진실로 다가오도록 되어 있지 않다. 그녀의 공격은 가족의 순진함에 대한 공격일 뿐만 아니라 자신이 다니던 고등학교에서 중퇴하기로 한 그녀의 결정에 대한 방어이기도 하다. 학교를 그만 두기로 한 완다의 결정은 흑인에게 있어서의 교육의 공허함에 대한 현실적인 생각에 토대를 두고 있지만, 또한 그 결정은 그녀가 원하는 물질적인 것들과 안락을 당장 얻기 위한 방법에 대한 그녀의 생각이기도 하다: "나도 다른 사람들처럼 좋은 것들을 가질 권리가 있어요. 일을 하면 그런 것들을 얻을 수 있겠죠." 완다가 생각하고 있는 일자리가 잡화점에서의 음료수 판매원이기 때문에 관객은 완다의 선택의 현명함에 대해 의구심을 품지 않을 수 없게 된다. 그녀가 어리석은 십대처럼 행동하는 것일까 아니면 실망하였지만 사물을 정확히 보는 성인처럼 행동하는 것일까?

완다의 교육에 대한 계속되는 대화에서 완다가 자신이 따르는 지원군으로 퍼시 아저씨 이름을 댄다. 퍼시 아저씨는 옷도 있고 여러 곳을 돌아다니며 무엇인가를 하는 사람으로, 완다의 주장에 따르면, "그는 적어도 우리처럼 자신을 기만하지는 않는 사람이죠. 그는 이 나라에는 우리를 위한 것이 없다는 것을 알고 있으며, 그걸 백인들이 그가 프랑스에서 돌아 왔을 때 그의 군복을 벗겨 버림으로써 증명해 보였죠"(1막 1장 13). 일부 관객에게 이 말은 새롭고 놀라운 정보가 될 것이다. 그러나 많은 흑인 관객들에게는 이 말이 1930년대와 40년대 흑인들이 잘 알고 있던 더러운 역사적 사건에 대한 불쾌한 기억을 불러 올 것이다. 이 말은 지나칠 만큼 명백한 첫 장면의 도입 기능을 확대하기 위해 의도된 것이지만, 퍼시 아저씨에 대한 언급이 완다가 의도한 것처럼 문제를 명확하게 해주기 보다는 오히려 복잡하게 만든다. 퍼시 아저씨에 대한 완다의 언급이 지니는 감정적 호소력은 주아니타의 반박에 의해 약해진다: "몇몇 주정뱅이들의 행동에 모든 백인들이 책임져야 한다고 말할 수는 없지. 그리고 스스로를 포기하는 것에 대한 변명도 될 수 없어"(1막 1장 13). 이처럼 워드는 빠르게 관객이 한 인물의 입장에 강력히 동의하도록 유도한 다음 뒤이어 다른 인물의 말에 의해 그 입장을 약화시키는 대화 형태를 확립하고 있는 것이다.

결국 완다는 흑인은 아무 것도 기대할 수 없는 나라에서 흑인 여성으로 살아야 하는 그녀의 좌절감에 대해 울부짖으며 방을 뛰쳐나간다. 그녀가 뛰쳐나가면서 가족으로부터의 독립을 선언한다. 그녀의 퇴장이 무대 위에 채워져야만 할 긴장된 공간이 있다는 느낌을 형성한다. 완다의 아버지인 빅의 등장이 이 공간을 채우지만 우리의 불안감을 일시적으로 덜어 줄 뿐이다. 빅은 즉각 새로운 완다 문제에 직면하게 된다. 그는 완다의 입장을 옹호하고 나서 그의 아내 그리고 아마도 관객을 놀라게 한다. 이 시점에서 빅이 한 가정의 아버지이며 가비 운동원이라는 것 이외에는 그에 대해 아는 것이 없으므로 우리는 그가 아버지로서 그의 딸이 학교를 그만 둔다는 것에 대해 경악할 것으로 기대하게 된다. 그러나 "백인들의 거짓 말"에 대한 빅의 분개는 그의 딸만큼이나 강하다. 그는 "그 애가 사용하는 모든 교과서 속에는 흑인에 대한 진실은 한마디로 없어"라는 말을 덧붙인다(1막 1장 15).

1막이 은유적이고 수사학적인 표현으로 뒤범벅된 일련의 대화와 함께 결론을 향해 간다. 조용하게 자신을 자제하고 있던 엘라가 폭발하면서 남편의 입장에 대한 과거의 지지를 거두고 그를 공격한다. 그녀는 그의 설명, 약속 그리고 그와 그의 가족에 대한 이루어지지 않은 미래상에 넌 덜머리가 난다고 소리지른다. 우리는 그녀를 자식의 행복에 대한 걱정으로 동기가 부여된 인물로 보도록 되어 있지만, 그녀의 격노가 이 상황에 적절한 것인지는 분명하지가 않다. 엘라의 신랄한 비난에 빅의 감정이 상하지만 그는 그 고통에 굴복하는 대신에, 아프리카를 오랫동안 잃어버린 아이들을 부르며 울부짖는 어머니에 비유하는 환상적인 설교로 그의 미래에 대한 희망을 확인하는 것으로 엘라의 비난에 반응한다:

하지만 난 계속 노력하고 있어. 당신은 무엇 때문에 내가 낮에는 벽돌 통을 나르고 밤새도록 (가비) 운동에 달려든다고 생각해? 완다는 이 나라에서 그녀의 피부색을 지닌 여자에게 주어진 장애가 무엇인지를 알게되는 시점에 이른 거라고! 조금만 더 참아. (그가 돌아서서 계단 쪽으로 간다.) 곧 우리는 이 답답한 생활에서 벗어나 아프리카로 향하게 될 것이야. (이 단어가 그의 희망을 되살린다. 아프리카의 미래상이 그의 마음 속에 떠오르면서 그는 계단에 멈춰 선다.) 아프리카! 오랫동안 잃어버린 자식들을 그리며 우는, 우리에게 돌아오라고 부르는 어머니 같은 아프리카가 내 눈에 보여, 이제 곧, 오래지 않아 (점차 흥분된 어조로 말한다) 흑인이 어깨에 인간적 위대함의 망토를 걸치고 실패의 어두움으로부터 성공의 빛 속으로 걸어 나오는 것을 보게 될 것이야. 그렇고 말고! 그리고 그가 신이 주신 영광의 별들에 대한 몫을 거둬들이기 위해 그의 거대한 손을 뻗을 때 우리의 적은 두려움에 떨것이야! (그가 잠시 스스로의 마력에 사로

잡혀 주먹을 불끈 쥐고 있다가 깨어나 근엄하게 계단을 오른다.) 1막 1장 16

　　빅의 말은 특정 상황에 대한 인내를 요구하는 개인적 호소로부터 신도들을 향한 목사의 영감 어린 요청으로 변한다. 그의 말의 뒤쪽 반과 계단에 서있는 그의 자세가 신도들 앞에 서있는 성직자의 모습을 상기시킨다. 빅의 진심을 의심할 만한 이유 또는 가족이 빅의 연설에 홀린 듯하고 엘라는 무력하게 되었다는 워드의 묘사가 적절치 않다는 이유를 그의 말 밖에서 찾기 어렵다. 그러나 "이 답답한 생활"과 같은 언어에서 "인간적 위대함의 망토" 같은 언어로의 빠른 이동이 일부 관객을 불편하게 만들 수도 있다. 『아이티 황제』의 마르텔이 사용한 언어처럼 빅의 언어는 명백히 은유적이다. 흑인 관객은 그러한 이미저리에 편안함을 느낄 수 있지만, 그와 같은 어법이 이 장면에서의 엘라의 마지막 말 "저런 사람을 어쩌면 좋아?"에 의도된 칭찬에 백인 관객이 동의하는 것을 어렵게 만들 수도 있다.15)

　　1막 1장의 끝 부분에서 형성된 무대 위의 감정의 강도는 워드가 지금까지 형성해온 극의 세계와 관객 사이의 미묘한 관계를 무너뜨릴 위험이 있을 정도이다. 1장에서의 워드의 의도는 분명하다. 그는 관객이 이 가족이 하나의 "왕국"으로서 지니는 신성함을 파악하고 존경하길 원하며, 관객으로 하여금 이 가족의 안정과 소망에 대한 외부 세계로부터의 위협에 대해 경계하길 원한다. 1장은 관객에게 이 극에 등장하는 대부분의 인물들을 소개하면서 아직 그 관계가 분명치 않은 두 가지 방법으로 등장인물들의 정체를 보여준다. 우리는 백인 중심의 미국에서 흑인으로 살아가야 하는 것에 대한 인물들의 태도를 통하여 그들을 알게 되고, 그들을 가족 구성원으로 파악하게 된다. 관객은 또한 평범한 삶의 세속적인 듯한 사건들과 많은 흑인들이 가지고 있는 비전과 팽배해 있는 좌절감 사이의 관계를 보게 된다. 워드는 관객의 가치 체계에 대해 가정을 하고 있다. 예를 들면 우리는 가족의 단합이 중요하고 바람직한 것임을 알게 된다. 더불어 그는 관객의 고착된 인식을 뒤흔들기 위한 덫을 놓으면서 그러한 관객의 가치 체계에 맞추고 있다. 전략의 이 같은 요소들은 이 장면의 마지막 부분까지 효과적으로 작동한다. 그러나 이 마지막 장면은 갑작스럽게 관객에게 영감을 주는 웅변을 던져 준다. 우리는 작가가 의도한 반응을 보이도록 유혹되는 것이 아니라 그저 이 의식화된 행동이 효력이 있는 것으로 받아들이길 요구받는 것이다.

이와 같은 내재적인 문제에도 불구하고 1장 마지막 부분의 불협화음과 빅의 아프리카로 돌아가자는 내용의 연설이 1막 2장의 전개를 위한 준비를 효과적으로 하고 있다. 1장의 마지막 부분의 높은 음조와는 대조적으로 2장은 마르크스 가비의 아프리카로 돌아가기 운동과 관련된 일들과 관심사들을 크게 확대해 보여준다. 그리고 1장에서의 압도적인 여성 출연과 대조적으로 2장은 남성 인물들이 무대를 지배한다. 2장이 1장보다 덜 날카로운 소리를 내고 덜 흥분된 상태라는 사실이 남성과 여성에 대한 약간 스테레오타입적인 태도를 보여준다.

1막 2장은 1장에서의 시간보다 일주일이 지난 어느 토요일 오후에 레스와 퍼시 아저씨가 한가롭게 대화를 나누는 장면으로 시작된다. 레스는 에드워드 벨러미(Edward Bellamy)가 쓴 책 『뒤돌아보며』(*Looking Backward*)를 읽고 있다. 그가 퍼시 아저씨에게 이 소설이 사회주의에 관한 책이라고 말해준다.16) 이 책의 성격과 빅이 이 책을 그의 아들에게 주었다는 사실이 레스의 지적인 성장 배경과 그가 최종적으로 사회주의에 헌신하게되는 것에 대한 열쇠가 된다. 미국 사회주의가 비록 제한된 정치적 운동으로나마 두각을 나타낸 시기였던 1983년 공연에서 특히 이 특정 책에 대한 언급은 일부 관객의 주목을 받았을 것이다. 그러나 레스가 대학 가기 위해 말쑥하게 차려 입도록 최신 유행의 옷을 주겠다는 퍼시 아저씨의 제안에 의해 관객의 시선은 이 정치적인 일로부터 다른 곳으로 유도된다. 레스의 기쁨이 관객에게 퍼시 아저씨를 좋아해야 할 이유를 제공한다. 대학을 위한 옷에 대한 언급이 레스가 대학에 가게될 미래를 더 확실하고 관객이나 그에게 가까이 다가 와 있는 것으로 만든다.

이 같은 가벼운 분위기와 긴장 완화가 완다의 "아주 예쁜 혼혈아" 여자 친구인 클로딘(Claudine)의 등장으로 계속된다. 클로딘은 전혀 부끄러워하지 않고 퍼시 아저씨에게 추근대기 시작한다. 클로딘의 들뜬 행동과 세파에 대한 경험을 강조하는 것이 진정한 성인이 아니라 여인으로 행동하려는 소녀를 보여 주기 때문에 그녀의 퍼시 아저씨 유혹은 불쾌하기보다는 희극적인 것으로 다가 온다. 그러나 클로딘의 익살맞은 행동에 웃음을 터뜨리면서도 관객은 경계심을 갖게 된다. 왜냐하면 클로딘은 완다의 가까운 친구로서 "나쁜 본보기"를 보여주는 인물이기 때문이다. 클로딘의 뻔뻔스러운 태도는 또한 이 가족의 거실에 차 있는 건전한 정신에의 침범이다.

클로딘의 유혹 장면이 완다와 빅의 등장으로 중단되면서 워드의 "중단" 기법이 계속된다. 완다와 클로딘이 나가고, 이어서 주아니타의 남편인 댄이 등장한다. 이처럼 우리는 처음으로 이 극의 핵심 남성 인물 네 명 즉 빅, 댄, 레스, 그리고 퍼시 아저씨만이 모여 있는 것을 보게 된다. 이 남성 인물들이 그들의 다양한 직업에 대해 이야기하기 시작하지만, 그들의 대화는 곧바로 미국에서 살아가는 것에 대한 각자의 근본적인 생각으로 이어진다. 이들의 대화가 논쟁으로 변하지만, 이들의 대화가 가식적이거나 상황과 분리된 것처럼 보이지 않는다. 그들이 사용하는 언어는 구어적이고, 생생하며, 구체적이다. 말다툼의 전개는 자연스러우면서 결과를 예측하기 어렵게 한다.

댄이 최근 손님으로 만난 가비 운동원을 비난하면서 논쟁에 불을 당긴다: "그 멍청한 인간이 … '예루살렘은 유대인에게'라고 떠들어대더군. 백인들은 잘한다고 소리치고. '아일랜드는 아일랜드인에게, 아프리카는 아프리카인에게.' 역겹더군. 그 작자 자신이 백인 손아귀에서 놀아나고 있다는 걸 알기나 하는 건지"(1막 2장 7). 댄이 그가 태워다 준 승객이 분리를 주장함으로써 백인들의 손아귀에서 놀아나고 있는 것이라고 주장한다. 빅은 댄이 "새로운 정신," 즉 "적으로부터 우리의 유산을 도로 찾아오려 하는" 정신을 이해하지 못하는 것이라고 반박한다. 관객 속의 많은 사람들이 그러하듯이 댄은 그의 유산이 미국에 있다고 반박하지만, 빅은 그런 유산이 흑인에게 의미하는 것이 폭도들이 들고 다니는 밧줄이라고 공격한다. 퍼시 아저씨가 "두령, 중요한 걸 말하셨군"이라고 동의를 표하는 듯 말한다. 논쟁이 계속되면서 똑같이 강력한 진실을 보여주는 여러 가지 통찰과 태도들 사이에서 망설이게 된다. "백인을 앞지르는 거야. 주머니를 채워야지 밀레니엄을 기다려봐야 뭐해"라고 말하는 댄의 실용적인 충고가 많은 관객에게 설득력을 지닐 것이다. 그러나 그의 주장의 무게는 그가 받은 교육이 기어다닐 때 무릎을 보호하는 장비와 비슷하다는 빅의 간접적인 반박에 의해 가벼워진다: "내 말은 그 무릎 보호대가 아무런 고통이나 굴욕감 없이 백인의 편견이란 진흙탕 속을 기어 갈 수 있도록 해준다는 거지. 바로 그 말이야"(1막 2장 8).

랠프 엘리슨(Ralph Ellison)의 『보이지 않는 인간』(*Invisible Man*)이 출판되기 10년 전에 워드는 이미 이들의 말다툼을 통해 엘리슨의 그의 소설에서 보여 줄 논쟁을 극화하였던 것이다. 댄의 입장은 『보이지 않는 인간』에서 대학 총장으로 등장하는 블레드소(Bledsoe)의 입장과 같다: "자존심이니 존엄성이니 하는 것은 백인이나 걱정하라고 맡겨. 너는 네 위치를 알고 그저 힘과 영향력 그리고 힘있고 영향력 있는 사람들과의 접촉을 얻어내. 그런 다음 어둠 속에 남아 그걸 이용하는 거야."[17] 그러나 빅이 이 말에서 읽어 내는 것은, 이 소설의 주인공의 꿈이 풍자하는 것처럼, 그것이 의미 있는 목적을 달성할 현실적 가능성이 없고 단지 치욕스럽게 "깜둥이를 계속 뛰어 다니게 할" 뿐이라는 것이다.[18]

빅은 점점 더 흑인 관객의 존엄성과 자존심에 호소하는 입장을 취한다. 빅은 댄을 설득하지는 못하지만, 댄이 현재 상황을 반박하면서 또 다른 장애를 던지자 이 말다툼에서 이기는 듯 보인다. 댄은 빅이 아프리카로 돌아가고 싶다고 우기지만 당장 떠나는 것은 아니니 그 사이에 자신과 함께 새로운 사업 즉 아파트를 나누어 임대하는 사업을 하는 것이 좋을 것이라고 주장한다. 빅은 그 사업의 금전적 이득이나 댄의 주장에 대해 설득력 있게 반박할 수가 없다: "흑인이 하는 사업에 흑인이 반만이라도 도움을 준다면 우린 앞으로 나아 갈 수 있을텐데"(1막 2장 9). 댄의 제안에 대한 빅의 반응은 "헛소리"에 지나지 않는다. 빅의 대답은 댄의 생각에 대해 이성적으로 생각해 보길 거절한다는 것을 암시하고 있다는 면에서 실망스러운 것이지만, 동시에 그 대답은 댄의 생각이 어리석다는 것을 간결하게 주장하는 것이기도 하다. 댄의 제안은 또한 빅이 말하는 것처럼 댄이 이기적인 것이 아니라는 것을 보여 주고 있다.

이들의 논쟁이 끝나가도록 말의 통합이 이루어지지 않아 관객은 각 인물이 하는 말이 힘을 그대로 유지하는 경우 불편한 이중적 감정을 느끼게 될 것이다. 우리는 의미 있는 해결을 원하지만 워드는 결론을 유보한다. 관객의 이중적 감정은 대화 도중 태도를 바꾸는 퍼시 아저씨의 현저한 변화에 의해 강화된다. 퍼시 아저씨는 처음에 미국에서 백인 지배 체재에 맞서 승리할 가망이 없다는 것에 대해 자신의 설명을 덧붙여 가며 빅의 주장을 지지한다. (그리스 극에 등장하는) 코러스 역할을 하는 인물처럼 퍼시는 전체 사회를 대변하는 소리로 핵심 논쟁에 반응을 보인다. 퍼시는 댄의 주장에도 동의하면서 누군가 피를 흘려야만 한다면 백인에 의해서도다는 흑인에 의해서 피를 흘리는 것이 낫다고 말한다. 그리고 그는 (관객도 그럴 수 있는데) 댄이 이익으로 계산해 제시하는 수치가 설득력 있다고 생각한다.

해결책이 주어지지 않은 채 우리의 생각의 흐름은 다시 다른 인물들의 등장에 의해 중단된다. 엘라와 브룩스 부인이 쇼핑을 마치고 귀가한다. 그들이 들고 온 비싼 식료품이 다시 한번 돈 문제를 시급한 것을 만든다. 뒤이어 레스가 빅을 충격에 빠뜨릴 소식, 관객을 빅의 입장으로 가도록 할만한 소식을 가지고 들어온다. 가비 운동원들이 기금을 모으고 궁극적으로 아프리카로 이주하는데 사용하기 위해 구입해 수선한 "블랙 스타" 정기선이 미국 정부에 의해 항해에 부적절한 배로 판정을 받아 강제 정박 중이라는 것이다. 이 소식은 아프리카로 돌아가기 운동의 지도자들이 잘못된 길을 걷고 있다는 추측을 담고 있다. 이 소식은 마르쿠스 가비가 캐나다로 도피했다는 것도 전해준다.

신문 기사의 도입은 변증법에서 새로운 소리 역할을 하며 동시에 메이슨 가족의 집 밖에서 기다리고 있는 위험에 대한 신호 역할도 한다. 관객은 이제 빅의 판단 모두를 기각해버리도록 유도되지는 않지만 가비 운동의 현명함에 대해 더욱 큰 의구심을 갖게 된다. 이 소식에 대한 빅의 반응, 분노와 불신의 반응은 관객의 동정심을 불러일으키지만 동시에 지혜를 지닌 자로서의 그에 대한 실망과 불신을 불러일으키기도 한다. "블랙 스타" 정기선의 파국 소식에 대한 댄의 띨 듯이 기뻐하는 반응은 비열한 것이지만, 댄의 희열에 대해 관객이 느끼는 분노가 이들의 세계에서의 진실의 진정한 근원에 대해 관객이 갖게 되는 양면적 감정을 누그러뜨리지는 못한다. 빅은 재빨리 뉴스의 내용이 백인이 만들어 낸 것이라고 답하지만, 우리는 이 두 가지 해석 중 그 어느 것도 지지할만한 증거를 극에서 찾을 수 없는 것이다.[19]

이 최근에 벌어진 백인의 조작에 대해 빅이 공격하고 있는 동안 가비 운동의 동료들이 그의 집을 찾아온다. 그러나 이 인물들이 그들의 존재를 무대 위에 알리기도 전에 워드는 서둘러 무대 위의 인물들과 관객 모두의 시선을 다른 곳으로 돌린다. 관객이 가비 운동에 대한 갖가지 혐의들에 대해 알고 싶어하게 되는 바로 그 순간 우체부가 레스에게 온 또한 통의 편지를 들고 등장한다. 잠시 동안의 흥분이 가라앉으면서 2장의 분위기와 전개가 갑작스럽게 변한다. 일부의 기대와는 달리 그러나 빅과 완다의 막연하게 의심한 것이 현실로 나타난다. 레스의 장학금 신청이 그가 흑인이라는 이유로 거부된 것이다.

관객에게 있어 레스에게 장학금이 거부된 것은 전혀 예기치 못한 것은 아니지만 그래도 실망스러운 것이다. 처음 온 편지의 표현법과 백인들의 행위에 대한 다양한 인물들의 경고가 관객에게 의심을 갖도록 하기 위해 고안된 것이며, 그것이 이제 현실로 나타난 것이다. 우리는 기이한 느낌으로 레스와 퍼시 아저씨가 레스의 옷에 대해 열심히 의논하던 것을 기억하게 된다. 하지만 여전히 레스의 장학금 신청이 거부된 것을 논리적으로 이해하거나 받아들일 수 있는 방법이 존재하지 않는다. 무대 위의 인물들은 이제 대부분의 흑인 관객들이 느끼고 있는 것을 큰 소리로 표현한다. 『짙은 안개』를 관람하는 백인 관객은 여기서 어떻게 반응을 보여야 할 지를 모르게 되며, 어쩌면 창피스러워 하거나 극 속의 "그 백인들"에게 화를 낼 수도 있다. 인물들이 보이는 반응은 그들의 이전 태도와 거의 일치한다. 퍼시 아저씨는 그 "더러운 새끼들"에게 저주를 퍼부으며 술병을 집어든다. 엘라는 이 불의에 대해 신음한다. 댄의 분노는 레스가 흑인이라는 것을 알려준 자에게로 향한다. 브룩스 부인은 주변 사람들 중에서 범인을 찾아 내려한다. 완다는 알아 들을 수 없는 소리만 지르고 있지만, 우리는 이제 지지를 받게된 그녀의 이전 냉소적 태도를 기억한다. 빅만이 비교적 차분히 있지만 그의 이러한 반응은 무관심이라기보다는 억제된 분노이다. 그는 조용하게 백인들만이 "그렇게 유치한 짓을 할 수 있지"라고 말하면서 레스에게 모든 일이 잘될 것이라고 격려한다.

어떻게 모든 일이 잘될 것이란 말인가? 처음에 빅의 말은 어려운 상황에서 흔히 던져지는 공허한 위로처럼 들린다. 그런 경우라면 짜증만 나게 하는 것이다. 그러나 빅의 말은 공허한 것이 아니다. 그는 그 나름대로의 거부의 몸짓을 취한다. 아들에게 온 편지에 대한 대답이라고 그 스스로 표현한 행동에서 빅은 그가 저축해 온 돈의 전부인 1500달러를 가비 운동원들이 운영하는 "블랙 스타" 정기선 회사의 주식 1500주를 사는데 써버린다. 이러한 빅의 행동에 대한 가족의 엇갈린 반응이 이 시점에서 관객이 느끼게 되는 양면적 감정을 강조해준다. 빅의 주식 구매는 그의 아들과 가족을 아프게 한 사회를 거부하는 행동이다. 이 행동의 단호함이 관객으로 하여금 실망으로부터 벗어날 수 있게 해준다. 빅은 분노를 행동으로 변환하는 것이다. 그는 우리가 관객으로서 어쩔 수 없는 그 시점에 행동을 하는 것이다. 그러나 관객이 빅이 느끼는 행동의 필요성에 공감은 하지만 빅인 취한 특정 행동에 대해서는 당황할 것이다.

댄의 이성에 대한 호소가 빅의 태도에 맞서면서 빅의 성급함에 대한 관객의 걱정을 확인해준다. 댄의 관점에서 볼 때 빅의 주식 구매는 해결이 아니라 큰돈을 바람에 날려 버리는 무모한 행동인 것이다. 댄이 우리에게 "블랙 스타" 정기선의 성실성과 실현 가능성이 의심을 받게 된 것이라는 점을 상기시켜준다. 이 극에서 처음으로 등장 인물들과 관객 모두에게 논리와 감정의 대립이 제시되고 있다. 논리적인 대응은 "블랙 스타" 정기선의 문제가 해결될 때까지 기다리는 것이고, 감정적인 대응은 단호한 행동을 함으로써 (또는 그것을 환영함으로써) 신중함이 주는 좌절감을 거부하는 것이다. 모든 대화가 끝난 다음, 모든 가능성이 우리 앞에 제시 된 다음에 관객인 우리는 울먹임이 아니라 폭발, 반대되는 것들 사이의 계속적인 갈등이 아니라 통합을 원하게 된다.

빅의 행동은 단호하지만 통합적인 것은 아니다. 워드는 우리에게 해결되었다는 지속적인 느낌을 갖도록 허용하지 않는다. 변증법이 그 첫 단계가 해소되자마자 새롭게 제시되는 것이다. 1막 2장의 끝 부분에서 오직 빅의 제 2의 가족 즉 가비 운동에 참여하고 있는 동료들만이 빅의 결정에 만족하고 있는 듯하다. 엘라가 의자에 앉아 흐느끼고 있을 때 새로이 제기

된 변증법의 정과 반이 처음에 아들 그 다음 아버지에 의해서 제시된다:

> 레스: 세상이 온통 짙은 안개뿐인 듯해요. 어디에서도 빛을 볼 수가 없어요.
> 빅 (다정하게): 아들아, 동쪽을 보렴. 그 쪽을 계속 지켜봐. 여기 우리를 둘러
>   싸고 있는 어둠과 안개 너머 우리 희망의 태양 아프리카가 떠오른단다.
>   (1막 2장 19)

2장의 막이 내릴 때 이루어지는 빅의 대사는 무척이나 아이러니컬하다. 워드는 떠오르는 태양의 은유를 이용하여 보통 백인이 가지고 있는 검은 아프리카의 이미지를 빛과 희망의 원천으로 변환시켰다. 다시 말해 워드는 인식의 역전을 형성하기 위해 흑과 백, 빛과 어둠에 대한 백인의 신화적 개념을 사용한 것이다. (태양 같이) 떠오르는 희망의 이미지 역시 대단히 아이러니컬하다. 이 이미지에 의해 극의 나머지 부분이 "짙은 안개"를 없앨 것이라는 것이 암시된다. 그러나 우리가 실제로는 일몰의 시작, 우울과 실패로의 행진을 보아 오고 있는데 갑자기 사건의 진행이 충만의 최절정에 다다르고 있는 것이다.

많은 전통적인 극들과는 달리 『짙은 안개』는 하나의 두드러진 절정이 아니라 일련의 절정의 순간들을 지니고 있다. 그럼에도 불구하고, 관습적인 극 비평에 의하자면 1막의 끝을 이 극의 전환점으로 볼 수 있는 것이다. 전체 『짙은 안개』를 읽거나 그 공연을 본 사람의 관점에서 이 극을 볼 때 우리는 1막의 마지막에서 빅이 무모한 일을 한 것이고, 『짙은 안개』의 나머지 부분은 그로 인한 그의 몰락 그리고 그의 가족의 점진적인 몰락을 그리고 있다고 말할 수도 있다. 그러나 그런 말은 이 극의 구성을 정확하게 설명하는 것이 아니다. 『짙은 안개』는 한 개인에 대한 비극이 아니라 한 사회의 비극에 대한 극이기 때문이다. 『짙은 안개』의 2막과 3막을 통하여 빅으로부터 풍겨 나오는 소모적인 패배의 분위기가 감돈다. 그러나 우리의 시선은 항상 분산되며 우리는 반복적으로 희망과 두려움

을 갖거나 버리도록 유도된다. 변증법은 계속 진행되지만, 우리는 빅이 예언한 천국이 아니라 지옥의 여러 단계를 경험하게 된다.

레지널드 마쉬(Reginald Marsh)의 경제 대공황에 대한 일부 동판화처럼 2막과 3막에서의 워드의 전략은 관객으로 하여금 회전 목마가 한바퀴 돌 때마다 점점 멀어지는 마술 반지 같은 기분을 느끼도록 함으로써 그들의 희망찬 환상을 쫓아버리는 기교로 나타난다. 우리가 더 심한 고통은 없을 것이라고 생각할 때마다 또 다른 고통이 우리 눈앞에 제시된다. 1막의 마지막 부분에서 아버지와 아들의 대립된 시각을 본 후 2막에서 관객은 무엇을 기대해야할지를 알기 어렵게 된다. 2막의 첫 부분 도입 단계는 그 세세함에 있어 놀랍지만, 예상할 수 있는 확실한 길이 주어지지 않기 때문에, 관객이 기대한 것과 반대되는 것이라는 의미에서 충격적인 것은 아니다. 2막에서 우리에게 제시되는 첫 장면이 약간 의외이다. 거실 가구에 타자기가 추가되었고, 정오 무렵에 엘라와 브룩스 부인이 지켜보는 가운데 빅이 완다에게 정성을 기울이고 있다. 곧 우리는 1막 1장에서와 같은 해설적인 대화를 통하여 빅이 파업에 참가 중이고, 곧 할렘에서 있을 가비 운동원들의 집회에 참가하기 위해 떠날 것이며, 현재 그 집회에서 행할 연설문을 쓰고 있는 중이라는 것을 알게 된다. 레스가 등장해 1막과 2막 사이에 지나간 일년 동안 댄이 아파트를 나누어 임대하는 사업을 시작해 돈을 많이 벌었으며, 대학에 갈 수 있는 돈을 마련할 수 있도록 레스를 고용했다는 사실을 우리에게 전해준다. 또한 레스는 메이슨 가족이 파업으로 인한 경제적 어려움을 겪기 시작했다는 사실도 전해준다. 2막 1장은 사건들에 대한 관객의 호기심을 충족 시켜주는 기능과 관객이 등장 인물들에 대한 특히 빅과 댄에 대한 태도를 재정립하도록 해주는 기능을 하고 있다. 1장은 거실에서의 불안한 움직임과 메이슨 가족의 불안정에 대한 느낌을 전달함으로써 관객으로 하여금 걱정스런 마음을 갖게 만들기도 한다.

1막에서보다 훨씬 더 예리하고 명확하게 워드는 관객의 동정심이 댄과 그의 가족과 대조되는 빅과 그의 가족에게 향하도록 한다. 우리는 빅의 가족이 겪고 있는 금전적 어려움 때문에 빅을 동정하고 그의 가족에 대해 걱정하게 된다. 워드는 조심스럽게 우리가 빅이 준비하는 감동적인 연설의 일부분을 들으면서 그에 대해 새롭게 칭찬을 하도록 유도한다. 빅은 그의 근면성에 대한 관객의 칭찬을 받는 부지런하고 성실한 근로자로 제시된다. 그러나 이 칭찬은 그의 저축을 무모하게 처리한 과거 일 때문에 영원히 손상된다. 레스는 장학금 거절에 좌절하지 않고 오히려 교육을 받을 수 있는 돈을 마련하기 위하여 일을 하여 온 것 때문에 관객의 칭찬을 받는다. 이와 같은 메이슨 가족의 미덕과 힘에 대한 묘사와 큰 대조를 이루고 있는 것이 이 가족의 댄의 사업에 대한 묘사이다. 레스가 등장하면서 댄이 겨우 삼주일치 집세가 밀렸다는 이유로 어린애가 있는 여성을 쫓아 낸 것에 대해 혐오감을 표한다. 댄의 탐욕과 허세에 대한 묘사가 질투심어린 소문이 아니라는 것을 확인해주기나 하듯 댄과 주아니타가 값비싼 옷을 입고 새 캐딜락을 타고 등장한다. 댄과 주아니타를 맞이하는 인사가 댄의 "쉽게 굴러들어 오는 재물"에 대한 메이슨 가족의 경멸을 분명하게 보여준다. 그러나 메이슨 가족 그 누구도 이 새로운 재산의 아름다움에 대한 부러움을 감추지 못한다.

댄과 주아니타의 등장이 우리가 들은 것을 시각적으로 확인해 주기 위해 임의적으로 만들어진 것이지만, 그들의 등장은 그 나름대로의 목적이 있다. 그들은 할렘으로 떠나는 빅과 레스를 기차역까지 태워다 주려는 것이다. 이제 이런 장면들의 전략이 분명해진다. 빅은 파업으로 인해 가족의 수입이 대폭 줄어 들은 탓에 레스를 할렘에 데려 가지 못한다는 것을 인정해야만 한다. 한 가족의 가난이 다른 가족의 풍요로움과 선명하게 대조되고 있을 분만 아니라, 우리는 노골적인 암시보다는 생략을 통해 빅이 그의 "다른 가족" 즉 가비 운동원들에게 돈을 주어버렸고, 그 때문에 자신의 자식들을 위해서는 한푼도 갖고 있지 않다는 것을 알게 된다. 다시 한번 관객을 향해 의도된 사건과 가치의 충격이 의도적으로 모호하게 되어 있다. 우리는 댄의 동정심 결여를 보여 주는 여러 가지 것들 때문에 그의 성공을 칭찬할 수가 없다. 우리는 빅이 무모한 행동을 통하여 고난을 그와 그의 가족에게 초래하였기 때문에 현재 고난을 겪고 있는 그를 동정할 수가 없다.

이와 같은 상황 그리고 그에 대한 우리의 반응은 빅이 그의 연설을 받아 적도록 하는 일이 계속되면서 더욱 복잡해진다. 댄조차도 빅의 말솜씨에 감동을 받는다. 그러나 댄은 "빅이 가비 이외의 다른 것을 보지 못해 안타깝다"라는 말을 덧붙인다. 기차 시간이 다가 오면서 다시 한번 빅과 댄이 백인에 맞서 이길 수 있는 가장 효과적인 방법에 대해 말다툼을 벌인다. 다시 한번 각자가 강한 주장을 펴고 각 주장은 우리의 이성에 비슷한 호소력을 갖고 있어 그 어느 것도 틀리지 않아 보인다. 댄은 백인의 개인적 성취가 흑인에게도 유효하다고 주장하는데, 그가 바로 그 이론의 생생한 본보기이다. 그러나 개인적 성취는 이기주의를 암시한다. 반면에 빅의 반박은 집단의 상황에 대한 염려를 보여준다. 이들 말의 기세와 이들 시각의 강도가 너무나 흥미 있는 것이라 우리는 이들의 논쟁이 이치에 맞는 반박에서 모욕으로 옮겨가는 것을 거의 눈치채지 못한다. 떠나기 전에 빅은 댄이 "출세하기 위해 자기 형제의 목을 자르는 자"이라고 비난하고, 댄은 빅이 "약하고 게으른 자"라고 비난한다. 빅이 댄의 차를 타고 역에 가느니 차라리 택시를 불러 타고 가야겠다고 소리치자 엘라가 나서 그들이 어린애들처럼 군다고 쏘아붙인다. 엘라의 말이 정확한 판단이며, 우리가 기다리는 호소, 이들의 행동을 바꾸라는 호소이다.

댄과 빅의 다툼이 관객에게 아이들의 말다툼 이상의 문제를 제시해야 된다는 점이 워드가 실제 아이들에게 초점을 맞추는 데에서 드러난다. 뛰어난 극작 기술로 워드는 우리의 관심이 빅이 사소한 잘못을 한 막내

아들을 지나칠 정도로 심하게 나무라는 장면으로 향하게 한다. 워드는 교묘하게 관객 속의 부모로 하여금 엉뚱한 곳에 화를 푸는 빅에 일치하도록 만든다. 우리도 종종 나 자신이나 다른 사람에게 질러야 할 고함을 자식에게 지르지 않았는가? 이 고함지르는 순간은 이 장면의 긴장도를 점차 낮추면서 동시에 우리가 댄과 빅 모두에게 공감하는 양면성을 강조하는 역할을 하고 있다. 2막 1장의 마지막 부분에서 자식들에게 초점을 맞추는 것은 또한 이 논쟁이 성인들 사이의 지적인 토론일 뿐만 아니라 젊은이들의 삶에 영향을 줄 문제라는 것을 나타내기도 한다. 이 극에서 가장 확고하게 "바깥" 세상과 접하는 문제가 "안"에 있는 가족의 평온을 깨뜨리고 있는 것이다.

2막 2장은 1장의 6개월 뒤에 전개되지만, 메이슨 가족의 자식들에 대해 주목하도록 함으로써 연속감을 유지한다. 워드의 전략은 전 장면인 8월 초 더위와 1월 어느 날 오후 황량한 겨울의 암담함을 대비시키면서 메이슨 가족의 자식들에 대한 관심을 유지시키는 것이다. 우리는 곧 메이슨 가족을 괴롭히고 있는 또 하나의 사소한 그러나 의미 심장한 갈등에 집중하게 된다. 이번의 갈등은 엘라의 갈등이다. 그녀는 남편과 그의 지지자들에게 도덕적인 격려를 주고자 하는 생각과 감기에 걸려 고생하는 어린 자식을 돌보아야 하는 현실적인 문제 사이에서 갈등한다. 그녀가 등장할 때 그녀는 이 갈등을 해결한 것처럼 보인다. 그녀는 최선을 다해 병든 자식들을 간호하고 있으며, 동시에 남편을 축하하기 위하여 눈이 내리는 우울한 밤에 찾아 온 가비 운동원에게 음료수를 대접하기 위하여 감춰 둔 돈을 써버린다. 엘라는 나름대로 부족한 돈을 어떻게 쓰겠다고 계획을 세웠지만 여전히 이제 곧 지역 지도자로 임명받을 남편에 대한 긍지와 그와 그리고 아이들의 신발을 수선할 돈이 없어 아이들이 감기에 걸릴 정도의 상황에 그녀의 가족이 처하도록 만든 외부 세계에 대한 분노 사이에서 갈등한다.

엘라의 이 같은 갈등은 한편으로는 사랑과 책임감 다른 한편으로는 물질적 소유와 체면 이 두 가지 사이에서의 선택이 우리가 생각하는 것처럼 쉽게 이루어지지 않는다는 것을 확실하게 보여주려는 이 극의 지속적인 노력의 일부이다. 사랑과 물질적 필요한 것이 엘라의 자식에 대한 걱정과 남편에 대한 걱정에서 겹쳐 나타난다. 두 경우 모두 인간적 존엄성의 문제는 매우 중요한 것이다. 처음에 관객은 자식들에게 신발을 사 주지도 못하면서 방문객들에게 음료수를 대접하려는 엘라의 결정을 비난하게 된다. 그러나 엘라 자신의 항변이 그녀에게 있어 음료수 대접은 절망에 굴하지 않으려는 의지의 상징인 것이다. 엘라의 최우선 관심은 그녀의 가족이고, 남편은 그런 가족의 중심인 것이다. 그리고 그가 살아 가는 세계의 일부가 메이슨 가정의 응접실 밖에 있으므로 그녀는 그 세계를 인정하든지 아니면 사적인 방에 갇혀 고통스러워해야만 하는 것이다. 이 때문에 우리는 그녀의 특별한 선택에 동의하지 않으면서도 그녀의 강인함을 칭송하게 되고 그녀의 싸움을 측은하게 여기게 되는 것이다.

엘라의 싸움이 관객에게 돈을 구할 수 있는 다른 방법이 있는가 하는 문제를 제기하는데, 2막 2장이 바로 그 문제를 다룬다. 가족 내에 한 명의 성인과 두 명의 성인이 다된 사람들이 있는데 어떻게 메이슨 가족은 그렇게까지 가난할 수 있는가? 이런 의문을 엘라가 어린 자식들의 신발을 사줄 돈을 구하면서 제기한다. 엘라는 처음에 완다에게 도움을 청하는데, 완다는 현재 고정적으로 일을 하고 있고, 그 동안 가족을 위하여 번 돈의 대부분을 내놓았다. 완다는 요즈음 어머니가 말하는 것이라고는 돈밖에 없다고 화를 내지만, 곧바로 저녁에 직장 상사로부터 몇 달러 빌릴 수 있을 것이라고 말한다. 관객은 돈이 필요한 어머니에게 거칠게 대드는 완다 때문에 잠시 화가 날 수도 있다. 그러나 이 어린 여자가 한 가족 전체를 먹여 살리고 있다는 생각이 그녀를 존경하게 만든다.

오후 내내 눈 치우는 일을 한 빅이 등장할 때 우리는 엘라와 함께 가족의 금전적 형편에 도움을 줄 것이라 기대하게 되는데, 그가 불과 몇

센트를 벌어 왔다는 것을 알게 되면서 엘라와 빅만큼이나 실망하게 된다. 우리는 어린 아이나 할 그런 일밖에 찾을 수 없는 이 사람을 측은하게 생각한다. 돈을 구할 수 있는 길이 하나하나 닫히면서 우리의 좌절과 공허함이 커진다. 관객의 불안감을 더 크게 만드는 절망감에서 빅은 아들에게 한 학기 동안 학교를 중단하고 현재 수업료를 내기 위해 벌고 있는 돈을 가족을 위해 쓰자고 간청한다. 레스가 이에 동의할 때 우리는 그의 결정을 존경하면서도 그의 쓰라림 마음을 느끼게 된다. 여기서 우리는 레스가 직면한 교육 중단이란 불행에 반응하도록 유도되지만, 우리는 그 뿐만 아니라 레스가 다음 학기에 학교에 다시 다닐 수 없을지도 모른다는 걱정을 하게 된다. 우리에게 제시되는 세계가 낙관적 기대를 수용할 여지가 없는 것이다.

빅은 이제 퍼시 아저씨에게 도움을 청하지만 우리는 그런 시도가 소용없을 것이라는 걸 알고 있다. 퍼시 아저씨는 당연히 줄 돈이 없다. 그러나 그는 새로운 문제를 불러 올 정보를 제공한다. 그는 완다가 고급 가죽 외투를 입고 있는 것을 보았는데 그것으로 미루어 짐작할 때 그녀가 "잘 나가고 있다"고 생각되니 그녀에게 도움을 청해보라고 말한다. 이 같은 폭로는 가족에게나 관객 모두에게 놀라운 것이며 즉각 의심을 갖게 만든다. 완다에 대해서 관객이 알고 있던 것 모두가 다시 제기된다. 사치품에 대한 그녀의 욕망이 겉으로 보이는 그녀의 가족을 위한 희생과 상반되는 것이다. 남을 잘 유혹하는 클로딘과의 어울림이 완다의 순수함에 영향을 준 것 같지 않아 보이지만 그것이 사실인지를 확신할 수 없다. 가족 모두가 분노한 가운데 완다를 추궁한다. 그녀가 어디에서 그 비싼 외투를 구한 것인가? 가족은 비도덕적인 행위를 의심하지만 외투를 외상으로 구입했다는 완다의 항의를 어쩔 수 없이 받아들인다. 관객은 완다가 외투를 소유하고 있는 것이 이 가족의 도덕적 타락의 증거가 아니라는 안도감을 느끼면서도 외투의 실제 출처에 대한 의심과 절망감과 가족에 대한 책임감 속에서 무엇인가 아름답고 위로될만한 것을 갖고 싶어하는 소녀의 욕망에 대한 동정심을 동시에 갖게 된다. 완다의 외투에 대한 우리의 반응이 관객으로 하여금 단순하거나 간편한 판단을 하지 않도록 설득하려는 워드의 시도에 관한 좋은 예이다. 우리의 첫 결론은 완다가 매춘부이며 그렇다면 비난받아야 한다는 것일 수 있다. 이러한 해석하기를 망설이는 경우일지라도 우리는 그녀의 가족이 굶주리고 있는 상황에서 값비싼 외투를 사는 것은 비난받아 마땅할 만큼 이기적인 것으로 보이기 때문에 충격을 받게 된다. 우리는 제 삼의 반응 즉 젊은 여성인 그녀가 사치품을 탐내는 것은 이해할 수 있다는 반응을 보일 수도 있다. 이러한 반응들 그리고 다른 모든 반응들이 대본에 의해 야기되는 분명 자연스런 것이며, 그 어느 것도 완전히 모순되거나 부적절한 것이 아니다.

무대 위에 확연히 제시되는 이 커다란 고통과 함께 가족과 관객 모두에게 비난의 문제가 제기된다. 누가 비난하는 사람이고 누가 비난받는 사람인지에 대한 혼란의 심연 속으로 댄이 들어와 그의 질책을 추가한다. 댄의 분노는 빅을 향한다. 댄의 주장은 레스가 학교 다니라고 돈을 주는 것이지 가족을 도우라고 주는 것이 아니라는 것 그리고 빅이 그 규칙을 변경할 권리가 없다는 것이다. 댄의 등장은 또한 또 하나의 희망, 돈을 구하기 위해 두드릴 수 있는 또 하나의 문을 암시하기도 하며, 따라서 우리는 잠시동안이나마 댄이 실제로 금전적 해결책을 제공할 것이라는 희망을 갖도록 유도된다. 우리가 여기서 해결을 기대한다면 곧 실망하게 된다. 댄이 빅에게 공정해 보이는 거래를 제안한다. 그가 거의 가치가 없는 빅의 주식을 사겠다는 것이다. 이런 거래는 그의 가비 운동에의 헌신이 가치 없는 것임을 인정하는 것이기 때문에 빅은 받아들일 수가 없다. 엘라가 댄의 제안을 다시 생각해보라고 간청할 때 관객으로서의 우리는 동정심이 빅으로부터 댄과 엘라와 나머지 가족 구성원에게로 옮겨 가는 것을 느끼게 된다. 워드는 빅의 입장이 지니는 고결함으로써 우리에게 감동을 주지만, 그 고결함을 아이들의 병, 레스의 서운함, 완다에게 다가오는 유혹, 그리고 전체 가족이 경험하는 고조되는 불안감과 같은 현실과 대조시킨다. 이와 같은 진퇴양난의 상황에 대해 관객으로부터 특정한 반응을 유도해 내려는 시도는 없지만, 인간의 다양한 배고픔이 명백하고 강력하게 제시되는 반면에 생각들은 확실치 않고 약하게 제시되고 있다는 느낌이 점차 강해진다.

관객은 새로운 인물로 레스의 대학 친구이며 "젊은 유태계 학생"으로 묘사된 네이션 피저(Nathan Piszer)가 등장하면서 이와 같은 반응의 혼란으로부터 잠시 해방된다. 극의 이 시점에서 그의 등장은 가족의 환영에도 불구하고 일종의 침입이다. 그가 빅을 위한 축하 행사가 막 시작하려는데 도착했다는 말을 들을 때 피저 스스로 이런 느낌을 확인해준다. 피저는 무대에 등장하는 첫 백인 인물이다. 이 장면에서 그는 완다의 흑인 친구인 클로딘과는 달리 그의 이름으로 불리지 않는다. 항상 그는 피저씨나 피저로 불린다. 그는 행사에 참석하라는 가족의 간청에 따라 가비 운동원들이 도착해 빅에게 "농업 장관" 작위를 수여하는 행사가 벌어지는 동안 남아 있는다. 구조적으로 볼 때 피저의 역할은 분명하다. 그는 가족에게 자유와 안정을 획득할 수 있는 대안으로 사회주의 이념을 소개하며. 관객이 물어 보고 싶은 그러나 메이슨 가족은 물어볼 필요가 없다고 간주되는 가비 운동에 대한 순진한 질문을 하는 일종의 "코러스" 역할을 한다. 피저가 관객에게 주는 효과는 사건의 전개에서 그가 행하는 역할보다 더 복잡하다. 그의 갑작스런 등장은 관객에게 불편한 느낌을 준다. 흑인 관객에게 뿐만 아니라 이제 흑인 연기자들에게 익숙해져 있는 백인 관객에게도 피저의 하얀 피부색은 불안감과 침입 당했다는 느낌을 줄 것이다. 일부 백인 관객은 어쩌면 무대 위에 좀 더 쉽게 다가갈 수 있는 존재를 발견하고 안도감을 가질 수도 있다.

피저가 유태인이기 때문에 이끌어 내는 확실한 반응의 정도는 그의 역할이 어떤 배우에 의해 그리고 어떻게 연기되느냐에 다라 달라질 것이다. 관객 대부분에게 그의 이름이 그가 유태인임을 알려 줄 것이다(그리고 만약 그의 이름을 "피서"(pisser, 소변보는 사람)에 가깝게 읽거나 발음하면 웃음을 자아내거나 당혹감을 불러 올 것이다). 그러나 기꺼이 피저가 "유태인 지식인"처럼 보이도록 한 워드의 의도에도 불구하고 그에 대한 더 이상의 성격 묘사가 없어, 피저는 자동적으로 적대감이나 웃음을 불러오는 종류의 전형화를 피하고 있다. 그의 날카로운 사회 인식, 사회주의에 대한 호의적 언급, 가비 운동원에 대한 질문 등 모든 것이 그가 박식하고 사려 깊은 자라는 인상을 준다. 관객은 또한 피저가 세상의 많은 가난한 자들이 단결하지 않는 이유를 묻자 레스가 "사람들이 너를 유대인 새끼라 부르고 나를 깜둥이라고 부르게 만드는 것과 동일한 것 때문이지"라고 대답할 수 있을 만큼 레스와 피저 사이에 친밀감이 형성되어 있다는 사실에 충격을 받기도 한다(2막 2장 17).

가비 운동원들과 함께 있는 것에 대한 피저의 어색함이 관객으로 하여금 아프리카로 돌아가자는 운동의 의식적 행사에 대한 반응으로 당혹감과 망설임을 편안히 경험하도록 해준다. 가비 운동원이었거나 실제 가비 운동원을 알고 있는 관객들은 빅에게 아프리카 공화국 임시정부의 농업 장관 작위를 수여하기 위해 예복을 입고 깃털 달린 모자를 쓰고 빅의 거실로 모여든 가비 운동원을 보면서 향수에 젖을 수도 있다. 그러나 그런 경험이 없는 피저 같은 처지에 있는 다른 관객들은 이 이상한 의식 행사에 당혹스러워하거나 재미있어 할 것이다. 피저의 존재가 관객의 다양한 반응을 가능케 한다. 우리에게 이 공상가적인 단체의 귀족 예복은 허풍스럽고 우스꽝스러워 보일 수도 있지만, 동시에 작위를 받으며 하는 빅의 강렬한 연설에 깊은 인상을 받게 된다. 구체적으로 이 연설의 목표가 되고 있는 흑인 관객들에게 빅의 연설은 강렬하면서도 깊은 감정적 영향을 줄 수도 있다. 그의 연설은 무대 위의 그의 동료 가비 운동원들을 대상으로 행해지지만, 그의 연설은 "형제 자매여"를 반복해 부르면서 시작해 "우리 모두 우리의 명분이 승리를 거두고, 흑인이 신이 주신 양지에 자리를 마련하고, 세계의 국가들에게 추앙 받고 존경받는 자유로운 인간이 되는 그 날까지 계속 나아가는데 … 중단 없이 나아가는데 우리의 심장과 마음을 그리고 마지막 한 방울의 힘까지 모두 바칩시다"라는 말로 끝을 맺는다(2막 2장 20). 이 것은 분명히 관객에게 단결하고 헌신하라는 충고로 의도된 것이다. 현대 연극의 관행은 (특히 사실주의적 극의 관행은)『짙은 안개』의 관객이 제자리에 남아있게 하고, 아프리카로 돌아가자는 운동의 현명함에 대해 앞에서 제기된 의문들이 관객이 빅의 특수한 명분을 지지하지 못하도록 할 수도 있다. 그러나 2막 2장의 마지막 부분은 관객 속에 공동체 의식을 형성하려 하고 있다. 백인 관객들은 이 공동체에 완전히 다가갈 수 없다는 것이 이 극이 주는 (꼭 고의적인 것이 아닐지라도) 부정키 어려운 결과인 것이다.

이와 같은 갈등의 일시적인 내부적 중단은 변증법적 과정에서의 영원한 합일의 환상만 심어줄 뿐이다. 이 장면은 관객에게 잠시동안의 감정적 조화를 준다. 이 장면은 또한 워드가 의식 행사를 함께 치름으로써 공동체가 형성된 순간들이 일시적인 것이며 충분치 않다는 것을 관객에게 설득시키는 시점 역할도 한다. 그러한 공동체적 흥분이 극의 상당 부분에서 지속될 만큼 크게 울리지만, 2막 3장과 3막의 모든 장들이 그러한 순간이 영원히 지속되거나 해결책을 제시하리라는 희망적인 생각을 점차 무너뜨리는 작용을 한다.

2막 2장 마지막 부분에서의 평온함은 곧바로 3장에서 메이슨 가족의 막내인 캐롤라인(Caroline)과 할머니 브룩스 부인 사이의 다투는 소리에 의해 깨진다. 이 장면을 여는 거친 말다툼은 표면상 인형에 옷을 입히는 문제에 대한 두 사람이 안달하는 문제 정도로 제시된다. 그러나 관객은 브룩스 부인의 짜증 속에서 그녀가 캐롤라인의 검정색 인형을 혐오하고 있다는 것을 알게 된다. 캐롤라인이 "불쌍한 까만 주디야. 할머니가 귀여운 너를 고아처럼 취급하는구나"라고 말할 때 우리는 브룩스 부인의 편견에 민감하게 된다(2막 3장 1).

가족의 가장 나이 많은 사람과 가장 어린 사람이 보여주는 안달이 처음에 엘라와 빅에서 그 다음 완다에서 반향을 일으킨다. 엘라와 빅은 서로가 상대방이 신문 배달 소년에게 구독료를 주지 않았다고 화를 낸다. 완다가 더 심각한 문제를 가지고 등장한다. 돈을 지불하지 못해 보안관이 그녀의 외투를 압수해버린 것이다. 엘라와 빅이 완다의 문제에 대한 해결책을 찾고 있을 때 댄이 빅에 관련된 더 놀라운 소식을 갖고 뛰어 들어온다. 마르쿠스 가비의 항고가 기각된 것이다. 가비는, 등장 인물들이 나누는 대화가 흐릿하게 암시하는 것에 의하면 돈에 관련된 것 때문에, 실제로는 우편물을 이용한 사기죄로 체포되었었다. 댄은 "내가 그렇게 될거라고 했지"라고 말하러 온 것이기 때문에 여기서 그는 관객의 화풀이용으로 제시된다. 그러나 빅에 대한 우리의 동정심에도 불구하고 가비의 체포 소식이 아프리카로 돌아가자는 운동이 메이슨 가족이나 전체 흑인의 문제에 대한 해결책이 아니라는 관객의 믿음을 깨뜨리지는 못한다.

브룩스 부인이 이 기회를 이용하여 고소해 함을 나타내며 이미 무너질 듯한 분위기에 그녀의 심술을 첨가한다. 그녀는 빅에 대한 비난에 더해 어린 필립을 나무란다. 이 두 공격의 근원이 우리로 하여금 이 장면의 시작 부분으로 돌아가도록 한다. 브룩스 부인의 기준에 빅과 필립은 너무 까만 것이다. 엘라는 그녀의 남편과 아들에 대한 이와 같은 모욕을 더 이상 참을 수가 없다. 그녀가 이들을 옹호하고 나서면서 그녀의 어머니의 인종 차별과 이기주의를 노골적으로 비난해 어머니가 화나게 만든다. 여기서 워드는 확실하게 관객이 엘라를 지지하고 브룩스 부인의 편협함에 동정심을 갖지 않도록 하고 있다. 이 장면은 이 극에서 교훈적 메시지가 관객에게 노골적으로 부과된 몇 안되는 예 중의 하나이다. 그러나 이 교육적 순간이 그녀의 어머니에 대한 엘라의 공격, 분노한 남편 빅의 반박에 의해 고조되고 강화된 공격이 심각한 가족 붕괴로 이어질 것이 확실해지면서 곧 변증법적 상황으로 변한다. 빅의 분노가 너무 강하자 엘라는 남편을 진정시키기 위하여 자신의 공격을 중단하지 않을 수 없게 된다. 그 때 빅이 브룩스 부인이 사생아로 태어난 자신의 출생이 수치스러워 그렇게 말하는 것이라고 비난하며, 이에 엘라가 큰 충격을 받는다.

이처럼 격렬한 가족 불화를 제시하면서 워드는 관객으로 하여금 피하거나 무시하고 싶은 장면을 참아 내도록 한다. 동정심의 분배가 확실치 않다. 빅의 주장은 사려분별이 있는 것이다. 그러나 그의 주장이 브룩스 부인처럼 "성폭행을 범한 조상들로부터 무려 받은 혈통"에 자부심을 갖는 관객에게 수치감을 심어주기도 하지만 동시에 빅의 비난이 불필요하게 잔인하다고 생각하는 관객에게는 반감을 안겨주기도 한다. 브룩스 부인의 생각은 비난받아 마땅하지만 우리는 그녀의 무방비 상태를 동정하게 되는 것이다. 엘라가 그녀의 이러지도 저러지도 못하는 처지에 너무도 화가 나서 남편을 "더러운 뱀"이라 부르며 그를 경멸한다고 말할 때까지 (남편과 어머니의) 중간에 낀 엘라의 입장이 동정심을 일으킨다. 엘라의 질책 그리고 거실로부터 뛰쳐나가는 행동이 관객으로 하여금 심각한 걱정을 하게 만든다.

브룩스 부인도 이 소동에서 떠난다. 그녀는 이 장면이 끝나기 전에 주아니타의 집으로 가버린다. 대부분의 관객은 이 성가신 여인의 존재가 없어지면서 한숨 돌리게 될 것이지만 일부 관객은 그녀가 집을 떠나난 것이 메이슨 가족의 실제 파괴를 상징하는 것으로 볼 수도 있고, 그러한 시각은 긴장을 불러 올 것이다.

결함 있는 깨달음의 장면을 구성하는 빅의 이 사건에 대한 반성조차도 이 가족의 파괴가 관객에게 주는 절망감을 없애지 못한다. 빅은 자신과 세상에 대한 새로운 이해를 하게 되지만 그의 특별한 깨달음은 재생 또는 안도를 거부한다: "편견 ⋯ 편견 ⋯ 어디를 둘러보아도 편견 투성이야. (화를 내며) 흑인은 자기 집에서조차 편견을 피할 수 없군. 빌어먹을! ⋯ 아프리카에서는 편견을 피할 수 있으리라고 생각한 내가 바보지!"(2막 3장 11). 자신의 무지에 대한 빅의 인정은 관객에게 복합적인 즐거움을 준다. 앞에서 논의했듯이 빅의 자신에 대한 깨달음은 전통적인 깨달음의 장면에서처럼 관객에게 관객 자신에 대한 깨달음을 갖도록 한다. 흑인 관객은 편견이 "저쪽" 백인 세계에만 존재하는 것이 아니라는 것을 인정하게 된다. 빅의 인정에 의해 백인 관객도 새로운 감정적 이해, 그들이 흑인과 함께 죄를 짓고 있다는 이해에 이르게 된다.

그러나 이 것은 비뚤어진 깨달음의 장면이다. 왜냐하면 자신에 대한 깨달음 자체는 인간의 성장과 지혜로움의 가능성을 의미하지만, 이 장면에서 인간에 대해 밝혀진 것이라고는 지나친 소비적 자기 혐오이기 때문이다. 『외디푸스왕』이나 『오셀로』 같은 극에서의 깨달음 장면은 관객으로 하여금 아써 밀러가 이야기한 "자신에 대한 올바른 평가를 내리려는 인간의 총체적 충동"에 대한 경외감을 느끼게 한다.[20] 그와 같은 경외감은 성스러운 것으로 인간 존엄성의 가능성을 확인시켜주는 것이다. 자신을 올바르게 평가하려는 빅의 충동이 그러한 경외감을 일으킬 수도 있지만, 빅이 받아들이는 것은 인간의 한계라는, 빅이 현재 깨닫는 것은 인간이 자신을 그릇되게 평가하려는 충동이라는 빅의 분노한 그리고 패배주의적인 주장에 의해 그 경외감은 생기는 동시에 감소된다. 빅의 깨달음은 분노의 형태로 자신을 향한 것이기 때문에 그의 깨달음 장면은 제한된 것이다.

그런 다음 3막에서 워드는 우리에게 두 가지 대립되는 느낌을 부과한다. 빅의 새로운 자아 인식은 그의 행동의 변화를 가져오며, 이런 변화는 그의 가족의 상황이 변할 수도 있다는 희망을 심어준다. 그러나 그런 희망에 반하는 것이 브룩스 부인이 떠나면서 이 가족의 단합에 남긴 타격, 빅을 미워한다는 엘라의 주장, 그리고 희망이 없다는 빅 자신의 생각이다. 우리는 빅의 새로운 자세로부터 기적이 일어날 것이라는 막연한 기대를 갖고 3막을 대하게 되지만, 모든 실제적 증거들이 기적이 일어나지 않을 것이라는 것과 가족의 해체가 더 진행될 것이라는 것을 가리키고 있다는 생각을 하도록 만든다.

3막은 그러한 기대를 부추기면서 동시에 궁극적으로는 파멸에 대해 우리의 기대를 기대 이상으로 충족시켜준다. 3막은 2막의 9년 뒤에 일어난다. 이와 같이 긴 시간이 흘렀다는 사실이 (이것은 아마도 공연 안내문으로 설명되었을 것이다) 상황이 많이 좋아졌으리라는 희망을 갖게 하지만, 1932년이라는 3막의 시간적 배경이 우리에게 이 시기가 대부분의 가정에게 낙관적인 상황이 아니었다는 사실을 경고해주고 있다. (9년이란 공백 기간이 극 진행의 연속성에 대한 관객의 느낌을 저해할 수 있다. 이것은 개인적 그리고 역사적 변화를 강조하려는 빈약하고 임의적인 기법인 것 같다.) 거실의 모습이 2막에서 제시된 위협들 그리고 3막의 시대적 배경에 대한 경고가 현실로 나타났음을 보여준다. 가구는 전과 같지만 엘라의 몰골을 포함한 모든 것이 닳아빠져 지독한 가난을 경험했음을 보여주고 있다. 3막 1장에서 처음 대사를 하는 인물이 막스라는 이름의 전형화된 인물, 중고 가구를 파는 교활한 유태인이다. (고의로 혼란스럽게 막스의 여러 가지 변형된 이름을 언급하고 있는 것이 워드가 공산당의 신조에서 독립되어 있었음을 보여준다.) 엘라가 이 유태인에게 가구를 팔려고 하고 있지만 이들은 그녀가 받아들일 수 있는 매매 가격에도 합의를 하지 못하고 있다. 백인 관객이 전폭적으로 엘라를 동정할 것인지는 확실치 않다. 우리는 자연스럽게 속이는 상인에 대해 반감을 갖고 그런 상인의 희생자를 동정하게 된다. 그러나 이 상인의 자기 가족에 대한 언급, "저도 가족이 있어요. 당신은 제가 제 자신을 망치길 바라는 겁니까"라는 말이 비록 명백히 수사학적 기교를 부린 말이긴 하지만 그것이 거짓인지는 확실치 않다. 흑인 관객은 엘라를 동정하면서 막스의 말을 상투적인 것으로 받아들일 것이다. 그러나 일부 관객은 흑인이든 백인이든 상관없이 막스의 호소를 가볍게 무시하기를 주저할 수도 있다. 그리고 우리는 2막 이후의 엘라에 대해 아는 것이 없어 분명히 굴욕적인 상황에 처해 있는 그녀를 동정하는 것 이외 어떻게 반응을 보여야 할지를 모른다. 우리는 그녀에 대해 궁금한 것이 많다. 그리고 그러한 궁금증은 엘라가 가구를 팔려고 하는 동안 이사갈 집을 마련하기 위하여 돈을 모으고 있다는 소식을 흘릴 때 더욱 커진다. 엘라와 막스 사이에 벌어지는 장면을 완다가 지켜보고 있다. 이제 막스에게 크게 화를 낸 다음 목소리를 낮춰 어머니를 위로하는 완다의 성숙한 목소리로 우리의 관심이 쏠린다. 막스가 떠나면서 클로딘이 들어온다. 뒤이어 일어나는 완다와 클로딘의 대화가 메이슨의 가족이 집에서 쫓겨나기 직전이고, 빅은 강제 퇴거 문제로 법원에 있으며, (이것으로 추측컨대) 빅이 아직도 가족과 함께 지내고 있다는 사실을 우리에게 알려준다. 2막의 마지막 부분에서 우리가 가진 기대가 충족되지 않은 것이다. 즉 가족은 근본적으로 함께 있다. 그러나 이 가족은 또 하나의 재난에 직면해 있다.

우리는 메이슨 가족의 현재 사정을 알게되면서 그 가족이 구제될 수 있는 길이 있을까라는 질문을 하게된다. 빅의 법원 출두가 좋은 결과를 불러 올 가능성이 있지만 완다의 어조가 그렇지 않다는 것을 보여준다. 클로딘이 문제를 해결할 방법이 있을 것이라는 우리의 기대를 만족시키지만, 그녀가 완다에게 제시하는 대안은 관객으로부터 양면적인 반응을 이끌어 내도록 계산된 것이다. 클로딘이 완다에게 "잘 대해주면" 보상해 주겠다는 늙은 백인으로부터 돈을 받아내라고 재촉한다. 이런 제안에 완다는 놀라지 않는다. 사실 그녀는 이미 이 남자에게 접근해 선물로서 돈을 요구했다. 하지만 클로딘의 제안에 대한 그녀의 대답은 그녀가 처녀가 아니라는 것은 인정하지만 창녀도 아니고 따라서 그렇게까지 할 수는 없다는 것이다. 관객이 손쉽게 보일 수 있는 반응은 클로딘의 계책을 비난하고 그런 계책에 대한 완다의 거절에 안도의 한숨과 함께 박수를 보내는 것이다. 이에 포함된 것이 백인이기 때문에 흑인 관객은 특히 클로딘의 계책에 반감을 가질 수도 있다. 그러나 워드는 다시 한번 불쾌하지만 설득력 있는 클로딘의 반박성 주장을 통하여 일부 관객의 반응을 어지럽힌다. 클로딘은 그녀의 주장을 간단한 것처럼 제시한다. 완다는 어머니를 치욕으로부터 구해낼 수 있는데, 그 대가로 완다가 희생해야하는 것은 클로딘의 표현대로 하자면 완다의 "속보이는 생각" 뿐이라는 것이다. 완다와 관객 모두 도덕적 선택에 대해 숙고해야만 한다. 우리는 이 가족이 이 장소에서 살 수 있기를 바라도록 유도되었다. 그러나 이 목표를 달성하기 위해 제시된 방법이 이 가족의 파괴 그 자체만큼이나 혐오스러운 것이다. 워드가 이 장면의 분위기를 냉정하고 상쾌할 정도로 솔직한 것으로 만들었기 때문에 우리는 조심스럽게 반응하도록 요구받는다. 완다에게 주어진 것이 감상적이거나 이성을 상실한 희생의 문제가 아니라 평범한 삶의 어두운 부분에서 내려야만 하는 가혹하고 힘든 결정인 것이다.

완다는 결심을 밝히지 않은 채 옷을 갈아입기 위해 무대를 떠난다. 레스가 집에 돌아 와 그리 놀라운 일이 아닌 그의 공산주의 운동에의 가담을 밝힌다. 우리는 이 모든 것을 이미 보았기 때문에 조급해진다. 태도는 전과 동일하다. 단지 문제만 달라진 것이다. 이와 같은 유사성은 워드의 전략에 있어서 우연이 아닌 것 같다. 관객 속에서 형성된 불만족감은 워드가 이 극을 끝맺는 것과 같은 비언어적 전개를 요구하게 되는 것이다.

대화는 다시 강제 퇴거 문제로 되돌아가면서 댄과 주아니타가 (워드가 1932년이라는 시간과 간접적 언급을 통해 막연하게 설정한 배경으로) 역사적 대 재앙이었던 경제 대공황의 타격을 받았다는 것을 알려준다. 이제 댄은 거의 모든 재산을 잃었지만 그의 태도는 여전하다. 또 다른 언쟁이 가족을 휩쓸려하자 엘라가 폭발한다: "그만해! 입만 놀리는데 넌덜머리나. 말뿐이야! 지난 20년간 우리가 이 집에서 한 일이라곤 그게 전부야.

아무 일도 이루어진게 없지!"(3막 1장 8). 엘라의 외침은 위험한 전략적 장치이다. 관객이 느끼고 있는 것을 말해주는 인물을 무대 위에 갖게 되는 것이 관객에게 인식의 즐거움을 줄 수도 있지만, 엘라의 말이 우리로 하여금 이 극의 말많음에 부정적인 시각으로 주목하게 만들 수도 있다. 워드의 핵심 의도는 엘라의 말에 대한 분노를 통하여 행동을 간절히 바라는 우리의 마음을 더 자극하려는 것이다. 우리는 누군가 무슨 일이든 하기를 요구하도록 유도된 것이며, 따라서 우리는 예측불허의 사건을 맞이할 준비가 되어 있는 것이다.

워드는 일련의 대화들을 통하여 그러한 행동을 유보시킨다. 이 대화 중 첫 번째 것이 완다의 결정으로 되돌아가는 레스와 완다 사이의 대화이다. 레스는 전날 저녁 완다가 그 백인의 차에서 내리는 것을 목격하였다. 그는 이제 완다가 "더러운 매춘부"가 되었다고 비난한다. 그러나 레스가 정당한 비난자 또는 완다를 보호하고 싶어하는 그래서 그의 의심이 부정되기를 바라는 오빠인지는 불확실하다. 레스의 동기가 무엇이든 간에 그는 관객의 분노를 일으킨다. 왜냐하면 그 상황이 그가 생각하는 것보다 도덕적으로 더 복잡한 것이기 때문이다. 그의 폭력적인 언어도 이전에 있었던 언쟁, 브룩스 부인이 집을 떠나기 전에 벌어진 가슴아픈 장면 같은 말다툼을 고통스럽게 상기시켜 주고 있다.

레스의 모욕이 완다를 폭발 일보직전까지 몰고 간다. 엘라가 등장하면서 그녀에게 완다는 미친 듯이 클로딘의 계책이 마치 사실인양 털어놓는다. 이것이 관객으로 하여금 이 가족 공동체에게 남아 있는 얼마되지 않은 것마저 파괴되는 것을 목격하게 되리라는 걱정을 하게 만든다. 우리의 걱정이 레스에 의해 다시 한번 덜어진다. 그가 화제를 자신이 계획하고 있는 가난한 사람들의 굶주림과 강제 퇴거에 항의하기 위해 주지사를 찾아가는 데모로 바꾼다. 댄이 다시 등장해 레스에게 최근에 경찰이 그가 규합하려는 것과 비슷한 "폭도"들을 잔인하게 진압했다는 사실을 상기시

켜주기 때문에 레스의 계획은 단지 잠시동안의 휴식을 줄뿐이다. 레스가
댄의 말에 보이는 반응이 도전적이다: "빼앗긴 자들이 피를 흘리지 않고
는 권력을 찾을 수 없어요!"

레스의 설득력 있는 주장이 우리로 하여금 진정한 관심을 갖도록 하
지만, 우리는 잠시동안만 그런 관심을 갖도록 허락된다. 첫째 레스가 무모
한 자가 된 것에 빅과 엘라가 책임이 있다는 댄의 반복된 비난이 관객의
관심을 분산시키다. 그런 비난은 진실을 담고 있긴 하지만 관객에게는 댄
에 대한 적대감만 심어줄 뿐이다. 그런 다음 퍼시 아저씨의 등장에 의해
우리의 관심은 더욱 분산되고 불쾌감을 느끼게 된다. 빅이 법원에서 되돌
아 올 때 우리는 판결에 대해 알고 싶어하던 것을 잃어버리고 있을 정도
라서 메이슨 가족이 20일 내에 임대료를 내던지 아니면 집을 떠나야 한다
는 정보가 놀랍지 않다. 이 극의 변증법에 추가된 것으로 법원의 실제 판
결보다 더 혼란스러운 것은 빅이 입고 있던 낡은 가비 운동원 단복에 대
한 판사의 반응에 대한 빅의 묘사이다. 빅은 그 판사가 "당신 이 나라가
좋은 나라가 아니라고 생각하는 그런 깜둥이들 중에 하나구먼"라고 말했
다고 전한다. 이 말의 결과는 외부로부터의 도움에 다다를 수 있는 또 하
나의 문이 닫혔다는 것이다. 관객이 받는 인상이란 많은 백인 관객이 존
엄과 정의의 수호자라고 단정하고 있는 법원조차 다른 사람들처럼 냉혹
하고 인증 차별적인 판단을 하는 인간에 의해 운영되는 곳이다라는 것이
다. 여기에는 관객이 끌어안을 수 있는 희망이 주어지지 않는다. 가비 운
동원 단복을 입고 간 빅의 어리석음에 우리의 분노를 쏟아 부으려 하는
경우에도 빅이 차갑게 그 것 빼고는 입을 옷이 없다고 말할 때 우리의 분
노는 무뎌지게 된다.

3막 1장은 우울하고도 혹독하다. 등장 인물 모두가 정서적으로 파산
상태에 이르렀지만 아무런 보호도 받지 못한 채 낡은 의상의 장식품들을
걸치고 등장한다. 1막의 끝 부분에서는 그녀 말에 의하면 "아무짝에도 쓸

모 없는 거렁뱅이들"에게 방을 빌려주는 주아니타가 역겨워진 브룩스 부인까지도 되돌아온다. 우리는 "거기 진탕 속에서 내 옷을 더럽히느니 차라리 너희들과 거리에서 자겠어"라고 흥분해 주장하는 브룩스 부인이 느끼는 당혹감에 노출된다. 그녀의 가치가 왜곡된 것임에도 불구하고 우리는 그녀에게 선택의 여지가 없다는 사실에 측은함을 느끼게 된다. 레스만이 이 장면의 마지막 부분에서 웃을 수 있다. 그가 그의 할머니에게 짜증 내지 말라고 말하지만 우리는 여전히 걱정을 하게 된다. 이 장면의 막이 내릴 때 그가 내뱉는 "이십일 동안 많은 일들이 일어 날 수 있죠"라는 말에 우리는 걱정을 하면서도, 우리는 그가 유일한 해결책이라는 사실에 주목하게 된다.

3막의 두 번째 장은 관객을 이 극의 결론 부분의 더욱 생생한 긴장 분위기로 몰고 갈 준비를 하는 짤막하면서도 불길한 막간이라고 할 수 있다. 시간은 새벽 세시이다. 아직도 자지 않고 있는 브룩스 부인이 레스에게 전날 저녁 돌아오지 않은 완다에 대한 걱정을 늘어놓는다. 이 소식에 접한 레스는 분명히 걱정을 하면서도 집밖 길에 흥분해 어쩔 줄 모르는 클로딘을 발견할 때까지 걱정을 억누르고 있다. 이 짤막한 장면은 완다에게 아무 문제가 없다고 안심시키는 클라우딘이 말로 끝이 나지만, 그녀의 말이 관객을 안심시키지는 못한다. 우리는 완다가 자포자기 상태에서 백인에게 몸을 팔았을 것이라는 결론을 내리거나 (이 결론은 그와 같은 선택에 대한 찬반의 토론이 이전에 있었기 문에 깊은 양면적 감정을 느끼게 한다) 또는 완다의 외박이 드문 일이라는 레스와 브룩스 부인의 주장 때문에 완다가 심각한 위험에 처해 있는 것이 아닌가 두려워하게 된다.

잠깐 동안의 암전 후에 이른 아침 완다를 걱정하고 있는 엘라와 함께 3장이 시작된다. 레스가 등장하지 않는다. 그가 완다를 걱정하고 있고 클로딘을 단나는 것을 보았기 때문에 우리는 그가 이제 완다를 찾으러 나갔다고 추측을 하게 되는데, 그가 아직도 돌아오지 않고 있다는 것이 불길한 전조가 된다. 전화는 이미 통화 중지 당한 상태이다. 꾸며낸 이야기를 가지고 완다가 레스와 함께 돌아 올 때 거실에는 불안이 팽배해 있다. 가족은 차가 고장났다는 완다의 이야기를 기꺼이 받아들이려 하지만, 전날 밤 클로딘으로부터 그리고 완다가 이전에 말한 것으로부터 우리가 얻어낸 단서는 우리로 하여금 안도감을 느끼게 하는 것이 아니라 실제 무슨 일이 일어났는지에 대한 우리의 호기심만 더 자극할 뿐이다.

간접적으로 우리의 호기심은 해소된다. 집안의 막내딸 캐롤라인이 완다가 "직장 상사에게 빌린" 돈을 가져왔기 때문에 새로운 집을 얻을 수 있다고 의기양양하게 말한다. 물론 관객은 그것이 거짓일 것이라고 생각하게 된다. 그러나 그것이 실제적인 해결책이기 때문에 관객의 그런 반응은 혼란스러운 것이다. 여기서 레스가 그와 피저가 참여하고 있는 공산주의 운동에 관련된 사람들의 육체적 도움을 받아 강제 퇴거에 맞서겠다는 계획을 내세우며 완다의 돈이 의미하는 확실한 해결책에 반대한다. 그의 주장은 직간접적으로 설득력이 있다. 집주인들의 부당 행위를 중단시켜야 한다는 그의 외면적 주장은 원칙의 문제로서 설득력 있는 것이다. 그리고 그의 외면적 자세 뒤에는 그가 완다가 내민 돈의 부정한 출처에 대해 알고 있다는 사실이 도사리고 있는 것을 우리는 알게 된다. 따라서 이제 가족이 한달 살기에 충분한 돈이 생겼고, 한 달 사이에 형편이 나아 질 수 있다는 주장을 토대로 빅이 아들의 계획에 반대하고 나설 때 우리는 실망하게 되고 좌절감을 맛보게 된다. 관객은 이제 무대 위에 더 확실한 진실이 제시되어 서로 다른 움직임들이 더욱 적절한 의미를 지니게 되기를 바라는 마음과 그런 진실의 제시가 몰고 올 파멸을 두려워하는 마음 사이에서 갈등하게 된다. 자기 집에서 살라는 댄의 때늦은 제안마저도 의미 있는 행동이지만 그런 갈등을 완화시켜 주지 못한다.

레스의 장학금 신청이 거부되었다는 소식이 단호한 행동을 하게 하는 상황을 설정해 준 1막에서처럼 다시 한번 인종 차별과 가난의 개인적 결과들에 대한 공개가 단호한 행동을 하게 만든다. 둘째 아들 필립(Phillip)이 거실로 뛰어 들면서 완다가 구치소에 갇혀 있단 소식을 전한다. 물론 현재 완다는 구치소에 있지 않다. 필립의 이야기가 주는 충격을 약화시키려는 레스의 노력에도 불구하고, 엘라의 궁금증과 필립의 순진함 때문에 사건 전체가 알려지게 된다. 완다는 "백인과 잠자리를 같이 한" 집에서 단속반에 걸려 유치장에 갔었다. 완다는 그 집의 여주인이 보석금을 납부해주어 풀려나 지금 집에 와 있는 것이다. 관객은 (완다에 대한) 특별한 지식이 주는 부담을 벗어버렸지만 이제 완다의 희생의 정확한 성격을 알게된 가족의 얼굴에 드리워진 절망을 근심스럽게 바라보아야만 한다. 완다가 거실로 나와 그녀의 치욕스런 행동을 감추려고 하다가, 레스가 그 소식을 전한 사람으로 잘못 생각하고 뺨을 때린다. 이 사건에서 완다의 속임수와 공격이 가족이 더욱 해체되어 가고 있다는 것을 보여주고 있지만, 그녀가 어머니와 나누는 말 그리고 레스의 뺨을 때릴 때 울음을 터뜨리는 것 등이 가족 구조가 여전히 살아 있음을 보여준다:

> 엘라: (완다가 다가오자) 어제 밤 어디 있었어?
> 완다: (놀래서) 저, 얘기했잖아요. 저하고 클로딘하고 ―
> 엘라: 솔직히 말해.
> 완다: 어머니 말씀드렸잖아요.
> 엘라: (무표정한 얼굴로) 방금 구치소에서 나왔다는데?
> 완다: (충격 받은 얼굴로) 아녜요, 아니라구요. (그녀를 응시하고 있는 사람들을 조사하듯 둘러보며) 누가 말한거야? (레스를 바라보면서) 레스 네가 ― (감정을 억제한다)
> 엘라: (말 실수를 눈치채면서) 그랬구나 네가!
> 완다: (재빨리 레스에게 달려가 큰 소리가 날 정도로 그의 얼굴을 때리며) 네 그 빌어먹을 자신만 옳다고 생각하며 느끼는 고통을 위해 맞은 것으로 생각해! (3막 3장 7)

우리는 이 뺨을 때리는 행동에 담긴 그녀의 분노와 공포, 존엄성을 유지하려는 헛된 노력을 이해할 수는 있지만, 우리는 또한 더 이상 말만으로 문제를 잠시 해결할 수 없음을 알게 된다.

이 뺨 때리기 그리고 그것이 상징적으로 보여 주는 가족의 몰락이 빅으로 하여금 마음을 바꿔 강제 퇴거에 맞설 사람들을 데려 오겠다는 레스의 제안을 받아들이도록 한다. 완다의 매춘과 강제 퇴거에의 항거 사이의 연결이 레스의 장학금 신청 거부와 빅의 가비 해운사 주식 구입 사이의 연결만큼이나 비논리적이지만, 두 결과 모두 한 인간의 불의와 불명예에 굴복하지 않으려는 행동으로 받아들여 칭찬할 수 있는 것들이다. 이와 같이 우리는 군중과 법집행자들 사이에 벌어질 육체적 갈등의 결과에 대해 두려워하며, 그리고 인간은 그를 속박하려 드는 세력에 대항하여 싸울 수 있다는 생각에 희열을 느끼며 강제 퇴거가 일어나는 장면으로 향하게 된다.

워드는 이 극의 마지막까지 관객이 이중적인 감정을 유지하도록 한다. 강제 퇴거 장면이 시작되기 전에 우리의 희열에 그의 딸을 "어린 창녀"로 묘사하는 빅의 분노에 의해 그림자가 드리워진다. 이와 같은 빅의 모욕적인 말이 엘라가 눌러온 분노를 폭발시켜 빅이 죽기를 바란다는 말을 할 정도가 되게 한다. 돌이켜보면, 엘라의 저주는 지나치게 인위적으로 만들어낸 아이러니이라 할 수 있지만, 워드는 그와 같은 엘라의 과장된 희망을 통해 관객의 걱정을 더 렬한 것으로 만들려는 그의 의도를 달성할 수 있다. 이 극은 관객으로 하여금 물질적 파산과 정신적 패배를 기대하도록 하지만 죽음을 기대하도록 하지는 않는다.

그러나 『짙은 안개』의 사건을 종결짓는 것은 바로 죽음이다. 그리고 우리는 실제로 죽음을 목격하게 됨으로써 그 죽음이 이 극의 예기치 않은 것이긴 하지만 필연적인 최후의 진술이라는 것을 깨닫게 되는 것이다. 남편에 대한 엘라의 불길한 저주로부터 그 남편의 실제 살인으로의 전개가 빠르게 진행되면서, 극의 마지막 순간에 관객이 느끼는 혼란스러움을 강화시켜준다. 집달원이 도착하고 빅이 법에 따르기를 거부하고 있을 때

"공화국 전투 찬양가"를 부르며 집을 향해 다가오는 사람들의 큰 소리가 들린다.21) 경찰의 폭동 진압차들의 사이렌 소리를 내며 몰려오는 소리도 들린다. 경찰들이 총을 갖고 있다는 캐롤라인의 말이 다가오고 있는 심각한 위험에 대한 우리의 두려움을 배가시킨다. 현관문을 통하여 가구를 밀고 당기는 여러 사람들이 내는 불협화음과 시각적 혼란이 우리를 어지럽게 만든다. 그런 다음 총소리가 울리고, 적막이 흐른 다음, 무대 위의 인물들과 우리는 누군가 총에 맞았다는 것을 알게 된다.

이 무척이나 볼만한 마지막 장면마저도 관객이 다양한 반응을 보이도록 계산된 것이다. 총에 맞은 사람이 빅이며 더구나 그는 등에 총을 맞았다. 이뿐만 아니라 상황을 통제하려고 시도하는 경찰 서장의 거만함이 관객의 분노를 크게 만든다. 레스의 공산주의자 친구 피저가 계속 경찰에 대항하여 싸운다. 그가 경찰이 물러가도록 하는데 성공한다는 사실이 관객의 관심을 빅이 처해 있는 상황으로부터 다른 곳으로 돌리거나, 또는 이 투쟁에서 분연히 궐기하여 싸우는 흑인은 살해당하고 같은 행동을 하는 백인은 살아 남아 있다는 점을 고통스럽게 상기시켜 줄 수도 있다. 우리가 경찰의 퇴각에서 어떤 승리감을 느끼던 간에 그 승리감은 빅이 멀리 서 있는 엘라를 부르는 소리에 의해 사라지게 된다. 관객은 이제 빅의 죽음에 대한 슬픔뿐만 아니라 빅이 아내의 사랑이란 위로를 받지 못하고 죽는다는 사실에 대한 동정심과 절망감도 맛보게 된다. 친족의 죽음이 종종 불러오는 가족 간의 유대 관계에 대한 (가슴 따듯하게 해주는) 재확인과는 대조적으로 빅의 죽음은 메이슨 가족의 해체를 적나라하게 보여줄 뿐이다.

흑인 문제에 대한 답으로 과격한 혁명을 부추기는 것에 대해 워드에게 주의를 준 비평가들은 『짙은 안개』의 마지막 대사를 듣지 않은 자들이다. 경찰이 잠시 퇴각하였지만 한 사람이 죽어 있다. 그의 가족은 이번만은 그 집에 머물러 있을 수 있을 것이다. 그러나 가족은 이제 아버지가 없는 가족, 남편이 죽어 알아보지 못하게 되었을 때가 되어서야 그의 옆으로 다가갈 만큼 감정적으로 파괴된 어머니가 있는 가족이 되었다. 레스가 죽어가고 있는 아버지에게 그들을 도와주러 온 사람들이 백인도 있고 흑인도 있다는 낙관적인 이야기를 해주지만, 빅이 손을 뻗으며 내뱉는 마지막 대사에서 보이지 않는다고 말한다. 너무 늦은 것이다.

결국 워드는『짙은 안개』전체를 통하여 전략을 유지하였다. 이 극을 경험한 어느 관객도 백인 중심의 미국 사회에서 흑인으로 지내는 곤경에 대한 확실한 프로그램이나 손쉬운 해답이 있다고 믿으며 극장을 떠나지 못한다. 워드의 섬세한 전략은 절망을 허용치 않는다. 폭력도 또한 그 반대를 맞이하게 될 것이다. 그러나 절망의 부재가 고통으로부터의 해방을 보장해주지 않는다. 워드는 흑인 관객과 백인 관객 모두에게 복잡성을 인정하고 이전의 생각들을 다시 고려해보도록 만든다. 이 극은 극심한 동요와 혼란스러움을 경험하게 한다. 이 작품은 무활동을 요구하고 있는 것이 아니라 모든 행동에 대한 조심스럽고도 지속적인 회의적 고려와 재고를 요구하고 있는 것이다. 이 극은 어떤 해답도 완전하거나 최종적인 것으로 받아들여져서는 안 된다는 것을 강조하고 있는 것이며, 일시적으로 만족스럽지만 곧 불안정해지는 일련의 반응들 속으로 관객을 이끌고 다님으로써 그러한 강조가 관객에게 실감나도록 만들고 있는 것이다. 내 생각에 이 극이 1930년대와 40년대에 공연되었을 때 이 극의 이념적 자세를 이유로 들어 이 극을 비난한 평론가들은 이 극의 구성보다는 자신들의 덫에 걸린 자들이다.

좀더 최근에 활동하는 미국 예술 비평가 수산 손탁(Susan Sontag)도 비슷한 함정에 빠졌고 할 수 있다. 그녀는 "브로드웨이의 진보주의를 대표하는 고전들"은 "너무 낙관적이다. 그것들은 문제들을 해결할 수 있다고 생각하기" 때문에 이제 받아 들이 수가 없다고 주장하였다.22) 그런 다음 손탁은 제임스 볼드윈의『백인을 위한 블루스』와 다른 여러 흑인극들이 설교, 진보주의를 인종차별로 대치해버린 설교들이라는 점에서 그런 브로드웨이 고전들과 비슷하다고 주장하였다. 그녀는 1950년대와 60년대의 브로드웨이를 새로운 가면 즉 선의 이미지는 흑인이고 악의 이미지는 백인이라는 가면을 얻은 무대로 보았다.

손탁의 평은 흑인 연극에 대한 포괄적인 시각으로, 저서에서 내가 다루고 있는 극들의 대부분을 제외시키는 시각이다. 이 시각은 씨어도어 워드의 『짙은 안개』가 도전하는 시각이기도 하다. 이 극은 문제가 해결될 수 있다는 생각에 대한 부정이 핵심 경험을 이루는 흑인 연극을 위한 전략을 제시하고 있다. 메이슨 가족이 처한 문제들은 적절하게 그리고 논리적으로 조각을 배열하면 만족스러운 일관성이 드러나는 조각 맞추기 놀이의 조각들이 아니다. 관객으로 하여금 해결책을 찾는 일이 주는 좌절감을 맛보도록 유도함으로써 워드는 병폐에 대한 치료 방법을 찾는 것과는 매우 다른 방법으로 행동하여야 할 필요가 있을 수 있다는 가능성을 제기하고 있는 것이다.

『짙은 안개』에는 손탁의 수사학에 등장한 가면과 유사한 것들이 있다. 그러나 그 피부색이 도덕적 함축성을 띠고 있지는 않다. 왜냐하면 각 가면의 안팎에 흑인 얼굴이 있고, 그 어느 것도 작가나 선이나 악을 나타내지 않기 때문이다. 메이슨 가족을 기꺼이 도와주려는 행동에서 볼 때 파이저는 악보다는 선을 드러낸다. 그리고 워드가 그를 동정적인 시각으로 묘사한 것은 관객이 어느 한 인종이나 사상을 전형화하지 않기를 그가 바랬음을 보여준다. 흑인 사회는 짓밟히고 고통으로 가득차 있다. 그러나 이 극의 전략에 있어 근본적인 것은, 『부서진 밴조』에서처럼, 이 극의 등장 인물들 중 단 한사람도 완전히 선하지 않다는 것을 우리가 이해하는 것이다. 모든 흑인 인물들이 동정심과 적대감 둘 다를 일으킨다. 『짙은 안개』는 설교로 가득하다. 그러나 설교하는 사람들은 각각 다른 교회의 제단에서 설교를 한다. 집회 군중 즉 관객이 경험하는 것은 각각의 훈계의 힘에 감동을 받기는 하지만 감정적 비약이나 이성적 비약 모두가 충분치 않다는 것을 발견하게 되는 그런 경험이다. 어떤 설교자도 천국을 전해줄 수는 없다. 만약 『짙은 안개』의 전략이 관객의 행위 변화를 추구하고 있다면 그것은 관객으로 하여금 어떤 교회든지 그곳에 헌금을 하기 전에 망설이도록 만드는 것이다.

만약 워드가 관객의 행위에 영향을 주는데 실패하였다면 그것은 근본적으로 그의 대본상의 약점 때문이 아니다. 『짙은 안개』에서 분명하게 들어 나는 극작술 상의 실수가 특정 순간의 힘을 약화시키기는 하지만 워드의 기본적인 전략을 망가트리지는 않는다. 종종 일어나는 새로운 사건이나 정보의 갑작스런 소개, 가끔 보이는 어색한 대화, 그리고 관객으로 하여금 사건이나 입장을 이해하는데 필요한 휴지 시간의 불충분 등이 이 극이 지니고 있는 부드럽게 다듬어야할 거친 모서리이긴 하지만, 되돌리기 어려울 만큼 빗나간 것은 아니다. 다른 어떤 극작술에 대한 비평보다도 1938년 휴즈가 내린 판단이 『짙은 안개』가 대중적인 무시를 받은 것에 대한 진실을 더 잘 말해준다: "이 극이 사람들의 사랑을 받지 못한다면 그것은 이 극이 위대한 극이 아니어서가 아니라 사람들이 그 극을 맞이할 준비가 되어 있지 않기 때문이다."[23)]

그러나 휴즈의 주장은 그렇다면 『짙은 안개』는 누구를 위해 쓰여진 것인가라는 질문을 하게 만든다. 나의 이 극에 대한 해석의 누적된 결과에 따라 나는 다음과 같이 생각할 수밖에 없다: 흑인의 내적 삶의 진실성에 대한 그의 관심에도 불구하고 워드는 백인 관객이 이 극에 진지한 반응을 하지 못하도록 그의 전략을 사용하지는 않았다. 『짙은 안개』의 많은 부분이 백인 관객에게는 혼란스럽고, 사소하고, 불편한 것일 수도 있다. 그러나 이 극은 백인들의 인종 차별과 타락적인 힘의 남용 때문에 발생하는 흑인들의 다양하고 심각한 고통에 대한 항의로 생각할 수도 있다. 그런 경우 이 극은 백인 관객을 위한 극으로, 그 백인 관객이 비인간적인 행위를 중단하도록 설득하기 위한 극으로도 생각할 수 있다. 그러나 이러한 이해는 일부 관객이 그런 경험을 한다손 치더라도 지나친 단순화이다. 이 장에서 워드의 전략의 틀로 설명된 지속적 변증법이 여러 인물들에 대한 동정심을 일으키기도 하지만 그보다 더 일관성 있게 그 인물들의 입장이나 행동에 의문을 품게 만드는 것이다. 이 의문 그리고 이것에 동반되는 백인 중심의 미국 사회에서 흑인은 어떻게 생존할 수 있는가에 대한 관심이 흑인 관객의 삶에 핵심적인 것이 될 수 있다. 이와 같은 반응은 매우 어렵겠지만 백인 관객도 느낄 수 있는 것일 수 있다.

　『짙은 안개』의 흑인과 백인 관객 모두에게 더욱 어려운 것은 이 극이 미국 흑인들에 대한 백인들의 행위를 공격하는 하는 것과 흑인 사회 내에서의 흑인들의 행위를 공격하는 일, 동일하게 비난받기 쉬운 일을 동시에 하려 하고 있다는 것이다. 랭스턴 휴즈도 『아이티 황제』에서 같은 시도를 하였지만, 휴즈에게는 역사적 거리라는 유리한 점이 있었을 뿐만 아니라 우리의 관심을 점차적으로 흑백의 접촉으로부터 다른 곳으로 돌리는 노력도 하였다. 워드는 정반대 방향으로 움직였다. 우리가 메이슨 가족의 삶에 관여하면 할수록 그 가족의 파괴가 더욱더 외부 세계로부터 온 백인들과의 접촉과 연결된다. 엘라는 백인 중고 가구 판매상과 거래를 할 때 가장 비참한 처지에 놓이게 되고, 완다의 타락은 "나이 든 백인"에 의해 일어나며(그녀가 처녀가 아니라는 것이 이전에 우리에게 알려진다), 빅의 죽음은 무대가 백인들에 의해 장악되는 그 순간에 일어난다. 짙은 안개는 흑인들이 매우 한정된 지점을 넘어 볼 수 있는 능력을 가릴 뿐만 아니라 그들의 사회에 침투해 들어오는 경우 유독한 것이 된다.

　그 안개는 또한 더욱 은밀한 방법으로 간교하다. 이 극의 사실주의적 형태와 등장 인물들이 믿고 따르는 가치가 중산층 의식이 팽배해 있음을 확인시켜준다.24) 극의 마지막 부분에서의 공산주의자들의 등장에도 불구하고, 『짙은 안개』에는 사회 계급간의 갈등도 없고, 메이슨 가족 구성원 각자의 가치와 중산층 관객의 가치 사이에의 갈등도 드러나지 않는다. 하지만 사회 계급을 정하는 두 가지 주요 기준인 금전과 직업에 의거해 볼 때, 메이슨 가족은 극 초반에서의 중산층이라 할 수 있는 위치에서 극 결론 부분의 하층 계급으로 떨어졌다. 또한 전통적으로 사실주의 극의 배경을 이루는 거실이, 거리가 메이슨 가족의 집을 침범하는 마지막 장면을 제외 한 극 전체의 배경이 되고 있다는 점도 시사하는 바가 크다. 워드가 창조해낸 세계는 계급이 없는 또는 화목한 유산 계급 사회에 대한 미국적 꿈속에서 길을 찾으려고 끈질기게 노력하지만, 워드의 진실에의 충실함이 결국 그가 의도한 것보다 더 많은 것을 드러내 보인다. 워드의 다음 극인 『우리 땅』이 먼 역사적 과거로부터 온 섬 사회로 도피하는 것은,『짙은 안개』의 마지막 부분에서 지시되고 있는 것 즉 우리의 관심이 이제 거실 규범으로부터 멀어져 거리의 사람들과 사투리로 향하여야 한다는 것과 다를 것이 거의 없는 시도인 것이다.

결국 "짙은 안개"가 한때 보호해주는 것처럼 보인 스테인드글래스 창문을 통과하여 스며 들었다. 우리는 이 밀려오는 안개를 집달리의 명령에 따라 메이슨 가족의 가구를 들어내는 사람들 속에서 발견한다. 그리고 우리는 이 극의 마지막 소리인 구급차 사이렌 소리에서 짙은 안개를 주의하라고 알리는 경적 소리를 듣게 된다. 최근에 워드는 안개가 뚫고 나갈 수 있는 장벽을 상징한다고 말하였다.25) 그러나 이 극은 그렇게 뚫고 나가려는 노력이 어려울 것이라는 인상을 남긴다. 안개와 관련하여 무서운 것은 안개가 아주 잘 알고 있는 지형에서조차도 길을 찾을 수 없도록 만든다는 것이다. 워드의 극에서의 안개의 하얀색이 흑인 관객에게 특히 위협적이겠지만, 『짙은 안개』는 피부색에 관계없이 모든 관객에게 우리가 부지불식간에 어디에 있는지 모르게 될 수도 있다는 경고를 보내고 있는 것이다.

연기된 꿈이 내는 불만의 소리

로레인 핸즈베리의 『태양 아래 건포도』

　　1965년 39세의 나이로 사망했을 때 로레인 핸즈베리(Lorraine Hansberry)는 전국적으로 상당한 명성을 얻은 최초의 흑인 극작가가 되었을 뿐만 아니라 일반 관객의 주목을 받은 극소수의 미국 여성 극작가들 중의 한 사람이 되었다. 흑인 극작가들 중 랭스턴 휴즈만이 그리고 여성 극작가들 중 릴리언 헬먼(Lillian Hellman)만이 필적할만한 명성을 얻었을 뿐이다. 그리고 앞에서 언급하였듯이 랭스턴 휴즈의 명성은 그의 극보다는 시에 바탕을 둔 것이었다. 로레인 핸즈베리의 명성은 전적으로 그녀의 첫 완성작 『태양 아래 건포도』(*A Raisin in the Sun*)의 대단한 성공에 기인한 것이었다. 1958-59 시즌의 가장 우수한 작품으로 선발되어 뉴욕 비평가협회 상을 수상한 『태양 아래 건포도』는 뉴욕에서 530회 공연되었고, 국내외 무대에서 수없이 공연되었다. 많은 미국인들에게 이 극은 1961년 칸느 영화제에서 특별상을 수상한 이후 여러 번 텔레비전을 통해 방영된 영화 버전을 통해 알려졌다. 1970년대에 이 극은 뮤지컬 버전 『건포도』

로 다시 무대에 올려져 갈채를 받았고, 최고의 뮤지컬로 선발되어 1974년 토니상을 받기도 하였다. 핸즈베리의 두 번째 극인 『시드니 브르슈타인의 창문에 붙은 광고』(*The Sign in Sidney Brustein's Window*)는 1964년 뉴욕에서 공연되었고, 그녀가 남긴 글을 토대로 그녀의 남편 로버트 네미로프(Robert Nemiroff)이 개작, 완성하여 사후 출판된 두 작품 『젊고 재능 있는 흑인으로 살기』(*To Be Young, Gifted, and Black*)과 『하얀 것』(*Les Blancs*)도 있다. 그러나 이 중 어느 작품도 『태양 아래 건포도』에 주어진 대중적 갈채나 비평적 관심을 받지 못하였다.

『태양 아래 건포도』의 성공은 미국 흑인 연극사에 중요할 뿐만 아니라 더 큰 사회적 맥락 속에서도 중요하다. 『태양 아래 건포도』는 인종 통합이란 정치적 전략을 연극적 수단으로 전환시킨 극들 중 가장 널리 알려진 극이다. 이 극의 배역은 단 한 명의 백인을 포함하고 있는데, 이 인물 즉 린드너(Lindner)는 짤막한 두 장면에 등장할 뿐이다. 그럼에도 불구하고 『태양 아래 건포도』는 "흑인과 백인의 접촉"에 관한 실감나는 극이다. 핸즈베리의 전략은 흑인과 백인이 비슷하다는 것을 백인 관객에게 보여주고, 관객으로 하여금 극의 등장 인물들의 개인적인 꿈들이 이루어지기를 바라도록 만드는 것이다. 백인 관객들이 이러한 유사성과 등장 인물들의 소망을 깨달을 수 있다면 자신들이 가지고있는 두려움을 떨쳐 버릴 수 있을 것이다. 그러면 흑인과 백인이 화목하게 공존할 수 있을 것이다. 일반적으로 백인들은 흑인들의 일상 생활을 볼 수 있는 상황에 있지 않기 때문에 이 극이 그런 경험을 제공해 줄 것이다. 흑인 관객들은 흑인 인물들이 삶을 살아가는 모습에 대한 묘사에서 흥미로운 것을 발견하지 못할 수도 있다. 그러나 이 극은 그 인물들과 그들이 살아가는 장소가 중요한 의미를 지닌다는 것을 공적으로 인정하는 아주 드문 경우가 주는 즐거움과 두려움을 흑인 관객에게 제공한다.

핸즈베리가 그러한 전략을 브로드웨이 관객에게 제시한 첫 번째 극작가는 아니었다. 접근 방법에 있어 가장 비슷한 것은 아마도 루이스 피터슨(Louis Peterson)의 『큰 걸음』(*Take a Giant Step*)이었을 것이다. 1953년 공연된 이 극은 사춘기 흑인 소년이 백인 동네에서 성장하는 문제를 그리고 있다. 이 극은 대체적으로 호평을 받았지만 5년 뒤『태양 아래 건포도』에 주어진 것과 같은 주목은 받지 못하였다. 점증하는 인종 분리와 통합에 대한 대중적 관심 같은 두 극의 상대적인 장점이나 전략과는 무관한 요소들이 이 두 극의 공연을 다르게 받아들인 것과 관련이 있다.

　핸즈베리의 전기는 그녀가 자라난 역사적 시기와 그녀의 극에 반영되어 있는 갈등의 세계와 놀라울 정도로 일치한다. 1930년 시카고에서 태어난 핸즈베리는 어렸을 때 그녀의 아버지가 그가 구입한 중산층 백인 거주 지역에 위치한 집에서 그의 가족이 살수 있도록 하기 위해 일리노이주 대법원을 상대로 싸우는 것을 보았다.[1] 핸즈베리의 아버지는 이 대법원에서의 법적 싸움에서 이겼지만, 도리스 에이브럼슨은 핸즈베리가 백인 이웃들이 그녀의 가족에게 공공연하게 드러낸 적대감을 기억한 것으로 인용하였다.[2] 이런 그림에 헤럴드 크루즈가 핸즈베리 가족이 악명 높은 빈민가 부동산업자였다는 아이러니컬한 정보를 덧붙였다. 그러나 크루즈는 너무도 핸즈베리의 작품과 배경의 한계를 보여주는데 전념하고 있어 그가 사실이라고 제시하는 자료를 얼마만큼 신뢰할 수 있는지는 확실치 않다.[3] 로레인 핸즈베리와 그녀의 가족이 시카고의 흑인 빈민간에 부동산을 소유했다는 것은 기록에 남아 있지만, 그녀의 가족이 부동산 업자로서 부패하였거나 착취했는지는 확실치 않다.[4]

　핸즈베리는 시카고를 떠나 2년 간 위스콘신 대학교에 다녔다. 그녀는 시카고에 있는 루즈벨트 대학과 멕시코에 있는 과달라야라 대학교에서도 강의를 들었다. 1950년에 그녀는 뉴욕으로 가 "프리덤"이란 이름의 신문사에서 일했고, 그리니치 빌리지에서 살면서 그 당시 많은 흑백 좌익 경향의 지식인들을 만나게 되었다. 1950년대에 그녀는 몇 개의 대본을 쓰기 시작하였지만『태양 아래 건포도』가 실제로 완성한 첫 작품이었다.5) 로레인 핸즈베리의 어린 시절과 성년 시절의 삶에 대한 사실과 비평적 해석 외에도 이 극작가에 대한 극 형태의 기록이 남아있다. 그녀의 극『젊고 재능 있는 흑인으로 살기』는 핸즈베리 자신이 한 이야기를 토대로 로버트 네미로프가 구성한 것으로 알려져 있다. 이 극은 시카고에서의 핸즈베리 어린 시절, 뉴욕으로의 이동, 언론인으로서 그녀의 문학적 경력 시작에 대해 알려진 것과 일치한다. 그러나 이 극은 사실의 공급원으로서보다 핸즈베리가 궁극적으로『태양 아래 건포도』가 될 작품을 위한 말을 찾기 위해 기울인 노력과 이 극을 무대에 올리기 위해 기울인 노력에 대한 묘사로서 더 중요하다.『젊고 재능 있는 흑인으로 살기』는 뛰어난 극은 아니다. 이 극이 오프브로드웨이에서 거둔 중간 정도의 성공은 아마도 이 극의 극작술보다는 핸즈베리의 죽음에 의해 형성된 감상적인 호소와『태양 아래 건포도』에 대한 언급이 일으키는 향수 같은 외적인 요인들 덕택이었을 것이다.『젊고 재능 있는 흑인으로 살기』의 극작술은 예술성 없는 삽화적 구성에 의해 약화되었다. 그러나 묘비명이든 설교든『젊고 재능 있는 흑인으로 살기』는 지금도 무대에 올려지고 있으며, 미국 문화의 주류 속에 한 흑인 극작가가 남아 있도록 하는데 도움을 줄 것이다.

핸즈베리의 극작술에 대해 칭찬하는 사람이나 흠을 잡는 사람이나 모두 동의하는 것은 미국의 주류가 그녀의 작품과 명성에 적절한 장소라는 것이다.6)『태양 아래 건포도』에 대한 평가는 대단히 다양하지만 이 극이 무엇에 관한 것인가에 대한 분쟁은 있을 수 없다. 이 극은 미국적 꿈을 추구하는 한 가족의 노력과 불만을 극화하고 있다. 이 극의 제목 자체가 주제를 암시하고 있다. "태양 아래 건포도"는 핸즈베리의 극에서 확인할 수 있는 수사학적 질문들을 제시하는 랭스턴 휴즈의 시로부터 빌려온 이미지이다. 랭스턴 휴즈의 시집『연기된 꿈의 몽타주』(*Montage of a Dream Deferred*)에 실려 있는 이 시는 거의『태양 아래 건포도』에서 제

시되는 사건들의 요약이라고 할 수 있을 정도이다:

> 연기된 꿈은 어떻게 되는걸까?
> 말라버릴까
> 태양 아래 건포도처럼?
> 그리고 종기처럼 곪아
> 진물이 흐를까?
> 썩은 고기처럼 고약한 냄새를 풍길까?
> 아니면 딱딱하게 굳어 겉이 설탕이 될까
> 달콤한 시럽처럼?
>
> 어쩌면 축 쳐질 수도 있겠지
> 무거운 짐처럼.
> 아니면 폭발할까?

핸즈베리의 극의 등장 인물들이 인종적 정체성 때문에 극의 사건의 요소들을 명시하는 것처럼 이 휴즈의 시는 흑인들에 대한 시로 해석할 때 특별히 구체적인 의미를 지니게 된다. 그러나 두 작품의 본질적 핵심은 단순히 연기된 꿈이 어떻게 될 것인지를 묘사하는 것이다.

　『태양 아래 건포도』에서 연기된 꿈이 어떻게 되는가는 휴즈가 상상한 그대로이다. 핸즈베리의 극에 등장하는 영거(Younger) 가족은 열심히 일하는 노동자 계급의 시카고 흑인들이다. 극이 시작하기 오래 전에 이 가족의 "여족장"인 60세의 영거 부인(마마)은 남편과 함께 자식들을 위한 미국적 꿈을 이루기 위하여 북부로 왔다. 과로로 숨진 영거 부인의 남편을 제외한 가족 모두가 생존에 성공하지만, 이 극이 시작할 때 이미 풍요와 여가에 대한 꿈은 거의 말라버렸다. 영거 부인의 35세 아들인 월터 리(Walter Lee)는 오랫동안 운전 기사로 일해왔는데, 이제 그 자존심 상하는 일과 자신을 위한 사업을 할 수 없는 자신의 처지를 혐오한다. 그의 아내 루쓰(Ruth)는 가정부로 일하는 것에 지쳤고 그녀가 "무거운 짐처

럼" 지고 사는 소원해져 가는 결혼 생활에 대해 몹시 고민하고 있다. (핸
즈베리는 휴즈의 시 구절을 이용하고 있다. 극의 초반에 우리는 루쓰가
임신했다는 사실을 알게 된다.) 월터 리의 여동생으로 20세의 베네아써
(Beneatha)는 자신만의 강한 지적 "딱딱한 겉"을 발전시킨 의대생이다.
그녀는 지나치게 자신의 계획과 환상에 사로잡혀 가족 속에서 곪고 있는
종기를 알아 차리거나 관심을 보이지 못한다. 루쓰와 월터 리의 아들 트
라비스(Travis)까지도 고통을 받는다. 이 10세 소년의 잠자리는 거실에
있어 자라나는 아이에게 필요한 충분한 잠을 잘 수가 없을 정도이다.

　『태양 아래 건포도』에서 꿈이 한번이 아니라 두 번이나 연기된다. 사
실 극이 시작하면서 이 가족은 다시 한번 꿈을 갖게 되고 그 꿈이 거의
실현될 듯한 상황이다. 영거 부인의 남편이 든 생명 보험으로부터 지급되
는 보험금 만 달러가 영거 부인에게 곧 도착하게 되어 있다. 가족 모두가
그 돈은 마마가 원하는 대로 쓸 수 있는 마마의 돈이라는 점에 동의하면
서도 모두가 특히 월터 리가 이 갑작스럽게 찾아 온 부를 어떻게 쓸 것인
가에 대한 비밀로 하려고 하지만 거의 누구나 다 알고 있는 계획을 가지
고 있다. 한달 동안 영거 가정에서 일어나는 사건들을 목격하면서 우리는
그들의 꿈들이 밝혀지고, 중단되고, 무너지고, 새로 생기는 것을 보게 된
다. 결국 영거 가족은 새 집으로 이사를 하게 되는데, 이 것은 연기되거나
사라진 많은 꿈들을 대가로 치른 결과인 하나의 환상의 충족과 다른 환상
들의 시작이라 할 수 있다.

　도리스 에이브럼슨은 『태양 아래 건포도』와 소설로 출판된 다음 뒤
에 극으로 개작된 리처드 라이트(Richard Wright)의 소설 『동향인』(*Native
Son*)의 사건 구성이 비슷하다는 사실에 주목하였다.7) 에이브럼슨은 이
두 작품 모두에서 중심 남성 인물이 운전 기사로 일하며, "연기된 꿈 때
문에 폭발"한다고 관찰하였다.8) 그와 같은 비슷한 점들이 있지만, 그보다
더 의미 있는 비교는 씨어도어 워드의 『짙은 안개』와 『태양 아래 건포도』

사이에 이루어진다. 이 두 작품은 시카고의 두 흑인 가족의 희망과 좌절을 다루고 있고, 각 가족의 구성원들이 가족 내에서 그리고 사회에서 대체로 비슷한 역할을 하고 있다. 또한 두 극 모두 아프리카 유산, 교육, 주택, 결혼 생활에 대한 문제 제기를 하고 있다. 이와 같은 유사점들이 미국에서의 흑인 이미지, 최소한 극에서의 이미지에 일치되는 점이 있다는 것을 말해준다. 그러나 더욱 호기심을 자극하는 것은『짙은 안개』와『태양 아래 건포도』둘 다 흑인 가족에게 있어서의 미국적 꿈의 가능성을 보여주면서 동시에 그런 꿈이 많은 흑인들에게 주는 커다란 좌절과 정신적 혼란을 보여주고 있다는 것이다. 각 작품에 회의론자들이 있지만 두 흑인 가족의 구성원들은 자신들에게 미국에 살고 있는 다른 사람과 똑같이 안락과 번영의 기회가 주어졌다는 것이 진실인 것처럼 살아오고 있다. 이들은 지금도 선하고 정직한 노동이 안정적 생활이란 열매를 맺을 것이라고 생각하고 있다. 각각의 극에서 관객은 그러한 믿음의 오류를 인식하도록 유도된다.

각 가족이 경험하는 좌절의 일부는 그들이 수용하거나 원하는 가치와 생활 방식이 너무도 중산층적이기 때문에 발생하지만, 금전적, 직업적 한계와 직결되는 인종적 장벽이 이들의 사회 계급상의 상승을 가로막을 뿐만 아니라 이들을 더욱더 하층 계급으로 밀어 넣는 것이다. 이와 같은 사회 계급 의식과 사회 계급에의 실제 참여 사이의 불일치가『짙은 안개』에서 보다『태양 아래 건포도』에서 더 강하게 나타나지만 덜 직접적으로 다루어지고 있다. 두 극 모두 사회 계급적 정체성이나 사회 계급 사이의 갈등 언어를 분명하게 사용하고 있지는 않지만, 관객들은 처음에 유동적인 사회인 것처럼 제시된 것과 궁극적으로 경직된 사회 계급 구조로 제시된 것 사이의 차이에 의해 마음이 불편하게 될 것이다.『짙은 안개』와『태양 아래 건포도』사이의 관계에 있어서 중요한 것은 (두 작품 사이에 흐른 20년 동안) 흑백의 공공연한 분리와 불의가 거의 변하지 않았다는 것, 흑백의 접촉의 성격을 규정하는 사회 구조가 근본적으로 변하지 않았다는 것을 보여준다는 점이다.

그러나 그와 같은 이해에 도달하는 것이 표면상으로 『짙은 안개』나 『태양 아래 건포도』의 주요 의도가 아니다. 사실 『태양 아래 건포도』의 전략은 『짙은 안개』의 전략의 정반대이라고 할 수 있다. 워드가 백인 중심의 사회에서 살아가는 흑인들의 어려움에 대한 해결책이라고 제시되는 그 어떤 프로그램도 결점이 있다는 것을 보여주려고 한 반면에 핸즈베리는 백인 관객으로 하여금 인종 통합을 받아들이도록 설득하기 위해 극을 썼다. 그녀의 의도를 실천에 옮기기 위하여 핸즈베리가 사용하는 전략은 그녀의 극의 독자나 관객 모두에게 예외적이랄 수 있을 만큼 이해하기 쉽다. 극의 첫 말부터 마지막 말까지 핸즈베리는 극에서 사용되는 수법과 극이 제시하는 세계에 대해 관객이 편하게 느끼도록 하고 있다. 한 가지 주요 사건을 제시하고 그 해결을 마지막 순간까지 미룸으로써 관객의 관심을 묶어두는 직선적 사건 구성을 이루고 있는 『태양 아래 건포도』의 사실주의적 배경, 인물, 그리고 대사는 문고판 극 모음집에 실리는 극 또는 브로드웨이에서 공연되는 극의 양식과 비슷해 관객이 편안하게 느낄 수 있다. 『태양 아래 건포도』는 지나친 상징을 제거한 유진 오닐의 극, 우화가 제거된 아써 밀러의 극, 그리고 회상이 제거된 테네시 윌리엄즈의 극처럼 보인다. 관행적인 상자 무대 장치(box set) 속에서 막이 오르는 순간부터 관객은 이 극이 그들의 감성을 공격하거나 관객의 무대와의 관계에 있어 불편한 요구를 하지 않을 것이라는 것을 알고 안심하게 된다.9)

이에 못지 않게 핸즈베리의 전략에 있어 중요한 것이 무대에 등장하는 인물들의 특징들과 그들이 직면하는 문제들이 낯익은 것들이라는 점이다. 물론 백인 관객에게는 그들 앞에 등장하는 인물들이 근본적으로 다르다는 점은 있다. 그들 모두가 (한 인물만 제외하고는) 흑인이다. 그러나 바로 이것이 핵심이다. 그 누구도 무대 위의 사람들이 흑인임을 무시할 수 없고, 백인 관객은 이 사람들이 자신 그리고 자신의 가족과 매우 비슷하다는 것을 인식하도록 유도되는 것이다. 우리가 우리 자신의 가족 속에서 흔히 겪는 사건들이 1막에서 제시되면서 관객은 무대에 등장하는 가족 속으로 끌려들어 간다. 핸즈베리는 우리와 무대 위 인물들 사이의 동일성을 지속적으로 우리에게 각인시켜, 2막에서 이 흑인 가족과 연관되지 않은 백인이 등장 이 흑인 가족의 거실로 들어 올 때, 그 백인은 무대 위의 인물들과 흑인 관객들에게 만큼이나 백인 관객들에게도 침입자로 비쳐진다.

　　하지만 핸즈베리는 유사성만 보여주고 마는 것이 아니다. 무대 위의 흑인 인물들은 그들의 문제나 행동의 평범함을 통하여 감정 이입을 일으킬 뿐만 아니라, 그들 자체가 때로는 칭찬 받을 만하고, 더욱이 재치 있고 재미있는 자들이다. 영거 가족은 백인 관객들의 불안감을 덜어 주고, 흑인 관객들의 자긍심을 재확인 해주면서, 전체 관객에게 즐거움과 흥미를 공급한다. 『태양 아래 건포도』는 극의 밑바탕에 깔려 있는 지속적인 암울함과 종종 일어나는 비극적 해결에 가까운 사건들 때문에 희극 또는 촌극으로 분류하기 어렵지만, 핸즈베리는 기술적으로 그리고 지속적으로 그녀의 의도를 성공적으로 전달하기 위한 일종의 보험으로 유머를 사용하고 있다. 대사가 유발해내는 웃음은 영거 가족에 대해 웃는 웃음이 아니라 영거 가족과 함께 웃는 웃음이다. 이 웃음은 우리가 이들을 좋아하도록 하며, 우리 앞에 있는 그들의 존재가 기분 좋은 것으로 만든다. 백인 관객들이 극장에서 영거 가족을 기분 좋게 받아들인다면, 그들은 그들의 마을과 학교에서도 영거 가족을 받아들일 수도 있다. 이 극의 매 순간이 우리를 즐겁게 해줄 뿐만 아니라 긴장감 속에 놓여 있게 한다. 이 극은 또한 다른 돌들 옆에나 위에 놓는 순간 우리가 살고 있다고 상상할 수 있는 집을 위한 탄탄한 울타리를 만들 수 있는 그런 돌을 우리에게 제공한다.

II

　『태양 아래 건포도』가 막을 올리는 무대의 장치는 사실적으로 세밀하게 꾸며진 거실이다. 가구들이 오래 사용된 것들임을 드러내고 있며. 집은 좁고 따라서 처음에 관객에게 혼란스럽고 답답한 느낌을 준다. 이 거실에는 손자 트라비스가 잠을 자는 침대와 가족이 식사하는 식탁이 있다. 부엌은 거실의 한쪽 구석을 막아 만들은 것에 불과하며, 마마와 베네아써가 사용하는 방과 루쓰와 월터 리가 사용하는 방은 너무 가까이 붙어 있다. 극은 아침 잠의 고요함 속에서 시작한다. 이 고요함이 짜증나게 하는 자명종 시계 소리에 의해 깨지면서 극이 전개된다. 무대 위에 있는 자들이나 무대 밖에 있는 자들이나 모두 이제 깨어날 시간이라는 이야기를 듣게 되는 것이다.

　첫 장면은 관객과 등장 인물들 사이에 공유된 경험이 있다는 생각을 끌어내는데 실패하지 않는다. 젊은 아내며 이 집안의 살림을 맡고 있는 루쓰가 집안을 돌아다니며 가족을 깨우려 한다. 그녀는 분명 이 역할을 매일 아침마다 하고 있다. 우리 모두 이 일을 잘 알고 있고, 나아가 단 몇 초라도 더 자려고 애쓰는 자들의 짜증에도 동정을 하게 된다. 곧 이어 우리는 화장실이 집 밖 복도 건너에 있다는 사실을 알게 되고, 이 사실이 낡은 가구와 함께 영거 가족이 궁핍하다는 인상을 강화해준다. 루쓰의 기상을 알리는 신호는 진지한 것이지만 첫 마디부터 잔소리를 늘어놓는다. 그녀의 잔소리는 자기 연민에서 나오는 것이 아니라서 부드러워지며, 이것이 관객 속에 솔직한 일체감을 조성한다. 계속해서 (알아듣는데 어려움이 없는) 방언을 쓰는 루쓰의 말소리는 무대 장치와 상황이 만들어 낸 사실감을 증대시킨다. 동사와 모음의 생략, 빈번히 일어나는 주어-동사 불일치, "ain't"의 지속적인 사용이 시카고 흑인 빈민가의 방언을 아주 정확히 표현하는 것이 아닐 수도 있지만, 소위 표준 어법으로부터의 이탈한 이 같은 변형들이 이 장소에 대한 특수하면서도 적절한 언어를 형성해 내고 있다:

> 루쓰: Come on now, boy, it's seven thirty… I say hurry up! You ain't the only person in the world got to use a bathroom… (Ruth crosses to the bedroom door at Right and opens it and calls in to her husband.) Walter Lee! … It's after seven thirty! Lemme see you do some waking up in there now! (She waits.) You better get up from there, man! It's after seven thirty, I tell you. (She waits again.) All right, you just go ahead and lay there and next thing you know Travis be finished and Mr. Johnson'll be in there and you'll be fussing and cussing round here like a mad man! And be late too![10] (시카고 흑인 영어를 보여주기 위하여 원문을 그대로 게재함 - 역자 주)

백인 관객들은 처음에 루쓰의 말에 어리둥절할 것이다. 그러나 그 말의 지속적이고 일관성 있는 사용 때문에 처음 가졌던 이 언어에 대한 특별한 의식의 사라진다. 이와 같이 방언의 사용이 핸즈베리의 전략의 일부이다. 백인 관객은 궁극적으로 인물들이 (방언으로) 말하는 것을 이해한다는 것을 인정하게 되는 것, 즉 무대 위에서 사용되는 언어와 관객의 언어 사이의 차이가 극복하기 어려운 장벽을 만들지 않는다면, 그 차이가 극 밖의 세계에서도 적대감을 형성해 낼 이유가 없는 것을 인정할 수 있게 되는 것이다.

　　이 극의 장소가 주는 즉각적인 인상들 모두를 관객이 이리저리 헤아리고 있는 동안 월터 리가 등장해 잠이 덜 깬 상태에서 이 극의 갈등의 핵심 대상을 관객에게 알려 준다. 그는 화장실 사용 가능 여부에 대해 두 마디 물어 본 다음 곧 이어 "수표 오늘 도착하지?"라고 묻는다. 이 질문과 토요일 도착할 것이라고들 하더라 그리고 아침에 제일 먼저 돈에 대해 이야기하지 않기를 하나님께 빈다는 루쓰의 대답이 이 인물들의 걱정과 이 극의 사건들에 대한 중요한 정보를 제공한다. 즉각적인 수표 이야기와 그것이 계속되는 대화의 주제라는 루쓰의 지적이 우리로 하여금 수표의 출처와 그 중요성에 대해 호기심을 갖게 한다. 우리는 수표에 관심을 두는 월터 리를 경계하게 된다. 그리고 돈이란 주제에 대해 진저리를 치는 루쓰도 동정적인 눈으로 바라보게 된다. 우리는 관객으로서 그 돈에 대하여 듣고 싶어하게 된다. 그러나 우리는 두 번째 반응으로 우리 집에서 아침 8시에 돈에 대한 이야기를 하고 싶어하지 않을 것이라는 점을 인정하게 될지도 모른다.

루쓰가 월터 리에게 달걀을 어떻게 해서 먹고 싶으냐고 물을 때 그들 사이의 긴장에 대한 또 하나의 단서가 관객에게 주어진다. 월터 리가 "스크램블드 달걀은 싫어"라고 대답하는데, 루쓰는 스크램블드 달걀 요리를 하기 시작한다. 이것이 관객으로부터 웃음을 자아내면서, 또한 루쓰에 대한 약간의 반감과 월터 리에 대한 동정심을 느끼게도 만든다. 이와 같은 순간들, 즉 우리가 대사나 행동에 대해 웃으면서도 거기에는 분노 또는 진지함이 밑에 흐르고 있다는 것을 깨닫게 되는 순간들이 이 극에서 자주 일어나고 있으며, 관객으로 하여금 걱정과 즐거움을 동시에 맛보는 경험을 창조하는데 있어 핵심이 되고 있다.

다음 대사가 관객을 위해 사건의 시간을 규정해 주면서 영거 가족의 관심을 끄는 뉴스의 종류를 보여준다. 신문을 읽고 있는 월터 리가 "어제 또 폭탄이 터졌군!" 하고 말한다. 이로부터 우리는 이 극이 2차 세계 대전 후를 배경으로 하고있다는 것을 알게 되며, 이 시기가 역사상 사람들이 이와 같은 새로운 형태의 파괴를 막연히 두려워한 시기라는 것을 상기하게 된다. 대사가 계속 되면서 루쓰와 월터 리 사이의 긴장 상태에 대해 좀 더 알려진다. 월터 리의 친구들 때문에 (거실에서 자는) 트라비스가 늦게까지 잠자리에 들지 못하는 것이다. 그러나 루쓰의 잔소리는 월터 리의 예상치 못한 관찰에 의해 중단된다: "당신 오늘 젊어 보이네"(350). 관객이 듣기에 놀라운 이야기인 이 말이 관객의 관심을 월터 리에게 쏠리게 한다. 그의 아내에 대한 부드러운 그리고 성적인 인식이 루쓰의 불평의 희생자인 그에게로 우리의 동정심이 향하도록 한다. 그래서 우리는 루쓰가 이 칭찬을 거부할 때 놀라게 되며, 월터 리가 다음과 같이 가볍게 쏘아 부칠 때 즐거움을 느끼게 된다: "살면서 남자가 제일 먼저 배워야 할 것이 아침 일찍 흑인 여성에게 사랑을 표현하지 말아야 한다는 것이야. 흑인 여자들 모두가 아침 8시에는 악마거든"(350). 이 대사가 핸즈베리의 전략적 장치 중의 하나를 잘 보여 주고 있다. 월터 리는 특별히 흑인 여자들에 대해 언급하고 있지만, 이 말은 또한 백인 여자들에게도 사실 (또는 사실이 아닐) 수 있다. 루쓰와 월터 리에 대해 (그리고 다른 사람들에 대해) 웃으면서 흑인과 백인 관객은 자신들을 발견할 수 있게 되는 것이다. 흑인 관객은 공통의 경험에 대해 직접적으로 "맞아" 또는 "아니야"로 반응할 수 있고, 백인 관객은 그런 주장을 그가 아는 여자에게 적용하기 위해 한 단계만 더 거치면 된다. 이와 같이 아주 작은 자기 인식의 순간들이 연극이 우리에게 줄 수 있는 의미 있고 두드러진 경험에 기여를 하게 되는 것이다.

다음 사건이 가족과의 일체감을 더욱 느끼게 한다. 트라비스가 아침 식사하러 와서 수표에 대해 묻는데, 이것이 우리에게 수표의 도착이 임박했음을 상기시켜준다. 그런 다음 트라비스가 50센트를 달라고 하면서 어머니와 약간의 실랑이를 벌인다. 여기서 모두가 머리를 빗지 않은 아들을 나무라는 루쓰 그리고 화가 난 채로 공손하게 인사하는 어린 아이 등과 같은 낯익은 아침 풍경을 발견하게 될 것이다. 그러나 트라비스가 학교 가기 직전에 모든 가정에서 볼 수 있는 것보다 더 큰 즐거움과 애정이 무대 위에 펼쳐진다. 루쓰가 트라비스가 자신에 대해 생각하고 있는 것을 알고 이야기한다: "엄마가 대로는 너무 화나게 해 어찌할 줄을 모르겠단 말이야 … 무슨 일이 있어도 저 여자에게 작별 인사 안 할거야"(352). 루쓰가 이 말로 아들과 관객의 기분을 바꿔 놓았다. 그녀는 재미있고 부드럽다. 우리는 그녀에 대해 웃으면서 그녀를 좋아하게 된다. 우리는 또한 어머니와 아들 사이에 벌어지는 장난을 발견하게 되면서 이 둘과 친밀감을 느끼게 된다. 더 나아가 비슷한 상황에서 우리가 루쓰 만큼 영리하거나 이해심 있거나 정직하지 못할 것이라는 것을 알기에 루쓰를 칭찬하게 된다. 월터 리가 조금 전에 그랬듯이, 이제 루쓰도 특별하고도 흥미 있는 인물이 된 것이다. 그녀는 이제 어느 가정에서나 발견할 수 있는 보통의 어머니나 아내가 아니라 너무도 개성 있는 인물이 되어 우리로 하여금 방향 감각을 상실케 한다.

이와 같은 정겨운 장면이 감상적인 장면이 될 때까지 우리가 머물러 있지 않도록 하는 것에서 핸즈베리의 적절한 시간에 대한 감각이 탁월함을 볼 수 있다. 트라비스가 다시 단순한 소년으로 되돌아감으로써 분위기를 바꾼다. 어머니가 기분 좋은 틈을 이용하여 트라비스가 다시 돈을 달라고 청한다. 이에 어머니는 다시 거절하지만, 이제 월터 리가 그의 사랑을 차지할 때다. 이 극의 실제로 근심 어린 장면 중 첫 번째 장면인 이 곳에서 월터 리가 아들에게 50센트를 주면서, "학교에 택시를 타고 가든지 다른 것을 하라"고 50센트를 더 준다. 루쓰나 관객 모두 그가 아들에 대한 어머니의 권위에 고의적으로 도전하면서 그녀가 도전해 오도록 하고 있다는 것을 알게 된다. 비록 관객이 루쓰의 싫어함을 느끼지 못하고 월터 리의 행동을 익숙한 것으로 받아들인다 하더라도, 관객은 동시에 월터 리가 한 행동이 그의 아들과 그의 결혼 생활을 위하여 잘못된 것임도 안다.

트라비스가 떠나고, 새 장면 처음부터 월터 리가 마음 속에 있는 주제로 대화를 되돌린다. 앞의 재미있는 대화 때문에 우리의 호기심이 다른 곳으로 돌려 졌을지라도, 우리는 이 문제에 대하여 더 많이 알고 싶어하게 된다. 월터 리가 재빨리 자신의 목적을 밝힌다. 그는 루쓰가 그의 어머니를 설득하여 그녀가 받을 돈을 그에게 주도록 해 그가 다른 두 사람과 함께 주류 상점에 투자할 수 있도록 해주길 원하는 것이다. 루쓰는 약간의 의심을 하며 반응을 보이지만 대체로 무관심하다. 그녀가 월터 리에게 달걀 먹으라고 권하면서, 달걀이 다시 웃음의 근원이 되고 동시에 더욱 심각한 메시지를 담게 된다. 우스우면서도 신랄한 비난의 말 속에 월터 리가 그의 좌절감과 부부 관계의 조건에 대한 그의 견해를 밝힌다: "그래 바로 그거야. 또 시작이야. 남편이 그의 아내에게 나 꿈이 하나 있어라고 말하면 아내는 달걀이나 먹어요라고 하지. 남편이 이 세상을 잡아야 해 자기야라고 하면 아내는 달걀이나 먹고 일하러 가서 하지. 남편이 내 삶을 바꾸고 싶어, 숨막혀 죽을 것 같아라고 하면 그의 아내는 달걀 식어요라고 말하지!"(355). 말의 반복 그리고 고상한 것과 속된 것의 병치가 우리로 하여금 월터 리의 각본에 대한 반응으로 웃도록 만든다. 그러나 우리의 웃음은 여자에 대한 그의 편협한 시각에 대한 불쾌감 그리고 그의 풍자적 말속에 담겨 있는 실제적 고통에 대한 동정심에 의해 제한을 받게 된다. 우리는 그의 말속에 담겨 있는 도움 요청을 알아 채리고 그에 대해 걱정을 하도록 되어 있다. 월터 리가 계속해서 현재 자신에 대한 느낌을 말하자 루쓰가 말을 막으며 달걀이나 먹으라고 말할 때 핸즈베리는 우리가 월터 리에 대한 측은한 마음을 갖지 않을 수 없게 만들고 있다. 루쓰의 방어는 월터 리가 같은 말을 매일 되풀이하고 있어, 그가 백인의 차를 모는 운전 기사보다는 스스로의 사업을 하고 싶어한다는 말이 새삼스러울 것이 하나도 없다는 것이다. 그녀의 방어는 "그래 버킹검 궁전에서 살고 싶다 그거지"라는 그녀의 마지막 빈정댐과 같이 그녀에 대한 우리의 반응을 누그러트려 부드럽게 만든다. 그러나 우리의 동정적인 웃음은 이 번에는 "흑인 여성들"이 무엇이 잘못되었는지에 말하고 있는 것이라고 구체적으로 밝히면서 다시 공격하는 월터 리에 의해 갑자기 중단된다. 그가 주장하고 있는 것은 흑인 여성들이 남편들로 하여금 능력 있다고 느끼게 하지 않는다는 것, 즉 무관심으로 남편들을 거세시키고 있다는 것이다.

이 일련의 대화들의 의도 그리고 그에 대한 우리의 반응이 복잡하다. 아마도 핸즈베리는 이들을 명확하게 생각해보지 않은 것 같다. 월터 리의 말은 관객을 남녀로 그리고 흑백으로 갈라놓을 수 있다. 그의 공격은 노예 제도와 그 후유증 때문에 흑인 남성들이 무력하게 되었고, 흑인 여성들의 전설적인 인내력이 일자리를 쉽게 찾을 수 있었다는 상황과 함께 흑인 남성들의 무력함을 덜어주기보다는 악화시켰다는 널리 알려진 훈계 같은 주장으로 인식될 수 있다. 이와 같은 역사의 이해에 동의하지 않는 사람들은 이 극의 세계로부터 멀어질 수 있으며, 월터 리의 주장에 동의하는 사람들조차도 이 같은 "현실"에 불편한 심기가 될 수 있다. 월터 리의 말이 우리의 관심을 흑인과 백인 사이의 차이점으로 돌릴 수 있다. 그러나 그 못지 않게 가능한 것은 백인 관객이 그러한 월터 리의 말을 흑인이 백인과 동일한 점 또 하나를 주장하는 것으로 받아들일 수도 있다는 것이다. 결국 한 남성이 자신의 고상한 꿈을 그의 속 좁은 아내가 몰라준다고 생각하는 것은 월터 리와 루쓰에게 만큼이나 아치와 에디쓰(Archie and Edith)에게도 흔히 일어나는 일인 것이다. 따라서 적어도 관객 속의 일부 백인들은 자신이 말한 것이 "속 좁은 여자들"이란 말을 사용해가며 악담을 퍼부을 만큼이나 흑인 남성에게만 독특한 문제라는 월터 리의 주장에 항의를 하고 싶은 충동을 느낄 수도 있다. 바로 이것이 백인들에게 그들과 흑인들이 비슷하다는 것을 설득하려는 핸즈베리의 의도와 완전히 일치하는 덫일 수 있다. 이 기법은 나아가 백인들뿐만 아니라 흑인들도 그들이 직면하고 있는 문제들이 인종적으로 독특한 문제들이라고 잘못 생각하고 있다고 지적해 주기 때문에 쉽게 성공할 수 있는 기법이기도 하다.

이곳에서 인종적 정체성보다는 성 역할로 우리의 관심을 돌리려한 핸즈베리의 의도가 다음 장면에 의해 더욱 분명해지고 있다. 월터 리의 20세 여동생 베네아써가 등장하여 빈정대는 말투로 오빠와 심한 말싸움을 벌인다. 우리는 월터 리의 공격과 질문에 대한 베네아써의 대꾸가 재빠르고, 재치 있으며, 때로는 우스워 그녀에게 주목하게 된다. 이 두 사람의 재치 있는 응답이 이들의 어머니 마마가 받을 수표에 대한 가족의 다른 사람들의 제 몫 요구에 대한 월터 리의 걱정을 보여주고 있고, 이것이 암시하는 그의 이기심 때문에 우리는 월터 리에 대해 불쾌한 감정을 갖게 된다. 이제 두 가지 추가적 가능성, 즉 베네아써가 그 돈을 자신의 의대 교육비로 쓸 수 있다는 것과 어머니가 그 돈으로 "집을 사든, 우주선을 사든, 아니면 어디에 못을 박아 걸어 놓고 그저 바라다 볼 수도 있다"는 가능성이 제시되었기 때문에 돈의 운명에 대한 우리의 관심이 증폭된다.

우리가 돈 때문에 일어 날 수 있는 갈등에 대해 생각하고 있는 동안 월터 리의 성차별에 대해 점차 강한 인상을 받게 된다. 여동생에 대한 월터 리의 첫마디는 가부장적이다. "지금 이 시간 넌 끔찍해 보이는 영계야"라는 그의 두 번째 말은 관객으로 하여금 "영계"라는 단어 사용을 통하여 드러나는 그의 여자에 대한 태도에 대해 주의를 기울이게 만든다. 그는 이 같은 태도에서 더욱 노골적인 성차별적인 태도로 나아가 (전에도 이런 말을 했다는 느낌을 주는데) "의사가 되겠다는 계집애들은 많지 않아"라는 말을 내뱉는다. 결국 월터 리는 노골적인 남성 우월주의자로서, 도대체 왜 베네아써가 "다른 여자들처럼" 그저 간호사가 되던지 아니면 "시집가 입다물고 살지" 못하는지를 알고 싶다고 다그치기에 이른다. 급기야 문밖으로 밀려난 월터 리가 일하러 떠나면서 (루쓰와 베네아써를 바라보고) 남기는 말 "이들이 세상에서 가장 퇴보한 족속에 속한 자들이야"가 우리를 웃게 할 수도 있고 짜증나게 할 수도 있지만, 결국 월터 리의 여성관이 편협하다는 것을 확인 시켜주는 것이다.

월터의 남성 우월주의에 대한 노골적인 제시는 핸즈베리가 관객으로 하여금 그의 시각과 태도를 거절하도록 의도한 것임을 말해준다. 그러나 일부 관객들, 특히 1950년대 말로부터 1970년대에 이르기까지의 관객들이 월터 리에 공감해 그에게 성원을 보내지 않았는지는 확실치 않다. 월터 리에 대한 우리의 지지나 비난에 관계없이, 우리로 하여금 등장 인물들을 독특하지만 가까이 할 수 있는, 우리가 문제들을 공유할 수 있는 사람들로 인식하도록 하려는 핸즈베리의 핵심 의도는 성공할 것이다. 성 역할에 대한 "우리의 의식 수준"을 높이려는 그녀의 시도가 효과적으로 처리되지도 않고 확실하게 계획된 것도 아니지만, 이 극 전체를 통하여 하나의 도전으로 계속 등장한다.

이전 트라비스와의 장면에서와 같이 남녀 사이의 대결의 중압감이 월터 리가 집을 떠나려 할 때 해소된다. 아들에게 용돈을 더 준 탓에 월터 리는 돈이 없고 따라서 루쓰에게 돌아와 차비를 달라고 해야만 한다. 월터 리가 돈을 달라고 하자 "50센트 줄까?" 하고 놀리는 그녀의 반응이 웃음을 자아내면서 이 두 인물에 대한 불안감을 누그러뜨린다.

월터 리가 떠나면서, 이제 마마가 등장할 차례이다. 그녀는 그 무엇보다도 우선 어머니이다. 어머니로서의 그녀의 역할이 지나치게 고압적일 때는 우리를 초조하게 만들고, 그 역할이 사랑스러운 것일 때는 우리의 애정을 불러일으킨다. 그녀가 방으로 들어와 딸에게는 옷을 입어라 하고, 며느리에게는 트라비스를 키우는 법에 대해 이야기 해주는 등 물건들과 사람들을 정리하기 시작한다. 루쓰가 트라비스를 키우는 방법에 대해 루쓰와 벌이는 말다툼에서 마마가 전형적인 간섭이 심한 시어머니처럼 행동하고 있음이 확실하게 드러난다. 이와 같은 제시가 우리가 마마에 대해 반감을 갖도록 하며, 루쓰에 대해 동정하도록 만든다. 이와 같은 유형의 효과는 놀랍게도 루쓰가 마마에게 월터 리의 사업 계획에 대한 주장을 전하며 호소하는 장면에서도 계속된다. 이 호소에 대한 마마의 첫 반응은 루쓰가 보인 것보다 더 부정적이다. 그러나 어리석게 보이는 마마의 주장은 논란의 여지가 없다. 그녀는 음주가 잘못된 것이며, 술을 파는 사업은 그저 그녀의 삶의 장부에 나쁜 흔적만 남길 것이라고 생각하고 있다. 우리는 마마가 거절하기 때문에 그녀를 싫어하는 것이 아니다. 그러나 월터리의 꿈에 대해 심사숙고해 보기를 고집스럽게 거절하는 그녀에게 우리는 실망하게 될 수도 있는 것이다. 루쓰가 그녀의 확실하지는 않지만 무엇인가 파괴적인 것이 그녀의 결혼 생활에 일어나고 있다는 말로 그녀의 요청을 설명하고 있기 때문에 마마의 허락에 대한 우리의 희망이 고조된다.

『태양 아래 건포도』의 대부분의 장면에서와 같이, 이곳에서 우울함이 주는 중압감이 오래 계속 되지 않는다. 마마의 거절 이후, 루쓰가 좋지 않아 보인다는 마마의 관찰과 피곤하다는 루쓰의 확인에서 우리가 더욱 불안해져야만 하는 이유가 주어진다. 마마의 백인에 대한 재빠른 언급이 관객을 불안으로부터 구해낸다. 그녀는 루쓰에게 그녀의 고용인에게 전화를 걸어 감기 들었다고 하라고 말한다. 루쓰가 "왜 감기예요"라고 묻자, 마마는 "그들에게 품위있게 들리기 때문이야. 백인들도 걸리는 것이거든. 그들도 감기에 대해 알아. 그렇지 않으면 그들에게 아프다고 하면 그들은 네가 칼에 찔리거나 뭐 그런 줄 알거든"이라고 대답한다(361). 이와 같은 대사에 대해 백인 관객보다도 흑인 관객들이 더 재미있다는 반응을 보일 것이다. 이런 대사가 누구의 감정을 상하게 할 것이라는 것은 상상하기 어렵다. 이 대사는 흑인에 대한 백인의 생각이 터무니없다는 것을 공격하고 있지만, 그것이 용서할 수 없는 또는 교정키 어려운 죄라는 주장은 하지 않고 있다. 백인 관객들은, 어린 아이들의 순수함 때문에 감추어 온 것을 어린 아이가 정확하게 알 고 있음을 보여 줄 때 어른들이 스스로에게 웃게 되는 것과 같은 식으로 백인 관객들은 자신들에 대해 웃을 수밖에 없게 된다. 이 대사는 또한 백인 관객들에게 흑인들을 평등하게 대우할 의무를 상기 시켜준다. 여기에서 마마의 이야기는 일체감을 부정하는 듯하지만 실제로는 더욱 촉구하는 말로 끝을 맺는다. 이 말은 마마의 자부심 가득하면서도 희극적인 자아감에 대한 흐뭇함을 불러온다. 마마가 "늘 무언가 나에게 나는 돈 많은 백인 여자가 아니라고 일러주지"라고 말하는데, 여기서 우리는 그녀가 이 누구나 다 알고 있는 사실을 주장하면서 느끼는 기쁨과 그녀의 정체성에 대해 느끼는 즐거움을 함께 하게 된다.

마마가 그녀에게 주어진 돈을 가지고 "돈 많은 백인 여자처럼" 유람선을 타고 여행하지 않을 것이라면, 도대체 무엇을 할 것인가라는 문제가 다시 제기된다. 이 장면의 나머지 부분에서 우리의 호기심을 자극하면서 이 극의 나머지 부분에서 일어 날 수 있는 여러 가지 가능성들을 준비하는 단서들이 제시된다. 젊은 시절에 그녀만의 집을 갖고자 했던 꿈에 대한 마마의 이야기는 이것이 바로 그녀가 돈을 쓰려고 생각한다는 것을 보여준다. 죽은 남편의 장점들에 대한 그녀의 이야기가 이 시점에서는 남편을 잃은 마마에 대한 동정심을 불러일으키려는 감상주의적 수법인 듯 보기도 하지만, 사실 이것이 이 극의 마지막 장면에서 아주 중요한 문제가 되는 유산과 계승이란 문제를 준비하고 있다. 잃은 아기에 대한 마마의 비탄에 젖은 추억은 임신이라는 문제를 무대로 이끌어 내면서, 일부 관객으로 하여금 이 장면의 끝 부분에서 루쓰가 쓰러질 때 그것이 감기나 과로 등과 같이 흔한 이유로 인한 것일 수도 있지만 그와는 다른 이유로 인한 것일 수도 있다는 추측을 할 수 있게 해준다. 이처럼 다양한 단서들이 이 극의 사건들에 대한 관객의 흥미를 유지하면서 마마가 고생을 너무 많이 한, 따라서 이제 그 짐의 일부나마 덜어주어야 할 훌륭한 그리고 누구나 쉽게 알아 볼 수 있는 여인이라는 생각을 갖도록 한다.

제 일장이 끝나기 전에 핸즈베리의 전략의 가장 분명한 예가 제시된다. 배네아써가 화장실에서 무대 위로 되돌아온다. 그녀는 마마와 말다툼을 벌이는데, 이것이 너무도 어머니와 성인이 다 된 딸 사이에 일어나는 말다툼의 전형적인 예인지라 관객이 "저것 우리 가족 같네"라는 말을 하는 것을 들을 수 있을 정도이다. 베네아써는 우선 주님의 이름을 함부로 불러 어머니를 자극한다. 이 곳에서의 관객의 동정심은 아마도 종교에 대한 태도에 따라 달라 질 것이다. 그 다음 베네아써는 최근 그녀가 하고 있는 취미 생활인 기타 교습에 대해 언급하는데, 이에 대해 마마와 루쓰는 한 취미 생활에서 다른 것으로 마구 옮겨 다닌다고 비난한다. 자신을 진지하게 받아주지 않는 것에 대한 베네아써의 분노는 그녀 나이의 젊은 이들에게 흔히 일어나는 것일 뿐만 아니라 그 표현이 너무도 진부한 것이라 관객은 루쓰나 마마처럼 웃지 않을 수 없다:

> 베네아서: 마구 옮겨 다니는 게 아니에요. 저는 여러 가지 표현 형태들을 실험
> 해 보는 것이라고요—
> 루쓰: 승마 같은 것 말이군.
> 베네아써: 사람은 어떤 식으로든 자신을 표현해야만 해요.
> 마마: 네가 표현하고 싶은 게 뭔데.
> 베네아써: (화가 나서) 저요! (마마와 루쓰가 마주보며 크게 웃는다.) 신경
> 쓰지 마세요—이해하시리라고 기대하지 않아요. (364)

이 대화는 분명히 베네아써의 사춘기 소녀 같은 독선과 "자신을 찾기"위한 터무니없는 방법에 대한 가벼운 일격이다. 이것은 또한 특별히 중산층 백인 젊은이들의 방종한 생활을 겨냥한 풍자이라고 할 수도 있다. 베네아써의 "표현의 형태들"에 수반되는 비용과 그것들이 대학 생활과 연결되어 있다는 사실이 그녀가 이러한 행동 양식들을 백인 친구들로부터 배웠거나 그들을 흉내내고 있다는 것을 보여주고 있다. 그렇기 때문에 마마와 루쓰의 웃음은 자신을 지나치게 심각하게 생각하는 베네아써의 태도뿐만 아니라 그녀의 무의식적인 백인 행위모방에 대한 비웃음으로 볼 수도 있다. 백인 청소년의 행위에 대한 풍자로 해석하는 경우 이 장면은 흑인 관객들로 하여금 백인에 대해 웃을 수 있도록 해주는 곳이며, 백

인 관객들은 베네아써가 스스로를 조롱하고 있다는 것을 갑자기 깨닫게 되는 곳이라고 할 수 있다.

베네아써가 웃을 기분이 아니라는 것을 깨달은 마마와 루쓰가 화제를 베네아써의 최근 남자 친구인 부유한 가정 출신의 청년 조지 머치슨(Geroge Muchison)에게로 돌린다. 이 대화가 관객을 다시 앞에서 제기된 이 극의 관심사 즉 전형화된 성 역할로 되돌아가게 하면서, 관객의 동정이 베네아써로 향하게 한다. 마마와 루쓰는 조지 머치슨이 부유하고, 미남이며, 좋은 집안 출신이라는 이유를 들어 베네아써의 남편감으로 강력 추천한다. 그러나 베네아써는 이러한 요청에 휩쓸리지 않는다. 그녀는 조지하고 감정적인 거리가 있기 때문에 결혼에 대해 생각해보지 않고 있다는 것을 확실하게 밝힌다. 그녀가 조지를 사랑하지도 않고 결혼의 필요성도 못느끼기 때문에 조지처럼 적절한 결혼 상대를 거절한다는 사실이 낭만적으로 그리고 이성적으로 매력적이다. 따라서 관객은 그녀를 칭찬하게 될 뿐만 아니라 여성에게 결혼만이 해결책이 아닐 수도 있다는 가능성에 대해 숙고하게 된다. 이 장면이 계속 되는 동안 무대 위의 사람들이 흑인이라는 사실이 그들이 여성이라는 사실에 비하여 부차적인 문제가 된다. 이 같이 의도적으로 인종적 구분을 흐리고 있다는 사실을 관객이 눈치채지 못하는 경우를 위하여 베네아써가 최종적으로 확실하게 말해 준다:

> 베네아써: 아유 엄마—머치슨 가족은 정말 돈 많은 사람들이죠. 그런데 유일하게 이 세상에서 돈 많은 백인들보다 더 속물인 사람들이 돈 많은 흑인들이라고요. 그걸 모두가 알고 있는 줄 알았네. 머치슨 부인을 만난 적이 있는데 와 볼만하더라고요.
>
> 마마: 잘 산다고 사람을 싫어하면 못써.
>
> 베네아써: 왜요? 가난한 사람들을 싫어하는 거나 다를 게 없어요. 돈 많은 사람들이 가난한 사람들 싫어하잖아요? (265)

베네아써의 말은 그 솔직함 때문에 호소력을 지닌다. 그녀는 흑인들에 대해 아무 것도 숨기려하지 않으며, 흑인들을 백인들보다 더 훌륭한 사람들로 치켜세우지도 않는다. 여기서 의도된 메시지가 분명해진다: 사람들이 부유하거나 가난하다고, 백인이거나 흑인이라고 싫어하는 일은 없어야 한다.

그러나 베네아써가 승리의 기쁨을 누리도록 되어 있지 않다. 그녀는 여전히 가정에서의 행동과 역할에 있어서 어린 아이 같으며, 이것을 어머니가 취약한 주제 즉 주님을 공격함으로써 보여준다. "빌어먹을 주님은 존재하지 않아요—인간만 존재하는 것이에요. 그리고 기적을 만들어내는 것도 인간이라니까요!"라는 베네아써의 주장은 마마의 분노를 폭발케 해 결국 딸의 뺨을 세차게 때리도록 만든다. 이전 장면들의 가벼운 분위기가 사라지며, 관객은 더 이상 재미있어 할 수 없게 되며, 이와 같은 충돌의 강도에 의해 불안해하게 된다. 마마가 베네아써에게 "우리 어머니의 집에는 아직도 주님이 존재하신다"라는 말을 반복하도록 강요할 때 관객은 존경만큼이나 큰 혐오감을 가지고 마마가 이 가족의 최고의 권력자임을 깨닫게 되는 것이다.

이 사건은 너무도 큰 감정이 실려 있어 이에 대한 관객의 반응이 단순하거나 통합된 것일 수가 없다. 관객이 이 두 여성의 믿음에 대해 어떠한 지적인 판단을 하든 간에 관객은 입을 다물고 있을 때를 배우지 못한 베네아써에 대해 참을 수 없게 되며, 따라서 마마가 겪는 고통이 관객의 동정을 받게 된다. 일부 관객들은 마마의 과격하고도 권위적인 행동에 실망할 수도 있지만, 다른 관객들은 아이의 반항을 용납하지 않고 자신의 믿음을 주장하는 마마에게 존경심을 느낄 수도 있다. 여기서 핸즈베리의 의도의 일부는 확실히 마마를 특별한 인물로 만들려는 것이다. 베네아써에 대한 마마의 반응이 마마를 자신의 가치관에의 충실한 인물로 만들며, 관객에게는 무대에 등장하는 사람들의 개성을 확실하게 해준다. 마마의 행동은 이 극 세계에 또 다른 국면을 첨가한다. 관객에게 그녀는 종교에 헌신하는, 자식들에게 주님과 법을 존중할 것을 가르치는, 젊은이들의 냉소주의에 낙담하는 구세대를 보여준다. 나이와 배경이 다른 관객들은 이 장면에서 마마의 행동에 다르게 반응할 것이지만, 그녀는 일부 관객이 베네아써나 루쓰나 월터 리에게서 쉽사리 찾기 어려운 인식의 초점을 제공하는 역할을 한다. 우리가 누구와 감정이입을 경험하느냐에 관계없이 이 장면은 너무도 낯익다는 느낌을 준다. 이 사건은 쓸데없는 신파조적 순간이 아니라 핸즈베리의 전략의 범주와 의도 속에 포함되어 있는 것이다. 관객 속의 그 누가 당당하게 "저 끔찍한 사람들" 하고 말할 수 있겠는가?

이와 같이 불편한 분위기를 조성하면서 첫 장이 끝나게 된다. 루쓰가 베네아써와 마마 사이를 중재하려고 하면서 잠시 긴장이 해소되지만, 이번에는 루쓰 자신이 쓰러져 이 장면의 막이 내리면서 관객에게 새로운 불안감을 안겨주게 된다.

1막의 두 번째 장은 일 장에서 야기된 의심을 확인해주면서, 베네아써의 아프리카 출신 애인을 소개함으로써 잠시 관객의 관심을 영거 가족으로부터 다른 곳으로 돌려놓는다. 이 장은 또한 서서히 월터 리와 루쓰의 생활의 절박함에 대한 단서들을 강화하고 확장해 나가기도 한다. 일주일 뒤 토요일 아침, 집안은 청소하느라 혼란스럽고, 루쓰는 이상하게 외출한 상태이다. 보험금 수표가 도착하는 날이라 집안이 기대감으로 가득 차 있다. 곧이어 관객은 수표 이상의 것을 기대하게 된다. 동업자에게 건 전화 대화를 통하여 월터 리가 계약서가 준비되었음을 밝힌다. 관객은 루쓰가 병원에 갔다는 것을 알게 된다. 베네아써는 그녀가 지성인이라 부르는 아사가이의 방문을 받아들인다. 잠시 후 2장의 모든 사건들이 준비된다. 관객은 이제 무슨 일이 일어날지 초조하게 기다리게 된다.

쉽사리 알아 볼 수 있는 술책과 약간 훈계적인 메시지를 가지고 베네아써는 아사가이란 이름의 정확한 발음과 그가 온 나이지리아의 문화적 유산에 대해 마마에게 알려주면서, "사람들이 아프리카에 대해 아는 것이라고는 타잔이 전부인 듯하니" 아사가이에게 어리석은 질문하지 말라고 마마에게 경고한다. 베네아써의 가르침은 루쓰의 귀가로 중단된다. 루쓰의 행색과 말이 그녀의 가족 또는 관객이 알고 싶은 것보다 더 많은 것을 말해준다. 그녀가 임신한 것이다. 그러나 지금은 새로운 아이를 이 세상에 태어나게 할 때가 아니라는 그녀의 생각 때문에 임신이 그녀를 우울하게 만든 것이다. 앞에서 사실은 루쓰가 의사를 보러 간 것이 아니라는 단서가 주어졌다. 이것이 2장의 반 이상이 진행되어 루쓰 자신이 낙태 시술자에게 상담했다는 사실을 털어놓을 때까지 관객을 불편하게 만든다.

　마마가 울먹이는 루쓰를 무대 밖으로 데리고 나가고, 관객은 어리둥절하고 심란한 상태가 되어 있을 때, 아사가이가 등장해 분위기를 바꾸면서 관객의 관심을 다른 곳으로 돌린다. 베네아써와 아사가이 사이에 벌어지는 장면은 루쓰에 대한 걱정을 쉽게 잊어버리고서 아사가이와의 장난과 그가 주는 선물로 돌아서는 베네아써가 관객을 미운 마음을 갖게 하지만, 재미있으면서 동시에 관객에게 정보를 제공하도록 의도된 것이다. 새 아프리카식 옷을 입고 등장해 아사가이가 그녀의 "절단되고" 곧게 편 머리 그리고 지나칠 정도로 심각하게 자아를 찾겠다는 그녀의 주장을 가볍게 놀릴 때 스스로를 향하여 웃지 못하는 그녀의 청소년 같은 행동에 씁쓸한 웃음을 웃게 된다. 아사가이의 애정이 담긴 의도를 눈치 채고 나서 남자와 여자 사이에 한 가지 이상의 감정이 존재할 수 있다고 베네아써가 주장할 때 관객은 그녀를 다시 한번 존중하게 된다. 계속해서 베네아써는 성 역할에 대한 관념들을 깨뜨리려는 핸즈베리의 의도가 두드러지게 나타나도록 한다:

아사가이: 여자에게는 사랑의 감정이면 충분하지.
베네아써: 그래요―그게 바로 남자들이 쓴 소설들이 말하는 것이죠. 웃어요―

> 하지만 한 남자의 작은 미국 경험 또는—(여성적 격렬함으로) 그 상대가
> 된 여자들 중의 하나가 되는 것에는 관심 없어요. (374)

화를 내는 베네아써의 자의식이 그녀의 주장을 무력하게 만들 정도이지
만, 마마가 집으로 들어오면서 베네아써를 그런 난처함으로부터 구해낸
다. 마마는 예의 바르게 행동하고 나아가 베네아써가 앞에서 알려준 "옳
을 것들"을 말하기 위해 애를 쓴다. 그러나 관객은 마마의 행동을 희극적
인 것으로 바라보도록 되어 있지 않다. 마마는 아프리카에 대해 아는 것
이 별로 없지만 집을 떠나 온 젊은이에게 온정을 베풀 줄 안다. 아사가이
가 가려하자 마마는 곧 다시 식사하러 오라고 초대한다. 존경할만한 사람
이 된다는 것은 지성적 지식을 갖는 것 이상을 의미한다는 것을 베네아써
와 관객 모두에게 보여주는 것이다. 이 같은 의미가 베네아써에게 전달
되지 않는 듯하다. 아사가이가 떠나자 베네아써는 거울 앞에서 춤을 추며
"나일강의 여왕"이 되는 상상을 하고 있다.

  이 모든 일들이 진행되는 동안 모두가 기다렸던 수표가 드디어 도착
한다. 새로운 불안감이 재빨리 자리 잡게 된다. 마마가 루쓰로부터 낙태
시술자를 찾아갔었는지를 추궁하지만, 이것이 흥분한 월터 리의 등장으로
중단된다. 그의 등장 그리고 그 돈이 쓰여질 방법에 대한 주장이 관객에
게는 놀라운 것이 되지 못한다. 돈이 필요하다 그리고 그가 원하는 것도
들어줘야 한다는 월터 리의 간청에도 불구하고 마마는 술 가게를 여는 사
업에 완강하게 반대한다. 루쓰가 임신하였고, 낙태를 생각하고 있다는 사
실을 전해 주자 월터 리는 충격을 받는다. 그러나 이 소식조차도 그의 시
선을 자신의 절망으로부터 돌리지 못한다. 삶은 돈이며, 돈이 가장 중요한
것이다라는 월터 리의 냉소적인 주장에 관객은 동의할 수도 있고 그렇지
않을 수도 있지만, 관객은 분명히 그의 정신적 고통을 동정하게 되며, 꿈
이 상실되면서 그가 느끼는 허무함을 이해하게 된다. 관객은 마마의 입장

을 이해하면서도 그녀가 그에게 돈을 주어 인간의 꿈은 실제로 이루어진다는 것을 믿을 수 있도록 해주기를 바라게 된다.

두 번째 장에서의 핸즈베리의 전략은 첫 번째 장에서와 같다. 월터 리와 마마가 모두 나가면서 관객으로 하여금 그들이 어디로 갔는지 그리고 무슨 일이 일어 났는지를 알아 낼 수 있도록 빨리 2막이 시작되기를 기다리도록 만든다. 2막에서 관객의 불안감이 옳았음이 확인되며, 1막에서 제시된 태도와 식견을 긍정적으로 받아들이며, 앞에서 제시된 불행한 가능성들이 실제로 일어난다. 1막에서처럼 2막에서도 기쁨의 순간과 문제의 순간들이 교차되지만, 월터 리의 격분에 대해 그리고 수표와 관련하여 무엇인가 해결되어야 한다는 것에 대해 알고 있는 관객은 다가오고 있는 파국에 대한 예감을 갖게 된다.

2막은 관객을 즐겁게 해주면서 시선을 사로잡는 장면으로 시작된다. 아프리카식 옷을 입은 배네아써가 등장해 아사가이가 준 아프리카 음악에 맞추어 춤을 추기 시작한다. 그녀가 춤을 추면서 그에 실제로 흠뻑 취해 있을 때 몹시 취한 월터 리가 등장해 그녀와 함께 춤을 춘다. 월터 리는 자신이 아프리카 전사이라고 주장하면서, 상상의 창을 꺼내 들고, 탁자 위로 뛰어 오르는 등 뛰어 다니다가, 그의 "검은 형제들"을 향한 연설을 시작한다. 취중에 벌인 기이한 짓으로서의 월터 리의 행동은 실제로 관객에게 웃음을 선사하지만, 그가 너무나 집요한 탓에 관객이 그의 행동이 진지하게 받아 들여야 할 신비스럽고 이상한 자기 발견이 아닐까하고 의아해 할 정도이다. 만약 핸즈베리가 이 장면을 더 확장했더라면 아마도 흑인 관객은 월터 리가 자신의 정체성 문제로 고민하고 있다는 느낌을 확연히 받았을 것이다. 핸즈베리는 이 장면이 흑인과 백인의 잠재적 차이를 부각시킬 수 있는 미국 흑인들의 독특한 아프리카 유산을 강조함으로써 백인 관객을 소외시킬 위험이 있기 때문에 이 장면을 짤막하게 했을지도 모른다.

이날 저녁 베네아써와 외출 상대인 부유한 조지 머치슨이 도착하면서 관객의 혼란스러움이 진정되고 시각이 바뀐다. 관객은 조지처럼 한 가정의 사적인 행사에 끼여들고 있는 것이기 때문에 본능적으로 관객은 조지의 눈을 통해 이 장면을 다시 한번 보게 된다. 그러나 조지가 월터 리의 우의를 다지는 악수를 (즉 월터 리가 보내는 동포애를 나타내는 행동을) 거절하면서 "검은 형제 좋아하시네"라고 핀잔을 주는 순간 관객의 적대감이 조지를 향하게 되고 동시에 관객과 영거 가족 사이의 결합이 이루어진다. 베네아써에 대한 조지의 오만함이 꺾여야만 하는 것이다. 베네아써의 행동이 철없는 것 또는 상투적인 것으로 생각할 수도 있지만, 조지는 그에 관여할 권리가 없는 외부인인 것이다. 그의 이름의 첫 자가 상징하고 있는 제너럴 자동차(General Motors) 회사가 이 세계에 갑자기 들어오는 것만큼이나 그의 존재도 환영받지 못하는 것이며 적절치 못한 것이다.

따라서 관객은 베네아써나 루쓰가 조지에게 핀잔을 줄 수 없거나 또는 그럴 생각이 없다는 것을 알게 되면서, 이 침입자를 월터 리가 공격하자 기쁨을 느끼게 되는 것이다. 이 장면에서 조지를 등장시키는 핸즈베리의 전략은 월터 리와 다른 흑인 남성을 대조시켜 제시하는 것이다. 핸즈베리는 흑백 관객을 아프리카 유산을 인정하게된 월터 리를 백인 사회의 최악의 모습들을 흉내내는 조지보다 선호하게 만드는 것이다. 월터 리가 조지의 "요정 같아 보이는 하얀 양말"로부터 남자 대학생의 사교 모임의 회원임을 나타내는 핀 그리고 그의 가식적인 언어에 이르는 것들을 비웃는다. 월터 리가 취중에 얻은 깨달음이 자신을 향하면서 그의 기이한 행동과 말속에 담겨 있는 어마어마한 분노를 드러내는 순간까지 관객은 월터 리와 함께 조지에 대한 공격에 도취된다. 다시 한번 핸즈베리는 사소한 장난을 잠재적 위험을 안고 있는 대결로 전환하였다. 관객은 월터 리의 불행의 깊이를 인식하면서 도취로부터 깨어나게 된다.

    외출복으로 잘 차려 입은 베네아써와 조지가 퇴장하면서 월터 리는 루쓰에게 그의 분노를 쏟아 놓는다. 관객은 또 다른 분쟁의 장면을 두려운 마음으로 기다리게 된다. 그러나 이 번에는 루쓰가 그녀의 모든 힘과 사랑을 동원한다. 그녀는 적의가 아니라 부드러움으로 남편에게 다가가 관객을 놀라게 한다. 여기서 월터 리에 대한 이해의 공간을 마련하려는 루쓰의 노력은—"월터. (부드럽게) … 여보, 저에게 싸움 거는 것 그만할 수 없어요?"—그녀가 남편에게 보인 이전의 적대감 그리고 관객이 기대하는 것과 일치하지 않는 것 같다. 이것은 루쓰에 관한 혼란스러운 성격 묘사의 문제가 아니라 진정으로 양면적인 감정을 느끼는 인물 제시의 문제이다. 관객은 이곳에서 말하고 있는 루쓰가 이전에 마마에게 월터 리를 도와줄 것을 부탁한 바로 그 여자라는 것을 기억해야 한다. 루쓰는 결혼 생활, 임신, 집안의 불화 때문에 괴로워하고 있다. 그녀의 근심이 분노와 사랑 둘 다를 통해 표출되고 있다는 것이 그녀를 더욱 신뢰할만한 인물로 만들고 있다. 때문에 관객은 월터 리에게 부드러운 말로 접근하며 데운 우유를 주는 루쓰로부터 신선한 충격을 받게 된다. 관객은 서로에게 이야기하려고 애를 쓰는, 서로의 정을 재확인하려고 애를 쓰는 이들을 희망적으로 바라보게 된다. 마마가 등장하면서 관객의 불안이 되살아난다. 월터 리와 루쓰에게 화해할 수 있는 시간이 주어지지 않은 것이다.

    이제 관객은 마마가 하루 종일 어디를 다녀왔는지 알게 된다. 그녀가 이전에 흘린 단서들이 실제임을 즉 마마가 이 날 오후 집을 사기 위해 돌아 다녔다는 것을 관객이 알게 된다. 루쓰는 기쁨을 감추지 못한다. 그러나 관객이 이 기쁨에 머물 수 있는 것은 잠시 뿐이다. 루쓰의 사실 추궁에 밀려 마마는 그녀가 구입한 집이 백인 거주 지역에 있다는 사실을 밝힌다. 이 소식에 접한 월터 리가 드디어 분노를 폭발시킨다. 마마가 트라비스와 루쓰에게 이 소식을 전하고 있는 동안 듣고만 있는 월터 리의 침묵이 불길하다. "그게 어머니가 오늘 나가 우리를 위해 구입하신 평화와 안정이라는 거군요"라고 말하는 월터 리에게 마마가 가진 돈으로 살 수 있는 최고 좋은 집이었다 그리고 흑인에게 팔겠다고 내 놓은 집은 두 배나 비싸더라는 말로 답한다. 흑인 관객은 백인 관객이 현실을 배우게 되었다는 데에 대해 기뻐할지도 모른다. 핸즈베리의 의도는 백인 관객이 이같은 설명을 듣고 수치스럽게 느끼지는 못할망정 불안하게 느끼도록 하는 것이다. 그렇지만 백인 관객이 그렇게 느끼려면 마마의 말을 진실로 받아 들여야 하기 때문에 그런 느낌을 갖게 될지는 확실하지 않다. 루쓰는 이 추가적으로 밝혀진 사실이 몰고 온 근심을 잠시 무시해 버릴 수 있지만, 월터 리에게는 이것이 최후의 일격이다. 이제 돈이 실제로 사라졌고, 따라서 그의 꿈은 연기되었을 뿐만 아니라 깨져버린 것이다. 관객은 월터 리에 대한 측은한 마음과 마마와 루쓰에 대한 안도감 사이에서 갈등을 느끼게 된다. 이와 같이 관객은 이 가정의 불화 속에 말려들게 되는 것이다. 관객은 많은 사람들이 공유하고 있는 미국적 꿈에 대한 (즉 좋은 집에 대한 욕망) 믿음이 실제로 영거 가족에게 실현되었다는 것을 기쁘게 생각하면서도, 집을 소유함으로써 마마와 루쓰가 느끼려하는 만족감이 그 집이 백인 거주 지역에 위치하고 있다는 것과 월터 리의 좌절감에 의해 위협받고 있다는 사실에 주의를 기울이게 된다.

2막 1장의 마지막 부분에서 관객이 느끼도록 마련된 양면적 감정은 해결되지 않을 것처럼 보인다. 관객은 월터 리가 약간 덜 자기 연민에 사로잡혀 있기를 바랄 수도 있겠지만 어쨌든 파괴된 사람을 바라보아야만 하는 일은 고통스런 일이다. 월터 리가 현재 겪고 있는 고통의 직접적인 원인이 마마의 결정에 있기 때문에 관객은 월터 리에 대한 측은함 감정을 마마에 대한 분노로 전환시키려는 유혹을 받게되지만, 동시에 마마의 그런 행동으로 인하여 루쓰에 대한 걱정은 완화된다. 두 번 째 장은 관객으로 하여금 그와 같이 상반된 동정심들의 일시적인 화해를 경험하도록 한다. 이 장면은 조지에 대한 관객의 혐오를 증폭시키려는 의도로 마련된 베네아써와 조지 사이에 일어나는 작은 사건으로 시작하는데, 조지는 베네아써가 흥미로운 생각을 갖고 있기 때문이 아니라 육체적으로 아름답고 세련되었기 때문에 관심을 갖는 것이라고 말한다. 이러한 조지의 말이 너무도 냉담하고 어리석은 것이라 관객은 그를 단호하게 물리쳐 버리고 독립된 여성으로서의 자신의 입장을 더욱 확고히 하는 베네아써에게 박수를 보내게 된다. 이 장면은 또한 마마의 동정심과 지혜를 보여 줄 수 있는 기회도 마련하고 있다. 마마는 조지를 물리치는 베네아써를 관객이 기대하는 것처럼 비난하지 않고 오히려 조지가 멍청하다는 딸의 말을 받아들이면서 그녀에게 그 사람과 더 이상 시간 낭비하지 말라고 충고한다. 이번에 자신을 이해 해주는 어머니에게 베네아써가 고마움을 표시한다. 마마의 현명함에 대한 칭찬이 관객의 마음으로부터 월터 리의 고통의 원인으로서의 그녀에 대해 가지고 있을 수도 있는 짜증의 일부를 덜어내 준다.

곧이어 마마의 위치가 더욱 상승하게 된다. 월터 리의 고용주가 전화를 해오면서, 월터 리가 절망감에서 삼 일 동안 일하러 가지 않았다는 사실이 드러나게 된다. 그는 일하러 가는 대신에 방황하고, 술 마시고, 블루스 음악을 들으며, 지나가는 흑인들을 바라보았다. 월터 리의 심각한 우울증이 마마로 하여금 그녀가 실수했다는 것을 깨닫게 한다. 그녀는 아들에게 집을 사시 위한 계약금으로 돈의 삼분의 일을 사용하였을 뿐이라는 것을 알린다. 그녀는 3,000달러를 베네아써의 교육비로 사용할 수 있도록 은행에 저축해 놓는다는 조건 하에 그에게 6,500달러를 맡기겠다고 한다. 남아 있는 돈을 갑작스럽게 밝힌다는 것이 약간 부자연스럽지만, 이 계획은 대단히 간단하면서 만족스러운 것이다. 핸즈베리의 전략은 분명히 월터 리에 대한 우리의 관심을 증대시키고 나아가 마마의 결정에서 월터 리를 위한 해결책이 있을 수 있다고 믿도록 만드는 것이다. 그러나 관객은 왜 마마가 처음부터 이와 비슷한 해결책을 찾지 않았을까라는 의구심을 갖게 된다. (그녀가 술 가게를 운영하는 사업을 막으려 했다는 설명은 실제 충분치가 않다.) 월터 리의 확연한 감정 변화가 이 가족 내의 갈등이 드디어 해소되었다는 관객의 믿음을 고조시킨다. 마마의 결정이 전해 진 후 트라비스가 등장해 월터 리를 보면서 월터 리가 취했다고 생각한다. 월터 리는 이를 부정하면서 "(부드럽게, 우리가 이제껏 알아 온 그가 할 수 있는 것보다 더 부드럽게) 아니야. 취하지 않았다. 아빠가 취하는 일은 다시는 없을 거야"라고 말해준다.

만약 월터 리의 꿈이 미국적 꿈의 원형이라기보다는 미국 흑인에게만 독특한 꿈일지도 모른다는 의심을 하였다면, 그런 의심은 그가 그의 아들에게 제시하는 미래상에 의해 제거된다. 월터 리가 그의 아들에게 아빠는 사업상의 거래를 할거야라고 말해준다. 그 거래의 결과는 우아하지만 지나치게 화려하지 않은 자동차, 월터 리가 "제퍼슨"이라고 부를 정원사가 딸린 집, 미국 최고의 대학 중 트라비스가 원하는 대학을 포함하게 될 것이다. 여기서 백인 관객은 이러한 흑인의 꿈을 보고 존중하며 나아가 그것이 백인의 꿈과 동일하다는 것을 인식하도록 되어있다. 월터 리가 지나치게 화려한 차를 원치 않는다. 흑인과 백인 관객 모두가 이 같이 월터 리가 원하는 것은 인간이면 누구나 다 원하는 것, 즉 누구나 아들을 위해서는 어떤 일도 마다하지 않는다는 것이라는 점을 깨닫게 될 것이다. 월터 리의 몫인 3,500 달러로는 그와 같이 눈부신 상상을 충족시킬 수 있을 것 같지 않다는 것은 이 순간 문제가 되지 않는다. 핸즈베리의 전략은 월터 리에게 주어진 마마의 선물이 모든 문제를 해결하였다는 것을 관객이 믿도록 하는 것이기 때문이다.

2막 3장은 새로운 전략적 요소를 도입한다. 3장은 루쓰의 만족과 미래의 꿈을 통하여 길고도 반어적인 하양 곡선을 그릴 준비를 한다. 루쓰가 행복한 마음으로 이사를 하기 위해 짐을 싸고 있다. 그녀는 시누이 베네아써에게 새 집에 걸 커튼을 보여주는가 하면, 전날 밤 오랜만에 남편과 함께 다정하게 손을 잡고 영화 구경간 이야기를 평온하게 해준다. 이 때 월터 리가 들어온다. 소란스럽긴 하지만 그의 기분도 아내의 기쁨에 상응한다. 관객은 그들의 행복에서 즐거움을 느끼지 않을 수 없는 것이다.

그러나 곧 이와 같은 유쾌함 위로 그림자가 드리워진다. 이 극의 유일한 백인 인물의 등장은 유머와 고의적으로 아이러닉하게 만든 병치 속에서 이루어진다. 초인종이 울리기 직전에 월터 리가 베네아써를 흉내내면서, 머지 않은 장래에 그녀가 환자를 내려다보며 "그런데 남부의 인권에 대한 당신의 생각은 어떤가요?"라고 물을 것이라고 말한다. 이들이 웃고 관객도 웃고 있는 동안 베네아써가 문을 열어 주고, 놀랍게도 정장을 차려 입은 중년의 백인이 들어온다. 월터 리는 즉각 당당한 자세로 이 상황을 처리하기 위해 나서고, 그런 모습에 집안의 여자들이 재미있어 한다. 이 백인은 자신이 영거 가족이 이사 올 지역의 "일종의 환영 위원회"의 회장이며 이름이 칼 린드너(Karl Lindner)이라고 소개한다. 린드너가 보이는 말과 행동의 부자연스러움 그리고 의도적으로 애매하게 하는 표현이 관객으로 하여금 처음부터 이 자의 의도를 의심케 한다. 그러나 무대 위의 인물들 가운데 베네아써만이 즉각적으로 이 "친절한" 백인을 경계하기 시작한다. 린드너는 인종 문제를 직접적으로 거론하지 않고, 애매하고 완곡한 말들을 늘어놓고, 여러 가지 수사학적 기법을 사용하면서 무대 위에 있는 그의 관객의 신뢰를 얻으려고 시도한다. 그러나 그가 핵심을 이야기할 시점에 이르러 관객은 그가 환영이 아니라 거부의 메시지를 가지고 왔다는 것을 알게 된다. 린드너는 그의 거주 지역에 흑인이 들어오는 것을 막기 위하여 영거 가족이 산 집을 웃돈을 더한 가격에 되사들이기 위하여 온 것이다. 영거 가족에 대하여 관객이 보아 온 모든 것이 린드너의 주장의 이성적 근간을 무너뜨리기 때문에 핸즈베리가 린드너의 임무를 제시하는 방법이 대단히 반어적 효과를 지닌다. 그의 주장의 핵심은 사람들은 "공통의 배경"을 갖고 있는 사람들끼리 모여 사는 동네에서 살아야 더 행복할 수 있다는 것이고, 그의 관점에서 보면, 흑인과 백인은 분명 공통의 배경을 갖고 있지 않다는 것이다. 핸즈베리는 린드너가 결론을 말하기 직전에 관객으로 하여금 그가 묘사하는 그의 동네가 영거 가족의 행동과 꿈과 놀라울 정도로 비슷한 점을 지니고 있는 곳임을 알 수 있도록 한다: "그곳 사람들 부자도 아니고 사치스런 사람들도 아닙니다. 그저 열심히 일하고, 정직한 사람들로, 조그만 집 한 채 그리고 자식들을 기르고 싶을 만한 그런 동네를 갖고 싶은 꿈이 전부인 사람들입니다"(407). 린드너의 편견이 사람들에게 상처를 줄 수 있으며 영거 가족과 같은 사람들에게 고통과 시련을 안겨 줄 수 있다는 사실만 아니라면 관객은 "배경의 차이"에 대한 린드너의 주장이 스스로 무너지는 것을 보며 웃을 수 있을 것이다.

당연히 월터 리와 베네아써가 분개하고, 린드너를 집에서 몰아 낸다. 개인적으로 린드너의 합리화된 편견에 공감하는 백인 관객이라 할지라도 린드너의 간교한 속임수 때문에 그의 언행에 역겨움을 느끼면서 월터 리의 단호한 거절에 박수를 보낼 것이다. 이 곳에서 흑인 관객은 백인 거주 지역으로 이사간 흑인들의 집에 백인들이 어떤 짓을 했는지를 알고 있기 때문에 영거 가족의 안전을 걱정하게 될지도 모른다. 그러나 핸즈베리의 목적은 흑인 관객에게 두려움을 갖게 하려는 것보다는 백인 관객에게 깨달음을 갖게 하려는 것이다. 백인 관객은 린드너가 비열하다는 것을 알기 위해 그를 볼 필요가 있다. 그러나 흑인 관객은 그런 가능성을 이미 가정하고 있을 수 있다.

이 장면에서 승리의 기쁨이 점차 고조되다가 마마가 돌아 와 그 소식을 듣게 되면서 가라앉는다. 린드너의 제안에 영거 가족이 분노보다는 유머로 대응하기 때문에 관객은 감정적으로 동정하거나 수치스러워 하기보다는 감정이입의 상태에 놓일 수 있게 된다. 월터 리와 루쓰와 베네아써는 반어법과 풍자법과 과장법을 사용하여 인종 분리주의자들의 주장의 불합리성을 지적해낸다. 이들은 또한 공개적으로 그리고 아무렇지도 않다는 식으로 백인들이 가지고 있는 두려움을 말하고 있어 그 두려움이 어리석음처럼 보이게 하고 있다. 백인의 최악의 두려움조차도 농담조로 전달되고 있다:

> 베네아써: 그들은 우리가 뭘 할거라고 생각하는 걸까—잡아먹을 거라고 생각하는 걸까?
> 루쓰: 아니지. 그들과 결혼할거라고 생각하는 거야.
> 마마: (고개를 저으며) 주여. 오 주여.
> 루쓰: 백인들이 그렇다니까요. 농담이에요. (409)

마마가 가족으로부터 원예용 도구와 트라비스로부터 지나치게 많은 장식이 달려 있는 밀짚모자를 선물로 받을 때까지 등장 인물들과 관객 모두에게 이와 같은 유쾌한 분위기가 계속된다. 여기에서도 핸즈베리는 "트라비스야. 우린 할머니를 미니버 부인으로 만들려는 거지 스칼렛 오헤어로 만들려는 게 아니야"라고 외치는 베네아써의 말로써 흑인과 백인의 가치가 일치한다는 사실을 재확인시키고 있다.

관객은 이 극이 이런 분위기에서 끝없이 계속되리라는 생각을 할 정도에 이르는데, 이 같은 가벼운 분위기가 초인종 소리와 함께 깨진다. 지난 번 ̇ 초인종 소리가 무엇을 가져 왔는지를 기억하고 있는 관객은 이 암시에 반응을 보이게 된다. 월터 리의 갑작스런 긴장이 관객의 반응을 강하게 만든다. 그가 긴장하는 이유는 분명하지 않지만 관객의 관심을 그에게 집중시키는 역할을 한다. 관객이 불안감의 대상이 무대에서 펼쳐지고 있는 세계에서는 예견될 수 없는 것이지만 그 불안감은 적절한 것으로 밝혀진다. 방문객은 월터 리의 동업자 보보(Bobo)이다. 그의 겁에 질린 모습이 관객에게 그가 이전보다 더 나쁜 소식을 가지고 왔음을 생생하게 말해준다. 보보는 린드너처럼 단도직입적으로 이야기하지 못한다. 결국 보보는 울음을 터뜨리며 또 다른 동업자인 월리(Willy)가 술 가게를 여는데 사용하기로 되어 있는 돈 전부를 가지고 사라졌다는 사실을 털어놓는다. 뿐만 아니라 마마의 추궁에 월터 리는 그 돈이 그의 몫뿐만 아니라 베네아써의 몫까지도 포함하고 있다는 사실을 인정한다. 술 가게 사업에 대한 월터 리의 집착 때문에 관객이 이미 막연하게나마 의심을 하고 있었던 것처럼 월터 리는 은행으로 가지 않고 곧바로 보보와 윌리에게로 달려 갔던 것이다. 영거 가족의 첫 반응은 완전한 침묵이며, 이 침묵이 관객을 불안하게 만든다. 마마가 아들에게로 돌아서 그의 얼굴을 때리면서 관객은 이 숨막힐 듯한 마비 상태로부터 벗어난다. 그러나 마마가 이제 잃어버린 돈을 마련하기 위해 애쓰다 과로로 죽은 남편에 대한 회상과 함께 내뱉는 탄식이 관객에게 마음 편치 않은 동정심과 분노가 뒤섞인 감정을 경험하게 한다.

영거 가족의 꿈에 대한 이 새로운 거부와 관련된 문제는 그런 거부를 하는 실제적인 적, 즉 관객이 분노를 쏟아 부어 불안과 혐오를 씻어 버릴 수 있는 증오의 대상이 없다는 것이다. 월터 리가 어리석고 남을 속여 왔지만, 바로 그가 가장 직접적으로 피해를 본 사람이기에 관객의 분노는 동정과 뒤섞이게 된다. 린드너가 일종의 적이긴 하지만 그가 이 불행에 책임이 있는 것은 아니다. 동업자 윌리는 추상적이고, 알려지지 않은 인물이기에 관객의 심리 상태를 집중케 하는 대상이 되지 못한다.

관객은 이 모든 것이 어떻게 해결될 것인가에 대한 뚜렷한 감을 잡지 못한 채 그러나 극 전체를 통하여 잘 형성된 기대 즉 극의 마지막에 가서는 돈 문제가 어떤 형태로든 다시 대두될 것이라는 기대를 가지고 3막을 접하게 된다. 물론 돈 문제는 이제 일부 해소가 되었다. 그러나 이전 장들의 결론처럼 2막 3장은 집에 투자된 돈은 어떻게 될 것인가라는 문제를 관객에게 던진다. 핸즈베리는 앞에서 사용한 전략적 기교를 3막에서 반복 사용한다. 핸즈베리는 관객의 관심을 다른 사건으로 돌리면서도 관객으로 하여금 핵심 문제 즉 새로 구입한 집이 어떻게 될까라는 문제에 대하여 계속 궁금한 채로 남아 있게 한다. 여기서 관객의 관심을 다른 곳을 돌리는 사건 즉 특히 남성과의 관계를 통하여 정의되는 "정체성"에 대한 베네아써의 관심이 이 극에서 두 번째로 중요한 문제, 달리 표현해 『태양 아래 건포도』의 두 번째 플롯이 된다. 3막이 시작하면서 등장하는 남성이 아사가이다. 그는 표면상 영거 가족의 이사를 도와주러 왔지만, 이 기회를 이용하여 베네아써에게 청혼하고 나이지리아에 가서 살자고 제안한다. 아사가이는 해결책으로 최소한 베네아써에게 "아프리카로 돌아가자"를 제시하고 있는 것이다. 이 제안은 극에서 더 이상 발전되고 있지 않아, 이것이 관객에게 주는 효과는 관객으로 하여금 그런 가능성도 있다는 것을 알려 주는 정도이다.

월터 리가 돈을 잃어버린 것에 대한 분노 때문에 이제 베네아써는 병든 사람을 치료하는 것조차 헛된 일이라는 생각을 할 정도로 냉소주의 쪽으로 기울어 있다. 관객은 그녀의 직업에 대한 이와 같은 망설임이 여러 유행을 쫓아다닌 그녀의 성격과 일치한다고 볼 수도 있다. 그러나 그녀가 어렸을 때 경험한 사건, 한 어린 아이가 심하게 다쳤으나 병원에서 완전히 치료가 되어 돌아 온 사건에 대한 그녀의 감동적인 묘사가 직업으로 의사가 되겠다는 진지하고도 지속적인 동기를 보여 주고 있다. 이곳에서의 핸즈베리의 전략은 조심스럽게 구사되지 않고 있다. 베네아써의 묘사가 백인과 흑인의 가치관적 차이를 다시 한 번 없애는 역할을 할 수도 있지만, 이것과 의학을 직업으로 택하기를 거부하는 베네아써의 행동이 합해져 전략을 모호하게 하고 있다. 이 장면의 마지막 부분에 아사가이가 청혼한 뒤 베네아써가 자신이 "완전히 뒤죽박죽 되었다"고 시인한다. 아마도 핸즈베리는 관객이 다른 인물들의 양면적인 감정을 불러일으킨 용인과 이해와 동일한 용인과 이해를 가지고, 나아가 베네아써의 젊음을 고려한 추가적 참을성을 가지고 베네아써를 대하기를 유도하려 했던 것 같다.

아사가이와 베네아써 사이에 벌어지는 장면 전체를 통하여 영거 가족이 아직도 이사를 할 의도가 있는지에 대한 확실한 단서가 주어지지 않는다. 아사가이가 떠난 뒤 마마가 체념한 듯이 누가 이사 업체에게 오지 말라고 전화하라고 말한다. 일이 해결될 수 있을 것이라는 관객의 기대가 무너지기 시작한다. 그러나 계획대로 이사하면 아이를 등에 업고라도 하루에 이십 시간 동안 일하겠다는 루쓰의 처절한 외침이 영거 가족의 의지를 잠시나마 새롭게 해준다. 그러나 마마는 그와 같은 가능성을 단호히 거부하면서, 이사하지 않는 것으로 결심했고, 현재 살고 있는 아파트는 수리하면 될 것이라고 말한다. 관객은 루쓰의 호소에 크게 감탄한다. 원하는 것을 이루기 위하여 고된 일을 마다하지 않겠다는 그녀의 태도가 미국 사회의 핵심 윤리를 실천하는 것이기 때문이다. 이사에 대한 그녀의 강렬한 욕망은 또한 영거 가족이 새로 산 집을 얻게 될 것을 바라는 관객의 소원을 강화시킨다. 이사 가는 대신 집을 수리하자는 마마의 나약한 제안은 만족할만한 해결책이 될 수가 없다. 마마의 체념이 대안을 기꺼이 받아드리려는 그녀의 태도에 대한 약간의 감동을 일으키지만, 관객의 실망을 심화시키고, 관객이 꿈이 말라죽은 후의 공허함에 대해 더욱 통렬하게 인식하게 해줄 뿐이다.

　이 같은 암담한 상황 속으로 월터 리가 그 나름대로의 문제 해결책을 갖고 등장한다. 그의 여동생의 냉소적인 태도처럼 그의 냉소적 태도도 경험을 통하여 심해졌다. 전체 가족이 경악을 금치 못하게 그는 린드너에게 전화하여 새로 구입한 집을 되팔기 위한 흥정을 하자고 청하였다. 이로서 영거 가족이 그 집을 차지할 수도 있으리라는 관객의 희망은 사라졌다. 월터 리의 행동을 실용적인 이유를 토대로 옹호하려드는 관객이 있다면, 마마의 소리가 그런 반응을 용납하지 않는다: "나는 노예와 소작농이었던 사람들로 이루어진 집안으로부터 5대 손이다. 그러나 내 집안 어느 누구도 우리가 이 지구에서 살기에 적합하지 않다는 것을 말해주기 위해 돈을 지불하는 것을 용납지 않았지. 그렇게 우리가 가난한 적은 없어 …

우리의 자존심이 그렇게나 땅에 떨어진 적은 없어"(426). 마마의 자존심 그리고 월터 리의 행동의 본질에 대한 그녀의 이해가 관객으로 하여금 그녀에 대한 감탄을, 반대로 월터 리에 대한 혐오감과 측은한 감정을 느끼게 한다. 이미 월터 리는 영거 가족의 꿈의 실현에 대한 관객과 그의 희망을 무너뜨리는 실수를 하였다. 이제 관객은 그 실수의 결과가 마마의 영혼마저도 파괴하였음을 보게 된다. 마마가 암시하고 있듯이 월터 리가 린드너에게 전화한 것은 죽음의 징후이다. 마마의 말은 아들을 비난하지 않는다. 그녀의 말은 관객에게 무엇이 존엄한 것이고 무엇이 아닌 것인지를 말해주는 존엄의 표현이다.

이 같은 마마의 선언은 관객의 시선의 초점이 월터 리에게 놓이도록 하기도 한다. 여기서 핸즈베리는 그녀의 전략을 훌륭하게 구사하고 있다. 극 전체를 통하여 이 작가는 관객이 등장 인물들 각각을 개인으로서 대하고 그들 각각의 꿈과 좌절에 관심을 갖도록 해왔다. 관객에게 "대표적" 흑인 여자가 아닌 세 명의 서로 다른 여자들이 제시되었다. 더욱이 월터 리는 특히 다른 인물들과는 분리되어 홀로 서있는 인물로 제시되어 왔다. 그는 여자들에게 둘러싸인 남자였고, 다른 인물들 보이는 우울함과 기쁨이 그에게 있어서는 최악의 경우 광기에 가까웠고, 최상의 경우 황홀에 가까웠다. 영거 가족의 여자들이 동일한 꿈을 가진 것이 아니었지만, 그들은 더 큰 만족감, 안락과 단순한 즐거움에 대한 소원을 공유하였다. 그러나 그들 중 그 누구도 월터 리의 고통인 자존심 상실의 문제와 싸우고 있지 않았다. 마마의 말이 관객으로 하여금 깨닫게 하는 것이 있다면 바로 월터 리가 존엄성, 그가 린드너에게 전화함으로서 상실해버린 바로 그 존엄성을 찾고자 하였다는 것이다.

이제 월터 리에게 관객이 바라는 것은 그도 마마의 말에 담겨있는 과제를 인식하고 그가 상실한 존엄성을 되찾을 수 있는 자극을 받는 것이다. 그러나 월터 리의 자기 방어는 정반대로 나아간다. 그는 이성을 잃은 듯 무릎을 꿇고서 백인 "아버지" 앞에 있는 노예의 모습을 흉내낸다. 월터 리의 행동은 가슴아픈 자기 비하 행동이다. 만약 베네아써처럼 이에 역겨워하거나 이를 비난하는 관객이 있다면 이런 관객을 더욱 복잡한, 더욱 적절한 반응으로 유도해 가는 인물이 바로 마마이다. 베네아써가 월터 리는 이제 오빠가 아니고 "이 빠진 쥐"에 불과하며, 그렇게 행동하는 사람은 모두 경멸한다는 말을 한 후 마마가 그녀와 관객에게 그 같은 포기가 왜 그리고 어떻게 잘못되었는지를 말해준다:

> 항상 사랑할 수 있는 부분은 남아 있는 것이야. 네가 그걸 배우지 못했다면 아무 것도 배운 게 없는 거지. (그녀를 바라보며) 너 오늘 오빠를 위해 눈물을 흘려봤니? 돈을 잃어버렸기 때문에 너 자신이나 가족을 위해 흘린 눈물을 말하는 게 아니야. 그를 위해, 그가 겪어 온 것들을 위해, 돈을 잃어버린 것이 그에게 한 일을 위해 눈물을 흘려 봤냐는 거야. 애야. 언제 가장 많은 사랑을 베풀어야 한다고 생각하니? 일을 잘하고 모두가 편안하게 되도록 했을 때? 그렇게 생각한다면 넌 아직 덜 배웠구나. 그 때가 결코 아니거든. 가장 많은 사랑을 베풀 때란 사람이 최저에 이르렀을 때, 세상이 너무도 모질게 굴어 자신을 믿지 못할 지경에 이르렀을 때이란다. 사람을 평가하려거든 제대로 평가하거라 애야 제대로 하라고. 그가 지금에 이르기까지 넘어 온 언덕과 계곡을 반드시 고려해야 하는 거다.(427-8)

이와 같은 마마의 말에서 이 극의 메시지를 파악하는 것은 그리 어렵지 않다. 우리가 누구를 평가할 때는, 월터 리뿐만 아니라 무대 위의 모든 인물, 나아가 사회의 그 누구를 평가하더라도, 제대로 평가를 해야 한다는 것이다. 이와 같은 가르침을 무시한다는 것은 마마의 약간 설교조의 훈계를 도외시하는 것뿐만 아니라 극 전체의 경험 자체를 거부하는 것이기도 하다. 우리가 그녀를 존중하기 때문이거나 마마의 말이 낭만적 호소력을 지니고 있기 때문일 뿐만 아니라 또한 핸즈베리의 전략상 우리가 이 극의 세계를 인정하려면 우리의 평가 방법에 대해 재검토하는 일이 필수적인 일로 만들고 있기 때문에 마마의 말은 진실한 것으로 들리게 된다. 이것은 또한 우리가 인물들 사이의 차이 나아가 인물 내부의 양면성까지도 받아들여야 한다는 것을 의미한다. 제대로 평가하는 일의 일부는 스테레오타입화를 피하는 것이다. 예를 들어, 월터 리를 적대적으로 대하는 순간의 루쓰를 평가한다면, 그 평가는 그녀가 사랑의 몸짓을 보일 때 수정되어야만 하는 것이다 (이 극은 그녀를 바가지 긁는 아내로 취급하지 않도록 하고 있다). 마마가 폭군처럼 행동할 때 그녀를 평가하는 경우 그녀가 너그럽고 이해심을 보일 대도 평가해야 하는 것이다. 더욱이 마마가 월터 리가 무릎을 꿇은 것은 그가 근본적으로 약하거나 비겁한 자이기 때문이 아니라는 것을 주지시키고 있다. 그는 너무도 많은 역경을 겪었기 때문에, 세상의 그를 너무도 모질게 대했기 때문에 무릎을 꿇고 있는 것이다. 핸즈베리의 전략이 일관성 있게 영거 가족을 우리와 같은 평범한 사람들로 받아들이도록 하는 것이었기 때문에 우리가 우리 자신에게 기대하지 않는 그런 힘을 월터 리에게 기대하는 것은 옳지 못한 일이다. 이제 관객은 매를 맞고 쓰러지는 월터 리를 비난할 수 없는 것이다. 흑인 관객은 월터 리와 공감할 수 있는 반면에 백인 관객은 그들이 그런 매를 가하는 세상의 일부라는 사실에 대해 수치심을 느낄 것이다. 그러나 흑인 관객이든 백인 관객이든 월터 리의 경험에서 애를 썼지만 실패한 자의 패배를 확인하게 된다.

『태양 아래 건포도』는 마마의 훈계로 끝날 수도 있는 극이다. 그와 같은 끝맺음은 관객에게 한 가지 메시지와 희미한 우울함을 안겨 줄 것이다. 관객은 월터 리를 비난할 충분한 이유를 찾지 못했을 뿐만 아니라 영거 가족이 그를 사랑하고 그의 패배에 깊은 고통을 느껴야할 이유도 찾지 못했다. 그리고 관객은 단지 월터 리가 스스로의 치욕을 연습하는 것만 보았을 뿐이다. 스스로 또는 무대 위의 누군가에 의해 그의 행동을 바꿀 것으로 관객이 기대할 이유는 없지만, 월터 리와 린드너의 만남을 보지 못하는 경우 관객은 극이 완결되었다는 느낌을 갖지 못할 것이다. 그런데도 관객은 린드너가 도착하자 무익하다는 느낌을 갖게 된다. 무대 위의 인물들이 월터 리에게 도움을 주거나 상황을 변하게 할 방법이 없어 보이기 때문이다.

더불어 무대 위의 인물들을 도와주고 싶으나 그들과 동떨어진 세계에 있기 때문에 그렇게 하지 못하는 관객은 "의미 있는" 좌절감을 맛보게 될 것이다. 극작가가 그와 같은 효과를 창조해 냈을 때 그 의도는 관객 자신의 또는 다른 사람의 행동을 변화시키려는 욕망을 관객이 실제 행동하거나 행동할 수 있는 세계로 이동시키는 것이다. 연극은 관객에게 사회의 한계점들을 보여주고 누군가 그런 한계점들을 돌파해 나가려는 욕망을 갖도록 자극하려 한다. 비극에서 주인공은 흔히 그를 둘러싸고 있는 한계를 받아들이지 않거나 무너뜨리려다가 좌절하고 만다. 그러나 그에 대한 우리의 슬픔이 우리 자신의 무력감을 씻어주어 우리가 이 세상에서 새롭게 행동할 수 있도록 해준다. 『태양 아래 건포도』는 관객을 비극의 직전까지 몰고 간다. 그곳에서 관객은 월터 리가 추락하는 나락을 볼 수 있게 된다. 그러나 핸즈베리가 관객이 등장 인물들과 멀어지도록 하고 있지 않기 때문에 관객은 결국 그 난간에서 물러나도록 유도된다. 전통적인 비극은 중심 인물을 타인, 우리보다 훌륭한 자로 보도록 한다. 『태양 아래 건포도』에서 관객은 등장 인물들과 모든 중요한 면에서 비슷한 것으로 보도록 유도되고 있다. 따라서 동정심과 경외감 모두가 완전히 적적한 것이 아니다. 동정심은 자기 연민으로 이어지고, 경외감은 자기 중심적 생각으로 이어지기 때문이다.

『태양 아래 건포도』의 대단원 부분에 이르러, 관객은 극의 다른 모든 것들이 극의 마지막 장면을 위해 만들어진 것이다라는 느낌을 다른 어느 극에서보다 더 강하게 받게 된다. 이 같은 느낌을 받게되는 한 가지 이유는 관객이 이야기 하나를 듣고 있다는 것을 알고, 이야기가 시작과 중간과 끝을 갖추고 있기를 기대하기 때문이다. 관객은 또한 이 이야기가 중요한 의미에서 월터 리의 이야기라는 것, 그리고 그의 이야기가 아직 끝나지 않았다는 것을 깨닫도록 유도되어 왔다. 일단 마지막 사건을 접하게 되면 이 사건에서의 놀라운 반전과 생존에 대한 강한 주장이, 마치 산고 뒤에 태어나는 아기가 그 아기를 낳는데 동반한 고통을 사라지게 하는 것처럼, 이전에 있었던 고난에 대한 기억을 지워버린다.

극의 마지막 부분이 시작되면서 관객의 모든 관심은 월터 리에게로 쏠리게 된다. 월터 리가 이 장면을 준비하였고, 다른 영거 가족들은 관객처럼 목격자가 된다. 환영 위원회에서 온 백인 린드너가 관객처럼 월터 리가 집을 백인 동네에 되팔 것이라는 기대를 하며 영거 가족을 다시 찾아온다. 핸즈베리는 린드너 그리고 보보가 등장하는 이전의 예측하기 어려운 장들에서 관객의 호기심을 조종했듯이, 이제 린드너에 대한 월터 리의 반응을 길게 늘어 제시한다. 린드너가 이전에 한 말의 풍자에 가까우면서도 아주 진실한 태도로 하는 말을 통해 월터 리는 느릿느릿 그의 가족, 그의 여동생의 학업에 대한 긍지, 그리고 더욱 강한 어조로 그의 아버지에 대해 이야기한다. 이것이 월터 리가 연습한 역할이 아니기 때문에 관객은 넋을 잃고 집중하게 된다. 그가 결국 집을 팔지 않을 것으로 기대할 이유가 없지만, 그가 하는 말이 이전에 월터 리에게서 찾아 볼 수 없었던 감정과 자존심을 보여 준다. 따라서 관객은 월터 리의 갑작스런 반전에 대비가 거의 되어 있지 않다. 백인 앞에서 부끄러운 기색 없이 눈물을 흘리던 월터 리가 결국 "나의 아버지—나의 아버지—그가 얻은 것이기 때문에" 백인 동네에 있는 집으로 이사할 것임을 선언한다.

이 같은 말로 월터 리는 부모와 관객에게 진 빚을 갚는다. 그의 부모와 관객이 그에게 쏟아 부은 시간과 신뢰가 이제 보상을 받게 된 것이다. 그는 극이 시작한 이래로 관객에게 희미하게만 보여진 존엄성을 갖추고 행동하고 있다. 계속되는 그의 이야기가 흑인과 백인 관객의 신뢰를 재확

인 해준다: "저희는 문제를 일으키거나 대의명분을 위해 싸우거나 하지 않을 것입니다. 그저 좋은 이웃이 되려고 노력할 것입니다." 이와 같이 핸즈베리는 백인 관객에게 영거 가족이 문제를 일으키지 않을 것임을 재확인 해주고, 흑인 관객에게는 영거 가족이 좋은 이웃이 되도록 노력할 것이지만 어떤 특정 행동을 약속하는 것은 아니다라는 점을 재확인 해준다.

월터 리의 갑작스런 갱생을 기대한 관객은 그런 갱생에 의해 당황하게 된다. 월터 리의 심경 변화의 가능성 있는 동기로 유일하게 관객에게 주어진 것이 린드너가 도착하기 직전 잠깐 등장하는 트라비스이다. 어쩌면 관객은 월터 리가 아들의 모습을 보고 수모를 당하고 꿈을 상실하는 사람이 자신뿐만이 아니라는 것을 깨닫게 된 것으로 추측하도록 되어 있는지도 모른다. 그러나 대본은 관객으로 하여금 그런 결론에 이르도록 안내하고 있지 않다. 오히려 관객에게는 월터 리의 변한 행동에 대한 설명을 찾을 시간이 주어지지 않는다. 린드너가 떠나자마자 루쓰가 "당장 이사갑시다"라고 부르짖는다. 여기서 인물들이 너무나 조급하게 다른 일과 대화로 향하고 있어, 월터 리의 갱생이 의구심을 갖기조차 어려울 만큼 연약하고 다행스러운 것임을 암시하는 것으로 보이게 할 정도이다. 극의 마지막 부분의 분주한 움직임이 지나친 감상을 억제하고 있다. 그러나 그러한 마지막은 관객으로 하여금 이해가 따르지 않는 만족을 느끼도록 요구하는 것이다.

그러한 만족감을 좀더 자세히 보면 그 안에서 핸즈베리의 전략을 발견하게 된다. 관객은 월터 리가 존엄성을 지키며 행동하였기에 기쁘게 느끼고, 영거 가족이 무익한 좌절 속에서가 아니라 그들 앞에 놓여 있는 새로운 세상에 대한 생각 속에서 삶을 이어갈 것이기에 안도하게 된다. 그러나 그들에게 변한 것은 많지 않다. 핸즈베리가 관객으로 하여금 커다란 변화를 요구하거나 기대하도록 하지도 않았다. 『태양 아래 건포도』의 결론은 관객을 낙천적인 재치의 세계로 되돌아가게 하며, 다시 한번 영거

가족과 함께 웃을 수 있는 관객의 능력이 공유된 공통의 세계관을 재확인
해준다.

　　그러나 바로 이 웃음이 많은 관객으로 하여금 영거 가족의 세계가
안고 있는 모순들을 간파하지 못하도록 하고 있다. 극의 초반부에서 웃음
이 관객으로 하여금『태양 아래 건포도』가 단순히 등장 인물들의 꿈을 묘
사하는데 그치는 것이 아니라 "연기된 꿈"의 복합적인 면들을 묘사하고
있다는 증거를 직시하지 못하게 하고 있다. 극의 결론도 관객으로 하여금
그와 같은 유쾌함을 부끄럽게 느끼도록 하지 않고 있다. 영거 가족은 활
기를 되찾았다. 관객은 또 한 가족이 무한히 확장되는 미국 중산층에 정
당하게 합류하였다고 믿으면서 행복한 마음으로 극장을 떠날 수 있게 된
것이다.

　　핸즈베리의 극에 대한 이와 같은 경험이 잘못된 것이 아니다. 그것이
어쩌면 본질적으로 의도된 것일 수도 있다. 그러나 그것이 전부가 아닌
것이다. 영거 가족의 세계에는 혼란이 자리잡고 있다. 이에 대해 해럴드
크루즈가 얼핏 이해는 하였지만 결국 잘못 해석하였다: "영거 가족은 무
대 제시용으로 아주 조심스럽게 다듬어졌다 … 불법 도박꾼도 보이지 않
고, 아래층에 살면서 마마 영거의 예쁜 딸에게 추근대는 건방지고 유들유
들한 놈들도 없고, 마마를 속여 교회에 모든 것을 바치게 하는 협잡꾼 목
사도 등장하지 않고, 타락한 여자들도 나타나지 않는다."11) 이러한 "생략
들"이 일부 관객들에게는 적나라하게 드러나 보일 수도 있다. 이 생략들
은 중산층 관객의 시선을 영거 가족이 들과 유사하다는 사실을 인식하는
것으로부터 분산시키지 않기 위해 내려진 결정으로 이해할 수도 있다. 흑
인 빈민가를 알고 있는 사람들에게 진짜 같다는 느낌을 준다는 것은 중산
층 관객과의 연결의 일부를 포기해야 한다는 것을 의미한다. 영거 가족을
다듬지 않는다는 것은 영거 가족과 같은 사람들을 인식할 수 있게 해주는
관객의 사회적 그리고 미적 안정까지도 헝클어 놓는 것이다.

핸즈베리가 질서를 유지하기 위해 거짓말을 했다는 것이 『태양 아래 건포도』의 세계를 진정으로 이해하는 것을 어렵게 만드는 것이 아니다. 오히려 그녀는 궁극적으로 거짓말을 할 수 없게 되었다. 그녀의 연극은 그녀의 전략이 핵심적으로 의도한 것 이상을 보여주고 있다. 영거 가족이 새 집으로 이사 가는 것은 중산층으로 옮겨가는 것이 아니다. 그들은 그 저 또 하나의 집으로 이사하는 것이다. 그러나 많은 미국인들에게 있어 자기 집을 구입하는 행위는 사회적 신분 상승, 중산층으로의 진출을 상징 한다. 이러한 상징은 적어도 두 가지 이유로 이루어진다. 집을 구입하기 위하여 구입자는 안정적인 소득과 직업을 확인시켜줘야 한다. 그리고 구 입 행위 자체가 선택 행위인 것이다. 『태양 아래 건포도』의 극적 구조가 선택이 가능하기 때문에 존재할 수 있다. 이 때문에 관객은 그들이 중산 층의 세계에 있다고 믿게 되는 것이다. 그러나 영거 가족에게 있어 선택 은 대단히 예외적인 일이다. 그들은 오로지 아버지의 생명 보험금 만 달 러가 도착하였기 때문에 선택을 할 수 있게 되었다. 얄궂게도 그들이 집 을 사는 선택을 할 수 있게 된 것은 그들의 삶의 본질 덕분이 아니라 죽 음 덕분인 것이다.

영거 가족에게 이 같은 이사가 지니는 한계에 대하여 핸즈베리가 거 짓말을 할 수 없었다는 것은 여러 곳에서 명백히 들어 난다. 루쓰는 융자 금을 제대로 갚기 위해서 자신이 더욱 힘들게 일해야 할 것이라는 점을 정확히 알고 있다. 그러나 극의 초반부 여러 장면들이 그녀가 가정부 일 을 하면서 동시에 건강하게 그리고 가족의 화목을 도모하면서 임신할 수 는 없다는 것을 관객에게 상기시켜 주었다. 그렇다면 루쓰가 아기를 갖게 된다면 어떻게 되는 것일까? 그런 경우 마마가 아기를 기르는 일을 떠맡 을 것이라는 가정은, 트라비스 양육에 대한 마마의 간섭 때문에 일어나는 불화가 여실히 보여주고 있듯이, 결국 이 영거 가족에게 또 하나의 내부 적 붕괴를 설정하는 것이나 다름없다. 월터 리의 상황도 마찬가지로 막혀 있다. 그에게 직업을 바꿀 수 있는 선택의 여지, 그가 운전 기사보다 덜 노예 같은 일자리를 찾을 수 있는 가능성이 없을 뿐만 아니라, 자신만의 사업을 하려는 꿈도 깨졌다. 보험금 중에서 그의 몫으로 주어진 것을 사기 당한 것이 술 가게를 시작할 수 있는 가능성을 없애 버렸다. 나아가 개인 사업을 한다는 것은 교활함, 불신, 부패와의 접촉을 피할 수 없게 만드는데, 이런 것들이 사업 자체에 대해 의구심을 갖게 한다.

　베네아써나 트라비스를 보면 영거 가족의 갇힌 상황이 더욱 더 드러난다. 극의 끝에서 베네아써는 결혼해 아프리카에서 의술을 펴겠다는 생각으로 되돌아 갈 수 있겠지만, 관객은 월터 리가 그의 사업을 위한 돈뿐만 아니라 베네아써의 의대 교육을 위한 돈까지 잃었기 때문에 적어도 그러한 생각이 전보다 더 환상적이라는 것이고 생각할 수밖에 없다. 트라비스는 이제 자신의 방을 갖게 될 것이지만, 새로운 소득은 없고 집을 유지하기 위해 더 큰 금전적 부담은 늘어난 상황에서 어떻게 가족은 그에게 (백인들이 사는 교외에서도 50센트만 든다는 가정 하에) 과외 활동을 위한 50 센트를 마련해 줄 수 있을까? 트라비스의 부모들이 그가 식품 가게에서 물품 담은 봉지 날라주는 일을 해 용돈 버는 모습을 좋아하지 않는다면, 그들이 이사가는 백인 거주 지역의 새로운 이웃들은 몇 푼의 돈을 벌겠다고 방과 후 물건을 나르는 흑인 소년을 어떻게 받아들일까? 이사와 관련된 분주함이 가족 구성원 모두에게 두려움과 절망을 잠시 억누르도록 할 수도 있다. 그러나 아프리카 출신의 애인 아사가이에게 이전에 한 베네아써의 말만이 가족이 처하게될 상황에 대한 진실된 묘사이다: "실제적 진보는 없다는 것을 모르겠어요, 아사가이? 그저 우리 각자가 미래라고 착각하는 작은 환상의 사진을 앞세우고 빙글빙글 도는 커다란 동그라미만이 있을 뿐이에요"(419).

　핸즈베리는 하여금 영거 가족이 갖고 있는 열망의 정당성을 받아 들이도록 관객을 설득하는데 성공하였다. 그러나 그녀는 동시에 변화와 안정과 안락을 바라는 이 가족의 꿈의 실현이 (아예 불가능한 것이 아니라면) 매우 어려운 것임을 보여 주었다. 핸즈베리는 흑인에게 주어지는 기회가 백인에게 주어지는 기회와 같아서는 아니 된다고 믿는, 흑인이 백인 거주 지역으로 들어오지 말아야 한다고 믿는 백인 린드너를 등장시킴으로써 "기회 균등"에 대한 미국 중산층의 핵심적인 믿음을 직접적으로 공격하였다. 그러나 이것이 영거 가족의 기회 제한에 관련된 유일한 사건이다. 린드너가 영거 가족에게 열려 있다고 보여질 수도 있는 문을 거칠게 닫아버렸다. 영거 가족을 위한 다른 문들은 여전히 닫혀 있는 채로 남아 있다. 어쩌면 본인의 의도에 반하여, 핸즈베리의 극이 한 걸음 더 나아가 모든 미국인들을 위한 하나의 거대한 중산층이 가능하다는 믿음을 공격했을 수도 있다. 매우 중요한 순간에 그녀의 인물 창조와 극 구성이 흑인과 백인이 공유하고 있는 것으로 제시한 바로 그 가치와 기회의 본질 자체에 이의를 제기하고 이는 것이다.

> 베네아써: (씩씩거리며) 그래—신세계가 뭘 만들어 냈는지 보라구요! … 저기 있잖아요! 흑인 소자본가씨! 바로 저자라구요. 상승하는 사회 계층의 상징! 기업가! 조직의 거물! … 난 오빠에게서 이 세상에서 우둔함이 거둔 최후 승리를 보게 되요! (472)

뒤이어 월터 리가 린드너의 뇌물을 거절하면서 보여준 용기가 관객이 월터 리가 "우둔함이 거둔 최후의 승리"이라는 것을 받아들이는 것을 막는다. 관객이 이 같은 특정 결론으로부터 멀어 지도록 할 수는 있겠지만, 베네아써의 첫 마디는 정확하다는 느낌을 강하게 주게 된다. 『태양 아래 건포도』의 세계는 종종 친근감을 준다. 그러나 흑인의 사회 계급적 정체성에 대한 공격은, 역설적으로 들리겠지만, 일관성 있는 혼란을 보여준다.[12]

   이 같은 인식이 적어도 관객이 온 사회적, 정치적 세계의 작은 변화로 이어질 수 있다. 현재 순수 흑인 연극의 강력한 주창자들인 우디 킹

(Woodie King)과 론 밀너(Ron Milner)가 그들이 편집한 흑인극 모음집에 붙인 서문에서 "『태양 아래 건포도』가 순수 흑인 연극에의 더 큰 참여의 필요성을 확인해주고 있다"고 주장하였다.13) 론 엘더(Lonne Elder Ⅲ), 로버트 훅스(Robert Hooks), 더글러스 터너 워드(Douglas Turner Ward), 오씨 데이비스(Ossie Davis) 같은 유명한 흑인 극예술인들을 포함시킨 것이 일부나마 이 극이 "전환점"이 되는데 기여하였다.14) 이와 같은 평은 이 극을 관객을 위한 경험이라기보다는 하나의 역사적 사건으로 강조하고 있다. 어쩌면 그런 이유로『태양 아래 건포도』가 가장 잘 기억되고 있는 것인지도 모른다. 하지만 이 극이 기억되고 있다는 사실은 관객에게 강한 인상을 줄 수 있는 이 극의 능력과 불가분의 관계에 있다. 그 인상은 한때 그랬던 것처럼 부드러운 것만은 아닐 수도 있다.『태양 아래 건포도』의 성공이 많은 흑인 연극의 공연을 위한 막을 올렸다. 이 극은 또한 일부 관객이 미국 사회에서의 흑인의 삶의 복잡성을 엿볼 수 있도록 막을 치워버렸을 지도 모른다. 그와 같은 복잡성을 그들의 삶에서 알고 지내는 흑인 관객에게조차도 극이 빠트린 것과 일관성 결여와 함께 그런 복잡성이 제시되는 것을 목격하는 행위는 의미 있는 것이 될 수 있는 것이다.

『태양 아래 건포도』의 끝에서 마마가 집을 나서려다 상징적으로 화분을 가지러 되돌아온다. 이 화분은 영거 가족처럼 아직 엉성하지만, 이 화분을 새로운 토양에서 가꾸면 잘 자랄 것이라는 희망이 있다. 핸즈베리는 관객이 이 화분을 영거 가족을 대표하는 것으로 보기를 원했지만, 20년이 지난 지금 그 화분은 또한『태양 아래 건포도』가 흑인 연극의 진화 속에서 차지한 위치를 상징하고 있다.

6

잃어버린 환상, 새로운 비전

이마무 아미리 바라카의『유령선』

　　1960년대 중반에 를로이 존스(LeRoi Jones)로 알려져 있던 사람이 이마무 아미리 바라카(Imamu Amiri Baraka)라는 이름을 택했다. 이 같은 이름 바꾸기 행위는 정치적, 종교적 정체성 상의 변화의 신호였을 뿐만 아니라 순수 흑인 예술 운동(Black Arts Movement)으로 알려지게 된 운동의 선도자로서의 자기 인식의 신호이기도하였다. 새 이름에서 신성함을 의미하는 바라카가 성이고,[1] (때로는 Ameer로 표기하기도 하는) 아미리는 아프리카식 또는 "전통적인" 이름이며, 이마무는 아프리카 스와힐리 언어로 "영적 지도자"를 의미한다.[2] 바라카의 개명과 함께한 것이 그의 정통 회교도 카와이다(Kawaida)로의 귀의 그리고 1934년 그가 태어난 도시인 뉴저지주 뉴와크로의 귀향이었다. 바라카는 그의 고향이 정치적 그리고 문화적 중심지라고 주장하였다. 뉴와크에서 그는 스피리트 하우스(Spirit House)란 이름의 흑인 연극, 시, 음악, 정치를 위한 지역 문화 회관을 건립하였다. 스피리트 하우스는 스피리트 하우스 아프리카 자유학교(Spirit House African Free School)의 모체이기도 하였다.

바라카가 스스로 "영적 지도자"란 칭호를 붙인 것이 거만하고 주제 넘어 보일 수도 있다. 그러나 그의 동료들이나 대중에 의해 제시된 많은 증거와 진술들이 이 칭호가 적절하다는 것을 보여주고 있다. 1950년대 후반과 1960년대 초기에 그는 이미 비트(Beat) 시인, 편집인, 선생으로서 명성을 쌓아 가고 있었다. 1953년에 하워드 대학교를 졸업하고, 1954년부터 1957년까지 미공군에서 복무를 마친 후 뉴욕으로 간 그는 이 도시의 그리니치 빌러지에서 거주하면서 글을 쓰고, 가르치면서, 컬럼비아 대학교에서 문학 석사 학위를 받았다. 그는 또한 뉴욕에서 『유겐』(*Yugen*)이란 전위 예술 잡지의 편집을 맡기도 하였다.3) 이 시기에 그는 여러 잡지에 출판된 시를 통하여 전국적인 주목을 받기 시작하였다.4) 또한 그는 그를 주목할만한 극작가로서 그리고 순수 흑인 예술 운동의 "가장 중요한 원동력이며 주요 설계자"로서의 위치를 확립해준 극을 쓰기 시작하였다.5)

1964년 3월 세 편의 바라카의 극, 『여덟 번째 도랑』(*The Eighth Ditch*), 『세례』(*The Baptism*)와 『유령선』(*Dutchman*)이 뉴욕에서 공연되었다. 이 세 편의 극 중에서 『유령선』이 가장 성공적이었다. 이 극은 1964년 5월 빌러지 보이스(*Village Voice*)지에 의해 1963-64 시즌 어프브로드웨이에서 공연된 최고의 작품으로 선정되어 오비상을 받았을 뿐만 아니라 에드워드 올비(Edward Albee)로부터 500달러의 상금도 받았다. 『유령선』이 시내에서 찬사(그리고 비난)를 받고 있을 때 바라카는 할렘에서 흑인 예술 레퍼토리 연극 학교(Black Arts Repertoire Theater School) 설립에 몰두하고 있었다. 바라카는 다른 흑인 예술가들과 함께 흑인 사회를 위한 흑인 연극, 시와 음악을 창조하고 공연할 수 있는 센터를 짓기 위해 노력하였다.6) 이 사업은 내분과 극단의 정치적 입장 때문에 야기된 정부 보조의 중단으로 인하여 그리 오래 계속되지 못하였다.7) 그러나 이 사업은 전국에 걸쳐 수많은 지역 연극단이 설립되는 계기를 마련하였고, 이 극단들 중에 많은 극단이 활발히 활동하고 있으며 또 다른 극단들의 설립의 계기를 마련해주고 있다.8) 바바라카 자신이 세운 뉴와크의 스피리트 하우스도 이 같은 할렘 사업의 결과 중의 하나이었다.

1964년 이래로 극작가로서의 바라카의 작품은 그의 정치적 활동과 쉽게 분리될 수 없게 되었다. 나아가 그의 작품 활동이나 정치적 활동 그 어느 것도 새롭고 성장 가능한 흑인 연극을 형성하려는 그의 노력으로부터 분리 될 수 없게 되었다. 바라카에게 흑인 연극은 미국 흑인 사회 속에서의 삶을 정확하게 전달하면서 동시에 그 사회에게 백인 중심의 사회 속에서 정체성과 잠재력을 얻기 위한 투쟁의 방법을 가르치는 그런 종류의 연극을 의미하였다. 그가 의미하는 흑인 연극은 또한 활동의 중심 센터가 될 그리고 흑인 연극과 다른 흑인 예술을 위한 무대가 될 흑인 지역 연극단 설립을 의미하기도 하였다. 뉴욕 타임즈 지에 의해 청탁되었다가 거절 당한 글에서 바라카는 새로운 흑인 연극의 본질과 목적에 대한 생각을 밝혔다.9) 결국 1965년에 블랙 다이얼로그(*Black Dialogue*)지와 리버레이터(*The Liberator*)지에 실린 이 글은 "혁명 연극"(Revolutionary Theater)의 창조를 주장하였다:

> 혁명 연극은 변화를 강요해야 하며, 변화이어야 한다. (그들 모두의 얼굴이 빛을 향하고, 그 얼굴에 깜둥이 마술을 부리고, 추악한 것을 보았으면 씻어 주고, 그리하여 아름다운 자들이 자신을 보면 자신을 사랑하게 될 것이다.) 우리는 다시 선을 가르치는 것이며, 그것도 지금을 의미하는 선 … 혁명 연극은 폭로해야만 한다. 이 인간들의 내면을 들춰내 보여주어라. 그들의 머리통 안을 들여다보아라. 백인들은 이 연극이 그들을 미워하기 때문에 이 연극 앞에서 두려움에 떨 것이다. 그들은 미워하도록 훈련받았기 때문에. 혁명 연극은 백인들이 미워하는 행위를 미워해야만 한다. 그들이 기술을 가지고 감히 영혼의 우위를 부정하는 것을. 그것 때문에 그들은 죽게 될 것이다.10)

이 같은 바라카의 주장이 흑인 연극을 위한 이념적 노선을 제시하지 않고 있다. 그의 주장은 "이것이 흑인 연극이 지녀야만 하는 메시지다"라고 말하지 않고 있다.11) 그보다 바라카의 주장은 무엇을 흑인 연극이 해야만 하는가 그리고 할 것인가를 말하고 있다. 흑인 연극의 의미는 요약해 제시할 수 있는 교훈이 아니라 그 행동에 있게 된다. 흑인 연극은 교훈적인 것이 아니라 실제로 보여주는 것이다. 그것은 선언의 연극이 아니라 행동의 연극인 것이다. 정치적으로 흑인 연극은 모든 혁명가들처럼 "변화를 강요하기" 때문에 혁명적이다. 연극적 측면에서도 바라카의 관점에서 볼 때 흑인 연극은 또한 침체와 휴식을 권하는 브로드웨이 연극과 반대 방향으로 나아가기 때문에 혁명적이다.

어떤 종류의 대본이 혁명 연극에 대한 바라카의 요구를 충족시킬 수 있을까? 실제로 바라카를 포함한 다수의 흑인 극작가들이 이와 같은 요구에 답을 하기 위해 노력하였다. 그러나 이 연극의 겉으로 드러난 정치적 관심에도 불구하고 그 어떤 규범적인 반응도 생겨나지 않았다. 바라카 혼자서만 적어도 20편의 극을 썼다. (그 중의 대부분은 1965년 이후 쓰여졌다.) 그의 극과 다른 많은 그와 동시대 작가들의 극에 나타나는 한가지 공통점은 특별히 흑인적인 세계에서의 존재 방식을 강조하고 있다는 것이며, 이러한 강조는 흑인 관객에게 영향을 주도록 의도된 것이라는 점이다. 바라카 자신의 극 역시 지속적으로 백인 중심적인 미국의 계급 구조와 가치를 공격하면서 흑인들에게 미국 중산층으로의 유혹이 지니고 있는 위험에 대해 경고하고 있다.

바라카의 극 중에서 흑인 혁명 연극의 대표적 예 중의 하나가 『삶의 큰 미덕: 깜둥이 쇼』(*Great Goodness of Life: A Coon Show*)이다. 네 명의 흑인 극작가가 쓴 네 편의 극으로 구성된 『흑인 사중주』(*A Black Quartet*)의 한 부분으로 1969년 뉴욕에서 처음 공연된 『삶의 큰 미덕』은 인물과 사건의 황량하고 상징적인 제시를 통하여 악몽의 짓누르는 듯한 힘을 형성해 내고 있으며, 어찌 보면 괴상하고 불합리한 상황에 대한 반응 속에서 공포감을 일으키고 있다는 점에서 악몽의 효과를 지니고 있다고 할 수 있다. 『삶의 큰 미덕』의 중심 인물인 코트 로열(Court Royal)은 전통적으로 흑인 남자에게 안정과 동시에 함정을 제공해준 방이라 할 수 있는 우체국에서 평생 일해 온 중년의 흑인 남성이다. 백인 판사의 목소리와 이름은 없지만 분명히 권력의 중심부에서 나온 이미지들이 갑자기 나타나 코트 로열이 "수배중인 살인범을 숨겨 주고 있다"고 고발한다.12) 유죄를 인정하라는 변호사의 다그침에도 불구하고 코트는 무죄를 주장한다. 그러나 꿈같은 음향과 그림들의 공격에 의해 결국 막연한 죄의식을 갖게된 코트는 자백하고 만다. 일종의 최면 상태에서 자백한 코트는 판사의 명령에 따라 자신의 아들로 밝혀지는 살인범을 죽여버린다. 극의 끝 부분에서 코트의 영혼과 행동은 "눈처럼 하얗게" 되었다.

『삶의 큰 미덕』은 백인을 위해 백인의 명령에 따라 공연을 함으로써 자신의 품위를 떨어뜨리는 흑인을 보여주고 있다. 그 과제는 백인을 즐겁게 해주는 것이 아니라 백인 중산층의 행동 양식을 받아들임으로써 자신의 품위를 떨어뜨리고 스스로를 파괴하는 방법들에 대해 흑인의 자각을 일깨우는 것이다. 참으로 고통스러운 것은 그러한 방법들이 자기 파괴 행위일 뿐만 아니라 젊은 세대를 죽이는 행위로도 간주되고 있다는 것이다. 이 극은 흑인들의 잘못된 무죄 의식과 만족감을 뒤흔들어 그들로 하여금 코트 같은 사람들을 최면 상태로 몰고 가는 백인 중산층 가치관에 이의를 제기하도록 만드는 것이다. 백인 관객은 이 극을 보면서 비참해진 자들에 대한 죄의식이나 동정심을 느끼거나 또는 이 극의 고도의 연극성에 대한 찬사를 보낼 수도 있다. (10년 후 실제 일어난 피터 레일리 사건 때문에 백인 관객에게 코트 로열의 조작된 자백이 그리 낯설지만은 않은 것이 되긴 하였지만) 이 극에는 백인으로서의 백인 관객을 목표로 의도된 직접적인 자극은 없다.

『삶의 큰 미덕』은 바라카의 초기 작품으로 가장 잘 알려진 작품 『유령선』에서 이미 확실히 드러나는 전략 요소들 중의 하나를 응결시켜 보여 주고 있다. 『삶의 큰 미덕』의 대본은 바라카가 1965년 발표한 글에서 제시한 흑인 연극의 개념들과 『유령선』에서 사용된 까다로운 전략의 하나를 확실하게 보여준다. 『유령선』은 완전히 혁명극으로 구상된 극이 아니었지만, 관객이 이 극에 익숙해지는 경우 이 극의 전략의 요소들은 혁명적인 효과를 가져올 수 있다. 『삶의 큰 미덕』은 관객을 조정하려는 목적을 가지고 있지만, 혁명적인 어조는 특히 흑인 관객의 귀를 목표로 한 것이다.

대부분의 극과 같이 『유령선』도 세계를 바라보는 관객의 시각을 바꾸려 한다. 그러나 『유령선』은 관객과 무대 위의 인물들의 시각의 변화가 흑인이냐 백인이냐에 따라 달라지도록 하고 있다. 이 같은 양면적인 의도를 과거 흑인 연극은 변장시키거나 감추었지만 『유령선』은 이를 분명하게 드러낸다. 『삶의 큰 미덕』과 다른 흑인 혁명 연극이 의도된 대상을 흑인 관객만으로 한정함으로써 흑인 관객과 백인 관객에 따른 분리된 연극 전략의 필요성을 주장하고 있는 반면에, 『유령선』은 그것이 무대 위에 펼치는 세계 그리고 이 극이 공연되는 관객의 공간 내에 흑백 세계의 충돌과 두 개의 시각이 존재하고 있음을 인정하고 있다. 이 극은 차이가 있음을 가정하고 그 차이에 정면으로 맞선다. 이 극의 전략의 일부 요소들은 흑인 관객과 백인 관객에게 비슷하게 작용하지만, 그 전략의 핵심적 장치들은 흑인 관객과 백인 관객이 인간으로서 공유하고 있는 것이 아니라 우리를 흑인 미국인과 백인 미국인으로 분리하는 것에 작용한다.

『유령선』에서 45년 동안 흑인 연극이 폭로해온 (흑인의 삶을) 한정하는 역설적인 것들을 대담하고도 솔직하게 관객에게 들이댄다. 바라카가 합성해 신화화하고 있는 20세기 도시 미국의 세계에서는 흑인을 중산층이라고 부르는 것이 모욕이 된다. 이 세계에서는 또한 한 흑인 남자를 동시에 중산층, 사생아, "사회 복지 일을 하는 어머니"의 아들로 파악하는 것이 가능하다. 이 극에서 깜둥이가 되지 않는 길은 "추악한 백인"이 되는 것이며, 이 극이 보여주고 있듯이, 백인 중산층으로부터 파견된 사절인 룰라(Lula)와 춤을 추지 않는다는 것은 곧 춤의 상대로 죽음을 택하는 것이 된다.

1964년 첫 공연 이래로 이 극을 본 많은 관객들에게 『유령선』은 특이하고, 당혹스럽고, 불편한 극으로 남아 있다. 관객은 45분 동안 백인 여성 룰라가 현대 미국에서 "해내는 것" 즉 중산층이 되는 것이 어떠한 것인지에 대해 설명하는 것을 듣게 된다. 룰라는 교육받고, 적절한 잡담을 할 줄 알고, 보수적인 양복을 입는 것과 같은 중산층의 속성들을 열거할 뿐만 아니라 흑인 남성 클레이(Clay)가 이와 같은 속성들을 다 갖춘 모범적인 예로 그 자신에게 그리고 관객에게 제시한다. 룰라의 너무나 안이한 생각 때문에 일부 관객 특히 흑인 관객들은 극의 초반부부터 의혹의 눈길을 보내고 화를 낼 수도 있지만, 극의 끝 부분에서 이루어지는 클레이의 길고도 폭발적인 연설이 행해지고 나서야 비로소 백인 관객들은 자신들의 정신적 혼란을 깨닫게 되고, 흑인 관객은 강한 두려움을 느끼게 된다. 클레이는 연설의 끝에서 룰라 그리고 관객에게 미국 흑인들이 실제로 백인 중산층 사회로 받아들여지는 날이 오면, 그 날이야말로 "과거 깜둥이였던 자들 모두가 당당한 서양인이 되어 일어나 깨끗하고 부지런하며 쓸모 있는 삶으로 눈길을 보내며, 이성적이고, 경건하고, 제 정신으로 너를 죽이게 되는" 날이 될 것이라고 경고한다.13) 이것은 단순히 인종 차별주의에 대한 흑인들의 분노가 결국 그리고 불가피하게 터뜨리게 될 위협에 그치는 것이 아니다. 이것이야말로 풍요로운 미국적 삶과 관련된 핵심적인 이미지 즉 개방된 중산층으로의 진입이 현혹적인 환상일 뿐만 아니라 성취되는 경우 죽음을 동경하는 것이라는 경고인 것이다.

따라서 흑인과 백인 모두가 포함되어 있는 『유령선』의 세계는 로레인 핸즈베리의 『태양 아래 건포도』의 "인종적으로 통합된" 세계가 아닌 것이다. 그 세계는 한 흑인 남성과 한 백인 여성이 달리는 지하철 속의 익명성 속에서 만나, 친밀하면서 동시에 낯선 대화를 갖게 되고, 과격한 행위를 통하여 서로를 이해하기에 이르는 세계인 것이다. 흑인 남성 클레이와 백인 여성 룰라는 같은 물리적 공간 속에 있지만 그들이나 관객이나 그들이 유사하다고 보지 않는다. 룰라가 클레이를 유혹하고, 조롱하고, 당황하도록 만들려 한다. 반면에 클레이는 무시하고, 뿌리치고, 즐기다가 웃어 넘기려 한다. 결국 거절만이 가능한 상태가 된다. 클레이의 거절은 과격한 말로 이루어진다. 글자 그대로 살인적인 룰라는 클레이를 죽인다. 결국 이 극으로부터 관객은 흑인이 룰라 같은 백인과 같은 세계에서 평화롭게 공존할 수 없다는 것을 깨닫게 된다.

『유령선』에 도덕적 교훈이 있을 수 있다. 그러나 이 극은 우화가 아니다. 바라카는 『유령선』에 등장하는 인물들을 상징적 존재로서가 아니라 인간으로 받아들이라고 주장하였다. 그는 룰라가 "무엇을 대표하는 것이 아니다—그녀는 그녀일 뿐이다" 하고 말하였다.14) 룰라는 환상이나 표상이 아니다. 그녀는 미국 백인들의 성격(또는 그저 미국 백인 여성들의 성격)의 중요한 요소들에 대한 바라카의 이해가 합성되어 창조된 인물이 아니다. 그녀는 또한 에드워드 올비(Edward Albee)의 『미국적 꿈』(*The American Dream*)에 등장하는 젊은이, 현실 세계에서는 존재할 수 없는, 그저 그 현실 세계가 기본적으로 어떤 것인지를 설명하기 위한 일종의 깃발 같은 역할을 하는 인물도 아니다. 룰라와 클레이는 현실적인 인물들, 연극적 용어로 말하자면, 존재할 수 있고 또 존재하는 사실적인 인물들이다. 우리는 올비의 젊은이를 지하철에서 만날 수 없다. 그러나 우리는 매일 지하철에서, 알아보지 못하는 경우도 있겠지만, 클레이와 룰라 같은 사람들을 만난다.

룰라가 지하철을 타는 사람들 중의 한 사람이며, 그 사람들을 대표하는 사람에 불과한 것이 아니라는 것을 이해하도록 하는 것이 바라카의 전략의 핵심이다. 바라카는 관객이 룰라와 클레이로부터 "지적인 거리"를 유지할 수 없게 되기를 원한다. 관객은 "그렇지, 그녀가 미국 사회의 특징들을 대표하고 있지만, 그녀 같은 사람이 우리 주변에는 없어"라고 말할 수 없도록 되어 있다. 문학적 상징들은 관객을 고민하도록 할 수 있다. 그러나 그 상징들은 "실제" 사람들처럼 행동할 수 없기 때문에 "실제" 사람들처럼 관객을 놀라게 할 수 없다.

그러나 바라카의 의도가 관객이 룰라와 클레이를 실제 백인 여성과 실제 흑인 남성으로 인식하는 것에 한정되어 있는 것이 아니다. 바라카의 무대 지시에 따르면 우리가 룰라와 클레이를 발견하게 되는 지하철은 "현대 신화 속에 묻혀있는" 것이다. 그렇다면 룰라와 클레이는 실제이면서 신화적인 인물들로 파악되어야 하는 것이다. 이는 모순이 아니다. 고고학자들이 브여주고 있듯이 신화는 세상사에 대한 거짓의 또는 꾸며낸 설명이 아니다. 오히려 신화는 남녀 인간들이 서로와 그리고 그들 주변 세계와 관계를 형성하는 특정한, 공통적인, 기본적인 그리고 필수적인 방법들에 대한 이야기인 것이다. 신화의 힘과 매력은 신화가 이 세계에서 우리가 누구이며 어떻게 존재하게 되었는가를 정의해주는 인간 관계의 구조를 파헤쳐 우리가 이해할 수 있도록 해주는데 있다. 이 같은 힘과 매력이 『유령선』에 사용된 바라카의 전략의 핵심에 자리잡고 있다.

II

이 극의 신화적 성격에 대한 첫 단서는 극의 제목(Dutchman)에서 찾을 수 있다. 관객이 자세한 내용은 거의 기억하지 못할지라도 "저주받은 배에 관한 전설"이 있다는 것과 이 전설이 정박할 항구나 목적지 없이 영원히 떠도는 일종의 여행과 관련된 것이라는 것은 알고 있을 것이다.

혹은 관객이 어려움에 처하다라는 의미의 "in Dutch," 각자 부담하다라는 의미의 "going Dutch," 또는 놀라운 일을 하다는 의미의 속어 "beat the Dutch"를 떠올릴 수도 있다. 어쩌면 등장 인물들 중의 한 사람이 "신 네덜란드인" 즉 뉴욕인인 것으로 생각할 수도 있다. 관객이 어떤 것을 택하든 극의 제목은 갈피를 잡지 못하게 하며, 이 극이 평범하지 않다는 것을 암시해준다. (이 극의 제목을 "지하철"이라 했으면 어떤 효과가 있었을까?) 래리 닐과의 인터뷰에서 바라카는 "예술의 가장 중요한 기능은 우리의 마음을 여는 것이다"라고 말하였다. 바라카가 붙인 제목은 무대 위에서 일어나고 있는 일들을 밝혀 줄 수도 (그렇지 못할 수도) 있는, 어쨌든 적어도 극이 진행되면서 사건들을 연결할 수 있도록 준비하게 해주는 연상 작용을 일으킴으로써 관객의 마음이 열리게 한다.

이 극의 제목이 신화의 세계를 가리키는 기능 그리고 관객을 심란하게 만드는 기능을 한다면, 극의 배경은 그 같은 의도를 취하면서 그 효과를 한 악보의 멜로디로서 설명한다. 그 덜컹거리는 움직임과 지하에 위치하고 있다는 사실 때문에 지하철은 심란하고 신비스럽다. 이 곳은 랠프 엘리슨(Ralph Ellison)이 『보이지 않는 인간』(*Invisible Man*)에서 그리고 리처드 라이트(Richard Wright)가 「지하에서 사는 사람」("The Man Who Lived Underground")에서 흥미롭게 효과적인 곳으로 파악한 세계와 동일한 세계이다. 이 곳은 자연스러운 것과 인위적인 것, 평범한 것과 이상한 것이 합해져 관객의 방향 감각을 상실케 하면서 지상에서는 믿지 않을 사건들까지도 받아들이게 하는 지하 세계인 것이다. 엘리슨, 라이트, 그리고 바라카 모두가 배경으로 지하를 탐구하였다는 사실이 지하가 미국 사회의 이중성을 나타내는 메타포로서 지니는 특별한 힘을 암시해준다.

바라카는 극의 배경을 "도시의 질주하는 하복부. 지상의 찌는 듯한 더위, 여름. 지하. 지하철은 현대 신화 속에 묻혀 있다"고 묘사한다(3). 계속해서 그는 점멸등, 역을 지나친다는 느낌을 주는 효과, 기적 소리 등이 포함된다고 설명한다. 관객은 속도감, 움직이고 있다는 느낌을 느끼도록 되어 있다. 등불과 정차역들은 항상 그러나 일관성 있는 유형에 따라 변하는 세계를 나타낸다. 무대 장치 측면에서 등불이 지하철 창문 밖을 스쳐 지나가도록 함으로써 바라카는 이것이 지하철의 사실적인 재현이 아님을 말해주고 있다. 무대 장치는 관객에게 낯익은 것을 보여줌으로써 편안하게 만들려는 의도로 설치된 것이 아니라, 지하철에 관련 된 것 중에서 가장 위협적이고 심란한 요소들에 주목하게 함으로써 자기 만족을 금하려는 의도로 설치된 것이다. 지하철은 우리가 아는 따라서 그에 대해 별로 생각해보지 않는 곳일 수도 있지만, 이 극의 지하철은 우리가 억누르는 지하철 승차의 불편함과 불안감을 불러일으키도록 의도된 곳이다.

극이 시작하면서 오직 한 좌석만 그리고 그 좌석에 단 한사람만 앉아 있는 것이 관객에게 보이도록 하라는 바라카의 무대 지시가 더더욱 관객으로 하여금 이 무대 장치를 (육체적으로는 불편할지라도) 낯익고 편안한 것으로 만들 수 있는 사실적인 상세함이 제거된 지하철로 인식하도록 하고 있다. 좌석에 앉아 있는 이 인물을 익명의 존재로 만들 수 있는 많은 사람들도 없고, 지하철의 움직임으로부터 관객의 시선을 분산시킬 사람들의 움직임도 없다. 관객은 이것이 지하철임을 부정할 수 없지만, 이 지하철 승차가 관객이 알고 있거나 상상하는 다른 지하철 승차와는 다를 것이다라는 경고가 주어진다.

마치 무대 장치가 주는 효과와 정반대에 있는 것처럼 이 지하철의 유일한 승객은 처음에 동요하지 않는다. 관객이 보게 되는 인물은 보수적인 양복과 줄무늬 넥타이를 입고있는 젊은 흑인 남자이다. 다른 수많은 지하철 승객들처럼 그는 "잡지를 들고 처진 그 잡지 위로 멍하니 허공을 응시하고" 있다. 극작가이며 동시에 극 비평가인 클레이튼 라일리(Clayton Riley)는 『유령선』에 대한 짧지만 도발적인 비평에서 클레이를 분석하면서, 그가 "그를 관찰하는 흑인들이 고통스러우리만큼 알아보기 쉽도록 하는 능력을 지닌 인물인 동시에, 그들 앞에 완전히 이해할 수 있고 기분 좋을 정도로 담담하게 펼쳐지는 그의 삶을 본 백인들의 의식에 완전히 믿을만하고 환영할 만한 인물로 다가가는 인물이다"라고 주장하였다.15) 라일리의 클레이에 대한 이 같은 묘사가 이 극이 전개되면서 관객이 어떻게 반응을 할 것인가를 보여 주고 있는데, 이는 클레이가 말하기 전에 관객이 받게 되는 인상을 적절하게 말해주는 것이다.

관객의 불안감이 무대 장치에 대한 반응의 수준을 넘어서는 것은 이 극의 또 다른 주요 인물인 룰라가 등장하고 나서부터이다. 실제로 바라카는 관객이 즉각적으로 호기심을 갖고 긴장하게 하는 방법으로 룰라를 등장시킨다. 관객이 처음 보게 되는 것은 지하철 차창을 통하여 좌석에 홀로 앉아 있는 남자에게 미소를 보내고 있는 룰라의 얼굴이다. 클레이로 밝혀지는 이 남자가 처음에는 무심코 미소를 보내다가 당황해서 시선을 다른 곳으로 돌렸다 다시 쳐다본다. 여자의 얼굴이 사라진다. 이 짤막한 시각적 접촉은 관객을 혼란스럽게 만들기 위한 의도로 제시된 것이다. 미소의 교환은 서로 알고 있음을 암시하지만, 그런 경우 남자가 당황하는 것은 어울리지가 않는다. 또한 이 장면은, 백인 여자가 지하철 창문을 통하여 흑인 남자에게 미소를 보내는 것이 흔치 않은 일이기 때문에, 불안감을 조성한다. 여자의 얼굴이 사라지고 남자가 원래의 편안한 자세로 되돌아가는 것은 관객에게 아무런 특별한 일이 일어 나지 않았음을 확인 시켜주기 위한 것으로 볼 수도 있다.

놀랍게도 그리고 클레이가 당황하도록 이 여자는 다시 나타난다. 이번에 이 여자는 잠깐 비춰지는 이미지가 아니다. 그녀의 모든 것이 관객의 관심을 사로잡도록 의도되어 있지만, 그녀의 매력적인 자세가 특히 성적인 관심을 자극하도록 의도되어 있다. 그녀는 "큰 키에 날씬하고, 아름다운" 여자로 노출이 심한 옷을 입고, 립스틱을 야하게 바르고, 선글라스를 쓰고서, 힘이 없는 듯 움직인다. 룰라는 30세로 클레이보다 열 살이 많다. 그녀는 사과를 먹고 있는데, 아름다운 여자의 손에 들린 사과는 분명히 막연하나마 유혹, 죄, 전쟁을 연상시키는 신화의 일부분이다. 이 여자가 지하철에 혼자 있다면 관객은 그녀의 등장을 그저 의아해 하거나 아름답다고 칭찬할 것이다. 이와 비슷하게 클레이가 처음 혼자 있었을 때 관객은 그에 대해 누굴까 하고 의아하게 생각할 수는 있어도 특별히 그의 존재 때문에 불안해 지지는 않았다. 그러나 클레이가 앉아 있는 좌석에 룰라가 멈춰 서면서, 이 극의 제목과 무대 장치 때문에 관객이 느끼게 된 모든 불확실성이 되살아나면서 피할 수 없는 불안감을 강화시킨다. 흑인과 백인 사이의 성적인 관계에 대한 관객의 상상이나 두려움이 무엇이든간에, 이 백인 여자가 사과를 먹으면서 조용히 앉아 있는 흑인 남자에게 매달리는 모습은 대부분의 관객을 불안하게 만들기에 충분한 시각적 충격이다. 더구나 이 여자는 그저 매력적인 여자가 아니라 이미 미소를 보내는 이상한 행동을 보인 여자이다. 관객은 이 백인 여자와 흑인 남자 사이에 모종의 관계가 이루어 질 것이라는 암시를 받게 되며, 그런 관계에 불안해하거나 화를 내지 않고 그저 대수롭지 않게 여길 수 있을 만큼 그런 관계에 익숙해져 있는 관객이 미국 사회에는 거의 없다. 더욱이 바라카는 이 두 사람을 무대 위에 있는 유일한 인물들로 만들어 관객으로 하여금 그들에게 주목하도록 하였다. 이들이나 관객이나 다른 사람들의 존재에 의해 발생하는 일에 의해 보호받거나 관심을 다른 곳으로 돌릴 수 없게 되어 있다.

첫 대화가 관객의 혼란스러움과 불안감을 증가시킨다. "당신 창문을 통해 저를 쳐다보지 않았어요?"라고 룰라가 물으면서, 관객은 무엇인가 잘못되고 있다는 첫 단서를 갖게 된다. 관객이 생각하는 극의 시작은 이런 것이 아니다. 클레이도 당황해 룰라가 쳐다본 것이라고 주장한다. 그러나 룰라가 자신의 주장을 되풀이하는데, 이번에는 매우 직설적인 말로 클레이가 그녀의 "엉덩이와 다리" 부분을 쳐다보았다고 주장하여 다시 한번 관객을 놀라게 한다. 이런 표현은 관객이 분명히 들어 본 표현이지만, 관객이 지하철을 타고 가는 여자의 입으로부터 나오리라고 기대하는 표현은 아니다. 클레이는 그러나 관객보다 더 침착하다. 그가 "창문을 통해 쳐다보는 것은 이상한 짓이죠. 추상적인 엉덩이를 쳐다보는 것보다 더 이상한 짓이죠"라고 쏘아붙인다. 그의 말이 진실인 것처럼 들린다. 우리는 남자가 여자의 몸을 쳐다 볼 것으로 생각하지만, 사람들이 차창을 통해 낯선 사람들을 쳐다볼 것으로는 생각하지 않는다. 클레이의 말은 또한 그 자신에 대해 말해주고 있다. 극의 초반부에서 그는 상냥한 "탐"(Tom: 백인에게 복종하는 흑인 - 역자주)이 아니다. 그는 침착하고 날카롭다.

두 사람의 대화가 계속되면서, 룰라에 의해 이끌려 다니는 클레이가 룰라에 의해 괴롭힘을 당할 근거를 계속 제공한다. 동시에 관객은 룰라의 이상한 말과 모욕에 직면하여서도 꿋꿋이 침착함을 유지하고 있는 클레이에게 동정심을 갖도록 유도된다. 룰라가 클레이 때문에 일부러 이 지하철 열차에 승차하였다고 밝히면서, 클레이와 관객은 이 말에 놀라게 된다. 그 다음 룰라는 클레이가 우둔하다고 비난한다. 이 모욕이 그를 괴롭게 하지 않지만, 관객에게는 근본적으로 맞는 이야기라는 느낌을 준다. "파티에서 나누는 대화"를 할 준비가 되어 있지 않다는 그의 변명이 약하긴 하지만 받아들일 수는 있는 방어이다. 여기서 방어라는 단어가 적절하다. 왜냐하면 어떤 전투인지는 아직 확실치 않지만 이미 전투가 벌어지고 있다는 느낌이 주어지고 있기 때문이다.

『유령선』에 대한 클레이튼 라일리의 깊이 있는 비평이 다시 한번 관객/독자에게 클레이와 룰라의 대화에 대한 분석의 올바른 방향을 제시해 준다. 라일리가 아주 적절하게 부르고 있듯이 이 "말 시합"은 더욱 복잡해지면서 이 두 사람의 대결 속에 자리잡고 있는 성적 긴장을 부각시킨다.16) 라일리는 곧 이 말 시합이라는 개념을 버리고 다른 관심사로 향했다. 그럼에도 불구하고 이 용어는 클레이와 룰라 사의의 대화를 피상적인 성적 희롱으로 간주할 수도 있지만, 그 대화가 실제로는 미국 사회에 깊숙이 자리 잡고 있는 규칙들 그리고 그 규칙들을 어기는 것을 잘 보여주고 있음을 지적하는데 유용하다. 이 극에서의 말 시합은 그저 말 또는 그저 시합일 뿐인 것으로 무시해버릴 수 없는, 두 사람 사이에 벌어지는 중요한 행동이다. 그리고 종종 이 시합이 그 어떤 육체적 공격보다도 더욱 과격해 질 수 있다. 여기서 사용된 전략은 이 흑인 남자와 백인 여자가 성관계에 대해 이야기하고 있음을 인식하는 것을 피할 수 없는 일로 만들어 관객을 불안하게 만드는 것이다. 바라카는 전통적인 남성-여성 역할을 그대로 유지하고 있는 듯 보이게 함으로써 관객을 더욱 더 혼란스럽게 만든다. 여자인 룰라가 공격하는 사람이다. 많은 관객들에게 그녀의 성적 솔직함과 공격적인 태도가 고통스러운 것이 될 것이다. 심지어 이런 요소들을 매력적인 것으로 생각하는 관객들조차도 그녀의 태도를 가볍게 넘겨버릴 수가 없을 것이다. 그러나 성이 이 시합의 지속적인 일부이긴 하지만 그것이 전부는 아니다. 룰라가 클레이에게 "너는 내가 너를 택해, 나를 어디론가 데리고 가서, 성관계를 갖기를 원한다고 생각하고 있는 거지, 그렇지?"라고 노골적이면서도 수사학적으로 묻는다(8). 이에 대한 클레이의 "내가 그러게 보이냐?"라는 애매한 반응이 단순한 성적 희롱 즉 룰라로 하여금 클레이의 남성성을 인정하도록 유도하는 질문으로 들릴 수도 있지만, 이 반응은 클레이의 자기 억제와 룰라의 존재에 대한 인식에 관해 이 극이 제시하는 첫 번째 단서가 된다. 클레이의 반응은 룰라가 그의 겉모습을 토대로 그의 욕망을 판단하고 있다는 것을 보여주고 있다. 클레이가 그런 질문형의 반응을 보인다는 사실은 백인 관객으로 하여금 그런 판단의 정확성에 대해 생각해보도록 하면서 흑인 관객과는 별개의 접촉을 시도하는 수단인 것이다. 이 곳에서 흑인 관객은 재빨리 클레이를 반복적으로 스테레오타입화 되어 온 공동체의 일원으로 파악하게 된다. 클레이가 내뱉은 질문은 또한 클레이가 룰라에 대해, 그녀가 결론에 이르는 방법에 대해 그의 우둔한 듯 보이는 대화에 나타나 있는 것보다 더 많은 것을 알고 있다는 사실을 관객에게 암시해주고 있다.

그러나 룰라는 클레이의 질문에 함축되어 있는 의미를 깨닫지 못한다. 그녀는 클레이가 겉으로 보이는 그대로 공격해 나간다. 그를 턱수염을 기르려 하는 뉴저지 출신의 소년, 중국 시를 읽고 설탕 넣지 않은 미지근한 차를 마시는 사람으로 묘사하는 룰라에 의해 클레이는 당황하지만 흥미를 갖게 된다. 이 같은 관찰은 룰라가 날카롭다는 것을 보여 주는 듯하다. 관객이 지금까지 봐 온 것 중 그 어느 것도 이 같은 인상을 반박할만한 것이 없다. 그러나 우리가 클레이의 질문의 목적을 이해하기 위해서는 클레이의 외모에서 그에 대한 정확한 결론을 내릴 수 있는 것을 찾을 수 있는지를 의심해보아야 한다. 클레이에 대한 룰라의 묘사는 그를, 앞에서 인용한 라일리의 평이 제시하고 있듯이, "흑인에게는 고통스러우리만큼 알아보기 쉬운" 존재로 만드는 반면에 이 흑인에 대한 일부 백인 관객들의 걱정을 완화시켜 줄 수도 있다. 그러나 룰라에게 클레이가 "잘 알려진 유형"으로 보인다는 사실은 백인 관객이나 흑인 관객에게 클레이의 행동이 예측 가능하다는 것을 설득시키려는 의도가 담긴 것이 아니다. 바라카는 우리 눈앞에 백인 여자가 흑인 남자 옆에 앉아 있는 광경에 대한 긴장이나 호기심을 없애버리려 하지 않는다.

『유령선』의 시작부터 관객은 극의 다음 대사나 사건을 예측할 수 없다는 것을 알게 된다. 우리는 흑인 남자와 백인 여자 사이의 관계에 대하여 무엇을 기대하여야 할지는 모르게 되는 것이다. 백인 관객은 클레이에 대하여 무엇을 기대하여야 하는지를 안다고 생각고, 흑인 관객은 룰라에 대한 확실한 기대를 갖게 될지 모르지만, 룰라의 표면적 행동과 클레이의 묘한 암시가 어떤 관객이든 두 인물에 대하여 편안한 느낌을 갖지 못하도록 한다. 클레이에 대한 묘사 뒤에 오는 룰라의 대사는 모든 예측 가능성을 의심하는 것이 올바르다는 우리의 생각을 확인해준다. 클레이가 "정말? 내가 그런 것들처럼 보인다고?"라고 그의 이전 질문을 강조하면서 달리 묻는다. 이에 대해 룰라가 "그 모든 것은 아니야. 난 거짓말을 잘해. 그게 내가 세상을 지배하는데 도움을 주지"라고 대답한다. 여기서의 전략은 용이한 또는 즉각적인 반응의 부당성을 보여주는 것이다. 바라카는 관객의 진실에 대한 호기심과 걱정을 유지하도록 하면서 동시에 그들에게 클레이와 룰라에 대한 그들의 무지를 확인시키고 있다.

룰라가 클레이의 정체성을 그에게 알려 주는 것은 클레이와 관객 둘 다를 유혹하려는 시도이다. 관객이나 클레이 모두 그녀에 대해 많을 것을 알고 있지 않지만, 무대 위에는 이 두 인물들이 서로를 알아보고 있으며, 곧 그들의 관계가 다음 단계로 발전할 것이라는 느낌이 있다. 이런 느낌을 확인 해주기 위해 룰라가 클레이의 허벅지를 더듬는다. 이 매우 선정적인 행동이 흑인과 백인 관객의 불안감을 증대시킬 것이다. 어쨌든 이런 종류의 행동은 우리가 지하철에서 일어나리라고 기대하지는 않는다. 더욱이 이런 행동은 관객이 보아 온 흑인 남자와 백인 남자가 공공 장소에서 할 행동은 아니다. 룰라의 다음 말, 즉 클레이가 "우둔하다"는 것과 그녀가 흥분했다고 그가 생각하고 있음에 틀림이 없다는 그녀의 말이 그녀의 행동보다 더욱 더 관객을 혼란스럽게 만들기 위한 의도를 내포하고 있다. 그녀의 말은 백인 관객에게는 짜증나게, 흑인 관객에게는 두드러지게 우쭐대는 말이다. 관객은 룰라가 좋아 보인다는 클레이의 온건한 대꾸에 기쁨을 느끼도록 유도되고 있다.

지하철 열차가 굉음을 내며 달리기 시작하면서 클레이와 룰라의 대화는 성적 유혹과 클레이의 정체성에 대한 룰라의 공격 사이를 오가며 계속된다. 이 중 가장 눈에 띄는 것이 그녀가 클레이에게 사과를 권하는 것인데, 이를 그는 아무렇지도 않다는 듯이 받아들인다. 이 장면은 이브가 아담에게 준 사과를 기억하지 않을 수 없게 하는 것이다. 이 연상은 관객에게 신화의 세계를 상기시킬 뿐만 아니라 첫 사과를 먹은 결과로 나타난 고통과 자아 의식이 어떤 형태로든지 이 극에서도 나타날 것인지에 대해 생각하도록 유도한다. 두 사람의 관계가 발전해가고 관객은 다음에 일어날 일을 조심스럽게 지켜보게 된다. 무대 위의 인물들이 보이는 상냥함 같아 보이는 행동을 벌이는 가운데 클레이가 "잘 알려진 유형"이라는 룰라의 주장이 관객을 괴롭히면서 룰라의 주제넘은 성격을 상기시켜준다. 곧이어 관객은 클레이가 룰라를 교묘하게 흉내내면서 그녀가 그와 그의 친구를 익명으로 알고 있는지를 물어보며 이 상황을 잘 처리할 때 박수를 보내게 된다. 클레이가 자신의 질문을 설명할 필요가 있게 되고 ("특별히 서로를 잘 알지 못한 채로"라고 그가 덧붙인다) 관객은 그가 이 상황을 처리하는 모습의 일부를 보게 된다.

룰라의 우월감에 의해 파괴되기를 거부하는 클레이는 실제로 룰라로 하여금 무심결에 관객이 이제껏 보지 못한 그녀 성격의 일부를 드러내도록 만든다. 마치 정신이 나간 것처럼 룰라가 그녀의 머리가 희어지고 있다고 말한다. 그녀는 늙는 것의 "시작은 언제나 부드럽다"고 서정적으로 생각한다. 그녀는 또한 자신이 "밤낮으로 집에 매달려 있는" 사람으로 생각한다. 이곳에서 그녀가 사용하는 언어는 전과 다르게 종잡을 수 없으면서도 반향을 일으킨다. 관객은 룰라의 숨겨진 이면, 본능적으로 겉으로 들어 나는 성격보다 쉽게 알아 볼 수 있는 이면을 목격하게 된다. 갑자기 관객은 거칠고 좌지우지하는 여자가 아닌 지치고 피곤한 여자를 보게 된다. 그녀의 취약성이 일부 관객의 동정심을 자아낼 수 있다. 그러나 바라카의 의도는 관객이 룰라의 자기 연민적이고 진부한 이미지에 혐오감을 느끼도록 하는 것이다. 백인 관객은 그녀가 이런 인물, 인종적 수치감 없이 받아들일 수 있는 인물로 남아 있기를 바랄 수도 있다. 그러나 바라카는 그 같은 편안함을 허락하지 않으면서 곧이어 룰라를 시합으로 돌아가게 만든다.

룰라의 다음 시합은 중산층 관습을 불러온다는 의미에서 훨씬 더 장난스럽고 낯익은 것이다. 그녀가 클레이에게 그가 가고 있는 듯 보이는 파티에 그녀를 데려가 달라고 한다. 그는 이에 동의하면서, 파티에 데려가려면 그녀의 이름을 알아야겠다고 말한다. (룰라는 클레이가 먼저 초대할 것을 주장하는데, 그녀는 여성의 역할이 요구하는 예의를 전부 갖추고 싶어하는 것이다.) 룰라와 클레이가 이름을 주고받는다. 룰라가 처음에는 그녀의 이름이 "레나 더 하이에나"(Lena the Hyena)라고 주장한 다음 실제 이름을 말한다. 바라카는 관객에게 클레이와 룰라 사이의 관계에 이전에 숨겨져 있던 요소들을 보여주기 위해 이 이름 알아 맞추기 장면을 사용한다. 룰라가 클레이의 이름을 추측하려고 할 때 처음 대는 이름들이 제럴드, 월터, 로이드, 노먼, 레오나드, 워렌, 에버릿 등인데, 이 이름들 모두가 "뉴저지에서 흘러나온 가망 없는 흑인 이름들이다." 여기에는 내적인 농담이 들어 있다. 바라카의 원래 이름이 실제로 에버릿 를로이 존스(Everett LeRoi Jones)였다. 그러나 이 보다 더 중요한 것은 처음으로 룰라는 클레이가 누구인지를 알지 못하고 있다는 확실한 증거가 주어지고 있다는 것이다. 클레이는 룰라가 추측하는 이름들 중의 하나가 아닌 것이다. 그 이름들과는 비슷하지도 않다. 대화가 빠르게 진행되기 때문에 자칫하면 놓쳐 버릴 수도 있는 또 하나의 단서, ("내가 그렇게 보여?"라는 클레이의 물음처럼) 관객에게 그들이 클레이가 누구인지를 알고 있다고 생각하지 말아야 한다는 경고를 바라카가 제시하고 있다. 관객이 이 단서를 찾게되면 클레이를 더욱 더 경계하게 될 것이다. 이제 클레이의 외모로 그를 판단할 수 없다는 증거가 주어진다. 클레이가 어떤 성이든 괜찮다고 말하고 룰라가 다시 이름을 대려고 하면서 그가 그녀의 이미지를 풍자하면서 "맞아요"라고 답할 때, 이 일화에서 클레이가 상황을 완전히 장악하고 있다는 사실이 재확인된다.

이 두 인물의 이름 공개는 또한 관객에게 은유적 경고를 보낸다. 하이에나는 죽은 짐승을 먹는다. 따라서 룰라가 자신의 이름이 "레나 더 하이에나"라고 말할 때 일부 관객은 어린 아이 말장난처럼 들리는 것에서 지금까지 파악된 것보다 훨씬 더 심각한 위협을 발견하게 된다. 이 여자가 죽은 짐승을 먹고사는 자라면 클레이나 관객이 생각한 것보다 더 큰 위험일 것이다. 클레이의 이름에 대한 연상은 더욱 알기 쉽다. 사과가 이미 관객으로 하여금 이들의 관계와 아담과 이브의 관계를 연결짓도록 하였다. 이제 관객에게 젊은이의 이름이 클레이, 즉 인류의 조상 아담이 창조된 재료인 "진흙"이라는 정보가 주어진다. 역설적으로 진흙은 죽음을 나타내기도 한다.17) 많은 관객이 이러한 신호들을 놓칠 수도 있지만 만약 알아 차리는 경우 이 극의 처음부터 느껴온 경계심이 두려움에 가깝게 변하게된다. 관객은 클레이의 죽음과 클레이와 룰라의 포식적 관계에 대한 사전 경고를 받고 있는 것이다.『유령선』의 경험이 클레이의 죽음에 경계심을 가지는 관객과 그의 죽음에 놀라는 관객에 따라 달라지게 된다. 그러나 바라카는 볼 수 있는 사람들에게는 신호들이 보인다는 사실을 관객으로 하여금 깨닫도록 하고 있다. 문학적 인유의 사용이 지식이 풍부한 중산층 백인 관객에게 흑인 관객이 룰라의 하얀 피부색과 표면적인 행동이란 기본적 사실로부터 내린 것과 동일한 결론을 내릴 수 있는 단서들을 제공한다. 이 문학적 인유를 이해하는 흑인 관객에게는 이중의 위험성이 도사리고 있다.

『유령선』에서 사용된 전략의 중요한 요소는 따라서 흑인 관객과 백인 관객 모두가 그들 앞에 흑인과 백인 사이의 살인적인 관계에 대한 불길한 징조가 놓여 있다는 사실을 깨닫도록 하는 것이다. 관객이 그러한 신호들을 인식하지 못하는 경우 그것은 관객의 시각 탓이지 경고가 없었던 탓이 아니다. 이러한 것을 보는데 실패한다는 것은 어쩌면 우리의 우둔함의 문제가 아니라 의지의 문제일 수 있다. 우리가 새로운 것을 배우는 문제가 아니라 우리가 지금까지 어떻게 지내왔는지를 알게 되는 문제인 것이다.

　이 극은 계속 경고를 보낸다. 이름 맞추기 시합 다음에 룰라가 클레이에게 파티에 초대하는 정확한 법을 말해주면서 통제력을 다시 잡으려 한다. 이것이 암시하는 것은 룰라는 클레이가 주도권을 잡는 것뿐만 아니라 그가 그의 언어를 사용하는 것을 용납할 수 없다는 것이다. 룰라는 그녀만의 방식대로 행동한다. 그녀는 클레이가 자신의 목소리를 내지 못하도록 하며 그녀를 모방하기를 바란다. 그러나 다시 한번 클레이는 그녀의 생각을 뛰어 넘어 그녀의 말투가 "무척이나 진부하다"고 평한다. 이제 룰라가 전에는 필요가 없었던 질문은 한다: "뭐하는 거야? 뭔 장난을 하는 거야? 아저씨? 클레이 윌리엄스씨? 뭘 생각하고 있는 거야?" 이제 그녀가 자신에 대해 확신치 못하고 있다는 느낌을 주기 때문에 그리고 그녀의 질문이 우리가 이름 맞추기 시합에서 받은 느낌, 즉 우리가 클레이의 정체에 대해 알지 못하고 있다는 느낌이 되살아나도록 하기 때문에 그녀의 이 같은 질문은 그녀를 덜 위협적인 존재로 만들고 있다. 클레이가 룰라에게 "난 당신이 나에 대해 모든 것을 알고 있는 줄 알았는데?"라고 말할 때 일부 관객은 이를 순진하면서 진지한 물음으로 받아드리겠지만, 이 물음은 다시 한번 관객에게 그들이나 룰라 모두 클레이에 대해 실제로 아는 것이 없다는 인상을 심어 주고 있는 것이다.

　룰라는 클레이의 도전을 통제할 수 없게 된다. 기분이 상한 룰라가 책으로 시선을 돌린다. 룰라의 동기가 불분명하지만, 관객은 이 같은 후퇴에 안도감을 느끼게 된다. 여기서 바라카는 그녀가 곧 열차에서 내릴 것이고, 따라서 우리가 더 이상 이 두 사람의 접촉을 바라보지 않아도 될 것이라는 희망을 갖게 한다. 그러나 클레이가 그 관계를 포기하지 않는다. 이제 클레이가 이전의 선정적이고 장난스러운 분위기를 만들어 간다. 그는 룰라의 이전 행동이 보인 성적인 약속을 이행하게 하려한다. 그의 다음 동작은 더 이상 관객이 클레이를 남성성을 가지고 장난칠 수 있는 사람으로 생각하지 못하도록 한다. 클레이가 룰라에게 사과를 상기시키고,

룰라가 "옷을 벗고 치마를 내린다"는 말로 끝을 맺는 화가 난 그리고 도
전적인 반응을 보인 뒤, 클레이가 단도직입적으로 그녀에게 화났는지, 그
가 말실수를 한 것인지를 묻는다. 이에 대한 룰라의 반응은 또 다른 공격
의 형태를 취한다. 그러나 클레이가 말하는 것은 전부 틀렸을 뿐만 아니
라 바로 그 점이 그를 매력적으로 만든다는 그녀의 주장에 때문에 그녀의
공격은 고의로 관객을 혼란스럽게 만든다. 여기서 관객은 그녀가 클레이
에게 매력을 느끼는 일이 변태적인 것임을 파악하도록 되어있다. 그녀는
클레이의 복장을 조롱하면서 그가 아이비 리그 대학생처럼 단추 세 개 달
린 양복을 입고 줄무늬 넥타이를 할 자격이 있는지 추궁하며, 그의 할아
버지가 노예였음을 상기시킨다. 흑인 관객은 클레이의 유산을 근거로 그
의 옷 입는 양식을 비난할 수 있다는 룰라의 주제넘은 생각에 화를 낼 수
도 있지만 동시에 그들은 자신들이 룰라가 말하는 "흑인들을 억압한 전
통"에 참여하고 있는 것은 아닌지 돌이켜 보며 불편한 마음을 갖게 되기
도 한다. 백인 관객은 룰라의 주제넘은 심문에 대해 수치스러움을 느낄
수 도 있고, 그저 그녀의 생각에 동의할 수도 있지만, 또한 처음으로 겉모
습은 중산층 백인과 비슷한 그가 왜 흑인들을 편하게 느끼는지를 묻게될
수도 있다.

　　룰라에 대한 클레이의 반응은 그녀의 생각이 잘못된 것임을 보여주
는 또 다른 수단이다. 그가 그의 할아버지는 노예가 아니었고 야경꾼이었
다고 답한다. 이 말이 룰라의 공격을 멈추게 하지 못한다. 그녀의 공격은
이제 그를 다시 구분해, 그녀가 상실한 듯한 통제력을 되찾으려는 시도이
다. 하지만 그녀는 이 싸움에서 승리하지 못한다. 클레이는 그녀가 무엇을
말하든 재치 있는 말로 반박한다. 그는 단지 룰라가 여러 가지 모욕들을
합해 하나의 공격으로 만들어 다가올 때 뒷걸음친다: "넌 틀림없이 네가
깜둥이라고 생각해 본적이 없을 거야." 클레이가 충격을 받은 것으로 묘
사되어 있다. 그러나 그는 곧 룰라의 웃음을 따라 웃으면서 단지 "괜찮

아"라고 말한다. 룰라의 말이 클레이에 대해 그녀가 반복적으로 하고 있는 생각들을 보여준다. 그녀의 말은 그의 옷, 그의 교육받은 사람다운 태도와 언어에도 불구하고 그는 "깜둥이"이로 남아 있다는 것 그리고 그녀는 이 사실을 알고 있지만 클레이는 그렇지 못하다는 것을 암시하고 있다. 클레이의 반응을 그저 동의하는 것으로 또는 대결을 피하는 것으로 볼 수도 있지만, 클레이가 의식적으로 룰라의 생각에 맞장구를 치면서 은밀하게 그와 같은 스테레오타입을 조롱하고 있는 것으로도 파악 할 수도 있다. 이에 관하여 바라카는 관객으로 하여금 이 시점에서는 어떠한 결론에도 이르지 못하게 하고 있다. 실제로 "괜찮아"라는 클레이의 말이 그가 "깜둥이"라는 사실을 가리키는 것인지 아니면 그가 그렇다는 것은 생각해 본적이 없다는 것을 가리키는지 확실치가 않다. 현재 확실한 것은 클레이가 자신의 정체를 룰라에게 밝히지 않고 그녀와 성관계를 갖고 싶어한다는 것이다. 룰라의 말은 그가 받아들이지 않는 도전인 것이다. 관객에게 있어서는 룰라의 말이 위협, 그녀의 공격성의 또 다른 신호이다. 그녀의 말은 또한 가장 진보적인 관객조차도 룰라와 클레이 사이의 인종적 차이가 적대감으로 찌들어 있지 않다고 생각할 수 없게 만든다.

자신이 다시 상황을 장악하고 있다고 생각하는 룰라는 밀어 부치면서 클레이가 진부하다는 이전의 결론을 다시 제시한다. 백인 관객은 클레이가 분명 충돌을 피하려하고 있다는 것을 알고 안도할 수도 있지만, 바라카의 전략은 특히 흑인 관객으로 하여금 클레이가 더 잘 자신을 방어할 수 있기를 바라도록 유도하는 것이다. 룰라가 조롱하듯이 클레이가 텔레비전에 나와야 한다고 말하자 그가 그녀가 마치 텔레비전에 출연해 본적이 있는 것처럼 말하고 있다고 쏘아붙이는 언쟁에서 클레이는 특히 흑인 관객의 걱정을 덜어 준다. (룰라에게 클레이는 미국 대중에게 중산층 흑인으로 제시할 수 있는 완벽한 이미지로 보일 수 있지만, 그녀는 투사된 모방과 실제 삶 사이의 구분을 하지 못한다.) 앞서 일어난 사건에서처럼 클레이의 아주 작은 도전마저도 룰라의 연약한 허울을 무너뜨린다. 그녀는 다시 그녀가 거짓말을 잘한다고 밝히면서, "난 아무 것도 아니야, 자기야. 그 점 절대 잊지마"라고 말한다. 이 진실이 담긴 말을 무시하는 것이 자기 기만의 경향 그리고 스스로도 인정하는 공허한 이미지들이 갖고 있는 영향력을 보여 주는 확실한 증거이다. 그럼에도 불구하고 룰라의 갑작스런 자기 파악의 말이 관객을 놀라게 하고, 심지어 그녀의 가족 중에서 "뭐라도 된 유일한 사람이" 공산주의자였던 그녀의 어머니라는 말을 할 때 그녀에게 동정심을 보이게 될지도 모른다. 룰라에게조차도 정체성을 갖기 위해서는 백인 중산층으로부터 분리될 필요가 있었던 것이다. 앞에서 늙어 가는 것에 대한 두려움을 나타낸 말에서처럼 룰라는 외면상의 자신감 뒤에 있는 불안정을 드러내고 있다. 그녀의 과거 속에는 긍지와 정체성의 근원이 될만한 것이 거의 없다. 백인 관객은 이 같은 폭로에 의해 고통받을 수밖에 없고, 흑인 관객은 "그래 맞아"라고 외칠 수 있을 것이다.

룰라가 개인적인 정보를 털어놓자 클레이도 같은 식으로 반응한다. 비록 사소한 것이지만 이 새로이 형성된 친밀감을 두 인물은 아직 알 수 없는 승리를 향하여 함께 나아 갈 수 있는 수단으로 파악한다. 룰라가 갑자기 의식적으로 배우 같은 응원 단원처럼 변해, 클레이에게 그의 아버지에게 "그가 선택한 평범한 사람에게 투표할 자유가 있는" 미국을 조롱하자고, "훌륭한 클레이 클레이 윌리엄스"를 낳은 그의 부모의 훌륭한 가치관에 대한 풍자적인 묘사에 박수를 치라고 요구한다. 다시 한번 룰라는 하나의 시합이란 형태로 가장하여 클레이에 대한 공격을 감추고 있다. 그녀가 가치 있는 유산을 갖지 못하고 있다면, 그런 것을 그가 갖도록 할 수는 없는 일이다. 이 순간은 관객을 혼란스럽게 만들만큼 소란스럽고, 나아가 광란에 가까워 관객이 두려움을 느끼게 될 정도이다. 마치 이 같은 관객의 두려움을 알아차리기라도 한 듯이 룰라가 갑자기 어조를 바꾸면서 그녀의 목소리를 바라카의 표현을 빌리자면 "날카로운 칼 같은 빈정 댐"으로 낮춘다. 룰라의 외침 "나의 그리스도, 나의 그리스도"는 애매하면서도 위협적이다. 그녀는 자신에게, 아니면 클레이에게, 그도 아니면 무엇에 혐오감을 느끼는 것일까? 클레이는 이러한 변화를 무시하는 것 같다. 그는 그저 "고맙습니다 아가씨"라는 말을 사용하면서 그 시합을 계속한다. 룰라는 이 말을 듣지 못하는 것 같아 보이는데, 이 말이 관객에게는 클레이가 그리스도 또는 순교자 칭호를 받아들이고 있거나 적어도 그러한 역할에 대한 그녀의 인식을 고마워하고 있다는 것을 보여준다. 그러나 룰라는 그를 그대로 놔두지 않는다. 갑자기 그녀는 냉혹한 예언자 카산드라(Cassandra)가 되어 "사람들이 너를 미래의 유령으로 받아들일 지도 모르지. 그들이 너를 사랑하고, 너는 죽일 수 있을 때 그들을 죽이지 않을 수도 있지"라고 예언한다(21). 관객은 이 말의 의미가 무엇인지 의아해하겠지만, 그 의미가 분명하든 불분명하든, 진실이든 거짓이든 간에 이 말은 관객을 불안하게 만들 것이다. 관객과 비슷한 혼란스러움 또는 충격을 나타내며 클레이가 "뭐라고?" 하고 묻는다. 그가 확실히 이해하도록 하기 위하여 룰라가 더욱 짤막하게 "클레이, 너는 살인자야, 그리고 넌 그걸 알고 있지 … 내가 뭘 말하는지 넌 빌어먹게 잘 알고 있어"라고 말한다. 이 메시지는 관객을 향해 의도된 것이기도 하다. 관객도 그녀가 진심으로 말하고 있다는 것을 잘 알고 있다. 그녀가 한 특정 인간으로서의 클레이가 아니라 모든 흑인으로서의 클레이에 관하여 이야기 하고 있다는 것을 제외하고는 그녀의 말에 깊히 숨겨진 의미는 없다. 룰라의 말에 의하면 사람들이 클레이를 "사랑"하지 않는 경우 (사랑하는 경우에도) 그가 죽일 수 있을 때 죽이는 잠재력을 실현할 것이라는 것이다. 백인 관객은 이것을 사랑이 흑인이 살인하는 것을 막을 수 있다고 말하는 것으로 받아들일 지도 모른다. 그러나 여기서 바라카의 의도는 흑인 관객에게 룰라의 잠재적 사랑이 관련이 없다는 것을 보여 주는 것이다. 룰라는 흑인 남성이 사랑을 필요로 하는 것으로 믿고 있다. 그러나 클레이가 원하는 것은 사랑이 아니라 성관계 그리고 힘의 근원으로서의 성관계를 원하고 있는 것이다.

이곳에서의 경고가 이전의 것보다 더욱 명백하다. 그렇다고 이곳의 경고가 바라카의 근본적인 의도나 룰라의 묘사와 일관성을 유지하고 있지 않은 것이 아니다. 그녀는 지하철처럼 발작적이다. 그녀는 진실인 것처럼 보이는 자기 표현과 기만적이고 왜곡된 자기 표현 사이를 발작적으로 오락가락한다. 그녀의 방어 무기는 언어이다. 그녀가 유혹 즉 클레이를 조종하는 시합을 벌일 때 그녀의 말은 가장 평범해 보이는 반면에 그녀에 대한 진실과 그녀가 세상에 대해 알고 있는 것을 밝힐 때는 시적이고 은유적이다. 따라서, 그녀가 그녀의 개인적 두려움에 대하여 이야기할 때 그녀는 "하루종일 집에 매달려 있는 것"을 기억해내며, 클레이를 알아보았다는 말을 할 때 그를 "미래의 유령"으로 부르는 것이다. 그녀의 문제점은 시합을 하지 않고 있을 때는 오로지 은유를 통해서만 진실을 표현할 수 있다는 것이다. 우리의 문제는 (만약 있다면) 우리의 세상을 정확하게 묘사할 수 있는 메타포의 힘을 과소 평가하고 있다는 것이다. 이 극은 지속적으로 우리에게 은유가 신화 창조의 도구이고, 따라서 바라카에게 있어서는 미국의 인종적, 사회적 현실을 그려내는 도구라는 것을 상기시켜 준다.

클레이는 그가 그를 살인자라고 부르는 룰라의 말뜻을 알고 있다는 그녀의 주장을 부정하지 않는다. 단지 그는 어쩌면 순진하게 또는 조심스럽게 "내가 알고 있다고?"라고 물을 뿐이다. 룰라는 그녀만의 방식대로 대답을 하고, 이에 클레이는 기꺼이 동의한다. 이 두 남녀는 클레이가 살인자가 아니고, 세상은 그들과 우리가 알고 있는 대로가 아닌 것처럼 행동할 것이다. 그들은 "공기가 가볍고 향기로 가득찬" 것처럼, 사람들이 클레이를 보지 못하는 것처럼, 그리고 클레이와 룰라가 둘 다 그들의 역사로부터 자유로운 것처럼 행동할 것이다. 룰라가 클레이와 관객을 유혹하는 상상을 하며 『유령선』의 일 장이 끝을 맺는다: "우리 둘이 도시의 내장을 이리저리 들이받으며 걸어가는 익명의 선남선녀인체 하자. (그녀가 있는 힘을 다해 소리지른다) 즐기자!"(21). "즐기자"라는 룰라의 외침은 놀이 동산에 있는 롤러코스터를 타는 사람이 내는 소리이다. 그것은 인위적으로 만들어낸 스릴이지만 그럼에도 불구하고 공포와 방종을 다 포함하고 있는 것이다.

관객에게 일 장의 마지막은 흥미진진한 부분이다. 이국적인 것을 찾기 위해 흑인 연극을 보러 다니는 오프브로드웨이 관객이 있다면 그 관객은 아마도 그가 찾는 것을 이곳에서 찾았을 것이다. 그러나 이곳에서 제시되는 괴상한 것, 거친 것, 미지의 것은 클레이가 아니라 룰라에 의해 형성된 것이다. 그런데 이 일 장의 마지막 부분에서의 극에 달한 듯한 분위기 아래에는 관객에게 주어지는 약속과 위협이 놓여 있다. 룰라가 그녀와 클레이가 함께 즐길 수 있는 환상의 세계를 창조하자고 제안한다. 이것이 관객으로 하여금 두려움과 호기심으로 이 흑인 남자와 백인 여자의 성 관계를 실제로 보게 될 것이라는 기대를 갖게 한다. 이것은 또한 흑인과 백인 사이의 갈등에 대한 해답 즉 흑인과 백인 모두 그들의 역사를 부정하면서 상상으로 새로운 세계를 만들어 낼 수 있다는 것을 암시하고 있다. 그러나 이 새로운 세계에 대한 위협 또한 룰라의 말 속에 담겨 있는 것이다. 룰라가 그녀와 클레이가 하려는 일이 (무엇인) "척하려는 것"임을 세 번이나 반복한다. 척하려면 같은 상황에서 "척하지 않는 것"이 무엇인지를 알아야 한다.18) 척한다는 것은 사람이 잠시 정상적으로 행동하는 법을 알고 있으면서 자기 자신이 아닌 것처럼 행동하는 것을 의미한다. 룰라의 계획 그리고 그 계획에 대한 클레이의 순응에서 관객 특히 중산층 흑인 관객은 자신의 "척하는 것"을 발견하도록 되어 있다.

일 장의 마지막에서 룰라와 클레이는 역사의 세계에서 신화의 세계로 옮겨갔다. 이 두 사람은 그들의 성격과 배경의 특정 부분을 부정하려고 한다. 그들은 익명의 선남선녀가 되어 오로지 상대방에 대한 원초적인 성적 환상만 인정하려든다. 그러나 이 극의 배경은 처음부터 신화적이었다. 그리고 일 장은 클레이와 룰라를 역사를 지닌 실제 사람으로, 뉴저지 출신의 남자와 공산주의자 어머니를 둔 여자로 보여주는 과정이었다. 따라서 이들이 그러한 역사를 부정하는 것은 아주 중요하며, 이들이 세계를 신화적으로 받아들이는 것은 적절하게 보인다. 그러나 신화는 진실을 드러내는 것이지 진실로부터의 도피하는 것이 아니다. 룰라의 실수는 그녀가 신화를 만들어 낼 수 있다고 믿는 것이다. 그녀는 신화란 발견되는 것이지 만드는 것이 아니라는 점을 이해하지 못하고 있다.

관객에게 룰라의 잘못을 보여 주기 위하여 바라카는 이 장에서 신화의 현실에 대한 관계를 거꾸로 만든다. 이 장의 시작 부분에서 룰라와 클레이는 상상의 세계를 만들고 있다. 룰라의 언어는 일 장에서보다 더욱 복잡하고 은유적이다. 이제 그녀의 언어는 일 장에서 진실을 전달하기 위해 가끔 사용했던 것과 같은 육감적인 상으로 이루어진 감정의 언어이다. 그러나 배경은 (클레이와 룰라는 이러한 변화를 눈치채지 못하지만) 일 장에서보다 더 사실적이 되었다. 이제 열차 내의 다른 좌석들로 모습을 들어내고, 다른 승객들이 열차에 탑승하게 되는 것이다.

다른 승객들이 존재가 관객에게 주는 효과는 관객의 입장을 사적이면 초현실적인 장면을 엿보는 자의 입장에서 좀 더 공적이고 보통인 상황을 목격하는 자의 입장으로 변환시키는 것이다. 다른 승객의 존재는 또한 클레이와 룰라 사이에 점점 심해지는 성적인 대화에 대한 반응을 보임에 있어 관객의 자의식이 점차 강해지도록 하고 있다. 이처럼 지하철 승객들은 일종의 코러스 역할을 하면서, 한마디도 하지 않지만, 관객에게 클레이와 룰라가 살고 있는 세계의 사회적 상황과 가치를 상기시켜 주고 있다. 그러나 승객들이 정확히 코러스 역할을 하는 것은 아니다. 승객들은 일 장에서 등장하지 않았기 때문에 클레이와 룰라에 대해서 우리가 아는 것만큼 알고 있지 못한다. 뿐만 아니라 그들은 하나의 공동체를 이루고 있지도 않다. 따라서 승객들은 무대 위의 세계뿐만 아니라 우리의 세계까지도 침범해 들어온 자들이 되는 것이다.

클레이와 룰라는 분명히 일 장과 이 장 사이에서 변했다. 클레이의 넥타이가 풀려 있고, 룰라는 그의 팔을 안고 있다. 이 장에서 클레이가 처음 내뱉는 말이 "파티"이다. 그가 지금 진행되고 있는 장면의 성격을 말하고 있는 것인지 아니면 그와 룰라가 가려고 하는 장소를 예상하는 것인지를 관객은 알 수가 없다. 이 파티라는 말이 일 장 마지막 부분에서 룰라가 내린 "즐기자"는 명령이 어떤 형태로든 실현되었다는 것을 암시해 주고 있다. 재빨리 룰라가 확실하게 이 파티가 그들이 함께 가려고 하는 클레이의 파티임을 밝힌다. 뒤따라오는 대화는 그 파티에서 그들과 다른 사람들이 어떻게 행동할 것인지에 대한 상세한 추측이다. 이제 클레이와 룰라가 서로를 대하는 방법이 일 장에서 보인 것과는 큰 대조를 이룬다. 일 장이 거의 다 끝날 때까지 이들은 그들이 벌인 시합에서 서로에게 적이었다. 이제 이들은 시합을 함께 만들어 가면서 한 팀이 된 것 같이 행동하고 있다. 룰라가 시합의 규칙의 세세한 부분, 즉 욕정으로 가득 찬 미래에 대한 세세한 부분을 설명해준다. 룰라의 몸을 더듬느라 그저 룰라의 말에 동의하기 바쁜 클레이는 룰라에게 좀더 신나는 묘사를 해달라고 요청한다. 그들이 숭배할 신이 클레이와 룰라이라는 (클레이의 표현을 빌리자면, "공동의 신") 룰라의 말이 이 부분의 분위기를 잘 나타내 주고 있다. 별 관계가 없는 듯 보이는 남성 성기와 관련된 함축적 의미를 지니고 있는 이 말이 만들어 내는 이미지는 신성치 못하고, 성적인 연합 그리고 미국적 꿈의 궁극적 화합의 변태성을 암시하고 있다. 클레이와 룰라가 이루는 "공동의 신"은 그것을 보는 사람들을 자극하고, 혼란스럽게 만들고, 괴롭힐 것이다.

이 장면은 관객에게 이 극의 앞 부분에서 시작된 유혹과 위협의 연장을 보여준다. 바라카는 관객으로 하여금 관객의 다수가 듣기를 원치 않을 것, 즉 룰라가 "어두운 집에서의 진짜 재미"라고 부르는 것, "춤과 시합 뒤에 그리고 긴 음주와 산책 뒤에" 실제 성관계를 갖게 될 것이라는 룰라의 설명에 귀를 기울이게 만든다. 관객은 실제 성관계 장면을 보지 못한다. 그러나 이 같은 묘사는 일부 관객의 성적 환상을 자극할 것이며, 흑인 관객과 백인 관객의 사회적 두려움을 심화시킬 것이다.

중요한 것은 "파티" 일화의 시작부터 이것이 클레이가 아니라 룰라의 환상이라는 것이 확실하다는 것이다. 클레이도 이 성적 경험에 기꺼이 참가하려 한다. 그러나 이 장면을 만들어내는 것은 역시 룰라인 것이다. 룰라의 환상에 대한 자세한 내용이 우리에게 그녀에 대해 많은 것을 보여준다. 그녀의 환상은 정복의 환상, 타인을 패배시키고 모멸감을 느끼게 함으로써 얻어지는 우월감의 환상이다. 따라서 그녀는 클레이가 지적으로 다른 사람들을 누르고, 그녀와 그가 "별종들을" 조롱하는 것을 상상한다. 그녀는 그들 둘이 "유태인 불교 신자를 만나 사치스런 커피를 마시면서 그의 자부심을 납작하게 만들어 버리는" 상상을 한다. 가장 노골적인 것 그리고 클레이에게 가장 위협적인 것은 그녀가 그를 이끌고 있는 것으로 보고 있다는 것이다. 그녀는 그를 그녀의 "큰 눈을 한 부드러운 먹이"로 생각하고 있는 것이다. 만약 관객이 룰라와 클레이 사이에 점차 노골적이 되어 가고 있는 성적인 관계에 의해 고통을 받지 않고 있었다면, 클레이를 그녀의 먹이로 묘사하는 룰라는 이제 관객에게 그녀의 정체에 대하여 경고를 보내고 있다. 여기서 관객은 일 장에서 룰라가 자신을 "하이에나"로 표현했다는 사실을 상기할 수 있을 것이다.

바라카는 통제해야만 하는 룰라의 필요성의 전체 모습이 그녀의 언어적 여행이 계속되면서 점점 더 확실해지도록 만들고 있다. 클레이가 그가 쥐게 될 룰라의 손은 차가울 것이라고 말하는 때처럼 그가 그녀의 환상에 무엇인가를 추가하려는 아주 작은 시늉만 해도 그녀는 독기를 품고

"이 파시스트야"라고 비난한다. 룰라는 클레이의 이야기에 오로지 간편한 호칭으로만 대응할 수 있다. 그녀는 또한 세상을 오로지 파시스트와 노예의 개념으로만 파악할 수 있다. 잠시 후 이들의 관계가 결합, 순간적인 상호 육체적 만족조차도 아니라는 것이 분명해진다. 클레이가 룰라에게 그녀의 아파트에서 무슨 말을 나눌까하고 묻자 룰라가 "너의 남성성에 대해서지. 뭘 이야기할거라고 생각한 거야? 우리가 이제까지 뭘 얘기했다고 생각하는 거야?"라고 대답한다(25). 이 말이 관객에게 놀라움으로서 다가오고 관객을 혼란스럽게 만들뿐만 아니라 클레이에게도 충격을 준다. 그가 "난 그런 것인 줄 몰랐네. 진짜 몰랐어. 세상 많은 것 중 그것이라고는 몰랐어"라고 대답한다. 클레이의 대답이 그이 순진함을 확인시켜 주는 것으로 들릴 수지만, 그것이 반드시 순수함이나 무지를 보여주는 것은 아니다. 『태양 아래 건포도』의 월터 리와 『짙은 안개』의 빅은 백인 세계와의 투쟁에 걸린 문제가 그들의 남성성이라는 사실을 인정할 수 있었지만, 그 같은 인정이 그들의 흑인 사회 내에서만 이루어졌다. 이곳 지하철에서는 이 문제를 클레이가 오해하고 있는 것이 아니라, 그의 남성성이 그가 룰라의 접근을 원치 않는 문제가 아닌 것으로 제시되고 있다.

　　잠시 동안 클레이의 남성성을 대화에 끌어들인 것이 전체 분위기를 망친 것처럼 보인다. 클레이가 시선을 룰라로부터 다른 곳으로 돌려 이제 다른 승객들이 있음을 알게 되면서, 지하철이 느리다고 말한다. 관객은 불안하고 불편하게 느끼도록 유도된다. 관객은 그들이 목적지로 안내되고 있는지 의아하게 생각하게 된다. 고의로 관객에게는 클레이가 지금 무엇을 생각하고 있는지가 보여지지 않는다. 이것이 백인 관객은 불안하게 만들고, 흑인 관객은 클레이가 방향을 바꿀 것이라는 희망을 갖게 한다. 룰라가 말로 대응한다. 그녀는 클레이를 위해 그들이 대화를 나누고 성관계를 갖는 동안 그의 남성성의 "지도"를 그려주겠다고 말한다. 이에 클레이가 "결국 거기에 이르렀군" 하고 답한다. 룰라는 다시 한번 환상으로 돌아 가려하지만 이전처럼 작동하지 않는다. 그녀가 클레이에게 그가 그녀를 사랑한다고 말하고 덧붙여 그가 거짓말을 하고 있다고 말할 것을 제안한다. 클레이가 사랑한다는 말은 하겠지만 그런 문제에 관해 거짓말을 하지는 않겠다고 대답한다. 룰라는 일 장의 마지막 부분에서 그녀가 한 말을 생각나게 하는 도전적인 말로 그녀의 주장을 고집한다: "하. 그것이 당신이 거짓말을 하게 될 유일한 것이야. 특히 당신이 생각하기에 그게 나를 살아 숨쉬도록 할 것이라면." 룰라가 암시하고 있는 것은 클레이가 살인을 피하기 위해 사랑하는 척한다는 것이다. 그러나 클레이는 조금 전에 사랑에 관해서는 거짓말하지 않을 것이라고 말했고, 관객이 그의 말을 의심할 이유가 없다. 룰라가 클레이에 대한 그녀만의 이미지 창조를 계속하지만, 우리는 다시 한번 그녀의 판단의 타당성을 의심하게 된다.

클레이가 이해하지 못하겠다고 말하자, 룰라가 날카로운 웃음과 그녀는 그녀가 해야만 하는 일을 하고 있을 뿐이라는 말로 답한다:

> 룰라: (너무 날카롭지 않게 웃음을 터뜨린다) 이해하지 못한다고? 나 쳐다보지마. 그게 내가 취할 길이야. 그게 전부야. 내 두 발이 내딛으면 나를 데리고 갈 곳. 한발 한발 내딛으면. (27)

불가피성 즉 룰라의 행동의 필요성에 대한 암시가 지금까지 룰라와 연결되어 온 신화적 인물들을 상기 시켜 주고, 역사로부터 벗어나려는 그녀와 클레이의 시도를 상기시켜 준다. 우리가 룰라에게서 발견하는 본질적인 충동은, 신화적 인물 이브의 충동과 비슷하게, 유혹, 통제, 그리고 파괴를 향한 충동이다. 이 같은 이미지들은 미국 문화와 불가분의 것으로 볼 수 있다. "미국적 아담"이 있다면 "미국적 이브"도 있게 된다. 우리는 룰라가 어디로 향하고 있는지 알 수 없다. 그러나 우리에게 그리고 클레이에게 그녀가 향하는 곳은 "병이 든 끔찍한" 곳처럼 보인다. 다시 소재가 너무 진지해지고 있다. 그래서 클레이가 이 시점에 관객이 절실히 바라는 것을 요구하기 위해 헛된 시도를 해본다. 그가 "뭐 재미있는 부분은 없나?"라고 묻는다. 이에 대한 룰라의 대답, 즉 그녀는 "모든 것이 재미있다고 생각했다"는 대답은 클레이나 관객이 듣기를 원하는 대답이 아닌 것이다.

클레이가 더 많은 환상을 원한다. 그러나 관객에게 다행하게도 룰라는 그 유희를 끝냈다. 그녀는 전체 이야기를 다 했다고 말한 다음,『유령선』이 무엇에 관한 것인지를 요약해준다: "사과와 영생의 지적인 애인들과의 긴 산책. 그런데 그걸 혼동하는 거야. 늘 창 밖을 내다보면서. 책장을 넘기면서. 변화, 변화, 변화. 빌어먹을 내가 너를 알지 못하게 될 때까지. 아니 알려 하지 않을 때까지 말이야"(28). 이러한 룰라의 말은 사건에 대한 반응이지만, 이 말이 전에 한 그 어느 말보다도 더욱 강하게 우리로 하여금 그녀의 위험을 피하려는 노력을 하지 못하도록 하고 있다. 갑자기 모든 시합이 끝나고, 즐거운 환상도 끝나 버렸다. 우리가 지니고 있었을 수도 있는 룰라가 클레이를 이해했다는 환상, 이들이 짧은 순간이긴 하지만 서로를 인식하고 인정하였다는 환상이 깨진다. 사랑인 척한 그 무엇이 있었던 간에 이제 끝이 났다. 이 점을 확실하게 하기 위하여 클레이가 많은 사람들이 열차에 승차하였다는 사실을 다시 한번 언급한다. 우리는 이제 보통의 사건들로 채워진 공공의 세계, 꿈이 개인적인 문제가 되는 세계로 돌아 온 것이다.

이제 룰라가 우리가 깨달을 시간이 거의 없었던 것, 즉 그들이 언어로 창조한 세계에는 두려움이란 중요한 요소가 결여되어 있지만 그 두려움이 공공의 장소에는 영향력을 갖게 된다는 것을 말해준다. 그녀가 클레이에게 승객들이 그를 두렵게 했냐고 묻는다. 그리고 질문형으로 행해진 그의 반박은 ("왜 그들이 나를 두렵게 해?") 두려움을 부정하는 것이 아니다. 우리는 점차 성적인 충돌은 끝났지만 무엇인가 조심해야 할 것이 있다는 것을 깨닫게 되는데, 그것이 무엇인지를 룰라가 곧바로 말해준다. 그녀가 클레이에게 그가 "도망친 깜둥이이기 때문에" 두려워해야 한다고 말한다. 이렇게 말함으로써 그녀는 그를 포로로 취급하고 있고, 따라서 그녀는 이제 클레이와 우리에게 피할 수 없는 위협이 된다. 클레이에 대해 그녀가 앞에서 한 비난은 백인 관객을 즐겁게 해줄 만큼 통찰력 있는 것이었고, 전체 관객을 흥분시키고 괴롭힐 만큼 선정적인 것이었다. 그러나 이제 그녀는 그저 잔인하고 거칠고 편협한 백인 여성일 뿐이다. 이것은 바라카의 성격 묘사가 일관성이 없었다는 뜻이 아니다. 그는 극 전체를 통하여 모든 단서를 우리에게 제공하였다. 그러나 그녀의 성적인 유희, 그녀가 취약함을 보이는 순간, 그리고 그녀의 불확실한 언어가 지금까지 관객으로 하여금 그 단서들을 무시하도록 하였던 것이다. 룰라는 단순한 여성이 아니다. 그녀는 다수와 모순을 포함하고 있는데, 우리가 실수로 그 복잡성이 그녀의 진정한 사악함을 가리도록 하였던 것이다.

클레이가 "도망친 깜둥이"라는 룰라의 주장은 시작에 불과하다. 그녀는 이 때부터 시작하여 클레이가 그녀 영역으로 넘어 왔다고 비난한다. 클레이는 룰라의 말을 가볍게 받아들이려고 한다. 그는 그녀가 농장에서의 흑인의 삶을 낭만적으로 풍자해 제시하는 농장의 이미지를 조롱하지만, 이것이 룰라가 새로운 길을 가게 한다. 룰라는 점차 더 신경질적이고 야비해진다. 바라카는 우리에게 일 장의 끝에서 "즐기자"고 외친 룰라와 동일한 룰라를 제시하고 있지만, 이제 그녀는 열차 통로를 따라 춤을 추며 클레이의 모든 말과 행동을 비웃는다. 처음에 클레이는 룰라의 행동과 그에 대한 그의 당황함을 대수롭지 않은 것으로 만들려고 한다. 그가 아마 사과에 뭔가 들어 있었던 모양이다라고 말한다. 물론 이것이 관객에게 그 사과가 무엇을 상징하는가를 상기시켜준다. 그리고 그는 날카로운 농담을 던진다: "벽에 걸린 거울아, 거울아. 누가 가장 예쁘냐? 백설 아기, 그것 잊지 말아라"(30). 이 말장난이 룰라를 멈추게 하지 못한다 ("백설 아기"를 의미하는 "snow white baby"는 "백인이 아니다 얘야"를 의미하는 "[it']s no white, baby"의 앞 "it" 부분을 약하게 발음하면서 s와 no를 빨리 이어 발음하면 얻게되는 표현임 - 역자 주). 그녀가 모든 면에서 클레이를 공격한다. 이제 그녀는 클레이의 성생활과 기독교 신앙을 조롱하고, 그의 외모가 "더러운 백인"이라고 조롱한다. 그녀는 그를 "중산층 흑인 사생아"라고 부르며, 이것이 모욕임을 분명히 한다. 그녀는 클레이의 자제력을 시험하면서 그에게 "그들이 원하는 대로 거기 앉아 죽지 말라"고 다그친다. 이 마지막 말에 클레이가 격분하여 룰라에게 "앉아 빌어먹을"이라고 말하지만 그녀는 아랑곳하지 않고 계속한다. 이제 그녀는 클레이를 무력한 "곱슬머리 언클 탐"이라고 조롱하고, 그들을 바라보고 있는 다른 승객들에게 "백인이 그의 엄마를 강간하면, 그는 발을 질질 끌며 숲으로 들어가 그의 하얗게 센 머리를 숙이고 있다"고 떠들며 통로를 오르내린다(32).

이 사건은 클레이에 대한 공격일 뿐만 아니라 관객에 대한 공격이기도 하다. 룰라의 행동과 말이 관객에게 여러 강한 감정적 반응을 일으키는데 그 중 일부는 모순된 것들이기까지 하다. 그러나 바라카는 그녀의 연기를 통해 최후로 흑인 관객을 백인 관객으로부터 분리시킨다. 전체 관객이 룰라의 최대 연기에 공포, 혐오, 분노 그리고 즐거움도 느끼게 되는데, 그 누구도 이 세차게 동요하는 감정을 통제할 방법을 알지 못한다. 흑인 관객과 백인 관객 모두 앞서 제시된 룰라의 잔인함을 암시하는 징조를 인식하지 못하는 경우 분노와 혼란스러움을 느끼게 된다. 이에 더해 흑인 관객은 룰라가 백인 여자이기 때문에 그들이 본능적으로 갖게되는 여러 가지 의심들이 놀랍게도 사실로 확인되었다고 생각하면서, 이 생각을 일반적인 백인 여자들에게로 그리고 룰라가 속해 있는 문화로 연장 적용시키게 될지도 모른다. 흑인 관객은 룰라가 확실히 미쳐 가는 것을 보면서 즐거움을 느낄지도 모른다.

바라카가 의도한 것으로 볼 수 있는 것 중 가장 가능성 있어 보이는 것이 관객이 이 백설 공주가 실제로 매우 추악하다는 것을 깨달으면서,

"거울을 보는 것" 즉 반영에 대한 두려움을 느끼도록 하는 것이다. 그러나 백인 관객은 이 같은 깨달음을 거부하고 (또는 이미 거부해버리고), 대신 룰라를 타자로 보면서, 그들과 같지 않은 정신 나간 창녀로 간주하면서 그녀에게 분노를 느낄 수도 있다. 이 점이 내 생각에 바라카의 전략의 가장 심각한 약점인 것 같다. 룰라의 날카로운 재치, 그녀의 뻔뻔스러운 유혹, 그녀의 왕성한 상상력이 그녀를 매우 독특한 인물로 만들기 때문에 일부 백인들은 그녀를 보통의 사람으로 인식하지 못하고 성도착증 환자로 치부해버릴 수도 있다. 바라카가 관객으로 하여금 룰라를 보통의 사람으로 인식하도록 의도하지 않았더라면, 이 극 속의 인물은, 『삶의 큰 미덕』의 판사처럼 미국 백인에 대한 더욱 추상적인 상징이 될 수도 있었을 것이다.

흑인 관객이나 백인 관객이 룰라를 적이나 동지로서 완전히 이해하든 못하든 간에, 그녀는 관객에게 분노를 그리고 클레이에게 두려움과 당황스러움을 충분히 느끼도록 해 어떤 관객이든 이 시점에서 클레이가 어떤 방식으로든 반응을 보일 것을 요구하게 된다. 클레이가 그런 반응을 보이는데, 그것이 직접적인 살해 이외의 다른 것이 될 수 있다고 상상하기 어렵다. 그의 반응이 육체적 반응뿐만 아니라 언어적 반응이라는 점은 이제껏 보아온 그의 모든 면과 일치한다. 그러나 그런 반응이 예기치 못한 것이라는 사실은 더더욱 클레이에 대하여 또는 흑인 남자들에 대하여 좀 알고 있다는 백인 관객의 생각을 반박한다.

결국 클레이가 룰라를 잡아 좌석에 앉히며 세차게 때린다. 이 같은 행동 때문에 우리는 폭력이 더 일어 날 것으로 기대하게 되는데, 폭력은 육체적인 형태가 아니라 언어적인 형태로 일어난다. 클레이가 그녀를 쉽사리 죽여 버릴 수도 있다는 사실을 밝히면서 살인에 대한 관객의 기대가 충족되지만, 그가 살인할 수 있다고 이야기하는 것 자체가 그가 실제로 살인을 할지도 모른다는 관객의 불안감을 씻어준다. 클레이가 공격하는 것은 룰라의 육체가 아니라 그녀의 오만함이다. 그녀의 오만함은 극 전체를 통하여 파괴될 필요가 있는 것으로 제시되었다: "내가 해야만 하는 일이 무엇인줄 알아? (갑작스런 고함소리가 열차 안 전체를 놀라게 한다) 모를 거야! 아무 말도 하지마. 내가 중산층 가짜 흑인이면 … 그렇게 내버려둬. 내가 원하는 대로 살게 내버려두란 말이야"(34). 클레이의 고함소리가 관객이나 룰라가 그를 평가하거나 그를 꿰뚫어 볼 수 있다고 생각하지 못하도록 한다. 룰라나 관객은 클레이가 선입견으로 형성된 이미지에 맞추어 또는 어긋나게 행동하기를 기대할 권리가 없는 것이다. 우리는 클레이가 어떤 사람인가를 판단할 수 있는 진정한 증거를 갖고 있지 않으며, 그의 정체성을 파악할 수 있다고 하더라도 그 정체성을 평가할 수 있는 권리를 갖고 있지 않은 것이다.

클레이 말의 나머지나 그의 죽음이 그가 무엇을 원하는 지를 확실히 보여주지 않는다. 그 대신 그의 말은 흑인들이 그들의 소원을 말하고 그를 실현하기 위하여 노력하는 경우 미국적 꿈이 사회적 신분 상승의 보상으로 내세우는 존엄성의 상실이라는 위협을 받게 된다는 것을 보여 준다. 어떤 면에서 이것이 리처드 세네트(Richard Sennett)와 조나단 코브(Jonathan Cobb)가 『사회 계급의 감춰진 상처』(*The Hidden Injuries of Class*)에서 지적하고 있는 곤경이다. 20세기 미국 사회처럼 계급화된 사회에서는 논리적으로 능력 있는 사람들 모두가 성공할 수 있는 것은 아니라는 것을 알면서도, 물질적이든 개인적이든 어떤 목표를 달성하려 한다고 말해야만 하고 실제 달성하는데 실패하는 경우 개인적인 실패였음을 인정해야만 한다.19) 그러나 성공은 종종 존경을 받는 유일한 이유가 권위 있는 자리에 있다는 것뿐인 사람이나 단체가 부여하는 업적과 칭송의 외부적 인정을 받는 것을 필요로 하기 때문에 성공한다고 반드시 존엄성을 얻는 것도 아니다. 이것이 클레이의 분노를 이루는 중요한 요소이다. 그는 중산층 복장을 입고 다님으로써 자신을 룰라의 평가에 취약하게 만든다. 그리고 그녀

가 집요하게 그를 자존심과 중산층으로의 귀속 의식의 대립 관계를 인정
하지 않을 수 없는 곳까지 몰고 가는 것이 그녀의 잔인함을 측정할 수 있
게 한다. 클레이는 또한 흑인이 중산층으로 진입하는데 실패하는 것은 세
네트와 코브가 설명하고 있는 것보다 더 복잡하고 더 큰 좌절감을 맛보는
일임을 알고 있다. 빠르게 그리고 결정적으로 신분 상승을 이루지 못하는
백인 노동자는 그의 단점을 제외해버리고는 충분히 만족스러운 설명을
할 수 없다는 결론을 내리게 된다. 그 결과 그는 죄책감과 수치감을 느끼
게 된다. 이와 비슷한 처지에 놓인 흑인 노동자는 그의 피부색을 변명이
나 이유로 들 수 있지만, 그의 존엄성의 근원인 피부색에서 그의 실패의
원인을 확인한다는 것은 "검은 것은 아름답다"는 1960년대의 구호가 해결
하지 못한 모순을 좇아서 사는 것이다.

　　클레이튼 라일리는 클레이의 말에 대해 수사학적 질문을 던진다: "이
모든 것을 누가 이해할 수 있는가? 이것이 누구를 향해 의도된 것인가?"[20]
라일리는 바라카의 극에 나타나는 흑인의 암호에 대해서 이야기하고 있
는데, 그의 이별로 수수께끼 같아 보이지 않는 질문이 클레이의 말이 흑
인을 향한 암호화된 메시지임을 암시하고 있다. 클레이는 계속해서 백인
들이 "흑인 한 사람과 성관계를 가졌다"는 이유로 또는 "베시 스미스
(Bessie Smith)를 사랑한다" 또는 "찰리 파커(Charlie Parker)를 이해한
다"는 이유로 흑인들에 대해 안다고 생각하는 것을 비웃는다. 여기서 그
는 흑인들의 독특한 정체성을 확인해주고 있는 것이다. 클레이는 흑인들
의 힘을 확인해주고 그들의 자존심을 불러일으킨다: "내 동포들을 위해
내가 그것들을 요구할 필요도 없어. 그들도 팔과 다리가 있거든"(35). 클
레이는 룰라를 살해하지는 않지만 그의 동포가 다른 해결책을 조속히 찾
지 못하게 되는 경우 유일한 해결책으로서 살인이라는 괴물을 제시한다.
라일리의 해석이 관객이 (할 의지가 있다면) 해독할 수 있는 다양한 암호
를 제시하는 바라카의 전략과 일치하고 있다.

    그러나 클레이의 말의 수사와 어법이 백인 사회에 대해 항의하려는 마지막 시도, 대화하려는 마지막 시도임을 강력히 암시하고 있다. 흑인들에게는 룰라 식의 "배 비비기"가 "남의 일에 참견하는 일"이라는 것을 말해줄 필요가 없다. 베씨 스미스가 백인을 살해하지 않기 위하여 은유를 사용하였다는 것을 (반면에 백인들은 룰라와 같이 자신들을 숨기기 위해 은유를 사용한다는 것을) 말해 줄 필요가 있는 자들이 바로 백인들인 것이다. 클레이는 흑인들에게는 이 모든 말들이 필요치 않다고 말한다. 그러나 그가 그 말을 제공하고 있기 때문에, 그 말이 적어도 일부나마 백인 관객의 허세를 돌파해 나가기 위해 의도된 것이라고 생각하는 것이 적절한 것 같다. 클레이가 말을 건네고 있는 상대 "너"는 룰라이다. 마지막 관대한 경고가 필요한 사람이 바로 그녀인 것이다:

> 확실하게 네가 정말로 그들을, 최근까지 지배받던 사람들이었던 반쯤 백인인 피신탁자들을 네 품안으로 받아들일 수 있다고 믿게 되는 바로 그 날. 아주 오래된 것 빼고는 더 이상의 블루스 없이, 수박도 보이지 않는 상태에서 그 훌륭한 선교사의 심장이 승리감에 도취되어 있을 때, 과거 깜둥이들 모두가 서양인으로 당당하게 일어서 깨끗하고 근면하며 쓸모 있는 삶을 원하면서, 너를 살해할거야. 그들이 너를 죽일 것이야. 그리고 아주 합리적인 설명을 하게 될거야. (36)

이 말은 흑인들의 성공에 대한 예언이 아니다. 이것은 서구 백인 사회에 대한 비난, 백인이 흑인의 생존을 규정된 중산층 행위와 동일시하기를 고집하는 경우, 흑인은 실제로 충실하게 모방하는 사람이 될 것이라는 경고이다. 그 흑인은 "쓸모 있고, 맑은 신이며, 경건하고, 미치지 않은, 그리고 살의에 가득 찬" 사람을 모방할 것이다. 클레이의 말의 의도는 백인 관객의 편견뿐만 아니라 백인의 존재 양식 전부를 깨뜨리려는 것이다. 클레이는 백인이 현재의 행동을 계속하는 경우, 『템페스트』(*The Tempest*)에서처럼, "그대가 나에게 말을 가르쳐 주었고, 내가 얻은 것은 / 저주하는 법을 안다는 것이다"라고 말하는 흑인 캘리벤(Caliban)들과 마주치게 될 것이라고 경고하고 있다. 라일리가 말하고 있듯이 클레이의 말은, 그것을 흑인은 이해하고 백인은 이해하지 못한다는 의미에서, 백인 관객은 오로지 클레이의 욕설만 듣고 그의 예언적 저주는 듣지 못할 것이라는 의미에서 암호라고 해도 좋을 것이다. 하지만 그의 모든 말을 흑인 관객과 백인 관객 모두 이해할 수 있다.

　실제로 백인이 클레이의 말을 들었다는 것을 인정하는 것이 룰라이다. 그녀의 날카로운 목소리는 사라지고, 우리는 이제 그녀가 사무적인 목소리로 갑자기 "충분히 들었다"고 말하는 것에 약간 놀라게 된다. 이에 클레이도 동의한다. 그는 관객이 아직도 가지고 있을 지도 모르는, 그가 여전히 성적 모험을 원하고 있다는 두려움이나 환상을 덜어주면서 분명한 것을 말한다: "네가 앞서 계획한 조그만 쇼를 공연하지 못할 것 같아 보이네"(37). 관객은 안도감을 느끼면서 클레이가 열차에서 내리기를 간절히 바라고, 짓누르는 듯한 연극관에서 벗어나 그의 말에 대처하거나 잊어버리기를 갈구하게 된다. 다시 한 번 우리의 기대가 어긋나 버린다. 그의 물건들을 집으려 하는 클레이를 룰라가 칼로 두 번 찔러 죽인다. 그런 다음 그녀가 다른 승객들에게 시체를 열차 밖으로 내던지라고 명령한다. 이들이 기계적으로 명령에 따르고, 혼자 남은 그녀가 자신을 진정시킨다. 그녀가 무엇인가를 노트에 적어 넣는데 (그녀의 개인적 역사?) 또 한명의 젊은 흑인 남자가 열차에 올라 탄다. 그녀가 고개를 들어 노려본다. 우리는 『유령선』의 시작 부분에서 그녀가 창문을 통해 클레이에게 보낸 미소를 불안하고 절망적인 마음으로 떠올리게 된다. 극이 끝나면서 나이 든 차장이 "절제된 모습으로 부드럽게 걸으면서" 젊은이에게 "형제여"라고 인사를 건네고 젊은이가 답하면서 막이 내린다.

　룰라에 의한 클레이의 살해는 충격적인 것이다. 그러나 돌이켜 볼 때, 우리는 그것에 대비를 해 왔던 것이다. 이에 백인 관객이 놀랬다면 그것은 겉으로 보이는 폭력의 신호와 살해 의도만 인지했기 때문이다. 은밀히 주어진 단서들은 룰라가 실제 살인자임을 가리키고 있다. 우리가 두려움의 반응을 보이는 경우, 그 두려움은 우리가 그것을 알았어야만 했다는 깨달음 속에 있다. 우리는 여자, 지하철, 흑인에 대한 백인의 태도에 관한 우리의 생각들이 우리 앞에 무엇이 놓여 있는지를 이해하는 것을 방해하도록 하였다. 우리는 순수함을 상실했다는 느낌을 갖게 된다. 그러나 그 느낌은 더 정확히 말하자면 우리는, 흑인이든 백인이든, 순수하지 않았다는 깨달음이다. 이것은 흑인 관객이나 백인 관객 모두에게 무서운 경험이다. 어쩌면 흑인에게는 이 것이 그가 한시도 안전하지 않다는 것을 말해 주는 것이기 때문에 고통스런 경험이 될 수도 있다. 백인 관객에게는 이 것이 그동안 의심해 본 적이 없는 그의 흑인에 대한 폭력성을 보여주고, 이러한 깨달음으로 무장한 흑인들이 효과적인 방어를 준비할 것이라는 것을 암시하고 있기 때문에 무서운 경험이 된다.

이 극의 마지막 부분이 두려움의 모든 원인들을 연장한다. 또 다른 젊은 흑인 남자의 등장은, 관객이 클레이의 살해를 산발적인 사건으로 보려고 하는 경우에 대비하여 그 같은 사건이 계속될 것이라는 점을 강조하고 있다. 흑인 차장의 등장은 약간 모호하다. 그의 등장은 흑인 관객에게 흑인이 항상 혼자 있는 것은 아니라는 확신을 심어 주는 반면에 백인 관객에게는 겁을 주려고 의도된 것일 수 있다. 이 세상에 서로를 도와 주는 동포가 있다는 것이다.

『유령선』은 관객이나 독자와 함께 하고 있다. 이 극은 그 핵심 이미지를 잊을 수 없는 꿈처럼 우리의 기억 주변에 맴돌면서 괴롭힌다. 바라카는 그의 의도에 대하여 다음과 같이 밝혔다: "우리는 덕과 느낌 이 세상에서의 자신에 대한 자연스런 느낌에 대해 설교한다. 모두가 이 세상에 살고 있고, 그 세상은 그들이 살 수 있는 곳이 되어야만 한다"[21] 『유령선』은 그 누구도 살고 싶어하지 않는 세상을 보여준다. 이 극의 목적은 그런 세계를 보여줌으로써 관객이 그런 세상은 흑인에게도 그리고 백인에게도 맞지 않는 곳이라는 것을 깨닫도록 하는 것이다. 『유령선』의 또다른 의도는 또한 관객으로 하여금 우리가 주변에 널려 있는 경고들을 계속 무시하는 경우 우리 자신을 파괴하고 말 것이라는 깨달음을 갖도록 하는 것이다. 이 극은 흑인 관객에게 스스로를 방어해야 한다고 경고하고, 백인 관객에게는 변할 수 있으면 변하라고 경고하고 있다.

　　이러한 의도나 바라카의 전략 둘 다 분명하지만, 『유령선』을 무대에서 만족스럽게 공연하는 것은 어렵다. 클레이튼 라일리가 이 극의 역사에 있어 이 같은 문제를 해결하려고 시도하였다:

　　이 작품은 너무도 강력해서 그 어떤 공연도 (즉 내가 보거나 직접 공연에 참가한 그 어떤 공연도) 이 극에 내포되어 있는 모든 상징들을 포착 제시하지 못하는 것 같다. 그렇게 많은 것을 요구하는 작품이기에, 그리고 자주 바뀌는 용어, 확실히 하자면 암호, 그 중 일부는 공연보다는 읽음으로써 더 정확해지는 용어 때문에 아주 어려운 작품이다.22)

『유령선』의 공연과 관련된 라일리의 경험은 연출자와 관객으로서 내가 경험한 것과 비슷하다. 그러나 라일리의 설명은 충분치 않다. 다른 작품과 마찬가지로 『유령선』의 힘은 그 극의 통합된 결과 즉 독자나 관객에게 주는 최종적인 효과에 있기 때문에 대본 또는 공연의 요소가 아닌 것이다. 라일리가 암시하고 있는 것은 독자는 대본이 제시하는 일련의 복잡하게 얽힌 신호들을 접해 좀더 오래 시간을 사용하거나 그들로 되돌아 올 수 있기 때문에 대본이 관객보다 독자에게 더 효과적이라는 것이다. 이와 같은 비평은 연극 비평계에서 낯선 것이 아니다. 셰익스피어 독자나 비평가들도 거의 매 십 년마다 셰익스피어의 극에 대해 비슷한 평을 하였다. 그러나 셰익스피어의 극중에서 가장 복잡한 것에서 조차도, 예를 들면 『리어왕』에서 조차도, 종종 공연이 극을 완벽하게 포착해낸다. 그 추상적인 개념으로서의 "힘"을 인식하는 연출자와 연기자들이 바로 셰익스피어의 극을 완벽하게 공연해 내는 자들인 것이다. 극이 공연으로 제시되기 어렵다는 느낌을 준다는 것은 극작가가 연극적 방법으로 구어적 언어가 울려 퍼지도록 하는데 실패한 문제일 수도 있지만, 가끔은 연극 예술가들이 대본에 포함되어 있는 특별한 몸짓들을 포착하여 소리와 육체와 색과 선과 움직임으로 이루어진 연극 무대의 세계로 확장하는 책임을 다하지 못한 문제이기도 하다.

따라서 『유령선』과 관련된 한 가지 문제는, 셰익스피어의 극에서처럼, 이 극을 관객이 접근할 수 있도록 만들려고 노력하는 과정에서 연출자, 연기자, 그리고 무대 장치인들이 대본의 "의미"를 하나의 주제 파악의 문제로 만들어 버렸다는 것이다. 이 극은 또한 연기자와 연출자들이 한 가지 전략, 즉 이미 이 극의 가르침을 쉽게 받아들일 상태에 있는 사람들이나 또는 방어된 상태로 극을 보러 오지만 그 방어가 약화될 가능성이 있는 사람들이 특히 쉽게 접근할 수 있는 듯 보이는 특질이나 순간들을 강조하려는 전략을 택하도록 유혹한다. 이것은 반드시 그런 것은 아니지만 종종 흑인 관객 또는 백인 관객을 주 대상으로 공연하는 것을 의미한다. 그러나 분명하게 『유령선』에서 바라카는 흑인과 백인 둘 다로 구성된 관객을 대상으로 하고 있다.

이것이 라일리가 이 극의 힘에 대하여 이야기할 때 의미한 것의 일부일 수도 있다 그러나 그가 자주 바뀌는 용어에 대해 언급할 때 그의 『유령선』의 공연과 관련된 문제점들에 대한 접근이 더 큰 도움이 된다. 『유령선』에서 사용한 바라카의 전략의 핵심은 우리가 점차적으로 클레이와 룰라의 관계에 내포되어 있는 위험에 대한 경고들을 인식하도록 하는 것 또는 극이 진행되는 동안 그러한 신호들을 이해하지 못한 경우 룰라가 클레이를 살해할 때 중요한 것을 놓쳤다는 것을 우리가 깨닫도록 하는 것이다. 하지만 이 극의 세계에서는 경고들이 꿈속의 상징들처럼 다양하게 변장한 모습으로 제시된다. 바라카의 언어가 풍요롭지도 않고 복잡하지도 않다면 그 언어는 그가 제시하고자 하는 경험의 신화적 성격에 맞지 않을 것이다. 그러나 그와 같은 언어의 난해함이 처음 접하는 경우 특히 그리고 우리가 보고 듣는 것을 인정하려 하지 않는 경우 더더욱 이해를 어렵게 한다. 공연되는 경우 『유령선』은 관객에게 꿈에서 깨어났을 때 경험하게 되는 것과 같은 어리둥절함을 준다. 우리는 그 꿈 또는 극을 다시 경험하면 신호들이 의도하는 것에 대해 더욱 조심스럽게 생각해볼 수 있을 것인데 하고 바랄 수도 있지만, 반대로 그 꿈 또는 극이 우리가 원치 않는 깨달음을 제시하기 때문에 그 꿈이나 극을 억누르려 할 수도 있다. 흑인 관객은 그가 이미 알고 있는 위험의 신호들을 다시 대하게 되는 것이고, 반면에 백인 관객은 그 같은 위험을 만들어 낸 것에 대한 그의 책임을 나타내는 신호들을 인지하고 싶어하지 않는다. 어떤 극의 구성이 우리에게 꿈의 구성을 상기시켜 주는 경우에도 이 둘 사이에 중요한 차이가 존재한다. 꿈이나 극을 해석할 때 우리가 가끔 잊는 이 차이는 꿈을 구성하는 것은 우리 각자인 반면에 극의 구성과 전략을 만드는 것은 남이라는 것이다. 『유령선』은 바라카가 이 극의 대상으로 택한 중산층의 가치 체계와 의식을 공격하기 때문에 이 극에서 그 차이는 특히 중요하다. 바라카가 많은 흑인과 백인 관객이 공유하고 있다고 가정하고 있는 태도들이 바로 그가 반박하고 있는 태도들인 것이다. 이 극이 제기하는 문제점들을 관객이 받아들이게 하려면 우선 관객을 그 세계로 유혹해야한다. 그 유혹이 성공적으로 이루어질수록, 즉 우리가 클레이와 룰라의 관계에 더 깊이 빠져들수록 이 극이 제시하는 경고들 중 많은 것들을 무시해버리고, 충격을 받고, 혼란스러워지면서, 이 극의 마지막 부분에서 새로운 깨달음으로 유도되지 아니할 위험이 더 커지게 된다.

　　『유령선』의 마지막 아이러니는 이 극 공연의 어려움이 이 극에 내재되어 있는 낙관론이 잘못된 것이라는 사실이다. 『유령선』은 흑인 관객과 백인 관객이 가지고 있는 다른 공포와 욕망을 인정하지만 동시에 연극의 제한된 시간동안 외면상으로나마 하나의 공동체를 (위험하게나마) 이루는 중산층 흑인과 백인이 있다고 가정하고 있다. 그러나 극을 보러 온 흑인 관객과 백인 관객이 연극 공연장 안에서 그들이 온 세계만을 재구성한다면 그들은 관객이 될 수 없을 수도 있다. 관객을 형성하는 사람들이 이미 무대 위와 무대 밖에서의 흑인과 백인의 접촉 가능성을 배제해버렸을 수도 있다. 『유령선』에서 바라카는 결국 꿈에 대한 경고에서 한 걸음 더 나아간다. 그는 우리에게 흑인들과 백인들이 다른 이유로 꿈속에서 억누르고 있는 행동을 보여주고 있는 것이다. 『유령선』이 연극의 상상적인 세계에 머물고 있기 때문에 클레이의 살해는 마지막 신호를 나타낸다. 바라카는 백인 관객에게 더 이상의 경고를 보내질 않을 수도 있는 것이다.

에드 블린스(Ed Bullins)는 적어도 지난 10년 동안 미국에서 가장 유명한 그리고 가장 활발하게 작품 활동을 한 작가이다. 그는 자신을 소개하면서 "극작 분야에서 드러난 비밀을 더 노출시키기 위해서. 이 때에 나는 미국에 흑인이든 백인이든 외국인이든 동료가 없었다. 나는 이를 인정한다. 허영에서가 아니라 실제로 미국에는 감히 그렇게 할 사람이 없었기 때문에"라고 말했다.[1] 나는 이 같은 자신에 대한 정의를 이런 류의 비교가 허락하는 범위 내에서 진실이라고 믿는다. 이보다 더 중요한 것은 이 진술이 극작가로서의 블린스의 삶에 핵심이 되는 것에 대해 많은 것을 보여 주고 있다는 것이다. 그의 극과 다른 공적 활동에서, 에드 블린스는 계속 모험을 해왔다. 그가 예술가로서 택한 모험을 통해 그는 다른 사람들에게 이전에 알지 못했던 세계를 조사하고, 그들이 살고 있는 세계의 가치 체계를 재검해 볼 것을 요구하였다.

미국 연극계에 있어 에드 블린스의 위치는 주로 그가 극작가로서 쓴 작품을 토대로 하고 있다. 나아가 그는 흑인 연극이 발전할 수 있는 센터 설립을 위해 꾸준히 노력해왔다. 그가 시도한 모험 중에 가장 주목할 만한 것은 그가 로버트 맥베스(Robert MacBeth)와 함께 1967년 할렘에서 뉴 라파예트 씨에터(New Lafayette Theater)를 운영한 것이다. 뉴 라파예트에서 블린스는 극을 쓰면서, 때때로 자신의 극작품을 연출했고, 1960년대 후반과 70년대 초반의 흑인 연극에 대한 정보와 미학적 비평의 중요한 출처인 전문지 『흑인 연극』(*Black Theatre*)을 편집하기도 하였다. 그의 극작품을 모아 출판한 『주제는 흑인성』(*The Theme Is Blackness*)에 붙인 서문에서 블린스는 자신에 대하여 말하면서 다음과 같을 말을 하였다: "그의 작품과 뉴 라파예트는 정확하게 분리될 수도, 동일시 될 수 없다. 그가 아는 한, 라파예트말고는 흑인의 예술적 지식. 재능, 기술, 경험의 종합체가 존재하는 곳은 어디에도 존재하지 않는다. 여러 면에서, 뉴 라파예트는 진정한 흑인 연극이라고 할 수 있다."2) 이 진술에 나타나는 신념과 목표는 이후의 사건에 의해 무너지게 된다. 뉴 라파예트는 1972년에 마지막 지원금을 받았고, 외부의 후원 없이는 유지할 수 없었다. 그 이후로 블린스는 어메리컨 플레이스 씨에터(American Place Theater) 그리고 뉴욕 셰익스피어 페스티벌(New York Shakespeare Festival)에서 상주 작가로 활동하였다. 뉴욕 셰익스피어 페스티벌에서 그는 극작을 가르치고 조세프 팝(Joseph Papp)을 도우면서 지냈다.

뉴욕 셰익스피어 페스티벌에서 블린스가 차지하고 있었던 위치는 그가 미국 연극의 주류에 의해 인정을 받았음을 암시해주고 있다. 블린스는 라파예트로 옮겨가기 전에 캘리포니아에서 거주하였다. 그곳에서 그는 지역 사회 연극 사업과 흑인 문화 민족주의에 참여하였다. 1960년대 중반, 블린스는 흑인 연극과 다른 예술 분야를 위한 지역 사회 센터 역할을 한 서부 흑인 예술(Black Arts/West)의 공동 창설자가 되었다. 그는 또한 흑인 예술 연맹(Black Art Alliance)의 회원이었고, 1967년에 아미리 바라카(Amiri Baraka)와 함께 흑인 연극 사업(Black Communications Project)과 샌프란시스코나 로스엔젤리스에서의 영화 제작에 참여하였다.3) 『주제는 흑인성』에 포함된 그의 수필에서 블린스는 그가 뉴욕으로 옮기기 직전에 블랙 하우스(Black House)라 불린 사업에 참여한 것에 대해 밝히고 있는데, 이 사업에는 엘드리지 클리버(Eldridge Cleaver), 마빈 엑스(Marvin X), 아미리 바라카, 그리고 소니아 산체즈(Sonia Sanchez)가 참여하고 있었다.4) 블린스는 블랙 하우스가 내부 정치적 갈등으로 인해 해체되었다고 밝히고 있는데, 이에 대한 그의 분노가 너무나 커서 뉴욕에 와 새로이 시작하라고 설득하기 위해 로버트 맥베스가 전화를 했을 때 그는 미국을 떠날 준비를 하고 있었다는 것이다.5)

마빈 엑스와의 인터뷰에서 블린스는 캘리포니아에서 흑인 문화 사업에 참여하며 보낸 시간이 정화의 시기였다고 말한다.6) 그는 이 시기가 "예술가로서의 그리고 한 개인으로서의" 자신에게 만족하지 못하고 있었을 때였다고 말한다. 흑인을 위한 흑인 예술을 창조하기 위해 노력하는 다른 흑인 예술가들과 함께 일한 경험이 블린스에게 새로운 평온을 가져다 주면서, 자신이 "부적응자, 서구적 흑인 예술가인 부적응자"라는 느낌을 떨쳐 버리게 해 주었다. 이 시기에 그는 극을 쓰기 시작했다. 그러나 스스로 확실하게 극작가임을 인정할 수 있었던 것은 『화장실』(*The Toilet*)과 『유령선』(*Dutchman*)의 공연을 보고 난 다음이었다. 블린스는 바라카의 극을 읽으면서 그의 찬미자가 되었다. 바라카의 작품의 공연을 본 후에 블린스는 갑자기 그가 무엇을 하고 있었는지를 그리고 그가 하고 있었던 것이 좋은 것이라는 것을 알게 되었다.

블린스가 해오고 있었던 것은 글쓰기, 깜짝 놀랄만한 다양하고 풍부한 글쓰기이다. 지난 십 년 동안, 그는 30편 이상의 작품을 써왔는데, 이 극들은 형식상 중세 도덕극과 비슷한 짤막한 의식화된 우화로부터 장르 구분을 하기가 쉽지 않지만 "흑인의 시적 자연주의"라고 할 수 있는 장막극에까지 걸쳐 있다. 블린스는 극의 구조나 전략을 반복해 사용하지 않지만, 그의 모든 극이 사실주의와 그것이 반영하는 중산층과 중산층 도덕의 한계를 무너뜨리려는 시도를 하고 있다. 이 같은 시도는 블린스가 추구한 극작술의 유형 그리고 그가 제시한 인물과 환경의 종류에 확실하게 나타나 있다. 그의 등장 인물들은 대부분 미국 도시의 빈민가에 살고 있는 평범한 흑인이다. 블린스의 극은 미국 사회의 무법자, 즉 사회학자들이 소위 일탈자라고 하는 흑인 남녀를 그리고 있다.7) "범죄적 요소"를 다룬 극중에서 가장 잘 알려진 두 작품이 『클라라의 남편』(*Clara's Ole Man*)과 『버팔로에 가련다』(*Goin' a Buffalo*)이다. 『클라라의 남편』에서는 한 순진한 청년이 한 가정에서 그 가정의 남편과 아내가 동성애적 관계에 있는 두 여자이라는 사실을 모르고 사랑을 구하려 한다. 『버팔로에 가련다』가 제시하는 세계는 포주와 창녀의 세계이다.

블린스가 중산층 또는 중산층이 되고자 하는 인물들을 제시할 때는 그 인물들의 가치와 행위에 도전하는 방식으로 제시한다. 최근에 쓰여진 극 『천당으로』(*C'mon Back to Heavenly House*)는 중산층의 규범을 흉내내려는 흑인 병원 노동자들의 삶의 이중성과 위험을 생생하게 보여준다. 브레히트 양식으로 구성되어 있는 이 극은 등장 인물의 세계의 초현실적인 면을 강조함으로써 관객들의 불안하게 만든다. 블린스는 그의 극 모음집 『주제는 흑인성』에서 또 다른 방법으로 중산층 미국인들의 기대를 이용하고 있다. 이 모음집에서 그는 스스로 "흑인 혁명 광고"라 부른 연극 형태를 발전시켰다. 이 모음집에 실린 극들은 텔레비전 광고와 비슷한 기법을 사용하면서 이미지와 극적인 순간을 연극적 경구로 압축해 제시한다.

블린스는 계속 극을 위한 새로운 형식과 주제를 추구하면서, 그의 정열의 대부분을 "20세기 연작극"(20th Century Cycle)이라고 부른 커다란 일에 쏟아 부었다. 그의 설명에 따르면, 20세기 연작극이란 "미국 흑인의 삶을 그린 일련의 극에 붙인 이름이다. 이 연작극은 완성되는 경우 총 20

편의 극을 포함하게 될 것이며, 각 극은 충분히 예술적인 작품이 되도록
계획되어 있다."8) 블린스는 또한 20세기 연작극을 구성하는 각 작품의
긴장감과 상황이 다르지만, 등장 인물들은 하나의 집단을 형성하게 되며,
서로가 가족 관계로 연결된다고 설명하였다.9) 『포도주 마시는 시기』(*In
the Wine Time*), 『뉴잉글랜드의 겨울』(*In New England Winter*), 『이층
집』(*The Duplex*), 『길모퉁이』(*The Corner*)가 20세기 연작극의 일부로
쓰여진 작품들인데, 클리프 도슨(Cliff Dawson) 또는 그의 이복 형제 스
티브 벤슨(Steve Benson) 중 한 사람이 또는 두 사람 다 이 극에 등장하
고 있으면, 이 극들의 시간적 배경도 대체로 비슷하게 1950년대와 60년대
가 되고 있다.

　『포도주 마시는 시기』는 20세기 연작극의 첫 작품이다. 이 극은 흑인
의 "내적인 삶"에 대한 블린스의 관심과 전통적 연극 형태의 구속을 벗어
나려는 그의 노력의 특징을 보여준다. 이 극 전체가 "1950년대 초반 거대
한 북부 공업 도시의 한 작은 골목길"과 무더운 8월의 밤을 배경으로 전
개된다.10) 극의 중심 인물은 대학을 다니는 20대 중반의 남자 클리프 도
슨, 클리프의 아내이며 세탁소에서 일해 가족의 생계를 이끌어 가는 20대
초반 여성이며 현재 임신하고 있는 루(Lou), 그리고 루의 방황하고 있는
십대의 즈카이며 몇 년 전 어머니가 사망한 이후 루와 클리프와 함께 살
고 있으면서, 클리프가 젊었을 때 한 것처럼 해군에 입대하기를 원하는
레이(Ray)이다. 이들의 주위에 있는 이웃들과 친구들이 이들의 삶 속으
로 끊임없이 드나든다. 한 이웃인 크럼프 가족과 백인 경찰을 제외하고
모든 등장 인물들이 흑인이다.

　찌는 듯한 여름 저녁은 사람들이 집안에 있을 수 없게 만든다. 따라
서 등장 인물들은 도슨의 집 현관 계단에 모여든다. 이들은 이야기하고,
웃고, 말다툼하고, 사랑을 나눈다. 이들은 극의 제목에 있는 포도주를 마
신다. 때때로 이들이 포도주나 다른 술을 사기 위해 다른 사람을 찾기 위

해, 또는 그저 어슬렁거리기 위해 가는 대로(The Avenue)의 모습이 잠깐씩 비춰진다. 극의 마지막 부분까지 이보다 더 중대한 일은 일어나지 않는다. 『포도주 마시는 시기』의 끝 부분에서 도슨 가족의 이웃 레드(Red)가 레이에게 싸움을 건다. 이 싸움은 레이의 애인인 버니(Bunny)를 차지하려는 레드가 레이에게 소변이 담긴 병을 주어 마시도록 하려할 때 일어난다. 이 싸움에서 레드가 살해된다. 살인에 대한 책임을 지겠다고 나선 클리프가 경찰에 의해 감옥으로 끌려간다. 레이와 루는 이제 뒤에 남아 자신들의 힘과 나아갈 길을 찾아야 한다.

『포도주 마시는 시기』의 결말 부분에서 일어나는 레이의 순수성 상실과 가족의 파멸은 다른 흑인 연극에서도 일반적으로 다루어지는 주제이다. 씨어도어 워드의 『짙은 안개』에서도 남성 주인공이 난폭한 최후 사건으로 인하여 가족으로부터 쫓겨난다. 『짙은 안개』, 『아이티 황제』, 그리고 『태양 아래 건포도』의 주요 소재인 불안한 결혼 생활과 흑인 남자의 남성성이 『포도주 마시는 시기』에 다시 등장하고 있다. 바라카의 『유령선』에서 순수성의 상실이 무대 위의 인물들과 적어도 관객 중의 백인들에게 핵심적인 경험이 된다. 그러나 『포도주 마시는 시기』는 『짙은 안개』나 『유령선』에서 발견할 수 있는 세계에 관한 것이 아니다. 블린스의 연극에서도 가족이 갈등을 겪기는 하지만 이 가족을 하나로 묶어주는 사랑이 살아 있어서 파괴되지는 않는다. 『포도주 마시는 시기』에서 레이의 순수성 상실은 극의 마지막에 일어나는 살인의 결과일 뿐만 아니라 존재를 확실히 파악하기 어려운 여자와의 신비스런 관계의 결과로서 이해된다. 『유령선』과는 대조적으로 『포도주 마시는 시기』의 세계는 결코 순수의 세계도 아니고, 소년인 레이가 성인이 되기 위한 통가 의례를 거쳐야 하지만 등장 인물들이 순수한 척하는 세계도 아니다.

『포도주 마시는 시기』는 그 같은 이해를 통해 충격을 주려고 하는 것이 아니라, 관객이 그 진실을 인식할 것이라고 가정하고 있는 것이다.

관객은 블린스가 무대에 제시하는 세계에 의해 공격을 받지도 않고, 그 세계로 들어가도록 교묘하게 조종당하지도 않는다. 그 세계는 관객에게 제시해 관객이 관심을 갖거나, 받아들이거나 부정하도록 하는 세계이다. 블린스는 극이 없는 경우 아무도 없는 그런 곳에서 공감을 불러 일으키려고 하지 않는다. 핸즈베리의 『태양 아래 건포도』와는 대조적으로, 『포도주 마시는 시기』의 세계가 낯선 세계인 사람들에게 이 극의 세계가 이해될 수 있거나 받아들여 질 수 있는 세계로 만들려 하는 전략이 사용되지 않았다. 따라서 이 세계는 백인과 흑인 중산층이 인정하기 어려운 세계이지만 블린스는 이에 신경 쓰지 않는다. 그 대신 『포도주 마시는 시기』에서의 블린스의 의도의 일부는, 핸즈베리의 의도와 대조적으로, 비진실성을 알아 볼 수 있는 사람들의 경험에 진실한 것이 되도록 이 극의 세계를 만들어 내는 것이다.

실제로 이 극의 세계가 순수성이 존재하지 않는 세계이다라고 말하는 것보다는 이 세계가 순수성이 있는 세계, 아니 순수성과 덕목이 재정의된 세계라고 말하는 것이 더 정확하다. 블린스는 관객을 사람들의 행동과 가치 체계가 덕목과 힘에 대한 미국인들의 전통적인 생각이 결여되어 있음을 보여주는 그런 세계로 끌어들인다. 그의 극에서 대부분의 사람들이 취한 상태로 술을 더 마시면서 욕설을 퍼붓는다. 음주는 습관적이며 공동체적 활동이다. 루가 1막에서 말하고 있는 것처럼, "그놈들이 멋대로 만든 술은 이 포도주가 우리를 밤새도록 소리지르도록 하는 것의 반도 못한다"(600). 더욱이 클리프는 이웃사람들이 불쾌하게 생각할 정도로 빈둥거리지만 임신한 아내가 세탁소에 일하고 있는 것에 대해 죄책감을 느끼지 않는다. 남녀 모두가 성적으로 문란하다며, 말다툼은 빈번히 일어난다. 많은 등장 인물들이 어떤 형태의 무기든 갖고 있다. 심지어 극의 마지막 부분에서 일어나는 살인조차도 놀라운 것이 아닌 것처럼 보인다. 이 같은 행위는 모든 관객이, 관객이 이 극의 세계와 비슷한 세계에 살고 있든 아니면 확실하게 분리되어 있는 중산층 환경에서 왔든 관계없이, 혐오감을 느끼며 돌아서기에 충분한 것이다. 그러나 블린스는 불쾌한 습관들에 대하여 설교하는 전략보다 더 어려운 전략을 사용하는데 성공하고 있다. 그는 관객이 이 세계의 겉모습을 지나 이 사람들의 더 근본적인 특징들을 관찰할 수 있도록 유도한다. 그는 심한 싸움을 초월하는 동시에 그것과 공존하는 사랑을 우리에게 보여준다. 그는 성적인 일부 일처제와는 관계 없는 충실과 신뢰를 제시한다. 그는 청교도적 윤리인 근면과 관계가 없는 힘을 보여준다. 나아가 그는 욕설을 시적인 것으로 만드는 언어가 지니는 아름다움을 보여주고 있는 것이다. 비전과 전략에 있어서 블린스의 『포도주 마시는 시기』는 윌리스 리처드슨의 『부서진 밴조』와 유사하다. 앞에서 논의하였듯이 리처드슨의 1막으로 된 서민극은 관객들에게 상황의 변화와 애매함, 등장 인물들의 복잡성을 통하여 각 등장 인물들의 덕이나 악에 대한 판단을 쉽게 내릴 수 없게 하고 있다. 관객은 리처드슨의 등장 인물들이 선과 악을 모두 지닌 사실적이고 보통의 인물로 인식하도록 유도된다. 우리는 등장 인물들이 우리와 비슷하고, 그들을 쉽사리 파괴할 수 있는 피폐한 환경 속에서도 용감하게 투쟁하고 있기 때문에 그들에게 일어나는 일에 대하여 관심을 갖게 된다. 블린스는 리처드슨과 비슷한 방법으로 등장 인물의 관대함과 이기심을 보여 주며 관객을 부드러운 순간들을 거쳐 시련의 순간으로 이끌어 간다. 『포도주 마시는 시기』는 상황의 애매함과 등장 인물들의 관계와 성격의 복잡성을 반복적으로 보여줌으로써 관객들이 "그는 옳고 그녀는 옳지 않다"라는 (또는 그 반대) 결론을 유지하지 않도록 한다. 뿐만 아니라 이 극은 등장 인물들이 그들이 살고 있는 세계가 아닌 다른 세계에서는 해결책을 찾을 수 있을지도 모른다는 희망을 제시하지도 않는다. 그러나 리처드슨이 오직 그의 등장 인물들을 받아들라고 요구하면서 평가를 내리는 결론을 삼가고 있는 반면에 블린스는 궁극적으로 그의 전략을 비난과 확인에 가깝도록 만든다. 『포도주 마시는 시기』는 등장 인물들이 유일한 탈출구가 술, 감옥, 군대뿐인 환경에 갇혀 있기 때문에 관객에게 슬픔을 안겨 주지만 동시에 등장 인물들의 정서적 강인함, 사랑할 수 있는 능력, 그리고 활력을 확인함으로써 찬양의 소리를 내기도 한다. 이 극은 서로에게 책임감을 느끼는 인물들에 대해 존경을 표할 것을 요구하기도 한다. 이 극의 의도는 아미리 바라카가 모든 예술에 필수적이라고 주장한 것과 같다: "예술은 우리의 가치 체계를 파괴하는 것이 아니다. 오히려 예술은 우리의 가치 체계를 강하게 만들어 우리가 무엇이 잘못되었는지를 알 수 있도록, 우리가 더 강해지도록, 우리가 '그것은 우리 동포들이 그 비겁한 놈을 다루는 정당한 방법이 아니었다'고 말할 수 있도록 해주어야 한다."11)『포도주 마시는 시기』에서 제시된 세계에서 잘못된 것은 그 세계가 그곳에 사는 사람들을 숨이 막힐 정도로 억누르며 옴짝달싹 못하게 만드는 것이다. 연극 비평가 존 라르(John Lahr)가 지적하였듯이, 이 극의 세계는 죽음으로 가득 찬 세계이다.12) 블린스의 전략은 관객에게 계단에 모여 앉아 술을 더 사오기 위해서만 몸을 움직이고 한바퀴 돌아 제자리로 오는 것으로 밝혀지는 형태의 관계를 맺고 살아가는 인물들을 보여 줌으로써 이들 세계의 병적인 상태와 숨막히는 분위기를 관객으로 하여금 느껴보도록 하는 것이다. 블린스는 관객이 행동을 갈구하도록 만든다. 그러나 결국 그 행동의 순간이 다가오면, 그 순간은 해방이 아니라 죽음 그리고 더욱 견고해진 감옥을 몰고 온다. 이 극은 이 세계에서 가능한 도피들은 결코 사람들을 자유롭게 해주는 것이 아니라는 것, 도피라고 생각한 행위들이 사실은 죽음의 현실을 불러오며 그 죽음의 현실이 모습을 드러내도록 해주는 것들이라는 것을 관객에게 설득하려고 노력한다. 관객에게는 사랑이 공포를 변화시키기는 하지만 막지는 못한다는 것을 보여준다. 존 라르는 무대를 "시각적, 상징적인 새장"이라고 하였다.13) 무대 장치를 설명하는 블린스의 언어는 그가 관객에게 전달하기를 원하는 "숨이 막힐 듯한 분위기"를 분명하게 나

타내고 있다: "무대 왼쪽에 길 한편에 줄지어 늘어선 집들이 나지막한 이층 계곡을 이루고 있다. 연기에 그을린 굴뚝들은 산봉우리를 형성하고 있다. 크럼프 가족의 집과 게리슨 가족의 집 사이에 터널 같은 골목이 나 있다"(593). 여러 해 동안 너덜너덜해진 포스터와 온갖 낙서들이 이 새장 안에 있는 벽을 장식하고 있고, 집들은 똑같은 구조로 지어져 똑같이 오염에 찌들어 있다. 이러한 무대 장치를 담당하는 사람은 블린스의 생생한 지시를 무대 장치로 옮김에 있어 너무 흥미로운 것으로 만들지 않도록 조심해야만 한다. 이 극의 다른 전략적 요소들과 마찬가지로 블린스의 이 같은 무대 장치의 의도는 존엄성뿐만 아니라 압도하는 듯한 억압의 분위기까지도 나타내려는 것이다.

흑인 서민의 삶에 대한 긍정과 질책이 『포도주 마시는 시기』의 서문에서부터 시작된다. 이 서문은 도슨(Dawson) 가족의 십대 조카 레이가 전달한다. 관객이 보게될 극의 사건들과 같은 시간에 그의 이야기가 전달되지만, 실제로는 극이 제시하는 특정 포도주 마시는 시간으로부터 몇 년이 지난 시점에서 전달하고 있는 것이다. 레이의 이야기는 그가 16세 소년이었던 해 여름에 경험한 이상하고도 멋진 사랑을 재현해낸다. 그 여름 내내 매일 저녁 길모퉁이에서 그는 그가 친구라고 부른 여자의 미소와 슬픈 선율을 함께 하기 위해 기다렸다. 그와 그녀는 그저 그런 미소와 귀에 들리지 않는 선율을 주고받았을 뿐이었다. 어느 날 저녁 그 여자가 나타나지 않았다. 그는 실망한 채 늦게 집으로 돌아갔다. 그 다음날 그녀는 그를 사랑했다고, 그러나 이제 이별을 고해야만 하며, 그가 그녀를 찾아 나설 준비가 되었을 때 그곳이 아닌 다른 곳에서 그를 기다리고 있을 것이라는 것을 말해주기 위해 다시 나타났다. 이 여자는 분명히 레이보다 나이가 많다. 그녀는 그가 그녀와 함께 있으려면 더 성숙해야 한다고 상냥하게 말해 주었다. 레이의 이야기는 다음 말로 끝을 맺는다: "나는 어둠 속으로 사라져 가는 그녀의 뒤에 쏟아지는 이발소 사람들의 조롱소리를 들으며, 사악한 도시의 밤이 그녀를 삼킬 때까지 그곳에 서 있었다. 그런 다음 나는 돌아와 우리의 마지막이 된 포도주 마시는 시기의 가을과 루와 클리프를 만났다. 그리고 아직도 끝나지 않고 있는 그녀 찾기를 내가 시작할 수 있도록 서둘러 와야만 했던 여러 해들을 만났다"(592). 이 이야기의 줄거리 (간략함에도 불구하고) 그리고 그것을 레이가 기억해내고 있다는 사실은 레이에 대한 관객의 동정심을 일으키기에 그리고 이제 관객 앞에 전개될 세계에 대한 그의 취약성을 조성하기에 충분하다. 테네시 윌리엄스의 『유리 동물원』(*The Glass Menagerie*)의 첫머리에서 이루어지는 탐의 회상처럼, 레이의 서문은 이 극을 회상의 극으로 만들면서 우리가 보게될 사건들의 무상함과 중요성을 강조해준다. 레이의 어조는 향수에 젖어 있다. 관객이 보게 되는 이 사람은 무대 위에서 홀로 서있다. 그는 그의 추억 속의 사건이 일어났을 때보다 더 천천히 움직이고 조심스럽다. 레이와 탐 모두 극의 세계에 실제로 참여하지는 않지만 그 이미지가 우리의 뇌리 속에 남아 있는 중요한 인물을 (『포도주 마시는 시기』의 신비스런 여자와 『유리 동물원』의 아버지) 소개하고 있다는 점에서 레이의 서문은 탐의 회상과 같은 역할을 하고 있다. 나아가 레이와 탐 모두 극에 등장할 인물들을 관객에게 소개한다. 서문에서 레이가 루와 클리프에 대하여 말하는 특별한 방식은 관객의 호기심을 자극하면서 그들을 만나고 싶어하게 만들뿐만 아니라 등장 인물들을 이해하는데 중요한 단서를 제공해준다. 서문에서 레이가 말하는 것은 루와 클리프는 그의 덧없는 사랑을 이상하고 어리석게 생각했지만, 그 신비스런 여자가 나타나지 않은 저녁 그는 인간의 슬픔이 존중되는 가정으로 돌아갔다는 것이다: "클리프는 나의 상실에 대해 웃지 않았다. 루는 내가 마셔야 하는 것보다 반 잔 더 몰래 따라 주었다." 관객은 그저 그와 같은 때에 그와 같은 사람들과 함께 할 수 있기를 바라게 될 뿐이다.

레이의 서문은 관객이 등장 인물을 동정하도록 만들고 관객으로 하여금 그들의 세계로 들어가도록 하려는 블린스의 전략이 사용되기 시작하는 곳이다. 그리고 그 서문은 가장 중요한 긴장을 형성한다. 서문에서 레이는 루, 클리프, 자신, 그리고 곧 태어날 사내아이 사이의 끈끈한 유대 관계를 전달함으로써 그 유대 관계가 위협받게 될 때마다 관객에게 긴장감을 제공한다: "그 여름, 루, 클리프 그리고 내가 함께, 서로가 서로를 미워하며 그리고 사랑하며, 마셔대며 그러나 절대 용서하지 않으며, 그럼에도 불구하고 지구가 다시 겨울로 접어들 때까지 모임에서 벗어나지 못하도록 하며, 그리고 내가 성인 남자가 되어 가면서 그리고 지난 세 번의 여름동안 한 그 모든 일들을 할 수 있는 자유로 가까이 다가가면서, 그렇게 우리는 같은 병으로부터 술을 따라 마셨다"(591). 이 같은 레이의 말은 관객에게 증오 뒤에는 늘 사랑이 따라오니 무대에 제시되는 호전성에 지나친 위협감을 느끼지 않도록 하라고 경고한다. 그러나 레이의 말은 그 모임이 이 여름 저녁동안 깨질 것이라는 경고는 하지 않는다. 따라서 관객은 극의 끝에서 튀어 오를 덫 속으로 들어가게 된다. 반면에 관객은 서문의 결론 부분을 통해서 이 극의 사건들이 레이 가족의 삶에 있어서의 한 시기의 끝과 다른 시기의 시작을 포함하고 있다는 사실을 미리 알게 된다. 레이의 말에 따르면 이것이 그들이 마지막으로 포도주를 마신 시간이었으며, 그는 지금 쉽게 해결되지 않을 "찾기"에 몰두하고 있다.

『포도주 마시는 시기』의 서문에 포함되어 있는 이 모든 장치들은 블린스의 전략이 효과를 발휘하는데 중요한 것들이다. 그러나 모든 관행과 정보를 극의 도입부에 포함시킬 수 있으므로 서문이 꼭 필요한지는 의문이다. 이에 대한 답은 레이가 서문에서 사용한 언어에 있다. 그 언어는 대단히 정확하며, 그 리듬과 관능적인 면에 있어서 설교를 하는 듯하다. 그 언어는 자의식적이고 선택된 언어라 하나의 시처럼 듣기 좋지만, 대사의 일부로 제시되었다면 관객을 불편하게 만들었을 것이다. 『아이티 황제』의 마르텔과 『짙은 안개』의 빅의 경우에서 볼 수 있듯이, 그와 같이 대단히 은유적인 말을 평범한 대사로 흡수하기는 어렵다. 그러나 그런 말을 하는 사람이 특이하게 다른 인물들과 구분되는 사람인 경우 그 사람의 개성을 잘 나타내 줄 수 있다. 관객은 사물을 잘 파악하고, 그의 앞에 놓여진 것을 잘 표현하고, 이야기하기를 즐기는 인물을 대하고 있는 것이다. 서문의 첫 문단이 관객으로 하여금 그 화자와 그의 이야기에 열중하도록 만든다:

> 나의 마지막 포도주 마시는 시기에 그녀는 매일 저녁 그 길모퉁이를 지나갔다. 큼직한 주머니가 달린 가벼운 여름 옷을 입고, 발레리나가 신는 신발과 비슷한 조그만 슬리퍼를 끌면서, 특별한 방법으로 머리를 뒤로 그리고 옆으로 흔들면서, 그녀의 머리 속에서 흐르고 있는 선율에 귀기울이며. 매일 저녁 나는 그녀를 기다렸고, 그녀는 미소로 답했다. 어떤 날은 그녀만의 선율이 콧노래가 되어 나에게 다가오기도 했다. 우리는 그 미소와 슬픈 선율을 함께 하면서 그 오래 전 여름에 매일 잠깐씩 만났다. 하루만 제외하고. (590)

여기에서 사용된 언어는 매력적이다. 관객에게 마술처럼 작용한다. 글자의 앞소리 "s"가 보통 알아보기 힘든 작은 일에서 다른 일로 관객을 이끈다. 말의 리듬이 거리를 따라 걷고 있는 여자의 리듬을 잘 잡아내고 있다. 언어는 우리의 감각을 예리하게 하지만, 항상 우리가 실제로 이해하는 것은 단어를 통해서이다. 잘난 체 하는 경향도 보이지 않는다. 그저 한 남자가 그에게 소중한 따라서 이야기해줄 가치가 있는 일에 대하여 아름답게 말하고 있을 뿐이다.

　서문이 진행됨에 따라 이 세계에서 레이가 인지하는 다양한 지역적 특색들을 이야기하기 위해 형태와 말투가 바뀐다. 이야기체로 시작하여 대화체가 된 다음 다시 이야기체로 돌아온다. 그러나 줄거리는 계속 전개된다. 서문은 관객을 대화의 소리로 안내하면서 동시에 관객이 시를 대할 준비를 하게 하며 이야기에 집중하도록 하고 있다.

　서문은 극의 나머지 부분이 할 수 없는 방법으로 관객이 레이에게 접근할 수 있도록 한다. 레이는 예전에 현관 앞 계단에 쭈그리고 있거나 대로(The Avenue)에서 정처 없이 걷고 있었을 때는 지금처럼 말을 할 수 없었다. 서문은 "포도주 마시던 시기"의 언어가 아니다. 서문의 언어는 그 시기에서 비롯된 것이지만 보다 더 평온한 회상의 언어이다. 서문에서 말하고 있는 레이는 우리가 이 마지막 포도주 마시는 때에 만나게 되는 소년보다 더 나이 들어 슬픈 남자이다. 우리가 이 사적이고 성숙한 레이를 아는 것이 중요하다. 왜냐하면 이 서문에서 말하고 있는 사람에 대하여 우리가 갖게 되는 느낌이 극의 끝에서 수갑을 찬 클리프가 끌려가면 하는 말이 헛된 것이 아님을 확인해 주기 때문이다: "네 세상이야 레이 … 네 세상이라고 … 나아가 당당하게 요구하려무나." 우리가 서문에서 접하고 있는 레이는 아직 세상에 대해 자신의 주장을 하지 못했을 수도 있지만, 그 같은 요구를 항상 가지고 있었음이 틀림없다.

　서문의 언어는 부드럽다. 슬프지만 마음을 편하게 해주는 언어다. 따라서 이 언어는 1막의 시작과 함께 들려오는 라디오의 거친 "리듬 앤드 블루스" 음악, 라디오 광고, 험담 그리고 길거리 소음과 대조를 이룬다. 처음 듣게되는 소리는 라디오 아나운서의 목소리이다. 이 아나운서가 레이가 방금 끝낸 환상으로부터 깨어나게 한다: "어둡고 질척거리는 무더운 팔월의 밤이군요. 당신이 사랑하는 사람과 함께 있어야만 하는 그런 밤중에 하나입니다"(594). 이 아나운서가 하는 말의 내용과 단어들은 관객이 방금 접했던 서문의 이야기와는 아이러니컬한 대조를 이룬다. 마치 관객이 이제 다른 세계에 있음을 확실하게 알려주기라도 하듯, 백인 이웃인 크럼프 부인이 술이 취해 돌아오고 있는 남편에게 "당장 집으로 들어와 이 인간아" 하고 소리친다. 루와 함께 현관 계단에 앉아 있던 클리프는 크럼프 부인을 비웃고, 그런 남편에게 루는 조용히 하라고 주의를 준다. 이 때 루의 여동생인 도리스(Doris)가 레이의 애인인 버니(Bunny)와 함께 도착한다. 라디오 아나운서의 목소리와 크럼프 부인의 날카로운 고함소리가 계속 이어지면서 관객에게 불협화음을 쏟아 붓는다.

크럼프가 전봇대 옆에서 소변을 보고 있는 것을 보며 주고받는 말들이 무대 위 인물들에 대하여 그리고 그들의 관계에 대하여 많은 것을 말해준다. 현관 앞 계단에 모여 있는 무리 중에 루가 크럼프의 기분에 대해 가장 염려하고 있다. 그녀는 그녀의 주위에 있는 사람들이 내뱉는 말 그리고 크럼프 부인의 잔소리에 화를 낸다. 결과적으로 루는 친절함으로 우리의 공감을 이끌어 낸다. 그러나 그녀는 이 장면이 주는 재미를 다소 방해하기도 한다. 클리프는 루의 주의 때문에 화가 난다. 그가 아내에게 다음과 같은 말을 할 때 관객은 이들의 결혼 생활에 드리워진 긴장과 클리프가 다른 사람들에 대해 느끼는 우월감을 알게 된다: "빌어먹을 … 루. 당신은 나보고 항상 입다물라고 하는데 … 나는 우리의 훌륭한 이웃들이 내는 소음의 반도 못내고 있다고"(595). 관객은 그의 마지막 말이 사실인지 의아해 하게된다. 반면에 버니는 레이가 그녀가 온 것을 알아주지 않는다고 짜증을 낸다. 그녀의 짜증은 관객에게 일찌감치 그녀가 불안정한 여자로, 완전히 믿기는 어려운 여자라는 사실을 알려준다.

대화의 불협화음이 누그러들면서, 레이가 크럼프를 도와주어 관객의 관심과 동정을 받게 된다. 클리프는 레이에게 도와 주지 말라고 한다. 그러나 이전에도 레이가 크럼프를 도와 주었음이 확실하다. 루가 권하자 레이는 크럼프를 그의 집안으로 부축해 들어간다. 이런 소란이 진행되는 동안 다른 두 젊은 남자 레드(Red)와 바마(Bama)가 버니와 도리스를 찾아 등장한다. 레드, 클리프, 바마는 술취한 백인에게 친절을 베푸는 레이를 비웃는다. 그들은 레이가 노예처럼 행동하고 있으며, 어쩌면 그와 크럼프가 혈연 관계를 맺고 있을지도 모른다고 말한다. 이러한 조롱은, 레이가 분명히 좋은 사람이기 때문에 관객을 불편하게 만든다. 그러한 조롱은 또한 레이의 행동이 백인에 대한 환대라는 것을 암시하고 있다. 흑인 관객은 이처럼 솔직히 표현된 적대감에 즐거워 할 지도 모른다.

관객이 레이의 행동에 공감하는 반응을 보이는 것은 크럼프를 걱정해서가 아니라 (백인 인물 모두가 매력적이지 않다) 그런 행동이 인간적인 것이기 때문이다. 크럼프 부인은 집 밖에서 그녀의 남편에게 소리치고, 그녀의 12살짜리 아들을 때려 주겠다고 위협하는 입이 걸은 잔소리꾼이다. 아버지를 부축해주지 못하겠다고 선언하는 아들 에디(Eddie)는 그의 어머니에게 거의 반응을 보이지 않는다. 아버지는 주정뱅이로만 알려져 있다. 이들은 스테레오타입화된 저속한 백인들이다. 이들이 극에서 하는 역할은 빈민가의 주민이 모두 흑인은 아니라는 것, 백인이 미덕의 전형이 아니라는 것, 그리고 백인에 대한 적개심의 확실한 출처를 보여 주는 것이다.

이 첫 장면은 또한 레드에 대한 관객의 혐오감이 시작되는 곳이다. 레이의 친절함에 대한 클리프의 조롱이 가볍게 놀리는 정도로 웃음을 자아내는 반면에 레드의 조롱은 악의적이다. 레이가 도와 주기 위해 가려할 때 레드가 발로 찬다. 레드의 행동은 클리프의 위치를 보여준다. 루가 그의 다리를 붙들어 말리지 않았다면 그는 레드에게 일격을 가했을 것이다. 레이가 도와주러 가는 동안 바마와 레드가 떠난다. 클리프와 루만이 계단에 남아있다. 클리프는 다른 이웃인 미니(Minnie)에 대하여 불평을 늘어놓기 시작한다. 루는 다시 그녀의 남편에게 조용히 하라고 충고한다. 루의 걱정이 클리프의 언어와 그의 불평의 실체로 관객의 관심을 돌린다. 이 극 시작 부분 전반에 걸쳐 루를 제외한 모든 인물들이 줄곧 여러 가지 저속한 언어를 사용한다. "빌어먹을," "씨팔," "개년" 같은 어휘가 극의 첫 사건에서 사용되고 있다. 이 같은 언어는 의도적으로 일부 관객의 감수성을 괴롭힌다. 그러나 이 같은 언어는 너무도 쉽게 그리고 가볍게 사용되고 있고, 등장 인물들이 습관적으로 사용하는 어휘들이라 계속 이어지는 라디오의 소음만큼이나 쉽게 받아들이고 무시할 수 있게 된다. 루와의 사적인 대화에서 클리프가 화를 내며 "갈보 같은 년, 개년" 하고 소리지르듯이 종종 욕설이 그를 다른 사람들과 구별짓는 역할을 하며, 그의 분노를 강조하는 역할을 하기도 한다. 그러나 일반적으로 욕설은 이 세계의 흐름과 조직의 자연스런 일부분이다. 이 극에는 우리로 하여금 언어가 과격하지 않으면 이 세계는 견딜 수 없을 만큼 조용할 것이라고 느끼게 하는 순간들이 있다. 이것이 욕설이 빈번히 사용되고 있는 이유를 이해하는 데 도움을 줄 것이다.

루와 클리프가 말다툼을 계속하고 있는 가운데 관객은 계속되는 클리프의 분노를 걱정스러운 마음으로 인식하게 된다. 우선 그는 루가 레이를 양육하는 방법에 대해 비난한다. 이 비난과 루의 변명 속에서 관객은 레이가 루의 죽은 언니의 아들이라는 것을 알게 된다. 레이의 친절한 행동을 제외하면 클리프는 루의 어머니 역할에 대해 비난할 이유가 없다. 그는 근본적으로 루와 그의 주변 세계에 반감을 갖고 있는 것이다. 클리프는 이어서 동네에 퍼져 있는 의심스런 소문, 사람들이 그의 아내가 일하고 그는 학교에 다니고 있는 사실을 좋아하지 않는다는 소문에 대해 이야기한다. 클리프가 그의 상황과 좌절을 루에게 상기시켜 줄 때 관객은 그가 그의 주변에 있는 사람들과 다르다는 것 뿐만 아니라 그가 그에게 비난의 눈초리를 보내고 있는 사람들에 대한 혐오감을 통하여 그 같은 차이를 느끼고 있다는 것도 보게 된다. 루가 클리프에게 일부 이웃들의 비난은 그의 노골적인 외도에 대한 것이라는 점을 말해준다. 클리프가 외도를 부인하자 루가 통상 이용되는 증거 즉 그의 셔츠에 묻은 립스틱을 들이대며 반박한다. 루의 반박에 대한 그의 침묵이 그의 유죄를 암시하며 동시에 그가 외도에 대해 더 이상 이야기하고 싶어하지 않는다는 것을 보여준다. 이 순간이 관객을 불안하게 만든다. 이곳에서 관객이 경험하는 것은 마치 상대의 펀치에 서서히 무너져 가고 있는 권투 선수가 조심스럽게 몇 번의 주먹을 날리고 있는 권투 시합을 보고 있는 것과 비슷하다. 관객은 이 권투 선수의 최대의 펀치력이 가해지는 것을 보고 싶어하면서도 힘과 흥분의 폭발이 가져올 미지의 결과를 두려워하는 것이다.

이 순간은 안도의 순간이 아니다. 클리프가 루의 비난을 피하면서 그리고 자신의 잔소리에 스스로 싫증이 나서 다시 도슨 가족이 다른 사람들의 눈에 "이상하게" 비치는 이유를 생각해보는 일로 되돌아간다. 그것은 이 가족의 특이한 구조나 일하러 가는 형태 때문이 아니라 이 가족이 뱃사람들처럼 포도주를 마시고, 노래하고, 웃고, 욕설을 퍼붓기 때문이라고 루가 말한다. 놀랍게도 클리프가 자신이 노래하고 웃고 떠드는 것을 부인하면서, 루가 거짓말했다고 말할 때까지 그녀의 팔을 비튼다. 클리프의 이 같은 행동은 의외이다. 그는 그가 때로는 즐겁고 행복하다는 것을 인정하고 싶지 않은 것일까? 어쩌면 그는 불평하는 것을 너무 즐기는 지도 모른다. 블린스의 전략이 관객이 클리프를 안다고 생각하지 못하도록 하고 있다. 관객은 그 누구도 클리프를 안다고 할 수 없다는 것을 알게 된다.

이 같은 루와 클리프의 다툼을 통해 보여지는 이들의 관계는 별나고, 서로 짜증나게 하고 불화가 많아 관객은 이들이 왜 그리고 어떻게 결혼 생활을 유지하는 것일까 의아하게 생각하게 된다. 그러나 관객이 느끼는 혼란스러움은 클리프의 육체적 공격에 루가 항복하자 그가 그녀를 쓰다듬어 주기 시작하는 장면에서 사라지게 된다. 그녀는 그의 애정 표시를 거부하지만, 그는 그녀를 "호텐토트"(Hotentote) 여왕이라고 부르며 계속 달랜다. 여기서 호텐토트는 이중의 의도를 담고 있다. 이것은 루의 아프리카 유산을 암시하며, 동시에 호텐토트는 특히 튀어나온 엉덩이로 알려져 있는 부족이기 때문에 아내에 대한 클리프의 성적인 반응을 보여 주기도 한다. 이 같은 칭찬은 모든 관객이 이해할 수 있는 것은 아니다. 이것이 흑인 남자가 서구 백인의 미적 기준을 사용하지 않고도 흑인 여자를 추켜세우는 방법을 보여 준다.

루는 이 칭찬마저도 자신이 호텐토트라기보다는 에티오피아인 같아 보인다고 주장하며 거부한다. 이에 클리프가 그녀의 모습이 "남부 농장에서 [그녀의] 할머니와 잠자리를 같이한 쓰레기 아일랜드인"으로부터 물려받은 것이라고 몰아붙이자 루가 정말로 화를 내며 그런 말은 절대 용납할 수 없다고 한다. 이 말다툼의 내용은 별 의미가 없는 것이 되어버렸지만, 이어지는 말다툼은 루가 나름대로 강인하다는 것, 그녀가 용납할 수 있는 선을 긋고 있으며 통찰력을 지니고 있다는 것을 보여준다. 그녀는 남편과의 관계에서 자기 입장을 분명히 하고 있으며, 관객은 이들의 관계에 증오심이 도사리고 있긴 하지만 각자가 그들의 결혼 생활이 정직한 것이 될 수 있게 하는 단호함과 솔직함도 지니고 있음을 보게 된다. 따라서 다음 인용된 말을 하면서 자신의 속내를 털어놓을 때 그녀의 퉁명스러움이 관객에게 위협적인 것이 되지 않는다. 관객은 그녀의 말이 실없이 바가지 긁기 위해 하는 말이 아니라 진정한 이해를 바탕으로 하고 있는 말이라는 것을 알게 되고, 클리프가 그녀의 말을 의미 있는 이해로 받아들이기를 원하게 된다: "빌어먹을. 말하는 것하고는. 당신은 내 입에서 욕이 나오게 해. 자신이 똑똑하다, 학교 다니니 거창한 말들을 안다고 생각하는 모양인데. 나에게 당신은 속으로 푹썩은 개자식에 지나지 않아"(602).

관객은 루의 주장과 그에 대한 클리프의 반응을 토대로 이들을 제대로 평가할 수 있다. 루는 거창한 말들이 만들어내는 표면적 인상에 신경 쓰지 않는다. 그녀는 남편이 학교 다니고 있다는 사실에 압도되지 않는다. 그녀는 남자의 장점을 자존심과 책임감에서 찾는다. 클리프가 침묵을 깨고 "그래 우리 욕 너무 많이 해"라고 동의하자, 루가 웃으면서 "술도 너무 많이 마시지"라고 덧붙인다. 이들은 결점이 많지만 적어도 자신들을 잘 알고 있는 사람들이다. 루와 클리프에게 비춰지던 조명이 꺼지면서 루가 마지막으로 그들이 "깜둥이처럼" 행동한다는 말을 하는 부분에서 블린스는 이 주요 인물들을 매력적인 인물들로 만들었다. 다른 흑인들은 감히 루와 클리프를 "깜둥이"라 부르지 못하겠지만, 이 비하하는 말이 일종의 친밀감을 나타내는 말이 되고 있다.

블린스는 관객의 시선을 거의 감상주의적이라 할 수 있는 이 장면으로부터 레드, 바마, 도리스, 버니가 모여 있는 대로로 유도한다. 무대 뒤를 높여 마련된 대로는 필요할 때마다 조명을 비춰 이용한다. 이 곳이 극의 인물들이 현관 앞 계단을 떠날 갈 수 있는 유일한 곳이다. 대로는 관객이 현관 앞 계단에서 형성되는 긴장에서 벗어날 수 있게 해줌으로써 관객 그리고 무대 위의 인물들에게 한숨 돌릴 수 있는 기회를 제공한다. 레드가 버니를 괴롭히고 있고, 이것이 버니를 기쁘게 하지만 도리스를 화나게 만든다. 이 짤막한 장면이 버니가 레이의 애인이라는 것, 레드가 그 사실을 태연하게 무시하고 있다는 것, 그리고 버니가 어리석고 경박하다는 것을 알려준다. 도리스가 버니에게 레이에게 돌아가라고 충고할 때 관객은 레드와 버니의 연애가 문제를 일으킬 것이라는 암시를 받게 된다.

대로에서의 레이가 언급된 후 장면은 더비 거리로 바뀐다. 레이가 케이크와 밀크를 먹은 후 크럼프 가족의 집을 떠난다. 관객은 떠나면서 에디에게 현관 계단에 모여 있는 사람들과 함께 하라고 권하는 레이의 행동에서 그가 사려 깊은 사람이라는 단서를 갖게 된다. "백인 어린 아이 에디"가 이 세계에서 있을 자리가 없지만, 레이는 이 소년이 받아들여지고 있다는 느낌을 갖도록 해주려 하고 있는 것이다. 레이가 돌아오자 클리프가 이웃에 대한 욕을 다시 퍼붓기 시작하고, 이에 루가 늘 그렇듯이 짜증을 낸다. 관객이 이전에 깨닫지 못했다면 여기서 확실하게 이 같은 싸움이 도슨의 집 현관 계단에서 매일 반복해서 일어나고 있다는 것을 깨닫게 된다. 루와 클리프가 새로 시작한 말싸움은 클리프와 그의 과거에 대해 더 많은 것을 보여준다. 클리프는 해군에서 근무한 적이, 루가 고쳐 말하듯이, "해군 감방"에 갔다 나온 적이 있다. 클리프에게 이에 대한 추억은 중요하다. 영창에서 지낸 시간에도 불구하고 여전히 그는 자신이 선원이라고 생각하며, 이 이미지를 기분 좋은 것으로 여긴다. 루는 클리프의 애정어린 추억을 헐뜯는다. 냉정한 말로 그녀는 해군이 클리프를 선원 또는 사람으로 만들지 못했다고 주장한다. 루의 주장은 그녀가 클리프를 사람으로 만들었다는 것이다.

관객이 클리프의 추억에 진실이 담겨 있는지를 알기는 어렵다. 관객은 그저 그의 말의 일부는 정확할 것이라고 생각하게 된다. 클리프가 영창에 오랜 시간 갇혀 있었다는 말에 관객은 그를 경계하게되며, 그를 투옥되게 한 행위가 무엇이었을까 궁금하게 된다. 그러나 관객은 클리프가 현재 그가 처해 있는 상황에 비교하여 군대 영창에 갇혀 지낸 시절이 자유의 시절이었다고 기억하고 있는 고통스런 아이러니에 접하게 된다. 그가 아직도 선원이라는 그의 주장이 그의 방랑벽을 암시하기도 한다. 이것이 관객으로 하여금 더 큰 긴장을 느끼게 한다. 클리프를 위해 한 일에 대한 루의 자랑도 듣기 좋은 것만은 아니다. 그녀는 클리프의 남성성에 대한 공을 모두 차지하려하는데, 그녀가 말하듯이 그녀가 클리프와 결혼함으로써 그의 수감 생활을 줄여주었다는 것이 사실일지라 하더라도, 그것은 분명 과장이다. 그녀가 그가 풀려나도록 하기 위해 그와 결혼했다는 주장은 클리프의 상대적 자유와 그녀의 동기를 감안해 볼 때 일부만 맞는 주장이다. 루가 남을 배려하는 사람일지는 몰라도, 이미 그녀 스스로 그녀가 순전히 인정 때문에 클리프와 결혼했다고 믿기에는 너무도 성급하고 거칠다는 것을 보여주었다. 이 말싸움에서 레이가 "감방"보다는 영창이 적절한 말이라고 클리프를 변호하고 나설 때까지 그녀는 계속해서 "감방"이라고 불러 클리프를 자극한다. 여기서 블린스는 클리프에게 중요한 것을 인정하지 않으려 함으로써 루가 클리프에게 파괴적인 영향을 준다는 점을 지적하고 있는 것이다.

클리프가 다시 말싸움에 싫증을 낸다. 그러나 한숨 돌릴 수 있기를 바라는 관객의 희망은 말다툼동안 그를 옹호해준 레이에게 술 한잔 따라 마시라고 말하면서 사라진다. 이것이 루를 다시 화나게 만든다. 그녀는 클리프가 레이를 술꾼으로 만들고 있다고 비난한다. 레이가 그의 어머니가 죽기 전부터 술을 마셨다는 사실을 지적하면서 클리프와 레이 둘 다 루의 말을 부정한다. 루의 잔소리는 점차 짜증나게 한다. 그러나 관객은 그녀의 남편과 조카가 마시는 술의 양에 대한 걱정에 공감할 수 있다. 레이에게 시선을 돌리려는 클리프의 시도가 안도감을 불러오지만, 이 문제에 대한 해결책은 아니다. 클리프와 레이가 계속 술을 마시는 가운데 클리프가 술에 취해 "레이, 너의 세상이야. 정말로 네 세상이야"라고 말한다. 극의 이 시점에서 이 말은 약간 감상적인 듯, 진심으로 말한 것이 아닌 듯하지만 관객에게 향수를 불러일으킨다.

루는 클리프의 마지막 말을 좋아하지 않는다. 그녀가 그의 말을 막으려 하고, 그는 계속하려한다. 서로 가지지 않으려 하면서 서로를 무시하고 자기편을 찾아 돌아선다. 루는 레이에게 말을 하고, 클리프는 상상의 신에게 말을 한다. 이 두 사람의 독백이 동시에 제시되면서 일종의 이중 독백을 이룬다. 이 두 사람의 독백이, 이들의 성격과 대본의 시각적 제시가 암시하듯이, 같은 크기의 소리로 이루어지는 경우 관객은 각각의 독백을 다 들을 수가 없게 된다. 관객이 두 사람의 독백을 가능한 많이 알아듣기 위해 애를 쓰는 모습에 반영이 되어 있는 투쟁의 모습이 무대에 제시되고 있다. 루의 독백은 클리프의 나쁜 버릇에 대한 근심스런 사과와 레이에 대한 그녀의 책임에 대한 변명에 관한 것이다. 그녀는 그녀와 클리프가 지나친 음주를 통해 레이에게 심어주고 있는 나쁜 버릇에 대해 걱정하고 있다. 그러나 그녀는 아쉬운 듯 "술이 기분 좋게 해주는 것은 사실이야"라고 말하기도 한다. 클리프의 독백은 루의 슬픔어린 겸손과 대조를 이룬다. 그는 가장된 빈정거림으로 신을 사기꾼으로 몰아 부치며, 이교도적인 태도로 아직도 아침마다 [신]을 대해야만 한다고 생각하는 "빨간 바닷가재" 즉 크럼프(Krump) 가족은 멍청함에 틀림이 없다고 주장한다. 관객이 드문드문 듣게되는 클리프의 말은 재치 있고 우습지만, 일부 관객은 신의 부정 때문에 문제가 될 것이다. 아이러니컬하게도 이 이중 독백은 루가 악마의 존재를 주장하는 반면에 클리프는 "주여"를 반복해 외치면서 끝난다. 슬픔과 겸손과 우울과 사과의 태도로 외치는 "악마"의 소리가 울려 퍼지는 가운데 들려 오는 자존심과 웃음과 경멸과 모욕의 태도로 주님의 이름을 부르는 소리가 관객을 불편하게 만든다.

이 이중 독백은 관객이 완전히 집중하도록 만든다. 이 이중 독백은 또한 논리 정연한 말보다는 소리와 이미지의 번득임으로 시청자를 설득하는 텔레비전 광고의 잠재 의식적 효과와 비슷한 효과를 낸다. 동시에 전해지는 두 사람의 말이 우리의 감각을 심하게 자극한다. 그렇게 함으로써 동시에 전달되는 두 사람의 말은 무대 위의 인물들이 느끼고 있는 숨막힘과 같은 것을 관객에게 느끼게 한다. 관객에게 말과 감정이 쏟아져 내린다. 그러나 그렇게 구성되어 있는 이 상황은 무슨 말을 하고 있는지를 관객이 구별해 내거나 완전히 이해할 수 없도록 만든다. 관객이 루 또는 클리프의 말을 잘 듣기 위해 애를 써도 잘 알아들을 수가 없기 때문에, 두 사람 중 한 사람의 말을 들으려 하게된다. 이러한 선택은 관객의 동정심이 누구를 향하고 있는지를 보여준다. 클리프와 루의 분노와 걱정에 대해서 이미 많이 들은 관객에게 그에 대해 더 이상 듣는다는 것은 고통이기 때문에 관객은 완전히 이해할 수 없다는 사실에서 은근히 안도감을 느낄 수도 있다. 비록 이 이중 독백이 관객인 우리가 만들어내는 것은 아니지만 존 라르가 등장 인물들과 그들의 세계의 구성 요소들 사이의 관계에 대해 설명한 것과 비슷한 기능을 발휘한다: "디스크 자키, 장기, 창문을 통해 새어 나오는 싸움 소리가 인물들을 둘러싸고 있는 짓누르는 듯한 공허함을 억제하는 사건 나아가 수단이 된다."14) 관객은 이중 독백을 연극적 기법으로 인식하면서 동시에 더 자연주의적 장면들의 짓누르는 듯한 분위기로부터의 해방으로 받아들일 수도 있다. 이 곳에서의 블린스의 전략의 유일한 한계점은 클리프와 루가 한 말이 들어 볼 가치가 있는 말이라는 것이다. 그러나 이들에게 부과된 투쟁의 경험이 소리의 겹침으로 인해 우리가 듣지 못한 것을 보충하고도 남는다.

그러나 너무 오래 지속되는 바람에 이 이중 독백의 압력이 정신을 흩뜨려 놓으며, 따라서 관객은 루가 "그만해, 클리프. 당신 술취해 미쳐서 나까지 미치게 해"라고 부르짖을 때 해방된 느낌을 갖게 된다. 이제 레이가 두 사람을 진정시키려 애를 쓴다. 다시 한번 루가 긴장을 지속시키려 한다. 루는 이제 클리프에게 하나님에 대한 두려움을 가지라고 충고한다. 그녀의 걱정은 존경받을 만한 것이지만 그녀의 잔소리가 다시 그녀의 가족과 관객을 괴롭히는 것이다. 따라서 자신이 클리프보다 현명하다는 루의 항의에 대한 클리프의 적절하면서도 우스운 반박을 듣게 되는 것이 즐거움으로 다가 온다: "그 때문에 밤에 나하고 사랑을 나눌 때마다 (가성으로 앓는 소리를 내면서) 당신이 '오 주여. 오 주여. 아아아 예수님 … 한번 더'하고 소리지르는 건가?"(607). 레이가 킬킬거리고, 관객도 그를 따라 킬킬거릴 수 있게 되어 그리고 스스로에게 그리고 그녀에게 그녀가 남보다 항상 고결한 것이 아니라는 점을 깨닫게 해주어 기쁨을 느끼게 된다. 클리프의 반박에 루의 마음까지도 풀린다. 루는 직접적으로 패배를 인정하지는 않지만, 레이에게 그녀와 클리프에게 한잔 따르라고 말함으로써 그녀가 패했음을 암시한다.

이 같은 루의 요청이 클리프의 농담에도 불구하고 이제 관객에게 부담스러워진 무대 위의 긴장을 끝내는 신호처럼 보인다. 그러나 관객은 아직 그로부터 풀려나지 못한다. 술을 따르라고 요청하면서 루는 클리프가 레이에게 "쓸모 없는 의붓 이모부"라는 말을 하여 클리프가 용납할 수 없는 모욕을 가함으로써 한번 더 공격한다. 그는 강등 당한 기분을 느끼게 되는데, 이것이 바로 그녀가 노린 것이다. 이제 레이의 차례가 된다. 마치 자신에 대한 클리프의 중요성을 확인시켜 주려는 듯이 레이가 클리프에게 해군에 입대해도 괜찮은 지 물어 본다. 이에 클리프가 무심코 당연히 레이가 나이가 되면 입대 동의서에 서명해 주겠다고 대답한다. 그러나 루는 의기양양하게 클리프가 의붓 이모부라 그렇게 할 수 없다고 주장한다.

이 새로운 말다툼은 관객이 지금까지 보아 온 다른 말다툼들과 겉으로 같아 보이지만 새로운 말다툼에는 해결되어야할 구체적인 문제가 있어 같지가 않다. 다른 말다툼들은 해결될 수 없는 것들이거나 또는 다음 날 아침 일어나면 잊어버렸다가 다음 포도주 마실 때 반복될 것들이다. 클리프, 루, 그리고 관객에게 레이가 곧 16세가 될 것이라고 알리면서, 자신이 항해할 준비가 되었다고 생각한다. 이 사건에서 아무 것도 결정되었지 않았지만, 레이의 계획은 타협이 쉽지 않음에도 불구하고 반드시 해답을 찾아야 하는 문제이기 때문에 관객에게 오래 지속되는 걱정을 안겨준다. 루와 클리프는 해군과 관련된 레이의 요청이 특히 해결하기 어려운 것이라고 느낀다. 결국 이 문제가 이들을 이전에 접해본 적이 없는 민감한 영역으로 몰고 간다. 이들은 소년을 성인의 세계로 보내기를 거부한다. 클리프는 레이가 입대하는데 동의하겠지만 지금은 너무 이르다고 생각한다. 루는 이 기회를 이용하여 잔인하게도 클리프가 출생 증명서가 없는 버지니아 산골 출신이기 때문에 그가 원할 때 (나이를 속이고) 입영할 수 있었다는 점을 상기시킨다. 그녀는 직업도 없고, 정부가 주는 보조금으로 술이나 마셔대는 클리프가 레이의 보호자인 것처럼 행동한다고 비웃는다.

　루의 오만함은 클리프가 받아들이기 어려울 정도로 지나치다. 처음으로 클리프의 언어에 폭력이 등장하게 되며, 루와의 장난기 어린 몸싸움이 이제 육체적으로 위협적인 것이 되어 그녀의 뺨을 세게 때린다. 그런 다음 협박적인 목소리로 그녀에게 말이 너무 많다고 경고한다. 루가 실제로 말을 너무 많이 해 입을 다물 필요가 있지만 그녀가 하는 말은 말할 필요가 있는 것이기 때문에 관객의 동정심이 갈라지게 된다. 클리프의 폭행은 그의 본성과 그들의 결혼 생활의 성격을 보여주기 때문에 두렵다. 뿐만 아니라 이들이 레이에 대한 진정한 걱정 그리고 사랑하는 그를 잃게 된다는 두려움 하에서 행동하고 있기 때문에 관객은 이 두 인물 모두와 공감할 수밖에 없게 된다. 클리프는 레이가 더비 거리를 벗어 날 수 있게 하기 위하여 기꺼이 자신을 희생하려 하고 있어 존경심을 일으킬 정도이다: "저 아이 여기를 떠나야 해 … 그렇지 레이? 남자로 성장할 수 있도록 더비 거리를 떠나야 해. 여기를 떠나야 해." 루가 흐느끼면서 더비 거리를 떠난다고 레이가 남자가 될 수 있는 것은 아니라고 말하자 클리프가 "딱지 덜떨어진, 겁먹은 어린애 같은 년에게 묶인 몸이 된 나처럼 되면 안되지"라고 외친다(609). 그의 말은 화가나 때린 행위만큼이나 두렵다. 그러나 클리프의 폭력이 관객에게 준 공허한 느낌은 그녀에게 묶여 있을 필요가 없다는 루의 항의에 클리프가 짤막하게 "그래도 당신을 사랑해"라고 말하면서 갑자기 그리고 놀랍게 사라진다. 『포도주 마시는 시기』의 1막에서 사용된 전략은 등장 인물들의 절망감과 숨막히는 듯한 느낌을 관객이 인지하고 느껴보도록 하는 것이었다. 그러나 클리프의 뻣뻣한 고백이 두 사람을 지탱해주는 온정을 보여주고 있는 것이다.

블린스는 관객에게 루와 클리프를 묶어 주고 있는 애정이 특별한 것임을 알려 주기 위해 곧 더비 거리에 비추어지던 조명을 대로로 옮긴다. 이곳에서 레드가 버니의 뺨을 때리고 있고, 이에 도리스가 중단하라고 소리치고 있다. 이것은 분명히 클리프가 루의 뺨을 때린 것과 병행을 이루지만, 레드의 행동에는 애정이 결여되어 있고 단지 상처를 주고 지배하려는 악의가 있어 루와 클리프의 사건과는 전혀 다르다. 관객은 레드와 버니에게 역겨움을 느끼게 되며, 도리스가 칼을 들고 레드를 위협할 때 두려움을 느끼게 된다. 레드가 버니에게 겁을 주기 위해 폭력을 사용하는 반면에 클리프의 폭발은 자신의 고통의 표현이었다. 관객은 같아 보이지만 실행과 의도에 있어 아주 다른 이 두 행동을 구별하도록 유도된다.

이 두 관계의 차이를 확실하게 하기 위해 블린스는 관객의 시선을 더비 거리로 유도한다. 레이가 클리프와 루의 싸움의 원인이 된 것에 대해 사과를 하고 있다. 루가 레이에게 그런 일이 그녀의 결혼 생활에서 대수로운 것이 아니니 괜찮다고 말한다. 그러나 그녀는 화해하려고 애를 쓰고 있는 클리프를 용서하지 않는다. 루가 클리프에게 그리고 관객에게 극의 서문에서부터 알고 있는 사실 즉 그녀가 임신하고 있고 그 때문에 특히 불안정하다는 것을 상기시킨다. 이 같은 상기에 대한 관객의 반응은 클리프에 대한 분노일 것이다. 그러나 블린스는 출산은 6개월 뒤에나 이루어 질 것이며 뺨을 때린 것이 뱃속의 아이를 다치게 하지는 않았을 것이라는 클리프의 설득력 있는 변명을 통하여 다시 한번 그 같은 손쉬운 반응을 금한다. 그러나 이 사건은 더 민감한 사건으로 이어진다. 루는 클리프가 아이를 진정으로 원하고 있는 것이 아니라고 비난한다. 이에 클리프가 사실이라고 고백하면서 지금 아이를 양육할 능력이 없기 때문이라고 설명한다. 아이를 양육하기 위해 클리프가 일을 하면 될 것이라는 루의 제안에 클리프가 비참한 저임금 일자리는 싫고, 그 때문에 학교에 다니고 있는 것이라고 주장한다. 루가 또 다른 의문을 제기한다. 자신의 사업을 할 돈도 없고 경영과 관련된 직업을 찾기도 어려운데 그가 경영을 공부하는 것이 그에게 무슨 도움이 될까? 루의 말은 참된 말로 들린다(『짙은 안개』에서의 완다의 경고와 『태양 아래 건포도』에서의 월터 리의 경험을 떠올리게 한다). 그러나 더 중요한 것은 루의 말이 클리프가 이 세상에서 갇혀 있다는 느낌, 그가 자신만의 공간을 마련할 곳을 찾을 수 없다는 느낌을 배가시켜 주고 있다는 것이다.

  이 같은 문제에 대한 클리프의 답은 다시 배를 타거나 가족을 구호 대상자 명단에 올리면 된다는 것이지만 이것이야말로 불행한 해결책이다. 이 문제에 있어서 편을 들려고 해도 어느 것이 옳은 편인지 알기 어렵다. 러처드슨의 『부서진 밴조』와 워드의 『짙은 안개』에서처럼 관객은 하나의 정확해 보이는 듯한 이해로부터 그와 비슷한 설득력을 지닌 다른 이해 사이에서 왔다갔다하게 되지만, 이 극에서 각 인식은 쓸모 없는 길 또는 확실하게 닫혀 있는 문에 대한 인식일 뿐이다. 관객의 양면적 감정과 좌절감을 강조하기 위하여 블린스는 다시 한번 이중 독백을 사용한다. 이 두 번째 이중 독백은 더욱 분노한 어조로 이루어지고 있어 첫 번째 것보다 더 관객을 혼란스럽게 만든다. 루의 말은 클리프에 대한 불만을 담고 있다. 그녀는 클리프가 남자답지 못하다, 그가 자식들을 성실한 사람으로 키우기 위해 맨손으로 일을 한 그녀의 아버지와 다르다고 비난한다. 그녀는 클리프의 근육, 싸움, 음주, 큰소리를 남자다움으로 착각한 자신을 탓한다. 그러나 클리프의 독백은 정확하게 그가 남자답다는 것, 그가 "세상을 경작하는데 필요한" 동물로 이용되지 않기 위해 애쓰는 자존심이 있는 사람이라는 것을 주장하고 있다. 클리프는 그와 레이 것이 될 수 있는 세상이 "저 밖 어딘가" 존재하고 있다고 아직도 믿고 있지만, 세상이 그에게 무거운 짐을 져야하는 짐승이 되기를 강요하면 그 세상 자체를 "정글이나 사막"으로 만들어 버릴 것이다.

이 이중 독백이 끝나게 하는 사람은 역시 루이다. 그녀는 클리프가 하찮은 사람이라고 소리지른다. 클리프의 독백은 관객으로 하여금 루가 옳지 못하다, 클리프는 자신의 존엄성을 위해 고군분투하고 있는 사람이다라고 생각하게 만든다. 따라서 관객은 루를 비난하게 된다. 그러나 이 비난은 클리프의 주장이 좌절만 가져오고 태어날 아이의 배조차 채워 주지 못할 꿈에 불과하다는 걱정의 빛을 띠게 된다. 루의 불만과 클리프의 꿈이 이들로 하여금 해군에 가려는 레이의 소원이라는 당장의 그리고 구체적인 문제로 돌아가게 만든다. 사실 여기서 레이의 남자로서의 정체성의 발전이 가장 중요한 문제이다. 루는 레이가 클리프처럼 되지 않기를 바란다고 말한다. 클리프의 불행과 분노를 목격해온 관객은 루의 말에 동의하고 싶어진다. 그러나 레이에게 주어지는 것으로 클리프가 열거하는 다른 선택들, 즉 더비 거리의 "당나귀"가 되는 것, "더러운 날나리"가 되는 것, 대로의 "협잡꾼"이 되는 것 또는 "마약 중독자"가 되는 것과 같은 선택들은 환영할만한 대안이 되지 못한다. 루가 레이의 입대 동의서에 절대 서명하지 않을 것이므로 그가 해군에 가는 일은 없을 것이라고 강조하면서 1막이 끝난다. 그러나 관객은 이것이 완전한 해결책이 아님을 안다. 관객은 좌절감과 근심, 그리고 무대 이에 있는 사람들에 대해 측은한 마음을 갖게 된다. 그러나 중산층이 이 인물들과 감정을 공유하기는 어려울 것이다. 미국 사회에 있어서의 근면과 절제에 대한 전통적인 숭배가 백인 관객이나 중산층 흑인 관객이 루와 클리프와 레이의 정체성에 중요한 요소들인 슬과 욕설과 노래와 성관계가 난무하는 덧없는 밤을 거부감 없이 받아들이는 것을 어렵게 한다. 아마도 흑인 중산층 관객 그리고 더더욱 백인 관객은『포도주 마시는 시기』의 1막의 끝 부분에서 클리프의 게으름과 저속한 언어를 이유로 그를 거부하면서 루에게 측은한 마음을 갖게 될 것이다. 나아가 백인 관객들은 그들의 세계가 루와 클리프와 레이의 선택의 여지를 그토록 제한하고 있다는 사실에 죄책감을 느끼게 될 수도 있다. 그러나 클리프의 유창한 말솜씨와 이중 독백의 사용이 블린스의 주요 목적이 클리프에 대한 반감을 갖도록 하거나 백인 관객 앞에서 불의에 대한 항의를 하는 것이 아니라 것을 보여주는 증거이다. 그의 목적은 클리프가 그의 행동에 대한 비난에도 불구하고 존엄성을 지키려고 노력하는 것에 대한 존경심을 불러일으키는 것이며, 이 같은 클리프의 투쟁을 용인하지 못하는 루의 성급함에 대한 (무조건적 승인이 아닌) 공감을 불러일으키는 것이다. 어떤 관객에게도 그 같은 목적은 달성할 수 있겠지만, 중산층 백인의 죄의식을 갖고 있지 않은 흑인 관객, 백인은 겪어보지 못하는 경험에 의해 형성되고 복잡해지는 가치 체계를 갖고 있는 흑인 관객에게 더더욱 효과적일 것이다.

II

2막은 대로에서 벌어지는 그리 놀랍지는 않지만 걱정스러운 장면으로 시작된다. "신비스런 블루스"가 연주되면서 레드가 버니를 껴안고 쓰다듬고 있다. 버니의 행동이 관객의 마음에 "레이가 뭐라고 할까?"라는 의문을 품게 만든다. 관객이 이 같은 배신을 대수롭지 않게 여기는 경우가 있다면, 도리스가 "버니, 저 인간이 나를 그렇게 더듬었다면, 저놈 불알을 잘라버렸을 거야 … 그리고 나에게나 내 남자에게 손을 대는 못된 놈들에게는 그 두 배로 해줄 것이야"라고 말하면서 그렇게 하지 못하도록 경고한다(612). 관객은 이미 레드가 레이를 단호히 거절하는 모습을 보았기 때문에, 이 겉으로 보기에 대수롭지 않게 보이는 시시덕거림이 도슨 가족이 처한 어려움을 증가시킬 것으로 걱정하게 된다.

장면이 다시 더비 거리로 변하고, 라디오가 이날 저녁의 더위를 반복적으로 알리고 있다. 새로운 인물 비어트리스(Beatrice)가 거리를 걸어 내려가고 있다. 비어트리스는 클리프가 묘사하고 레이가 동의하고 있듯이 "건방지고 잘난 체하는 계집"으로, 클리프와 레이를 제외한 길거리의 모든 사람들에게 공손하게 대하는 여자이다. 그녀는 얼굴을 꼿꼿이 세우고 클리프와 레이를 무시해버린다. 비어트리스가 지나가는 모습이 클리프와 레이의 단합을 불러온다. 이 장면은 관객을 즐겁게 해주려는 의도가 보이는 곳이며, 대로에서 시작된 성 모티프를 계속하고 있는 부분이다. 클리프의 음탕한 질문에 레이가 비어트리스나 그 길에 사는 다른 여자들로부터 아무 것도 얻지 못하고 있다고 인정한다. 물론 클리프는 레이가 농담처럼 말하듯이 그 여자들 모두를 "녹초로 만들어" 버렸을 것이다. 제한된 성 경험에 대한 레이의 변명은 자신이 버니를 사랑하고 있다는 것이다. 관객으로 하여금 버니의 배신을 떠올리게 하는 이 말은 큰 일이 벌어질 것이라는 두려움을 갖게 한다. 버니에 대한 사랑을 언급하는 레이의 항변은 또한 클리프에게 루를 생각하게 한다. 그러나 집안에 있던 루가 그의 부름에 응하지 않자 클리프는 레이와 버니의 관계에 대하여 살살 놀리기 시작한다. 클리프는 레이가 버니와 성 관계를 갖고 있음을 보여주는 신호를 루에게 숨겨 오고 있다. 클리프가 레이에게 레이가 "이제 자신이 저지를 일을 처리할 수 있을 만큼 성장했다"고 말한다.

그 친밀도와 온정에 있어서 클리프와 레이의 대화는 놀랍다. 블린스가 이 장면을 가볍게 다루고 있지만, 이는 성인이 되기 위한 통과 의례, 소년을 성인으로 받아들이는 의식으로 볼 수도 있는 것이다. 두 사람이 "남자대 남자" 이야기를 계속하면서 이들 사이의 서로에 대한 애정이 동네의 여자들에 대해, 레이가 결혼을 피해야 하는 것에 대해, 레이가 해군에 입대해야 하는 것에 대해 의견의 일치를 보게 한다. 이 두 사람 사이의 편안한 동지 의식과 존경은 보기에 기분 좋은 것이며, 이들이 있는 곳 현관 계단에서 전에 일어난 싸움으로부터의 반가운 탈피이다. 따라서 이 편안한 친밀감이 레이로 하여금 클리프에게 그가 서문에서 이야기한 여자에 대해 털어놓도록 만든다는 것은 아주 적절한 것이다. 레이는 간략하게 "지난 번 제가 여자아이를 만났는데 … 그 여자아이는 거의 어른이거든요 … 예쁘구요"라고 이야기한다. 이 때 대로에 가로등이 켜지면서 관객은 그 "여자아이"를 보게 된다. 레드, 바마, 도리스, 그리고 버니가 잠시 동작을 멈추고 그림같이 굳어진 상태를 취한다. 이어 레드와 바마가 그 "여자아이" 주변을 돌면서 "유혹의 춤"을 춘다. 도리스와 버니도 춤을 추기 시작해 "그 여자아이의 매력에 반대로, 남자들의 상징적 거세 쪽으로" 움직인다. 대로에서 일어나는 다른 장면들처럼 이 춤도 처음에는 관객에게 현관 계단에서 이루어지는 삶의 반복된 긴장으로부터 탈피하는 즐거움을 제공한다. 이 춤은 그 침묵 속에 이루어지는 움직임이 더비 거리의 도슨 가족이 처해 있는 소음과 이동 불가능 상태와 대조되고 있어 특히 흥미롭다. 그렇지만, 대로에서 일어나는 다른 장면들과 비슷하게 그러나 더 강하게, 이곳에서의 스타일의 변화는 속임수이다. 등장 인물들이 대로에서 찾으려 하는 그리고 관객이 비사실적인 묘사 스타일에서 기대하는 해방은 실제로 관객이 발견하는 것이 아니다. 춤 안의 행동들은 위협적이다. 우리는 이 춤이 레이의 환상이 만들어 낸 것인지 아니면 대로에서 실제 일어난 일인지 알지 못하지만, 그 여자아이는 몹시 탐나는 환상임과 동시에 무대의 공동체의 삶에 가해지는 상징적 위협이다. 그녀는 침입자, 더비 거리와 대로로 이루어진 이 좁은 세계의 밖에 있는 갖고 싶고, 신비로운 것들에 대한 상징이다.

클리프가 레이에게 곧 떠나야 하니 그 여자아이에게 빠지면 안 된다고 경고한다. 그러나 레이는 그 여자아이가 그를 기다릴 것이라고 주장한다. 클리프가 여자들의 정조에 대해 회의를 표하자 레이가 루도 클리프를 기다렸다고 말한다. 이제 클리프가 그의 가장 사적인 이야기를 할 차례이다:

> 클리프: … 음, 루는 달라 왜냐하면 … 음, 루는 인격을 갖추었거든.
> 레이: 내 여자도 …
> 클리프: (말을 자르면서) 그리고 네 숙모는 신조와 신념이 있거든. 그러니 너 그거 각별히 유념해야한다. (617)

클리프는 이 말을 아주 어렵게 하지만, 관객에게는 듣기에 무한히 기분 좋은 말이다. 이 말은 관객에게 희망을 주며 그와 루의 결혼 생활에 대한 근심을 덜어 준다. 사랑은 분노와 절망과 실망이 있는 곳에서도 가능한 것이다. 이 장면은 사랑의 영속성을 확인해주며, 클리프의 복합성과 가치를 확인해준다. 그가 루를 인정하는 장면이 관객에게 단편적인 정보나 처음 접하는 행동거지로 인간을 판단하지 말 것을 촉구하고 있는 것이다. 우리는 어떤 인간에게서든 완벽한 일관성이나 단순함을 기대해서는 아니 되는 것이다.

관객은 이런 측면의 클리프에 대해 더 잘 볼 수 있기를 원하게 되는데, 이 요구가 받아들여진다. 클리프가 계속해서 "어떤 여자가 이런 시대에 그런 자질들을 모두 갖는다는 것은 미치는 것과 비슷해. 그 여자는 구제 불능으로 무식하거나 천사 같은 믿음을 가졌거나 둘 중의 하나야 …
루는 그 둘 다 아니지"라고 말한다(618). 루는 아주 특별한 사람인 것이
다. 우리는 클리프의 판단을 수용하게 된다. 그리고 이 수용을 통하여 우
리는 그도 특별한 사람이라는 것을 알게 된다. 우리는 클리프가 "나에게
그 여자는 과분해. 나도 알지"라고 말할 때 이 말에 동의를 할 수 없게 되
는 것이다. 그러나 우리는 동의하도록 유도되지 않고 있다. 우리는 그저
클리프가 새롭게 보여준 겸손함을 칭찬하도록 되어 있다.

클리프와 레이가 더 많은 사적인 일들을 (여자, 해군, 저 밖에 있는
세상에 대한 일들을) 주고받는 가운데 클리프의 추억과 레이의 미래에 대
한 꿈이 하나의 환상으로 합해진다. 이 환상은 클리프와 레이의 견고한
관계에 의해 형성되고 생명력을 얻는 것이다. 레이에게 바다를 항해하면
서 항구에 들리고 "은빛 찬란한, 차갑고 물에 젖은 불처럼 굽이치는 바다
위로 미끄러지듯 달려와 눈 속으로 들어가는" 달을 바라보면 어떤 기분이
되는지 묘사해주는 클리프의 환희에 찬 말이 현재를 초월해 그 현재를 비
평하고 있다. 녹아 흐르는 듯한 언어와 정확한 이미저리, 추억과 지식의
혼합, 과거와 현재의 혼재가 테네시 윌리엄스의 연극의 문장과 연결 지어
볼 수 있지만 사실 더 빨리 떠오르는 것은 윌리엄 포크너의 산문이 내는
소리이다. 이 장면 그리고 이 극의 서문은 『팔월의 빛』(*Light in August*)
에 있는 한 문장에서 온 듯한 특별한 느낌을 준다: "추억은 지식이 기억
해내기 전에 믿는다. 회상보다 오래 믿는다. 지식이 의아해 하는 것보다
더 오래."15) 클리프의 추억에는 역사적 사건들에 대한 지식을 초월하여
과거의 특정 사건들에 대한 인식을 너머서 (또는 그런 인식에도 불구하
고) 계속되는 악착스런 자유와 기쁨이 담겨 있다.

레이의 좀 더 현실적인 걱정이 클리프가 상상으로부터 깨어나게 한
다: "제가 입대할 수 있을까요, 클리프?" 레이의 이어진 질문, 즉 클리프
도 배를 타러 갈 것인가라는 질문에 대한 클리프의 대답이 관객에게 무대

위의 세계의 냉혹한 현실을 상기 시켜준다: "아니야 … 아니지 … 나에게
도 기획 주어졌지만 … 망쳤어 … 미래는 너 같은 젊은이들의 것이라는
것 명심해라 … 내 기회는 지나갔어. 이제 내가 할 수 있는 일은 편히 앉
아 통통한 애들 키우는 것 뿐이야. 네 세상이야 이제"(620). 이 말을 두
번째 듣게 되는 것이 관객에게 애처롭고 우울한 효과를 준다. 클리프가
아내와 곧 태어나게 될 아이를 떠나지 않을 것이라는 것을 알고는 안심할
수도 있지만, 이제 겨우 이십대에 있는 남자가 벌써 자신의 꿈을 남에게
넘겨주면서, 단 한번 가져본 그러나 실패로 끝난 기회에 대한 추억에 잠
겨 사는 모습을 보는 것은 고통스러운 것이다. 관객은 인간의 꿈이 그렇
게나 쉽게 깨져 버릴 수 있는 세계, 무책임한 것이 가능성에 이를 수 있
는 유일한 길인 세계에 대하여 수치스러움을 느끼도록 자극 받게 된다.

　　이제 무대는 실제로 그리고 상징적으로 더욱 어두워진다. 저녁이 밤
으로 바뀌면서 극의 분위기를 바꾸고 관객에게 새로운 흥밋거리를 준다.
이 새로운 인물이 "십대 후반의 나이에 키가 작고 예쁘장한" 타이니(Tiny)
이다. 그녀가 길을 따라 걸어가다가 누군가가 무대 위의 어두운 곳에서
갑자기 튀어나오며 지른 소리에 놀란다. 이 소리는 또 다른 새로운 인물
인 실리 윌리 클라크(Silly Willy Clark)가 지른 것이다. 이 타이니에게 가
해진 장난을 보고 터뜨리는 클리프의 거의 발작적인 웃음이 관객을 이전
장면의 우울함으로부터 벗어나게 한다. 관객은 더비 거리의 광적이고, 혼
란스럽고, 공적인 세계로 되돌아와 이곳에 있는 것이 이상하게도 편안하
다는 것을 느끼게 된다. 무슨 소동인지를 알기 위해 이웃들이 창문으로
고개를 내민다. 심지어 지역 경찰까지 쫓아와 모두 괜찮은지 확인을 할
정도이다.

　　경찰인 머피(Murphy)의 등장은 두 가지 의도가 숨겨진 수법이다.
이것은 관객에게 권력을 쥔 백인이 머지 않은 곳에 대기하고 있다는 사
실, "법"의 존재가 보장해 주는 것이 무엇이든간에 그 법을 집행하는 사

람들의 오만함에 대한 분노와 충돌하게 된다는 사실을 상기시켜 준다. 이 경찰은 클리프를 부를 때 도슨씨라 부르지 않고 얕보는 말투로 클리프라 불러 클리프를 화나게 만든다. 클리프의 직접적인 대응은 이 경찰을 경찰에 대한 스테레오타입적인 명칭인 머피로 부르는 것이다. "그래. 그가 마치 '소년'하고 부르는 것처럼 클리프하고 부르더군"이라는 클리프의 말은 그의 성격에 본질적인 것으로 형성되어 온 자존심과 예민함에 어울리는 말이다. 백인 관객은 이 사건에서 배우게 된다. 그러나 이 사건을 제시하는 의도는, 경찰의 행동보다는 그에 대한 클리프의 반응에 초점을 맞추고 있기 때문에, 백인에 대한 항의라기보다는 흑인에게 본보기를 보여주는 것이라고 볼 수 있다.

타이니가 놀라게 한 것에 대해 클라크에게 화를 내고 있는 동안, 장면이 레이에 대해 그리고 타이니에게 보내는 클리프의 음흉한 눈길에 대해 루와 클리프가 주고받는 장난스런 대화와 신랄한 말싸움으로 변한다. 이것이 관객에게 주는 효과는 극이 시작한 이래 아무 것도 변한 것이 없다는 느낌을 주는 것이다. 그러나 이들의 대화는 새로운 영역으로 옮겨간다. 버니가 레이보고 집에 있으라고, 그에게 그가 최근에 대로에서 만나는 그 여자아이에 대해서 물어볼 것이 있다고 전하라고 하더라는 말을 타이니가 레이에게 한다. 관객은 버니가 해 온 일을 알기 때문에 이 말이 걱정을 불러일으킨다. 클리프가 레이에게 버니가 대들면 때려주라고 충고하자, 레이가 그렇게 하겠다고 약속한다. 이 같은 허풍이 관객에게 재미를 줄 수는 있겠지만 문제를 피할 수 있다는 것을 전혀 보장하지 않고 있다. 루와 타이니가 집안으로 들어간다. 서로의 음주량을 자랑하다 클리프, 클라크, 그리고 레이가 포도주를 더 사기 위해 대로로 가면서 2막이 끝난다.

2막의 마지막 장면은 관객이 긴장을 풀 수 있을 만큼 평범하고 부드럽다. 그러나 이미 폭발할 듯한 상황에 더 많은 술이 추가될 것이라는 것, 버니가 곧 도착할 것이라는 것, 그리고 아직 해결되지 않은 레이가 해군에 입대하는 문제가 관객의 (걱정이 아니면) 적어도 호기심을 자극한다. 관객은 무엇이 전개될 것인지 알 수 없지만 3막이 빨리 시작하기를 원하게 되는 것이다.

Ⅲ

첫눈에 3막은 바로 관객이 예상했던 것을 제시하는 것 같다. 루, 타이니, 도리스, 버니, 레드 그리고 바마가 전에 본 것보다 더 취해서 그리고 말이 더 상스러워져 도슨의 집 현관 앞으로 모여든다. 루가 즉각 레드와 그의 저속한 말에 대해 말다툼을 벌인다. 레드가 "빌어먹을. 아줌마 당신 남편 클리프에게 말해 … 난 도슨씨의 규칙을 따르고 있거든"이라고 대꾸한다. 물론 레드의 말이 맞다. 그러나 관객은 이미 레드를 싫어하게 되었기 때문에 관객의 태도가 불확실해진다. 따라서 관객은 레드가 비난받는 것을 즐기면서 동시에 루가 자신도 전에 사용한 말에 대하여 고상한 척 잔소리하는 것에 짜증을 내게 된다.

모두 말다툼을 중단하자고 말하는 자가 바로 타이니이다. 다음 대화는 남자들에 대한 여자들 비웃음으로 변한다. 타이니가 여자들의 태도를 요약해준다: "모든 남자들이 엉망이야"(626). 여성 관객은 이에 동의해 고개를 끄덕일지도 모른다. 그러나 그들은 잠시동안만 여성 우월감에 빠져 있을 수 있을 뿐이다. 클리프의 귀가에 대한 타이니의 질문이 의심하는 루의 냉담한 질문과 교차된다: "지금 너 클리프 기다리고 있는 거야, 타이니?" 이 질문이 암시하는 것은 남자만 성적으로 문란한 것이 아니라는 것이다. 관객은 클리프와 타이니에 대해 더 알고 싶지만, 관객의 시선이 도리스의 저속한 언어로 유도되면서 그 화제는 잠시 유보된다.

『포도주 마시는 시기』의 등장 인물들이 저속한 언어에 대해 반복적으로 언급하고 있다는 사실은 블린스가 의도적으로 관객에게 저속한 언어 사용을 문제화하고있다는 것을 암시하고 있다. 저속한 언어에 대한 반복적 언급이 그의 전략상의 실수가 아니라 그 전략의 일부로서 목적이 있는 부분인 것이다. 이 극의 뉴 라파예트 씨에터에서의 공연에 대한 평에서 마빈 엑스와 로버트 맥베스는 이 극의 언어가 관객에게 문제임을 인정하였다:

> 마빈: 언어가 사람들을 가릅니다.
> 맥베스: 그래요. 한 집단이 다른 집단처럼 말하거나 이야기하지 않는 다는 사
> 실을 알게 되지요. 사람들은 누가 누구와 연결되어 있는지, 누가 누구의
> 형제인지에 대해 말다툼을 벌이죠. 그래서 언어가 문제가 되는 것입니
> 다.16)

마빈 엑스와 맥베스는 여기서 아마도 이 극의 저속한 언어 사용에 대해서만이 아니라 하나의 대본에 두드러지게 은유적인 언어와 서정적인 문구들과 다양한 방언들을 나타내는 언어들 다 포함되어 있는 것에 대해서 말하고 있는 것일 것이다. 마빈 엑스와 맥베스의 파악은 중요한 것이지만, 그들의 결론, 흑인 예술가들과 보통 사람들이 그들의 언어를 "우리 동포의 언어"로 바꿀 때까지 흑인 연극의 언어가 관객을 가를 것이라는 결론은 내가 보기에 블린스의 의도를 파악하지 못한 결과인 것 같다.17) 불린스의 다양한 형태의 언어 사용은 모든 사람이 동일하게 말하지 않고, 다른 경우에 다르게 이야기하는 세상에 대해 복잡하면서도 설득력 있는 인상을 전해준다. 『포도주 마시는 시기』에서 말은 상황에 적절한 행동이 되고 있다. 블린스가 사용하고 있는 것과 같은 저속한 언어의 특성은 이것이 폭력의 표현이라는 것이다. 그리고 이 폭력은 극의 대부분에 있어서 그리고 등장 인물들에게 있어서 더 파괴적인 육체적 폭력을 대신하고 있다.

블린스는 극의 언어에 대해 아직도 남아 있을 지도 모르는 자의식과 분개를 점검해 우리 주변에 있는 세계에 대한 정직한 반응인가를 생각해보고, 우리가 왜 불쾌하게 느끼는지에 대해 생각해보도록 촉구한다. 결국 관객이 무대 위의 저속한 언어에 대해 가지고 있는 불평을 가장 자주 대변해주는 루 자신이 원하거나 필요할 때는 지독한 욕설을 퍼붓고 있다. 이것은 루가 그리고 어쩌면 관객도 위선적이라는 것을 암시하거나 또는 그녀가 언어에 대해 불평할 때 사실은 다른 문제 때문에 고통을 받고 있다는 것을 암시한다. 더욱이 블린스는 언어에 대한 다툼을 너무도 많이 포함시켜 지루하고 반복적이라는 느낌을 줄 정도이다. 이처럼 저속한 언어에 대한 비난이 그 저속한 언어 자체보다도 더 짜증나게 하는 것이 되어 버리는 것이다. 언어에 대한 대화가 다른 좀더 긴장된 화제들이 임박해 있을 때 이루어진다. 즉 저속한 언어는 무대 위의 세계에서 어려움이나 긴장을 알려주는 신호인 것이다.

3막의 초반부에서 제시되는 문제는 타이니와 클리프의 관계이다. 루가 질문한 후 이 화제는 도리스가 감추고 있는 비밀로 언급된다. 모두가 도리스가 타이니에 대해 무엇인가 알고 있다는 것을 알게된 되면서, 사람들이 그 비밀을 밝혀내기 위해 현관으로 모여든다. 겁먹고 호전적이 된 타이니가 결국 "너 나와 클리프에 대해 말할 거야?"라고 내뱉는다. 이 말이 확실하게 루의 그리고 관객의 의심이 옳았음을 확인해준다. 애매한 것은 단지, 도리스가 암시하듯이 그리고 의도적으로 루에게 폭로하듯이, 타이니가 "못된 짓을 했는가"이다. 이 같은 폭로 때문에 관객이 클리프에 대해 놀라거나 실망해서는 아니 된다. 그 이유는 루에 대한 그의 감정적 충실과 그의 문란한 성생활 모두가 이미 증명되었기 때문이다. 그것이 아직도 불쾌한 것일 수도 있지만, 관객은 극 전체를 통하여 사랑과 일부일처제가 꼭 함께 하는 것은 아니라는 것을 받아들이도록 권유를 받았다. 여기서 관객에게 있어 더 큰 관심은 의심이 옳다는 것이 확인된 이 일이

루에게 어떤 영향을 줄 것인가 하는 문제이다. 클리프가 스스로 표현한 루에 대한 존경을 토대로 아마도 관객은 그녀가 상처받는 것을 보고 싶지 않아 할 것이다. 블린스는 무대 지시에서 루의 반응을 "역겨워한다"로 묘사하고 있다. 그러나 그 순간에 클리프, 클라크, 그리고 레이가 그들이 좀 전에 사러 나간 큰 통에 담긴 포도주를 반쯤 비운 채 더비 거리에 나타나면서 관객에게 루의 감정에 대한 더 이상의 단서가 주어지지 않는다.

더욱 더 취한 사람들이 현관 앞에 모여 있는 사람들에 추가되면서 무대 위의 싸움과 관객의 긴장이 더욱 심해진다. 모두가 모인 지금 남녀 짝짓기가 당장 문제가 되고, 바마가 도리스를 끌어당기면서 위기로 치닫는다. 이 행동이 타이니를 분노케 하고, 그녀가 바마가 자기를 만나러 온 줄 알았다고 울먹이며 손톱으로 바마의 얼굴에 상처를 낸다. 이 싸움동안 도리스가 (관객이 대로에서 본적이 있는) 작은 칼을 꺼내든다. 누군가 영원한 상처를 받게 되겠구나하고 관객이 두려움을 느끼게 되는 순간 클리프가 현관에 도착하고, 그의 존재가 도리스로 하여금 칼을 집어넣게 만든다.

관객이 느끼는 안도는 잠시동안만 지속된다. 레드와 바마가 모두를 자극한다. 소란이 커지면서 이웃인 잔소리꾼 미니가 창문을 열고 이 소란에 대해 경찰을 부르겠다고 소리친다. 경찰을 피하기 위해서나 또는 진정으로 소란한 자식들의 아버지처럼 느끼고 있기 때문인지 확실치 않지만 클리프가 "애들아, 아버지 주무실 시간이다"라고 말한다. 그는 모두 집에 가라고 말하고 있는 것이다. 클피프와 도리스가 집으로 들어가고, 루가 밖에 남아 클리프가 집으로 들어 간 것이 겁쟁이이기 때문이라는 레드의 빈정거림에 맞서 클리프를 변호한다. 루는 그런 다음 모두에게 가라고 말하고 집안으로 들어온다.

모두가 떠나기 시작하면서 모든 것이 조용해진 듯한데, 레이가 현관 계단에서 코를 골며 자고 있고, 루가 집안에서 클리프와 말다툼을 하고 있다. 관객에게 이 극 그리고 이 밤이 비교적 평온한 상태에서 끝이 나는 것처럼 보인다. 따라서 할말이 있다면서 레이를 깨우는 버니의 목소리를 듣는 것이 상당히 뜻밖의 일이 된다. 바마와 타이니가 버니를 끌고 가려 한다. 그러나 버니는 끝내 레이에게 그녀가 이제 레드의 여자라는 것을 말해주어야 한다고 고집한다. 버니가 말을 알아들었냐고 반복해 다그치자 레이가 완전히 취한 상태에서 "그래 알아들었어 버니 … 너 이제 레드의 여자야"라고 중얼거린다. 이 같은 대화가 진행되는 동안 레드가 건물 쪽으로 돌아서서 포도주 병에 소변을 보기 시작한다. 그런 다음 그는 소변이 담긴 병을 레이에게 건네며 버니의 새로운 결합을 위해 축배를 들자고 제안한다. 비몽사몽간에 레이가 병을 입에 갖다 대자, 레드가 병에 소변을 보는 것을 지켜 본 버니가 레이가 마시지 못하도록 소리를 지른다. 그 순간 레이가 정신을 차리고, 마지막 장면만 본 그가 버니에게 달려든다. 이 것이 극인 진행되는 동안 내내 기회를 노리고 있던 레드에게 육체적 공격을 가할 기회를 제공한다. 버니를 보호한다는 가장 하에 레드가 레이에게 달려들고, 그 순간 레이, 클라크, 바마 그리고 레드가 심한 몸싸움에 말려 든다. 이 싸움이 골목으로 옮겨가면서 관객은 레드가 "뼈로 손잡이를 한 면도칼"을 꺼내 드는 것을 목격하게 된다. 이들이 골목으로 사라지고 난 후 도리스가 칼을 꺼내 들고 나타나 레이를 부른다.

이전에 목격한 이 극의 폭력적인 언어, 적의에 가득 찬 말, 의도적인 모욕에도 불구하고, 이 마지막 소동 그리고 그 소동이 일어나기 전에 행해진 의도적인 "속임수"는 관객에게 그저 끔찍할 뿐이다. 우리가 이전에 저속하다고 생각했던 것들이 다른 사람에게 소변을 마시게 하려는 생각에 비교하면 이제 아주 온순한 것이 된다. 이전에 잔혹해 보인 것들이 이 마지막 폭력에 비교하여 볼 때 이제는 아주 소극적인 것인 것처럼 보인다. 그러나 이 극의 지속적인 언어 폭력 때문에 육체적 싸움이 불가피하다는 느낌이 형성되고, 이 육체적 싸움은 그 싸움을 끔찍한 것으로 느끼게는 하지만 놀라운 것으로 느끼게 하지는 않는다. 관객은 아마도 꺼내든 칼을 보기 전까지는 이 싸움을 진지하게 받아들이지도 않을 것이다.

도리스까지 골목으로 사라진 후 관객이 듣게 되는 소리는 불쾌하면서도 동시에 어처구니 없이 우스운 것이다. 그 소리는 에디가 "죽여라 … 죽여"라고 외치는 소리와 뒤따르는 크럼프 부인의 "이리와 에드워드 … 잘못하면 총에 맞아"라고 외치는 소리이다. 이곳에 크럼프 가족의 등장은 이런 부류의 사람들은 다른 사람들의 고통을 즐기면서 자신들을 보호하기 위해서는 정신병적일 만큼 안달한다는 것을 암시해주고 있다. 크럼프 가족의 두 사람은 웃기는 만화에 등장하는 인물들 같아 곧 중단되지 않았다면 이 두 사람의 등장은 어처구니없는 일이 되었을 것이다. 새로이 들리는 소리는 레드가 괜찮다고 말하며 신음하는 소리이다. 그 다음 클리프가 골목으로 뛰어 들어 가고, 새로운 싸움 소리와 또 다른 신음 소리가 들려 온다. 관객은 여기서 창문에 매달려 구경하고 있는 이웃들만큼이나 무슨 일이 일어나고 있는지 알지 못한다. 이곳의 전략적 효과는 우리로 하여금 그런 신음 소리에 어떤 행동이 동반되는지를 상상하도록 만들음으로써 이 순간을 더욱 끔찍한 것으로 만드는 것이다. 즉 관객은 누가 안전하고 누가 위험한 지를 정확히 보고 느끼게 되는 안심을 느낄 수 없는 것이다. 피범벅이 되어 나타나는 레이와 도리스가 우리에게 누군가 다쳤다는 것을 말해준다. 그런 우리는 여전히 확실히 알지 못한 채로 남아 있게 된다. 경찰이 등장하면서 "여기 뭔 일이 일어난 거야?"라고 묻는다. 이 질문에 대한 답을 경찰과 관객은 골목에서 나와 레드의 칼을 내려놓으며 "내가 그를 죽였소"라고 말하는 클리프에게서 듣게 된다.

다시 거리로 나온 루가 믿을 수 없다는 표정으로 "당신이 그를 죽였어?"라는 말을 되풀이 한다. 관객은 여러 가지 이유로 루 만큼이나 믿을 수가 없게 된다. 첫째, 우리는 실제로 클리프가 레드를 죽였다는 것을 보여주는 증거를 갖고 있지 않다. 정황 증거에 의하면 골목에 더 오래 있었던 사람, 더욱 분노해 싸움에 가담한 사람, 레이 같은 사람이 살인을 했을 가능성이 높아 보인다. 더욱 중요한 것은 극 전체를 통하여 보여진 클리프의 말과 행동이 그가 결정적인 순간에 난폭한 반응을 보일 수는 있어도 영원한 육체적인 해를 가하지는 않을 것이라는 점을 보여 주었다. 따라서 관객은 루와 함께 무엇인가 할 말이 더 있을 것이라는 희망을 갖게 되며, 블린스는 이 사건을 무대 밖에서 처리함으로써 그런 희망을 제공하고 있는 것이다. 루가 "클리프, 날 떠나지마. 사실대로 말해"라고 외칠 때 우리는 그녀가 무엇을 생각하고 있는지는 알 수 없지만 그 사실이란 것이 무엇인지, 실제로 클리프가 레드를 죽인 것인지 아니면 그가 누군가를 보호하려고 하는 것인지 의아하게 생각하게 되는 것이다.

루 그리고 관객에게 주어지는 클리프의 대답이 살인의 애매함을 풀어 주지 않지만, 그 답은 그에 대해 우리가 알 필요가 있는 것 모두를 말해주고 있다. 그가 "오래 걸리지 않을 거야. 난 우리 가족 … 우리 가족을 지키려 했던 거야"라고 말한다. 관객은 클리프가 때로는 거칠고, 때로는 부드럽고, 때로는 격하지만 필요할 때는 자기 통제를 잘한다는 것을 상기하게 된다. 그는 또한 그의 가족에게 깊은 책임감을 느끼고 있는 사람이라서, 그 책임감, 그 사랑이 육체적 또는 언어적 폭력의 형태로 표출되지만 않았다면, 그리고 애매하면서도 필요한 표현 방법이 심각한 문제이라 할지라도, 관객이 존경할 수 있는 헌신적인 것이기도 하다.

관객이 클리프가 하려는 것이 무엇일까를 곰곰이 생각하고 있는 동안 마치 다른 세계로부터 들려 오는 듯하게 그의 여자가 되돌아오지 않을 것이라는 말을 되풀이하고 있는 레이의 목소리가 들려 온다. 레이의 꿈은 사라졌고, 세상은 실제로 그리고 상징적으로 변해버렸다. 그러나 사실적인 것과 상징적인 것이 합해지면서, 경찰에 의해 수갑이 채워진 클리프가 레이와 루의 흐느낌에 의해 표현되고 관객 사이에 형성된 절망에 도전한다. 클리프가 전에 한 말을 되풀이한다: "네 세상이야 레이 … 네 세상이라고 … 나아가 당당하게 요구하려무나." 이 세계의 추악함과 슬픔에도 불구하고 그 세계의 가장 무기력하게 갇혀 있는 희생자가 저 밖에 요구할 만한 가치가 있는 그 무엇인가가 있다고 주장할 수 있다면, 그보다 훨씬 더 자유로운 관객은 포기하지말고 정복해야만 한다는 자극을 받고 있음을 느껴야만 하는 것이다.18)

『포도주 마시는 시기』는 리처드슨의『부서진 밴조』처럼 치명적 결함 때문에 높은 위치에서 영락하는 영웅에 관한 비극이 아니라 서민에 관한 비극이다. 이 극은 그들의 장점이 개인적이 곳에서만 드러나는, 그들의 세계가 그들로 하여금 파괴적인 행동을 하도록 강요하는, 그들의 장점들이 그 장점들을 널리 알릴 수 없는 자들에 의해서만 인지되는 사람들에 관한 비극인 것이다. 이 극은 그와 같이 고전적 비극의 전통적 구조와 시각의 많은 부분을 거꾸로 하고 있다. 블린스의 전략은 전통적 비극의 일부 수법을 사용하여 관객을 사로잡고 나서, 이를 이용해 관객에게 (이런 경우가 아니면 무시해버릴) 특정 장점들을 인식하도록 만드는 것이다. 그는 관객이 그 존재를 무시하거나 부정할 수 없을 만큼 두드러지게 믿을만한 인물들과 사건들을 창조해 냄으로서 관객에게 그 장점들에 대한 강한 인상을 남기고 있다. 일단 우리가 이들을 있는 그대로 받아들이게 되게 되고 나면, 우리는 그들을 편견적인 유형에 따라 또는 잠깐 본 것을 토대로 평가하는 것이 아니라 그들의 행동 전체를 토대로 평가하도록 유도된다. 무대 위의 인물들은 관객을 위하여 마땅히 세상이 가야 하는 길에 대한 예를 보여 주는 것이 아니라, 최악의 상태 그리고 최선의 상태에 있는 사람들이 행동할 수 있는 길에 대한 예를 보여 준다. 우리가 그들의 최악의 행위를 파악할 수 있다면 그에 따라 우리는 그들의 최선의 행위도 파악할 수 있을 것이며, 그렇게 하는 과정에서 우리는 그들이 파멸 당하는 것에 대해 가슴아파 할 수 있어야만 하는 것이다.

나아가 블린스는 관객에게 복잡하고도 강렬한 감정들을 끝에서 끝까지 보여준다. 그는 사람들의 사소한 잘못과 재치에 대한 웃음, 그들의 잔인함에 대한 분노, 그들의 어리석음에 대한 초조함, 그들의 사랑할 수 있는 능력에 대한 기쁨, 그들이 서로를 잃어버리는데 대한 슬픔을 제공한다. 그러나 『포도주 마시는 시기』가 공연되는 동안 관객이 경험하게 되는 다양한 감정적인 반응들에도 불구하고, 관객은 피할 수 없는 한 가지 깨달음, 즉 그들이 목격한 세계는 하나의 감옥으로서 가장 강한 사람이나 존경할만한 사람까지도 가두어 두는 감옥이라는 깨달음을 갖게 된다. 무대 장치의 물리적 외관, 이웃의 끊임없는 소란, 라디오와 언어, 긴장된 인간 관계가 계속적으로 관객을 공격하면서, 관객이 어쩔 수 없이 억압감을 느끼도록 한다. 등장 인물들의 삶의 유형들이 이 세계가 현재대로 남아 있는 한 탈출구가 없다는 것을 분명하게 보여주고 있다. 클리프는 해군 영창에서 숨막히는 더비 거리로 그리고 또 하나의 감옥에서나 풀어지게 될 수갑으로 옮겨왔다. 레이의 꿈은 클리프의 시도를 흉내내는 것이다. 루는 꿈과 책임감을 나눔으로써 부담을 덜어 줄 수 있는 사람이 없는 상황에서 아기 엄마가 되려 하고 있다. 리처드슨이 『부서진 밴조』에서 그린 세계와 비슷하지만, 이 세계는 좌절감과 무력감을 용납할 수 없는 세계이다. 리처드슨의 극은 관객이 슬픔과 죄책감 그리고 더 정확하게 평가하고 더 잘 행동하려는 욕구를 갖게 되는 반응을 보이도록 한다. 블린스의 극은 슬픔 대신에 분노로, 사회의 기본적 구조를 개선하는 것이 아니라 파괴할 필요가 있다는 깨달음으로 유도한다. 『포도주 마시는 시기』는 따라서 단순히 흑인 경험을 솔직하게 전달하는 것이 아니다. 이 극은 관객이 흑인 경험에 대한 사랑과 존엄성을 유지하면서 구제되어야 할 바로 그것들을 익사케 하는 습관과 충동과 환경을 버리도록 설득하고 있는 것이다.

무지개를 찾아서

연극과 정치의 몸짓

아프리칸 극단(African Company)가 1821년 뉴욕에 세워진 이래로 흑인 연극의 장단점들이 관객을 규정하고 유지하려는 노력과 뗄 수 없는 관계를 이루어 왔다. 어떤 연극이든 연극을 통하여 대중에게 비전을 제시하는 극작가 그리고 연극이 그 세계관과 부닥쳐 움직여야 하는 대중이란 두 주인을 섬겨야 한다. 많은 종류의 연극 그리고 연극사상의 시대에 있어서 이 두 주인은 예술에 대한 가정들로서, 이 가정들은 비겁함이나 보수주의 때문이 아니라 극작가와 대중의 병립된 비전이 연극이란 예술의 한계이기 때문에 아무도 의심하지 않았다. 그러나 미국의 흑인 극작가들은 항상 그들이 묘사하는 세계와 그들 작품의 공연 대상인 관객이 문제라는 것을 알고 시작해야만 했다. 그 세계와 관객이 문제인 것은 각각이 무지와 두려움으로 가려져 있어 기껏해야 애매한 기호를 나타내기 때문만이 아니라 극작가가 자신의 비전의 주인이 된다는 것이 종종 관객에게 교활한 노예 역할을 하는 것을 의미하기 때문이기도 하다.

20세기에 들어서 애매한 관객 그리고 관객을 향한 흑인 극작가의 양면적인 의도가 점차 흑인과 백인의 두 세계를 대하는 문제 그리고 이 두 세계 중 어느 하나 안에서 진정한 관객을 형성할 수 있을 만큼 충분히 일관성을 지닌 공동체를 찾는 문제가 되었다. 1960년대에 바라카와 블린스 같은 극작가들이 상업적인 백인 연극관을 버리고 흑인이 사는 도심에 흑인 연극관을 세웠을 때, 이들은 관객을 만들어 내야만 한다는 사실을 깨달았다. 그리고 그들은 백인을 즐겁게 해주는 부담으로부터 벗어나야 이 과제를 실현할 수 있음을 알게 되었다. 이를 향한 최초의 열정적인 노력은 흑인 분리주의자들의 판단이 옳다는 것을 강력히 주장하는 듯하였다. 극작가, 연기자, 관객 그리고 기금이 미국 전역에 걸쳐 있는 여러 도시들에서 등장하여 열심히 흑인 연극을 위해 일하였다. 흑인 극작가들은 예술의 교육적, 정치적 목적에 대한 긍정을 토대로 하는 독특한 흑인 미학을 주장하기 시작하였다. 흑인 연극은 흑인 문화 생활의 구심점이 되었을 뿐만 아니라 흑인들이 긍지를 느끼는 그리고 백인들은 관심을 가질 수밖에 없는 하나의 운동을 형성하고 있었다.

1970년대 중반에 그 동안 형성되었던 흑인 연극단의 절반 이상이 사라졌고, 확인 가능한 운동도 더 이상 일어나지 않았다. 이와 같은 흑인 연극단의 소멸에 대한 해석이 이미 시도되었다. 재단과 정부 보조금으로부터 오는 외부 기금이 (때로는 완전히) 삭감되었다. 자의식적인 인종적 일체감 형성을 불러일으킨 1960년대 도시 폭동과 의회 입법을 포함한 공개적인 정치적 움직임 등이 "소수 민족 우대 정책"(affirmative action)이란 몽롱한 미궁 속으로 흡수되어 흩어져 버렸다. 능력 있는 흑인 연극인들 즉 연출가, 무대 장치인, 기술자가 부족하였다. 영화와 텔레비전에 의한 흑인 관련 소재의 방영이 현저하게 증가되었고, 흑인에게는 이 같은 대중 매체가 연극보다 물리적으로나 금전적으로 더 쉽게 접근할 수 있는 매체였다 같은 설명들이 제시되었다.[1]

이 같은 설명들은 사건들을 묘사하지만 사실 미국 흑인 연극의 생존력이나 중요성에 대해서는 아무것도 말해주지 않는다. 이 설명들의 대부분이 과거에도 흑인 연극이 처한 어려움과 흑인 연극관이나 연극단의 소멸을 설명하기 위해 사용되었던 것들이다. 흑인 연극사의 이 같은 반복적 경향은 시사하는 바가 크다. 이 경향은 20 세기 미국 사회에 있어서의 변화의 결여에 대한 정당한 그리고 신랄한 냉소주의를 불러 올 수 있다. 연극이 사회에서 기능을 발휘하는 방법들, 연극이 어디에 위치해있는가 그리고 누구를 위하여 공연되는가를 포함한 방법들이 종종 한 사회 내에서의 공동체와 대화의 양식을 보여주었는데, 이것은 고대 그리스나 엘리자베스 시대 영국에서 사실이었던 만큼이나 현대 미국에서도 사실이다. 사회학자이며 동시에 국비평가인 레이먼드 윌리엄스(Raymond Williams)가 주장하고 있듯이, 우리는 극의 분석을 통하여 "우리가 사회 자체로서 모으는 근본적인 관습들의 일부에 다다를 수 있기" 때문에 우리의 분석이 성급한 관찰이나 즉각 알아 볼 수 있는 것들만의 이해 정도에 그쳐서는 아니 된다.2)

따라서 나의 걱정은 흑인 연극의 관객이 최근의 사건들을 보고 지루함이나 좌절감을 느껴 흑인 연극을 포기해버릴 수도 있다는 것이다. 이렇게 하는 것은 한 가지 실패를 전체의 실패로 잘못 간주하는 것이며, 내 생각에 이것은 또한 우리가 너무 편협하게 한 종류의 질문이나 반응을 고집하는 것이라고 볼 수 있다. 예를 들자면, 우리는 왜 흑인 지역 사회의 흑인 연극단들이 실패를 거듭하였는가라는 질문뿐만 아니라 왜 그리고 어떻게 그런 실패가 매 십 년마다 되풀이되고 있는지라는 질문도 할 필요가 있다. 우리는 상업적 이유를 넘어서 왜 그리고 어떻게 흑인 극작가들이 미국 연극의 주류와 흑인 지역 사회 연극 사이에서 방황하였는지에 대해 숙고해 볼 필요가 있으며, 그 같은 숙고 속에서 흑인 지역 사회 연극이 다시 한번 어려움에 처해 있지만 최근 5년 동안 뛰어난 흑인 연극이 창조되어 성공적으로 공연되었다는 사실을 인정할 필요도 있다. 뿐만 아니라 우리는 흑과 백이 미국 사회와 연극을 분리하는 기본 기준으로 남아있는 것인지, 또는 흑인 의식과 백인 의식이 점차적으로 인종 출신의 문제라기보다는 사회적 계급이라는 용어로 더 정확히 설명할 수 있는 같은 가치 체계를 지닌 공동체를 가리키는 은유가 되어 가고 있는 것이 아닌지를 깊이 생각해 볼 필요가 있다.

이 모든 질문들이 우리로 하여금 극의 텍스트 자체로 되돌아 갈 것을 지시하고 있다. 여기서도 유형이 드러난다. 흑인 연극단의 등장과 소멸에서 보여지는 반복적 유형과는 달리, 또는 입장권 판매 수입과 흑인극 출판의 갑작스런 증가와는 달리, 흑인극에서 되풀이되는 움직임은 통계적인 것이 아니라 암시적인 행동이라서 새로운 상황에서 재배열하면 종종 새로운 이해를 낳게 된다. 여기서 나는 흑인 남성 인물들의 남성성이나 흑인들이 개인적 존엄성을 유지하게 하는 일자리를 찾는데 경험하는 어려움 같은 반복되는 소재나 주제를 말하려는 것이 아니다. 이 같은 생각이나 문제가 내가 검토해본 모든 극에서 반복 제시되고 있어 미국에서의 삶의 훌륭함을 반박하는 인상적인 증거가 되고 있는 반면에, 그런 유형 자체는 역동적인 것이나 극적인 것 그 어느 것도 아니다. 그것이 지속적으로 일어나고 있다는 사실이 증명해 주고 있듯이 그것은 무력함이다.

그러나 흑인 연극에는 흑인 관객과 백인 관객에게 세상을 다르게 바라보도록 그리고 계속 새로운 방법으로 보도록 다그치는 유형도 존재하고 있다. 드보이스가 제시한 내적 삶에 대한 극과 흑인과 백인의 접촉에 대한 극이 바로 그 같은 역할을 한다. 우선 이 극들은 내가 양면적인 의도라고 부른 것을 확실하게 보여주는 역할을 한다. 즉 이 극들은 감춰진 흑인들의 세계를 드러내 보이려는 의도를 지닌 전략과 미국 흑인과 백인의 만남 속에 내포되어 있는 비행과 불의에 대해 항의하려는 의도를 지닌 전략을 구분한다. 우리가 이 두 전략이 다르게 인식된 두 관객들에 대한 두 가지 서로 다른 관심이라는 것을 이해하면 흑인극을 덜 무시하거나 덜 오해하게 되고 더 잘 평가하게 될 수 있다. 그러나 세상을 정돈하는 다양한 방법이 있는 것처럼, 우리가 일단 특정 사례를 일반적이 사례에 맞추기 시작하면, 간혹 있는 완벽한 예로부터 배운 것만큼이나 잘못된 맞춤으로부터 배우게 되는 것이다. 이 같은 반향의 중요한 예가 내적 삶에 대한 극을 분석해보면 나타난다. 아마도『유령선』을 제외하고 내가 논의한 모든 극들이 시선을 백인 사회로부터 완전히 돌려버린 극들보다 덜 심오하게 그리고 덜 설득력 있게 내적인 삶을 관찰해보려고 시도한다. 그러나 가장 적절하게 내적 삶에 대한 극이라고 부를 수 있는 두 극, 리처드슨의『부서진 밴조』와 불린스의『포도주 마시는 시기』에도 불구하고 외부적 삶 (씨어도어 워드가 아주 적절하게 표현했듯이 "짙은 안개") 또한 무시할 수 없다. 실제로 흑인 관객이든 백인 관객이든 흑인 연극에서의 내적인 삶에 철저하게 집중하다보면 더욱 강하게 그런 내적 삶이 이루어지는 상황, 즉 미국 사회와의 밀접한 관계를 느끼게 된다. 따라서 드보이스의 구분이 역설적인 것이 된다. 내적 삶에 대한 극들이 제시하는 것은 흑인들의 세계에 한정되어 있지만, 관객이 흑인과 백인의 접촉을 인식하는 방법에 대해 흑인과 백인의 접촉을 직접적으로 제시하는 극들보다 더 강하게 도전하는 경우도 있다.

그렇다면 흑인 연극에 있어서의 중요한 유사성은 수퍼마켓 진열대에 놓여 있는 수프 캔들에서 보는 유사성이 아니라 (스탠리 피시[Stanley Fish]가 주장하듯이 문학 작품은 의미를 담고 있는 용기가 아니다) 출처와 시간과 장소는 다르지만 우리에게 주는 효과에 의해서 연결되어 있는 두 악수 또는 두 상처에서 발견할 수 있는 유사성이다.3) 어쩌면 흑인 예술이 대부분의 서구 예술에서 볼 수 있는 목적의 불신을 보인 적이 없기 때문에 (드보이스의 "모든 예술은 선전이다"라는 주장은 항상 긍정적으로 받아 들여졌다) 흑인 비평가들이 제일 먼저 그리고 제일 강하게 관객을 향한 의도를 중심으로 하는 미학을 주장하는 비평가들과 함께 하였던 것일지도 모른다. 이것을 에디슨 게일(Addison Gayle)은『흑인 미학』(*The Black Aesthetic*)의 서문에서 당당하게 주장하고 있다:

> 인간이 더 나은 인간이 되도록 도와 주지 못하는 비평 방법은 흑인 사회에 적합지 않다. 그와 같은 요소가 아리스토텔레스 학파의 비평가, 실용주의적 비평가, 형식주의적 비평가 그리고 신비평가에 의해 학계에서 전수되어 온 비평 정전에는 전적으로 결여되어 있다. 앞의 비평들 각각은 공통적으로 예술 작품을 그것이 관객으로부터 요구하는 추로부터 미로의 변화라는 관점에서 평가하는 것이 아니라 그저 미적 관점에서 평가한다. 오늘날의 흑인 비평가에 있어서 던져야 할 질문은 한 노래나 극, 시나 소설이 얼마나 아름다우냐가 아니라 그 노래나 극, 시나 소설이 한 흑인의 삶을 얼마나 더 아름답게 만들었는가인 것이다.4)

게일이 제기한 문제를 비평가들이 연극 관람자들에게 "당신의 생활이 연극관에 들어 가기 전보다 다소 아름다워졌습니까?"를 묻는 설문지를 들고 다니는 여론 조사원이 되어야 한다는 의미로 받아들인다면 그가 제기한 문제를 오해하는 것이다. 핵심은 우리를 극으로부터 쫓아버리는 것이 아니라 극으로 향하도록 하는 것, 우리가 극이 제시하는 변화가 유쾌하냐 아니면 일관성이 있느냐를 묻도록 하는 방식으로가 아니라 극의 실제로 변화를 일으킬 수 있느냐를 묻도록 하는 방식으로 우리를 극으로 향하도록 하는 것이다.

　이 같은 질문의 유익함에 대한 증거로는 이 질문이 브로드웨이에서 수년간 공연된 흑인 연극의 놀라운 성공에 의해 제기된 수수께끼를 파악할 수 있게 하는 능력을 지니고 있다는 것보다 더 나은 증거는 없다. 이 극, 즉 엔토자키 숑가(Ntozake Shange)의 『무지개가 찬란할 때 / 자살을 생각한 흑인 소녀들을 위하여』(*for colored girls who have considered suicide / when the rainbow is enuf*)는 역사적으로 그리고 전략상으로 흑인 연극의 원형이다. 그러나 이 극이 그 장르에 있어서의 가장 강력하고도 불굴의 에너지와 일치한다는 바로 그 이유 때문에 이 극은 상업적으로 실패할 운명에 처할 수도 있었다. 이 극의 제목 하나만으로도 관객의 수를 불과 몇 명으로 줄일 운명이었다고 할 수 있다. 제목이 이 극이 의도한 대상을 특정 집단으로 한정시킬 뿐만 아니라, 제목의 "흑인 소녀들"이란 표현은 흑인과 백인에게, 특히 여성에게, 최근에야 쓰지 않도록 교육받게 된 호칭 양식을 불쾌하게 상기시킨다. 나아가 극 제목의 첫 세 단어 다음에 (한글 제목에서는 마지막 세 단어 앞에) 오는 단어들은 확실과 용이함과는 거리가 멀다. 이 극의 제목은 관객에게 절망의 세계로 오라고 손짓하면서, 이 극의 세계를 파악하기 위해서는 불확실하고 당혹스러운 은유와 씨름해야만 한다는 경고를 보낸다. 제목이 담고 있는 단어들은 미국적 꿈속의 현혹적인 금 항아리로 가는 길이 너무도 큰 좌절의 근원이라 자기 파괴로 인도하는 길이 된다고 선언하고 있다. 그러나 그 단어들은 또한 다른 종류의 무지개, 자결의 무지개로 족하다는 것을 암시하고 있기도 하다. (따라서 극의 마지막 대사가 극 제목을 약간 바꾼 것이다: "그리고 이것은 자살을 생각했지만 / 자신들만의 무지개의 끝을 향하여 가고 있는 흑인 소녀들을 위한 것이다.")

그럼에도 불구하고 『흑인 소녀들을 위하여』는 브로드웨이의 한가운데 있는 부스 씨에터(Booth Theater)에서 매주 거의 6,000명의 관객을 감쌌다.5) 이 극은 1975년에 무용을 곁들여 제시된 일곱 편의 시로 시작하였다. 이 극의 작가 엔토자키 슝가 그리고 무용가 폴라 모스(Paula Moss)는 처음 이 극의 핵심 부분을 샌프란시스코에 있는 무용 스튜디오나 클럽에서 공연하였다. 그 다음 이 두 사람은 뉴욕으로 옮겨 다시 무용 스튜디오나 클럽에서 공연하였다. 이 시기에 네 명의 여성이 극단에 참여하게 되었고, 오즈 스코트(Oz Scott)가 작가가 맡고 있던 연출을 넘겨받게 되었다. 그 다음 『흑인 소녀들을 위하여』는 헨리 스트리트 씨에터(Henry Street Theater)에서 연구 전시 작품으로 공연되었고, 이어서 현재의 형태에 가까운 모습을 갖추고 1976년 6월 퍼블릭 씨에터(Public Theater)로 옮겨 공연되었다. 숑가의 설명에 따르면 이 극의 진화와 성공은 최고의 가시성을 노린 선전이나 갑작스런 재정적 지원의 쇄도 때문이 아니었다. 그보다는, 그녀의 주장에 따르면, "길게 줄을 선 사람들과 흑인과 라틴 지역 사회에서의 소문이 [이 극을] 6월에 퍼블릭 씨에터로 몰고 갔다."6)

궁극적으로 백인 지역 사회에 까지 퍼진 이 소문은 지난 50년 동안 흑인 연극과 실험 연극에서 흥분과 관심을 주거나 모은 모든 것을 도입하면서 미국 중산층의 미적 감각과 사회적 가치에 도전하는 극에 관한 것이었다. 『흑인 소녀들을 위하여』는 1960년대에 저지 그로토브스키(Jerzy Grotowski)가 생각해낸 "가난의 연극"(poor theater)의 목표를 충족시키고 있다. 이 극은 인간으로서의 연기자들의 동작과 소리에 초점을 맞추면서, 무대 장치, 의상, 조명, 정교한 장면 나누기 등과 같은 관습적인 연극적 보조 수단의 중요성을 감소시킨다.7) 이 극은 민속적 전통을 불러오면서 동시에 공연을 특별한 사건으로 만드는 요소들 즉 흑인의 내적인 삶에의 치열한 집중, 은유적 구어체 흑인 영어의 대담한 사용, 확실하고도 균형 잡힌 구조를 포함하고 있다는 점에서 계보상 흑인 연극에 빚을 지고 있다.

이 극의 무대는 거의 알아 볼 수 없게 설치 된 무대 밖으로 이어지는 경사로를 포함하고 있는 검은색으로 칠해진, 거의 빈 무대이다. 무대 뒤편에 빨간 색의 큼직한 종이 장미가 선명하게 보인다. 이러한 무대 장치는 가끔 조명의 미묘한 변화와 연기자들의 말과 행동에 의해 약간씩 변할 뿐 극 전체를 통하여 변치 않는다. 전체 출연자인 7명의 흑인 여성들이 무대 위로 뛰어 들어 "비탄의 자세"를 취한 후 그대로 굳어버리면서 극이 시작된다.8) 이들 인물들에게는 이름이 주어지지 않지만, 간혹 특정 이야기 속에서 잠시 이름을 지닌 인물이 되기도 한다. 대본에서 각 등장인물은 갈색, 노란색, 자주색, 빨간색, 초록색, 파란색, 오렌지색 옷을 입은 여자와 같이 색깔로 구분된다. 이 색깔들을 합하면 무지개를 이루는데, 무지개는 특이하게도 그리고 적절하게도 검은색과 하얀색을 포함하지 않는다. 공연에서는 이 신분을 나타내는 색깔들이 간단한 복장의 색으로 나타나는데, 인물들이 입는 복장은 색깔을 제외하고는 모두 비슷하며, 몇 차례 약간 바뀔 뿐이다. 갈색의 여자가 처음 말을 하는데 무대 위의 다른 여자들과 관객에게 흑인 소녀가 노래하도록 허용하고, 그녀의 노래를 인정하고, 그녀가 "태어나도록" 하라고 요구한다. 이런 요구는 관객이 아직 맞이할 준비가 안되어 있는 요구이지만, 그 솔직함이 우리를 놀라게 하면서 관심을 갖도록 만든다.

그런 다음 다른 여자들이 말하기 시작하면서, 각자 어디에 있는지를 알린다. 한 여자는 시카고 외곽에, 다른 여자는 휴스턴 외곽에, 또 다른 여자는 맨해튼 외곽에 있다. 각각의 여자가 여러 미국 도시의 외곽에 있다는 사실은 관객이 이 세계를 미국에서의 한 상황에 한정된 또는 독특한 것으로 보는 것을 방지하고, 우리가 갖게되는 사실주의의 막힌 공간으로서의 방과 관련된 익숙한 측면이나 관행이 언젠가는 나타날 것이라는 기대를 단숨에 없애버린다. 우리는 미국의 어느 대도시의 밖으로 인도되는데 그치는 것이 아니라 블린스가 『포도주 마시는 시기』에서 보여준 것과 같은 종류의 공간으로 인도된다. 이 공간은 사람들이 소리지르고, 노래하고 욕하고 밀고 춤추는 곳이다. 이 공간에서는 몸 동작이 커야 알아 볼 수 있다. 응접실의 복잡하고도 미묘한 태도는 여기에서 있을 자리가 없다.

이 극의 나머지 1시간 10여분 동안 각 여자가 흑인 소녀의 성장 과정 중의 한 순간에 대한 이야기를 한다. 각 이야기는 한 인물이나 개인이 아니라 이 각각의 여자들의 이야기들, 그들의 목소리를 포함하는 세계의 전체적인 또는 완전한 비전을 형성하는데 기여한다. 노란색의 여자가 고등학교 "졸업 축하의 밤"에 대하여 이야기하면서, 그날 밤까지는 처녀였던 그녀가 뜨거운 춤의 밤을 보내고 날이 밝았을 때 여인으로 변해 "웃음을 참을 수 없었던" 경험을 말한다(10). 파란색의 여자는 아버지에 대해 그리고 그녀가 그녀 가족이 푸에르토리코 출신이라고 생각했지만, "약간 스페인인 같아 보이는 평범한 깜둥이"로 취급받은 일에 대해, 그리고 그러한 "스페인인 같아 보이는 것이 그녀의 춤에서 보여진 것," 이것으로 인해 그녀가 "아치 셰프와 묘한 블루스"를 발견하게 된 일에 대해 이야기한다. 그 다음 빨간색의 여자가 그녀의 애인에 대한 헌신과 "원해지는 것을 원할 때 원해지지 않는 상태로 있는 것"을 더 이상 참지 못해 그런 헌신을 중단한 것에 대해 이야기한다. 다음 이야기들이 시작되기 전에 빨간색, 파란색, 자주색의 여자들이 그들이 경험한 성폭력과 여러 모습의 성폭력범들에 대해 이야기한다.

지금까지 제시된 다양한 이야기와 말은 노래와 춤이 동반되고, 날카로운 재치와 의식적인 반어법을 사용하여 전달되기 때문에 우리가 그에 동반하는 고통을 간과할 수도 있다. 파란색의 여자가 성폭력에 대한 이야기 뒤에 짤막하면서도 생생한 낙태 이야기를 하면서부터 우리는 고통을 간과할 수 없게 된다. 이 이야기가 "고통스러워 / 나를 고통스럽게 해 / 그런데 아무도 도와 주러 오지 않았어 / 내가 임신해 수치스러워졌을 때 / 아무도 몰랐기 때문이지"라고 밝히는 동안 무대 위에는 자신을 조롱하는 히죽거림이나 껄껄대는 웃음을 찾아 볼 수 없고, 관객도 웃을 수 없게 된다(23). 파란색의 여자가 당한 수치는 다음 이야기, 초록색의 여자가 춤을 추는 동안 자주색의 여자가 전달하는 세치터(Sechita) 이야기를 준비하게 한다. 세치터의 수치는 그녀가 미시시피주의 내처즈에서 열린 불꽃놀이에서 재미있는 시간을 보내려 했는데, 그 대신 "내 얼굴에 신이 발을 문지르는 것"을 맛본 것에 관련된다(24).

세치터 이야기 다음에 갈색의 여자가 하는 이야기 속에 등장하는 여인 이야기 또한 남부 미시시피에서 무지개를 찾으려는 흑인 소녀의 환상에 관한 이야기이다. 여덟 살 난 이 소녀는 먹을 것을 봉지에 담아 가지고 집을 떠나 그녀가 마을 도서관에서 처음 발견한 투생 루베티(Toussaint L'Ouverture)를 찾아 나선다. 이 소녀는 아이티에 도착하지 못하고 대신 투생 존스라는 이름을 가진, 그녀가 책에서 찾아낸 앞의 영웅처럼 "백인들로부터 아무것도 취하지 않는" 흑인 소년을 만나게 된다. 이 극에서 가장 길면서 가장 웃기는 이야기 중에 하나인 이 이야기에서 우리는 웃음을 터뜨리도록 유도되면서 동시에 노골적인 교육을 받게 된다. 흑인 관객은 흑인 역사에 등장하는 걸출한 영웅들과 보통의 영웅들을 떠올리게되는 반면에, 백인 관객은 그 같은 영웅들을 인정하지 않는 것에 대한 비난을 받게 된다.

관객에게 미리 경고되지는 않았지만, 투생을 찾아 나선 여행에 대한 이야기가 거리낌 없이 그대로 웃을 수 있는 마지막 기회이다. 우리는 이제 삶이 남자와 외로움과 밀접하게 연결되어 있는 여자들의 이야기로 옮겨가게 된다. 한 여자가 창녀로 일하면서 자신만의 공간을 확보하려 애쓴 이야기를 하고, 다른 여자는 할렘에서 그저 여성으로 남아 있는 것이 불가능하다는 이야기를 하며, 세 번째 여자가 한 남자의 거짓된 사랑을 위하여 우정을 저버렸지만, 결국 그 남자에 의해 모두 버림받은 다음 서로에게서 진정한 사랑을 찾게된 세 명의 여성에 관한 이야기를 한다. 이들 이야기가 여성들에게 특히 이루어지지 않은 사랑이 주는 좌절감 그리고 여성들이 반복된 그리고 공통의 경험으로부터 가져야만 할 유대 관계를 생각해보게 한다. 그러나 이들의 목소리는 각자가 자신의 분노 속에서 자신이 필요로 했던 것과 절망에 대한 자신의 책임을 인정하고 있기 때문에 관객에 있는 난자들에 대한 단순한 공격이 아니다.

이와 같은 공유된 책임에 대한 인식은 관객으로 하여금 그런 인식이 없는 경우 들리지 않을 수도 있는 나머지 두 목소리를 들을 수 있도록 해주기 때문에 극의 이 시점에서 아주 중요하다. 이 두 목소리 중 첫 번째가 초록색의 여자의 목소리로, 이 여자는 마치 무대 위의 다른 여자들의 이야기를 들은 경험을 통하여 가능해진 것처럼 새로운 그리고 대단히 자기 주장이 강한 자아를 발견하게 된다. 초록색 여자의 이야기는 사건에 대한 이야기라기보다는 이야기의 가능성의 범위까지 확장된 그러나 그를 추월하지 않는 은유이다. 그 은유의 핵심 개념이 첫 마디에 포함되어 있다: "누가 나의 모든 것을 가지고 떠나버렸다." 관객은 이제 덫에 걸렸다. 즉 이전 이야기들에 대한 증인으로서 관객은 어쩔 수 없이 초록색 여자가 그녀의 정당한 주장으로 무엇을 말하려는 지를 이해하게 될 수밖에 없는 것이다. 관객은 그들의 "것"을 지키도록, 그리고 그녀의 것을 빼앗는 것을 조심하도록 일깨워진다. 관객은 또한, 초록색 여자의 이야기에 대한 무대 위 다른 여자들의 반응을 통해, 남의 것을 빼앗은 다음 미안하다고 말하는 것으로는 충분치 않다는 것을 알게 된다.

그녀의 모든 것을 잃은 여자의 이야기 속에 담겨 있는 재치, 힘 그리고 고통으로부터 약간 떨어져 있는 것이 관객에게 자기 회복의 순간, 우리가 겪은 경험이 깨달음의 투명함이 되는 순간을 갖도록 해준다. 이 마지막 화자의 말 중에서 두드러진 것은 그 말이 특정 형태의 분노를 매우 정확하게 전달하고 있다는 것 그리고 무대 위에서 이루어지는 말이 우리가 보통 느끼는 감정을 매우 특별하게 묘사하고 있다는 것이다. 우리가 들은 이야기들 중 다수가 사건이나 상황과 관련된 것들이지만, 각 이야기의 전달에 있어서의 관심과 초점은 그런 사건이나 상황에 직면했을 때 느껴 기억하고 있던 감정 또는 그에 대한 현재의 감정을 솔직하고 정확하게 묘사하는 것에 있다. 이들 목소리들이 지닌 힘은 종종 일어나는 반어적 동작과 합해져 감정 노출이 감상적인 것이 되지 않도록 하고 있으며, 관객이 연극 공연장 밖의 세계에서 다른 사람들과 함께 행동할 수 있는 능력을 다시 갖게 해 줄 수 있는 감정에 취약하게 되도록 만든다. 감정을 거의 보이지 않는 금욕적이며 자기 통제력이 강한 남성 즉 "신사"를 연극의 전형적인 주인공으로 생각하는 미국 관객에게는 특히 이 같은 극은 특별한 경험이 된다. 궁극적으로 덕이 자기 통제에 있다는 것, 약함은 감정의 표현에 의해 노출된다는 것이라는 생각이 중산층 미국인 의식의 핵심인 것이다.9)

　　관객이 마지막 이야기 즉 크리스탈(Crystal), 그녀의 아이들, 그 아이들의 아버지 뷰 윌리(Beau Willie)에 대한 이야기를 이해할 수 있도록 앞에서 이야기한 취약성이 극의 이 시점에서 형성될 필요가 있다. 『흑인 소녀들을 위하여』에서 가장 자세하게 전달되는 이 이야기에서 우리는 자신이 사랑하는 남자, 그녀의 아이들의 아버지인 남자를 쫓아버리는 여자를 만나게 된다. 월남전 참전 용사인 이 남자는 그녀의 사랑을 요구하러 그리고 결혼을 요구하러 이 여자에게 계속 돌아온다. 그러나 그가 자신이 필요한 것을 표현할 수 있는 유일한 방법은 그녀를 초죽음으로 몰고 가는 폭력이다. 크리스탈과 뷰 윌리는 끊어지거나 구부러져야만 하는 긴장의 관계로 연결되어 있다. 관객은 이 두 사람 사이에 끼여 뷰 윌리가 느끼는 절망의 깊이와 크리스탈의 자신과 자식들을 보호해야할 필요성을 인지할 수밖에 없게 된다. 이야기가 결론에 다다르면서 관객의 무력감이 극에 달한다. 뷰 윌리가 아이들을 어머니로부터 꾀어내 5층 건물 창문 밖으로 내밀어 붙들고서 크리스탈이 그와 결혼하겠다고 공적으로 확실하게 선언하지 않으면 아이들을 떨어뜨리겠다고 위협한다. 처음에 불안감에 휩싸인 성급함과 회상된 공포의 폭발을 통해 전해지던 이야기가 아주 조용히 끝을 맺는다: "난 창문에 있는 뷰 옆에 서있고 / 나오미가 나에게 오려고 버둥거리고 / 오층 창문에 매달린 크와미는 엄마 엄마 엄마하고 울부짖고 / 난 입을 벌릴 수도 없었지 / 그리고 그가 애들을 창 밖으로 떨어뜨렸어" (60). 크리스탈에 대한 이야기를 해온 여자가 이야기를 끝마치면서 너무도 유연하게 "그녀"에서 "나"로 표현을 바꾸는 바람에 관객이 이 사람이 얼마나 완전히 자신을 드러내었는지를 이해하는데 시간이 걸린다. 관객은 일상 생활에서는 보기 어려운 그리고 연극에서는 그것이 무엇인지를 의심의 여지없이 확신할 때만 제공하는 완전 벌거숭이 상태를 보게 된다.

스탠리 케이블(Stanley Cavell)이 상기시켜주고 있듯이. 비극 그리고 진지하게 받아들여지도록 의도된 모든 연극은 항상 "우리로 하여금 실용적이 되도록, 행동할 수 있게 되도록 만들려는" 의도를 지녀왔다.10) 그러나 케이블이 이어 이야기하고 있듯이:

> 비극 작품이 이제 동정심이나 두려움을 씻어 내는 것이 아니고 동정심이나 두려움을 다시 느낄 수 있는 능력을 갖도록 하는 것이다. 이것은 우리에게 그것들에 따라 행동하여야 하는 곳이 있음을 보여주는 것을 의미한다. 이것은 비극이 이제 정치적이어야만 한다는 것을 의미하는 것이 아니다. 그 이유는, 첫째, 비극은 언제나 정치적이었기 때문, 즉 언제나 특정한 사랑과 그 사랑에 대한 특정한 사회적 배열에 관한 것이었기 때문이다. 둘째, 더 정확하게 말하자면, 우리가 무엇이 정치적 행위이고 무엇이 아닌지, 무엇이 확인 가능한 정치적 결과를 낳을지 그렇지 못할지를 알지 못하기 때문이다.11)

『흑인 소녀들을 위하여』는, 내가 논의한 대부분의 흑인 연극들처럼, 생생한 정치적 행위이다. 크리스탈과 뷰 윌리에 대한 이야기 뒤에 오는 끝맺음 부분에서 이 극은 우리에게 이 극의 정치적 결과가 어떤 것이 될 수 있는지 그리고 어떤 것이 되지 않을 것인지를 숨김없이 보여주고 있다. 무대 위의 여자들에게 있어서, 크리스탈이 벌거숭이가 되는 것을 함께 목격하는 행위가 고립과 자기 성찰의 벽을 허물어 버린다. 모든 색깔의 여자들이 필요하고 원하기 때문에 서로에게 다가가 서로의 손을 잡는다. 이제 이들은 더 이상 홀로 노래하거나 말하거나 춤출 수 없다. 이들의 힘은 공유된 감정의 인식으로부터 오는 것이고, 그 힘은 대단하다. 그 힘은 공동체의 힘인 것이다.

『흑인 소녀들을 위하여』는 관객에게 행동할 곳을 보여주면서 연극에서 "무엇이 정치적인 행위이고 무엇이 아닌지"를 다시 생각해보도록 돕는다. 미국 연극의 그 어느 작품도 이런 요구를 하지 못한다. 리처드슨의

『넝마 줍는 여인의 행운』은 그런 시도를 하지 않는다. 핸즈베리의『태양 아래 건포도』는 현혹적인 사회 구조를 조작하고 긍정하는 것을 정치적 행위로 착각하고 있다. 그러나 내가 논의한 나머지 극들은 각각 진정으로 정치적인 행위를 할 곳을 가리키고 있다. 우리에게 무대 위의 세계들과 인물들을 (그들의 완전함 때문에 우리가 망설이지 않고 받아들이는 행동과 가치들에 특히 취약한 인물들을) 보여줌으로써, 이 극들은 우리에게 우리의 덜 질서 있고 완벽한 세계에서 그와 동일한 가치들이 하는 일에 대해 의구심을 가져야 한다고 경고한다. 알레인 로크가 1925년에 주장한 것, "억압받는 한 민족의 모든 사회적 계급은 공통의 경험에 젖어있다. 그들은 감정적으로 밀착되어 있다"는 것은 더 이상 사실이 아닐지도 모른다. 로크가 언급하고 있는 사회적 억압이 아니라 안락과 안전과 자기 보호란 무거운 짐이 공통의 경험을 떠받치고 있는 가장 강한 기둥들조차도 약화시켜버렸다.『흑인 소녀들을 위하여』의 파란색 여자가 이 같은 억압들에 대해 신랄하게 비판한다:

우리는 너무 감정적으로 처리해
그러니 우리 백인처럼 되어
모든 것을 무미건조하고 박자 없는 추상적인 것으로 만들고
진정한 성적 쾌락에 비틀거리지 않도록 하자고
그래 백인이 되자
우리 그 한가운데 있지
우리 자신을 고집하고 우리 자신에 매달릴 필요가 없어 (45)

이 여자의 자기 부정은 물론 궁극적인 격언으로 긍정이다. 그것은 감정, 리듬, 관능의 긍정, 그리고 "나"에 대조되는 "우리"의 긍정이다.『흑인 소녀들을 위하여』에 스타나 주연, 우리의 찬미나 관심을 특히 끄는 인물이 없다는 사실이 이 극의 단점이 아니라 장점이다. 대단히 카리스마적 연기자 트라자나 베벌리(Trazana Beverly)가 크리스탈과 뷰 윌리에 대한 이

야기를 연기하였을 때조차도 그녀의 힘이 관객을 놀라게 하였고 따라서 재빨리 약하게 조정되었다. 가장 전통적인 연극의 관습으로부터 나온 우리의 기대를 가지고, 『흑인 소녀들을 위하여』의 초반부에서 무대에 등장하는 인물들에서 궁극적으로 다른 인물들로부터 떨어져 나가 혼자 있을 인물을 찾는다면, 그 결과는 불가피하게 놀라움과 좌절감이 될 것이다. 우리는 하나의 목소리가 특별히 감동적이거나 호소력 있다고 주장하고 싶은 유혹을 느낄 때마다 다른 한 목소리나 여러 목소리가 압도해버려 그러한 단일성을 약화시켜버린다. 또는 우리의 시선이 무대 위의 가장 예쁜 또는 우아한 연기자에게 쏠리는 경우, 크리스탈에 대해 그리고 그녀를 위해 이야기하면서 우리를 완전히 열중하게 하는 인물이 빨간색 여자임이 밝혀질 때 얼굴이 붉어질 것이다. 왜냐하면 트라자나 베벌리를 모델로 하여 이 역할은 외모상, 동작의 의식적인 부자연스러움, 그리고 고르지 않은 음질 때문에 의도적으로 스타와는 거리가 먼 연기자에 의해 연기되었기 때문이다.

『흑인 소녀들을 위하여』가 크리스탈의 비극으로 끝나지 않는 것도 우연이 아니다. 이 극의 주요 구조적 문제는 초점이 전체 등장 여자들 사이에서 너무 빠르게 이동한다는 것과 분위기가 크리스탈의 이야기에 의해 조성된 슬픔과 공포로부터 전체 여자들이 부르는 (처음에는 서로를 향해 부르다 점차 관객을 향해 부르는) 환희의 노래로 성급하게 옮겨간다는 데에 있다. 우리에게 전환의 시간을 주지 않는 다는 것이 극의 마지막 이미지를 매우 임의적인 것처럼 보이게 만든다. 그러나 『흑인 소녀들을 위하여』의 마지막에 형성되는 "숙녀들"의 "완전하고도 긴밀한 모임"은 극적이며 동시에 정치적인 몸짓이다. 일부 관객은 이 극을 너무 제한된 것으로, 인종이나 사회 계급과 관련된 정치적 움직임이 아니라 페미니즘과 관련된 정치적 움직임으로 읽을 수도 있지만, 여기서 제한은 이미지의 인식에 있지 의도에 있지 않은 것이다. 흑인 연극의 가장 지속적인 전략이 관객에게 개인의 성공에 희망을 거는 것, "각자 자신을 위하여"에 대한 미국인들의 이상한 찬미를 받아들이는 것이 미학적으로나 정치적으로나 자살적인 행위라는 것을 경고하는 것이었다. 연극이 우리로 하여금 타자들을 인지하도록 하는 과정에서 우리가 우리 자신뿐만 아니라 다른 사람들에게도 책임을 져야 한다는 것을 요구해야한다고 흑인 연극은 주장하고 있다. 이것은 단순히 백인 또는 흑인 또는 여성을 위한 그리고 향한 정치적 행위가 아니라 인간 모두를 위한 그리고 향한 정치적 행위인 것이다.

　　본서의 일반적인 논의와 특정 작품 연구에서 나는 자주 극의 "전략" 이란 용어를 사용하였다. 전략이란 용어와 "전략적 비평 방법"이 나의 연극에의 접근 방법에 있어서 핵심이 된다. 이 같은 말들이 연극 비평에서는 보통 사용되지 않기 때문에 나는 어떻게 그리고 왜 그것들을 사용하는지를 설명하고자 한다.

　　처음 전략이란 용어에 대한 나의 생각은 문학 비평에서 이 용어의 유용성을 강조한 케네쓰 버크(Kenneth Burke)로부터 왔다. 버크는 그의 논문 「삶의 도구로서의 문학」("Literature as Equipment for Living")에서 이 용어의 사용에 대해 의문을 제기한 비평가들과 긴 논쟁을 벌였다. 그는 전략의 사전적 정의 세 개를 열거한 다음과 같이 설명하였다:

> 이 같은 정의들을 보며 나는 용기를 얻는다. 복잡한 문명에서 태어난 가장 정화되고 세련된 예술 작품도 분명 어떤 사람의 다양한 생각과 이미지를 정리해 구사하기 위해 설계된 것으로, 그처럼 정리해서 "그 사람이 선호하는 시간과 장소

와 상황을 적에게 강요하는 것"으로 생각할 수 있다. 그는 삶이란 전쟁에서 "더 큰 작전 행동과 실행을 지휘하려 한다." 그는 책략을 쓰는 것이며 이 책략이 "예술"인 것이다.

그 궁극적 결과가 그의 전략이라 할 수 있지 않은가? 그는 "실패할 리가 없는" 전략을 세우려고 최대한 노력한다. 그는 시합의 규칙을 그의 필요성에 적합해질 때까지 바꾸려고 시도한다. 그는 그 적절한 시간과 장소와 상황을 강요할 수 있는 전략을 세워 그의 방식대로 싸우려고 노력한다.

나아가 그는 하나의 완전한 전략을 수립하여야만 한다. 현실적이어야만 한다. 사물을 제대로 판단해야만 하는 것이다. 정확하게 사물이 어떤지를 알지 못하는 경우 그는 정확하게 사물이 어떻게 될지, 즉 무엇이 가능하고 무엇이 위협적인지를 알 수가 없게 된다. 그래서 현명한 전략가는 기껏해야 자기를 만족시키는 종류의 전략으로는 만족하지 않은 것이다. 그는 "경계를 게을리 하지 않을 것이다." 그는 너무 성급하게 어떤 장면에 그 장면과는 관련이 없는 태도를 읽어 내지 않을 것이다 … 그는 활화산 기슭에 앉아서 그 산을 휴화산으로 판단하지 않을 것이다.[1]

내가 버크의 말을 길게 인용한 것은 나의 흑인 연극에의 접근 방법에 대한 이해를 크게 왜곡시킬 수도 있는 용어의 함축된 의미를 분명하게 밝힐 필요가 있기 때문이고, 나아가 버크가 전략이란 용어를 제시하고 내가 그 용어를 사용하는 것은 자료를 보고 이해하는 것만 아니라 구성하는 것까지 포함되는 문제이기 때문이다. 결국 전략이란 측면에서 극을 논하는 것은 내가 무엇인가 특별한 것 또는 특정한 것을 찾아내려 하는 것을 뜻하기보다는 특별한 유형을 확인하는 것을 뜻하는 것이며, 이것을 나는 전략적 방법이라 부르는 것이다.

연극에의 전략적 접근 방법이란 대본의 순서적 전개에 있어서 각 순간에 보이는 대본의 의도 그리고 궁극적으로 대본 전체의 관객을 향한 의도를 발견하려고 노력하는 접근 방법이다. 전략적 분석은 다음과 같은 질문들에 대한 답을 구하려고 한다: 관객으로서의 내가 이런 인물, 이런 사건에 어떻게 반응하도록 되어있는 것인가? 대본이 관객을 위하여 창조해

내는 경험의 본질은 무엇인가? 관객을 위한 경험은 시간상 일련의 순간들을 통하여 창조되기 때문에 나는 대본이 공연될 때의 순서대로 분석한다. 따라서 나는 장면들과 장치들이 병치되는 방법 그리고 극작가가 관객으로 하여금 특정한 반응을 특정한 순서대로 보이도록 자극하는 방법을 살펴보았다.

그의 논문 「극의 대표 앤서니」("Anthony in Behalf of the Play")에서 버크 자신이 전략적 방법을 연극에 적용한 것이 내가 이 접근 방법이 연극 비평에 있어서 생산할 수 있는 풍요로운 해석을 설명할 수 있는 것으로 제시할 수 있는 최고의 증거 중의 하나이다. 비교적 짧은 이 논문에서 버크는 셰익스피어의 『줄리어스 시저』의 3막에서 앤서니가 행한 그 유명한 연설의 전략을 앤서니 자신이 관객에게 설명하기 위하여 그 관객을 대상으로 또 하나의 연설을 하는 장면을 상상한다. 버크의 묘사에 의하면 앤서니는 "이 극의 구조와 장점을 설명하는 평론가가 된다."2) 아래 인용은 버크가 상상한 앤서니의 연설의 시작 부분에서 온 것으로 전략적 분석을 표현할 수 있는 한 가지 방법을 보여준다:

친구여, 로마인이여, 동포여. 한 음절, 두 음절, 세 음절. 이런 순서가 기막히게 훌륭한 공식입니다. "로마인이여"는 극의 상황에 맞도록 하기 위한 것이고, "동포여"는 극 속의 폭도와 관객 속의 폭도를 연결하는데 더 낫지요. 왜냐하면 우리가 르네상스 시대에 있기 때문이죠. 즉 우리가 유럽의 거대한 국가들이 모습을 갖추기 시작하는 시기, 우리가 육체의 자리에 정치체를 위치시키고 그 정치체를 육체의 본능으로 다스리려하는 것 때문에 육체로부터 오는 모든 지혜가 사라지려 하는 시기에 있기 때문이죠 … 어쨌든 나의 일 이 삼 음절 배열이 부르터스의 연설의 첫 부분의 인사인 "로마인이여, 동포여, 사랑하는 사람들이여" 보다 얼마나 더 좋은지 보시기 바랍니다. 그는 웅변가입니다. 그러나 영국인인 당신들은 믿을 수 없는 라틴어를 유창한 것으로 생각해 왔기 때문에, 그리고 당신들은 당신들이 원하는 만큼 현명하다고 생각하지 않기 때문에, 저의 퉁명스러움을 사과하면 제가 더 당신들에게 가까이 있을 듯합니다. 좌우지간 저의 첫마

디가 얼마나 더 멋집니까. 철자의 진행에 충실하면서 매력의 3을 강조하고 있으
니 얼마나 더 진실 되게 보입니까.3)

이 인용은 앤서니의 유혹적인 수사법의 특정 의도를 보여줌으로써 독자
를 즐겁게 해줄 뿐만 아니라 전략적 비평의 두 가지 중요한 측면을 제시
하고 있다. 첫째, 어떤 단어도 전략적 비평에 관계되지 않는 것은 없다.
실제로 모든 단어를 살펴보는 것이 유익하다. 내가, 버크가 한 것처럼, 대
본에 있는 모든 단어에 주의를 기울이지 않고 그 대신 전체 극의 전략에
있어서 매우 중요한 차이를 만들어 내는 더 큰 집단의 단어들 또는 특별
한 단어들을 탐구하는 것은 오로지 시간과 공간의 한계와 관련된 문제이
지 비평 이론의 한계와 관련된 문제가 아니다. 둘째, 비평가들이 버크의
글과 구조주의 사이의 유사성을 잘 지적해내고 있지만,4) 버크의 비평과
본서에서 내가 취한 흑인 연극에의 접근 방법 둘 다 클로드 레비 스트라
우스(Claude Levi-Straus), 로만 제이콥슨(Roman Jakobson), 또는 (약간
다는 방향에서) 롤랑 바스(Roland Barthes) 같은 구조주의자들과 연계되
는 비평 행위와 동일한 것이 아니다.5) 앞에서 인용된 앤서니 연설에서 버
크가 구조주의자가 음절과 단어 형식 사이의 관계를 설명하기 위해 사용
할 자료나 내릴 추론과 비슷한 자료를 사용하여 추론하고 있다는 것을 부
정하는 것이 아니다. 그러나 대부분의 구조주의자들과는 달리 버크는 이
러한 이해로 끝나지 않는다. 그는 그 같은 이해를 어떻게 한 특정 형식이
관객에 영향을 주기 위해 의도되었는가를 설명하는데 사용한다.

내가 두 단어 "의도"나 "효과"의 다양한 형태를 사용하는 것이 일부
독자에게는 윔샤트(Wimsatt)와 비어즐리(Beardsley)의 유령을 보는 듯
할 것이다.6) 내가 극작가나 극의 의도, 그 극의 관객에 대한 효과를 언급
할 때 윔샤트와 비어즐리가 의도적 오류와 정서적 오류라 부른 것에 관여
하는 것이 아니다.7) 다시 말하자면, 나는 한 예술 작품의 의미를 그 작품

에 대하여 외적인 증거, 극작가와의 인터뷰 또는 특정 관객에 대한 관찰 같은 외적 증거에서 찾으려하지 않는다. 나는 대본의 의미가 그 대본이 만들어 내는 공연과 관객 사이의 관계와 관련에 있지 일련의 생각이나 결론들에 있는 것이 아니라고 주장하는 것이다. 더욱이 나는 극이 관객을 특정 방향으로 몰고 가기 위해 작용한다, 그리고 그 같은 일이 일어나지 않는 경우 극작가가 실패한 것이거나 연출가가 대본을 잘못 읽었거나 또는 관객이 어떤 이유로 그 공연을 이해하지 못하거나 하려들지 않기 때문이라고 주장하는 것이다. 뿐만 아니라 나는 독자들이 대본의 복잡성과 그 대본을 대하는 독자의 지식과 성의 정도에 따라 달라지는 정확도와 깊이로 대본에서 그런 의도를 발견해 낼 수 있다고 믿는다. 나는 또한 우리가 대본에서 발견하게 되는 의도는 대부분 극작가의 의도일 것이며, 따라서 극작가의 의도에 대하여 이야기하는 것이 잘못된 것이 아니라고 굳게 믿는다. 윔샤트와 비어즐리의 의도성이란 개념이 지닌 한계에 대한 비평에서 스탠리 케이블(Stanley Cavell)이 주장하고 있는 것처럼, "나는 우리가 한 작품에서 발견하는 모든 것이 작가가 그 위치에 놓으려고 의도한 것이라고 말할 준비를 해야만 하는 것이라고 주장하는 것이 아니다. 그러나 나는 우리가 그렇게 준비되어 있지 않은 것이 어쩔 수 없는 현상이 아니라 예외적인 것이 되어야 하는 것이라고 주장하는 것이다."[8]

　　일단 의도를 확인하기 위해서 작품 즉 극으로 돌아가야 한다는 것을 분명히 했으므로 이제 나는 "내가 찾으려는 것이 무엇인가?"라는 질문으로 가겠다. 이 질문은 또 다른 질문을 암시한다: "어떻게 찾아야 하는가?" 여기서 중요한 이해는 극의 갈등이나 결론에 대한 요약적 주장을 찾는 것이 아니다. 따라서 나는 내가 종합적 결론을 추출해 낼 수 있는 이미지, 말, 또는 사건의 목록을 작성하려고 하는 것이 아니다. 나는 이 같은 질문들을 전략의 문제라고 부르는 것이다. 더욱이 이 질문들은 작가의 심리와 관련된 것이 아니다. 나의 질문은 "이 극의 이런 단어들과 행동들이 무엇을 하고 있는 것인가?"이다.

"극이 무엇을 하고 있는가?"라는 질문은 나의 연구에만 독특한 것도 아니고 오로지 케네쓰 버크의 저서에서만 온 것도 아니지만, 그런 질문이 제기되는 경우가 드물다. 진정으로 대본을 잠정적 공연으로 그리고 관객과의 대화에서의 한 축으로 파악하려는 연극 비평의 다른 예들을 거부하거나 과소 평가하려는 의도를 가지고 내가 버크를 강조하는 것이 아니다. 버크의 전략이란 용어의 사용 그리고 앞에서 언급한 앤서니에 관한 논문에서 볼 수 있는 전략적 방법의 세세한 적용 때문에 그의 저서가 나의 흑인 연극에의 접근에 밀접히 관련되는 것이다. 그러나 스타이언(J. L. Styan), 스탠리 피시(Stanley Fish), 그리고 스탠리 케이블(Stanley Cavell)의 연구도 언급되어야 한다.9) 스타이언의 『연극의 요소』는 분명하게 그리고 지속적으로 극과 관객의 관계에 초점을 맞춘다. 이 저서의 서문에서 스타이언이 제시한 논점은 앞에서 이미 인용되었지만 여기에 다시 인용할 가치가 있다: "우리는 텍스트를 평가하는 것이 아니라 그 텍스트가 무엇을 연기자에게 하도록 하여 다시 그 연기자는 무엇을 관객에게 하도록 하는 것인지를 평가하는 것이다." 이 주장은 우리가 문학에 대하여 물을 때 "이 문장이 무엇을 의미하는가?"라고 묻는 대신 "이 문장이 무엇을 하는 것일까?"를 물어야한다는 스탠리 피시의 주장과 놀라울 정도로 비슷하다.10) 피시의 연구의 주요 대상이 연극은 아니다. 그러나 문학은 "독자가 메시지를 뽑아 낼 수 있는 용기로서가 아니라 독자에게 가해진 행동"으로 보고 접근하여야 한다는 그의 주장이 특히 연극과 관련된다.11) 우리는 연기자와 관객을 생각하지 않고서 연극을 생각할 수 없다. 이 두 무리 사이의 상호 작용은 명백해 보인다. 그런데도 불구하고 전통적으로 우리는 우리를 포함한 관객을 수동적인 존재, 무대 위에서 일어나는 행위에서 멀리 떨어져 있는 존재로 생각해 왔다.

스탠리 케이블이 특히 분명하게 연극에서 관객의 놀라운 행동에 대해 설명하였다.[12] 그는 의도적으로 그리고 집요하게 관객에 대한 연극의 존재, 관객에 대한 연극의 의도라는 측면에서 연극을 논하였다. "공연에 대한 첫 번째 미학적 사실은 연극이 관객을 갖고 있다는 것이다"라는 그의 주장은 당연한 것처럼 보인다.[13] 그러나 이 당연한 것이 무시되지 말아야한다는 그의 생각이 바로 그로 하여금 관객에 대하여 질문을 하도록 한 것이다. 그리고 이 질문이 이번에는 그가 연구하는 극에의 접근을 매우 용이하게 만드는 것이다. 관객이 무대와 분리된 세계에 앉아 있다는 사실이 무대의 세계가 관객에게 직접적으로 작용하는 것을 불가능하게 하지 않는다는 것이 케이블의 생각이다.

나는 버크, 스타이언, 피시, 그리고 케이블의 글에서 확인되는 그리고 내 저서에서 다룬 7편의 흑인극에 대한 나의 접근 방법을 형성하고 있는, 대본과 관객의 관계에 대한 공통의 관심을 강조하였다. 그러나 나의 접근 방법은 이들 비평가들 사이에 존재하는 차이점들에 대한 인식으로부터 발전된 것이기도 하다. 이들의 차이점에 대한 충분한 논의를 하려면 한 권의 책이 필요할 것이다. 하지만 여기서 그 차이에 대해 간략하게 논의하면 내가 시도하는 것이 무엇인지를 이해하는데 도움이 될 것이다.

이들 비평가들은 완전하게 발전된 연극 이론, 즉 연극이 무엇인가에 대한 일련의 믿음들을 갖고 있지 않다. 심지어 피시는 연극에 대해 언급조차 하지 않았고 따라서 여기서 관심의 대상이 아니다. 그러나 이들 비평가들은 각각 특정 연극이 무엇을 하고 있는가를 알아 내기 위한 일련의 접근법 즉 방법을 가지고 있으며, 이미 언급하였듯이, 이 방법들은 겹친다. 이 비평가들 중 버크가 거의 (연극에 한정된 것은 아니지만) 이론을 제시하는 단계에까지 다가갔다고 할 수 있다. 버크는 아리스토텔레스 식으로 모든 문학을 관객/독자에게 삶을 위한 수단을 마련해주려는 의도를 지닌 설득의 기술로 간주하였다. 따라서 버크에게 있어서 비평가가 해야 할 일은 일치화의 자료를 찾는 것, "작품의 호소 과정에 관심을 갖는 것"

이다.14) 흑인 극작가들과 이론가들이 자신들의 글을 설득과 삶의 도구라는 측면에서 생각하는데 있어 대부분의 예술가나 이론가들보다 덜 망설이는 경향이 있기 때문에 스스로 "수사학적 비평"이라 부른 버크의 연구는 흑인 연극 연구에 특별히 적절한 것이 된다.15)

스타이언은 아마도 그의 비평이 작품의 호소 과정을 다루고 있다는 사실을 부정하지 않을 것이다. 그러나 스타이언에게 핵심 단어는 수사학이 아니라 공연이다. 물론 수사학과 공연은 겹칠 수 있고 실제로 겹친다. 그러나 공연은 누군가 구경하는 유동적인 행동을 암시하는 반면에 수사는 조종하기 위한 일련의 장치/기법을 암시한다. 스타이언은 그의 저서인 『연극의 요소』의 서문에서 이 저서가 "간단한 그리고 경험적인 이론 … 연극에서의 의미는 관객이 보도록 두 개 이상의 무대 요소들을 함께 제시하는 것이라는 이론"을 토대로 하였다고 밝혔다.16) 나는 이 말이 연극이 무엇이냐에 관한 이론으로가 아니라 한 편의 극을 분석하는데 유용한 방법으로 독자나 관객을 이끄는 것으로 생각한다. 즉 스타이언은 우리에게 어떻게 대본으로부터 극의 다양한 구성 요소들을 추측해내는가, 어떻게 우리가 그 극의 공연을 상상하고 평가할 수 있도록 그 요소들을 함께 묶을 수 있는가, 그리고 어떻게 이것이 관객에게 특정한 반응을 일으키는가를 보여준 것이다. 따라서 스타이언의 방법은 "공연을 만들어내는 비평"이라고 할 수 있다.

스타이언과 대조적으로 그리고 버크보다 더 강하게 케이블은 연극에 의해 설득된다는 것이 무엇을 의미하는가 즉 공연의 관객이 된다는 것이 무엇을 의미하는가에 대해 관심을 가졌다. 케이블은 극에서 의미를 추출하려들지 않는다. 케이블은 특별히 "의미로서의 연극"이 벌이는 활동이 연극 공연관 안에서 그리고 그 밖에서 존재하고 있는 사람에게 무엇을 가능하게 (또는 불가능하게) 해주는가에 관심을 가졌다. 따라서 특정 대사나 장면에 대한 케이블의 평이 버크나 스타이언의 평과 같은 경우가 있다하더라도, 케이블은 거기서 더 나아가 어떻게 그 연극을 본 경험이 우리가 살고 있는 세계의 경험들을 반영하고 변화시키는가를 묻는다. 이것은 문학이 "삶의 도구"라는 버크의 생각 또는 버크의 일치감의 강조와 동떨어진 것이 아니며, 설득의 조작이라기보다는 이해의 상호 작용을 토대로 하고 있는 것이다. 케이블은 스스로 자신의 방법을 "철학적.비평"이라고 불렀다.17)

본서는 다루어진 흑인 연극들에 의해 가능해진 자아와 세계에 대한 이해의 종류를 연구하였다. 스타이언이 정확하게 보여주었듯이 그와 같은 이해는 극의 언어적 구성 요소뿐만 아니라 비언어적 구성 요소들에 대한 반응 속에서 이루어지는 것이다. 극의 각 대사나 동작이 그에 앞서 일어난 것과 그 뒤에 따라오는 것에 관련되는 방법, 그래서 관객이 특정한 반응으로 유도되는 방법에 대한 나의 집중은 극의 전략을 밝히기 위한 것이었다. 일단 관객에게 극의 전략을 보여 주게 되면, 그 극을 공연으로서 충분히 이해하고 감상하는 것 그리고 관객의 자신의 반응에 대해 올바른 질문을 하는 것이 자연스럽게 이루어지면서 비평의 필수적인 요소가 될 수 있는 것이다.

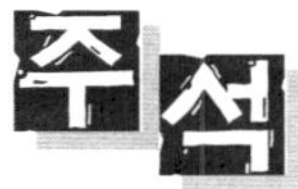

1. 흑인 연극과 관객

1) James Hatch, ed. *Black Theater, U. S. A.* (New York: Free Press, 1974), p. ix.

2) W. E. B. DuBois, *The Seventh Son: The Thought and Writings of W. E. B. DuBois*, ed., with an introduction by Julius Lester (New York: Random House, 1971), II, 311.

3) Carlton Molette, "The First Afro-American Theatre," *Black World* 19 (April 1970), 4-9; and Herbert Marshall and Mildred Stock, *Ira Aldridge, the Negro Tragedian* (Carbondale, Ill.: Southern Illinois University Press, 1968), pp. 28-47.

4) For further discussion of the early problems and later labor disputes besetting the Lincoln and Lafayette theaters, see Harold Cruse, *The Crisis of the Negro Intellectual* (New York: Morrow, 1967), pp. 73-83. John Hope Franklin also mentions plays and players in these theaters, in *From Slavery to Freedom* (New York: Knopf, 1947), p. 506.

5) Randolph Edmonds, "The Negro Little Theatre Movement," *The Negro History Bulletin* (January 1949); also see "Negro Drama in the South," *The Carolina Play Book* (June 1940), pp. 73-78, and "Some Reflections on the Negro in American Drama," *Opportunity* 8 (october 1930), pp. 303-305.

6) This remains a problem for all American theaters. See Robert Brustein's editorial on the relationship of Broadway to community and college theaters, *New York Times*, 4 August 1974, p. II.

7) Doris Abramson, *Negro Playwrights in the American Theater, 1925-1959* (New York: Columbia University Press, 1969), p. 94.

8) Ibid., p. 94.

9) See my article, "Black Drama: Reflection of Class and Class Consciousness," in *Prospects* 3 (1977).

10) Cruse, pp. 209-12. Abramson's explanation also seems to me to conflict with other examples of successful ethnic theater, such as the Irish theater here and in Ireland.

11) Fannie E. F. Hicklin, "The American Negro Playwright, 1920-1964," Ph.D dissertation, U of Wisconsin, 1965, p. 296.

12) E. Franklin Frazier, *Black Bourgeoisie* (New York: Macmillan, 1957), pp. 148-49.

13) Frazier, expecially chapters 1-9.

14) Many of the "new" black forms are also apparent in, or similar to, those of white drama as it has moved away from realism. This does not, I think, demean the search of these black playwrights.

15) For articulations of aims of the Black Revolutionary Theatre, see LeRoi Jones (Baraka), "In Search of the Revolutionary Theatre," *Black World* 15 (April 1966), pp. 15, 20, 24, or Marvin X, "Manifesto: The Black Educational Theatre of San Francisco," *Black Theatre* 6 (1972), pp. 30-31.

16) J. L. Styan, *The Elements of Drama* (Cambridge, U.K.: University Press, 1960), p. 2. Styan elaborates in a later chapter: "It is more than a truism, then, to insist that a play stands or falls with its reception by the audience. The playwright's object at all times is to set the audience to work⋯. The play animates the audience by a goad placed in the hands of the actors. The interest in the drama creates and recreates impressions that move in a progression exactly determined by the progression in the action" (pp. 67-68).

17) For a more detailed discussion of the sources and critical functions of the term "strategy," see Appendix A and my article "I Love You, Who Are You?: The Strategy of Drama in Recognition Scenes," *PMLA* (March 1977), pp. 297-306.

18) Stanley Cavell, *Must We Mean What We Say?* (New York: Scribner's, 1969), pp. 332-40, but especially p. 337. Cavell's book *The World Viewed* (New York: Viking, 1971), though ostensibly concerned with film, also contains important understandings of what it means to be an audience and how one looks at a work of art.

19) Cavell, *Must We Mean What We Say?*, p. 263 in particular, but all of the three chapters "A Matter of Meaning It," "Knowing and Acknowledging," and "The Avoidance of Love: A Reading of *King Lear*," is helpful to an understanding of Cavell's fruitful use of the word "acknowledge."

20) I am thinking here of the foundations of community as discussed by Tracy B. Strong in *Friedrich Nietzsche and the Politics of Transfiguration* (Berkeley: University of California Press, 1975), especially Chapter 6, and my own discussion of anagnorisis in "I Love You. Who Are You?: The Strategy of Drama in Recognition Scenes."

2. 두 세계를 향한 흑인 극작가

1) Willis Richardson, "Poetry and Drama," *The Crisis* 34 (July 1927), and "The Hope of a Negro Drama," *The Crisis* 26 (November 1919), cited in Fannie E. F. Hicklin, "The American Negro Playwright, 1920-1964," Ph.D dissertation, University of Wisconsin, 1965.

2) Willis Richardson, ed., *Plays and Pageants from the Life of the Negro* (Washington, D.C.: Associated, 1930), and *Negro History in Thirteen Plays*, compiled by Willis Richardson and May Miller (Washington, D.C.: Associated, 1935).

3) *The Chip Woman's Fortune* was reviewed in the *New York Times* (May 20, 1923) by John Corbin. In recent times, the only published book-length study of black drama, Doris Abramson's *Negro Playwrights in the American Theatre 1925-1959* (New York: Columbia University Press, 1969) fails to mention Richardson at all.

4) Fannie Hicklin's dissertation, cited above, and scattered comments by Darwin T. Turner are the only attempts I know to turn a critical eye to Richardson's drama.

5) I use "naturalism" here to refer to the mode of drama that focuses on the most elemental yearnings and instincts of groups of people, generally from a working-class background; naturalism explores communities and environments as contrasted with realism's concern with the manners and attitudes of individuals in middle-class settings. Gorky's *The Lower Depths* and the relatively unknown plays of Theodore Dreiser are prime examples of theatrical naturalism. While some of Eugene O'Neill's plays like *The Hairy Ape* have been labeled naturalistic, they

combine elements of expressionism and realism with naturalism. All such labels dangerously limit any full exploration of a drama.

6) Darwin T. Turner, *Black Drama in America* (Greenwich, Conn.: Fawcett, 1971), pp. 25-26, and Fannie Hicklin, "The American Negro Playwright, 1920-1964," pp. 149-50.

7) For a complete listing of plays from this period and citation of particular works by Toomer, Johnson, and Matheus, see the "bibliography of Black Drama," included in this book. Also published in *Library Bulletin* (Winter 1974-75).

8) LeRoi Jones, *Blues People* (New York: Morrow, 1963), pp. 114-16.

9) I am thinking here particularly of the wavelike pattern of relief and tension of Sophocles' *Oedipus Rex*. In *Oedipus*, there are repeated moments when it appears that Oedipus is about to discover the nature of his identity, but, for many sequences, information can be interpreted contrary to what is true. *Oedipus Rex* moves up and down, in and out through moments of fear and moments of satisfaction for both the audience and the king. I am, of course, greatly oversimplifying the strategy of Sophocles' drama. It is important to note, too, that the strategies of *The Broken Banjo* and *of Oedipus Rex* differ considerably, in that in the former the audience does not know anything about Matt's past, whereas in *Oedipus Rex*, it is expected to be familiar with the myth. This difference, which points at the presence of dramatic irony in Oedipus Rex and the absence of that sort of irony in The Broken Banjo, charges the kind of tension felt by the audience.

10) Willis Richardson, *The Broken Banjo*, manuscript copy from The Schomberg Center (New York, 1925), p. 303, reprinted from *The Crisis* (1925). All subsequent citations are from this source.

11) Turner, *Black Drama in America*, p. 26.

12) Corbin, *New York Times*, May 20, 1923, cited in Hicklin, pp. 151-52.

13) Willis Richardson, *The Chip Woman's Fortune*, in Turner, *Black Drama in America*, p. 29. All subsequent citations from *The Chip Woman's Fortune* are from this source.

14) Hicklin, p. 152.

15) Thomas J. Scheff, "Audience Awareness and Catharsis in Drama," *The*

Psychoanalytic Review, 63.4 (1976), pp. 529-54. Scheff's article is helpful both as a persuassive understanding of the elusive and often mistaken notion of identification and as a tool for evaluating drama in terms of its relationship to audience. My thanks to him for sharing his work with me at an exceptionally opportune time in my own writing.

16) W. E. B. DuBois, *The Seventh Son: The Thought and Writing of W. E. B. DuBois*, ed. with an introduction by Julius Lester (New York: Random House, 1971), II, p. 319.

3. 멀리서 관찰한 내적인 삶

1) John Hope Franklin, *From Slavery to Freedom*, 2nd ed. (New York: Knopf, 1956), pp. 504-5.

2) Darwin T. Turner, *Black Drama in America* (Greenwich, Conn.: Fawcett, 1971), p. 48.

3) T. J. Spencer and Clarence J. Rivers, "Langston Hughes: His Style and Optimism," *Drama Critique* 7 (Spring 1964): pp. 99-102. Although this piece does not present close criticism of any plays, it does deserve mention in a discussion of criticism on Hughes's drama because it attempts to explain reasons for Hughes's obscurity as a playwright in terms of "segregated thought patterns" and Hughes's failure to invent an innovative dramaturgy.

4) Doris Abramson, *Negro Playwrights in the American Theatre, 1925-1959* (New York: Columbia University Press, 1969), p. 83. Abramson remarks that "Langston Hughes stands out as the only Negro playwright of [the 1930s] who managed to write literate plays that satisfied both Broadway and Harlem audiences." She does not adequately explain why these scripts were uniquely satisfying or why other black playwrights of the period were not as successful.

Fannie E. F. Hicklin, "The American Negro Playwright, 1920-1964," Ph.D dissertation (University of Wisconsin, 1965), pp. 244-59. Hicklin's work remains unpublished and is limited in its evaluation of any one playwright by its generally large scope.

Darwin T. Turner, "Langston Hughes as Playwright," *College Language Association Journal 11* (June 1968): pp. 197-309. This article, which focuses on five of Hughes's plays, cites the unevenness of language, frequent use of sentimental and melodramatic situations, and stereotyped characterization as significant detriments to their effectiveness. Turner also remarks the strength of plot, character, and thematic conceptions in at least two of Hughes's dramas, *Emperor of Haiti* and *Tambourines to Glory*. Turner's judgments seem to me both accurate and important but, again, only initiate the kind of study necessary for a just assessment of Hughes's work. This article is part of a longer study.

5) Turner, *Black Drama in America*, p. 48.

6) *Emperor of Haiti* does distort historical time and incidents, particularly in its limited acknowledgment of the role of Toussaint L'Ouverture, and Hughes gives no indication that such distortion has occurred. He clearly alters the material for the sake of dramatic effect and characterization: by condensing events and focusing on one hero, he heightens the intensity of historical events. It is not my purpose in this study to examine historical accuracy, but some facts about Haiti at the time of the play may be helpful. Where page numbers are indicated in parentheses in the following summary account, the source is John Hope Franklin, *From Slavery to Freedom*, unless otherwise noted.

In the eighteenth century, the island later known as Haiti, then called St. Dominique, was a French possession, inhabited by 452,000 slaves, 24,000 free black people and mulattoes, and 30,000 whites (p. 344, statistics for 1789). The French Revolution inspired in the free blacks a desire for economic and civil rights equal to those of their white neighbors and Frenchmen: in 1789, they requested such rights from the French National Assembly. This move spurred the island's enslaved blacks to demand their liberty. In 1794, as a response to turmoil in both St. Dominique and Europe, the French National Convention granted liberty to every man living under French dominion: St. Dominique thus became the first island in the New World to exist without slavery.

In the years following this declaration of emancipation, a former slave, Toussaint L'Ouverture, became the ruling power in St. Dominique. His primary concern seems to have been sustain the power of the military forces, particularly as the threat of renewed subjugation, this time by Napoleon's troops, became real. Napoleon saw St. Dominique as part of an empire in North America; when Spain, which in 1795 had given the eastern portion of the Louisiana territory to the United States, ceded the rest of this territory to France in 1800, Napoleon saw his chance to make his empire and began his attack on Toussaint's forces. John Hope Franklin urges that Toussaint L'Ouverture's obsession with military power was so consuming that freedom was only a notion, not a reality (p. 345). Indeed, August Meier and Elliot M. Rudwick, in *From Plantation to Ghetto* (New York: Hill & Wang, 1966), mention that many refugees from the Haitian revolution, presumably white, migrated to the Louisiana territory after Toussaint's initial victories (p. 49, Meier). In 1802, the Haitians were defeated by troops from Napoleon's army, and Toussaint L'Ouverture was captured and brought to France, where he died in 1803.

Despite their victory, Napoleon's troops were greatly weakened by loses in battle and an epidemic of yellow fever. Two Haitian leaders, Jean Jacques Dessalines, also a former slave, and Alexander Petion, a mulatto, accurately perceived the weakness of the enemy and the strong support of their countrymen for renewed battle. By November 1803, Dessalines and Petion had led their men to victory over Napoleon's forces. In 1804, Dessalines declared St. Dominique a free and independent nation, renamed it Haiti, and subsequently proclaimed himself Jacues I, Emperor of Haiti.

7) Arthur Miller, "Tragedy and the Common Man," in *Aspects of Drama*, Sylvan Barnet, Morton Berman, and William Burto, eds. (Boston: Little, Brown, 1962), p. 65.

8) *Ibid.*, p. 63.

9) Thomas J. Scheff, "Audience Awareness and Catharsis in Drama," *The Psychoanalytic Review* 63.4 (1976).

10) Langston Hughes, *Emperor of Haiti*, in *Turner, Black Drama in America*, p. 57. All subsequent citations are from this source.

11) Langston Hughes, "Foreword," and "Who Is Simple?" in *Black Voices*, Abraham Chapman, ed. (New York: New American Library, 1968), p. 99. Some works by

Hughes that tell of Simple are *The Best of Simple* (New York: Hill & Wang, 1961), *Simple Speaks His Minds* (New York: Hill & Wang, 1950), and *Simple's Uncle Sam* (New York: Hill & Wang, 1950). For a complete listing of works related to Simple, see the bibliography.

12) See Zora Neale Hurston, *Mules and Men* (Philadelphia: Lippincott, 1935), for a positive presentation of black voodoo practices.

13) I am thinking of A. C. Bradley's notion that some Shakespeare plays move from chaos and upheaval in the state to some kind of re-establishment of order. Certainly Fortinbras's function at the end of *Hamlet* is to provide such a renewal of order, and Macduff asserts at the end of *Macbeth* that "the time is free," liberty is restores. In a pre-Shakespearean context, Creon could be said to take the state back to harmony at the end of Sophocles's *Oedipus Rex*.

14) I am informed but not prompted here by my reading of Stanley Cavell, *Must We Mean What We Say?* (New York: Scribner's, 1969), particularly pages 238-66 and 267-353. See my article "I Love You, Who Are You?: The Strategy of Drama in Recognition Scenes," *PMLA* (March 1977).

4. 흑인 경험 연극을 향한 변증법

1) John Houseman, *Run Through* (New York: Simon & Schuster, 1972), p. 156.

2) Doris Abramson, *Negro Playwrights in the American Theatre, 1925-1959* (New York: Columbia University Press, 1969), pp. 109-10. Many of my biographical data come from an interview with Ward conducted by Abramson n the early 1960s.

3) Fannie E. F. Hicklin, "The American Negro Playwright, 1920-1964," Ph.D dissertation (University of Wisconsin, 1965), p. 285.

4) Harold Cruse, *The Crisis of the Negro Intellectual* (New York: Morrow, 1967), p. 50. The John Leed Club is best known as having spawned the *Partisan Review*.

5) Abramson, p. 110 and Theodore Ward in a 1970 letter to James Hatch, ed.,

Black Theater, U.S.A. (New York: Free Press, 1974), p. 279.

6) *Ibid.*

7) Hicklin, p. 287.

8) My own source for the text of *Big White Fog* has been a manuscript copy from the Schomberg Center of the New York Public Library. All citations are from this manuscript. The play is now published in Jamed Hatch, ed., *Black Theater, U.S.A.* (New York: Free Press, 1974), pp. 281-319.

9) Negro Playwrights Company, *"Perspective": A Professional Theatre with an Idea*, New York Public Library, Schomberg Collection, George Norford Scrapebook (New York, 1940), unpaged.

10) *Ibid.*

11) Abramson, pp. 158-59.

12) Abramson, p. 116, citing Dennis Gobbins, "Story of Theo. Ward, Leading Negro Playwright," *Daily Worker*, March 9, 1950. Abramson notes (p. 296) that these figures cannot be validated and may be devised to "rationalize" lack of support for *Big White Fog*.

13) I mention this only because most books on drama by white critics omit any discussion of plays by black playwrights.

14) Abramson, p. 135.

15) Darwin T. Turner has pointed out to me that a black person would be accustomed to hearing similar metaphorical language in public places as ordinary as barbershops and beauty parlors, and that we find other black authors using similar language with ease.

16) Ward's choice of *Looking Backward* here as the example of a "socialist" book suggest that Les is only beginning to read in the literature of socialism. By the time Ward writes, something by Debs would be a more likely choice as an indication of a serious commitment to American socialism.

17) Ralph Ellison, *Invisible Man* (New York: American Library, 1952), p. 129.

18) Ellison, p. 35.

19) Vic's reference is unclear, but it may be that he has heard what historians now affirm, that there were at the time momentous rumors of a conspiracy of anti-Garvey black leaders and white government officials that leaked or contrived

harmful information about Garvey and the Black Star liner to the appropriate authorities. I find no conclusive evidence on this matter. Because many spectators in 1938 would remember this event, as well as the subsequent charges against Garvey, it is likely that that audience, or a knowledgeable spectator today, would be swayed in this scene by his own presumptions concerning the incident. Ward seems to intend here that the ambiguities connected to the historical incident be accepted as much as possible as ambiguities.

20) Arthur Miller, "Tragedy and the Common Man," in *Aspects of the Drama*, Sylvan Barnet, Morton Berman, and William Burto, eds. (Boston: Little Brown, 1962), p. 64.

21) "The Battle Hymn of the Republic" seems to me a strange song to be sung by Communist comrades, but I find no information to refute the possibility that it might have been sung on such occasions.

22) Susan Sontag, "Going to Theater, etc.," *Against Interpretations* (New York: Dell, 1969).

23) Langston Hughes, cited in James Hatch, ed., *Black Theater, U.S.A.*, p. 280.

24) For a further discussion of the relationships between realism in drama and middle-class consciousness see my article, "Black Drama: Reflections of Class and Class Consciousness," *Prospects* 3 (1977).

25) Theodore Ward lecture, Richard Wright Memorial Lecture Series, University of Massachusetts (Amherst, Mass., 1974).

5. 연기된 꿈이 내는 불만의 소리

1) Doris Abramson, *Negro Playwrights in the American Theatre, 1925-1959* (New York: Columbia University Press, 1969), p. 239.

2) *Ibid.*

3) Harold Cruse, *The Crisis of the Negro Intellectual* (New York: Morrow, 1967), pp. 267-84. Harold Cruse has, in fact, drawn considerable attention to Hansberry's background, citing her particular and limited experience of a black world as

explanation for what he judges to be failings of *A Raisin in the Sun*. In a lengthy assault on Hansberry and the left-wing middle-class intellectuals with whom she was associated, Cruse recalls the playwright's upper-middle-class background, her lack of familiarity with the black working class, and her family's notoriety as Chicago slum landlords. Cruse further declaims Hansberry's use of the old leftist jargon and her immersion in the "provincially sectarian, middle-class literary ethos," which gave rise to *A Raisin in the Sun*.

These are not simply *ad mulierem* attacks: Cruse draws attention to Hansberry's background to support his accusations that she blurs class distinctions in her writing. I explore the inconsistencies in Hansberry's depictions of the Youngers' class identity at the end of this chapter: what is worth noting here is that Hansberry did come from a family that brought her comfort as a child and a college education without struggle, that she was apparently enamored of black and white left-wing intellectuals, and that after she had moved from Chicago to New York City, she lived in Greenwich Village, not Harlem. All this does point to striking differences between her background and that of the people she depicts, but one should judge the use Cruse makes of these distinctions in Hansberry's upbringing in the light of his disdain for those he sees as distracting attention from the problems of the real working class under the guise of a distorted socialism.

4) *New York Post*, 1 July 1959, p. 3.

5) Abramson, p. 240.

6) For a complete list of reviews and commentaries on *A Raisin in the Sun*, see the bibliography under Hansberry. To suggest the range of remarks: Brooks Atkins spoke of the play as *"Negro The Cherry Orchard,"* *New York Times*, 28 March 1959, II: 1:1: Gerald Weals condemned the outdated naturalism of the play in *Commentary* (June 1959), 527-30: Abramson saw it as "a summary, a proof, and an end of an era," in *Negro Playwrights in America*: Darwin T. Turner called it "one of the most perceptive presentations of Afro-Americans in the history of the American professional theatre," in "Introduction," *Black Drama in America* (Greenwich, Conn.: Fawcett, 1971). Cruse's negative remarks have been discussed in more detail in note 3 above.

7) Abramson, p. 242.

8) *Ibid.*

9) I am not saying that *A Raisin in the Sun* should be praised because it is like white drama, nor am I subtly condescending to Hansberry's play by suggesting that it imitates white American drama and is therefore not original. What I am urging is that the familiarity of *A Raisin in the Sun's* form implements the play's strategy. It is neither a failure of invention nor a judgment on my part that only traditional white Western dramatic forms are good, but a direction appropriately taken for this play's intentions. The play only appears to be like a Miller or O'Neill drama; *A Raisin in the Sun* is not a "Negro" *Death of a Salesman*, not only for obvious reasons but because Hansberry's and Miller's intentions are wholly different. My defensiveness here is inspired by the attack Clayton Riley makes on Abramson's "contempt" for black playwrights who do not live up to white standards. ("On Black Theater," Clayton Riley, in *Black Aesthetic*, Addison Gayle, ed. [New York: Dodd, Mead, 1971], p. 310.)

10) Lorraine Hansberry, *A Raisin in the Sun, in Black Theatre*, Lindsay Patterson ed. (New York: Dodd, Mead, 1971), p. 348. All other citations are from this source.

11) Cruse, p. 280.

12) The case I have been making here, both for and against Hansberry and *A Raisin in the Sun*, is not far removed from the case made by Georg Lukacs in his discussion of Balzac. Lukacs summarizes his argument at the beginning of the essay "Balzac: The Peasants," in *Studies in European Realism* (New York: Grosset & Dunlap, 1964), saying "Yet, for all his painstaking preparation and careful planning, what Balzac really did in this novel was the exact opposite of what he had set out to do: what he depicted was not the tragedy of the aristocratic estate but of the peasant smallholding." But Hansberry is finally neither as historically accurate nor as deserving of the kind of praise that Lukacs gives Balzac. Hers is not precisely the same case, because it is never clear that she knows what she is revealing. Like Balzac, she provides no solutions, but unlike Balzac, she tends to disguise the space within which she raises questions. This is not a matter of mendacity, but neither is it an instance of the insight of

genius revealing itself despite itself.

13) Woodie King and Ron Milner, "Evolution of a People's Theater," in *Black Drama Anthology* (New York: Columbia University Press, 1971), p. vii.

14) *Ibid.*

6. 잃어버린 환상, 새로운 비전

1) Ernest Gellner, *Saints of the Atlas* (Chicago: University of Chicago Press, 1969), p. xvii. The Berber word also suggests prosperity and magical powers.

2) David Llorens, "Ameer (LeRoi Jones) Baraka," *Ebony* 24 (August 1969), p. 80, and Elsie Haley, "The Black Revolutionary Theater: LeRoi Jones, Ed Bullins, and Minor Playwrights," unpublished doctoral dissertation (University of Denver, 1971), p. 108.

3) Haley, pp. 107-8.

4) Among the journals that published Baraka's poems during this period were the *Yale Literary Magazine, American Negro Poetry, Evergreen Review, Massachusetts Review, The Nation, Poetry, and The Village Voice.* Some of these are also cited in Haley, p. 47.

5) Larry Neal, "The Black Arts Movement," in *The Black Aesthetic,* Addison Gayle, Jr., ed. (New York: Doubleday, 1972), p. 263.

6) *Ibid.,* 261. Among these were Charles Patterson, William Patterson, Clarence Reed, and Johnny Moore.

7) *Ibid.,* p. 262, and Clayton Riley, "On Black Theater," in *Black Aesthetic,* p. 303.

8) The journal *Black Theater,* associated with the New Lafayette Theater in New York, is a good source for information about black community theaters and their origins in the late 1960s and early 1970s. Unfortunately, it is no longer published. Baraka's Harlem project stimulated similar endeavors both by example and support and because of participation in the Black Arts Repertoire School of men and women who then went on to begin their own groups in other parts of the country.

9) Imamu Amiri Baraka, "The Revolutionary Theater," *The Liberator* (July 1965), p. 4.

10) *Ibid.*

11) I am aware here that my language is similar to that of Stanley Fish in *Self-consuming Artifacts* (Berkeley: University of California Press, 1972), but that is a matter of coincidence, not influence, because these pages were written before my happy discovery of Fish's work.

12) Imamu Amiri Baraka, *Great Goodness of Life, in A Black Quartet* (New York: New American Library, 1970), p. 140.

13) LeRoi Jones, *Dutchman and The Slave* (New York: Morrow, 1964), p. 36. All other citations are from this source.

14) Doris Abramson, *Negro Playwrights in the American Theatre, 1925-1959* (New York: Columbia University Press, 1969), p. 276.

15) Riley, p. 298.

16) *Ibid.*

17) Readers may recall James Joyce's story, "Clay" in *Dubliners.*

18) J. L. Austin, "Pretending," in *Philosophical Papers,* J. O. Urmson and G. J. Warnock, eds. (Oxford: Oxford University Press, 1969), p. 276.

19) Richard Sennett and Jonathan Cobb, *The Hidden Injuries of Class* (New York: Vintage, 1973), pp. 250-51. These are central arguments made throughout the book.

20) Riley, p. 301.

21) Baraka, et al., "The New Lafayette Reactions to *We Righteous Bombers,*" in *Black Theater,* 4 (1969), p. 19. Recorded dialogue includes many voices; the quotation is from Baraka.

22) Riley, pp. 301-2.

7. 팔월의 밤

1) Ed Bullins, "Introduction," *The Theme Is Blackness* (New York: Morrow, 1973), p. 12.

2) *Ibid.*, pp. 12, 13.

3) Elsie Haley, "The Black Revolutionary Theater, ReLoi Jones, Ed Bullins, and Minor Playwrights" (unpublished doctoral dissertation, University of Denver, 1971), p. 154.

4) Bullins, *The Theme Is Blackness*, p. 10.

5) *Ibid.*

6) Ed Bullins, "Interview with Ed Bullins by Marvin X," in *New Plays from the Black Theater* (New York: Bantam, 1969), p. ix. All of the quotations cited in this paragraph in reference to Bullins's self-discovery as an artist are from this interview, especially ix, x, and xiv.

7) Clayton Riley, "On Black Theater," in *Black Aesthetic*, Addison Gayle, Jr., ed. (New York: Doubleday, 1972), p. 308.

8) Bullins, *The Theme Is Blackness*, p. 12.

9) Bullins, "Interview with Ed Bullins by Marvin X," p. viii.

10) Ed Bullins, *In the Wine Time*, in *Black Theater*, Lindsay Patterson, ed. (New York: Dodd, Mead, 1971), p. 593. All other citations are from this source.

11) Imamu Amiri Baraka, "Symposium on *We Righteous Bombers*," in *Black Theater*, 4 (April 1970), p. 19.

12) John Lahr, "Introduction" to *In the Wine Time*, in *The Great American Life Show*, John Lahr and Jonathan Price, eds. (New York: Bantam, 1974), pp. 1-4.

13) *Ibid.*

14) *Ibid.*

15) William Faulkner, *Light in August* (New York: Random House, 1959), p. 104.

16) Robert Macbeth and Marvin X, "The Ritual Theater," *Black Theater*, 3 (1969), p. 24.

17) *Ibid.*

18) These final actions, and the affirmations of love and dignity previously discussed, seem to me strong arguments against Helen Armstead Johnson's contention that Bullins' play is disappointment because it offers no direction for change or relief from despair. Bullins makes it clear that it is the static and oppressive structure of the American society that must be changed, and *In the Wine Time* urges that a reassessment of our values and consciousness can bring about such change.

See Helen Armstead Johnson, "Black Influences in the American Theater: Part II, 1960 and After," in *Black American Reference Book*, Mabel M. Smythe, ed. (Englewood Cliffs, NJ: Prentice-Hall, 176), pp. 711-3.

8. 무지개를 찾아서

1) Helen A. Johnson, "Black Influences in the American Theater: Part II, 1960 and After," in *The Black American Reference Book*, Mabel M. Symthe, ed. (Englewood Cliffs, N.J.: Prentice-Hall, 1976). While such explanations come from a variety of conversations and articles, they are most specifically articulated by Johnson.

2) Raymond Williams, *Drama in a Dramatized in Society* (Cambridge, UK: Cambridge University Press, 1975), p. 18.

3) Stanley Fish, *Self-consuming Artifacts* (Berkeley: University of California Press, 1972), p.425.

4) Addison Gayle, Jr., "Introduction," in *The Black Aesthetic* (New York: Doubleday, 1972), p. xxii.

5) Ntozake Shange, *for colored girls who have considered suicide / when the rainbow is enuf* (New York: Macmillan, 1977), p. xv. All subsequent references to the text are to this edition.

6) *Ibid.*

7) The phrase "actors-as-persons" resonate to but is not the same as Michael Goldman's term "actors-as-characters." For a discussion of the difference, see my article, "I Love You. Who Are You?: The Strategy of Drama in Recognition Scenes," *PMLA* (March 1977), and Michael Goldman, *The Actor's Freedom: Toward a Theory of Drama* (New York: Viking, 1975), especially pp.6, 7, and 28.

8) Shange, p. 3.

9) Stanley Cavell, *The World Viewed* (New York: Viking, 1971), p. 55. Cavell draws the term "dandy" from Baudelaire and applies it particularly to film, but

as a description of a hero it is more generally applicable to dramatized images in America.

10) Stanley Cavell, *Must We Mean What We Say?* (New York: Scribner's, 1969), p. 347.

11) *Ibid.*

부록: 연극과 전략적 접근

1) Kenneth Burke, *The Philosophy of Literary Form* (New York: Vintage, 1957), pp. 257-8.

2) Burke, p. 279.

3) *Ibid.*, pp. 279-80.

4) William H. Rueckert, "Kenneth Burke and Structuralism," *Shenandoah*, 21 (Autumn 1969), pp. 19-28.

5) Structuralist criticism has its own differences among its own practitioners: two well-known but distinctively different examples are Roman Jakobson and Clause Levi-Strauss, "Les Chat's de Charles Baudelalrie," *L'Homme*, 2 (January-April 1962), 5-21, and Roland Barthes, *Sur Racine* (New York: Hing & Wang, 1964), and *Writing Degree Zero and Elements of Semiology* (Boston: Beacons, 1970).

6) See W. K. Wimsatt, Jr. and M. C. Beardsley, "The Intentional Fallacy," and "The Affective Fallacy," in *The Verbal Icon* (Lexington: University Press of Kentucky, 1954). Wimsatt and Beardsley, identified with the school of new criticism, claim that there is a significant error in using biographical information, expressed intention, or impressions of emotional effects on a reader to judge the value of a work of art.

7) *Ibid.*

8) Stanley Cavell, *Must We Mean What We Say?* (New York: Scribner's, 1969), p. 235. Note that Cavell's entire discussion of intentionalism is well worth reading for his understanding of the mistakes in Wimsatt and Beardsley's arguments and for his own illumination of the word.

9) It is impossible to cite all of the writings on drama, not to mention conversations, that have stimulated or implemented my critical understanding, but those of Friedrich Nietzsche, Harley Granville-Barker, Elia Kazan, Tom Whitaker, and Michael Goldman, as well as those personally acknowledged previously, should surely be recalled here.

10) Stanley Fish, "Appendix," in *Self-consuming Artifacts* (Berkeley: University of California Press, 1972), p. 386.

11) *Ibid.*

12) Although I cite particular passages and chapters from Cavell's *Must We Mean What We Say?* throughout this study, that book works better as a whole than its appearance as a collection of essays on topics from Wittgenstein to music to theater would suggest.

13) Cavell, p. 156.

14) Burke, p. 279.

15) Helen Armsteat Johnson, "Playwrights, Audience, and Critics," *Black World,* (April 1970), p. 17-24: Loften Mitchel, "I Work Here to Please You," in Addison Galye, ed., *The Black Aesthetic* (New York: Doubleday, 1972), pp. 275-87. Mitchell has written many articles on black drama, and all deal at least tangentially with the problem of audience-script relationships.

16) Styan, p. 5.

17) Cavell, pp. xviii, 313-4.

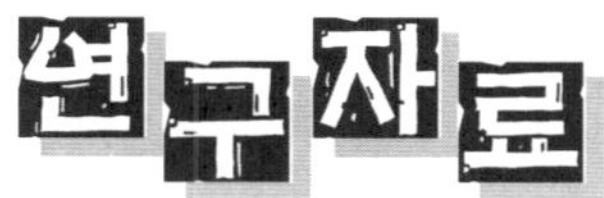

1. 미국 흑인극 선집

(*각 항목 밑에 열거되어 있는 것이 포함된 작품임)

□ *A Black Quartet: Four New Black Plays by Ben Caldwell, Ronald Milner, Ed Bullins and LeRoi Jones.* Introduction by Clayton Riley (New York: New American Library, 1970).
  - Ben Caldwell, *Prayer Meeting, or The First Militant Minister*
  - Ed Bullins, *The Gentleman Caller*
  - Ronald Milner, *The Warning-A Theme for Linda*
  - LeRoi Jones, *Great Goodness of Life (A Coon Show)*
□ ADAMS, WILLIAM, et al., eds. *Afro-American Literature: Drama* (Boston: Houghton Mifflin, 1970).
  - Lorraine Hansberry, *A Raisin in the Sun*
  - Loften Mitchell, *A Land Beyond the River*
  - Ossie Davis, *Pulie Victorious*
□ BRASMER, WILLIAM, and DOMINICK CONSOLO, eds. *Black Drama: An Anthology.* Introduction by Darwin T. Turner (Columbus, Ohio: Merrill, 1970).
  - Langston Hughes, *Mulatto*
  - Douglas Turner Ward, *Day of Absence*
  - Adrienne Kennedy, *Funnyhouse of a Negro*
  - Ossie Davis, *Purlie Victorious*
  - Ted Shine, *Contribution*
□ BULLINS, ED, ed. *The New Lafayette Theatre Presents: Plays with*

Aesthetic Comments by 6 Black Playwrights: Ed Bullins, J.E. Gaines, Clay Goss, Oyamo, Sonia Sanchez, Richard Wesley (Garden City, N. Y.: Anchor, 1974).

□ BULLINS, ED, ed. *New Plays From the Black Theatre* (New York: Bantam, 1961).
- Malcolm X, "Interview with Ed Bullins" (Introduction)
- LeRoi Jones, *The Death of Malcolm X*
- Kingsley B. Bass, Jr., *We Righteous Bombers*
- Sonia Sanchez, *Sister Son/ji*
- Marvin X, *The Black Bird*
- Herbert Stokes, *The Man Who Trusted the Devil Twice*
- Ed Bullins, *In New England Winter*
- Ben Caldwell, *The King of Soul or The Devil and Otis Redding; Family Portrait of My Son the Black Nationalist*
- Salimu, *Growin' into Blackness*
- N. R. Davidson, Jr., *El Hajj Malik*
- Charles H. Fuller, Jr., *The Rise*

□ CHILDRESS, ALICE, ed. *Black Scenes: Collections of Scenes from Plays Written by Black People About Black Experience* (New York: Doubleday, 1971).

□ COUCH, WILLIAM, JR., ed. *New Black Playwrights* (Baton Rouge: Louisiana University Press, 1968).
- Douglas Turner Ward, *Happy Ending*
- Adrienne Kennedy, *A Rat's Mass*
- Lonne Elder III, *Ceremonies in Dark Old Men*
- Ed Bullins, *Goin'a Buffalo*
- William Wellington Mackey, *Family Meeting*

□ HATCH, JAMES VERNON, and TED SHINE, eds. *Black Theater, U.S.A.: Forty-five Plays by Black Americans 1847 - 1972* (New York: Free Press, 1974).

□ JONES, LEROI, and LARRY NEAL, eds. *Black Fire: An Anthology of Afro-American Writing* (New York: Morrow, 1968).

- Jimmy Garrett, *We Own the Night*
- Marvin E. Jackmon, *Flowers for the Trashman*
- Charles Patterson, *Black-Ice*
- Ronald Drayton, *Notes from a Savage God: Nocturne on the Rhine*
- LeRoi Jones, *Madheart*
- Ben Caldwell, *Player Meeting, or, The First Militant Minister*
- Ed Bullins, *How Do You Do*
- Joseph White, *The Leader*
- Carol Freeman, *The Suicide*

□ KING, WOODIE, JR., and RON MILNER, eds. *Black Drama Anthology* (New York: Columbia University Press, 1971).

- LeRoi Jones, *Junkies are Full of (Shhh ....); Bloodrites*
- Archie Shepp, *Junebug Graduates Tonight*
- Ed Bullins, *The Corner*
- Ron Milner, *Who's Got His Own*
- Lonne Elder, *Charades on East Fourth Street*
- Clifford Mason, *Gabriel*
- Douglas Turner Ward, *Brotherhood*
- Oliver Pitcher, *The One*
- Donald Greaves, *The Marriage*
- Philip Hayes Dean, *The Owl Killer*
- William Wellington Mackey, *Requiem for Brother X, a Homage to Malcolm X*
- Joseph A. Walker, *Ododo*
- Ben Caldwell, *All White Caste*
- Langston Hughes, *Mother and Child*
- Charles Gordon (Oyama), *The Breakout*
- Ron Zuber, *Three X Love*
- William Branch, *A Medal for Willie*

- Peter DeAnda, *Ladies in Waiting*
- Martie Charles, *Black Cycle*
- Loften Mitchell, *Star of Morning*
- Elaine Jackson, *Toe Jam*

□ LOCKE, ALAIN, and MONTGOMERY GREGORY, eds. *Plays of Negro Life: A Sourcebook of Native American Drama* (New York: Harper Bros., 1927).

- Willis, Richardson, *The Flight of the Natives*
- Frank H. Wilson, *Sugar Cane*
- John Matheus, '*Cruiter*
- Eulalie Spence, *The Starter*
- Jean Toomer, *Balo*
- Thelma Duncan, *The Death Dance*
- Georgia Douglas Johnson, *Plumes*

□ MITCHELL, LOFTEN, ed. *Voices of the Black Theatre* (Clifton, N.J.: James T. White, 1975).

□ OLIVER, CLINTON F., ed. *Contemporary Black Drama from A Raisin in the sun to No Place to Be Somebody*. Introduction by Clinton F. Oliver; Stephanie Sills, coeditor (New York: Scribners, 1971).

- Lorraine Hansberry, *A Raisin in the Sun*
- Ossie Davis, *Purlie Victorious*
- Adrienne Kennedy, *Funnyhouse of a Negro*
- LeRoi Jones, *Dutchman*
- James Baldwin, *Blues for Mr. Charlie*
- Douglas Turner Ward, *Happy Ending, Day of Absence*
- Ed Bullins, *The Gentleman Caller*
- Charles Gordone, *No Place to Be Somebody*

□ PATTERSON, LINDSAY, ed. *Black Theatre: A 20th Century Collection of the Work of Its Best Playwrights* (New York: Dodd, Nead, 1971).

- Arna Bontemps and Countee Cullen, *St. Louis Woman*

- Louis Peterson, *Take a Giant Step*
- William Branch, *In Splendid Error*
- Alice Childress, *Trouble in Mind*
- Langston Hughes, *Simply Heavenly*
- Lorraine Hansberry, *A Raisin in the Sun*
- Ossie Davis, *Purlie Victorious*
- LeRoi Jones, *Dutchman*
- James Baldwin, *The Amen Corner*
- Ed Bullins, *In the Wine Time*
- Charles Gordone, *No Place to Be Somebody*
- Lonne Elder, *Ceremonies in Dark Old Men*

☐ RICHARDSON, WILLIS, ed. *Plays and Pageants from the Life of the Negro* (Washington, D.C.: Associated, 1930).

- Thelma Duncan, *Sacrifice*
- John Matheus, *Ti Yette*
- May Miller, *Graven Images; Riding the Goat*
- Willis Richardson, *The Black Horseman*; The House of Sham; *The Kings Dilemma*
- Maude Cuney-Hare, *Antar of Araby*

☐ RICHARDSON, WILLIS, and MAY MILLER, eds. *Negro History in Thirteen Plays* (Washington, D.C.: Associated, 1935).

- Willis Richardson, *Antonio Maceo; Attucks, the Maryr; The Elder Dumas; Near Calvary; In Meneleks Court*
- Georgia Douglas Johnson, *Frederic Douglass; William and Ellen Craft*
- Randolph Edmonds, *Nat Turner*
- Helen Webb Harris, *Genifrede*
- May Miller, *Christophe's Daughters; Harriet Tubman; Samory; Sojourner Truth*

☐ Turner, Darwin T., ed. *Black Drama in America: An Anthology.* Introduction by Darwin T. Turner (New York: Fawcett, 1971).

- Wills Richardson, *The Chip Woman's Fortune*
- Langston Hughes, *Emperor of Haiti*
- Theodore Ward, *Our Lan'*
- Owen Dodson, *Bayou Legend*
- Louis Peterson, *Take a Giant Step*
- Randolph Edmonds, *Earth and Stars*
- Ossie Davis, *Purlie Victorious*
- LeRoi Johns, *The Toilet*
- Kingsley B. Bass, Jr., *We Righteous Bombers*

2. 미국 흑인 극작가와 작품

* 이곳에 수록된 미국 흑인 극작가와 작품에 대한 정보는 원저서가 출판된 년도까지 접할 수 있었던 것에 한정되어 있음을 밝혀 둡니다. (역자)

☐ Mba Acaz
- *The Ambassador*, 1970, Public Theater, New York.

☐ Dorothy Ahmad
- *Papa's Daughter*, *The Drama Review* 12 (Summer 1968): 139-45.

☐ Ira Aldridge
- *The Black Doctor*, 1870.
- *Titus Andronicus*, 1849.

☐ Lewis Alexander
- *Pierrot at Sea*, 1929, Krigwa Players.

☐ Hughes Allison
- *The Trial of Dr. Beck*, 1937, Maxine Elliott Theater, New York.

☐ Garland Anderson
- *Appearances*, 1925, New York.

☐ Thomas Anderson
- *Crispus Attucks* (New York: New Dimensions, 1970).

☐ Walt Anderson
- *Bitter Bread! A Dramatic Reading* (New York: Seabury Press, 1964).

☐ Regina M. Andrews
- *Underground*, 1932, Harlem Experimental Theater, New York.

☐ Earl Anthony
- *Charlie Still Can't Win No Wars on the Ground*, 1970, New Federal Theater, New York.
- *(Mis)Judgment*, 1970, New Federal Theater, New York.

☐ William Ashby
- *Bocker T. Washington*, 1940, Rose McClendon Players, New York.

☐ Russell Atkins
- *The Nail* (Cleveland, OH: Free Lance, 1971).

☐ James Baldwin
- *The Amen Corner* (New York: Dial, 1967).
- *Blues for Mister Charlie* (New York: Dial, 1964).

☐ Imamu Amiri Baraka

- *Arm Yourself or Harm Yourself* (Newark, NJ: Jihad, 1967).
- *The Baptism* and *The Toilet* (New York: Grove, 1967).
- *A Black Mass*, in *Four Black Revolutionary Plays* (Indianapolis: Bobbs-Merrill, 1969).
- *Bloodrites*, in King and Milner Anthology.
- *Columbia, The Gem of the Ocean*, 1972, Howard University, Washington, D.C.
- *The Dead Lecturer*, 1965.
- *The Death of Malcolm X*, in Bullins Anthology.
- *Dutchman and The Slave* (New YorkL Morrow, 1964).
- *The Eighth Ditch.*
- *Experimental Death Unit #1*, in *Four Black Revolutionary Plays.*
- *Great Goodness of Life (A Coon Show)*, in *Four Black Revolutionary Plays.*
- *Home on the Range*, *The Drama Review* 12 (Summer 1968): 106-11.
- *Jello* (Chicago: Third World, 1970).
- *Junkies Are Full of (Shhh...)*, 1970, in King and Milner anthology.
- *Madheart*, in *Four Black Revolutionary Plays.*
- *Police*, *The Drama Review* 12 (Summer 1968): 112-115.
- *A Recent Killing*, 1973, New York.
- *The Slave*, in *Dutchman and The Slave.*
- *Slave Ship: A Historical Pageant* (Newark, NJ: Jihad, 1969).
- *The Toilet*, in *The Baptism and The Toilet.*

☐ George Bass

- *Black Masque*, 1971, Brown University.
- *The Booby*, 1967, Yale School of Drama.
- *The Funhouse*, 1968, Long Wharf Theater, New Haven.
- *Games*, 1968, Circle in the Square, New York.

- *A Trio for Living*, 1968, Yale School of Drama.

☐ Kingsley B. Bass, Jr. (Ed Bullins)
- *We Righteous Bombers*, 1969, in Bullins and Turner anthologies.

☐ Marita Bonner
- *Exit, an Illusion*, *The Crisis* 36 (October 1929): 335-36, 352.

☐ Arna Bontemps
- *St. Louis Woman*, 1964, New York. Adapted from Bontemps' novel *God Sends Sunday*.
- *When the Jack Hollers*, 1936.

☐ William Branch
- *Fifty Steps Toward Freedom* (New York: NAACP, 1959).
- *In Splendid Error*, 1954.
- *Light in the Southern Sky*, TV drama.
- *A Medal for Willie*, 1951, Club Baron, New York.
- *A Wreath for Udomo*, *Jet* (March 1960): 60.

☐ Arrow Brown
- *All for the Cause*, *Black World* (April 1972): 38.

☐ Cecil Brown
- *Gila Monster*, 1969, Aldridge Player/West, Oakland.
- *Real Nigger*, 1969, Aldridge Player/West, Oakland.

☐ Rhozier T. Brown
- *Xmas in Time*, 1969, Inner Voices, Washington, D.C.

☐ William Wells Brown

- *The Escapes, or, A Leap for Freedom* (Boston: Wallcut, 1858).
- *Experience, or, How to Give a Northern Man a Backbone*, 1856.
- *Miralda*, 1855.

☐ Theodore Browne

- *The Natural Man (Based on the Legend of John Henry): A Play in Eight Episodes*, 1936.

☐ Ed Bullins

- *Clara's Ole Man*, *The Drama Review* 12 (Summer 1968): 159-71.
- *C'mon Back to Heavenly House*, 1977, Amherst, Mass.
- *The Corner*, in King and Milner anthology.
- *Daddy*.
- *Death List*, 1970, *Black Theater* 5 (1971): 38-43.
- *The Devil Catchers*, 1970, New Lafayette Theater, New York.
- *The Duplex: A Black Love Fable in Four Movements* (New York: Morrow, 1971).
- *The Electronic Nigger*, in *Five Plays* (Indianapolis: Bobbs-Merrill, 1969).
- *The Fabulous Miss Marie*, 1971, New York.
- *The Gentleman Caller*, (Santa Fe, NM: Illuminations Press, 1971).
- *Goin'a Buffalo*, in *Five Plays*.
- *Home Boy*, 1976, New York.
- *How Do You Do: A Nonsense Drama* (Mill Valley, CA: Illuminations Press, 1968).
- *The Hungered One*, 1974.
- *I Am Lucy Terry*, 1976, New York.
- *In the New England Winter*, 1970, New Federal Theater, New York.
- *In the Wine Time*, in *Five Plays*.
- *It Bees That Way*, in *Four Dynamite Plays* (New York: Morrow, 1972).

- *Jo Anne!* 1976, New York.
- *Night of the Beast (a Screen Play)*, in *Four Dynamite Plays*.
- *The Pig Pen*, in *Four Dynamite Plays*.
- *Ritual*, 1970, New Lafayette Theater, New York.
- *A Short Play for a Small Theater*, *Black World* 20 (April 1971): 39.
- *A Son, Come Home*, in *Five Plays*.
- *State Office Building Curse*, *Black World* 19 (April 1970): 54-55.
- *Street Sounds*, 1970, New York.
- *The Taking of Miss Janie*, 1975, NY Shakespeare Festival.
- *You Gonna Let Me Take You Out Tonight Baby?*, in Ahmed Alhamisi and Harun Kofi Wangara, *Black Arts: An Anthology of Black Creations* (Detroit: Black Arts Publications, 1969).

☐ Irving Burgie
- *Ballad for Bimshire*, 1963, New York.

☐ Mary Burrill
- *Aftermath*, *The Liberator* (1919).

☐ Andrew Burris
- *You Mus' BeBo'n Again*, 1931, Gilpin Players, Cleveland.

☐ DeReath Byrd Busey
- *The Yellow Tree*, 1922.

☐ James W. Butcher, Jr.
- *Brother Cain*.
- *Epitaph to a Coagulated Trinity*, 1970, Black Arts/West, Seattle.
- *The Seer*, in Sterling Brown, Arthur Davis, and Ulysses Lee, *The Negro Caravan* (New York: Dryden Press, 1941).

☐ Ben Caldwell
- *All White Caste (After the Separation)*, in King and Milner anthology.
- *Family Portrait: or My Son the Black Nationalist*, in Bullins anthology.
- *Four Plays: Riot Sale, or Do-lar Psyche Fakeout; The Job; Top Secret, or A Few Million After B.C.; Mission Accomplished*, The Drama Review 12 (Summer 1968): 40-52.
- *Hypnotism*, Afro-Arts Anthology (Newark, NJ: Jihad, 1966).
- *The King of Soul, or The Devil and Otis Redding*, Black Theater 3 (1969): 29-33.
- *Prayer Meeting, or The First Militant Minister*, 1969, New York.
- *Runaround*, 1970, New York.

☐ Herbert Campbell
- *Middle Class/Black?*, 1971, Bed-Stuv Theater, New York.

☐ Martie Charles
- *Black Cycle*, 1970, in King and Milner anthology.
- *Jammima*, 1970, Black Playwrights' Workshop, New York.
- *Job Security*, 1970, Nw York.
- *Where We At?*, 1971, New York.

☐ Alice Childress
- *Florence*, 1966, South Side Center of the Performing Arts, Chicago.
- *Gold Through the Trees*, 1952.
- *Just a Little Simple*, 1950, Club Barron, New York.
- *Mojo: A Black Love Story*, Black World 20 (April 1970); 54-82.
- *String*, 1969, New York.
- *Trouble in Mind*, in Patterson's anthology.
- *Wedding Band*, 1972, New York.
- *When the Rattlesnake Sounds* (New York: Coward McCann & Geoghegan,

1975).
- *Wine in the Wilderness*, 1971, New York.
- *The World on a Hill*, in *Plays to Remember* (New York: Macmillan, 1968).

□ Earl Chishold
- *Two in the Back Room*, 1972.

□ Artie Climons
- *My Troubled Soul*, 1969, Aldridge Player/West, Oakland.

□ Raft Coleman
- *The Girls from Back Home*, *Saturday Evening Quill* (April 1929).

□ Erostine Coles
- *Festus de Fus'*, Atlanta University Players, Atlanta.

□ Curtis Cooksey
- *Starlight*, 1942, American Negro Theater, New York.

□ Joseph S. Cotter, Sr.
- *Caleb, the Degenerate: A Play in four Acts: a Study of the Types, Customs & Needs of the American Negro* (New York: Henry Harrison, 1940).

□ Countee Cullen
- *One Way to Heaven*, 1936, New York.
- *The Third Fourth of July*, New York.

□ Cecil Cummins
- *Young Blood, Young Breed*, 1969, Brooklyn.

☐ Maud Cuney-Hare

- *Antar of Araby*, in Richardson anthology.

☐ N. R. Davidson

- *El Hajj Malik, the Life and Death of Malcolm X*, 1970, in Bullins anthology.
- *Falling Scarlet*, 1972.
- *The Further Emasculation of ...*, 1972, New Orleans.
- *Jammer*, 1971, New Orleans.
- *Short Fun*, 1970, New Orleans.
- *Window*, 1971, New Orleans.

☐ Al Daivs

- *Man, I Really Am*, 1969, New Orleans.

☐ Milburn Davis

- *Sometimes the Switchblade Helps*, 1969, New York.

☐ Ossie Davis

- *Alice in Wonder*, 1952, Elks Community Theater, New York.
- *The Big Deal*, 1953, New York.
- *Purlie*, 1970, New York.
- *Purlie Victorious, a Comedy in Three Acts* (New York: Samuel French, 1961).

☐ Philip Hayes Dean

- *Freeman*, 1972, New York.
- *The Owl Killer*, in King and Milner anthology.
- *Sty of the Blind Pig*, 1971, New York.

☐ Peter DeAnda
- *Ladies in Waiting*, in King and Milner anthology.
- *Sweetbread*.

☐ Thomas C. Dent
- *Feathers and Stuff*, 1969.

☐ Hal DeWindt
- *Raisin' Hell in the Son*, 1962, New York.

☐ Owen Dodson
- *Amistad*, 1939, Talladega, Alabama.
- *The Ballad of Dorie Miller* (a poem play), *Theatre Arts* 27.7 (July 1943): 436.
- *Bayou Legend*, in Turner anthology.
- *The Christian Miracle*, Howard University.
- *Divine Comedy*, in Sterling A. Brown, Arthur P. Davis, and Ulysses Lee, *The Negro Caravan* (New York: Dryden Press, 1941).
- *Everyone Join Hands*, *Theatre Arts* 27.9 (September 1943): 555-65.
- *Garden of Time*, 1939, the American Negro Theater, New York.
- *New World A-Coming*, New York.

☐ Dennis Donohuge
- *Legal Murder*, 1934.

☐ Ronald Drayton
- *Black Chaos*.
- *Notes from a Savage God*, in Jones and Milner anthology.

☐ Herman Dreer

- *The Man of God, Oracle Magazine* (September 1936).

☐ W. E. B. DuBois

- Haiti.
- *The Star of Ethiopia,* 1913.

☐ Aaron Dumas

- *Encounter: Three Acts in a Restaurant,* 1969, Seattle.
- *Poor Willie,* 1969, Seattle.

☐ Thelma Duncan

- *Black Magic, Year Book of Short Plays* (New York: Row, Peterson, 1931).
- *The Death Dance,* 1923, in Locke and Gregory anthology.
- *Sacrifice,* in Richardson anthology.

☐ Randolph Edmonds

- *Bad Man,* in *Six Plays* ... (below).
- *Bleeding Hearts,* in *Six Plays.*
- *The Devil's Price,* in *Shades and Shadows* (below).
- *Earth and Stars* (Tallahassee: Florida A & M University Press, 1961).
- *Everyman's Land,* in *Shades and Shadows.*
- *Gangsters over Harlem,* in *The Land of Cotton (below).*
- *Hewers of Wood,* in *Shades and Shadows.*
- *The High Court of Historia,* in *The Land of Cotton.*
- *The Land of Cotton and Other Plays* (Washington, D.C.: Associated Publishers, 1942).
- *Nat Turner,* in *Six Plays.*
- *The New Window,* in *Six Plays.*
- *Old Man Pete,* in *Six Plays.*

- *The Phantom Treasure*, in *Shades and Shadows*.
- *Shades and Shadows*, in *Shades and Shadows*.
- *Shades and Shadows* (Boston: Meador, 1930).
- *Silas Brown*, in *The Land of Cotton*.
- *Six Plays for a Negro Theater* (Boston: Baker, 1934).
- *The Tribal Chief*, in *Shades and Shadows*.
- *Yellow Death*, in *The Land of Cotton*.

☐ H. T. V. Edwards
- *Job Hunters*, *The Crisis* 38 (December 1931): 417.

☐ Lonne Elder Ⅲ
- *Ceremonies in Dark Old Men* (New York: Farrar, Straus & Giroux, 1969).
- *Charades on East Fourth Street*, in King and Milner anthology.

☐ Ron Everett
- *The Babbler*, 1971, Philadelphia.
- *A Cup of Time*, 1971, Philadelphia.
- *Wash Your Back*, 1917, Philadelphia.

☐ Al Fann
- *King Heroin*, 1971, Harlem.

☐ Peter S. Feiblemman
- *Tiger, Tiger Burning Bright* (Cleveland: World, 1963).

☐ Heleemon Shailk Felton
- *Backstage*, 1937, Xavier College, New Orleans.
- *College Blunders*, 1931, New Orleans.
- *The Diamond Necklace*, 1931, New Orleans.

- *Drifting Souls*, 1931, New Orleans.
- *House of Eternal Darkness*, 1941, New Orleans.

□ Val Ferdinand
- *Black Liberation Army*, 1969, Blackartsouth Touring Ensemble, New Orleans.
- *Homecoming*, 1969-70, Blackartsouth Touring Ensemble, New Orleans.
- *Picket*, 1969-70. Blackartsouth Touring Ensemble, New Orleans.

□ Rudolph Fisher
- *The Conjure's Man Dies*, 1936, Lafayette Theatre, New York.

□ J. E. Franklin
- *Black Girl*, 1971, New York.
- *Cut Out the Lights and Law*, 1972, New York.
- *First Step to Freedom*, 1964, Mississippi.
- *Mau Mau Room*, n.d., Negro Ensemble Company, New York.
- *Prodigal Daughter*, n.d., New York.
- *Two Flowers*, n.d., the New Feminists Theatre, New York.

□ Carol Freeman
- *The Suicide*, in Jones and Neal anthology.

□ Charles H. Fuller, Jr.
- *Love Song for Robert Lee*. 1968, Afro-American Thespians, Heritage House, Philadelphia.
- *The Perfect Party*, 1969, New York.
- *The Rise*. in Bullins anthology.
- *The Sunflower Majorette*, 1971, Afro-American Arts Theatre, Philadelphia.
- *An Untitled Play*, 1971, Afro-American Arts Theatre, Philadelphia.
- *The Village: A Party*, 1968, New York.

☐ Roger Furman
  - *The Long Black Block*, 1972, New York.

☐ J. E. Gaines
  - *Don't Let It Go to Your Head*, 1972, Henry Street Theatre, New York.

☐ Jimmy Garrett
  - *And We Own the Night: A Play of Blackness. The Drama Review* 12 (Summer 1968):62-69.

☐ Ted Gilliam
  - *What You Say?: or, How Christopher Columbus Discovered Ray Charles*, Summer 1970, New Orleans.

☐ Charles Cordone
  - *No Place to Be Somebody: A Black Comedy in Three Acts* (Indianapolis: Bobbs-Merrill, 1969).

☐ Clay Goss
  - *Being Hit*, 1970, Howard University, Washington, D. C.
  - *Homecookin', Five Plays* (Washington: Howard University Press, 1974).
  - *Ornetee*, 1970, Howard University, Washington, D. C.

☐ Arthur J. Graham
  - *The Last Shine* (San Diego: Black Book Production, 1969).
  - *The Nationals: A Black Happening in Three Acts* (San Diego: Black Book Production, 1968).

☐ Ottie Graham
  - *Holiday, Crisis* 26 (May 1923).

☐ Shirley Graham

- *Coal Dust*, 1938, Gilpin Players, Cleveland.
- *Dust to Earth*, 1941, Yale University Theatre; 1941, Gilpin Players, Cleveland.
- *Elijah's Raven*, 1942, Gilpin Players, Cleveland.
- *I Gotta Home*, 1940, Gilpin Players, Cleveland.

☐ Donald Greaves

- *The Marriage*, in King and Milner anthology.

☐ Angelina Grimke

- *Rachel: A Play in Three Acts* (Boston: Cornhill, 1920).
- *Bill Gunn, The Drama Review* 12 (Summer 1968): 126-38.
- *Marcus in the High Grass*, 1960, New York.

☐ William Hairston

- *Walk in Darkness*, 1963, New York.

☐ Roland Hamilton

- *Crack of the Whip*, 1935, Columbus, Ohio.

☐ Lorraine Hansberry

- *Les Blanca: The Collected Last Plays of Lorraine Hansberry* (New York: Random House, 1972).
- *A Raisin in the Sun* (New York: Random House, 1959).
- *The Sign in Sidney Brustein's Window* (New York: Random House, 1965).
- *To Be Young, Gifted and Black* (Englewood Cliffs, NJ: Prentice-Hall, 1969).

☐ Charles Harris

- *The Trip*, in Etheridge Knight, *Black Voices from Prison* (New York: Pathfinder Press, 1970), 77-83.

□ Helen Webb Harris
- *Frederick Douglass, Negro History Bulletin* (Feb./Mar. 1972).

□ Neil Harris
- *Cop and Blow*, 1972, New York.
- *Players Inn*, 1972, New York.
- *The Portrait*, 1972, Black Theatre Workshop, New York.

□ Paul Carter Harrison
- *Tabernacle, Black World* 21 (August 1972): 48.

□ Robert Hayden
- *The History of Punchinello*, 1948, NADSA Encore (1st ed.).

□ Alvira Hazzard
- *Little Heads, Saturday Evening Quill* (April 1929).
- *Mother Liked It, Saturday Evening Quill* (April 1929).

□ Donald Heywood
- *How Come, Lawd*, 1937, New York.
- *Ol' Man Satan*, 1932, New York.

□ Abram Hill
- *Anna Lucasta*, 1944, New York.
- *Liberty Deferred*, 1930.
- *On Strivers Row: A Comedy about Sophisticated Harlem*, 1946, New York.
- *The Power of Darkness*, 1948, New York.
- *Walk Hard*, 1944.

☐ Leslie Pickney Hill

- *Toussaint L'Ouverture* (Boston: The Christopher Publishing House, 1928).

☐ John Hines

- *The Boyhood Adventures of Frederick Douglass* (New York Dimensions, 1968).
- *The Celebration* (New York Dimensions, 1968).
- *The Geninus of Benjamin Banneker* (New York Dimensions, 1968).
- *In Memory of Jerry* (New York Dimensions, 1970).
- *The Outsider* (New York Dimensions, 1970).

☐ Harold Holifield

- *Cow in the Apartment*, 1950, New York.
- *I. Toth*, 1950, New York.

☐ Pauline Elizabeth Hopkins

- *One Scene from the Drama of Early Days*
- *Slave's Escape: or, The Underground Railroad*, 1987.

☐ Langston Hughes

- *Anglo Herndon Jones*, May 1938, Harlem Suitcase Theater.
- *The Barrier*, 1950, New York.
- *Black Nativity*, 1961, New York.
- *Don't You Want to Be Free?* One-Act Play Magazine 2 (October 1938).
- *Emperor of Haiti*, in Turner Anthology.
- *Five Plays* (Bloomington: Indiana University Press, 1963).
- *Front Porch*, 1938.
- *Gospel Glow*, New York.
- *Joy to My Soul*, in *Five Plays*.
- *Little Ham*, in *Five Plays*.

- *Mother and Child*, 1966, New York.
- *Mulatto*, in *Five Plays*.
- *The Prodigal Son*, 1965, New York.
- *Scottsboro Limited* (New York: Golden Stair, 1932).
- *Shakespeare in Harlem*, 1960, New York.
- *Simply Heavenly* (New York: Dramatists Play Service, 1957).
- *Soul Gone Home*, in *Five Plays*.
- *The Sun Do Move*, 1942.
- *Tambourines to Glory*, in *Five Plays*.
- *Troubled Island*, 1935.
- *When the Jack Hollers*, 1936.

□ Ruby Hult
- *The Sage of Goerge W. Bush. Black World* 2 (September 1962): 88-96.

□ Elizabeth Maddox Huntley
- *Legion, the Demoniac*, in Herman Dreer, *American Literature by Negro Authors* (New York: Macmillan, 1950).
- *What Ye Sow* (New York: Court, 1955).

□ Zora Neale Hurston
- *The First One*, 1926.
- *Great Day*, 1932, New York.
- *Sermon in the Valley*, 1931, Gilpin Players, Cleveland.

□ Yusef Iman
- *Praise the Lord, but Pass the Ammunition* (Newark: Jihad, 1967).

□ Elaine Jackson
- *Toe Jam*, in King and Milner anthology.

☐ William Jackson
  · *Burning the Mortgage*, Harlem Players.

☐ Gertrude Jeanette
  · *Bolt from the Blue*, 1950, New York.
  · *Light in the Cellar*, 1960, New York.
  · *This Way Forward*, 1950.

☐ Fenton Johnson
  · *The Cabaret Girl*, 1925.

☐ Georgia Douglas Johnson
  · *Blue Blood*, in Frank Shay, *Fifty More Comtemporary One-Act Plays* (New York: Appleton, 1928).
  · *Frederick Douglass*, in Richardson and Miller anthology.
  · *Plumes*, *Opportunity* 5 (May 1925): 200-01.
  · *William and Ellen Craft*, in Richardson and Milller anthology.

☐ Hall Johnson
  · *Run Little Chillum!* 1933, New York.

☐ James Weldon Johnson
  · *God's Trombones*, 1960, New York.

☐ LeRoi Jones
  · See Imamu Amiri Baraka.

☐ Walter Jones
  · *The Boston Tea Party at Annie Mae's House*, 1970, New York.
  · *Jazznite*, 1970, New York.

- *Nigger Nightmare*, 1971, New York.

☐ Adrienne Kennedy
- *A Best's Story*, 1969, New York.
- *Cities in Bezique*, 1969, New York.
- *Funnyhouse of a Negro*, 1964, Patterson, Brasmer, and Oliver anthologies.
- *In His Own Write*, 1968, New York.
- *A Lesson in Dead Language*, in Edward Parone, *Collision Course* (New York: Vintage, 1968), 33-40.
- *The Owl Answers*, 1963, in William M. Hoffmanm, *New American Plays 2* (New York: Hill & Wang, 1968).
- *A Rat's Mass*, 1969, New York.

☐ John Oliver Killens
- *Ballad of the Winter Soldiers*, 1964.

☐ Woodie King, Jr.
- *Simple's Blues*, 1967.
- *Weary Blues*, 1966, Lincoln Center, New York.

☐ Arthur Clifton Lamb
- *Beebee* (The Drama of a Negro Lady Doctor), 1940, Iowa.
- *The Faith-Cure Man*, 1930, Iowa.
- *God's Great Acres*, 1939, Texas.
- *Mistake into Miracle*, 1961, Baltimore.
- *Portrait of a Pioneer*, *Negro History Bulletin* 12 (April 1949).
- *Roughshod Up the Moutain*, 1953, Iowa.

☐ Raymond League
- *Mrs. Carrie B. Phillips*, 1970, New York.

☐ Maryat Lee
* *Dope*, 1970, New York.

☐ C. D. Lipscomb
* *Frances, Opportunity* 3 (May 1925): 148-53.

☐ Myrtle A. Smith Livingston
* *For Unborn Children, The Crisis* 31-33 (July 1926): 122.

☐ K. Curtis Lyle
* *Da Minstrel Show*, 1969, Black Arts/West, Seattle.
* *Days of Thunder, Nights of Violence*, 1969, Seattle.
* *Guerrilla Warfare*, 1969, Seattle.

☐ Aubrey Lyles
* *Keep Shuffin'*, 1928, New York.
* *Runnin's Wild*, 1923, New York.

☐ Robert Macbeth
* *A Black Ritual, The Drama Review* 13 (Summer 1969): 129-30.

☐ Rose McClendon
* *Taxi Fare*, 1931, Harlem Players, New York.

☐ Milton McGriff
* *And Then We Heard the Thunder*, 1968, Philadelphia.

☐ Ray McIver
* *God Is a (Guess What?)*, 1968, New York.

☐ Edwin Charles McKenney
- *Mr. Big* (New York: Pageant, 1954).
- *Virgin Islands* (New York: William-Frederic, 1951).

☐ William Wellington Mackey
- *Behold! Cometh the Vanderkellans* (New York: Azazel, 1967).
- *Billy Noname; or, Bill Noname*, 1970, New York.
- *Family Meeting*, in Couch anthology.
- *Requiem for Brother X, a Homage to Malcolm X*, in King and Milner anthology.

☐ Will Anthony Madden
- *Two and One* (New York: Exposition 1961).

☐ Marvin X. (Marvin E. Jackmon)
- *The Black Bird*, 1969, Bullins anthology.
- *Come Next Summer*.
- *Flowers for the Trashman*, 1970, New York.
- *The Resurrection of the Dead! A Ritual*, Black Theatre 3 (1969): 26-27.
- *Take Care of Bussiness*, 1966, New York.

☐ Clifford Mason
- *Gabriel: The Story of a Slave Rebellion*, in King and Milner anthology.
- *Sister Sadie and the Sons of Sam*, 1968, New York.

☐ John Matheus
- *Black Damp, Carolina Magazine* 49 (April 1929).
- *'Cruiter*, in Locke and Gregory anthology.
- *Guitar*.
- *Ti Yette*, in Richardson anthology.

☐ Julian Mayfield
- *417*, 1961, New York.
- *The Other Foot*, 1950, New York.
- *A World Full of Man*, 1950, New York.

☐ May Miller
- *Christopher's Daughter*, in Richardson and Miller anthology.
- *Graven Images*, in Richardson anthology.
- *Harriet Tubman*, in Richardson and Miller anthology.
- *Riding the Goat*, in Richardson anthology.
- *Samory*, in Richardson and Miller anthology.
- *Scratches*, *Carolina Magazine* 49 (April 1929).
- *Sojourner Truth*, in Richardson anthology.

☐ Ronald Milner
- *Life Agony*.
- *M (Ego) and the Green Ball of Freedom*, in *Black World* 20 (April 1971): 40-45.
- *The Monster*, in *The Drama Review* 12 (Summer 1968): 94-105.
- *The Warning-A Theme for Linda*, 1969, New York.
- *What the Wine-Seller Buy* (New York: Samuel French, 1974).
- *Who's Got His Own*, 1966, New York.

☐ Joseph S. Mitchell
- *The Elopement*, in *Saturday Evening Quill* (April 1930).
- *Help Wanted*, in *Saturday Evening Quill* (April 1928).

☐ Loften Mitchell
- *The Afro-Philadelphial*, 1970.
- *Ballad for Bimshire*, 1963, New York.

- *Ballad of the Winter Soldiers*, 1964.
- *The Bancroft Dynasty*, 1950, New York.
- *Bubbling Brown Sugar*, 1976, New York.
- *The Cellar*, 1950-51, New York.
- *A Land Beyond the River* (Cody: Pioneer Drama Service, 1963).
- *Star of the Morning: Scenes in the Life of Bert Williams*, 1965, King and Milner anthology.
- *Tell Pharaoh*, 1967.

☐ Molette, Barbara, and Carlton W. Molette Ⅱ
- *Boogi Woogi*, 1971, Atlanta.
- *Rosalee Pritchett*, May 1970, Atlanta.

☐ Carlton W. Molette Ⅱ
- *Dr. B. S. Black, Encore* (National Association of Dramatic and Speech Arts) 13 (1970).

☐ Peter Morell
- *Turpentine*, 1936, New York.

☐ Gilbert Moses
- *Roots*, 1970, New York.

☐ Natalie Nelson
- *More Things That Happen to Us* (New York: New Dimensions, 1970).
- *Things That Happen to Us* (New York: Dimensions, 1970).

☐ George Norford
- *Joy Exceeding Glory*, 1938, New York.

☐ Oyamo (Charles F. Gordon)

- *Bignigga*, 1970, New York.
- *The Breakout*, in King and Milner anthology.
- *Chimpanzee*, 1970, New York.
- *Hillbilly Liberation*, 1976, New York.
- *The Lovers*, 1970, New York.
- *Out of Site*, *Black Theater* 4 (1969): 28-31.
- *The Thieves*, 1970, Seattle.

☐ Oblamola Oyedele

- *The Struggle Must Advance to a Higher Level*. *Black Theater* 6 (1972): 12-13.

☐ Lynn K. Pannel

- *It's a Shame*, May 1971, Theatre Black, Bed-Stuy Theatre, Brooklyn.

☐ Charles Patterson

- *Black-Ice*. In Johns and Neal anthology.
- *The Super*

☐ Thomas D. Pawley, Jr.

- *Crispus Attucks (Son of Liberty)*, 1948, Iowa.
- *Judgement Day*, in Sterling A. Brown, Arthur P. Davis, and Ulysses Lee, *Negro Caravan* (New York: Dryden, 1941).
- *Messiah*, 1948, Iowa.

☐ Eugene Perkins

- *The Image Makers*, 1973, Chicago.

☐ Leslie Perry

- *The Minstrel Show*, 1970, San Francisco.
- *The Side Show*, 1970, San Francisco.

☐ Louis S. Peterson

- *Count Me for a Stranger.*
- *Entertain a Ghost*, 1963, New York.
- *Take a Giant Step.* (New York: Samuel French, 1954).

☐ Oliver Pitcher

- *The One*, in King and Milner anthology.

☐ Richard Powell

- *Aaron Asworth* (New York: New Dimensions, 1970).

☐ Doris Price

- *The Bright Medallion*, in Kenneth T. Rowe, University of Michigan Plays (Ann Arbor: University of Michigan Press, 1932).
- *The Eyes of the Old*, in Rowe; see preceding item.
- *Two Gods: A Minaret*, Opportunity 10.

☐ Stanley Richards

- *District of Columbia*, *Opportunity* 23 (January-March 1945): 88-91.

☐ Mel Richardson

- *The Breach*, 1969, Oakland.

☐ Thomas Richardson

- *Place: America (A Theatre Piece).* (New York: NAACP, 1940).

☐ Willis Richardson

- *Antonio Maceo*, in Richardson and Miller anthology.
- *Attucks, the Martyr*, in Richardson and Miller anthology.
- *The Black Horseman*, in Richardson anthology.
- *Boot-Black Lover*.
- *The Broken Banjo: A Folk Tragedy*, in Locke and Gregory anthology.
- *The Chip Woman's Fortune*, 1923, in Turner, *Black Drama in America*.
- *Compromise*, in Alain Locke, *The New Negro* (New York: Atheneum, 1970).
- *The Deacon's Awakening*, *The Crisis* 21 (November 1920): 10-15.
- *The Elder Dumas*, in Richardson and Miller anthology.
- *The Flight of the Natives*, Locke and Gregory anthology.
- *The House of Sham*, Locke and Gregory anthology.
- *The Idle Head*, *Carolina Magazine* 49 (April 1929).
- *In Menelek's Court*, in Richardson and Miller anthology.
- *The King's Dilemma and Other Plays for Children* (New York: Exposition, 1956).
- *Mortgaged*, in Otilie Cromwell, Eve Dykes, and Lorenzo Fuller, *Readings from Negro Authors* (New York: Harcourt, 1931).
- *Near Calvary*, in Richardson and Miller anthology.
- *The Peacock's Feather*, 1928, Krigwa Players of Washington.
- *The Shell-Road Witch*.

☐ Garrett Robertson

- *Land of Lem*, 1971, New York.

☐ Juan Robertson

- *Why We Lost the Series* (New York: New Dimensions, 1970).

☐ John Ross
- *The Purple Lily*, 1947, Nashville.
- *Wanga Doll*, 1945, Nashville.

☐ Charles L. Russell
- *Five on the Black Hand Side*, (New York: Samuel French, 1970).

☐ Kalamu Ya Salaam
- *The Destruction of the American Stage*, Black World 21 (April 1972): 55-69.

☐ Sonia Sanchez
- *The Bronx Is Next*, The Drama Review 12 (Summer 1968): 78-83.
- *Malcolm/Man Don't Live Here No Mo*, Black Theater 6 (1972): 24-27.
- *Sister Son/ji*, 1969, Houston.

☐ Jimmy Scott
- *Money*, 1969, Berkeley.

☐ John Scott
- *Ride a Black Horse*, 1971, Negro Ensemble Company, New York.

☐ Charles Sebree
- *Mrs. Patterson*, 1954, New York.

☐ Charles Self
- *The Smokers*, 1968, New Orleans.

☐ Ntazake Shange
- *for colored girls who have considered suicide/ when the rainbow is enuf*

(New York: Macmillan, 1975).

☐ Ruth A. Gaines Shelton
- *The Church Fight, The Crisis* 31-32 (May 1926): 17ff.

☐ Archie Shepp
- *Junebug Graduates Tonight*, in King and Milner anthology.
- *Revolution*, 1969.

☐ Ted Shine
- *Cold Day in August.*
- *Contribution*, 1969, New York.
- *Idabell's Fortune*, 1973, Atlanta.
- *Plantation*, 1969.
- *Sho Is Hot in the Cotton Patch.*

☐ Paul Sinclair
- *Color-Blind*, The Stylus (June 1934).

☐ Donald Smith
- *Harriet Tubman* (New York: New Dimensions, 1970).

☐ J. Augustus Smith
- *Louisiana*, 1933, New York.

☐ Jean Smith
- *O. C.'s Heart, Black World* 19 (April 1970): 56-76.

☐ Eulalie Spence
- *Episode, The Archive* (April 1928).

- *The Fool's Errand* (New York: Samuel French, 1927).
- *Foreign Mail*, 1926, Krigwa Players.
- *Her*, 1927, New York.
- *The Hunch*, *The Carolina Manazine* (May 1927).
- *The Starter*, Locke and Gregory anthology.
- *Undertow*, *Carolina Magazine* 49 (April 1929).

☐ Ron Steward
- *Sambo*, 1969, New York.

☐ Sharon Stockard
- *Boson's Box Truth*.
- *Proper and Fine*, 1969, New Orleans.

☐ Herbert Stokes (Damu)
- *The Man Who Trusted the Devil Twice*, in Bullins authology.
- *The Uncle Toms*, *The Drama Review*.

☐ George Streator
- *New Courage*, *The Crisis* (January 1934): 9ff.
- *A Sign*, *The Crisis* (January 1934):

☐ Eloise Bibb Thompson
- *Caught*, 1925, Chicago.
- *Cooped Up*, 1924, Lafayette Players, New York.

☐ Wallace Thurman
- *Harlem*, 1929, New York.

☐ Jean Toomer
- *Balo: A Sketch of Negro Lift,* in Locke and Gregory anthology.
- *A Drama of the Southwest.*
- *Kabnis,* in Jean Toomer Cane (New York: Harper & Row, 1966).
- *Natalie Mann.*
- *The Sacred Factory.*

☐ Joseph Dolan Tuotti
- *Big Time Buck White,* 1968, New York.

☐ Waters Turpin
- *Let the Day Perish,* 1950, Baltimore.

☐ Nathan Uwen
- *Martin Luther King, Jr.* (New York: New Dimensions, 1970).

☐ Melvin Van Peebles
- *Ain't Supposed to Die a Natural Death,* 1970, New York.

☐ Glory Van Scott
- *Miss Truth,* 1971, New York.

☐ Evan K. Walker
- *East of Jordan,* 1969, New York.
- *The Message,* 1969, Los Angeles.

☐ Joseph A. Walker
- *The Believers,* 1968, New York.
- *The Harangues,* 1970, New York.
- *Ododo,* 1970, New York.

- *The River Niger*, 1972, New York.

□ Douglas Turner Ward
  - *Brotherhood*, 1970, New York.
  - *Day of Absence*, 1965, New York.
  - *Happy Ending*, 1965, New York.
  - *The Reckoning*, 1969, New York.
  - *Two Plays: Happy Ending and Day of Absence* (New York: Dramatists Play Service, 1966).

□ Francis Ward and Val Gray Ward
  - *The Life of Harriet Tubman*, 1972, Chicago.
  - *Trumbull Park*, 1967, Chicago.

□ Theodore Ward
  - *Big White Fog*, 1930s, Federal Theatre, Chicago; 1940.
  - *Candle in the Wind*, 1967.
  - *John Brown*, 1950, New York.
  - *Our Lan'*, 1947, New York.
  - *Whole Hog or Nothing*, 1966, Chicago.

□ Richard Wesley
  - *Black Terror*, 1971, Washington, D. C.
  - *Gettin' It Together*, 1971, New York.
  - *Knock, Knock-Who Dat?* 1970, New York.

□ Joseph White
  - *The Hustle*, 1970, Newark.
  - *The Leader*, 1970, in Jones and Neal anthology.
  - *Old Judge Mose Is Dead, The Drama Review* 12 (Summer 1968): 151-56.

☐ Ellwoodson Williams

- *Voice of the Gene.*

☐ Frank Wilson

- *Brother Mose*, 1934, New York.
- *Colored Americans*, 1914.
- *Confidence*, 1914.
- *Meek Mose*, 1928, New York.
- *Race Pride*, 1914.
- *Sugar Cane, Opportunity* 4 (June 1926): 181-84, 201-3.
- *Walk Together Chillun*, 1936, New York.

☐ Elton Wolfe

- *Men Wear Moustaches*, 1968, San Francisco.

☐ Richard Wright

- *Daddy Goodness*, 1968, New York.
- *Native Son: A Biography of a Young American* (New York: Harper, 1941). An adaptation of the novel, *Native Son*.

☐ Clarence Young III

- *Perry's Mission*, 1969, Howard University, Washington, D.C.

☐ John Zellars

- *Tribute to Otis Redding*, 1971, Temple University, Philadelphia.

☐ Ron Zuber

- *Three X Love*, in King and Milner anthology.

찾아보기

ㄱ

가난의 연극(poor theater) 318
가비(Garvey) 운동 128
갈랜드 앤더슨(Garland Anderson) 20, 37
『겉모습』(*Appearances*) 37
관심의 균형 89
구조주의 332
『근심』(*Trouble in Mind*) 27
『금 조각』(*Gold Piece*) 82
『길모퉁이』(*The Corner*) 271
『꿈꾸는 사람』(*The Rider of Dreams*) 37

ㄴ

내적 삶 18
『넝마 줍는 여인의 행운』(*The Chip Woman's Fortune*) 19, 36, 55, 77
뉴 라파예트 씨에터(New Lafayette Theater) 268
『뉴잉글랜드의 겨울』(*In New England Winter*) 271

ㄷ

다윈 터너(Darwin T. Turner) 57, 83
더글러스 터너 워드(Douglas Turner Ward) 219
도리스 에이브럼슨(Doris Abramson) 22, 83, 120, 173
『동향인』(*Native Son*) 176
드보이스(W. E. B DuBois) 17, 35, 77, 78

ㄹ

랜돌프 에드몬즈(Randolph Edmonds)　20
랠프 엘리슨(Ralph Ellison)　136, 230
랭스턴 휴즈(Langston Hughes)　19, 81, 121, 167, 174
레이먼드 윌리엄스(Raymond Williams)　313
로레인 핸즈베리(Lorraine Hansberry)　19, 171
로만 제이콥슨(Roman Jakobson)　332
로버트 맥베스(Robert MacBeth)　268, 303
로버트 훅스(Robert Hooks)　219
로프튼 미첼(Loften Mitchell)　22
론 밀너(Ron Milner)　30, 219
론 엘더(Lonne Elder Ⅲ)　30, 219
롤랑 바스(Roland Barthes)　332
루이기 피란델로(Luigi Pirandello)　41
루이스 피터슨(Louis Peterson)　27, 173
를로이 존스(LeRoi Jones)　221
리즐리 토런스(Ridgely Torrence)　37
리처드 라이트(Richard Wright)　176, 230
리처드 세네트(Richard Sennett)　257
『리틀 햄』(*Little Ham*)　82

ㅁ

마빈 엑스(Marvin X)　30, 269, 303
마크 코넬리(Marc Connelly)　37
『무지개가 찬란할 때 / 자살을 생각한 흑인 소녀들을 위하여』(*for colored girls
　　who have considered suicide / when the rainbow is enuf*)　316
민스트렐 쇼(minstrel show)　19

ㅂ

『백인을 위한 블루스』(*Blues for Mr. Charlie*)　27

버트랜드 에반스(Bertrand Evans) 75

『버팔로에 가련다』(*Goin' a Buffalo*) 270

베일 34

『병들고 지쳐』(*Sick and Tiahd*) 121

『보이지 않는 인간』(*Invisible Man*) 136, 230

부두(voodoo) 의식 93, 96

『부서진 밴조: 민속 비극』(*The Broken Banjo*) 18, 36, 40, 75, 274

『분쟁의 섬』(*Troubled Island*) 84

블랙 하우스(Black House) 269

블루스 13

『블루스족』(*Blues People*) 38

ㅅ

『사회 계급의 감춰진 상처』(*The Hidden Injuries of Class*) 257

『살로메』(*Salomé*) 36

「삶의 도구로서의 문학」("Literature as Equipment for Living") 329

『삶의 큰 미덕: 깜둥이 쇼』(*Great Goodness of Life: A Coon Show*) 224

선전극 30

『설교단 옆자리』(*The Amen Corner*) 30

『세례』(*The Baptism*) 222

소극단 운동 20

소니아 산체즈(Sonia Sanchez) 269

수산 손탁(Susan Sontag) 165

순수 흑인 예술 연극(Black Arts Theater) 29, 55, 120, 122

순수 흑인 예술 운동(Black Arts Movement) 221

스타이언(J. L. Styan) 31, 334

스탠리 케이블(Stanley Cavell) 32, 324, 334

스탠리 피시(Stanley Fish) 334

『시드니 브르슈타인의 창문에 붙은 광고』(*The Sign in Sidney Brustein's Window*)
  172

『신의 아이들 모두 날개를 달았다』(*All God's Chillun Got Wings*) 37
씨어도어 브라운(Theodore Browne) 122
씨어도어 워드(Theodore Ward) 19, 25, 120, 176

ㅇ

아미리 바라카(Amiri Baraka) 19, 38, 221, 269
아써 밀러(Arthur Miller) 87
『아이티 황제』(*Emperor of Haiti*) 19, 81
『아이티의 북소리』(*Drums of Haiti*) 84
아프리칸 극단(African Company) 19, 311
알레인 로크(Alain Locke) 38, 325
앨리스 차일드리스(Alice Childress) 27
양면적 의도 14
에드 블린스(Ed Bullins) 18, 30, 55, 267
에디슨 게일(Addison Gayle) 316
엔토자키 숑가(Ntozake Shange) 316
엘드리지 클리버(Eldridge Cleaver) 269
『여덟 번째 도랑』(*The Eighth Ditch*) 222
『연극의 요소』(*The Elements of Drama*) 31, 334
연극적 전략 31
『연기된 꿈의 몽타주』(*Montage of a Dream Deferred*) 174
연방 정부 연극 사업 21
『열세편의 극으로 본 미국 흑인 역사』(*Negro History in Thirteen Plays*) 36
『영혼의 기쁨』(*Joy to My Soul*) 82
오스카 와일드(Oscar Wilde) 36
오씨 데이비스(Ossie Davis) 27, 219
오웬 도드슨(Owen Dodson) 122
우디 킹(Woodie King) 218
『우리 땅』(*Our Lan'*) 25, 123
월러스 써먼(Wallace Thurman) 20, 37

찾아보기 399

윌리스 리처드슨(Willis Richardson) 18, 35, 274
윌리엄 포크너 299
『유령선』(*Dutchman*) 19, 222, 226, 269
『유리 동물원』(*The Glass Menagerie*) 277
유진 오닐 37
20세기 연작극 270
이중 독백 288
『이층집』(*The Duplex*) 271
『인간답게 살 수 있는 곳이 없어』(*No Place to Be Somebody*) 27
인종 통합 23, 26
인종적 정체성 17

ㅈ

『자유로워지고 싶지 않은가?』(*Don't You Want to be Free?*) 82
장 자크 데살린(Jean Jacques Dessalines) 84
재즈 13
저지 그로토브스키(Jerzy Grotowski) 318
전략 329
『젊고 재능 있는 흑인으로 살기』(*To Be Young, Gifted, and Black*) 172
제시 비 심플(Jesse B. Simple) 93
제임스 볼드윈(James Baldwin) 27, 30
조나단 코브(Jonathan Cobb) 257
조지 노포드(George Norford) 122
조지아 더글러스 존슨(Georgia Douglas Johnson) 20, 38
존 라르(John Lahr) 275
존 리드 클럽(John Leed Club) 121
존 매쑤스(John Matheus) 20, 38
존 코빈(John Corbin) 57
존 호프 프랭클린(John Hope Franklin) 81
『존스 황제』(*The Emperor Jones*) 37

400 막과 베일

『주님 찬양』(*Tambourine to Glory*) 83
『주제는 흑인성』(*The Theme Is Blackness*) 268
「지하에서 사는 사람」("The Man Who Lived Underground") 230
진 투머(Jean Toomer) 20, 38
『집사의 깨달음』(*The Deacon's Awakening*) 36
『짙은 안개』(*Big White Fog*) 19, 120, 124, 176

ㅊ

찰스 고든(Charles Gordone) 27
『천국에 잠들어』(*In Abraham's Bosom*) 37
『천당으로』(*C'mon Back to Heavenly House*) 270

ㅋ

케네쓰 버크(Kenneth Burke) 31, 329
크리그와 극단(Krigwa Players) 36
『큰 걸음』(*Take a Giant Step*) 27, 173
『클라라의 남편』(*Clara's Ole Man*) 270
클레이튼 라일리(Clayton Riley) 231, 262
클로드 레비 스트라우스(Claude Levi-Straus) 332

ㅌ

『태양 아래 건포도』(*A Raisin in the Sun*) 19, 171
테네시 윌리엄스 277
테드 샤인(Ted Shine) 12
토마스 셰프(Thomas Scheff) 75

ㅍ

파웰 린드세이(Powell Lindsay) 122
『팔월의 빛』(*Light in August*) 299
패니 히클린(Fannie Hicklin) 73, 83

『펄리 빅터리어스』(*Purlie Victorius*)   27
『포도주 마시는 시기』(*In the Wine Time*)   18, 55, 271
폴 그린(Paul Green)   37
『푸른 목장』(*The Green Pasture*)   37

ㅎ

『하얀 것』(*Les Blancs*)   172
『할렘』(*Harlem*)   37
할렘 르네상스(Harlem Renaissance)   36
헤럴드 크루즈(Harold Cruse)   23, 173
『헨리 4세』(*Henry IV*)   41
혁명 연극   223
『현관』(*Front Porch*)   82
『화장실』(*The Toilet*)   27, 269
『흑백 혼혈아』(*Mulatto*)   82
흑백의 접촉   18
흑인 경험극(the theater of black experience)   120
『흑인 미학』(*The Black Aesthetic*)   316
『흑인 사중주』(*A Black Quartet*)   224
『흑인 영감들의 의식 행사』(*Ceremonies in Dark Old Men*)   30
흑인 혁명 광고   270
흑인 혁명극(Black Revolutionary Theater)   29, 122

저자 소개

Helene Keyssar(1943-2001)

Helene Keyssar was at her death Professor in the Department of Communication at the University of California, San Diego. She had previously taught at and been chair of the Department of Dramatic Arts of Amherst College, as well has having taught at the Newark College of Engineering and at Morris Brown College of the University of Atlanta. Her undergraduate degree was from Brown University and her PhD. from the Modern Letters Program at the University of Iowa. She was the author of many articles and several books, including *Robert Altman's America, Feminist Theatre*, and, with Tracy Strong, *Right in Her Soul: The Life of Anna Louise Strong*. During the 1980's she pioneered interactive television programs between the United States and the then USSR. One of these programs became the basis for a book she co-authored with Vladimir Pozner, *Remembering War*. She was the receipient of grants from the Carnegie Endowment for International Peace, the MacArthur Foundation and the Rockefeller Foundation and in the 1990's served as a consultant to the World Bank on the future of television in Russia.

※ 저자의 남편 Tracy Strong 교수의 청에 의하여 영문으로 소개함.

□ 손홍일

미국 아이오아대학교에서 문학 박사 학위를 받았음. 현재 대구대학교 영어영문학과 교수 겸 서양어문학부장으로 재직하고 있음. 저서로는 『미국 흑인 연극의 발전』(역), 『미국 흑인 연극사』(저), 『미국 흑인 여성 극작가』(역), 『어거스트 윌슨의 이해』(저)가 있음. 논문으로는 「에드 블린스와 흑인 현실」, 「유령선의 탈식민주의적 읽기」, 「아미리 바라카와 어거스트 윌슨」, 「A Failed Sexual Therapy: James Baldwin's *Blues for Mister Charlie*」 등이 있음.

막과 베일 | 미국 흑인 연극의 전략

2005년 2월 20일   제1판 1쇄 발행

지 은 이 | 헬린 키서
옮 긴 이 | 손홍일
펴 낸 이 | 송미옥
펴 낸 곳 | 이회문화사

주   소 | 서울시 동대문구 답십리동 488-338 부영빌딩 503호
전   화 | (02)2244-7912~3
팩   스 | (02)2244-7914
전자우편 | ih7912@chollian.net
등   록 | 제6-0532호(1992. 5. 2)

ISBN 89-8107-285-X   03840

정가 16,000원